Der Preis dieses Bandes versteht sich einschließlich der gesetzlichen Mehrwertsteuer.

Umwelthinweis:
Dieses Buch wurde auf chlor- und säurefreiem Papier gedruckt.

Die O' Haras 1 – 4

SILHOUETTE™
Band 95021
1. Auflage: Oktober 2010

SILHOUETTE™ BÜCHER
erscheinen in der Cora Verlag GmbH & Co. KG,
Valentinskamp 24, 20350 Hamburg
im Vertrieb von
MIRA® TASCHENBUCH

Titel der nordamerikanischen Originalausgaben:

Aus dem Amerikanischen von Anne Pohlmann

erschienen bei: Silhouette Books, Toronto
Published by arrangement with
HARLEQUIN ENTERPRISES II B.V./S.àr.l.

Konzeption/Reihengestaltung: fredebold&partner gmbh, Köln
Umschlaggestaltung: pecher und soiron, Köln
Redaktion: Eva Spundflasche
Titelabbildung: Getty Images, München;
pecher und soiron, köln
Autorenfoto: © by Harlequin Enterprise S.A., Schweiz
Satz: Buch-Werkstatt GmbH, Bad Aibling
Druck und Bindearbeiten: CPI – Ebner & Spiegel, Ulm
Printed in Germany
Dieses Buch wurde auf FSC-zertifiziertem Papier gedruckt.
ISBN 978-3-89941-779-1

Nora Roberts

So nah am Paradies

Roman

Aus dem Amerikanischen von
Anne Pohlmann

NEW YORK TIMES
BESTSELLER AUTOREN

PROLOG

„Schreien Sie ruhig, Mrs. O'Hara." Ihre Atemzüge kamen keuchend, und der Schweiß lief ihr die Schläfen hinunter. „Molly O'Hara bringt ihre Kinder nicht schreiend zur Welt."

Sie war keine große Frau, aber ihre Stimme, selbst bei normaler Lautstärke, füllte den ganzen Raum. Es war eine volltönende, melodische Stimme, selbst jetzt, wo sie nur unter Anstrengung sprechen konnte. Erst vor wenigen Minuten hatte ihr Mann sie Hals über Kopf ins Krankenhaus gebracht.

Für vorbereitende Maßnahmen, beruhigende Worte oder Händchenhalten hatte es keine Zeit mehr gegeben. Der diensthabende Arzt hatte nur einen Blick auf sie werfen müssen und sie, angekleidet wie sie war, in die Entbindungsstation gebracht.

Die meisten Frauen hätten Angst gehabt – in einer fremden Stadt von Fremden umgeben zu sein, in deren Händen die Verantwortung für das eigene Leben und das des Babys lag, das sich seinen Weg in die Welt erkämpfte. Molly O'Hara hatte auch Angst. Aber um nichts in der Welt hätte sie sich das anmerken lassen.

„Sie scheinen eine ganz Zähe zu sein." Die Entbindungsstation war überheizt, und auch dem Arzt stand der Schweiß auf der Stirn.

„Alle O'Haras sind zäh", gelang es ihr zu erwidern, obwohl sie am liebsten nur noch schreien würde, nur noch den Schmerz herausschreien würde. Das Baby kam früh, sie betete nur, dass es nicht zu früh sei. Die Wehen folgten jetzt schnell aufeinander und ließen Molly keine Möglichkeit, Kraft für die nächste zu sammeln.

„Wir können nur froh sein, dass Ihr Zug nicht fünf Minuten Verspätung hatte, sonst hätten Sie Ihr Baby dort bekommen. So, und jetzt nicht nachlassen, tief ein- und ausatmen."

Sie überhäufte ihn mit Verwünschungen, die sie in den sieben Ehejahren mit Frank gelernt hatte, in sieben langen Jahren, in denen sie in unzähligen schäbigen Clubs unzähliger Städte aufgetreten waren.

Der Arzt lachte nur. „So ist es gut. Pressen, Mrs. O'Hara. Wir holen jetzt das Baby mit Elan heraus."

„Ich werde Ihnen zeigen, was Elan ist", versprach sie noch, während sie mit der letzten Schmerzwelle presste. Und mit einem lauten Schrei kam das Baby zur Welt.

Mit Tränen in den Augen beobachtete Molly, wie der Arzt den kleinen Körper herumdrehte. „Es ist ein Mädchen."

Lachend sank sie zurück. Ein Mädchen. Sie hatte es geschafft. Frank würde stolz auf sie sein. Und erschöpft lauschte Molly auf die ersten Lebensschreie ihrer Tochter.

„Ich brauche ihr nicht einmal einen Klaps zu geben. Sie ist nicht gerade übergewichtig, Mrs. O'Hara, aber sie ist wunderschön."

„Natürlich. Und hören Sie sich diese Lungen an. Sie wird noch das Publikum in der letzten Reihe umwerfen. Etwas Übung und … Oh, Himmel."

Eine neue Wehe brachte unerwartet neue heftige Schmerzen.

„Halten Sie sie." Der Arzt reichte das Baby einer Schwester und wies eine andere an, Mollys Schultern zu umfassen. „Sieht aus, als ob Ihre Tochter Gesellschaft bekommt."

„Um Himmels willen, noch eins?" Molly lachte gepresst. „Verdammt noch mal, Frank. Es gelingt dir doch immer wieder, mich zu überraschen."

Der Mann im Warteraum ging nervös auf und ab. Doch selbst in dieser Situation war sein Gang elastisch. Er war ein Mann, der ebenso häufig tanzte, wie andere sangen. Aus seinen Augen glänzte ungebrochener Optimismus. Ab und zu strich er einem kleinen Jungen über den Kopf, der auf einem Stuhl immer wieder eindöste.

„Ein kleines Brüderchen oder Schwesterchen für dich, Terence. Sie werden jeden Moment kommen, um es uns zu verraten."

„Ich bin müde, Dad."

„Müde?" Lachend nahm der Mann den Jungen in die Arme. „Jetzt ist keine Zeit zum Schlafen, Junge. Jetzt ist ein großartiger Augenblick. Ein weiterer O'Hara wird geboren. Das ist eine Erstaufführung."

Terence ließ den Kopf an die Schulter seines Vaters sinken. „Aber nicht im Theater."

„Dafür haben wir andere Abende." Nur ganz kurz bedauerte Frank die abgesagte Show. Doch es würde selbst hier, in Duluth, Clubs geben. Und er würde schon eine oder zwei Vorstellungen abmachen können, bevor sie weiterreisen könnten.

Er war der geborene Entertainer, der singend und tanzend durchs Leben zog, und er dankte seinem Glücksstern, dass seine Molly aus gleichem Holz geschnitzt war. Sicher, bisher hatten sie zweitklassige Clubs und verräucherte Säle abgeklappert, aber ihre Zeit war noch nicht vorbei. Der große Durchbruch stand immer mit dem nächsten Auftritt bevor. „Du wirst sehen, wir kommen groß als ‚die Vier O'Haras' heraus. Nichts wird uns aufhalten können."

„Nichts", murmelte der Junge müde, der das schon x-mal gehört hatte.

„Mr. O'Hara?"

„Ja." Franks Kehle war plötzlich wie ausgetrocknet. „Molly. Ist alles in Ordnung mit Molly?"

Lächelnd rieb sich der Arzt übers Kinn. „Sie haben wirklich eine Prachtfrau."

Die Erleichterung überwältigte Frank, und überschwänglich küsste er seinen Sohn. „Hast du das gehört, Junge? Deine Mommy ist eine Prachtfrau. Und das Baby? Ich weiß, dass es zu früh gekommen ist, aber ist es gesund?"

„Kräftig und schön", entgegnete der Arzt. „Jedes einzelne."

„Kräftig und schön." Außer sich vor Freude verfiel Frank in einen Tanzschritt. „Meine Molly versteht sich auf Babys. Sie kann ihr Stichwort verpassen, aber ..." Er brach ab und starrte in das lächelnde Gesicht des Arztes. „Jedes einzelne?"

„Ist das Ihr Sohn?"

„Ja, das ist Terence. Was meinen Sie mit jedes einzelne?"

„Mr. O'Hara, Ihr Sohn hat drei Schwestern."

„Drei." Mit Terence auf dem Arm, sank Frank auf den Stuhl. Seine trainierten Beine waren plötzlich ganz weich. „Drei. Auf einmal?"

„Im Abstand von ein paar Minuten."

Benommen blieb er einen Moment sitzen. Drei. Er hatte nicht einmal gewusst, wie er einen weiteren Magen satt bekommen sollte. Drei. Alles Mädchen. Als er die Neuigkeit verarbeitet hatte, begann er zu lachen. Francis O'Hara war nicht der Mann, der mit seinem Schicksal haderte, er nahm es immer freudig an.

„Hast du das gehört, Junge? Deine Mommy hat Drillinge bekommen! Drei zum Preis von einem! Welch günstiger Handel!" Er sprang hoch, ergriff die Hand des Arztes und drückte sie. „Ich danke Ihnen.

Wenn es einen Mann gibt, der heute Abend glücklicher als Francis Xavier O'Hara ist, dann will ich verdammt sein."

„Herzlichen Glückwunsch."

„Haben Sie eine Frau?"

„Ja."

„Wie heißt sie?"

„Alana."

„Dann heißt eine von ihnen Alana. Wann kann ich zu meiner Familie?"

„Sofort. Eine der Schwestern wird sich währenddessen um Ihren Sohn kümmern."

„O nein." Frank ergriff die Hand von Terence. „Er kommt mit. Es geschieht nicht jeden Tag, dass ein Junge drei Schwestern bekommt."

Der Arzt wollte an die Vorschriften erinnern, unterließ es dann aber. „Sind Sie ebenso eigensinnig wie Ihre Frau, Mr. O'Hara?"

„Sie hat bei mir Stunden genommen."

„Dann folgen Sie mir."

Durch die Scheibe warf er einen ersten Blick auf die winzigen Körper. Zwei schliefen, während die dritte schrie. „Sie will sich der ganzen Welt ankündigen. Das sind deine Schwestern, Terence."

Plötzlich hellwach, betrachtete Terence sie kritisch. „Ziemlich runzelig."

„So, wie du warst, kleines Äffchen", sagte Frank zu seinem Sohn. Und dann kamen die Tränen. Frank war zu sehr Ire, um sich darüber zu schämen. „Ich werde für euch mein Bestes tun. Für jede von euch." Er hoffte, es würde irgendwie reichen.

1. KAPITEL

Es war kein normaler Tag. Doch jetzt, wo die Entscheidung gefallen war, würde es wahrscheinlich lang dauern, bis sich wieder so etwas wie Normalität einstellte. Alana konnte nur hoffen, sich richtig entschieden zu haben.

Alana sattelte ihr Pferd. Dem Tag eine Stunde zu stehlen, weg vom Haus, weg von allen Verpflichtungen, erschien ihr zwar wie ein unglaublicher Luxus, wo noch so viel Arbeit auf sie wartete, doch sie brauchte das jetzt einfach.

Wenn man schon etwas stiehlt, dann kann es auch gleich etwas Luxuriöses sein. Sie lachte, denn dieser Gedanke hätte gut und gern von ihrem Vater stammen können.

Zwei der Katzen umschnupperten sie und machten es sich dann wieder im Heu bequem, als Alana den rotscheckigen Wallach aus dem Stall führte. Er stieß seinen Atem wie eine Rauchwolke aus, während Alana noch einmal seinen Sattelgurt überprüfte. „Los geht's, Jay." Mit der Geschicklichkeit langer Erfahrung schwang sie sich in den Sattel und lenkte das Pferd nach Süden.

Ein schneller Ritt war hier nicht möglich, dazu war der Boden zu schlammig. Die Luft war kalt und nebelig feucht, doch Alana spürte in sich eine gespannte Erwartung, die sich auf etwas richtete, was immer unerreichbar zu sein schien: Freiheit.

Vielleicht hatte ihre Zustimmung, für das Buch interviewt zu werden, sie diesem Ziel ein wenig näher gebracht. Sie hoffte es, obwohl ihre Zweifel nie ganz verstummt waren.

Der Schnee auf den Weiden war schon fast geschmolzen. Noch einen Monat, dachte sie, dann können die Fohlen im jungen Gras spielen. Dieses Jahr – hoffentlich dieses Jahr – würden ihre Bücher aus den roten Zahlen kommen.

Chuck hätte sich keine Sorgen darüber gemacht. Er hatte sich nie Gedanken über das Morgen gemacht, nur über den Augenblick und sein nächstes Autorennen. Alana wusste, warum er im tiefsten Virginia Land gekauft hatte. Doch damals hatte sie die Geste seines Schuldgefühls als Zeichen von Hoffnung eingeschätzt. Diese Fähigkeit, überall auch noch so dünne Hoffnungsfädchen zu sehen, hatte sie die letzten acht Jahre überstehen lassen.

Chuck hatte zwar das Land gekauft, aber nur wenig Zeit hier verbracht. Er war zu unruhig gewesen, um still das Wachsen der Natur zu beobachten. Unruhig, sorglos und selbstbezogen, so war Chuck. Das hatte sie schon gewusst, bevor sie ihn geheiratet hatte, denn er hatte sich nie zu verstellen versucht. Es war einfach so gewesen, dass sie damals nur gesehen hatte, was sie sehen wollte. Er war wie ein Irrlicht – das er auch gewesen war – in ihr Leben getreten, und sie war ihm, blind vor Bewunderung, gefolgt.

Die achtzehnjährige Alana O'Hara war von dem aufregenden Chuck Rockwell wie verzaubert gewesen. Sein Name und seine Rennerfolge hatten die Titelseiten der Zeitungen beherrscht. Doch sein Name und seine Eroberungen unter den Frauenherzen hatten auch alle Klatschspalten gefüllt. Die junge Alana hatte diese Boulevardblätter nicht gelesen. Sein Charme hatte sie betört. Und er schien ihr ein aufregendes Leben und die Freiheit von verantwortungsvollen Verpflichtungen zu bieten. So hatte sie ihn geheiratet, bevor sie überhaupt richtig Luft holen konnte.

Obwohl ein leichter Nieselregen einsetzte, hielt Alana ihr Pferd an. Sie genoss es, einfach nur allein zu sein. In sanften Hügeln erstreckte sich vor ihr das Land. Hier und da zeigte sich noch ein Fleckchen Schnee, und über allem lag der Nebel. Als Jay ungeduldig mit den Hufen scharrte, tätschelte sie seinen Hals, bis er wieder ganz ruhig war. Wie schön war es hier. Sie war in Monte Carlo, London, Paris und Rom gewesen, doch selbst nach den fünf Jahren, die sie hier gelebt und gearbeitet hatte, erschien es ihr immer noch als das schönste Fleckchen der Welt.

Der Regen platschte zu Boden und versprach, die Wege, die über Alanas Land führten, unbenutzbar zu machen. Falls das Thermometer in der Nacht sinken würde, würden sie zudem gefährlich vereisen. Und doch, wie schön war es. Dafür schuldete sie Chuck Dank. Und für noch so viel mehr. Er war ihr Mann gewesen. Nun war sie seine Witwe. Bevor er in den Flammen umgekommen war, hatte er sie innerlich fast ausgebrannt. Aber er hatte ihr die zwei wichtigsten Bestandteile ihres Lebens hinterlassen: ihre Söhne.

Und nur wegen ihnen hatte sie schließlich dem Besuch des Schriftstellers zugestimmt. Seit mehr als vier Jahren hatte sie Angebote von Verlagen abgewehrt. Doch das hatte die wilden Geschichten über Chuck Rockwell, wie sie immer wieder einmal in Zeitungen erschienen waren, nicht unterbinden können. Und so hatte sich Alana zu dem Entschluss durchgerungen, mit einem Schriftsteller – einem guten Schriftsteller – zusammenzuarbeiten, um auf diese Weise zumindest einen gewissen Einfluss auf das fertige Werk ausüben zu können.

Dorian Crosby war ein sehr guter Schriftsteller. Alana war sich dessen bewusst, dass dies für sie ein Vorteil, aber auch ein Nachteil war. Denn er würde in Themen herumstochern, die sie fest entschlossen war, auszuklammern.

Sie würde sich sehr geschickt verhalten müssen. Das Problem war nur, dass ihr diese Art von Geschicklichkeit eigentlich nicht lag, ganz im Gegensatz zu Carrie. Ihre ältere Schwester – zweieinhalb Minuten älter – war schon immer gut im Planen und Beeinflussen der Geschehnisse gewesen. Maddy dagegen, ihre zwei Minuten und zehn Sekunden jüngere Schwester, zog den direkten Weg vor, den, der sich durch Tatkraft und Willensstärke auszeichnete.

Doch sie war eben Alana, die mittlere der Drillinge. Die ruhige. Die verantwortungsbewusste. Diese Etiketten ließen sie immer noch zusammenzucken.

Doch jetzt bestand ihr Problem nicht in solchen Etikettierungen. Jetzt war ihr Problem Dorian Crosby, ein ehemaliger Reporter, der heute Biografien schrieb. Früheren Untersuchungen von ihm war es zu verdanken gewesen, dass eine der größten Mafia-Familien der Westküste zerschlagen werden konnte. Und er hatte die Karriere eines Senators abrupt beendet, durch Aufdeckung dessen Schweizer Bankkontos und ehrgeiziger Bestrebungen nach höheren Ämtern. Nun musste sich Alana ihm gegenüber behaupten.

Und sie würde es auch. Sie würde ihn mit Informationen füttern. Aber die Geheimnisse, die sie geheim halten wollte, würden tief in ihr verschlossen sein. Und nur sie besaß den Schlüssel dazu.

Als Tochter von herumziehenden Unterhaltungskünstlern hatte sie zumindest gelernt zu spielen. Sie musste Dorian Crosby nichts weiter als eine gelungene Vorstellung liefern.

Sag nie die ganze Wahrheit, Mädchen. Die will doch niemand hören. Das hätte ihr Vater dazu gesagt. Und genau daran, dachte Alana lächelnd, werde ich mich die nächsten Monate halten.

Dorian verfluchte den Regen, als er wieder den Arm hinausstrecken musste, um mit einem schon nassen Lappen über die Windschutzscheibe zu wischen. Der Scheibenwischer auf einer Seite arbeitete nur noch mit einem gelegentlichen Rucken, der auf der anderen Seite rührte sich schon gar nicht mehr. Eiskaltes Regenwasser lief ihm in den Ärmel. Und wieder stieß Dorian einen Fluch aus.

Es gibt Schlimmeres, redete er sich ein, obwohl ihm eigentlich nichts dazu einfiel. Aber immerhin war er im Begriff, sich in ein Projekt zu stürzen, hinter dem er schon seit drei Jahren her war. Alana O'Hara Rockwell hatte sich offensichtlich dazu entschlossen, so viel Geld wie möglich aus dem Verlag herauszupressen.

Eine gerissene kleine Lady. Sie hatte sich einen der begehrtesten und reichsten Rennfahrer geangelt, obwohl sie selbst noch fast ein Kind gewesen war. Nicht einmal neunzehn Jahre alt, hatte sie sich schon, mit Nerzen und Diamanten überladen, im Kasino von Monte Carlo amüsiert. Es gehörte nie viel Anstrengung dazu, das Geld eines anderen auszugeben. Das hatte ihm seine Exfrau in ihrer – zum Glück nur achtzehn Monate dauernden – Ehe gezeigt.

Aber so waren Frauen eben: äußerlich hilflose, verletzbare Wesen, bis sie erst ihre Krallen ausgestreckt hatten. Um sich dann wieder von ihnen zu befreien, musste man schon etwas bluten. Und wenn man klug war, erinnerte man sich dann von Zeit zu Zeit an diese Narben, um sich nie mehr etwas vormachen zu lassen.

Erneut fluchte Dorian über den Regen. Wieso hatte sich Chuck Rockwell nur in dieser verlassenen Gegend Virginias niedergelassen? Aber wahrscheinlich hatte ihn seine kleine Lady zu diesem Kauf überredet.

Was für eine Frau war sie? Um eine Biografie über den Mann schreiben zu können, musste er auch die Frau verstehen. Das ganze erste Jahr über nach ihrer Hochzeit hatte sie Rockwell wie eine Klette auf jedes Rennen begleitet, und dann hatte sie sich einfach nicht mehr sehen lassen. Wahrscheinlich hatte sie keine Lust auf den Geruch von Benzin und rauchende Reifen gehabt, und so hatte sie sich weder bei den Siegen noch Niederlagen ihres Mannes auf den Tribünen gezeigt. Vor allem aber war sie nicht bei seinem letzten Rennen gewesen. Das, bei dem er den Tod fand. Dorian hatte gehört, dass sie erst drei Tage später auf der Beerdigung aufgetaucht sei und nicht ein Wort gesagt habe. Und sie habe nicht einmal eine Träne verloren.

Sie hatte eine Goldader geheiratet und hatte seine Untreue hingenommen. Geld, das war die einzige Erklärung. Und nun, als seine Witwe, brauchte sie in ihrem ganzen Leben keinen Finger mehr zu rühren. Nicht schlecht für eine kleine Sängerin, die es nie weiter als bis zu Hotelhallen und zweitklassigen Clubs geschafft hatte.

Dorian musste auf Schritttempo hinunterschalten, als er in den schlammig aufgeweichten Weg einbog, der durch einen abgenutzten Briefkasten mit der Aufschrift „Rockwell" markiert war. Offensichtlich verschwendete die Lady ihr Geld nicht mit der Wartung ihres Anwesens. Wieder wischte er über die Windschutzscheibe. Der Wagen holperte nur so über die Löcher und Furchen des Weges. Als Dorian seinen Auspuff über die Erde schrammen hörte, verfluchte er nicht mehr den Regen, sondern Alana. Ihr Schrank war voll mit Pelzen und Seide, aber für eine einfache Straßeninstandsetzung rückte sie keinen Pfennig heraus.

Vor ihm tauchte das Haus auf. Doch es war nicht der eindrucksvolle, imposante Landsitz, den er erwartet hatte. Es wirkte im Gegenteil gemütlich und einladend, so wie der Schaukelstuhl vorn auf der Veranda. Die Fensterläden waren blau gestrichen und hoben sich freundlich von den weißen Rahmen ab. Auch wenn das Haus einen neuen Anstrich nötig hatte, so wirkte es doch nicht heruntergekommen. Aus dem Kamin stieg eine Rauchfahne, und unter dem Dachvorsprung stand ein Kinderfahrrad. Das dunkle Bellen eines Hundes vervollkommnete die Szene.

Dorian hatte oft daran gedacht, sich einen Platz wie diesen zu suchen: abgeschieden von Hektik und Lärm, wo er sich ganz auf sein Schreiben konzentrieren konnte. Es erinnerte ihn an das Zuhause seiner Kindheit, wo Geborgenheit und harte Arbeit vorgeherrscht hatten.

Als der Auspuff wieder über den Boden ratschte, verflog Dorians Entzücken augenblicklich. Als er dann das Fenster hochgedreht hatte und die Tür öffnete, sprang ihn eine Unmasse feuchten Fells an.

Der Hund war riesig. Vielleicht war es von ihm als freundliche Begrüßung gemeint, aber in seinem augenblicklich durchnässten Zustand wirkte das Tier nicht unbedingt vertrauenerweckend. Während

Dorian seine Gestalt noch mit der eines kleinen Flusspferdes verglich, kratzten die mit Schlamm beschmutzten Pfoten über die Autoscheibe, und der Hund bellte.

„Sigmund!"

Der Hund wie auch Dorian sahen zum Haus hinüber. Dorian hatte genügend Bilder von ihr gesehen, um Alana sofort zu erkennen. Die blühende Unschuld auf der Tribüne des Rennplatzes, die bezaubernde Dame von Welt in London und Chicago, die kühle, beherrschte Witwe am Grab ihres Mannes. Und doch entsprach sie überhaupt nicht seinen Erwartungen.

Ihr honigblondes Haar fiel ihr in Ponyfransen in die Stirn und lose über die Schultern. Sie war sehr schlank und bequem mit Jeans, Stiefeln und einem übergroßen Pullover gekleidet, der ihr weit über die Hüften fiel. Sie hatte ein blasses und fein geschnittenes Gesicht. Die Farbe ihrer Augen konnte Dorian nicht erkennen, aber er sah ihren Mund, einen vollen, ungeschminkten Mund.

„Sigmund, Platz!"

Der Hund bellte noch einmal und gehorchte dann. Vorsichtig stieg Dorian aus.

„Mrs. Rockwell?"

„Ja. Tut mir leid wegen des Hundes. Er beißt nicht – meistens."

„Gut zu wissen", entgegnete Dorian halblaut.

Mit angespannten Nerven beobachtete Alana, wie er sein Gepäck auslud. Es war ein Fremder, den sie in ihr Haus, in ihr Leben ließ. Vielleicht konnte sie alles noch rückgängig machen, sofort, bevor er einen weiteren Schritt unternehmen konnte.

In diesem Augenblick drehte er sich um und sah sie an. Regen tropfte aus seinem dunklen Haar, das an seinem Kopf klebte. Nicht unbedingt ein freundliches Gesicht, dachte Alana. Dazu spiegelte es zu viel Lebenserfahrung, zu viel Wissen wider. Eine Frau musste verrückt sein, wenn sie einen solchen Mann in ihr Leben ließ. Dann bemerkte sie die durchnässte Kleidung des Mannes.

„Sie scheinen einen Kaffee gut gebrauchen zu können."

„Ja." Dorian warf dem Hund, der ihn beschnüffelte, einen letzten Blick zu. „Ihr Zufahrtsweg ist eine Zumutung."

„Ich weiß." Sie schenkte ihm ein kleines entschuldigendes Lächeln. „Wir hatten einen harten Winter."

Er machte keine Anstalten, näher zu treten. Er stand einfach im Regen und betrachtete sie. Er schätzt mich ein, dachte Alana und steckte nervös die Hände in die Taschen. Sie durfte sich jetzt keine Unsicherheit anmerken lassen, wenn sie erreichen wollte, was sie vorhatte.

Ihre Augen waren von einem dunklen, weichen Grün, und wenn Dorian es nicht besser gewusst hätte, hätte er glauben können, dass sie Furcht zeigten. Alana Rockwell hatte wirklich ein fein geschnittenes Gesicht, mit hohen Wangenknochen und einem kleinen Kinn. Ihr Teint war blass und ihre Wimpern schwarz. Entweder musste sie äußerst geschickt im Umgang mit Kosmetika sein, oder sie war tatsächlich ungeschminkt. Sie roch nach Regen und Kaminfeuer.

Dorian folgte ihr ins Haus und fand seine Erwartungen erneut enttäuscht. Die Holzdiele wirkte leicht abgenutzt. Auf einem Tisch neben der Treppe entdeckte er eine Papierblume, die ganz offensichtlich von einem Kind gemacht worden war. Auf dem Weg zur Küche hob Alana zwei Plastikastronauten vom Boden auf. Die Küche selbst blitzte vor Sauberkeit, ohne dadurch den Eindruck von Unbewohntheit zu erwecken. Die Kühlschranktür war über und über mit kleinen Bildchen bedeckt. Auf der Frühstücksbar lag ein noch unfertiges Puzzle. Dreieinhalb Paar Kinderturnschuhe waren achtlos vor die Hintertür geworfen worden. Es brannte ein Feuer in einem Kamin, und über allem lag der Duft von Kaffee.

Wenn er kein Interesse hat, mit mir ins Gespräch zu kommen, werden wir nicht weit kommen, dachte Alana. Erneut betrachtete sie ihn. Nein, freundlich war sein Gesicht nicht, aber anziehend. Seine Brauen waren so schwarz wie sein Haar und betonten seine graugrünen Augen. Eindringliche Augen. Chucks Augen waren braun gewesen, doch ihr Ausdruck war der Gleiche gewesen: Ich bekomme, was ich will, denn mir ist es verdammt egal, mit welchen Mitteln ich mein Ziel erreiche.

War sie im Begriff, ihr Leben derselben Art von Mann zu öffnen? Ich bin älter geworden, beruhigte sie sich. Und weiser. Außerdem war sie in diesem Fall nicht verliebt.

„Geben Sie mir Ihren Mantel." Sie wartete, bis Dorian ihn ausgezogen hatte. Zum ersten Mal seit Jahren ertappte sie sich dabei, auf den Körper eines Mannes zu achten. Er war groß und eindrucksvoll, und ganz unmerklich hatte ihr Körper auf ihn reagiert. Kaum wurde sich Alana dessen bewusst, gebot sie sich selbst Einhalt. Sie nahm den Mantel und hängte ihn auf. „Wie wollen Sie Ihren Kaffee?"

„Schwarz."

Alana wusste, Nervosität ließ sich am besten durch Beschäftigtsein in den Griff bekommen. Sie wählte für Dorian einen großen Becher, für sich selbst einen viel kleineren. „Wie lang waren Sie hierher unterwegs?"

„Ich bin die Nacht durchgefahren."

Sie warf ihm einen Blick zu, als er an der Frühstücksbar Platz nahm. „Sie müssen erschöpft sein." Doch er wirkte nicht so, er schien im Gegenteil überaus wachsam zu sein.

„Ich habe meinen toten Punkt überwunden." Er stellte fest, dass sie an ihren schlanken Fingern keinen Ring trug. Als er wieder aufsah, zeigte sich ein zynischer Zug in seinem Blick. „Sie kennen das sicher."

Sie zog eine Braue hoch und nahm ihm gegenüber Platz. Als Mutter kannte sie natürlich durchwachte Nächte. „Sicher." Da ein höfliches Gespräch offensichtlich nicht seinem Interesse entsprach, konnte sie auch gleich zur Sache kommen. „Ich habe Ihr Buch über Millicent Driscoll gelesen, Mr. Crosby. Es war direkt, aber äußerst wahrheitsgetreu." Sie nahm einen Schluck Kaffee. „Haben Sie sie persönlich gekannt?"

„Nein, ich musste mir nach ihrem Selbstmord durch Recherchen ein Bild über sie machen, um das Buch schreiben zu können."

„Sie war eine aufregende Schauspielerin, eine aufregende Frau. Doch sie hatte kein leichtes Leben gehabt. Ich kannte sie über meine Schwester."

„Caroline O'Hara, eine ebenfalls aufregende Schauspielerin."

Alana lächelte weich. „Ja, das ist sie. Sie haben sie kennengelernt, als Sie über Millicent recherchiert haben?"

„Flüchtig. Offensichtlich hat sich jeder der O'Hara-Drillinge seinen Namen gemacht – auf die eine oder andere Art."

Ruhig begegnete sie seinem Blick. „Sie sagen es, auf die eine oder andere Art."

„Wie fühlt man sich, Schwestern zu haben, die so viel Aufsehen erregen?"

„Ich bin stolz auf sie." Die Antwort kam ganz spontan, ohne die leiseste Andeutung eines Untertons.

„Sie selbst haben keine Absichten, wieder ins Showgeschäft einzusteigen?"

Sie hätte gelacht, wenn sie nicht den Zynismus aus seiner Stimme herausgehört hätte. „Nein. Haben Sie Maddy schon am Broadway gesehen?"

„Ein paar Mal." Er trank einen Schluck. Der Kaffee konnte die letzten nervenaufreibenden Kilometer der Fahrt vergessen lassen. „Sie sehen ihr gar nicht ähnlich."

Der unausweichliche Vergleich ... sie war daran gewöhnt. „Nein. Mein Vater hat immer geglaubt, wir wären die Sensation gewesen, wenn wir uns zum Verwechseln ähnlich gesehen hätten. Noch Kaffee, Mr. Crosby?"

„Nein, danke. Es heißt, Chuck Rockwell sei zufällig in den Club gekommen, in dem Sie und Ihre Familie aufgetreten sind, und habe Ihre Schwestern kaum angesehen. Nur Sie."

„So wird die Geschichte erzählt?" Alana schob ihren Becher zur Seite und erhob sich.

„Ja. Die Menschen neigen zum Romantischen."

„Aber Sie nicht." Sie machte sich am Herd zu schaffen.

„Was machen Sie?"

„Essen vorbereiten. Sie mögen hoffentlich Chili con Carne?"

Alana Rockwell kochte also auch. Vielmehr, sie kochte heute Abend, vielleicht um ihn zu beeindrucken. „Ich schreibe keine Romanze, Mrs. Rockwell. Falls der Verleger Ihnen das Grundsätzliche noch nicht klargemacht haben sollte, werde ich es tun. Erstens, ich schreibe das Buch. Dafür werde ich bezahlt. Und Sie sind für Ihre Mithilfe bezahlt worden."

Alana schien ganz mit ihrer Arbeit beschäftigt. „Gibt es weitere Grundsätzlichkeiten?"

Sie gab sich so beherrscht, wie man es ihr nachsagte. Beherrscht, viele meinten sogar, gefühllos. „Das Buch handelt von Chuck Rockwell, und Sie sind ein Teil seines Lebens. Alles, was ich über Sie herausfinde, sei es noch so persönlich, verwende ich nach meinem Gutdünken. Sie haben Ihr Privatleben aufgegeben, als Sie den Vertrag unterschrieben haben."

„Ich habe mein Privatleben aufgegeben, als ich Chuck geheiratet habe, Mr. Crosby." Sie rührte im Topf und gab einen Schuss Wein hinzu. „Irre ich mich, oder haben Sie Vorbehalte wegen des Buches?"

„Nicht wegen des Buches, wegen Ihnen."

Sie drehte sich zu ihm um. Nur kurz hatte sich ein Zug von Überraschung in ihrem Blick gezeigt. Dorian Crosby wäre nicht der Erste, der annahm, sie habe Chuck wegen seines Geldes geheiratet. „Ich verstehe. Das war deutlich genug. Aber es ist für Sie auch nicht notwendig, mich zu mögen."

„Nein. Ich will in erster Linie ehrlich zu Ihnen sein. Nur so kann ich meine Arbeit erfolgreich beenden."

Sie setzte einen Deckel auf den Topf und kehrte mit der Kaffeekanne zur Frühstücksbar zurück. „Ich bin nicht so leicht zu verärgern. Man sagt mir sogar nach, ich sei – gleichgültig."

„Sie werden früher verärgert sein, als Sie denken."

Sie goss sich Kaffee nach. „Klingt, als strebten Sie danach."

„Ich bin nicht für seichtes Geplätscher."

Dieses Mal lachte sie kurz, fast bedauernd, und hob ihren Becher. „Sagen Sie: Haben Sie Chuck je kennengelernt?"

„Nein."

„Sie hätten sich wunderbar verstanden. Er war ein Mensch, der nur ein Ziel kannte: zu gewinnen. Und er führte den Kampf auf seine Art oder gar nicht. Da gab es wenig Beweglichkeit."

„Und bei Ihnen?"

Er hatte die Frage fast beiläufig gestellt, und Alana nahm sie wörtlich. „Eins meiner größten Probleme war, dass ich mich gebeugt habe, wenn es von mir verlangt wurde. Aber ich habe dazugelernt." Sie trank ihren Kaffee aus. „Ich zeige Ihnen jetzt Ihr Zimmer."

Sie ging voraus. In der Halle ergriff sie wie selbstverständlich einen seiner Koffer. Dorian wusste, dass er schwer war. Doch während er den Rest seines Gepäcks ergriff, sah er Alana schon mühelos damit die Treppe hinaufsteigen. Sie ist kräftiger, als es den Anschein hat, dachte er. Es war ein weiterer Grund, nichts, was mit ihr zusammenhing, als selbstverständlich vorauszusetzen.

„Das Bad ist am Ende des Ganges." Alana öffnete eine Tür und stellte den Koffer neben dem Bett ab. „Ich habe einen Schreibtisch hineingestellt. Ich dachte mir, das sei bequemer."

Es war eine mehr als angenehme Überraschung, so wie das Zimmer insgesamt. Dorian, der Antiquitäten liebte, erkannte sofort in dem Kopfteil des Bettes eine Chippendale-Arbeit und in den Rasierutensilien museumsreife Qualitäten. Die Vorhänge waren zur Seite gezogen und gaben den Blick auf sanfte, zum Teil noch schneebedeckte Hügel frei und auf einen Stall.

„Es ist schön hier."

„Danke." Auch Alana sah hinaus. „Sie hätten es sehen sollen, als wir es gekauft haben. Das Dach hat an mindestens fünf Stellen gleichzeitig geleckt, und die Installationsanlagen waren eher eine Wunschvorstellung als Wirklichkeit. Aber als ich es das erste Mal gesehen habe, habe ich es sofort ins Herz geschlossen."

„Sie haben es ausgesucht?" Er trug seine Schreibmaschine zum Schreibtisch hinüber.

„Ja."

„Warum?"

Sie stand immer noch, den Rücken ihm zugewandt, am Fenster, und er glaubte einen leisen Seufzer zu hören. „Irgendwann muss sich jeder irgendwo niederlassen – zumindest die meisten."

Er packte seinen Kassettenrekorder aus und stellte ihn neben die Schreibmaschine. „Ein weiter Weg von der Rennbahn."

Sie drehte sich um. „Haben Sie alles, was Sie brauchen?"

„Ja. Noch eine Frage, Mrs. Rockwell. Warum jetzt? Warum haben Sie jetzt doch noch einer Biografie über Ihren Mann zugestimmt?"

Es gab zwei sehr wesentliche Gründe, doch sie glaubte nicht, dass er sie verstehen würde. „Sagen wir einfach, ich war vorher noch nicht so weit. Chuck ist jetzt seit fast fünf Jahren tot."

Und nach fünf Jahren könnte das Geld knapp geworden sein. „Ich bin sicher, der Vertrag war sehr lukrativ." Als sie nicht antwortete, warf er ihr einen Blick zu. Er konnte in ihren Augen keinen Ärger entdecken, doch er hätte ihn dem kühlen, undeutbaren Ausdruck vorgezogen.

„Das Essen ist um sechs fertig."

„Mrs. Rockwell, ich bin es gewöhnt, zurückgetreten zu werden, wenn ich beleidigend geworden bin."

Sie lächelte zum ersten Mal. Ihr Blick wurde weich, und ihr Gesicht bekam einen offenen Ausdruck von Verletzlichkeit. Ganz unerwartet löste das in Dorian sowohl ein Schuldgefühl als auch Anziehung aus.

„Ich bin nicht gut im Kämpfen. Darum lasse ich es normalerweise." Draußen ertönte ein Knall, doch sie zuckte nicht einmal zusammen. Es folgte ein gellendes Geschrei, das jedem Indianertrupp bei der Kaperung eines Trecks zur Ehre gereicht hätte. Der Hund stimmte ein ohrenbetäubendes Bellen an, und kurz darauf schlug etwas auf der Veranda auf, das ohne Weiteres ein Elefantenbein hätte sein können.

„Im Bad sind frische Handtücher."

„Danke. Darf ich fragen, was das ist?"

„Was?"

Zum ersten Mal entdeckte er echten Humor in ihren Augen. Die Verletzlichkeit war verschwunden. Er sah eine Frau, die wusste, wer sie war und was sie wollte. „Es klang wie ein feindlicher Überfall."

„Ein Überfall, genau das ist es." Sie durchquerte den Raum, hielt inne, als die Tür unten aufgerissen und wieder zugeworfen wurde, was die Bilder an den Wänden erzittern ließ.

„Mom! Wir sind da!"

„Meine Kinder meinen immer, sie müssten sich ankündigen. Der Himmel weiß, warum. Sie entschuldigen mich, ich muss den Teppich im Wohnzimmer retten."

Und damit ließ Alana Dorian mit seinen Gedanken allein.

2. KAPITEL

Alana folgte den Wasserspuren vom Eingang zur Küche. „Hi, Mom.“ Beide Jungen strahlten sie an. Die Schule war vorbei und die Welt wieder in Ordnung.

„Hi, ihr zwei.“ Ein paar feuchte Bücher lagen auf der Frühstücksbar. Vor dem Kühlschrank, wo die zwei Jungen standen, hatte sich schon eine kleine Pfütze gebildet. Die Kühlschranktür stand sperrangelweit offen, und die kalte Luft wetteiferte mit der Hitze vom Feuer. Alana überblickte den Schaden und stufte ihn als gering ein. „Chris, das da auf dem Boden, das sieht aus wie dein Mantel.“

Scheinbar überrascht blickte der Jüngste hin. „Tommy Harding hat wieder Ärger im Bus gekriegt.“ Er hob seinen Mantel auf und hängte ihn auf einen Kleiderhaken bei der Hintertür. „Er muss zwei Wochen lang vorn sitzen.“

„Er hat Angela angespuckt“, verkündete Ben beifällig. „Direkt ins Haar.“

„Na wunderbar.“ Im Vorbeigehen hob Alana Chris’ nasse Handschuhe auf und gab sie ihm. „Ich nehme an, du hast nichts damit zu tun.“

Ben goss sich Saft in ein Glas, was nicht ohne Kleckerei ablief. „Ich habe nur gesagt, dass sie hässlich ist.“

Chris, sonst immer aufseiten der Unterdrückten, mühte sich mit seinen Stiefeln ab. „Klein und hässlich.“

„Ekelhaftes Gesicht“, fügte Ben noch hinzu. „Chris und ich haben einen Wettlauf vom Bus aus gemacht. Ich habe ihm einen Vorsprung gegeben, aber ich habe doch gewonnen.“

„Glückwunsch.“

„Ich hätte fast gewonnen.“ Chris kämpfte mit dem zweiten Stiefel. „Und ich habe schrecklichen Hunger.“

„Nimm ein Plätzchen.“

„Ich habe gesagt, schrecklich hungrig.“

Mit seinem runden, blassen Gesicht sah Chris wie ein kleiner Engel aus. Sein blondes Haar lockte sich bis fast über die Ohren, und mit seinen haselnussbraunen Augen strahlte er zu Alana hoch. Seufzend gab sie nach. „Zwei.“ Er war einfach ein Herzensbrecher.

„Ich sterbe vor Hunger.“ Ben hatte seinen Saft hinuntergestürzt und wischte sich mit der Hand über den Mund. Ihr kleiner Tollkopf. Sein Haar hatte sich zu einem Hellbraun verdunkelt und umrahmte widerspenstig sein Gesicht. Seine Augen waren dunkel und verschmitzt.

„Zwei“, betonte Alana auch für ihn. Sie konnte sich darauf verlassen, dass die zwei ihre Grenzen kannten. Sie war der Boss. Noch.

Ben steckte eine Hand in die Keksdose, die wie eine Ente aufgemacht war. „Wessen Wagen ist das? Er ist nicht schlecht.“

„Der Schriftsteller, erinnerst du dich?“ Alana holte ein Wischtuch aus dem Schrank und beseitigte schnell die Pfützen auf dem Boden. „Mr. Crosby.“

„Der, der das Buch über unseren Dad schreiben will?“

„Genau.“

„Verstehe gar nicht, warum jemand etwas über einen lesen will, der tot ist.“

Da war es wieder. Bens deutliche Ablehnung seines Vaters. War es Chucks Schuld gewesen, oder hätte sie sich nicht weigern dürfen, ihr Kind zu sämtlichen Rennbahnen zu schleppen? „Dein Vater war sehr berühmt, Ben. Er wird immer noch bewundert.“

„Wie George Washington?“ Chris stopfte sich sein letztes Plätzchen in den Mund.

„Nicht ganz so. Und jetzt geht ihr hoch und zieht euch um. Stört Mr. Crosby nicht. Er hatte eine anstrengende Fahrt und ruht sich wahrscheinlich aus.“

„Okay.“ Ben warf Chris einen vielsagenden Blick hinter dem Rücken seiner Mutter zu. „Wir sind mucksmäuschenstill.“ Und damit verschwanden die beiden schon in Richtung Treppe.

„Lass die Treppe nicht knarren“, warnte Ben seinen Bruder und stieg sie in einem Zickzack hinauf, den er in mühsamer Kleinarbeit herausgefunden hatte. „Sonst hört er uns.“

„Wir sollen ihn doch nicht stören.“ Doch Chris folgte ganz genau dem Weg seines Bruders.

„Wir stören ihn nicht. Wir sehen ihn uns nur an.“

„Aber Mom hat gesagt ...“

„Hör zu.“ Ben blieb stehen und senkte seine Stimme zu einem dramatischen Flüsterton. „Wenn er jetzt gar kein Schriftsteller ist? Wenn er ein Dieb ist?“

Chris riss die Augen auf. „Ein Dieb?"

„Ja." Der Gedanke regte Bens Fantasie an, und er beugte sich dicht an das Ohr seines Bruders. „Er ist ein Dieb. Er wartet, bis wir heute Nacht schlafen, und dann räumt er unser Haus aus."

„Auch meine Lastwagen?"

„Bestimmt. Und ich wette", zog Ben spannungsvoll in die Länge, „er hat eine Waffe. Wir müssen also ganz ruhig sein und ihn nur beobachten."

Überzeugt nickte Chris und schlich hinter seinem Bruder die letzten Stufen hoch.

Die Hände in die Hosentaschen vergraben, blickte Dorian aus dem Fenster. Die Hügellandschaft erinnerte ihn an die, die er zu Hause aus seinem Kinderzimmerfenster gesehen hatte. Über allem lag Nebel, und der Regen strömte herunter. Weit und breit war kein anderes Haus zu sehen.

Er fühlte sich angenehm überrascht. Er hatte sich Alana O'Hara Rockwells Haus als ein elegantes Vorzeigeanwesen vorgestellt, mit einer ganzen Schar von Bediensteten. Doch er hatte ein schlichtes, gemütliches Heim gefunden.

Er hatte zwar gewusst, dass sie Kinder hatte, doch die hatte er mit Kindermädchen oder Internaten in Verbindung gebracht. Denn die Frau, die er von Bildern kannte, in einen weißen Nerz gehüllt und mit Diamanten geschmückt, die hätte weder Zeit noch Lust gehabt, sich um Kindererziehung zu kümmern.

Wenn sie diese Frau nicht war, wer zum Teufel war sie dann? Es war seine Aufgabe, das Leben von Chuck Rockwell zu erhellen, doch Dorian musste sich eingestehen, an der Witwe interessierter zu sein.

Wie eine Witwe wirkt sie eigentlich nicht, dachte Dorian und stellte seine Koffer zum Auspacken aufs Bett. Eher wie eine Studentin während der Semesterferien. Andererseits war sie so etwas wie eine Schauspielerin gewesen. Und vielleicht war sie es immer noch.

Ein kaum wahrnehmbares Geräusch erregte seine Aufmerksamkeit. Als Reporter hatte sich Dorian häufig genug in dunklen Gegenden und zwielichtigen Bars aufhalten müssen, um selbst im Hinterkopf Augen bekommen zu haben. Ohne sich etwas anmerken zu lassen, packte er seinen Koffer aus und blickte gleichzeitig vorsichtig in den Spiegel am Ende des Bettes.

Langsam öffnete sich die Tür seines Zimmers, erst einen Spaltbreit, dann weiter. Und schließlich erkannte er im Spiegel zwei Augenpaare und hörte angespannte Atemzüge.

„Er sieht wie ein Dieb aus", wisperte Ben aufgeregt. „Er hat einen verschlagenen Blick."

„Meinst du, er hat eine Pistole?"

„Wahrscheinlich eine ganze Sammlung." Kaum hatte er die Worte ausgesprochen, als die Tür ganz aufgerissen wurde und die zwei Jungen ins Zimmer purzelten.

Vom Teppich her blickte Chris hoch in das Gesicht des Mannes, das ihm meilenweit entfernt zu sein schien. Ängstlich schob der Kleine die Unterlippe vor. „Sie kriegen meine Lastwagen nicht." Es fehlte nicht viel, und er hätte laut nach seiner Mutter geschrien.

„Okay." Amüsiert kniete sich Dorian neben ihm nieder. „Kann ich sie vielleicht manchmal sehen?"

„Vielleicht." Chris warf seinem Bruder einen Blick zu. „Sind Sie ein Dieb?"

„Chris!" Verlegen erhob sich Ben. „Er ist eben noch ein Kind."

„Bin ich nicht. Ich bin sechs."

„Sechs." Dorian bemühte sich um einen beeindruckten Blick. „Und du?"

„Ich bin acht – fast. Mom glaubt, Sie sind Schriftsteller."

„Manchmal glaube ich das selbst." Ein hübscher Junge, dachte Dorian, seine Augen strahlen eine unwiderstehliche Wissbegier aus. „Ich bin Dorian." Er streckte den beiden eine Hand entgegen.

„Ich bin Ben." Er ergriff Dorians Hand, stolz auf die Begrüßung von Mann zu Mann. „Das ist Chris."

Mit einem verlegenen Lächeln ergriff auch Chris die ausgestreckte Hand. Dorian konnte sich nicht zurückhalten und fuhr dem Kleinen übers Haar.

Chris grinste verschmitzt. „Mom sagte, wir sollten Sie nicht stören."

„Ich sage es euch, wenn ihr mich stört."

Chris nahm ihn gleich beim Wort. Er kletterte aufs Bett und plapperte über alles Mögliche, während Dorian auspackte. Ben hielt sich dagegen zurück, beobachtete aber aufmerksam alles.

Sein Vertrauen ist nicht leicht zu gewinnen, dachte Dorian. Der Kleine dagegen war ein Prachtkerl, der einem auf Anhieb alles zu glauben schien.

Chris beobachtete, wie Dorian Zigaretten hervorholte. „Mom meint, das sei eine schlechte Angewohnheit."

Dorian verstaute sie in der Kommodenschublade. „Mütter sind schrecklich klug."

„Mögen Sie schlechte Angewohnheiten?"

„Ich ..." Dorian zog es vor, die Frage unbeantwortet zu lassen. Er legte die Kamera auf die Kommode. Im Spiegel sah er, wie Ben interessiert den Kassettenrekorder befingerte. „Bist du daran interessiert?"

Ertappt zog Ben die Hand zurück. „Spione benutzen so etwas."

„Habe ich auch gehört. Sind hier welche?"

Ben warf ihm einen ruhig abwägenden Blick zu, den Dorian nicht einmal bei einem doppelt so alten Jungen erwartet hätte. „Vielleicht."

„Wir dachten einmal, dass Mr. Petrie, der uns mit den Pferden hilft, ein Spion sei." Chris sah in den Koffer, ob es noch etwas Interessantes zu entdecken gab. „Aber er war keiner."

„Ihr habt Pferde?"

„Einen ganzen Haufen."

„Was für Pferde?"

Chris zuckte mit den Schultern. „Hauptsächlich große."

„Du bist vielleicht dumm", warf Ben ein. „Es sind Morgans. Eines Tages werde ich Thunder reiten, das ist der Hengst." Die abwägende Zurückhaltung verschwand aus seinem Blick und wurde durch Begeisterung ersetzt. „Er ist der Beste überhaupt."

Da liegt der Schlüssel, wenn man dem Jungen näherkommen will, dachte Dorian. „Ich hatte als Kind einen, der war vierundsechzig Zoll groß."

„Vierundsechzig?" Ben riss die Augen auf, bevor er sich daran erinnerte, dass er nicht zu viel Begeisterung zeigen wollte. „Bestimmt war der nicht so schnell wie Thunder." Als Dorian nichts darauf sagte, gab Ben, nach kurzem innerem Kampf, auf. „Wie haben Sie ihn genannt?"

„Sly. Er wusste immer, in welcher Tasche die Mohrrübe war."

„Ben. Chris."

Ben errötete schuldbewusst, als er seine Mutter in der Tür erblickte. Sie hatte diesen gewissen Blick. Nur Chris schien ihn nicht zu bemerken und turnte fröhlich auf dem Bett herum. „Hi, Mom. Ich glaube nicht mehr, dass Dorian ein Dieb ist."

„Wir sind alle erleichtert, das zu hören. Benjamin, hatte ich dir nicht gesagt, Mr. Crosby nicht zu stören?"

„Doch, Ma'am." Wenn sie ihn Benjamin nannte, sagte er Ma'am.

„Sie haben mich nicht gestört." Dorian packte eine Hose aus und hängte sie in den Schrank. „Wir haben uns lediglich bekannt gemacht."

„Nett von Ihnen." Sie warf ihm einen kurzen Blick zu und schien ihn dann zu übersehen. „Vielleicht habt ihr beide euren Teil der Hausarbeit vergessen?"

„Aber, Mom ..."

Ein Blick von ihr ließ Ben verstummen. „Ich glaube nicht, dass wir erneut das Thema Verpflichtungen diskutieren müssen."

Dorian verstaute sein Hemd im Schrank und bemühte sich, nicht zu lachen. Den gleichen Satz im gleichen Ton hatte er selbst unzählige Male von seiner Mutter gehört.

„Ihr habt Tiere zu versorgen", erinnerte Alana ihre Söhne. „Und", sie schwenkte ein Papier, „das scheint offenbar auf den Boden gefallen zu sein. Ich bin sicher, du wolltest es mir zeigen."

Ben starrte auf seine Füße, als seine Mutter sein schlechtes Diktat hochhob. „Ich wollte es lernen."

„Mm." Sie trat zu ihm und hob sein Kinn. „Also wirklich nur vergessen?"

Er lächelte, denn das Schlimmste war vorbei. „Ich werde es heute Abend lernen."

„Darauf kannst du wetten. Und nun verschwindet. Alle beide."

Ben ließ sich das nicht zweimal sagen, während Chris noch zögerte. „Ben sagte, er könnte meine Lastwagen stehlen."

Alana gab ihm einen lauten Kuss. „Du bist wirklich sehr gutgläubig. Und jetzt zieh dich um, mach deine Arbeit, und dann können wir essen."

An der Tür drehte sich Chris noch einmal um und warf Dorian ein Lächeln zu. „Bye."

Alana wartete einen Augenblick und wandte sich dann Dorian zu.

„Es tut mir leid. Sie sind daran gewöhnt, im Haus herumzulaufen, und vergessen leicht, andere nicht zu stören."

„Sie haben mich nicht gestört."

Sie lachte und warf dabei ihr Haar zurück. „Das sagen Sie nicht mehr lange, das verspreche ich Ihnen." Dann verschwand das Lachen, und ihr Blick war wieder beherrscht und sachlich. Doch es war ihr Mund, der Dorian anzog. Er war voll und sinnlich. „Ich werde Sie bei diesem Projekt unterstützen. Aber das schließt nicht meine Kinder ein."

Er packte sein Rasierzeug aus. „Und das heißt?"

„Sie sollen nicht mit hineingezogen werden. Lassen Sie sie mit Fragen über ihren Vater in Ruhe."

Er sah sie an. Sie war eine Frau, die von ihrem Aussehen und ihrer Stimme einen weichen Eindruck vermittelte. Doch er hatte das deutliche Gefühl, sie würde Krallen zeigen, wenn sie ihre Kinder bedroht fühlte. „Das hatte ich auch vor. Wahrscheinlich sind sie auch beide noch zu jung, um sich groß erinnern zu können."

Du würdest überrascht sein, dachte sie, nickte aber. „Dann verstehen wir uns ja."

„Noch nicht. Noch lange nicht, Mrs. Rockwell."

Sein Blick war ihr ein wenig zu eindringlich. Wie viel von sich selbst würde sie ihm gezeigt haben, wenn seine Arbeit beendet sein würde? Es war ein Risiko, auf das sie sich eingelassen hatte. „Ich schicke Ihnen einen der Jungen, wenn das Essen fertig ist."

Als Alana das Zimmer wieder verlassen hatte und die Treppe hinunterging, fröstelte sie plötzlich. Wie gern würde sie jetzt ihre Familie anrufen, die beruhigenden Stimmen ihrer Eltern hören oder Carries sarkastische. Alana fuhr sich durchs Haar. Sie könnte auch Maddy anrufen und sich einige ihrer Rundumschläge über das Leben im Allgemeinen anhören. Terence konnte sie nicht erreichen. Der große Bruder stromerte irgendwo durch Europa oder Afrika oder der Himmel wusste, wo.

Ich kann sie nicht anrufen, erinnerte sich Alana dann, als sie wieder in der Küche war. Sie würden alle sofort kommen, wenn sie auch nur das Gefühl hätten, dass sie gebraucht wurden. Sie konnte sich nicht einfach wieder in den Schoß der Familie fallen lassen. Sie war Alana Rockwell, Mutter zweier Söhne, für die sie sorgen musste, die sie erziehen musste und für die sie Verantwortung trug.

Nachdem das Vieh versorgt war und die Jungen widerstrebend Gesicht und Hände gewaschen hatten, schickte Alana Chris hoch, um Dorian zum Essen zu holen.

„Ich tue es.“ Bens Angebot kam schnell und war für ihn ganz untypisch. Als Alana ihn fragend ansah, zuckte er die Schultern. „Ich wollte sowieso hoch.“

„Ich muss doch keine Pilze essen?“ Chris kletterte schon auf seinen Stuhl.

„Nein.“

„Du fischst sie mir heraus?“

„Ja.“

„Aber alle. Wenn ich auch nur einen esse, wird mir schlecht.“

„Verstanden.“ Alana sah auf, als Ben wieder mit Dorian erschien. „Setzen Sie sich.“ Sie füllte den Salat in die Salatschüsselchen.

„Ich will keinen“, meinte Ben, als er sich auf seinen Stuhl setzte.

„Aber dein Körper. Hier, Chris, nicht ein Pilz.“

„Falls doch, werde ich …“

„Ja, ich weiß.“ Sie füllte eine dritte Schüssel und stellte sie vor Dorian. „So, wenn ihr jetzt …“ Als sie Dorians verschmitzt lächelndes Gesicht sah, fühlte sie sich ertappt. „Oh, Entschuldigung“, meinte sie mit einem Blick auf seinen Salat. „Es ist mir wohl schon in Fleisch und Blut übergegangen, das Essen auf die Teller auszuteilen.“

Während des Essens plapperte Chris munter mit vollem Mund. Ben stocherte in seinem Salat und beobachtete Dorian aus den Augenwinkeln. Merkwürdig, dachte Alana. Was war das für ein Blick? Misstrauisch? Verstimmt?

Und plötzlich merkte sie, dass Dorian auf Chucks früherem Platz saß. Sicher, er hatte dort nur selten gesessen, aber es war sein Platz gewesen. Ob Ben sich daran erinnerte? Er war knapp drei Jahre alt gewesen, als sein Vater das letzte Mal hier gewesen war. Knapp drei und doch manchmal schon so schrecklich erwachsen.

Ein Ellbogen stieß Alana in die Rippen, und sie zuckte zusammen. „Was?“

Ben schob seine Salatschüssel zur Seite. „Ich habe gesagt, dass ich ihn fast aufgegessen habe.“

„Oh.“ Sie ergriff den Schöpflöffel, um ihm Chili con Carne auszuteilen.

„Ich kann das selbst."

Automatisch begann sie ihm auszuteilen, als sie Dorians Blick auffing. Irgendetwas veranlasste sie, den Topf an Ben weiterzureichen. Ärgerlich auf sich selbst, setzte sie sich zurück.

Auch Dorian füllte sich auf und probierte dann. Entweder war es köstlich, oder er war am Verhungern. „Die Jungen haben mir erzählt, dass Sie einige Pferde besitzen."

„Ja, wir züchten Morgans. Benutze deine Serviette, Chris."

„Züchten?" Dorian konnte es gerade noch verhindern, bekleckert zu werden, als Chris' Löffel in den vollen Teller fiel. „Ich wusste gar nicht, dass Sie das machen."

„Leider wissen das viele nicht. Aber das wird sich ändern. Verstehen Sie etwas von Pferden?"

„Er hatte einen Trawer", trumpfte Chris auf.

„Einen Traber." Ben verdrehte den Blick und wäre sich mit dem Ärmel über den Mund gefahren, wenn er nicht den warnenden Blick seiner Mutter aufgefangen hätte. „Er soll vierundsechzig Zoll groß gewesen sein."

„Tatsächlich?"

„Ich bin auf einer Farm in Jersey aufgewachsen."

„Komisch – und dann Schriftsteller", urteilte Ben, während er die Reste auf seinem Teller zusammenkratzte. „Muss langweilig sein, so als wenn man immer in der Schule wäre."

„Es gibt tatsächlich Menschen, die gerne ihren Kopf arbeiten lassen. Noch etwas, Mr. Crosby?"

„Ein wenig." Obwohl er normalerweise nicht sehr gesprächig war und es vorzog, zuzuhören, fühlte sich Dorian merkwürdigerweise veranlasst, vor dem Jungen seinen Beruf zu rechtfertigen. „Weißt du, wenn ich schreibe, dann muss ich auch viel herumreisen und treffe viele Leute."

„Das ist gut." Ben malte mit der Gabel Muster auf seinen Teller. „Ich will auch reisen. Wenn ich groß bin, will ich Weltraumpirat werden."

„Interessant", murmelte Dorian.

„Dann kann ich von Galaxis zu Galaxis fliegen und viel erbeuten."

„Ben steckt voller Kriminalgeschichten. Ich habe schon angefangen, für seine Kaution zu sparen", entgegnete Alana.

„Immer noch besser als Chris. Er will Müllmann werden.“

„Jetzt nicht mehr“, meldete der sich mit vollem Mund und glänzenden Augen.

„Sprich nicht mit vollem Mund, Spatz. Letztes Jahr haben wir Maddy in New York besucht, und Chris war ganz fasziniert von den Müllwagen.“

„Blöd.“ Tiefste Verachtung sprach aus Bens Stimme, während er seinem Bruder einen Blick zuwarf. „Wirklich blöd.“

„Ben, bist du nicht mit dem Abwasch dran?“

„O Mom.“

„So war unsere Abmachung: Ich koche, und ihr wechselt euch mit dem Abwasch ab.“

Er schmollte, doch dann blitzte es verschmitzt aus seinen Augen. „Er wohnt jetzt hier.“ Mit einer Kopfbewegung wies Ben auf Dorian. „Er muss dann auch drankommen.“

Warum musste Ben eigentlich immer nur logisch sein, wenn es zu seinem Vorteil war? „Ben, Mr. Crosby ist ein Gast …“

„Das Kind hat recht“, schaltete sich Dorian ein und wurde dafür mit einem erfreuten Lächeln von Ben belohnt. „Solange ich hier bin, muss ich mich zumindest an die Regeln halten.“

„Mr. Crosby, unterstützen Sie diese kleinen Monster nicht noch. Ben wäscht gern ab.“

„Nein, tue ich nicht“, entgegnete der halblaut.

„Wenn dir jemand ein gutes Essen serviert, dann ist es nicht zu viel verlangt, wenn du hinterher den Abwasch machst.“

„Ich übernehme es heute“, meinte Dorian, als Ben den Kopf hängen ließ.

Sofort schoss der Kopf wieder hoch. „Im Ernst?“

„Ich denke, das ist nur fair.“

„Wunderbar. Komm, Chris, wir …“

„Machen unsere Hausaufgaben“, beendete Alana. Bens Mund öffnete und schloss sich wieder. Er wusste, dass er den Bogen nicht überspannen durfte. „Und dann könnt ihr fernsehen.“ Mit lautem Getrampel stürmten die beiden hinaus und die Treppe hinauf.

„Was für zurückhaltende Kinder“, murmelte Alana. „Ich muss mich wohl erneut für ihre fehlenden Manieren entschuldigen.“

„Keine Sorge. Ich war selbst einmal ein Kind.“

Alana stützte das Kinn in die Hände und betrachtete Dorian. „Manche Menschen kann man sich gar nicht klein und hilflos vorstellen. Möchten Sie noch etwas, Mr. Crosby?“

„Ihre Kinder haben kein Problem mit meinem Vornamen. Wir werden einige Wochen miteinander verbringen. Warum versuchen wir es da nicht etwas weniger formell? Alana?“

„Dorian ist ein sehr ungebräuchlicher Name.“

„Mein Vater wollte etwas Gediegenes wie John. Meine Mutter war romantischer und hat nicht nachgegeben.“

Er betrachtete sie wieder in dieser unpersönlich abwägenden Art, die darauf schließen ließ, dass sich Fragen in seinem Kopf formten. Sie hatte das Gefühl, sich dafür noch nicht genügend gewappnet zu haben. „Meine Eltern haben immer das Ungewöhnliche vorgezogen“, meinte sie und stellte das Geschirr zusammen.

„Das ist meine Aufgabe.“

„Sie können sich Bens aufrichtiger Dankbarkeit sicher sein, dass Sie ihm seine Aufgabe abgenommen haben, aber Sie brauchen sich nicht verpflichtet zu fühlen.“ Mit den Tellern in der Hand drehte sie sich um und stieß direkt mit Dorian zusammen.

„Versprochen ist versprochen“, entgegnete er ruhig und griff nach den Tellern. Dabei berührten sich ihre Finger leicht, so wie es täglich in unzähligen Situationen geschehen kann. Doch Alana zuckte zusammen und hätte fast die Teller fallen lassen.

„Nervös?“ Er beobachtete sie unauffällig. Er hatte gelernt, dass Beobachtungen mehr als Worte über einen Menschen in Erfahrung bringen ließen.

„Ich bin es nicht gewöhnt, jemanden in der Küche um mich zu haben.“ Eine schwache Erklärung. Sie griff sich wieder schmutziges Geschirr, um ihre Hände und ihre Gedanken mit Routinetätigkeit abzulenken. „Dort ist die Spülmaschine. Lächerlich, dass die Jungen so ein Theater machen, wo sie doch nichts weiter machen müssen, als sie ein- und wieder auszuräumen.“

„Wir könnten ihren Widerwillen etwas lindern, indem ich einmal pro Woche koche und Sie das Geschirr übernehmen.“

Sie starrte ihn an. „Sie kochen?“

„Überrascht?“

Keiner der Männer, die Alana in ihrem Leben gekannt hatte,

konnte einen Herd von einer Geschirrspülmaschine unterscheiden. „Wenn man allein lebt, ist es wahrscheinlich hilfreich."

Er dachte an seine Ehe und lachte wenig amüsiert auf. „Selbst wenn nicht, ist es hilfreich." Als er das Geschirr in die Maschine einräumte, klapperte sie leicht. „Die Spülmaschine ist etwas altersschwach."

„Sie läuft." Alana verschwieg, dass sie sie gebraucht gekauft und mit viel Schweiß und aufgeschürften Knöcheln allein aufgestellt hatte.

„Sie müssen es wissen." Er schloss die Tür. „Aber für mich klang es, als hätten sich einige Schrauben gelockert. Wenn Sie wollen, könnte ich einmal nachsehen."

Es gab vieles, was nachgesehen werden musste. Und es würde auch geschehen, wenn das Manuskript fertig und der Rest des Honorars auf ihrem Konto verbucht sein würde. „Ich glaube, Sie wollen sich lieber einen Plan für Ihre Arbeit aufstellen." Alana ging zur Kaffeemaschine und goss, ohne Dorian zu fragen, zwei Tassen ein. „Die beste Zeit für mich wäre am späten Vormittag oder am frühen Nachmittag. Aber ich werde versuchen, anpassungsfähig zu sein."

„Das passt mir gut." Er stellte sich mit seiner Tasse dicht neben Alana an den Herd. Er meinte, einen Duft von Regen aus ihrem Haar wahrnehmen zu können. Sie stand unbeweglich, und er konnte sich selbst in ihren Augen widerspiegeln sehen. Und dann sah er nichts anderes mehr. Und plötzlich spürte er einfach nur den Wunsch, ihr Haar zu berühren, das ihr auf die Schultern fiel. Sie trat zurück. Dadurch löste sich sein Spiegelbild in den Augen auf und der Wunsch, sie zu berühren.

„Wir frühstücken früh." Konzentrier dich auf den Alltag, befahl sich Alana selbst. Dann würde es keinen Platz für solche plötzlichen und heftigen Gefühlsregungen in ihr geben. „Die Kinder müssen den Schulbus um halb acht erreichen. Wenn Sie also ein Spätaufsteher sind, müssen Sie sich allein behelfen."

„Ich komme schon klar."

„Ich bin dann im Stall, aber gegen zehn müsste ich fertig sein."

Was zum Teufel machte eine Frau mit den Händen einer Künstlerin morgens eineinhalb Stunden lang im Stall? „Gut, dann halten wir zehn fest."

Die innere Spannung war verflogen, als sie das Geschäftliche besprachen, und Alana konnte ihre Tasse Kaffee genießen, die für heute Abend ihre letzte sein würde. „Die Abende sind natürlich für die Kinder reserviert. Sie gehen um halb neun ins Bett. Wenn es noch etwas Wichtiges gibt, können wir es auch noch anschließend erledigen. Normalerweise erledige ich meinen Papierkram auch immer am späten Abend."

„Ich auch." Sie hatte ein reizendes Gesicht, weich, warm und offen, mit einem kleinen Zug von Reserviertheit um den Mund. Ein Gesicht, das einen Mann die Hinterlist der Frauen vergessen lassen konnte, wenn er nicht wachsam war. Dorian war ein sehr wachsamer Mann.

„Alana, eine Frage. Warum haben Sie das Showbusiness aufgegeben?"

Jetzt lachte sie tatsächlich. Es war ein warmes, direkt sinnliches Lachen. „Haben Sie uns je gesehen? Die O'Hara-Drillinge, meine ich."

„Nein."

„Sonst hätten Sie auch nicht gefragt."

Es war schwer, Menschen zu widerstehen, die über sich selbst lachen konnten. „So schlimm?"

„Oh, schlimmer, viel schlimmer." Sie spülte ihre Tasse im Spülbecken aus. „Ich muss jetzt einmal nach den Jungen sehen. Wenn sie so lange so still sind, werde ich unruhig. Bedienen Sie sich mit dem Kaffee. Der Fernseher ist im Wohnzimmer."

„Alana." Dorian war mit dem bisher Erreichten überhaupt nicht zufrieden. Er spürte deutlich, dass hier nichts so war, wie es schien. Alana sah ihn ruhig an. „Ich beabsichtige, Sie verstehen zu lernen – richtig."

Sie spürte einen leichten Stich. „Ich bin nicht so vielschichtig, wie Sie anzunehmen scheinen. Außerdem sind Sie hier, um über Chuck zu schreiben."

„Das werde ich auch."

Und dem sah Alana mit Erwartung, aber auch Furcht entgegen. Mit einem leichten Nicken verließ sie den Raum, um zu den beiden Kindern zu gehen.

3. KAPITEL

Leise wurde seine Tür geöffnet, und sofort war Dorian hellwach. Er brauchte einen Moment, um sich daran zu erinnern, dass er nicht in irgendeinem Hotelzimmer lag, wo er in jeder Sekunde auf der Hut sein musste. Doch aus der Gewohnheit heraus hielt er die Augen geschlossen und atmete ruhig weiter.

„Er schläft noch." Das etwas geringschätzige Flüstern kam von Ben.

Chris schlich näher. „Warum schläft er so lange?"

„Weil er erwachsen ist. Die tun, was sie wollen."

„Mom ist auf. Sie ist auch erwachsen."

„Das ist etwas anderes. Sie ist eine Mom."

„Ben, Chris." Der gedämpfte Ruf schien von unten zu kommen. „Beeilt euch. Der Bus kommt in zehn Minuten."

„Komm." Ben warf noch einen Blick zum Bett hinüber. „Wir können ihn später ausspionieren."

Zwanzig Minuten später ging Dorian hinunter. Das Haus war still und leer. Der Kaffeeduft zog ihn in die Küche, die den Eindruck machte, als wäre sie gerade von einem Wirbelsturm heimgesucht worden.

Auf der Frühstücksbar standen zwei Müslibehälter, beide offen, und von beiden führte eine Spur von Körnern bis zum Rand der Platte. Ein halb offener Brotbeutel lag auf der Anrichte zwischen Spüle und Herd. Daneben war ein großer Klecks Grapefruitmarmelade. Es gab ein Glas mit Erdnussbutter, dessen Deckel schief aufgesetzt war, und ein ganzes Sortiment an Messern, Löffeln und Tellern. Eine Spur schmutziger Pfoten führte verräterisch direkt zur Hintertür.

Dorian suchte sich eine Tasse. Als er die aufmunternde Wirkung des Kaffees spürte, ging Dorian zum Fenster. Es hatte über Nacht gefroren, und die dünne Schicht Eis glänzte in der strahlenden Sonne. Der Nebel hatte sich verzogen, sodass man bis zu den sanften Hügeln hinter dem Stall blicken konnte. Falls es überhaupt Nachbarn gab, konnten es nur wenige, weit entfernt von hier, sein.

Aus welchem Grund versteckte sich eine Frau hier, vor allem eine Frau, die an Vergnügungen und Abwechslung gewöhnt war?

Und noch ein Gedanke bedrängte ihn: Wo waren die Männer in ihrem Leben? Eine Frau von Alanas Aussehen musste sie einfach haben. Sie war seit fünf Jahren Witwe. Eine junge, reiche Witwe. Auch wenn er ihr zugestand, dass sie ihre Mutterpflichten ernst nahm, beantwortete das kaum diese Frage. Zwei kleine Jungen konnten keinen Ersatz für Männerbeziehungen bieten.

Aus irgendeinem Grund schien sie den Wunsch zu haben, ihn ihr häusliches Farmleben für bare Münze nehmen zu lassen. Doch er nahm nichts für bare Münze, vor allem nicht bei Frauen.

Dann sah er sie. Sie kam aus einem kleinen Stall und schloss sorgfältig die Tür hinter sich. Der Sonnenschein verfing sich in ihrem Haar, als sie es sich mit den Fingern zurückstrich. Ihre Jacke war bis zum Hals zugeknöpft und reichte bis zu den Hüften. Darunter trug sie Jeans, die in abgenutzten Stiefeln steckten.

Hatte sie sich für ihn in Positur gesetzt, dachte er, als er unerwartetes Begehren spürte. Wusste sie, dass er sie beobachtete, während sie dort einfach nur stand, das Gesicht der Sonne zugewandt, mit einem ruhigen Lächeln um den Mund? Doch sie warf nicht einen Blick zum Haus, sie drehte sich nicht einmal um. Sie nahm einfach nur ihren Eimer und ging leichtfüßig über den gefrorenen Boden zum großen Stall.

Alana hatte schon immer Stallgeruch geliebt, vor allem morgens, wenn die Tiere allmählich erwachten. Es herrschte ein dämmriges Licht, und die Luft war etwas feucht. Alana hörte das Schnurren der Katzen, die sich gleich über ihr Frühstück hermachen würden. Sie stellte den Eimer ab, schaltete das Licht an und begann mit ihrer Morgenroutine.

„Hallo, Baby." Sie öffnete die erste Box und musterte die braune Stute, die jetzt jeden Tag fohlen konnte. „Ich weiß, du fühlst dich fett und hässlich." Sie lachte auf, als die Stute in ihre Hand schnaubte. „So habe ich mich auch schon zweimal gefühlt." Vorsichtig betastete sie den Bauch der Stute, deren Muskeln sich zunächst anspannten. Doch bei Alanas beruhigenden Worten entspannte sie sich wieder. „In einer oder zwei Wochen ist alles vorbei, und dann hast du ein wunderschönes Baby. Und du weißt, Mr. Jorgensen ist sehr daran interessiert, dein Fohlen zu kaufen." Seufzend legte sie ihre Wange an den Hals der Stute. „Warum fühle ich mich deswegen bloß wie ein Sklavenhändler?"

„Der erste Verkauf?"

Sie hatte Dorian nicht hereinkommen hören. Langsam, den Arm

immer noch um den Hals der Stute gelegt, drehte sie sich um. „Ja. Bisher habe ich nur hineinstecken müssen.“

Dorian trat näher. Die Stute war herrlich, kräftig und von der schweren Statur der Morgans, mit lebhaften Augen und glänzendem Fell. „Haben Sie diese Stute ausgesucht?“

„Eve. Ich habe sie Eve genannt, weil sie mein erstes Zuchttier ist. Sie war kaum von der Mutter entwöhnt, als ich sie auf einer Auktion erworben habe. Mr. Petrie sagte, ich solle sie ersteigern, und so habe ich es gemacht.“

„Ihr Mr. Petrie scheint sich auf Pferde zu verstehen. Meiner Meinung nach wird diese Lady Ihnen noch viele Fohlen schenken.“ Es war schon lange her, dass Dorian in einem Stall gewesen war, und er hatte schon vergessen, wie gut Stallgeruch und wie beruhigend der Umgang und die Arbeit mit Tieren sein konnten. Die Stute bewegte sich. Alana bewegte sich mit ihr und berührte dabei Dorian. Der Kontakt war alles andere als beruhigend. „Wie viele haben Sie?“

Sie war verwirrt. „Wie viele?“

„Pferde.“

„Oh.“ Sie verhielt sich lächerlich, als hätte sie noch nie einen Mann berührt. „Acht – den Hengst, zwei trächtige Stuten, zwei, die wir im Frühjahr decken lassen, und drei Wallache zum Reiten.“ Das war eigentlich ein Luxus, den Alana aber noch nie bedauert hatte. „Nicht gerade eine Riesenzucht.“

„Vier Stuten und ein Hengst sind ein guter Anfang.“

„Das wollte ich schaffen.“ Sie kraulte die Stute zwischen den Ohren. „Einen Anfang.“ Sie ergriff das Halfter.

„Was haben Sie vor?“

„Die Pferde müssen auf die Koppel, während ich die Boxen säubere.“

„Sie säubern die Boxen? Allein?“

Sie ging in die nächste Box und fasste auch die zweite Stute am Halfter. „Dreimal die Woche kommt Mr. Petrie, um auszuhelfen, aber er liegt mit Grippe im Bett – wie fast alle hier. Komm, Mädchen.“ Sie führte die Stuten hinaus.

Einen Augenblick lang verharrte Dorian, die Hände in den Hosentaschen vergraben, dort, wo er stand. Auf ihn machte die Frau den Eindruck, als würde sie bei der ersten Schaufel Mist umkippen.

Was versuchte sie zu beweisen? Aufopfernde Arbeit mochte auf bestimmte Männer Eindruck machen und zum Zupacken ermuntern, aber nicht ihn.

Dann blickte er die Reihe der Boxen entlang. Als er das erste Halfter ergriff, fluchte er. Ob Alana nun bei ihm Eindruck schinden wollte oder nicht, er konnte schlecht einfach herumstehen und sie arbeiten lassen.

Alana schloss das Tor der Koppel hinter den ersten beiden Stuten. Als sie sich umdrehte, sah sie Dorian, der zwei weitere hinausführte. „Danke." Sie trat ihm entgegen und griff automatisch nach den Halftern. Als Dorian sie einfach nur ansah, trat sie zurück. Sie kam sich fast lächerlich vor. „Das sollte kein Wink mit dem Zaunpfahl sein. Ich will nicht, dass Sie sich verpflichtet fühlen."

„Das tue ich nicht." Er ging an ihr vorbei und ließ die Pferde auf die Koppel.

„Mr. Crosby ... Dorian", verbesserte sie sich selbst. „Ich komme allein damit klar. Sie haben sicher andere Dinge zu erledigen."

Er schloss das Tor. „Spontan fallen mir gleich zwei Dutzend ein. Holen wir die anderen."

Sie zog eine Braue hoch und folgte ihm dann. „Nun, wenn Sie so freundlich sind."

„Dafür bin ich bekannt."

„Ich bezweifle es nicht. Die Stuten kommen raus, das sind die ersten drei Boxen auf dieser Seite. Den Hengst lasse ich drin, bis die anderen versorgt sind. Er könnte eine der Stuten beißen oder sie besteigen, wenn sie sich nicht schnell genug in Sicherheit bringen."

„Klingt wie ein echtes Schätzchen."

Als Alana einem Rotschimmel das Halfter umlegte, senkte das Pferd den Kopf und stieß sie kräftig. Instinktiv wollte Dorian sie stützen, doch sie drückte das Pferd lachend zurück. „Rüpel", tadelte sie und vergrub das Gesicht in seiner Mähne. „Ein Ausritt würde ihm besser bekommen als die Koppel. Vielleicht später, alter Bursche, heute habe ich alle Hände voll zu tun."

Nachdem die Pferde versorgt waren, zog Alana ein Paar Arbeitshandschuhe an. „Sind Sie auch sicher?", vergewisserte sie sich, als sie Dorian ein zweites Paar hinhielt.

„Sie nehmen die linke Seite." Er ergriff eine Mistgabel und machte sich an die Arbeit, wobei er sich sicher war, dass er seine Boxen gesäubert und mit frischem Heu ausgelegt haben würde, bevor Alana mit der ersten fertig sein würde.

Es war schon eine ganze Weile her, seit Dorian körperlich gearbeitet hatte, und entsprechend spürte er bald seine Muskeln. Alana hatte ein Kofferradio aufgestellt und sang während der Arbeit. Er ignorierte sie – oder versuchte es wenigstens.

Noch nie hatte sie mit einem Mann gearbeitet. Oh, es gab Mr. Petrie, dachte sie, als sie sich kleine Schweißperlen von der Stirn wischte. Aber der war etwas anderes. Chuck hätte nicht einmal den kleinen Finger im Stall gerührt. Und ihr Vater … Der Gedanke erweckte Alanas Heiterkeit. Immer, wenn Frank Xavier O'Hara zu Besuch auf der Farm war, hatte er gerade dann etwas Wichtiges zu tun, wenn Arbeit anstand. Nun, er ist ein Künstler, nahm Alana ihn in Schutz.

Die Farm passte nicht zum Lebensstil der restlichen O'Haras. Zu Chucks hatte sie auch nicht gepasst. Aber sie passte zu ihr und zu ihren Kindern. Und nur das zählte. Wenn sie auch überall Kompromisse machen musste, wegen des zu ihr und ihren Kinder passenden Lebens würde sie keinen Zoll nachgeben.

Dorian blickte auf, als Alana die Box neben ihm betrat. „Warum machen Sie nicht erst Ihre Seite fertig?"

„Das habe ich schon." Sie schaufelte den Mist in die Karre.

Dorian sah sich erst verstohlen, dann offen um. Alanas drei Boxen waren sauber mit frischem Heu ausgelegt. Er hatte kaum mit der dritten begonnen. „Sie arbeiten schnell", murmelte er.

„Reine Routine!" Da sie männlichen Stolz noch nie nachvollziehen konnte, machte sie sich auch jetzt keine Gedanken darüber.

„Ich habe gesagt, ich übernehme diese Seite."

„Ja, ich bin Ihnen auch dankbar für Ihre Hilfe." Sie lud noch eine Schaufel voller Mist auf und umfasste dann die Griffe der Karre.

„Lassen Sie sie stehen."

„Sie ist voll. Ich …"

„Stellen Sie das verdammte Ding hin." Er warf die Mistgabel ins Heu und ging zu Alana. Wut, männliche Wut … Obwohl Alana davon seit Jahren verschont geblieben war, erinnerte sie sich noch daran. Vorsichtig ließ sie die Griffe der Karre los. „Ich will nicht, dass Sie sich mit dem Ding abschleppen, wenn ich dabei bin."

„Aber ich …“

„Sie schleppen sich nicht mit zwanzig Pfund Pferdemist ab, wenn ich dabei bin.“ Er packte die Griffe der Karre. „Verstanden?“

„Vielleicht.“ Ruhig ergriff Alana wieder ihre Mistforke und stützte sich auf sie. „Ich kann mich also abschleppen, wie ich will, wenn Sie nicht dabei sind?“

„Richtig.“

„Das ist lächerlich.“

Dorian murmelte etwas Unverständliches. Kopfschüttelnd trat Alana hinaus, um die Pferde zurückzuholen.

Nach diesem Ausbruch arbeiteten sie schweigend weiter. Schließlich musste nur noch der Hengst versorgt werden.

„Ich führe ihn hinaus.“ Alana verbarg ein Halfter hinter ihrem Rücken und öffnete zunächst die obere Hälfte der Tür zur Box. „Er ist launisch. Aber dir macht es nichts aus, im Stall zu sein, nicht wahr, Thunder?“ Vorsichtig öffnete sie die Tür ganz und trat in die Box. Der Hengst tänzelte zurück und musterte sie, doch sie sprach beruhigend weiter auf ihn ein. „Im Frühjahr kannst du auf der Weide herumspringen und dich mit den zwei schönen Stuten amüsieren.“ Sie legte das Halfter um seinen Hals und hielt ihn fest, als er ärgerlich den Kopf hin und her warf.

„Reizbar“, bemerkte Dorian.

„Ja. Man hält sich besser fern von ihm. Er schlägt gern aus und ist dabei nicht wählerisch.“

Dorian trat zur Seite. Thunder wollte sich aufbäumen, doch Alanas tadelnde Worte brachten ihn davon ab. Sie tadelt ihn in der gleichen Art, dachte Dorian, als sie das Pferd aus dem Stall führte, wie ihre Söhne. Dann nahm er wieder die Mistforke und machte sich verbissen an die Arbeit. Als Alana zurückkam, war er fertig.

„Diese Art von Arbeit scheint Ihnen nicht fremd zu sein.“

Da er seine Jacke ausgezogen hatte, konnte sie die festen Muskeln auf seinen Unterarmen sehen. Er gab ihr eine Antwort, die sie aber nicht hörte, weil ihre Gedanken sich darum drehten, wie sich diese kräftigen Arme anfühlen würden. Es war schon so lang, so unglaublich lang her, seit …

Sie riss sich zusammen und streichelte eine der Stuten. „Haben Sie Pferde gezüchtet?“

„Kühe." Dorian verteilte das frische Heu in der Box. „Wir haben Milchwirtschaft betrieben, aber es gab auch immer einige Pferde. Einen Stall habe ich allerdings nicht mehr ausgemistet, seit ich sechzehn war."

„Offensichtlich haben Sie es nicht verlernt." Sie nahm Dorians Forke und hing sie an ihren Haken. „Es ist Bens Aufgabe, den Stall auszufegen, und Thunder lasse ich normalerweise den Morgen über auf der Koppel. Wir sind also fertig. Das wenigste, was ich tun kann, nachdem Sie mir Ihre Zeit geopfert haben, ist, Ihnen frischen Kaffee zu machen."

„In Ordnung." Dann würde er seinen Kassettenrekorder und sein Notizbuch holen und mit dem beginnen, wegen dessen er überhaupt hier war.

„Die Küche war ein Chaos. Haben Sie wenigstens etwas zum Frühstück gefunden?"

„Nur Kaffee."

Sie bückte sich nach dem Eimer. Ihr Rücken schmerzte ein wenig.

„Ich mache Ihnen Speckeier. Für die Frische der Eier kann ich garantieren."

Dorian warf einen Blick in den Eimer und entdeckte Eier mit brauner Schale. „Sie haben Hühner?"

„Dort." Sie zeigte auf das kleinere Gebäude, aus dem er sie heute früh hatte herauskommen sehen. „Im Sommer sind die Jungen dafür verantwortlich. Doch jetzt bringe ich es nicht übers Herz, sie vor der Schule sich abmühen zu lassen, darum …"

Dorian rutschte. Das Eis hatte sich in glatten Matsch verwandelt. Alana, die neben ihm stand, wollte ihn stützen, kam aber selbst ins Rutschen. Instinktiv griff jeder nach dem anderen, um sich gegenseitig Halt zu geben. Ihr Gesicht hatte sie an seine Schulter gedrückt, und sie musste plötzlich lachen.

„Sie würden nicht lachen, wenn Sie auf Ihren Hintern gefallen und Ihre Eier zerbrochen wären." Seine Finger waren in ihrem Haar vergraben. Er sollte die Hand zurückziehen, das war ihm klar, doch es war so weich und der Hals darunter so schlank.

„Ich lache immer, wenn ich einem Unglück entgehe." Lächelnd sah sie auf. Ihr Gesicht war von leichter Röte überzogen, und ihre Augen glänzten.

Ohne sich darüber Gedanken machen zu können, umfasste er ihre

Taille fester. Ihr Lächeln verblasste, doch der Glanz in ihren Augen vertiefte sich. Er war so nah, sein Körper war so kräftig, und er sah sie an, als würden sie sich schon ihr Leben lang kennen und nicht erst einen Tag. Sie wünschte sich heftig, es wäre so und er wäre jemand, mit dem sie reden und an den sie sich lehnen könnte. Seine Finger berührten ihren Nacken, und obwohl sie warm waren, spürte sie ein Frösteln.

„Ich hätte Sie warnen müssen", begann sie, doch ihr Herz schlug zu heftig, um sie klar denken oder weitersprechen zu lassen.

„Warnen wovor?" Es war verrückt. Und es war falsch. Er durfte über diesem plötzlichen, unbezähmbaren Begehren, sie zu schmecken, nicht den eigentlichen Sinn seines Hierseins vergessen. Aber verrückt oder nicht, falsch oder nicht, er wollte einfach ihre Lippen auf seinen spüren.

Dorian senkte den Kopf. Die Sonne schien Alana ins Gesicht, doch ihre Augen waren umschattet und verrieten Wachsamkeit, wie die der Stute, als er ihr das Halfter umgelegt hatte.

„Vor dem Weg." Sie legte den Kopf in einer Geste der Verwirrung zurück, die leicht als auffordernde Bereitwilligkeit missverstanden werden konnte. Ihr Blick hielt seinem stand. Ihre Lippen öffneten sich. „Bei diesem Wetter ist er immer rutschig."

„Das habe ich gemerkt." Der Druck seiner Finger an ihrem Nacken verstärkte sich, und er zog sie näher und näher, bis ihre Lippen nur noch einen Hauch voneinander entfernt waren.

Sehnsüchte, Bedürfnisse, mit denen Alana eigentlich abgeschlossen zu haben glaubte, machten sich frisch und unglaublich stark bemerkbar. Wie sehnte sie sich danach, dem nachzugeben und einfach nur das Gefühl herrschen zu lassen! Nur fühlen. Doch sie war schon immer die Vernünftige gewesen. Nur einmal hatte sie das vergessen, und sie konnte es nicht ein zweites Mal. „Nicht."

Seine Lippen streiften ihre, und er spürte ein Beben, das er bei Frauen als Verführungsmittel kennengelernt hatte. Sie hatte eine Hand auf seine Brust gelegt. „Bitte nicht."

Ihr Atem kam unregelmäßig, und ihre Augen waren halb geschlossen. Dorian hatte keinen Respekt Frauen gegenüber, die sich nach außen hin zierten und dem Mann dadurch die Verantwortung und die Schuld zuschoben. Das Begehren breitete sich in ihm aus, doch er gab sie frei. Sein Blick war fast kühl, und er nickte. „Wie Sie wollen."

Ihr war plötzlich kalt. Es war etwas Bissiges, Verletzendes in seinem Ton gewesen, doch sie war zu aufgewühlt, um darüber nachdenken zu können. Sorgsam auf den glatten Weg achtend, ging sie zurück ins Haus. Dorian folgte ihr.

„Ich mache Ihnen sofort etwas zu essen."

„Lassen Sie sich Zeit." Und damit verließ er auch schon die Küche.

Alana machte sich an die Arbeit und wartete darauf, dass sie zu ihrer inneren Ruhe und Ausgeglichenheit zurückfinden würde. Sie durfte sich nicht zu einer beliebigen Umarmung mit einem Mann hinreißen lassen, den sie kaum kannte, dafür durfte sie ihre Seelenruhe nicht aufs Spiel setzen.

Außerdem war sie noch nie umwerfend sexy gewesen. Das hat mir doch schon Chuck mit unmissverständlicher Klarheit vorgehalten, dachte sie, als sie den Schinken aus dem Kühlschrank holte. Sie war einfach keine Frau, die die körperlichen Bedürfnisse eines Mannes befriedigen konnte. Alana legte den Schinken in die heiße Pfanne. Sie war eine verantwortungsbewusste, sympathische Frau, aber sie war keine Frau, für die sich ein Mann mitten in der Nacht erhitzte.

Nun, das brauchte sie auch nicht. Sie setzte Kaffeewasser auf. Sie war zufrieden, so, wie sie war. Und sie wollte so bleiben. Als Dorian zurückkam, holte sie tief Luft.

„Ich habe vergessen zu fragen, wie Sie die Eier möchten", begann sie und drehte sich um, als er den Kassettenrekorder auf die Anrichte stellte. Wieder drohten ihre Nerven zu versagen. „Sie wollen hier arbeiten?"

„Hier ist es gut. Und die Eier mag ich am liebsten kurz gebraten. Übrigens, Alana, ich erwarte nicht, dass Sie mir täglich drei Mahlzeiten kochen."

„Der Scheck, den ich für Auslagen bekommen habe, war mehr als angemessen." Sie schlug ein Ei am Pfannenrand auf.

„Ich dachte, Sie hätten Personal."

„Personal?" Sie schlug ein zweites Ei auf und warf ihm einen Blick zu. Und dann musste sie unvermittelt lachen. „Sie meinen Dienstmädchen, Koch und so etwas?" Erheitert warf sie ihr Haar zurück, bevor sie sich wieder auf die Eier in der Pfanne konzentrierte. „Wie sind Sie bloß auf so eine Idee gekommen?"

Automatisch hatte er den Kassettenrekorder angestellt. „Charles

Rockwell war reich. Die meisten Frauen in Ihrer Position würden sich ein oder zwei Bedienstete nehmen."

Sie blickte nicht auf, und ihr Gesicht blieb von ihrem Haar verdeckt. „Ich kann es nicht haben, wenn immer irgendwelche Leute um mich herumschwirren."

„Hatten Sie Personal, bevor Ihr Mann gestorben ist?", wollte er von ihr wissen.

„Hier nicht. In Chicago. Das war vor und direkt nach Bens Geburt. Wir haben im Haus meiner Schwiegermutter gelebt, und sie hatte viel Personal. Chuck ist damals viel gereist. Und wir hatten uns noch nicht entschieden, wo wir uns niederlassen sollten."

„Seine Mutter. Sie wurden nicht akzeptiert von ihr."

Ruhig stellte Alana den Teller mit den Eiern vor Dorian. „Wo haben Sie denn das gehört?"

„Ich schnappe überall etwas auf. Das gehört zu meinem Job. Es kann kein leichtes Leben in Janice Rockwells Haus gewesen sein, wenn sie mit der Heirat nicht einverstanden war."

„Man kann nicht sagen, dass sie mit der Heirat nicht einverstanden gewesen sei." Alana wog ihre Worte sorgsam ab, als sie den Kaffee holte. „Sie war vernarrt in Chuck. Sie wissen sicher, dass sie ihn allein erzogen hat, nachdem Chuck seinen Vater mit sieben Jahren verloren hatte. Und es ist nicht leicht, Kinder ganz ohne Partner großzuziehen."

„Das kennen Sie ja."

Sie betrachtete ihn gleichmütig. „Ja. Und Janice war Chuck gegenüber sehr beschützend. Er war ein dynamischer, attraktiver Mann, einer, der Frauen anzieht. Auch auf den Rennplätzen war er immer von einer ganzen Schar Verehrerinnen umgeben."

„Sie gehörten nicht dazu."

„Ich habe mir nichts aus Rennsport gemacht. Wir waren immer unterwegs, sind in Clubs aufgetreten und so. Bevor ich Chuck kennenlernte, wusste ich nicht einmal von der Existenz des berühmten Charles Rockwell."

„Kaum zu glauben."

Sie füllte zwei Becher mit Kaffee. „Janice meinte das auch."

„Und hat es Ihnen verübelt."

Alana nahm einen Schluck Kaffee. „Es gehört nicht zu Ihrer Aufgabe, mir Worte in den Mund zu legen."

So leicht war sie nicht zu erschüttern. Sie antwortete flüssig, zu flüssig nach seinem Geschmack. „Nein."

„Janice hatte nichts gegen mich persönlich. Sie hätte mit jeder Frau Probleme gehabt, die ihr Chuck wegnahm. Das ist nur natürlich. Trotz allem sind wir aber ganz gut miteinander ausgekommen."

„Erzählen Sie mir doch einmal, wie Sie Rockwell kennengelernt haben."

Das war leicht. Darüber konnte Alana ohne Ausflüchte reden. „Wir – meine Familie und ich – sind in einem Club in Miami aufgetreten. Meine Eltern hatten eine kleine Unterhaltungsshow mit Liedeinlagen, anschließend traten meine Schwestern und ich mit einer musikalischen Show auf. Himmel, die Kostüme ..." Lachend brach sie ab. Dann erhob sie sich und brachte die Küche in Ordnung, während sie weitererzählte. „Wir haben einige Engagements eingespielt, was wohl auf Carrie zurückzuführen war. Sie konnte einen Song wirkungsvoll verkaufen. Durch das Rennen war viel los in der Stadt, und wir hatten immer ein volles Haus."

Dorian beobachtete sie, wie sie sich, amüsiert lächelnd bei der Erinnerung, in der Küche bewegte.

„Jeden Abend musste Dad Männer abwimmeln, die Carrie besuchen wollten. Und an diesem Abend kam Chuck mit Brad Billinger."

„Billinger hat sich vom Rennsport zurückgezogen."

„Ja, nach Chucks Unglück. Sie standen sich nahe, sehr nahe. Es ist Jahre her, dass ich Brad gesehen habe, aber er schickt den Jungen immer etwas zum Geburtstag und zu Weihnachten. Kaum hatten die beiden damals im Club Platz genommen, entstand auch schon – es war mitten in einem Song – Unruhe. Doch daran waren wir damals gewöhnt und konnten damit umgehen."

„Das kann ich mir vorstellen."

„Für diese Art von Problemen hatte Dad mich bestimmt, weil Carrie in solchen Situationen leicht die Beherrschung verlor und Maddy einfach hinter der Bühne verschwand, bis sich die Atmosphäre wieder beruhigt hatte. So habe ich mir das Mikrofon genommen und einige Späße gemacht. Das Publikum hat zwar kaum darauf geachtet, doch wir konnten weitermachen. Und dann kamen wir zu ‚Somewhere' aus der ‚West Side Story'. Kennen Sie das Lied?"

„Ich habe es gehört." Dorian steckte sich eine Zigarette an. Achtzehn, und sie hatte Unruhestifter zur Ruhe bringen müssen. Sie konnte nicht so weich sein, wie es den Anschein hatte.

„Ich blickte dorthin, woher der Lärm kam, und Chuck sah mich direkt an. Ein merkwürdiges Gefühl. Wenn man auftritt, wird man von den Leuten beobachtet, aber sie blicken einen kaum direkt an. Beim Solo machte Carrie eine Bemerkung über den Superfahrer, der mich anstarrte. Das war die erste Andeutung, die ich über Chucks Beruf hörte. Carrie hat immer den Klatsch in den Zeitungen gelesen."

„Nun steht sie selbst drin."

„Und sie genießt es." Alana suchte im Schrank und stellte schließlich den Deckel eines Einmachglases als Aschenbecher vor Dorian. „Entschuldigung, ich habe nichts anderes."

„Chris hat mich schon über Ihre Meinung hinsichtlich des Rauchens aufgeklärt. Es war also Liebe auf den ersten Blick?"

„Es war ..." Wie sollte sie es erklären? Sie war achtzehn und in einem Ausmaß unwissend gewesen, wie es der Mann hier in ihrer Küche sicher nicht nachvollziehen konnte. „So könnte man es nennen. Chuck blieb bis zur Pause, ist dann hinter die Bühne gekommen und hat sich vorgestellt. Vielleicht hat es auf ihn einen gewissen Reiz ausgeübt, dass ich einfach nicht wusste, dass er jemand war, der mich hätte beeindrucken müssen. Er war sehr höflich. Es war nach Mitternacht, und er hat mich zum Essen eingeladen."

Sie lächelte wieder. Sie war so jung gewesen und – wie Chris – so gutgläubig. „Natürlich wollte Dad nichts davon wissen. Am nächsten Nachmittag wurden zwei Dutzend Rosen in unser Hotel geschickt. Rosa Rosen. So etwas Romantisches hatte ich noch nie erlebt. Chuck kam wieder, bis er meine Mutter um den Finger gewickelt, meinen Vater überzeugt und mich betört hatte. Als er Miami verließ, begleitete ich ihn – mit einem Ring am Finger."

Sie blickte auf ihre Hand – ohne Ring. „Das Leben ist schon merkwürdig", meinte sie versonnen. „Man weiß nie, was es an Überraschungen liefert."

„Und wie hat Ihre Familie über Ihre Heirat mit Chuck gedacht?"

Sie riss sich zusammen. Gib ihm etwas, erinnerte sie sich, aber gib ihm nicht alles. „Meine Familie hat selten über irgendetwas dieselbe Meinung. Meine Mutter hat geweint und mir dann ihr Hochzeitskleid umgearbeitet, obwohl wir nur standesamtlich geheiratet haben.

Dad hat auch geweint. Immerhin hat er mich an einen Fremden verloren, und damit war seine Show zum Teufel.“ Sie nahm einen Apfel und polierte ihn gedankenverloren an ihrem Ärmel. „Maddy meinte, ich sei verrückt, aber jeder solle ab und zu etwas Verrücktes machen. Und Carrie …“ Sie zögerte.

„Und Carrie?“

Jetzt musste sie wieder auf der Hut sein. „Carrie ist die Älteste von uns dreien – zweieinhalb Minuten älter als ich, aber das macht sie trotzdem zur großen Schwester. Sie selbst wollte sich oft verlieben, und sie meinte, ich würde mir das für mich zerstören.“ Sie biss in den Apfel. „Und Terence hat erst drei oder vier Monate später von der Heirat erfahren. Er hat mir einen Kristallvogel aus Österreich geschickt.“

„Terence, Ihr Bruder, Ihr älterer Bruder. Ich habe kaum Informationen über ihn.“

„Warum auch? Ich bezweifle, dass das für diesen Fall von Bedeutung ist. Er hat Chuck nie kennengelernt.“

„Und dann kamen die Rennplätze. Manche Leute könnten es als eine merkwürdige Art von Flitterwochen bezeichnen.“

In gewisser Hinsicht konnte das ganze erste Jahr als Flitterwochen bezeichnet werden. Doch andererseits hatte es nie Flitterwochen gegeben, im Sinne von Zurückgezogenheit, in der zwei Menschen sich aneinander gewöhnen und sich kennenlernen können. „Ich bin auch vorher herumgezogen.“ Sie zuckte die Schultern. „Ich bin sogar in der Atmosphäre des Herumziehens zur Welt gekommen. Dad hat meine Mutter in Duluth aus dem Zug geholt und zwanzig Minuten vor ihrer Niederkunft ins Krankenhaus gebracht. Zehn Tage später zogen wir schon wieder weiter. Mit Ausnahme von der Farm hier habe ich mich an keinem Ort länger als sechs Monate aufgehalten. Das Reisen war ich also gewöhnt.“

„Nur sind die Rennplätze aufregender.“

„In gewisser Hinsicht. Doch wie im Showgeschäft ist auch dort viel Schweiß und Training erforderlich, um wenige Minuten im Rampenlicht stehen zu können.“

„Warum haben Sie ihn geheiratet?“

Sie erwiderte ruhig seinen Blick. Doch ihr Lächeln wirkte etwas wehmütig. „Er war der Ritter auf dem weißen Schimmel. Und ich habe immer an Märchen geglaubt.“

4. KAPITEL

Alana Rockwell war nicht ehrlich. Dorian brauchte keinen Lügendetektor, um zu wissen, dass Alana in ihren Gesprächen immer wieder von der Wahrheit abschwenkte. Sie tat es ganz ruhig und sah ihn offen dabei an. Doch er spürte es an einer winzigen Veränderung ihres Tonfalls und am kaum wahrnehmbaren Zögern.

Lügen machten Dorian nichts aus, er erwartete sie bei seiner Arbeit direkt. Die Menschen logen aus den verschiedensten Gründen: aus Selbstschutz oder Verlegenheit oder aus dem Bedürfnis, sich selbst ins beste Licht zu stellen. Es war seine Aufgabe, die Schatten zu finden. Der Grund für eine Lüge verriet ihm häufig mehr als die platte Wahrheit.

Sein Hauptproblem mit Alana war, dass er den Grund ihrer Lügen nicht verstand. Warum lügen, wenn die Wahrheit zweifellos das Buch zu einem größeren Verkaufsschlager machte? Sensationen waren immer verkaufsfördernder als trautes Familienleben. Sie hatte ihre Ehe zwar nicht als reinste Idylle beschrieben, doch es war ihr immer wieder gelungen, über problematische Themen hinwegzuhuschen.

Und davon gab es genug.

Dorian suchte sich einige Kassetten heraus. Es war kurz nach Mitternacht, aber das war er gewöhnt. Er ließ sich nie von Zeitplänen einengen. Er hasste einengende Arbeitsbedingungen, es sei denn, er stellte sie selbst auf. Wenn er wollte, konnte er den ganzen Tag durcharbeiten oder auch die ganze Nacht. Auf die Arbeitszeit kam es nicht an, nur auf die Ergebnisse.

Dorian hatte schon verschiedene Leute über Charles Rockwell interviewt. Es gab die unterschiedlichsten Meinungen und Gefühle über den Rennfahrer, aber keine davon war als objektiv anzusehen. Entweder hatten die Menschen Rockwell verehrt, oder sie hatten ihn gehasst. Dorian nahm die Kassette, die mit „Stanholz" gekennzeichnet war, und schob sie in den Rekorder.

Grover P. Stanholz, reicher Rechtsanwalt aus Chicago, mit Liebe zum Rennsport und persönlichen Beziehungen zu den Rockwells, war zehn Jahre lang Chucks väterlicher Freund und Berater gewesen und hatte seine Karriere von Anfang an gefördert. Doch gut ein Jahr vor dem Unglück hatte Stanholz sich von seinem berühmten Schützling getrennt.

Nachdenklich spulte Dorian die Kassette vor, bis er eine bestimmte Stelle gefunden hatte.

„Rockwell war ein Gewinner, der Geld einbrachte, und ein Freund."

Dorian drehte die Lautstärke herunter, sodass seine eigene Stimme aus dem Lautsprecher nicht weiter als bis zum Ende des Schreibtisches reichen konnte.

„Warum haben Sie sich dann von ihm getrennt?"

Es folgte eine lange Stille, dann ein Rascheln. Dorian erinnerte sich, dass Stanholz eine Zigarre herausgezogen und sich Zeit beim Auspacken gelassen hatte.

„Wie schon gesagt, mein Interesse an Chuck bezog sich nicht nur aufs Finanzielle. Ich war ein enger Freund seines Vaters gewesen und ein Freund seiner Mutter." Es folgte erneut Schweigen, als Stanholz sich die Zigarre ansteckte. „Als Chuck anfing, war er schon ein Gewinner. Man konnte das an seinem Blick sehen. Das Schöne war, dass er für seinen Sport ungeheuer viel Liebe und Respekt empfand. Und er ließ sich von seinem Ziel nicht abbringen. Selbst wenn ich ihn nicht finanziell gefördert hätte und er sich das Geld irgendwo hätte zusammenkratzen müssen, hätte er sein Ziel erreicht."

„Hätte er denn nicht das Geld der Familie benutzen können?"

„Für Rennen?" Stanholz' Lachen klang wie ein Schnaufen durch den Lautsprecher. „Chucks Geld steckte fest im Familienunternehmen. Janice hat den Jungen angebetet. Sie hätte nie Geld herausgezogen, damit ihr Junge mit zweihundertvierzig Stundenkilometern herumrasen konnte. Was glauben Sie, wie sie mir zugesetzt hat, als ich es gemacht habe? Aber dem Jungen war schwer zu widerstehen." Das klang wie ein Seufzer, bedauernd und wehmütig. „Männer wie Chuck trifft man nicht jeden Tag. Rennsport erfordert eine gewisse Arroganz und eine gewisse Demut, gesunden Menschenverstand und Tollkühnheit, alles in einer guten Mischung. Chuck hatte sich ganz dem Rennsport verschrieben und wollte nichts anderes als sich einen Namen machen. Ich habe mich häufig gefragt, ob er nicht zu schnell zu viel erreicht hatte. Er fing an, sich selbst als unzerstörbar zu sehen. Und niemandem verantwortlich."

„Nicht verantwortlich?“

Stanholz zögerte und seufzte schließlich. „Was er tat und wie er es tat, war immer richtig. So dachte er von sich selbst. Er vergaß, wenn Sie verstehen, was ich meine, dass auch er nur ein Mensch war. Chuck Rockwell war auf Kollisionskurs mit sich selbst geraten. Ich habe mich von ihm zurückgezogen, weil ich glaubte, er würde dann vielleicht nachdenklich werden.“

„Was meinen Sie mit Kollisionskurs mit sich selbst?“

„Chucks eigener Motor arbeitete auf Hochtouren. Früher oder später wäre er durchgebrannt.“

„Drogen?“

„Dazu kann ich nichts sagen.“ Das war der Tonfall eines Anwaltes, nüchtern und trocken.

„Mr. Stanholz, es hat Gerüchte gegeben, dass Rockwell Drogen genommen hat, Kokain, um genau zu sein.“

„Zu dem Thema kann ich nichts sagen, da müssten Sie sich an andere wenden.“

Unzufrieden stoppte Dorian die Kassette. Er hatte sich an andere gewendet, die aber nicht aufgenommen werden wollten. Es war ihm bestätigt worden, dass Chuck Rockwell eine gefährliche Drogenabhängigkeit entwickelt hatte. Das letzte Rennen war er aber nicht unter Drogen gefahren. Das hatte eine Untersuchung des Leichnams erwiesen.

Das war also eines der problematischen Themen, es gab noch weitere.

Die nächste Kassette war mit „Brewer“ beschriftet. Lori Brewer, früher Fotomodell, war nach eigenen Aussagen eine Frau, die tollkühne Männer liebte. Rockwells Frau war beim letzten Rennen nicht dabei, wohl aber seine Geliebte.

Dorian ließ die Kassette laufen.

„... der aufregendste, dynamischste Mann, den ich je kennengelernt habe.“ Loris Stimme war von kehliger Sinnlichkeit. „Chuck Rockwell war ein Star, und er kannte seinen eigenen Wert. Ich bewundere das bei einem Mann.“

„Miss Brewer, Sie waren fast ein Jahr lang die ständige Begleiterin von Rockwell.“

„Geliebte“, verbesserte sie. „Ich schäme mich deswegen nicht.

Chuck war als Liebhaber ebenso fantastisch wie als Fahrer. Er machte nichts nur halb." Sie lachte tief. „So wie ich."

„Hat es Sie gestört, dass er verheiratet war?"

„Nein. Ich war da, seine Frau nicht. Was ist das auch schon für eine Beziehung, wenn Menschen sich nur zwei- oder dreimal im Jahr sehen?"

„Eine legale."

Sie hatte das damals mit Fassung genommen und nur mit einem Schulterzucken geantwortet. „Außerdem wollte Chuck sich sowieso scheiden lassen. Das Problem war nur das liebe Geld. Die Anwälte arbeiteten bereits ein Übereinkommen aus."

Mit einem unterdrückten Fluch hielt Dorian die Kassette an. Nicht mit einem Wort hatte Alana während ihrer Gespräche eine Scheidung erwähnt. Es gab immer noch die Möglichkeit, dass Rockwell Lori Brewer angelogen hatte. Doch falls eine Scheidung geplant gewesen war, tat Alana alles, um das zu vertuschen.

Dorian hatte das Thema bisher noch nicht angeschnitten, auch Lori Brewer hatte er noch nicht erwähnt. Er wollte auf alle Fälle verhindern, dass Alana ihm gegenüber eine feindselige Haltung entwickelte, die seine weitere Arbeit nur erschweren würde. Er würde also warten müssen und Alanas Offenheit durch Geduld gewinnen.

Dorian zog aus dem Stapel Kassetten die mit der Bezeichnung „Alana" heraus. Sie war von heute Morgen, als sie im Wohnzimmer Wäsche zusammengelegt hatte. Dazu hatte ein Schlager aus den Fünfzigern mit viel sha-la-la und doo-wa-wa gespielt.

Sie hatte ihr Haar zu einem Pferdeschwanz hochgebunden, wodurch ihre hohen Wangenknochen wunderbar betont wurden. Das übergroße Sweatshirt verriet nichts mehr über die Kurven ihres Körpers. Dazu hatte sie dicke Socken, aber keine Schuhe getragen. Hinter ihr hatte das Feuer geknistert und gierig die frischen Holzscheite umzüngelt. Sie hatte einen so ausgeglichenen und mit sich zufriedenen Eindruck gemacht, dass es ihm widerstrebt hatte, sie zu stören. Doch er hatte eine Arbeit zu erledigen.

Dorian ließ die Kassette laufen.

„Haben die Rennen zu einer Belastung Ihrer Ehe geführt?"

„Chuck war Rennfahrer, als ich ihn geheiratet habe." Nach der sinnlichen von Lori Brewer klang Alanas Stimme ruhig und solide. „Die Rennen gehörten von Anfang an dazu."

„Haben Sie seinen Rennen gern zugesehen?"

Es folgte eine längere Pause, in der sie die geeigneten Worte suchte. „In gewisser Weise konnte Chuck dort zu seiner besten Verfassung finden. Auf der Rennpiste war er erstaunlich, fast unheimlich gut. Und voller Vertrauen zu sich selbst und seinen Fähigkeiten, sodass ich mir nie vorstellen konnte, er könnte einmal ein Rennen oder gar die Kontrolle verlieren."

„Aber nach acht oder neun Monaten haben Sie Ihren Mann nicht mehr begleitet."

„Ich war schwanger mit Ben. Da wäre es mir schwergefallen, von Stadt zu Stadt und Rennen zu Rennen zu hetzen. Chuck ..."

Da ist sie, stellte Dorian fest, die ganz leichte Veränderung des Tonfalls ...

„Er war sehr verständnisvoll. Und dann haben wir auch bald diese Farm gekauft. Ein Zuhause. Chuck und ich stimmten darin überein, dass Ben – und dann Chris – ein festes Zuhause brauchten."

„Schwer vorstellbar, dass ein Mann wie Chuck Rockwell sich an einem Ort wie diesem niederlässt. Aber richtig hat er es ja auch nicht getan."

Sie hatte sehr sorgfältig ein rotes Sweatshirt zusammengelegt. „Chuck brauchte ein Heim – wie jeder. Er brauchte aber auch die Rennen. Wir haben beides kombiniert."

Ausflüchte, dachte Dorian, als er die Kassette stoppte, Halbwahrheiten und direkte Lügen. Welches Spiel spielte sie und warum? Er kannte sie mittlerweile gut genug, um zu wissen, dass sie nicht dumm war. Sie musste von der Untreue ihres Mannes gewusst haben, vor allem von der Beziehung zu Lori Brewer. Schützte sie ihn? Aber warum sollte sie einen Mann schützen, der sie in aller Öffentlichkeit und ohne Rücksicht auf sie betrogen hatte?

War sie mit ihrer Rolle im Hintergrund zufrieden gewesen? Oder war sie einfach nur berechnend?

Und Rockwell? War er der egoistische Rennfahrer gewesen, der wunderbare Liebhaber oder der verständnisvolle Ehemann und Vater? Dorian glaubte kaum, dass er alles zugleich gewesen war.

Dorian fuhr sich durchs Haar und erhob sich vom Schreibtisch. Kaffee, dachte er. Es würde noch eine lange Nacht werden.

Im Flur brannte Licht. Dorian sah zu Alanas Zimmertür hinüber.

Sie stand ein wenig offen, doch das Zimmer war dunkel. Er spürte plötzlich den Wunsch, hinüberzugehen und sie im Schein der Flurbeleuchtung zu betrachten.

Doch er musste wachsam sein. Wenn er sie ansehen würde, würde er sie berühren wollen. Und wenn er sie berührte, würde er nicht mehr in der Lage sein, von ihr zu lassen. So wandte er sich von ihrem Zimmer ab und ging die Treppe hinunter.

Alana saß in der dunklen Küche an der Frühstücksbar. Nur vom Kamin und dem Mond draußen kam etwas Licht. Sie hatte einen Becher vor sich, das Kinn auf beide Hände aufgestützt, und machte auf Dorian einen entsetzlich einsamen Eindruck.

„Alana?"

Sie sprang hoch. Es hätte komisch wirken können, wenn Dorian nicht bemerkt hätte, wie bleich ihr Gesicht geworden war.

„Entschuldigung, ich wollte Sie wirklich nicht erschrecken."

„Ich habe Sie gar nicht hereinkommen hören. Ist etwas los?"

„Ich wollte mir Kaffee machen." Doch statt zum Herd ging er zu ihr. „Ich dachte, Sie wären im Bett."

„Ich konnte nicht schlafen." Sie lächelte leicht und machte kein Getue, wie er es erwartet hatte, wegen ihrer zerzausten Haare oder ihres Morgenmantels. „Das Wasser muss noch heiß sein. Ich habe gerade einen Tee gemacht."

Er nahm auf dem Stuhl neben ihr Platz. „Probleme?"

„Schuldgefühle."

Seine Instinkte als Reporter waren sofort hellwach und kämpften gegen das überraschende Bedürfnis, den Arm tröstend um sie zu legen. „Weswegen?"

„Ich habe gemerkt, wie Chris mit den Tränen gekämpft hat, als ich ihn ins Bett geschickt habe, ohne ihn seine Lieblingsshow sehen zu lassen."

Er wusste nicht, ob er über sie oder sich lachen sollte. „Er wird es überstehen. Es war nur eine Fernsehsendung."

Sie lehnte sich zurück. „Sie halten mich wahrscheinlich für überdreht."

„Ich halte Sie für eine Mutter. Ich habe auf dem Gebiet wenig Erfahrung."

„Es ist hart, wenn man allein die Regeln und Entscheidungen machen muss – und die Fehler.“ Gedankenverloren fuhr sie sich durchs Haar. „Manchmal, wie jetzt zum Beispiel, denke ich, ich bin zu streng mit ihnen und erwarte zu viel von ihnen. Immerhin sind es kleine Jungen.“

Dorian unterbrach sie. „Vielleicht sind Sie mit sich selbst zu streng.“

Sie starrte ihn an und blickte dann wieder in ihre Teetasse. „Ich trage die Verantwortung.“

„Ich kenne mich zwar nicht gut mit Kindern aus, aber auf mich machen die beiden einen prächtigen Eindruck. Vielleicht sollten Sie sich einfach mal dafür beglückwünschen, statt in Sack und Asche zu gehen.“

„Das tue ich nicht.“

„Natürlich, Sie fühlen sich doch immer wieder wie eine große Büßerin.“

Alana erwartete, wütend zu werden. Doch stattdessen verlor sich ihr Schuldgefühl. „Danke. Es hilft, von Zeit zu Zeit etwas moralische Unterstützung zu erhalten.“

„Schon gut. Ich ertrage es einfach nicht, Frauen in ihren Tee seufzen zu sehen.“

Sie lachte, ohne dass ihm klar war, ob über sich oder über ihn. „Ich seufze nie, aber ich bin ein Weltmeister für Schuldgefühle. Es gab Zeiten, als Ben seine Trotzphase hatte, da habe ich meine Mutter angerufen, nur um mich von ihr beruhigen zu lassen, dass er kein mordlüsternes Ungeheuer werden würde.“

„Ich dachte, darüber hätten Sie mit Ihrem Mann gesprochen.“

„Das hätte nichts …“ Sie brach ab. Es war spät, und sie war müde. „Ich mache Ihnen einen Kaffee.“ Sie erhob sich.

„Sie sollen sich keine Umstände machen.“ Seine Hand lag auf ihrem Arm. Es war nur eine leichte Berührung. Und doch spürte sie den unmöglichen Drang, sich einfach in seine Arme sinken zu lassen. Sie wünschte sich, von ihm gehalten zu werden, sich an ihn zu schmiegen und nicht mehr gefragt zu werden. Aber Dorian würde immer fragen, und sie konnte nicht immer antworten.

„Und Sie sollen mich jetzt nicht interviewen.“

„Sie haben Chuck nie in seiner Rolle als Vater erwähnt, Alana. Warum?“

„Vielleicht, weil Sie mich nie danach gefragt haben."

„Dann frage ich jetzt."

„Ich habe doch gesagt, ich bin jetzt nicht in der Stimmung, interviewt zu werden. Es ist spät, und ich bin müde."

„Und Sie lügen." Sein Griff verstärkte sich gerade ausreichend, um den Rhythmus ihres Herzschlags zu erhöhen.

„Ich weiß nicht, was Sie damit sagen wollen."

Er war die Ausflüchte leid, war es leid, sie anzusehen und zu wissen, dass sie ihm keinen Einblick in die Wahrheit gab. „Immer, wenn ich bestimmte Bereiche anspreche, bekomme ich nette Antworten. Sehr saubere und sehr einstudierte. Ich frage mich, warum wollen Sie Chuck Rockwell reinwaschen?"

Er verletzte sie – nicht durch den Griff seiner Finger um ihren Arm … Er verletzte sie tief in ihrem Innern. „Er war mein Mann. Reicht Ihnen das als Antwort?"

„Nein." Er hatte zwar das leichte Beben in ihrer Stimme gehört, doch er wollte jetzt nicht nachlassen. „Ich habe mir folgende Theorie dazu aufgestellt: Je besser er dasteht, desto besser stehen auch Sie da. Und wenn es so erscheint, dass Ihre Ehe harmonisch war, ist Janice Rockwell glücklich. Chuck war ihr einziger Sohn, und irgendjemand muss schließlich das ganze Geld erben."

Zum zweiten Mal beobachtete er, wie sie erbleichte, doch dieses Mal konnte er Wut und nicht Furcht erkennen. Er spürte direkt, wie die Wut sie erfasste. Und das wollte er. Er wollte Risse in ihre beherrschte Fassade schlagen, um zur Wahrheit zu gelangen – und zu ihr.

„Lassen Sie mich in Ruhe." Hinter ihnen im Kamin brach ein Holzscheit entzwei und ließ Funken aufwirbeln. Doch keiner von beiden beachtete das.

„Ich will zuerst eine Antwort."

„Sie haben sie offensichtlich doch schon."

„Wenn ich falsche Schlüsse ziehen sollte, dann helfen Sie mir, die richtigen zu finden."

„Mir ist es verdammt gleichgültig, was Sie denken." Das war die größte Lüge von allen. Es machte ihr etwas aus, und gerade darum hatte seine Anschuldigung sie so niedergeschmettert. Doch sie durfte sich nichts anmerken lassen, das brachte nur neue Demütigungen.

„Also gut, Sie sollen bekommen, was Sie hören wollen: Ich will aus meiner Ehe, aus dem Ruhm und dem Ansehen meines toten Mannes Gewinn schlagen. Da Janice Rockwell das Buch lesen wird, will ich sichergehen, dass sie mit den Ergebnissen zufrieden ist. Ich will ihr deutlich zu verstehen geben, wie gefestigt meine Ehe mit Chuck war. Und sollten Sie irgendwo Schmutz ausgraben, dann kommt der nicht von mir. Zufrieden?"

Er ließ ihren Arm los. Sie hatte in Sekundenschnelle das, was er von ihr gedacht hatte, bestätigt und das, was er für sie zu empfinden begonnen hatte, wieder zerstört. „Ja, ich bin zufrieden."

„Gut. Wenn Sie weitere Fragen haben, stellen Sie sie morgen, wenn der Kassettenrekorder läuft."

Dorian sah ihr nach und fragte sich, wie lange er brauchen würde, um die Lügen von der Wahrheit unterscheiden zu können.

Normalerweise wachte Alana schnell auf und war dann nach einer Tasse Kaffee ganz da. Doch heute fand sie nur mit Mühe aus dem Bett. Sie spürte jeden Muskel, und in ihren Schläfen klopfte es unangenehm. Sie schob es auf die schlaflose Nacht zurück und begann ihre Tagesroutine nur mit halber Kraft.

Nachdem die Jungen sich auf ihren Schulweg gemacht hatten, gönnte sie sich noch eine Tasse Kaffee, um sich in Schwung zu bringen. Doch sie fühlte sich immer noch schlapp, als sie sich ihre Jacke überzog. Die Sonne schien hell, und die milde Luft war schon ein erster Vorbote des Frühlings. Doch Alana fröstelte und bedauerte, nicht noch einen Pullover übergezogen zu haben. Eine Erkältung, dachte sie, als sie sich über den schmerzenden Nacken rieb. Für so etwas hatte sie einfach keine Zeit. Mit automatischen Bewegungen sammelte sie die Eier ein und ging in den Pferdestall. Die Boxen mussten gereinigt werden, die Pferde gefüttert und gestriegelt. Zum ersten Mal überhaupt spürte sie einen Widerwillen gegen ihre Arbeit. Sie tat den ganzen Tag nichts anderes, als für Ordnung zu sorgen, Probleme zu lösen und die notwendigen Arbeiten zu verrichten. Wann hatte sie einmal Zeit für sich? Zeit, um sich zu entspannen und vielleicht ein Buch zu lesen.

Ein Buch. Sie hätte fast laut gelacht. Jetzt war wirklich nicht die Zeit, um an Bücher zu denken – wenigstens nicht an ein bestimmtes.

Sie hatte vergessen, was es hieß, verletzt zu werden. Es war schon zu lange her, dass sie eine Beziehung zu jemandem gehabt hatte, der sie überhaupt verletzen konnte.

Beziehung? So konnte das zwischen ihr und Dorian nun wirklich nicht genannt werden. Es war weiter nichts als ein Geschäft. Dabei sollte es ihr doch völlig gleichgültig sein, dass er sie für berechnend hielt ... womit seine Meinung von ihr wahrscheinlich noch freundlich ausgedrückt war. Wenn sie jetzt ihren verletzten Gefühlen freien Lauf lassen würde, würde sie damit nichts erreichen. Immerhin hatte sie einen Vertrag unterschrieben und war verpflichtet, ihn einzuhalten.

Wo endeten eigentlich ihre Verpflichtungen? Zuerst war sie Chuck gegenüber verpflichtet gewesen, dann ihren Kindern. Und nun war sie wegen ihrer Kinder wieder Chuck – wenn auch indirekt – verpflichtet. Sollte Dorian doch von ihr denken, was er wollte, solange er nur das Buch schrieb.

Müde lehnte Alana den Kopf an die Stute. Wie sollte sie klar denken können, wenn es in ihrem Kopf hämmerte? Aber sie musste. Sie durfte Dorian gegenüber nicht die Beherrschung verlieren. Denn würde es sich nicht in seinem Buch niederschlagen, wenn er das Schlimmste von ihr annahm? Verdammt, was kümmerte es ihn, warum sie eingewilligt hatte, dass das Buch herauskam? Er wurde nur dafür bezahlt, es zu schreiben. Ihre Motive hatten nichts mit der Geschichte über Chucks Leben zu tun. Und doch hatten sie alles damit zu tun.

Alana erinnerte sich wieder an den Morgen, als die Sonne ihr Gesicht erwärmt hatte und Dorian sie im Arm hielt – sie begehrt hatte. Sie konnte sich noch ganz genau an seinen Blick erinnern und an das Gefühl, als seine Lippen ihren Mund gestreift hatten. Und einen Augenblick lang wünschte sie, Dorian könnte jemand sein, auf den sie sich verlassen, dem sie vertrauen könnte. Nun, das war wirklich naiv. Sie hatte von Anfang an gewusst, dass er eine Arbeit zu erledigen hatte. Genauso wie sie.

Als Alana mit der ersten Box fertig war, war sie schweißgebadet. Die Mistgabel kam ihr schwerer als gewöhnlich vor, als sie mit der zweiten Box beginnen wollte.

„Scheint, als sollten Sie ein paar Hilfskräfte einstellen."

Dorian stand in der Tür, die Sonne im Rücken, sodass sein Gesicht im Schatten lag.

„Tatsächlich? Ich werde es in meine Überlegungen einbeziehen."

Er ergriff eine Mistgabel, stützte sich aber nur auf sie. „Alana, warum lassen Sie nicht diese Maskerade? Sie wissen schon – die sich abrackernde Hausfrau, die zum Wohle ihrer Familie vom Morgengrauen bis in die Nacht schuftet."

Sie konzentrierte sich auf ihre Arbeit. „Ich versuche Sie zu beeindrucken."

„Bemühen Sie sich nicht. Es ist ein Buch über Chuck Rockwell, nicht über Sie."

„Fein. Ich beende die Nummer, sobald ich den Mist hier los bin."

Sie konnte also Krallen zeigen. Er wollte sie dazu bringen, aber er musste die Kontrolle bewahren. „Hören Sie, solange die Geschichte nicht stimmig ist, passiert mit dem Buch gar nichts. Falls wir beide es aber beenden wollen, sollten wir aufhören, uns etwas vorzuspielen."

„Okay." Weil sie eine Verschnaufpause brauchte, lehnte sie sich auf ihre Forke. „Was wollen Sie also, Dorian?"

„Die Wahrheit. Sie waren vier Jahre mit Rockwell verheiratet. Sie kennen also Teile seines Lebens besser als sonst jemand. Und diese Teile will ich von Ihnen. Genau dafür wurden Sie bezahlt."

„Ich habe schon einmal gesagt, ich spreche, wenn Ihr Rekorder läuft." Sie wandte sich wieder der Box zu. „Im Augenblick habe ich eine Arbeit zu verrichten."

„Lassen Sie das einfach." Er packte sie und drehte sie zu sich. Ihre Forke fiel laut zu Boden. „Rufen Sie doch die zurück, wer immer sich gewöhnlich um diese Aufgaben kümmert, damit wir endlich mit der Arbeit anfangen können. Ich bin es leid, Zeit zu verschwenden."

„Meine Angestellten? Tut mir leid, ich habe ihnen einen Monat freigegeben. Wenn Sie arbeiten wollen, müssen Sie schon Ihren Rekorder holen. Meine Pferde müssen versorgt werden."

„Wer zum Teufel sind Sie eigentlich?" Dorian schüttelte sie leicht.

Er war nicht weniger überrascht als Alana selbst, als ihre Knie nachgaben. Er verstärkte seinen Griff, um sie zu stützen. „Was ist los mit Ihnen?"

„Nichts." Vergeblich bemühte sie sich, sich aus seinem Griff zu befreien. „Ich bin es nur nicht gewöhnt, herumgestoßen zu werden."

„In der U-Bahn werden Sie mehr angerempelt“, murmelte er. Sie gab ihm das Gefühl, ein rauer Lümmel zu sein, und das mochte er überhaupt nicht. Er ließ sie los.

„Damit haben Sie mehr Erfahrung als ich.“ Wütend auf sich selbst, bückte sich Alana nach der Mistforke. Als ihr schwindlig wurde, musste sie sich an den Wänden der Box stützen.

Fluchend fasste Dorian sie bei den Schultern. „Wenn Sie krank sind …“

„Bin ich nicht … Ich bin nie krank. Ich bin nur etwas müde.“

Und blass, bekannte er, als er sie musterte. Er legte eine Hand auf ihre Stirn. „Sie glühen ja.“

„Mir ist nur etwas heiß, das ist alles.“ Ihre Stimme hatte sich aus Furcht vor der Berührung leicht erhöht – obwohl sie sich gerade nach Berührungen sehnte. „Lassen Sie mich in Ruhe, bis ich hier fertig bin.“

„Ich kann Märtyrer nicht ertragen“, murmelte er und ergriff ihren Arm.

Selten, sehr selten brach in Alana das irische Erbteil in einem blinden Wutausbruch aus. Das überließ sie sonst den anderen Familienmitgliedern, während sie selbst Schwierigkeiten ruhig anging. Doch heute nicht. Sie entriss ihm den Arm und stieß Dorian mit einer für sie beide überraschenden Kraft gegen die Wand der Box.

„Mir ist es egal, was Sie ertragen können. Ich gebe keinen Pfifferling für das, was Sie denken. Der Vertrag, den ich unterschrieben habe, gibt Ihnen kein Recht, sich in mein Leben einzumischen. Ich sage Ihnen schon, wann ich Zeit für Ihre Fragen und Ihre Anschuldigungen habe. Ob Sie es für ein Spiel oder eine Maskerade halten, ich habe Arbeit zu erledigen. Scheren Sie sich zum Teufel!“

Damit drehte sie sich herum und umfasste die Griffe der Schubkarre. Sie riss die Karre hoch, machte zwei Schritte und ließ sie wieder fallen, als ihre Kräfte schwanden.

Er hatte die Nase voll, von ihr und von sich. Aber darüber konnte er sich später Gedanken machen. Jetzt – wenn er sich nicht sehr irrte – brauchte die Lady ein Bett. Wieder fasste er ihren Arm.

„Fassen Sie mich nicht an!“

„Schätzchen, darum habe ich mich die ganze Woche über verdammt bemüht.“ Als sie stolperte, hob er sie einfach hoch. „Dieses Mal müssen wir beide uns damit abfinden.“

„Ich muss nicht getragen werden." Ein Schüttelfrost ergriff ihren Körper. Zu schwach, um sich zur Wehr zu setzen, ließ sie den Kopf an seine Schulter sinken. „Die Arbeit ist noch nicht fertig und die Eier ..."

„Ich hole sie, nachdem ich Sie ins Bett gesteckt habe."

„Bett?" Sie hob den Kopf. Verschwommen bemerkte sie, dass sie auf der Veranda waren. „Ich kann nicht ins Bett. Die Pferde müssen versorgt werden. Und der Tierarzt kommt um eins wegen der Stuten. Mr. Jorgensen begleitet ihn. Ich muss das Fohlen verkaufen."

„Mr. Jorgensen wird zweifellos entzückt sein, das Fohlen zu kaufen, nachdem er sich bei Ihnen mit Grippe angesteckt hat."

„Grippe? Ich habe keine, nur eine kleine Erkältung."

„Grippe." Dorian legte sie aufs Bett und begann ihre Stiefel auszuziehen. „In ein paar Tagen sind Sie wieder auf den Beinen."

„Lächerlich." Mit Mühe gelang es ihr, sich auf den Ellbogen aufzustützen. „Ich brauche nichts weiter als ein paar Aspirin."

„Können Sie sich allein ausziehen, oder brauchen Sie Hilfe?"

„Ich werde mich nicht ausziehen." Doch im Augenblick hatte sie keinen anderen Wunsch, als zu schlafen.

„Also Hilfe." Er setzte sich und knöpfte ihre Jacke auf.

„Ich brauche und will keine Hilfe." Mit Mühe richtete sie sich auf. „Sehen Sie, vielleicht habe ich eine ganz leichte Grippe, aber ich habe auch zwei Kinder, die um halb vier zur Tür hereinstürmen. Und vorher habe ich Pferde zu versorgen. Und es geht um ein wichtiges Geschäft mit Jorgensen."

Dorian musterte sie. Sie war blass, und ihre Augen glänzten fiebrig. Die einfachste Art, sie zur Vernunft zu bringen, war, ihr zuzustimmen. „Okay, und darum sollten Sie sich eine Stunde ausruhen." Als sie Einwände erheben wollte, schüttelte er den Kopf. „Was glauben Sie, wie beeindruckt Jorgensen ist, wenn Sie vor ihm zusammenklappen?"

Sie war zittrig, das konnte selbst sie nicht leugnen. Und sie war ein vernünftiger Mensch. Und vernünftig war es jetzt, sich hinzulegen und Kräfte zu sammeln. Auch wenn es sie ärgerte, Dorian zuzustimmen, so musste sie eben ihren Ärger hinunterschlucken. „Ich lege mich eine Stunde hin."

Als Dorian das Zimmer verließ, stützte sie sich am Bettpfosten und quälte sich aus dem Bett. Ihre Glieder schmerzten. Mit langsamen Bewegungen zog sie sich aus und ein warmes Nachthemd an. Dann war sie völlig erschöpft und zitterte am ganzen Körper. Nur eine Stunde, redete sie sich ein, dann bin ich wieder auf der Höhe.

Als Dorian kurz darauf nach ihr sah, lag Alana auf dem Bauch in ihrem Bett und schlief so tief, dass sie sich nicht einmal rührte, als er die Decke fester um sie zog. Sie rührte sich auch nicht, als er sich tiefer beugte und ihr das Haar aus dem Gesicht strich.

Sie rührte sich nicht einmal in der ganzen Stunde, die er auf dem Stuhl neben ihrem Bett verbrachte und sie nachdenklich betrachtete.

5. KAPITEL

Verschwitzt und mit schmerzenden Gliedern erwachte Alana. Wie lang hatte sie geschlafen? Sie bedeckte ihre Augen und bemühte sich, ihre Kraftreserven zu wecken. Da sie allein war, stöhnte sie ein wenig, als sie sich aufrichtete. Und als sie einen Blick auf ihre Uhr neben ihrem Bett warf, stöhnte sie erneut.

Viertel nach zwei. Sie hatte fast vier Stunden geschlafen. Mr. Jorgensen! Verzweifelt stand sie auf. Sofort begann ein Dröhnen in ihrem Kopf und ein Reißen, das jeden Zentimeter ihres Körpers zu erfassen schien. Sie war schweißüberströmt. Sie ergriff ihre Jeans und lehnte sich dann an den Bettpfosten, um das Schwächegefühl abzuwarten.

Mr. Jorgensen könnte noch hier sein, sprach sie sich zu. Vielleicht hatte er sich verspätet und war gerade in diesem Augenblick im Stall, um die Stute zu begutachten. Alana musste sich also nur anziehen, hinausgehen und sich entschuldigen.

Dorian betrat, beladen mit einem Tablett, das Zimmer. „Wollen Sie ausgehen?“

„Es ist nach zwei.“ Es war ein Verweis, wenn auch ein schwacher.

„Stimmt genau.“ Er stellte das Tablett ab und betrachtete Alana. Ihr Nachthemd war am Hals verrutscht und entblößte eine Schulter – eine schlanke, glatte Schulter. Der Rest von ihr war ebenso schlank, von den Tänzerinnenbeinen bis hoch zu den festen, weich gerundeten Brüsten.

Ein Mann hat das Recht, dachte Dorian, sich ein wenig erregt, ein wenig verlangend zu fühlen, wenn er eine halb nackte Frau und ein zerwühltes Bett ansieht. Das brauchte er nicht persönlich zu nehmen. „Interessant“, stieß er leise aus. „Zum ersten Mal sehe ich Sie endlich in etwas, das nicht acht Zentimeter dick ist.“

„Ich bin sicher, ich sehe umwerfend aus.“

„Tatsächlich. Aber warum gehen Sie nicht wieder ins Bett, bevor Sie zusammenklappen?“

„Mr. Jorgensen ...“

„Ein interessanter Mann.“ Dorian trat auf sie zu, nahm ihr die Jeans aus der Hand und warf die Hose auf einen Stuhl. „Er hat von seinen Pferden mit größerer Leidenschaft gesprochen, als er je seiner

Frau gegenüber aufbringen würde." Dabei drückte er sie zurück aufs Bett.

„Ist er noch da? Ich muss mit ihm reden."

„Er ist weg." Dorian schüttelte die Kissen auf.

„Weg?"

„Ja. Mund auf. Das hier habe ich zwischen Desinfektionsmitteln und Pflastern gefunden."

Sie stieß das Thermometer weg. „Ich muss ihn anrufen und einen neuen Termin abmachen. Haben Sie mich entschuldigt? Ich …"

Dorian steckte ihr einfach das Thermometer in den Mund und hielt ihre Hände fest, bevor sie es wieder herausziehen konnte. „Jetzt halten Sie einmal die Luft an. Wenn Sie etwas über Jorgensen erfahren wollen, lassen Sie das Ding da drin und hören mir zu. Verstanden?"

Er sprach mit ihr wie mit einem Kind. Doch es blieb ihr keine Wahl, und so nickte sie nur.

„Gut." Er gab ihre Hände frei und ging zum Tablett.

Sofort zog Alana das Thermometer wieder heraus. „War auch der Tierarzt da und hat Eve untersucht? Ich muss …"

„Stecken Sie das Ding zurück, oder ich lasse Sie hier allein, ohne Sie zu informieren." Er stellte das Tablett vor ihr auf die Bettdecke und wartete. Als sie gehorchte, spürte er eine leise Befriedigung. „Der Tierarzt sagte, Eve sei in bester Verfassung, er halte Komplikationen für ausgeschlossen und das Fohlen komme innerhalb der nächsten Woche."

Sie griff nach dem Thermometer. Dorian brauchte nur eine Braue hochzuziehen, um sie mitten in der Bewegung zu stoppen. „Wegen der anderen Stute, Gladys?" Sie nickte, und er schüttelte den Kopf. „Verrückter Name für ein Pferd. Aber wie auch immer, sie ist in ebenso guter Verfassung. Jorgensen lässt Ihnen ausrichten, Sie mögen sofort nach der Geburt des Fohlens anrufen, um die einzelnen Bedingungen zu besprechen. Er sagte auch", Dorian ergriff ihr Handgelenk, als sie wieder die Hand heben wollte, „dass er einige Interessenten für das andere Fohlen kenne. Ich habe das Gefühl, er wäre selbst interessiert, wenn seine Frau ihm nicht das Fell über die Ohren ziehen würde. Sie können ihn anrufen, wenn Sie wieder auf dem Damm sind. Zufrieden?"

Sie schloss die Augen und nickte. Es lief also, es lief wirklich. Mit dem Geld, das die Fohlen bringen würden, konnte sie einen guten Teil der Schulden abzahlen, die sie nach Chucks Tod machen musste. Beim Gedanken, fast schuldenfrei zu sein und in einem oder zwei Jahren finanziell wieder gesichert dastehen zu können, hätte sie am liebsten geweint, wäre am liebsten unter die Decke gekrochen, um zu weinen, bis die Tränen der Erleichterung alles andere weggespült hätten.

Eine merkwürdige Frau, dachte Dorian, als er sie betrachtete. Warum reagierte sie so überdreht wegen des Verkaufs von zwei Pferden? Sicher, das war eine nette Summe, doch im Vergleich zu dem, was sie von Rockwell geerbt hatte, war es doch nicht mehr als etwas Klimpergeld. Geld muss ihr wichtig sein, folgerte er, obwohl er einfach nicht sehen konnte, wo sie es ließ.

Vielleicht die Einrichtung. Ihr Bett war wirklich antik und stammte nicht aus irgendeinem An- und Verkaufsladen. Und natürlich die Pferde. Den Hengst hatte sie bestimmt nicht für ein nettes Liedchen und ein Lächeln bekommen. Er warf einen Blick zu ihrem Schrank hinüber. Er würde wetten, dass in ihm ein kleines Vermögen hing.

Als sie die Augen wieder öffnete, zog er ihr das Thermometer aus dem Mund. „Hm. 39,5. Herzlichen Glückwunsch."

„39,5?" Ihre Stimme sank auf den Nullpunkt. „Zeigen Sie mal."

„Sind Sie immer eine so schwierige Patientin?"

„Ich bin nie krank. Sie müssen sich verlesen haben."

Er zeigte ihr das Thermometer und beobachtete, wie sie die Brauen runzelte. „Wollen Sie jetzt allein essen, oder brauchen Sie Hilfe?"

„Ich komme allein klar." Ohne Appetit betrachtete sie die dampfende Suppe auf dem Tablett. „Ich esse nie mittags."

„Heute doch. Wir müssen Kräfte sammeln."

Alana seufzte. Kein Wunder, dass er sie wie einen der Jungen behandelte, sie verhielt sich auch wie sie. „Danke. Und entschuldigen Sie mein Jammern. Es ist einfach nur so viel Arbeit zu erledigen. Von allein wird das auch nicht gemacht."

„Sind Sie so unentbehrlich?"

Sie sah ihn an. Etwas lag in ihrem Blick – Gefühl, Hoffnung, Fragen – er konnte es nicht auseinanderhalten. „Ich werde dringend gebraucht."

In ihrem Ton lag etwas, das ihn veranlasste, ihr über die Wange zu streichen, bevor er auch nur darüber nachdenken konnte. „Dann sollten Sie sich auch schonen."

„Ja." Sie griff nach dem Löffel und zwang sich, ihm zu Gefallen, die Suppe zu essen. „An die Rolle bin ich einfach nicht gewöhnt. Dorian ..." Sie hatte sich lange dazu durchringen müssen. Jetzt glaubte sie, genügend Mut aufbringen zu können. „Ich möchte mich wegen gestern Abend und heute Morgen entschuldigen."

„Entschuldigen wofür?"

Sie blickte auf. Er wirkte entspannt und ungerührt, er schien heftige Worte und Streitereien offensichtlich wegstecken zu können. Aber er hatte recht gehabt, und sie wussten es beide. „Ich habe Sachen gesagt, die ich nicht so meinte. Das passiert mir immer, wenn ich wütend bin."

„Vielleicht sind Sie wütend ehrlicher, als Sie denken. Und ich habe auch weiterhin vor, Ihnen zuzusetzen, hart zuzusetzen, aber ich habe auch einige Grundsätze. Ich werde Sie nicht bedrängen, ehe Sie nicht wieder auf der Höhe sind."

Sie musste lächeln. „Solange ich krank bin, bin ich sicher."

„So ungefähr. Aber Sie essen gar nicht."

„Entschuldigung." Sie ließ den Löffel sinken. „Ich bekomme nichts runter."

Dorian nahm das Tablett und stellte es neben das Bett. „Hat Ihnen schon mal jemand gesagt, dass Sie sich zu oft entschuldigen?"

„Ja." Sie lächelte wieder. „Entschuldigung."

„Sie sind eine interessante Frau, Alana."

Es war so angenehm, sich einfach in die Kissen zu kuscheln. Fröstelnd zog sie die Decke hoch. Unglaublich, sie war schon wieder müde. Sie könnte jetzt einfach so wegdämmern. „Ich habe immer gedacht, ich sei ziemlich langweilig."

Er sah auf ihre feingliedrigen Hände und erinnerte sich, wie sie zupacken konnten. Er dachte daran, wie sie die Wäsche zusammengelegt hatte, und erinnerte sich an die Frau im Nerz, an deren Ohren Diamanten blitzten. Das zusammen ergab nicht die Bezeichnung „langweilig". Es passte einfach überhaupt nicht zusammen. „Ich habe ein Foto von Ihnen, das in Monte Carlo aufgenommen worden ist. Sie waren bis obenhin in weißen Nerz gehüllt."

„Der weiße Nerz." Schläfrig lächelte sie. „Ich habe mich wie eine Prinzessin darin gefühlt. Er war märchenhaft, nicht wahr?"

„War?"

„Mm. Wie eine Prinzessin."

„Wo ist er?"

„Das Dach", murmelte sie noch und schlief ein.

Das Dach? Sie musste im Fieber fantasieren, wenn sie sich Pelze auf dem Dach vorstellte.

Eine wirklich interessante Frau, dachte er erneut. Er müsste sie nur verstehen.

Als der Krach begann, war Dorian gerade mitten in der Ausarbeitung seiner Notizen über Rockwells erstes Jahr als Rennfahrer. Er fluchte, wenn auch nicht böswillig, schaltete die Schreibmaschine aus und ging hinunter.

„Es war nicht meine Schuld." Ben starrte seinen Bruder an.

„Doch, du ..." Chris suchte in seinem Wortschatz nach der für ihn größten Beleidigung. „Idiot."

„Probleme?" Dorian öffnete die Tür. Die Jungen hatten blitzende Augen. Chris war von oben bis unten mit Schlamm verschmiert. Seine Unterlippe bebte, als er mit einem schmutzigen Finger auf seinen Bruder wies.

„Er hat mich hingeschmissen. Ich sage es Mom."

„Nun aber sachte." Dorian verstellte den Eingang, und seine Jeans bekam einen ordentlichen Schlammfleck ab. „Ben, bist du nicht etwas zu groß, um Chris hinzuwerfen?"

„Habe ich nicht." Trotzig streckte er das Kinn vor. „Ich werde es Mom sagen."

Große Tränen traten Chris in die Augen, was in Dorian das starke und unerwartete Bedürfnis auslöste, ihn in die Arme zu nehmen. „Er hat mich hingeschmissen." Jetzt kullerten die ersten Tränen. Chris war noch zu jung, um sich deshalb zu schämen. „Nur, weil er größer ist."

„Habe ich nicht." Selbst den Tränen nahe, starrte Ben zu Boden. „Wenigstens habe ich es nicht gewollt. Wir haben einfach nur herumgealbert."

„Also ein Unfall?"

„Ja." Verlegen zog Ben die Nase hoch.

„Es schadet nie, sich für einen Unfall zu entschuldigen." Dorian legte die Hand auf Bens Schulter. „Vor allem, wenn man älter ist."

„Entschuldigung", murmelte er und warf seinem Bruder einen Blick zu. „Mom wird wütend, weil er total schlammverdreckt ist. Das gibt Ärger."

Chris hatte seine Tränen schon wieder vergessen und ließ seine Finger neugierig durch den Schlamm auf seiner Jacke gleiten.

„Vielleicht müssen wir es ihr dieses Mal nicht erzählen", warf Dorian ein.

„Ja?" Hoffnung zeigte sich in Bens Blick, wurde aber sofort wieder von Zweifeln abgelöst. „Sie wird es sowieso sehen."

„Nein. Kommt." Da er keine andere Möglichkeit sah, hob Dorian Chris hoch. „Wir stopfen dich in die Waschmaschine."

Der kicherte und schlang einen verdreckten Arm um Dorians Nacken. „Das geht nicht, sie ist zu klein. Wo ist Mom?"

„Oben. Sie hat Grippe."

„Wie Mr. Petrie?"

Ben blieb stehen, als sie die Küche betraten. „Mom ist nie krank."

„Dieses Mal doch. Und im Augenblick schläft sie. Also, halbe Lautstärke, okay?"

„Ich will sie selbst sehen." Ben hatte einen entschlossenen Zug um den Mund. Sein Blick war herausfordernd, als müsse er seine Mutter beschützen.

Seine Haltung gefiel Dorian insgeheim. „Weck sie aber nicht auf." Er öffnete die Tür, die zur Kammer mit der Waschmaschine führte. „Und du, Wildkatze, zieh dich aus."

Chris zog bereitwillig seine Jacke aus. „Mein Lehrer hatte letzte Woche Grippe. Wir hatten eine Vertretung. Die hatte rotes Haar und konnte sich unsere Namen nicht merken. Ist Mom morgen noch krank?"

„Nicht mehr so krank wie heute." Dorian fand Waschpulver und studierte den Mechanismus der Waschmaschine.

„Mom kann meine Buntstifte benutzen." Chris ließ sich auf den Boden plumpsen und zog seine Stiefel aus. „Und wir lesen ihr Geschichten vor. Sie liest auch immer Geschichten, wenn ich krank bin."

„Das wird ihr bestimmt gefallen."

„Wenn es ihr morgen besser geht, dürfen wir dann wohl ins Kino? Sie hat uns für Samstag Kino versprochen."

„Ich weiß nicht." Als Dorian sich umdrehte, stellte er fest, dass der Kleine ihn beim Wort genommen und sich bis auf die Haut ausgezogen hatte. Sein kräftiger kleiner Körper war mit Schmutzflecken und einer Gänsehaut bedeckt. Dorian zog ein Handtuch aus dem Trockner und hüllte den Jungen darin ein. „Du brauchst ein Bad."

„Ich hasse Bäder." Chris blickte Dorian beschwörend an. „Ich hasse sie wirklich."

„Das Problem ist nur, du hattest recht." Dorian stopfte die restlichen Kleidungsstücke in die Maschine und schloss den Deckel. „Du passt wirklich nicht in die Waschmaschine."

Lachend hob Chris in einer unbeschwert gefühlsmäßigen Geste die Arme, der sich Dorian nur noch überwältigt fügen konnte. Er hob ihn hoch. Himmel, dachte er, als er Chris an sich drückte, ich habe über dreißig Jahre gebraucht, um die Dinge in den Griff zu bekommen, und nun werde ich wegen eines Sechsjährigen mit Dreck im Gesicht schwach.

„Und wegen des Bades: Du hast doch bestimmt ein Boot oder so etwas, mit dem du dabei spielen kannst."

Resigniert ließ sich Chris ins Unvermeidbare tragen. „Ich mag Lastwagen lieber."

„Dann also einen Lastwagen."

„Auch drei?"

„Wenn du dann auch noch Platz hast." Bei der Badezimmertür stellte er Chris wieder auf den Boden. „Aber ruhig, okay?"

„Okay", gab Chris flüsternd zurück. „Hilfst du mir beim Haarewaschen? Ich kann es schon fast allein."

Dorian dachte an die Arbeit, die auf seinem Schreibtisch wartete. „Also gut. Fang schon mal an."

Babysitting, das gehörte nun wirklich nicht zu seinem Job. Er warf einen Blick auf Bens geschlossene Tür. Sollte er den Jungen sich selbst überlassen und sich der weniger komplizierten Aufgabe zuwenden, Chris' Haare zu waschen? Er verwünschte sich selbst, als er den Korridor hinunterging und anklopfte.

Der Junge hockte auf dem Bett, eine ganze Armee kleiner Männer vor sich.

„Hast du deine Mutter gesehen?"

„Ja, und ich habe sie nicht geweckt." Er ließ zwei der Männer aufeinanderprallen. „Ich glaube, sie ist ziemlich krank."

„Sie muss einfach nur ein paar Tage im Bett bleiben." Dorian setzte sich neben ihn und ergriff einen der kleinen Männer.

„Einmal kam ich aus der Schule, und sie lag auf der Couch, weil sie sagte, sie habe Kopfschmerzen. Aber ich wusste, dass sie nur geweint hatte."

Um Worte verlegen, stellte Dorian zunächst einmal zu jedem von Bens Männern einen weiteren. „Auch Moms müssen manchmal weinen. Das muss jeder, wirklich."

„Männer nicht."

„Doch, manchmal schon."

Ben überdachte das, schien aber nicht ganz überzeugt zu sein. „Hat Mom wieder geweint?"

„Dieses Mal ist sie einfach nur krank. Ich denke, wir machen es ihr einfacher, wenn wir ihr keinen Ärger bereiten."

„Ich wollte keinen Ärger bereiten." Bens Stimme klang sehr jung und sehr dünn. „Ich wollte Chris wirklich nicht in den Schlick werfen."

Dorian fuhr Ben durchs Haar. „Was tun wir in dem Fall? Soll ich dich vielleicht zur Strafe dafür in den Schlick werfen?"

Misstrauisch sah Ben hoch. Als er in Dorians Augen blickte, lachte er. „Dann wäre Mom auf dich sauer."

„Eben. Warum übernimmst dann du nicht heute Abend Chris' Arbeiten?"

„Okay." Das war nicht schlimm, denn er beschäftigte sich gern mit Pferden.

Es freute und überraschte Dorian, dass er auf Anhieb die Gedanken des Jungen lesen konnte. „Das schließt den Abwasch ein – Chris ist gerade dran."

„Aber ..."

„Das Leben ist hart, Junge." Dorian zog leicht an Bens Ohrläppchen und ging dann zu seinem anderen Schützling.

Alana wachte über der Auseinandersetzung auf, auch wenn es nur eine geflüsterte Auseinandersetzung war. Sie öffnete die Augen und erkannte ihre Söhne am Ende des Bettes.

„Wir sollten sie wecken, jetzt“, bestimmte Ben.

„Und wenn sie noch Fieber hat?“

„Das stellen wir fest.“

„Weißt du auch wie?“, fragte Chris, schon fast beeindruckt.

„Mit dem Ding da. Wir stecken es ihr einfach in den Mund und warten.“

„Während sie schläft?“

„Nein, Blödmann, wir müssen sie aufwecken.“

„Ich bin wach.“

„Hallo.“ Unsicher, wie er sich seiner kranken Mutter gegenüber verhalten sollte, spielte Ben mit der Decke. „Bist du noch krank?“

Ihr Hals kratzte, sodass es sie selbst überraschte, überhaupt ein Wort herauszubekommen. Jeder Muskel protestierte, als sie sich ein wenig aufrichtete. „Vielleicht ein wenig.“

„Willst du meine Buntstifte?“ Ohne sich lange mit Förmlichkeiten aufzuhalten, krabbelte Chris aufs Bett, um sich selbst einen besseren Überblick zu verschaffen.

„Vielleicht später.“ Sie fuhr ihm durchs Haar. „Seid ihr gerade von der Schule gekommen?“

„Nein! Wir sind schon eine Ewigkeit zu Hause. Stimmt's, Ben?“

„Wir haben schon gegessen“, bestätigte Ben. „Und unsere Arbeiten erledigt.“

„Gegessen?“ Erst nachdem sich ihre Schlaftrunkenheit etwas gelegt hatte, bemerkte Alana, dass die Abenddämmerung schon eingesetzt hatte. Ein Blick auf die Uhr ließ sie stöhnen. Drei weitere Stunden waren vergangen.

„Ja, Dorian hat ganz gut gekocht. Hast du noch Fieber?“ Chris legte seiner Mutter eine Hand auf die Stirn. „Du fühlst dich heiß an. Musst du auch die Medizin nehmen wie Ben und ich immer? Ich kann dir später eine Geschichte vorlesen.“

„Du kannst nicht lesen“, warf Ben verächtlich ein.

„Kann ich wohl. Miss Schaefer sagt, ich lese gut.“

„Kinderkram, aber nicht Geschichten für Mom.“

„Wieder Streit?“ Dorian kam mit einem Tablett herein. „Wunderbar, dann herrscht ja wieder Normalität. Rutsch rüber, Chris. Deine Mutter muss essen.“

„Wir haben es zusammen gemacht“, betonte Chris, als er zur Seite rückte. „Dorian die Eier, Ben hat die Suppe warm gemacht, und ich habe den Toast gemacht."

„Sieht großartig aus." Alana wünschte, sie könnte alles, samt Tablett, aus dem Fenster werfen. Als sie aufblickte, bemerkte sie Dorians verschmitztes Grinsen. Schriftsteller konnten offensichtlich Gedanken lesen.

„Dorian sagt, du müsstest Kräfte sammeln", warf Ben ein.

„Tatsächlich?"

„Und Dorian sagt, wir müssen ruhig sein, um dich nicht zu stören. Wir waren wirklich ruhig." Chris wartete, dass seine Mutter endlich den Toast probierte, den er übergroßzügig mit Butter beschmiert hatte.

„Ihr wart wirklich ruhig." Alana spülte den klitschigen Toast mit Saft herunter.

„Dorian sagt, er will mit uns ein Spiel spielen, wenn wir uns anständig verhalten." Chris warf ihm ein strahlendes Lächeln zu. „Das tun wir doch?"

„Ihr seid großartig."

Unwillig, Chris allein im Licht der Aufmerksamkeit stehen zu lassen, rückte Ben näher. „Dorian sagt, du bist wahrscheinlich zu krank, um morgen ins Kino gehen zu können."

„Dorian sagt offensichtlich eine Menge", murmelte Alana und strich Ben dann über die Wange. „Wir werden sehen. Wie war die Schule?"

„Ganz gut. In der Mathestunde ist ein Vogel in die Klasse geflogen, und Mrs. Lieter hat ihn herumgejagt. Er ist immer wieder ans Fenster geknallt."

„Sehr aufregend."

„Ja, aber dann hat sie das Fenster aufgemacht und einen Besen benutzt."

„Tricia ist auf dem Schulhof hingefallen und hat eine dicke Beule am Kopf bekommen." Chris spielte mit dem dünnen Goldkettchen am Hals seiner Mutter, das ihn schon als Baby fasziniert hatte. „Sie hat geheult. Ich bin auch hingefallen, aber ich habe überhaupt nicht geheult – wenigstens nicht viel. Und Dorian wollte mich in die Waschmaschine stecken."

Alana hielt dabei inne, durch Chris' Haar zu fahren. „Wie bitte?"

„Weil doch alles voller Dreck war und …“

Dorian unterbrach Chris’ Erzähllaune, bevor die seinen Bruder in Schwierigkeiten bringen konnte. „Ein kleiner Zwischenfall. Es ist sehr rutschig draußen.“

Alana bemerkte, wie Ben Dorian einen schnellen Seitenblick in einer Mischung aus Schuldgefühl und Dankbarkeit zuwarf. „Ich verstehe.“ Sie glaubte es zumindest. Doch sie wusste auch, dass es besser war, die Sache nicht weiter zu verfolgen. „Das war ein großartiges Essen, Jungs, aber ich glaube, ich kann jetzt wirklich nichts mehr essen.“

Dorian nahm den Saft vom Tablett und stellte ihn auf den Nachttisch. „Wollt ihr beide nicht das Tablett hinunterbringen? Ich komme sofort.“

Kaum waren sie draußen, griff Dorian nach dem Thermometer.

„Dorian, ich weiß gar nicht, wie ich Ihnen danken soll.“

„Gut.“ Er steckte ihr das Thermometer in den Mund. „Dann können Sie ja ruhig bleiben.“

Da sie sich nicht wieder auf eine Auseinandersetzung einlassen wollte, die nur zu verlieren war, wartete Alana geduldig, bis er ihr das Thermometer wieder aus dem Mund zog. „Runtergegangen, stimmt’s?“

„Ein Grad rauf“, verbesserte er sie, zu gut gelaunt für ihren Geschmack.

Impulsiv griff Alana nach seiner Hand. „Dorian, ich bemühe mich wirklich, eine nicht zu anstrengende Patientin zu sein, aber ich schwöre, ich werde verrückt, wenn ich noch eine Minute allein in diesem Bett verbringen muss.“

Er beugte sich vor. „Ist das eine Einladung?“

„Was? O nein!“ Sie stieß seine Hand zurück. „Ich meinte nur …“

„Ich habe verstanden.“ Er beugte sich über sie, wickelte die Decke fest um sie und hob Alana samt Decke hoch.

„Was tun Sie?“

„Sie aus dem Bett holen. Ich trage Sie hinunter und verfrachte Sie vor den Fernseher. Sonst werden Sie uns wirklich noch verrückt.“

Dieses Mal wehrte sie sich nicht gegen das angenehme Gefühl, von starken Armen getragen zu werden. Heute Abend, nur heute Abend überließ sie sich einfach der Vorstellung, dass ihr jemand beistand. Sentimentalität, warnte sich Alana aber noch rechtzeitig, bevor sie den Kopf an seine Schulter legte.

„Ich danke Ihnen, dass Sie die Kinder beaufsichtigen. Aber ich will Ihnen nichts aufbürden. Ich kann einen Nachbarn anrufen."

„Vergessen Sie es." Er sagte es gleichgültig, da er nicht eingestehen wollte, wie sehr er den Nachmittag genossen hatte. „Ich komme schon klar mit ihnen. Immerhin habe ich während des College als Rausschmeißer gearbeitet."

„Sicherlich eine hilfreiche Erfahrung", bemerkte sie halblaut. „Dorian, hat sich Chris verletzt, als Ben ihn zu Boden gestoßen hat?"

„Ich weiß nicht, wovon Sie sprechen."

„Natürlich wissen Sie es."

„Macht Chris einen verletzten Eindruck?"

„Nein, aber ..."

„Dann wollen Sie es doch sicherlich nicht, dass ich ein Spitzel bin?"

Sie warf ihm einen weichen Blick zu, als er sie auf der Couch im Wohnzimmer absetzte. „Männer halten wohl immer zusammen, nicht wahr?"

Ohne zu antworten, schaltete er den Apparat ein. Höchste Zeit, dass er aus ihrer direkten Körpernähe kam. Sie war ihm auf seinen Armen so süß, so klein, so zerbrechlich erschienen. Ein Mann machte seinen größten Fehler, wenn er auf weibliche Zerbrechlichkeit hereinfiel.

„Wenn Sie etwas brauchen, wir sind in der Küche. Männerangelegenheiten, Sie wissen schon."

„Dorian ..."

„Falls Sie mir noch einmal danken, bekommen Sie eine Tracht Prügel." Doch stattdessen beugte er sich zu ihr herunter, umfasste ihr Gesicht und küsste sie. „Kein Dank und keine Entschuldigung."

Bevor sie ihr Tun überdenken konnte, zog sie ihn an sich.

Der Kuss war nicht süß, er war nicht verzaubernd, er war fest und stark. Seit so vielen Jahren spürte Alana wieder den Geschmack eines Mannes. Und seit so vielen Jahren begehrte sie wieder. Und war es nicht wunderbar, einfach zu begehren – nicht zu denken, nicht abzuwägen, sich einfach gehen zu lassen und zu begehren?

Ihre Haut glühte, und er spürte ihr Nachgeben, das sowohl von ihrer körperlichen Schwäche als auch von Leidenschaft herrührte. Er wollte mehr. Der eine Kuss hatte gereicht, um sein Verlangen zu erwecken, bis er alles wollte – ihre Haut fühlen, ihren Körper mit seinem verschmelzen fühlen.

Es war keine Künstlichkeit, keine Erfahrenheit in ihrem Kuss. Er schien so spontan und natürlich zu sein, wie wenn Chris ihm, ganz aus dem Gefühl heraus, die Arme entgegenstreckte.

Zögernd und mehr als nur etwas verwirrt, rückte Dorian von ihr ab. Er hatte das Gefühl, sie desto weniger zu kennen, je mehr er sie kennenlernte.

Mit halb geschlossenen Augen legte Alana sich zurück. Sie wusste, dass er sie musterte, doch sie konnte jetzt keine Maske aufsetzen. Alles, was er sehen wollte, lag offen vor ihm. Sie konnte nicht wissen, dass seine eigenen Zweifel ihn blind machten.

„Da ist noch etwas, womit wir uns auseinandersetzen müssen, wenn du wieder auf den Beinen bist, Alana."

„Ja, ich weiß."

„Du solltest dich besser ausruhen." Er steckte die Hände in die Taschen, weil er sich sonst zu leicht vergessen und Alana wieder berühren würde.

„Ja." Sie schloss die Augen, weil sie sich sonst zu leicht vergessen und Dorian wieder an sich ziehen würde. Es waren Kinder im Raum nebenan. Ihre Kinder, ihre Verantwortung. Ihr Leben.

Als sie die Augen wieder öffnete, war Dorian gegangen.

6. KAPITEL

Alana konnte sich nicht daran erinnern, wie sie wieder in ihr Zimmer gekommen war, doch am Morgen erwachte sie in ihrem Bett. Sie erwachte spät und spürte etwas Flauschiges an ihrer Wange. Ihre anfängliche Verwirrung verwandelte sich in Rührung. Chris' Stoffhund Mary, er musste ihn ihr gebracht haben, während sie noch schlief. Als sie sich leicht aufrichtete, entdeckte sie noch einen großen, pinkfarbenen Briefbogen am Bettpfosten, auf dem „Gute Besserung, Mom“ stand.

Sie erkannte Bens krakelige Schrift, und Tränen stiegen ihr in die Augen. Mochten sie auch Racker sein, aber es waren ihre Racker, und wenn es darauf ankam, konnte sie sich auf sie verlassen.

Als sie Mary gedankenverloren über den Kopf strich, dachte sie plötzlich daran, dass es schon fast zehn Uhr war und sie den Kindern noch nicht einmal Frühstück gemacht hatte.

Widerwillig quälte sich Alana aus dem Bett, holte sich einen Morgenmantel aus dem Schrank und ging ins Bad.

Nachdem sie eine ganze Kolonne Lastwagen aus der Badewanne geholt hatte, stellte sie sich unter die Dusche. Der Wasserstrahl prasselte fast schmerzend auf ihre fieberheiße Haut, doch wenigstens wurde ihr Kopf allmählich klar.

Dorian. Ihr erster Gedanke galt ihm, nachdem sie einen klaren Kopf bekommen hatte. Sie hatte sich auf mehr eingelassen, als gut für sie war. Und sie hatte nicht den blassesten Schimmer, wie sie sich weiter verhalten sollte. Die Anziehung, die er auf sie ausübte, war nicht geplant gewesen. Am besten, sie ignorierte sie einfach. Aber konnte sie das?

Schon einmal hatte sie diese Art von Anziehung gespürt und ihr kopflos nachgegeben. Sie wusste nicht mehr, wie lange sie dazu gebraucht hatte, um über die tiefen Verletzungen, die Chuck verursacht hatte, hinwegzukommen. Aber sie wusste, dass sie diese Art von Schmerzen nicht noch einmal verkraften könnte. Nein, noch einmal würde sie das nicht schaffen. Und keine Beziehung, kein Mann war dieses Risiko wert. Sie musste jetzt an ihre Kinder denken, an das Zuhause und die Zukunft, die sie für sie gestalten musste.

Außerdem, wenn sie ihre Gefühle ihm gegenüber nicht unter

Kontrolle hielt, würde es ihr noch schwerer fallen, ihn zu belügen und ihm auszuweichen. Also durfte sie es nicht zulassen. Sie musste sich weiter an ihren Plan halten, einfach aus Notwendigkeit. Er war nur der Schriftsteller, der eine Biografie über den Vater ihrer Kinder schrieb.

Nachdem Alana sich abgetrocknet hatte, ging sie hinunter und fand die Kinder, wie erwartet, vor dem Fernseher, auf dem die letzte Folge eines Abenteuerzeichentrickfilms flimmerte. Was sie nicht erwartet hatte, war, Dorian zwischen ihnen zu entdecken. Chris hatte sich neben ihm auf dem Sofa ausgestreckt, und Ben lag zu seinen Füßen, so als würden sie jeden Samstagmorgen zusammen verbringen.

„Ein toller Film", wurde Dorian gerade von Ben aufgeklärt. „Der Android John spürt alle Bösen auf, aber er fasst sie nie alle. Vor allem Dr. Disaster nicht."

„‚Bugs Bunny', das ist für mich ein toller Zeichentrickfilm. Der hat Stil und Witz und nicht nur Laserstrahlen. Wenn Wile E. Coyote den Roadrunner zu fangen versucht. Das ist ein Zeichentrickfilm."

Ben schnaubte nur verächtlich und schenkte dem Androiden John wieder seine Aufmerksamkeit.

Chris zupfte an Dorians Hemd. „Ich mag Bugs Bunny."

Amüsiert über das ernsthafte Gesicht des Kleinen, legte Dorian den Arm um dessen Schulter.

„Chris sieht wie Bugs Bunny aus", stellte Ben fest. Er grinste verschmitzt und wartete auf die Vergeltungsaktion seines Bruders.

„Überhaupt nicht", sagte Dorian, nachdem er sorgfältig Chris' Gesicht gemustert hatte. „Die Ohren sind zu kurz. Aber Bens …", dabei fasste er eins von dessen Ohrläppchen, „… die könnten reichen."

Kichernd legte Ben beide Hände über seine Ohren. „Ich bin Dr. Disaster, und ich werde den Planeten Kratox in die Luft jagen."

„Ihr Weltraumpiraten." Dorian zog Ben an einer Haarsträhne näher zu sich, „ihr seid doch alle gleich – kitzlig." Er kitzelte den Jungen, dass er lauthals protestierte. Und im nächsten Moment balgten sich alle drei am Boden. Entzückt kletterte Chris auf Dorians Schulter. Erst da erblickte er seine Mutter, die in der Tür stand.

„Hi, Mom."

„Guten Morgen." Ihr Blick wanderte von ihren Söhnen zu Dorian.

„Wir dürfen nicht im Wohnzimmer toben", flüsterte Ben Dorian vertraulich ins Ohr.

„Richtig." Dorian befreite sich und warf Alana einen prüfenden Blick zu. „Du solltest im Bett sein."

„Mir geht's gut, danke. Ich will nur Kaffee machen."

„Steht auf dem Herd."

„Oh." Sie zögerte, die Kinder vom Fernseher wegzuschicken. „Ben, Chris, wenn der Film vorbei ist, kommt ihr zum Frühstück und helft mir dann, die Tiere zu füttern."

„Haben wir schon gemacht." Ben war erleichtert, dass die Lektion darüber, wie eine Wohnzimmereinrichtung zu behandeln sei, ausblieb.

„Ihr habt die Tiere schon gefüttert?"

„Und wir haben gefrühstückt", ergänzte Chris. „Dorian hat richtig gute Pfannkuchen gemacht."

„Oh." Sie vergrub die Hände in den Taschen und fühlte sich lächerlich und – viel schlimmer – nutzlos. „Dann wärme ich den Kaffee auf."

Dorian erhob sich. „Erzählt mir, wie es ausgeht." Und er folgte Alana in die Küche. „Probleme?"

„Nein." Nur Dutzende davon, dachte sie, als sie die Herdflamme anmachte. Wie sollte sie ihrem Entschluss treu bleiben, wenn sie ihn mit ihren Kindern spielen sah? Wie sollte sie ihre Gedanken ablenken, wenn alle Arbeiten schon verrichtet waren?

Sie versteifte sich, als er sie bei den Schultern griff und sie zu sich drehte. Sie sahen sich an, und er legte ihr eine Hand auf die Stirn. „Du hast noch Fieber."

„Ich fühle mich viel besser."

„Du fühlst dich verdammt elend." Er nahm sie beim Arm und führte sie zu einem Stuhl. „Setz dich."

„Dorian, ich bin es gewöhnt, mein Leben allein zu bewältigen."

„Wunderbar. Dazu solltest du auch Montag wieder in der Lage sein."

„Und was soll ich bis dahin tun?", stieß sie hervor, während sie ihrer Schwäche nachgab und sich auf den Stuhl sinken ließ. „Ich bin es überdrüssig, im Bett zu liegen und Suppe zu löffeln. Ich bin es überdrüssig, ein Thermometer im Mund stecken zu haben und Aspirin hinunterzuspülen."

„Launen sind ein erstes Zeichen der Besserung." Er stellte ein Glas Saft vor sie hin. „Trink."

„Du bist gut darin, Befehle zu erteilen."

„Und du bist grauenhaft schlecht darin, sie auszuführen."

Sie sah ihn finster an, nahm dann das Glas und leerte es. „Zufrieden?" Sie verstummte, als er ihr Gesicht umfasste.

„Nein, noch nicht." Er konnte nicht widerstehen und strich mit dem Daumen über ihre Wange.

„Nicht." Sie ergriff sein Handgelenk und schaffte es dann doch nicht, seine Hand wegzustoßen.

„Magst du Herausforderungen, Alana?"

„Nein", antwortete sie fast verzweifelt. „Nein."

„Ich schon." Mit der anderen Hand strich er über ihr von der Dusche noch feuchtes Haar. „Ich finde sie fesselnd und manchmal sehr erregend." Er hatte in der Nacht an Alana gedacht. Hatte an sie gedacht und an das, was er wollte. Er küsste sie zart. „Du erregst mich, Alana."

„Hör auf." Vergeblich versuchte sie, ihre Gefühle in Schach zu halten. „Die Kinder."

„Wenn sie bisher noch nicht gesehen haben, dass ihre Mutter einen Mann küsst, dann wird es aber Zeit."

Dieses Mal streiften seine Lippen ihre nicht nur, sie nahmen von ihnen Besitz. Seine Lippen waren weicher, wärmer und – irgendwie geduldiger, als sie sein sollten. Das kam unerwartet. Küsste so ein Mann eine Frau, die er begehrte und um die er sich sorgte? War es das, was sie bisher vermisst hatte, was sie sich, ohne es zu kennen, ersehnt hatte? Wenn es das war, dann würde sie nicht lange die Kraft haben, es zu bekämpfen. Ihr Widerstand brach langsam in sich zusammen, und zögernd öffnete sie sich ihm. Und wenn sich in ihrem Kopf alles drehte, dann war es das Fieber. Sie brauchte diese Entschuldigung.

Dorian spürte in ihr eine Art Unschuld, die er nicht erklären konnte, aber die ihn erregte. Er verstand diese plötzliche Erregung nicht, doch sie brannte in ihm. Er begehrte Alana. Er wollte in ihren

Augen diese Mischung aus Leidenschaft und Angst sehen, wenn er sie berührte. Er wollte die langsame Verschmelzung ihres Körpers mit seinem fühlen. Er wollte die Beschleunigung ihres Atems hören, die ihm verriet, dass sie alles außer ihm vergessen hatte. Mochte sie ihre Spiele spielen, mochte sie ihn belügen, das zählte nicht, als sie sich dem Kuss ganz hingab.

„Ich möchte dich ins Bett bringen." Er sagte es leise, die Lippen an ihren und dann zärtlich ihr Gesicht entlanggleitend.

„Dorian, ich …"

„Prüfst du Moms Temperatur?"

Alana riss sich los und starrte Chris sprachlos an. Er betrachtete sie und Dorian mit der ihm eigenen freundlichen Neugier.

„Mom küsst mich auch manchmal auf die Stirn, wenn ich Fieber habe. Kann ich etwas zu trinken haben?"

„Natürlich." Alana suchte nach Worten. „Dorian hat gerade …"

„Deiner Mutter gesagt, dass sie zurück ins Bett soll", kam Dorian ihr zur Hilfe. „Und du und Ben, ihr holt eure Jacken. Wir fahren in die Stadt. Wir müssen einige Sachen besorgen", fuhr er betont gleichmütig fort. Er musste weg, weg von ihr, bis er sich wieder in der Gewalt hatte.

„Bekomme ich Kaugummis? Ohne Zucker", fügte Chris hinzu, als er sich an seine Mutter erinnerte.

„Vielleicht."

Chris ließ sein halb leeres Glas stehen und stürzte hinaus zu seinem Bruder.

„Du brauchst sie nicht mitzunehmen."

„Ich mag Gesellschaft."

Ihr Gefühl für Humor half ihr, die Spannung abzubauen. „Bist du schon einmal mit zwei Jungen in einem Geschäft gewesen?"

„Ich habe es dir doch gesagt", er lächelte jetzt nicht, „ich liebe Herausforderungen."

„Ja, das hast du." Alana zwang sich zur Ruhe. „Sie werden versuchen, dich dazu zu überreden, doppelt so viel einzukaufen wie geplant."

„Ich kann stur sein."

„Sage aber nicht, ich hätte dich nicht gewarnt."

Dann tobten Ben und Chris in die Küche herein, gespannt auf ihr nächstes Abenteuer.

Alana kämpfte mit sich. Es war einiges an Schreibkram zu erledigen, doch sie hatte kaum noch Kraft, sich auf den Beinen zu halten. Sie schloss schließlich einen Kompromiss mit sich selbst und nahm die notwendigen Papiere und Unterlagen mit ins Bett. Sie musste zumindest einige Rechnungen bezahlen und sich einen Überblick über ihren Kontostand verschaffen.

Im Haus war alles ruhig. Bevor Alana sich an die Arbeit machte, schaltete sie das Radio neben ihrem Bett ein. Wenn sie Rechnungen bezahlte und so ihren Schuldenberg verringerte, empfand sie immer eine eigentümliche Befriedigung. Das Haus kam für sie immer zuerst. Es war einfach die Sicherheit für sie und ihre Familie. Vierzehn Jahre und zwei Monate noch für das Haus.

Ihre Jungen würden dann Männer sein. Aber sie wollte, dass das Haus, in dem sie aufgewachsen waren, in ihrer Erinnerung ein Ort der Liebe, der Fröhlichkeit und der Verantwortung sein sollte. Und das war etwas, das sie ihnen nicht einfach durch die Bezahlung einer Rechnung geben konnte. Und auch dieses Verständnis wollte sie ihnen geben: Was man hat, zählt wenig im Vergleich zu dem, was man ist.

Sie stellte den monatlichen Scheck an Grover Stanholz mit einer Mischung aus Dankbarkeit und Unmut aus – dankbar dem Mann gegenüber, der ihr Geld geliehen hatte, Unmut darüber, dass die Schulden notwendig gewesen waren. Doch es half alles nichts, sie musste da durch. Und wenn sie einen guten Preis für die Fohlen erzielen würde, würde sie zumindest von einem Teil ihrer Schulden befreit sein.

Anschließend ging sie die Rechnungen durch. Einige konnte sie begleichen, andere mussten noch etwas warten. Als sie anschließend ihr Konto überrechnete, kam sie gerade noch auf ein Guthaben von 27,40 Dollar. Sie würde also ihre eiserne Notreserve angreifen müssen. Aber dazu legte man sich schließlich Notreserven an. Die Jungen brauchten neue Schuhe, und mit 27 Dollar war da nichts zu machen. Sie hatte also doch die richtige Entscheidung getroffen, als sie ihre Einwilligung für das Buch gegeben hatte. Mit dem Geld konnte sie sich über Wasser halten. Und wenn die Fohlen erst geboren waren …

Schluss jetzt. Entschlossen legte Alana die Papiere zur Seite. Sie durfte nicht in jeder wachen Minute an Geld denken.

Sie legte sich zurück und starrte an die Decke. Wann hatte sie eigentlich das letzte Mal einen Samstag freigehabt? Sie musste über sich selbst lachen. Wie oft hatte sie sich das gewünscht, und nun war es ihr auch nicht recht, da sie nichts damit anzufangen wusste.

Ihr Blick fiel aufs Telefon. Sie zögerte, doch dann griff sie nach dem Hörer. Immerhin hatte sie gerade die meisten Rechnungen bezahlt, da konnte sie sich einen kleinen Luxus gönnen.

Alana wählte eine Nummer und wartete ungeduldig.

„Hallo."

Sie lächelte. „Maddy."

„Alana!" Das Nächste sprudelte nur so heraus. „Unglaublich. Gerade habe ich an dich gedacht. Muss wohl mal wieder einer von diesen Drillingsgeistesblitzen gewesen sein. Was ist los?"

„Ich habe Grippe und bemitleide mich selbst."

„Lass es, das übernehme ich für dich. Ich wette, du hast auch nicht einmal eins von den Vitaminpräparaten genommen, die ich dir geschickt habe."

„Doch." Alana hatte fünf von den Pillen geschluckt, bevor sie ganz hinten im Schrank in Vergessenheit gerieten. „Außerdem fühle ich mich heute schon wieder etwas besser."

„Und wie geht's den Krümelmonstern?"

„Wunderbar. Sie hassen die Schule, hassen sich oft gegenseitig, räumen nie etwas weg und bringen mich mindestens sechsmal am Tag zum Lachen."

„Du bist zu beneiden."

„Ich weiß. Erzähle mir von New York, ich möchte gern abschalten."

„Letzte Woche hatten wir etwas Schnee. Es war wunderbar. An meinem freien Tag bin ich im Central Park spazieren gegangen. Es war wie im Märchenland. Selbst die Ganoven waren wie verzaubert."

Es hatte keinen Sinn, Maddy zu sagen, sie solle nicht allein durch dieses Märchenland gehen. „Und wie läuft das Stück?"

„Es scheint ewig anzukommen. Weißt du auch, dass Mom und Dad kurz hier waren? Ich habe sie zwischen ihren Auftritten zu einem Abstecher nach Manhattan überredet. Dad hatte einen entsetzlichen Streit mit dem Choreografen."

„Das kann ich mir vorstellen. Wie geht's ihnen?"

„Je älter wir werden, desto jünger werden sie. Ich weiß auch nicht, wie das funktioniert." Die Pause war so knapp, dass niemand außer ihrer Schwester sie erahnen könnte. „Kommst du mit dem Buch voran?"

„Ja." Sie bemühte sich um einen gleichgültigen Ton. „Um genau zu sein, der Schriftsteller ist schon hier."

„Alles okay?"

„Alles okay."

„Du hättest warten sollen, bis einer von uns hätte dabei sein können."

„Unsinn. Aber ich vermisse euch, dich und Carrie und Mom und Dad. Und Terence."

„Er hat mir ein Telegramm aus Marokko geschickt. Er habe mein Foto einem Scheich gezeigt und zwölf Kamele für mich geboten bekommen. Sehr aufregend."

„Hat er das Angebot angenommen?"

„Es würde mich nicht wundern. Alana, ich überlege mir, ob ich mit der Show aufhöre."

„Warum? Du hast doch gesagt, sie könnte ewig laufen."

„Ja. Darum. Ich bin jetzt schon ein Jahr dabei. Ich denke, es wird Zeit, etwas Neues zu machen. Also, Alana, ich muss jetzt los, zur Nachmittagsvorstellung. Halt die Ohren steif, Mädchen. Und gib den Jungen einen dicken Kuss."

Nachdem sie den Hörer aufgelegt hatte, lehnte sich Alana zurück und sah im Geiste ihre Schwester, wie sie ihre Tasche ergriff, ihre Schlüssel suchte und dann, mit schon zehnminütiger Verspätung für die Maske, aus ihrer Wohnung stürzte. So war Maddy. Sie hatte sich einen Vertrag bei einem gefeierten Broadway-Musical erkämpft und dachte daran, aufzuhören, um sich in etwas Neues zu stürzen. Auch das war Maddy.

Und sie, sie musste jetzt die Wäsche machen. Mit einem kleinen Seufzer verließ Alana ihr Bett.

Eine Stunde später hatte Alana wenigstens eine der anstehenden Hausarbeiten hinter sich gebracht. Sie trug gerade den ersten Stapel ordentlich zusammengelegter Wäsche zur Treppe, als die Eingangstür aufgerissen wurde und zwei Jungen und ein Hund hereinstürzten.

„Sigmund!“ Sie machte ein schnelles Ausweichmanöver, bevor der Hund sie und die frische Wäsche zu Boden werfen würde.

„Mom, Mom! Ich habe einen neuen Lastwagen.“ Aufgeregt und den Mund voller Kaugummi, hielt Chris ihr ein glänzendes neues Auto hin.

„Hey, fantastisch.“ Sie stellte den Korb ab, um es eingehend studieren zu können – so, wie es von ihr erwartet wurde.

„Und ich habe ein Flugzeug bekommen.“ Ben sprang um sie herum, um ihre Aufmerksamkeit auf sich zu lenken.

„Lass sehen.“ Alana nahm es, um es ordnungsgemäß würdigen zu können. „Sieht sehr schnell aus.“

Dorian, beladen mit Einkaufstüten, trat herein. „Im Auto sind noch mehr Tüten, Freunde.“

Nachdem die Jungen, den Hund auf den Fersen, hinausgestürmt waren, lächelte Alana. „Du kannst stur sein, wie?“

„Und solltest du nicht im Bett sein?“

„War ich auch.“ Sie folgte Dorian in die Küche. „Dorian, es ist sehr nett von dir, den Jungen Sachen zu kaufen, aber du sollst dich nicht von ihnen unter Druck setzen lassen.“

„Leicht gesagt“, murmelte er. Er wollte ihr gegenüber nicht zugeben, dass es ihm Spaß gemacht hatte, ihnen ein paar Plastikspielsachen zu kaufen. „Insgesamt habe ich mich aber tapfer geschlagen. Ich glaube, Ben wollte eigentlich ein Raumschiff.“

„Das stand schon auf seiner Weihnachtswunschliste.“ Sie griff in die erste Tüte und zog eine Packung Vanilleplätzchen mit Cremefüllung heraus. „Mm. Und Schokoladeneiscreme.“

„Zufällig mag ich das.“ Schnell nahm er ihr die Süßigkeiten aus der Hand.

„Rate mal, was noch.“ Chris mühte sich mit einer Lebensmitteltüte herein. Alana rettete die Tüte, stellte sie auf die Anrichte und nahm Chris auf den Arm.

„Was denn?“

„Wir haben eine Überraschung.“ Er verschränkte seine Füße um ihre Taille und lachte.

„Du darfst es nicht erzählen.“ Ben erschien mit der letzten Tüte, wobei er sich bemühte, nichts von der Anstrengung zu verraten, die ihm das Tragen verursachte.

„Ich verstehe. Nun, ihr habt so hart gearbeitet, da habt ihr euch ein anständiges Essen verdient."

„Wir haben schon gegessen." Ben setzte die Tüte ab und schielte nach den Plätzchen. „Hamburger."

„Und Pommes frites", fügte Chris hinzu.

„Und jetzt will ich die Aufkleber auf mein Flugzeug kleben. Komm, Chris."

Dem Befehl des großen Bruders folgte Chris unverzüglich. Er rutschte von Alanas Arm und stürmte hinter Ben her.

Alana machte sich ans Auspacken, ihre Aufmerksamkeit galt aber Dorian. „Ich bin etwas überrascht", begann sie. „Du machst nicht gerade den Eindruck, als könntest du jetzt eine Erholung gebrauchen. Im Gegenteil, du wirkst, als hättest du Spaß gehabt."

„Habe ich auch." Er schloss die Schranktür und drehte sich um. „Überrascht?"

„Ja." Chuck hatte nie Spaß mit den Kindern gehabt. Er war ihnen gegenüber immer leicht gereizt und verärgert gewesen. „Die meisten Männer – Junggesellen – sehen in einem Einkaufsbummel mit Kindern nicht unbedingt einen Grund zum Lachen."

„Du verallgemeinerst."

„Ich habe dich noch nie gefragt, ob du selbst Kinder hast."

„Nein. Meine Exfrau war Model. Sie hatte keine Zeit für Kinder."

„Es tut mir leid."

Er lächelte aufgeräumt. „Wofür?"

„Scheidung – das ist meist eine unangenehme Erfahrung."

„In diesem Fall war die Ehe die unangenehme Erfahrung. Sie hat auch nur eineinhalb Jahre gedauert."

„Aber Scheidung ist immer auch das Eingeständnis, Fehler gemacht zu haben, gescheitert zu sein."

Sie meinte gar nicht ihn. Er stellte die Milch in den Kühlschrank und fragte sich, ob ihr bewusst war, wie durchsichtig sie manchmal war. „Die Ehe ist gescheitert, nicht ich."

Sie schüttelte ihre Gefühle ab. „Wahrscheinlich ist es einfacher, wenn keine Kinder beteiligt sind."

„Ich weiß nicht. Wenn eine Ehe schlecht ist, dann ist sie schlecht. Es ist niemandem damit gedient, wenn man etwas anderes vortäuscht." Er musterte sie. Sie machte gerade einen zu beschäftigten Eindruck. Er legte eine Hand auf ihre Stirn. „Das Fieber ist gesunken."

„Ich habe dir doch gesagt, dass ich mich besser fühle."

„Gut. Denn wenn wir wieder anfangen, will ich, dass du im Vollbesitz deiner Kräfte bist. Wenn möglich, spiele ich lieber fair."

„Und wenn nicht?"

„Dann geht es eben nicht. Glaubst du an Regeln, Alana?"

„Natürlich."

„Es gibt kein ‚natürlich'. Menschen stellen Regeln auf. Dann halten sie sich daran, oder sie missachten sie. Kluge Leute lassen sich von ihnen nicht einengen. Jetzt muss ich noch etwas aus dem Wagen holen."

Unzufrieden mit ihm und der Situation, nahm Alana wieder ihren Korb und ging in ihr Zimmer. Welche Verdachtsmomente hatte Dorian hinsichtlich ihrer Ehe? Sie hatte sie nicht als den Himmel auf Erden geschildert, aber sie hatte das Bild von Normalität und Zufriedenheit vortäuschen wollen. Chucks Untreue hätte sie nicht verbergen können, dafür war das von den Klatschspalten zu sehr ausgewalzt worden. Sie hatte jedoch geglaubt, sie könnte das Thema niederspielen. Nie war ihr der Gedanke gekommen, Dorian könnte vielleicht herausfinden, dass nur wenige Wochen vor Chucks letztem Rennen die Scheidung aufgesetzt worden war.

Er hat es bestimmt nicht herausgefunden, redete sie sich zu, als sie aus ihrem Fenster sah. Er hatte keinen Grund gehabt, ihren Anwalt danach zu fragen, und der wäre sowieso zum Schweigen verpflichtet gewesen.

Vor fast fünf Jahren hatte sie sich mit der Frage quälen müssen, wie sie ihren Kindern erzählen sollte, dass sie deren Vater verlassen würde. Stattdessen hatte sie ihnen erzählen müssen, dass ihr Vater tot war. Chris hatte nichts verstanden. Er hatte seinen Vater kaum gekannt und hatte überhaupt keine Vorstellung vom Tod. Aber Ben hatte es verstanden. Sie hatten zusammen in ihrem Bett geweint, wo sie so viele Nächte zuvor allein gelegen hatte.

„Mom." Ben riss, ohne anzuklopfen, die Tür auf. „Du musst jetzt herunterkommen. Die Überraschung ist fertig."

Sie betrachtete ihn, wie er mit einem vor Aufregung geröteten Gesicht in der Tür stand. Dann ging sie zu ihm und drückte ihn heftig an sich. „Ben. Ich habe dich sehr lieb."

Überrascht und verwirrt lachte er auf. Und da ihn niemand beobachten konnte, drückte er sie auch, so fest er konnte, an sich. „Ich habe dich auch lieb, Mom."

Dann ging sie in die Hocke und kitzelte ihn am Hals. „Was für eine Überraschung?"

„Sage ich nicht."

„Ich kann dich zum Sprechen bringen. Ich weiß, wie du mich bitten würdest, mir doch alles, was du weißt, erzählen zu dürfen."

„Mom!", schrie Chris ungeduldig von unten. „Wir können nicht anfangen, bevor du kommst, sagt Dorian."

Sagt Dorian, dachte sie mit einem Seufzer. Ben nutzte den Augenblick aus, in dem sie abgelenkt war, riss sich frei und polterte die Treppe hinunter. Amüsiert folgte Alana ihm und fand alle im Wohnzimmer, über ein Videogerät gebeugt. „Was ist denn das?"

„Dorian hat es geliehen." Chris kletterte auf die Couch und sprang darauf herum. „Damit kann man Kinofilme spielen."

„Ich weiß." Sie sah zu Dorian hinüber.

„Er hat gesagt, weil wir nicht ins Kino können, könnten wir es uns ins Haus holen. Wir haben ‚Warriors in Space' ausgeliehen."

Sie kriegte Chris, während er hochsprang, zu fassen. „‚Warriors in Space'?"

„Ich bin überstimmt worden", meldete sich Dorian. „Im hinteren Raum hatten sie einige wirklich interessante Filme."

„Darauf möchte ich wetten."

„Das hier habe ich auch ausgeliehen." Er reichte ihr eine zweite Videokassette.

„‚Lawless'", sagte sie halblaut. „Carries Durchbruch. Sie war wirklich wunderbar in diesem Film." Die Kassette in der Hand reichte aus, um ihr die Schwester ganz nah zu bringen und um sie daran zu erinnern, dass sie nie wirklich allein gewesen war. „Merkwürdig, vor ein paar Stunden habe ich mit Maddy gesprochen, und jetzt das."

„Können wir Carrie auch ansehen?" Ben war fast außer sich beim Gedanken an solch außergewöhnliche Vergnügungen. „Ich möchte gern sehen, wie sie dem Kerl in den Hut schießt."

Alana zögerte und kämpfte mit sich. Beide Jungen sahen sie mit gespannter Ungeduld an. Dorian hatte nur eine Braue hochgezogen und wartete. Schließlich gab sie nach. „Sieht so aus, als bräuchten wir jetzt Popcorn."

Dorian lächelte verschmitzt, da er genau wusste, was sich in ihrem Kopf abgespielt hatte. „Machst du es?"

Zwanzig Minuten später hatten sie es sich auf dem Sofa bequem gemacht und sahen die erste Laser-Weltraum-Schlacht aus einer ganzen Serie davon. Wie gewöhnlich fieberte Ben aufseiten der bösen Gegenspieler. Chris' Fingerchen verspannten sich auf Alanas Arm, und sie beugte sich zu ihm und flüsterte ihm etwas ins Ohr, worüber er lachen konnte.

Alles ist so entspannt und einfach, dachte Alana, während der Film lautstark weiterlief. An einem unfreundlichen Samstagnachmittag Filme gucken und selbst gemachtes Popcorn essen – es erschien so unglaublich normal und einfach. Entspannt legte sie den Arm auf die Lehne des Sofas. Dabei berührte ihre Hand Dorians. Zunächst wollte sie sie zurückziehen, doch dann sah sie zu ihm hinüber.

Er beobachtete sie über die Köpfe ihrer Söhne hinweg. Die Fragen, die immer in seinen Augen zu stehen schienen, waren noch da, aber Alana hatte sich daran gewöhnt. Und an ihn. Er hatte diese Nachmittagsatmosphäre für sie und ihre Kinder geschaffen. Und vielleicht hatte er es auch für sich selbst gemacht. Und vielleicht war es nur das, was wirklich zählte. Mit einem Lächeln verschlang sie die Finger mit seinen.

Dorian war solch einfache Gesten von Frauen nicht gewöhnt. Sie hatte einfach nur gelächelt und seine Hand genommen, ohne Koketterie oder Zweideutigkeiten. Wenn er ihre Geste so deuten könnte, wie sie gemeint war, ohne sein Misstrauen Frauen gegenüber, würde er sagen, es war ganz einfach ein Dankeschön.

So musste es sein, wenn man eine Familie hatte. Lärmerfüllte Wochenenden mit klebrigen Kindergesichtern, alltäglicher Hausarbeit und einem mit Spielzeug übersäten Wohnzimmer. Ein warmes Lächeln von einer Frau, die glücklich zu sein schien, dass man da war. Tausend Fragen aus Kindermündern, die nach Antworten verlangten. Und Zufriedenheit von der Art, die ohne Lichtorgeln und heiße Musik auskam.

Er hatte immer eine Familie gewollt. Er hatte sich einmal eingeredet, dass er Shannon mehr gewollt hatte – Shannon mit ihrem schlanken Körper und dem dunklen, verhangenen Blick. Sie hatte etwas in seinem Innern berührt … Ihn angeheizt, das stimmte schon eher, gestand sich Dorian ein. Sie hatten sich kennengelernt, sich geliebt, geheiratet – ein einziger sexueller Taumel. Sie hatten beide im Extremen gelebt und es genossen. Irgendwie war es alles richtig gewesen und irgendwie unglaublich falsch. Sie hatte immer mehr gewollt, mehr Geld, mehr Sinneskitzel, mehr Glanz. Und er … Er wollte verdammt sein, wenn er wusste, was er gewollt hatte.

Aber wenn er der Frau, die zwei Kinder von ihm entfernt saß, glauben und vertrauen könnte, dann könnte es sie gewesen sein.

7. KAPITEL

Eine Menge liegen gebliebener Arbeiten half Alana zu vermeiden, dass sie während des Vormittags Dorian begegnete. Schon früh hörte sie das Klappern seiner Schreibmaschine. Es war ein gleichmäßiges Klappern, dessen Fluss nicht von schöpferischen Pausen unterbrochen wurde. Offensichtlich war es reine Routine für ihn, im Leben anderer Menschen herumzugraben und es dann zu Papier zu bringen.

Der Klang erinnerte sie daran, dass das Wochenende nur eine Verschnaufpause gewesen war. Jetzt war Montag, sie war wieder gesund, und die Fragen würden wieder beginnen. Sie wünschte, sie könnte die Zuversicht von vor einer Woche erneuern, als sie noch fest daran geglaubt hatte, dass sie nur die Fragen beantworten würde, die sie beantworten wollte.

Die Alltagsroutine beruhigte sie – das Geklapper des Frühstücksgeschirrs, der Geruch von Kaffee, die übliche gehetzte Suche nach einem unauffindbaren Handschuh, bis sie ihre Söhne antrieb, damit sie den Schulbus erreichten. Wie jeden Morgen sah sie ihnen nach. Ihre Kinder. Diese zwei angehenden Männer, die in Wollmützen den Weg hinunterrannten, waren ihre. Es war faszinierend, wunderbar und ein wenig beängstigend. Aber was auch immer geschah, was ihr auch immer im Leben noch zustoßen mochte, dieses Wunder ihrer Kinder konnte ihr niemand nehmen.

Auf dem Weg zum Stall hörte sie etwas später ein Motorengeräusch und ging zurück, um zu sehen, wer die Auffahrt hinter dem Haus heraufgefahren kam. Es war Mr. Petrie mit seinem Lastwagen.

„Ma'am." Er lächelte sie strahlend an und spuckte dann seinen Priem Kautabak aus, nachdem er aus der Kabine gesprungen war.

„Mr. Petrie. Was für eine wunderbare Überraschung! Sind Sie auch wirklich wieder auf dem Damm, um arbeiten zu können?"

„Sicher, topfit."

Und so sah er auch aus. Unter seinen Stoppeln zeigte sich eine gesunde, windgegerbte Gesichtsfarbe. Er war kaum größer als Alana, war dabei aber robust und unglaublich behände. Er trug alte, schwarze, bis über die Knöchel geschnürte Stiefel.

„Wenn Ihre Frau Sie wieder hinausgelassen hat, dann können Sie sicher schon wieder etwas Heu aufladen."

„Diese alte Nörglerin", sagte er liebevoll. „Sie hat mich eine Woche lang mit Senfpflastern geärgert." Seine kleinen, etwas kurzsichtigen Augen verengten sich. „Sie sehen aber etwas kränklich aus."

„Mir geht es gut. Ich wollte mir gerade den Stall vornehmen."

„Wie geht's den Ladies?"

Gemeinsam gingen sie zum Stall. „Wunderbar. Der Tierarzt war da. Eve und Gladys werden wohl Mütter werden, bevor die Woche um ist."

Petrie spuckte wieder aus. „War Jorgensen da?"

„Ja. Er ist sehr interessiert."

„Lassen Sie sich von dem alten Pferdedieb nicht übers Ohr hauen."

„Mich haut niemand übers Ohr."

Er kannte sie seit fünf Jahren und arbeitete seit fast zweien für sie, und er glaubte ihr. Mochte sie auch wie aus einem der Magazine entschlüpft aussehen, die seine Frau auf dem Tisch liegen hatte, so war sie doch zäh. Eine alleinstehende Frau musste das sein.

„Sie bringen jetzt die Pferde hinaus und striegeln sie, während ich die Ställe säubere." Als Alana widersprechen wollte, schnitt er ihr einfach das Wort ab. „Sie scheinen mir etwas Sonne gebrauchen zu können. Außerdem muss ich das Essen wieder abarbeiten, das meine Frau mir aufgezwungen hat. Na, Sweetheart." Er streichelte Eves Kopf, den sie über die Tür ihrer Box streckte. Seine schwieligen Hände konnten zart wie die eines Lautenspielers sein. „Der alte Petrie ist wieder da." Er zog eine Mohrrübe aus der Tasche und hielt sie Eve hin.

Dann ging er zur nächsten Box und begrüßte die zweite Stute gleichermaßen. „Wissen Sie, Miss Rockwell, wenn ich es mir leisten könnte, hätte ich auch eine Stute wie diese."

Sie kannte seine finanziell bedrückende Situation, und wie immer bedrückte es sie, dass sie ihm nicht mehr zahlen konnte. „Ich hätte keine, wenn Sie mir nicht geholfen hätten."

Mit einem kurzen Auflachen ging er zum nächsten Pferd. „Damals waren Sie eine Anfängerin. Aber ich glaube, jetzt sind Sie gar nicht mehr so ungeübt."

Aus seinem Mund war das ein wirklich unglaubliches Kompliment.

Beschwingt führte Alana die Pferde hinaus und striegelte sie in der Sonne.

Dorian beobachtete Alana vom Fenster. Sie sang. Er konnte zwar nichts hören, doch die Art, wie sie sich bewegte, verriet es ihm. Ihre Handschuhe lagen auf einem Pfosten, und sie fuhr mit bloßen Händen über die Flanke des Wallachs. Wie würde es sich anfühlen, wenn diese Hände über seine Haut strichen, wenn sie ohne Zurückhaltung seinen Körper erregten und erforschten? Würde Alana Rockwell dann diesen verträumten Blick in den Augen haben? Er war sich nicht sicher, glaubte aber, dass sie ihn jetzt hatte.

Wenn er klug war, hielt er sich von ihr fern.

Ihr Gesicht hatte von der frühen Morgenluft und der warmen Sonne seine Blässe verloren. Ihr Gesicht wäre auch nicht blass, wenn er sie lieben würde. Es wäre von der Erregung und Leidenschaft gerötet. Er konnte sich direkt vorstellen, wie sich ihre Haut an seiner rieb. Er spürte direkt die samtene Glätte, die jetzt unter dicken Wintersachen geheimnisvoll verborgen war.

Er wollte Alana langsam ausziehen, während sie ihn dabei ansah, ihn begehrte, auf ihn wartete. Allein der Gedanke daran ließ seinen Puls in die Höhe schnellen.

Er hatte schon viele Frauen begehrt. Körperliches Begehren kam und ging, das war nur natürlich. Und nur weil er jetzt für Alana entbrannte, nur weil er jetzt am Fenster stand und sie mit einer wahnsinnig heftigen Leidenschaft beobachtete, bedeutete das noch lange nicht, dass er sie auch morgen noch wollte. Leidenschaft regierte nicht das Leben – nicht die Leidenschaft für Geld, für Macht und bestimmt nicht die für eine Frau.

Trotzdem beobachtete er sie weiter, ohne auf die Zeit zu achten. Er beobachtete sie, wie sie die Pferde wieder in den Stall führte, und wartete dann eine ganze Weile, bis sie wieder herauskam. Und dann, offensichtlich impulsiv, aus der Laune heraus, schwang sie sich auf den großen Wallach, den sie Jay nannte. Ohne Sattel, nur mit Halfter, lenkte sie das Pferd von der Koppel weg den engen, unebenen Pfad hinauf, der in die Berge führte.

Er wollte das Fenster aufreißen und ihr zurufen, den Unsinn zu lassen. Er wollte sie beim Reiten beobachten. Er sah, wie ihre Schenkel sich fest an die Flanken des Pferdes pressten. Und dann, als die

Sonne ihr Gesicht umschmeichelte, sah er den Ausdruck grenzenlosen Entzückens.

Sie preschte mit dem Wallach den Pfad hoch und wieder hinunter, und wie gebannt beobachtete Dorian sie weiter. Ihr Haar wehte um ihr Gesicht. Und als sie schließlich wieder zu Boden sprang, wusste er, dass sie lachte. Wieder streichelte sie das Pferd. Dorian fragte sich, welche süßen Worte sie ihm zuflüsterte.

Ein Mann verlor seinen Verstand, wenn er auf ein Pferd eifersüchtig wurde. Dorian wusste das, doch er blieb am Fenster stehen. Sie verschwand wieder im Stall. Er ermahnte sich, endlich wieder an die Arbeit zu gehen, doch er wartete.

Sie kehrte mit dem Hengst zurück, der launisch und ungeduldig tänzelte. Das Tier war wunderschön. Es hatte den Kopf hochgeworfen und einen arroganten Blick in seinen Augen, den Dorian selbst vom Fenster aus sehen konnte. Und es war ungebärdig. Als Alana sein Hinterbein hob, um den Huf zu säubern, zog das Pferd es zweimal ruckartig zurück. Und dann hielt Dorian den Atem an, als das Pferd heftig austrat. Alana wich aus und nahm ruhig das andere Bein. Er konnte ihr sanftes Schelten direkt hören, so wie es auch war, wenn einer der Jungen einen Wutanfall bekam.

Verdammt, wer war sie? Er presste die Handflächen an die Scheibe, als wollte er Alana zwingen, aufzublicken und ihm zu antworten. Wenn sie sich nicht verstellte, warum die Lügen? Wenn sie wirklich so ehrlich und anständig war, wie sie sich gab, wie konnte sie da überhaupt lügen?

Sie log, und sie würde weiterhin lügen, bis es ihm gelang, sie zu stellen. Heute, versprach er sich selbst, während er sie beobachtete, wie sie das weiche, schwarze Fell des Hengstes striegelte. Heute, Alana.

Es war nach elf Uhr, als Alana ins Haus zurückkehrte. Dorian hatte mittlerweile den familiären Hintergrund von Rockwell und seine ersten Jahre als Profirennfahrer ausgearbeitet.

Alana hörte ihn die Treppe herunterkommen, sah aber von den Vorbereitungen zum Frühstück nicht hoch. „Guten Morgen. Kaffee ist fertig."

„Danke."

Als er zum Herd ging, warf sie ihm einen Blick zu. Er hatte sich nicht rasiert. Das vermittelte ihr immer einen merkwürdigen Druck im Magen – vielleicht wegen der Vorstellung, dieses raue Gesicht an ihrem zu spüren.

„Mr. Petrie ist wieder da. Ein oder zwei freie Tage hätte er wohl noch brauchen können. Aber er hat die Pferde vermisst."

„Bist du draußen fertig?"

„Ja."

„Gut." Er ging mit seinem Kaffee zur Frühstücksbar, zündete sich eine Zigarette an und ließ den Kassettenrekorder laufen. „Wann habt ihr, du und Rockwell, den Entschluss zur Scheidung gefasst?"

Klatschend flog ein Ei auf den Boden, fast teilnahmslos begann Alana, es aufzuwischen.

„Soll ich die Frage wiederholen?"

„Nein." Ihre Stimme klang gedämpft, gewann aber dann an Festigkeit. „Nein, aber es würde mich interessieren, woher du diese Idee hast."

„Lori Brewer."

„Ich verstehe." Alana wusch sich die Hände.

„Sie hat mit deinem Mann ein Verhältnis gehabt."

„Das ist mir bekannt." Übertrieben sorgfältig trocknete sie sich die Hände.

„Sie war nicht die Erste."

„Das ist mir auch bekannt." Sie ging zum Herd und goss sich einen Kaffee ein.

„Hast du Eis in deinen Adern, Lady?" Als sie ihn nur ruhig ansah, stachelte es ihn nur noch mehr an. „Dein Mann hat mit so ziemlich jeder Frau geschlafen, die unter seine Decke kriechen konnte. Er war Weltmeister darin, dich zu betrügen. Lori Brewer war nur die Letzte von vielen."

Wollte er sie verletzen? Glaubte er, er könnte sie treffen? Das war schon lange vorbei. Sie fühlte nichts als eine vage Neugier über den Ärger, den sie in Dorians Blick erkannte. „Wenn wir beide es wissen, warum sollen wir dann darüber sprechen?"

„Wollte er dich wegen ihr abschieben?"

Sie nahm einen Schluck Kaffee. Es beruhigte ihre Nerven. „Chuck hat mich nie um die Scheidung gebeten." Sie trank erneut und spürte wohltuend die Wirkung des heißen Kaffees. „Obwohl es sehr wohl möglich ist, dass er Lori Brewer erzählte, er habe es getan."

Das war die Wahrheit. Sein Instinkt sagte ihm, dass sie dieses Mal die reine Wahrheit sprach. Doch das machte das Ganze nur noch schwieriger. „Sie ist keine dumme Frau. Sie hat angenommen, dass sie und Rockwell heiraten würden, bevor das Jahr um sei."

„Ich kann doch zu ihren Gedanken nun wirklich nicht Stellung nehmen."

„Wozu kannst du dann Stellung nehmen?" Sein Ärger wuchs, er ließ sich von ihm mitreißen. Vielleicht konnte Wut endlich ihre Mauern einreißen helfen. „Sag mir eins: Was für ein Gefühl war es, zu wissen, dass dein Mann dir nicht treu war?"

Sie hatte gewusst, dass die Frage kommen würde. Sie hatte sich darauf vorbereitet. Aber jetzt fiel ihr die Antwort irgendwie nicht leicht. „Chuck und ich ... wir haben uns gegenseitig verstanden." Wie platt das klang, wie dumm und unecht. „Ich ... nun, ich wusste, dass er unter enormem Druck stand. Monat für Monat auf den Rennstrecken sein ..."

„... ist ein Freibrief, den Druck, auf welche Art auch immer, abzulassen?"

Alana war nicht so ruhig, wie sie eigentlich sein wollte, aber sie hatte sich immer noch unter Kontrolle. „Ich spreche nicht von einem Freibrief oder gar von einer Entschuldigung, Dorian. Aber es ist ein Grund."

„Von dir getrennt zu sein und der Zwang, auf der Rennpiste siegen zu müssen, ist deiner Meinung nach ein Grund für die Frauen, die Gelage und die Drogen gewesen?"

„Drogen?" Alana wurde totenblass. Und wenn der Schock, den er in ihren Augen bemerkte, nicht echt war, dann wäre sie diejenige unter den Drillingen, die nach Hollywood gehörte. „Ich weiß wirklich nicht, wovon du sprichst."

„Ich spreche von Kokain." Seine Stimme war schneidend und hart, die Stimme eines Reporters. Er versuchte, sich nicht dafür zu hassen.

„Nein." Plötzlich klang Verzweiflung aus ihrer Stimme. Sie hielt sich an der Bar fest, und ihre Knöchel traten weiß hervor. „Nein, das glaube ich nicht."

„Alana, ich habe es aus vier verschiedenen Quellen." Seine Stimme war weicher geworden. Sie litt. Sie mochte ihn vorher belogen haben, doch dieser Schmerz war echt.

„Das kannst du nicht schreiben. Du darfst nicht. Die Kinder." Sie legte die Hände vor die Augen. „Gütiger Himmel, was habe ich getan?"

Er nahm sie beim Arm. „Setz dich." Sie schüttelte den Kopf, doch er zog sie zum Stuhl. „Setz dich, Alana."

„Du kannst das nicht schreiben. Du kannst auch nicht beweisen, dass es stimmt. Wenn du das in dem Buch bringst, ziehe ich meine Einwilligung zurück. Ich reiche eine Klage ein."

„Du solltest dich jetzt erst einmal beruhigen."

„Beruhigen?" Verzweifelt sah sie ihn an. „Du hast mir gerade eröffnet, dass Chuck …" Sie schluckte und riss sich zusammen. „Stell das ab", sagte sie ruhig und wartete, bis die Kassette anhielt. „Falls Chuck – falls – er Drogen genommen hat, habe ich es nicht gewusst."

„Hättest du es wissen müssen?"

Sie schloss die Augen. Ein Gefühl von Schwäche stieg in ihr auf und schnürte ihr die Kehle zusammen. „Nein."

„Es tut mir leid." Er berührte ihre Hand und verfluchte sich sofort selbst, als sie sie zurückzog. „Es tut mir leid. Seine Mutter wusste es. Ich weiß, dass sie ihn zu einem Entzug überreden wollte."

Ein entsetzlicher Gedanke schoss ihr plötzlich durch den Kopf. „Das letzte Rennen. Das Unglück."

„Er war drogenfrei." Er spürte direkt ihre Erleichterung. „Er hat nur die Kurve zu schnell genommen."

Sie nickte und straffte die Schulter. „Dorian, ich will dich um keine Gefälligkeit bitten, aber ich möchte dich daran erinnern, dass zwei unschuldige Kinder mitbetroffen sind. Wenn du darüber ein Wort veröffentlichst, finde ich Wege, um dir das Handwerk zu legen, selbst wenn ich mich deswegen mit Janice zusammentun müsste."

„Wie viel willst du vertuschen, Alana?"

Sie sah ihn entschlossen an. „Frage lieber, wie viel ich tun würde, um meine Kinder zu schützen."

„Wenn ein Stein ins Rollen gekommen ist, dann rollt er. Es wäre klüger gewesen, das Buch von Anfang an zu verhindern."

„Reicht dir denn der Sex nicht?", stieß sie hervor. Verzweifelt suchte sie nach einem Strohhalm. „Musst du diese schmutzige Sache auch bringen? Kannst du den Jungen nicht wenigstens einen Rest von Achtung ihrem Vater gegenüber lassen?“

„Willst du, dass ich ein Märchenbuch schreibe?“ Er hätte es ihr verübeln müssen, dass er sich verantwortlich fühlte, aber er konnte nicht. Sie sah so verloren und hilflos aus. „Alana, es ist zu spät, das Buch jetzt zu stoppen. Der Verleger würde dich verklagen, nicht andersherum. Sage mir doch die Wahrheit. Vertraue mir und erzähle.“

„Dir vertrauen?“ Sie starrte ihn an und wünschte, sie könnte in sein Inneres sehen. „Aber mir bleibt wohl keine andere Wahl, nicht wahr?“, fragte sie.

„Nein.“

Sie wartete kurz, bis sie sich wieder stark genug fühlte. „Stell den Rekorder wieder an.“ Sie entzog sich ihm, nicht nur Zentimeter, sondern Meilen. Als sie wieder zu sprechen begann, sah sie ihn mit keinem Blick an. „Chuck hat in meiner Gegenwart nie Drogen genommen. Wir waren vier Jahre lang verheiratet, und ich habe ihn nie Drogen nehmen sehen. Ich glaube auch nicht, dass er jemals welche genommen hat. Chuck war Athlet, und er hat sehr auf Körperdisziplin geachtet.“

„Während deiner Ehe habt ihr nur selten zusammengelebt.“

„Das stimmt. Jeder von uns hatte gewisse Verantwortungen, sodass es nicht anders ging.“

„Meiner Meinung nach hattet ihr eher Verantwortungen, die euch hätten zusammenhalten müssen.“

Sie überhörte das. Sie wollte nicht wieder die Beherrschung verlieren. Sie musste jetzt Zugeständnisse machen und das kleinere Übel wählen. „Um auf deine frühere Frage zurückzukommen … Chuck war oft allein. Er war attraktiv, und Frauen sind bei jedem Rennen dabei.“

„Du hast das akzeptiert?“

„Ich habe akzeptiert, dass Chuck nicht treu sein konnte. Für eine Ehe sind zwei Menschen verantwortlich. Und in gewissen Bereichen konnte ich ihm nicht geben, was er brauchte.“

„Wovon sprichst du?“

Sie musste ihren Stolz jetzt zur Seite schieben. „Ich war erst achtzehn, als wir heirateten. Auch wenn ich aus dem Showgeschäft stamme und immer unterwegs war, bin ich sehr beschützt aufgewachsen. Ich war noch Jungfrau, als ich Chuck heiratete, und er hat mir oft gesagt, ich sei weiterhin eine geblieben. Ich habe im Bett versagt, darum hat er sich anderweitig umgesehen. Das war vielleicht nicht in Ordnung, aber es war nur natürlich."

„Hör auf, dich so zu demütigen."

Sie hörte die kaum unterdrückte Wut in seiner Stimme und sah ihn an. „Du wolltest Antworten, ich gebe sie dir. Chuck hat mit anderen Frauen geschlafen, weil seine Frau ihn nicht befriedigen konnte."

„Zum Teufel damit! Du musst ein Idiot sein, wenn du das glaubst."

„Dorian, ich weiß, was sich in meinem Schlafzimmer abspielte, du nicht."

„Ich weiß, was sich in dir abspielt."

„Du hast mich gefragt, ob ich Eis in den Adern hätte. Ich antworte dir."

„O nein." Er zog sie von ihrem Stuhl herunter. „Jetzt wirst du …"

Dorian zog Alana dicht an sich. Sein Mund lag auf ihrem, heiß und heftig, bevor sie auch nur daran denken konnte zu protestieren. Die Erregung stieg in ihr auf und kämpfte mit dem heftigen Bedürfnis des Selbstschutzes. In Dorians Art lag etwas Zügelloses und Beängstigendes. Seine Hände in ihrem Haar waren nicht zärtlich, sondern verrieten eher wütendes Besitzergreifen. Langsam gab sie ihm nach.

Er hatte sich die Nacht über nach ihr verzehrt, den Morgen über, aber das jetzt hatte er nicht erwartet. Ihr Körper war wie ein Bogen angespannt, der sich gegen die Leidenschaft, die er deutlich in ihr aufsteigen fühlte, widersetzte. Ihre Finger gruben sich in seine Schultern. Er konnte fast ihr Herz in ihrer Kehle hämmern hören. Es war Angst, Erregung und Lust.

Und dann entspannte sie sich. Ihre Lippen wurden weich, und ihr Körper schmiegte sich an seinen.

Ihr Herzschlag ließ nicht nach. Er verstärkte sich sogar noch, als sie langsam ihre Arme um ihn schlang. Er spürte den leisen Kitzel ihres Atems an seinen Lippen. Und er strich ihr durchs Haar, zärtlich und beruhigend, weil sie es zu brauchen schien. Die explosive Flamme in ihm war ausgegangen, doch die Glut war noch da. Er spürte grenzenlose Zärtlichkeit.

„Lass uns nach oben gehen, Alana“, sagte er leise an ihrem Ohr, dann an ihrem Mund. „Komm mit mir nach oben.“

Sie wollte es. Doch diese Tatsache versetzte ihr einen Schock. Sie hatte sich mittlerweile eingestanden, dass sie sich von ihm angezogen fühlte, doch etwas ganz anderes war es, mit einem Mann ins Bett zu gehen. „Dorian, ich …“

„Ich will dich.“ Seine Lippen fuhren über ihr Kinn. „Und du weißt es.“

„Ja.“ Ihre Stimme war ohne Festigkeit, ihr Körper schien einen eigenen Willen zu haben. Sie durfte es nicht zulassen, dass sie ein zweites Mal mit geschlossenen Augen in etwas hineinstolperte. „Bitte, Dorian, ich kann einfach nicht. Ich bin noch nicht so weit.“

„Du willst mich.“ Er ließ seine Hände langsam über ihren Körper gleiten, über ihre Hüften und hoch zu ihren Brüsten. „Ich fühle es genau.“

„Ja!“ Sie konnte es nicht verleugnen. „Aber ich brauche mehr.“ Sie ergriff seine Hand und legte sie auf ihre Wange. „Und ich brauche Zeit.“

Dorian legte seine Hand unter ihr Kinn. Ihre Wangen waren gerötet, ihre Augen waren dunkel, und Unsicherheit stand in ihnen. „Ich frage mich, wie schlimm er dich durcheinandergebracht hat.“

„Nein.“ Sie schüttelte den Kopf. „Das hat nichts damit zu tun, was zwischen Chuck und mir gewesen ist.“

„Du glaubst das nicht, und ich glaube es auch nicht. Du misst alles an ihm. Früher oder später wirst du erkennen, dass du mich nicht mit ihm vergleichen kannst.“

„Ich denke nicht an Chuck, wenn ich dich küsse. Ich denke dann überhaupt nicht. Ich kenne mich einfach in all diesen Spielen nicht aus, Dorian. Das ist auch der Grund, warum ich schon einmal in ein solches Chaos geraten bin.“

Er verstärkte seinen Griff. „Ich bin an Spielen nicht interessiert. Und ich bin auch nicht an deinen Selbstvorwürfen interessiert. Lass uns ein Abkommen treffen.“

Sie fuhr sich mit der Zunge über die Lippen und wünschte, sich sicherer fühlen zu können. „Was für ein Abkommen?“

„Du erzählst mir die Wahrheit. Die Wahrheit“, wiederholte er und legte die Hände auf ihre Schultern. „Ich schreibe das Buch objektiv. Die Schuld wird dann dort sein, wohin sie auch gehört.“

Von ihm klang es so einfach, aber er hatte ja auch nichts zu verlieren. „Ich weiß nicht, ob ich das kann, Dorian. Ich muss an die Kinder denken. Manchmal tut die Wahrheit weh."

„Und manchmal reinigt sie", gab er zurück. „Alana, auf die eine oder andere Art werde ich alles herausfinden." Das war eine Drohung, und sie wussten es beide. „Du solltest darüber nachdenken. Wäre es nicht besser, ich würde es von dir erfahren? Ich will deinen Kindern nicht wehtun."

Sie fühlte sich in die Enge getrieben. „Nein, das glaube ich auch nicht. Aber du und ich, wir könnten unterschiedlicher Meinung darüber sein, was das Beste für sie ist."

Er fuhr sich mit der Hand über das Gesicht und ging in der Küche auf und ab. Er hatte langsam das Gefühl, dass es überhaupt nicht mehr um das Buch ging. Er wollte die Wahrheit von ihr, über sie. Und er wollte sie für sich selbst. Vielleicht wollte er sie auch für sie.

„Okay, du gibst mir die richtige Geschichte, die wahre Geschichte, ohne all die kleinen Ausweichmanöver. Ich schreibe sie. Und bevor ich sie zur Veröffentlichung ausliefere, gebe ich sie dir zum Lesen. Wenn es ein Problem gibt, lösen wir das. Das Manuskript wird erst dann freigegeben, wenn wir beide zufrieden sind."

Sie zögerte. „Willst du das wirklich?" Unsicher machte sie einen Schritt auf ihn zu. „Also gut." Wieder ein Abkommen, dachte sie. Hoffentlich konnte sie das besser einhalten als das, was sie mit sich selbst geschlossen hatte.

„Er hat dich verletzt."

Dorian sagte es ruhig, und Alana antwortete ebenso ruhig. „Ja, das hat er."

Es machte ihn wütend, nein, rasend. Er konnte es sich nicht erklären, und er wusste, dass ihm das nicht helfen würde, die Wahrheit zu finden. „Setz dich doch wieder."

Sie nickte und setzte sich, ihre Hände gefaltet, und ihr Gesichtsausdruck war ruhig.

„Alana, du und Rockwell, ihr hattet ernsthafte Eheprobleme."

„Ja." Jetzt schien es so leicht, das auszusprechen. So, wie er gesagt hatte, reinigend.

„Wegen der anderen Frauen?"

„Zum Teil. Chuck brauchte mehr, als ich ihm in vielen Bereichen geben konnte. Und ich brauchte wohl mehr, als er mir geben konnte. Er war kein schlechter Mann.“ Die Worte kamen schnell und mit Nachdruck. „Das musst du verstehen. Er war wahrscheinlich kein guter Ehemann, aber er war kein schlechter Mann.“

Dorian zog es vor, sich hierbei ein eigenes Urteil zu bilden. „Warum hast du damit aufgehört, ihn auf Reisen zu begleiten?“

„Ich war mit Ben schwanger. Ich weiß nicht, ob das eine bequeme Entschuldigung oder ein echter Grund war. Auf alle Fälle ist mir das Reisen schwergefallen. Damals lebten wir bei seiner Mutter in Chicago. Zuerst … zuerst war er oft zu uns herübergeflogen. Ich denke, er war glücklich, vielleicht auch ein wenig stolz, Vater zu werden. Jedenfalls war er aufmerksam mir gegenüber, wenn er zu Hause war, und er hat mich ermutigt, in Chicago zu bleiben und mich zu schonen. Er hat sich bemüht, sich wirklich bemüht, mir das schwierige Verhältnis, das zwischen seiner Mutter und mir bestand, zu erleichtern.“

Alana erinnerte sich an diese Wochen und Monate in dem luxuriösen Haus in Chicago, an lange untätige Vormittage und ruhige Nachmittage. Es erschien ihr wie ein Traum, aber einer mit äußerst scharfen Kanten.

„Ich war zufrieden. Ich habe das Kinderzimmer eingerichtet und habe angefangen zu stricken. Ich war nicht gut darin.“ Bei der Erinnerung an ihre verpfuschten Versuche musste sie über sich selbst lachen. „Ich dachte, alles sei in Ordnung. Und dann fand ich eines Tages eins von diesen Klatschblättchen auf meinem Bett. Ich habe mich immer gefragt, ob Janice es dort gelassen hatte. Es gab ein Bild von Chuck mit einer wunderschönen Frau und einen kurzen, hässlichen Artikel.“

Sie sah aus dem Fenster und beobachtete, wie der Wind die Baumkronen leicht niederdrückte. „Ich saß in diesem Haus, dick, unförmig, im achten Monat schwanger. Ich fühlte mich zerbrochen, betrogen, und war sicher, die Welt gehe unter. Am Wochenende kam Chuck nach Hause. Ich habe ihm das Blatt vor die Füße geworfen und eine Erklärung verlangt.“

„Hat er dir eine gegeben?“

„Er war aufgebracht, dass ich diesem Klatsch glaubte. Er nannte es ein Schmutzblatt und warf es ins Feuer. Er hat sich nicht gerechtfertigt, und so war ich plötzlich in der Position, mich entschuldigen zu müssen. Verstehst du?“

Er konnte sie sich in der Situation gut vorstellen, und sein Ärger wurde nur noch heftiger. „Ja, ich verstehe.“

„In einem Monat sollte das Baby kommen, und ich hatte plötzlich schreckliche Angst. Ich beschloss, Chuck zu glauben, obwohl ich genau wusste, dass er log – ich konnte es von seinem Gesicht ablesen. Ich habe die Lüge akzeptiert. Verstehst du?“ Warum fragte sie das laufend? Warum war es so wichtig? Sie presste kurz die Finger an die Schläfen und schwor sich, nicht wieder zu fragen. „Ich glaube, es hat ihn nur verletzt, dass ich es akzeptiert habe.“

„Du meinst, wenn du es auf eine Kraftprobe hättest ankommen lassen, hätte es aufgehört?“

„Ich weiß es nicht.“

„Und es gab andere Frauen.“

„Ja, es gab andere. Chuck und ich haben ja nicht unter normalen Bedingungen zusammengelebt, und unsere körperliche Beziehung hatte für ihn an Wert verloren. Er war ein Mann, der Siege brauchte. Und wenn er gesiegt hatte, brauchte er neue. Du musst verstehen, er war schon als Kind einem enormen Erfolgsdruck ausgesetzt gewesen – immer der Beste, immer die Nummer eins zu sein.“ Müde seufzte sie. „Darum musste er sich laufend die Bestätigung verschaffen, dass er der Größte sei. Und ich glaube, ich konnte ihm das nicht geben. Als Ben geboren wurde, glaubte ich – hoffte ich, dass wir uns irgendwo fest niederlassen würden. Aber ich wusste – oder hätte, als ich Chuck geheiratet habe, wissen müssen –, dass er das noch nicht konnte. Dann gab es einen hässlichen Skandal mit einer seiner Frauen. Sie hat mir Briefe geschrieben und gedroht, sich umzubringen, wenn Chuck sie nicht heiraten würde. Chuck war darüber sehr aufgebracht. Und dann haben wir diese Farm gekauft. Es war ein Versuch, es wiedergutzumachen.“

„Du hast ihn nicht mehr zu den Rennen begleitet?“

„Nein. Zunächst habe ich mich darauf konzentriert, aus diesem Haus ein Zuhause zu machen. Ich brauchte eins.“ Sie betrachtete den Rauch von Dorians Zigarette, der langsam zur Decke aufstieg. „In der Zeit, nachdem Ben geboren war und bevor ich mit Chris schwanger war, habe ich allmählich erkannt, dass unsere Ehe nicht funktionierte, dass sie eigentlich nie funktioniert hatte. Chuck kam nach Hause. Er hatte in Italien gewonnen. Er wollte die Farm wieder verkaufen. Wir hatten eine schreckliche Auseinandersetzung. Während wir einander anschrien, kam Ben auf seinen kleinen unsicheren Beinchen herein. Das hat Chuck noch mehr aufgeregt. Er schrie Ben an, der anfing zu weinen."

Bei der unglücklichen Erinnerung fuhr sich Alana durchs Haar. „Ben war knapp ein Jahr alt. Ich habe die Beherrschung verloren und Chuck aufgefordert zu gehen. Er stieg in seinen Wagen und fuhr davon. Ich habe Ben beruhigt und ihn dann zum Schlafen hingelegt. Es war schon spät, und ich habe nicht mit Chucks Rückkehr gerechnet. Doch er kam zurück." Ihre Stimme war so leise, dass Dorian Mühe hatte, sie zu verstehen. Er erkannte, dass sie nicht mehr zu ihm sprach, sondern die Schatten der Vergangenheit wieder Realität wurden. „Er hatte getrunken. Er trank sonst nicht viel, weil er es nicht gut vertragen konnte, aber dieses Mal war er sehr betrunken. Wir stritten uns wieder. Er warf mir vor, ich sei nie eine Frau, noch weniger eine Geliebte gewesen. Er sagte, ich kümmere mich nur um Ben und die Farm. Dann meinte er, es sei Zeit, dass ich endlich lernte, was ein Mann von einer Frau erwarte. Er warf mich aufs Bett, und dann … hat er mich vergewaltigt", sagte sie mit ausdrucksloser Stimme, während Dorian sie anstarrte. „Dann weinte er wie ein Baby. Vor dem Morgengrauen verließ er das Haus. Einige Wochen später stellte ich fest, dass ich schwanger war."

Mit fahrigen Bewegungen fuhr sie sich wieder durchs Haar. „Das ist wahr, Dorian. Das ist die Wahrheit." Sie musterte ihn. „Soll ich Chris erzählen, dass er in der Nacht gezeugt worden ist, als sein Vater mich mit Gewalt genommen hat? Ist das die Wahrheit, die ich meinem Sohn schulde?"

Sie wartete nicht auf eine Antwort, sondern erhob sich langsam und verließ den Raum.

8. KAPITEL

Fast grollend starrte Dorian auf die Schreibmaschine, aber er konnte nichts zu Papier bringen. Die Wörter waren da, fest in seinem Kopf eingegraben. Das Gefühl war da, es brannte noch in ihm. Er konnte sich noch ganz klar und deutlich an alles erinnern, was am Nachmittag und Abend geschehen war.

Nachdem Alana die Küche verlassen hatte, hatte er einfach nur den Kassettenrekorder angestarrt, der weiterlief. War er schockiert? Er hatte die rosafarbene Brille schon vor Jahren abgenommen. Er wusste, wie hässlich das Leben sein konnte, wie gewalttätig. Er hatte in Schicksalen herumgegraben und die Wunden, die Narben und die Geheimnisse gefunden. Sie schockierten ihn nicht, und sie berührten ihn schon lange nicht mehr.

Aber er war lange in der Küche sitzen geblieben, in der immer noch der Duft des Kaffees hing. Und er litt, weil er sich daran erinnerte, wie blass ihr Gesicht und wie ruhig ihre Stimme gewesen war, als sie ihm die Geschichte erzählt hatte. Er hatte sie dann allein gelassen, da er wusste, sie brauchte das Alleinsein.

Er war in die Stadt gefahren. Abstand, verordnete er sich selbst, würde sicher helfen. Ein Journalist brauchte Abstand, genauso wie er intimste Kenntnisse brauchte. Gerade die Kombination davon konnte einer Geschichte erst die Wahrheit, die Kraft geben. Und war es nicht schließlich immer die Geschichte, die zuerst kam?

Die Luft hatte sich erwärmt und kündigte den März an. Bald würde der Frühling sich unaufhaltsam Bahn brechen. Und wenn der Frühling zu Ende ging, sollte das Buch fertig sein. Wie, das war ihm allerdings überhaupt nicht mehr klar.

Bei seiner Heimkehr hatten die Jungen im Hof mit dem Hund gespielt. Es war ein großes Gejage, Geschrei und Gebell gewesen. Vom Wagen her hatte Dorian sie eine Zeit lang gedankenverloren beobachtet, bis Chris zu ihm herüberrannte und ihn zu ihrem Spiel einlud.

Selbst jetzt, Stunden später, sah Dorian noch das strahlende Gesicht von Chris vor sich, wie er ihn mit großen, unschuldigen Augen angesehen hatte. Ganz vertrauensvoll hatte der Kleine seine Hand ergriffen und ihm von seinen aufregenden Erlebnissen in der Schule erzählt.

Sie waren um das Haus herumgelaufen und in die Küche. Alana hatte am Herd gestanden. Als sie sich umwandte, trafen sich ihre Augen und ließen einander nicht los. Er hatte Spannung erwartet, aber sie kam nicht auf, auch nicht während des Essens oder später, als sie ein Brettspiel mit den Kindern spielten. Dann wurden die Kinder ins Bett geschickt, und auch Alana zog sich in ihr Zimmer zurück.

Seitdem hielt sich Dorian in seinem Zimmer auf, ohne Ruhe und Entspanntheit finden zu können. Er hatte eine packende Geschichte, die er nur aufzuschreiben brauchte. Sie enthielt alles: Liebe, Betrug, Sex, Gewalt. Und sie war nicht erdacht, sie war wirklich.

Er erinnerte sich daran, wie vertrauensvoll die kleine Hand in seiner gelegen hatte.

Fluchend erhob sich Dorian vom Schreibtisch. Er konnte einfach nicht. Er konnte es einfach nicht schwarz auf weiß zu Papier bringen, was Alana ihm erzählt hatte. Selbst wenn er es noch so vorsichtig formulieren würde, es würde immer hässlich und unverzeihlich bleiben. Und das Kind war so unschuldig und vertrauensvoll.

Sein in Jahren ausgereiftes Jagdgespür als Reporter, sein Können, das seine Biografien so lebensnah und packend gemacht hatte, drängten ihn zur Wahrheit. Doch dazwischen drängte sich ihm das Bild eines kleinen Jungen mit einem schelmischen Lächeln auf, der ihm die Arme entgegenstreckte. Er erinnerte sich an Ben, der allein in düsterer Stimmung mit seinen Spielzeugfiguren auf dem Bett saß. Und er erinnerte sich an Alana, die ihre Finger mit seinen verschlungen hatte und ihm ein Gefühl von Harmonie vermittelt hatte.

Dorian fuhr sich durchs Haar. Es hatte keinen Sinn, sich etwas vorzumachen. Er steckte mitten in einem schweren inneren Kampf. Er hatte die erste, die grundsätzliche Regel eines jeden Reporters überschritten: sich gefühlsmäßig nicht einzulassen. Nun, er steckte mittendrin, und er hatte keine Ahnung, wie er da herauskommen sollte.

Zum Teufel, musste er überhaupt wieder herauskommen?

Entschlossen verließ Dorian sein Zimmer, überquerte den Korridor und klopfte an Alanas Tür.

Alana saß an einem kleinen Schreibtisch und schrieb einen Brief. Sie blickte hoch und schob ihr Schreibzeug zur Seite, als hätte sie Dorian erwartet.

„Wir müssen reden."

„Gut. Schließ die Tür."

Er schloss sie. Jetzt gab es keine Barriere zwischen ihnen, keinen Kassettenrekorder, der einem Gespräch eine unpersönliche Note geben konnte. Was jetzt gesagt werden würde, war nur zwischen ihnen beiden – für sie beide.

Das Zimmer strahlte Ruhe und Weiblichkeit aus – so wie sie. Falls es hier einmal Gewalttätigkeiten gegeben hatte, so war davon nichts mehr zu spüren. Sie hatte es verbannt, weil sie ihr Leben und das ihrer Kinder nicht davon zerstören lassen würde. Indem sie ihm die Tatsachen offenbart hatte, hatte sie ihn auch verantwortlich gemacht. Sie hatte sein Mitgefühl geweckt und damit sein Verantwortungsgefühl.

„Alana, ich kann nicht schreiben, was du mir heute Nachmittag erzählt hast."

Tiefe Erleichterung erfasste sie. Sie hatte gehofft und vertraut, aber sie hatte nicht sicher sein können. „Danke."

„Sei nicht dankbar. Ich werde vieles schreiben, das dir nicht gefallen wird."

„Ich glaube, es macht mir allmählich nicht mehr so viel aus. Weißt du, ich habe immer gedacht, die Kinder würden ein Bild brauchen, zu dem sie aufblicken, um zu sagen: ‚Das ist mein Vater.' Doch je mehr ich darüber nachdenke, desto mehr bin ich davon überzeugt, dass es wichtiger für sie ist, auf sich selbst stolz sein zu können."

„Warum hast du es mir erzählt?"

Alana sah ihn an. Sie hatte in diesem Mann Freundlichkeit gefunden, wo sie keine erwartet hatte. Er hatte ihr bei ihrer Arbeit geholfen, obwohl er nichts damit zu tun hatte. Er verhielt sich ihren Kindern gegenüber herzlich und großzügig. Er hatte für sie gesorgt, als sie krank war. Sie hatte den weichen Kern unter seiner rauen Schale entdeckt und hatte sich darin verliebt. Leise seufzend ergriff Alana ihren Stift und ließ ihn gedankenverloren von einer Hand in die andere gleiten.

„Ja, warum? Als ich erst einmal angefangen hatte zu erzählen, kam alles wie von selbst. Wahrscheinlich musste ich es nach all diesen Jahren einfach einmal laut aussprechen."

„Du hast es deiner Familie nicht erzählt?"

„Nein. Man erlebt nacheinander ganz unterschiedliche Empfindungen – Scham, Selbstvorwurf, Zorn. Ich musste sie zuerst verarbeiten."

„Warum bist du denn bloß bei ihm geblieben?" Er dachte wieder an Geld, an die Frau in Nerz und Diamanten. Doch er wollte nicht mehr glauben, dass das der Grund gewesen war.

Sie blickte auf ihre Hände nieder. „Nachdem es geschehen war, war Chuck verzweifelt. Ich dachte, wir könnten diese schreckliche Nacht irgendwie vergessen. Und eine Zeit lang gelang es uns auch fast. Dann wurde Chris geboren. Chuck konnte ihn nicht ansehen, ohne sich zu erinnern. Er lehnte das Baby ab, weil es ihn immer daran erinnerte, auf welche Weise es empfangen wurde, weil Chris ihn seine eigene Schwäche nicht vergessen ließ."

„Und du? Was empfindest du, wenn du Chris ansiehst?"

Das Lächeln kam langsam. „Er war ein so schönes Baby. Er ist immer noch schön."

„Du bist eine bemerkenswerte Frau, Alana."

Überrascht sah sie ihn an. „Nein. Ich bin eine gute Mutter, aber das ist nichts Bemerkenswertes. Ich war keine gute Ehefrau. Chuck brauchte jemanden, der für den Augenblick lebte, jemanden, der mit ihm durchs Leben raste. Ich war dafür zu langsam."

„Was hast du gebraucht?"

Nun sah sie ihn verblüfft an. „Ich weiß nicht, was ich damals gebraucht habe, aber ich bin jetzt mit dem zufrieden, was ich habe."

„Reicht das? Die Kinder, das Haus?" Er trat zu ihr. „Ich dachte, du wolltest mir die Wahrheit sagen?"

„Dorian." Er sollte nicht so nah sein. Sie konnte nicht denken, wenn er so nah bei ihr stand. „Ich weiß nicht, welche Antwort du auf die Frage erwartet hast."

„Nein?" Er nahm ihre Hand und zog Alana von ihrem Stuhl hoch. Er spürte, wie ihre Finger zitterten, und verstärkte seinen Griff. „Ich will nicht, dass du Angst vor mir hast."

„Das habe ich nicht."

„Ich will nicht, dass du Angst vor dem hast, was zwischen uns ist."

„Ich kann nichts dafür. Dorian, tu es nicht." Sie legte ihre freie Hand auf seinen Arm. „Ich will einfach nicht in ein Gefühlschaos schlittern. Ich hoffe, wir sind Freunde."

„Über den Punkt sind wir doch schon hinaus." Er zog zärtlich ihre Hand an seine Lippen. „Hat dich jemals jemand richtig geliebt?"

Panik stieg in Alana auf. „Ich – ich habe zwei Kinder."

„Das ist keine Antwort." Er drehte ihre Hand um und presste seine Lippen auf ihre Handfläche. Ihre Finger waren verspannt. „Gab es jemanden außer Chuck?"

„Nein, ich …"

Er musterte sie scharf. „Niemand?"

Sofort war die Scham, das Eingeständnis ihres Versagens da. „Nein. Eine körperliche Beziehung bedeutet mir einfach nicht viel."

Wie wirkungsvoll Rockwell sie gedemütigt hat, dachte Dorian. Wut stieg in ihm auf, und er unterdrückte diesen Impuls. Sich auf kein Gefühl einzulassen … wie weit entfernt er davon war! Er wollte ihr beweisen, dass es anders sein konnte. Vielleicht zum ersten Mal wollte er auch daran glauben.

„Warum lässt du es mich nicht selbst herausfinden?"

„Dorian …" Die Worte blieben ihr in der Kehle stecken, als seine Lippen zart ihre Schläfen berührten. Sie fühlte seinen Atem.

„Du willst mich doch, Alana?" Noch nie hatte er bewusst versucht, eine Frau zu verführen. Die Frauen waren immer zu ihm gekommen, erfahren und erwartend. Konnte er überhaupt vorsichtig genug, zärtlich genug und gut genug sein?

„Ja." Sie legte den Kopf zurück und sah ihn an. „Aber ich weiß nicht, was ich dir geben kann."

„Lass das meine Sorge sein." Er gab sich selbstbewusster, als er sich gerade selbst fühlte. „Du brauchst nur zu nehmen, du musst gar nichts geben."

Dorian küsste Alana behutsam. Sie hob die Arme und ergriff ihn bei den Handgelenken. Dieser Augenblick des Zögerns, der Offenbarung ihrer Verletzlichkeit, berührte ihn in einer unerwarteten Weise. Der Lichtschein fiel über ihr Gesicht, als er den Kopf beugte und zärtlich an ihren Lippen knabberte. Sie spürte, wie sich der Pulsschlag in seinen Handgelenken erhöhte, und verstärkte ihren Griff. Er wollte sie, er begehrte sie wirklich. Die panische Angst verstärkte sich in ihr, dass sie sie beide enttäuschen würde. Er zog sie näher. Sie versteifte sich.

„Entspann dich, Alana", murmelte er mit einem Feingefühl, das er bisher nicht von sich gekannt hatte. Beruhigend streichelte er sie, bis er spürte, wie sie sich gehen ließ. Zögernd, wie als Versuch, legte sie die Arme um seine Taille. Die Süße dieser Geste nahm ihm fast den Atem. Bisher hatte es ihn nie danach verlangt. Doch jetzt, nachdem er es erfahren hatte, wollte er es nie mehr missen.

Langsam und behutsam liebkoste er sie nur mit dem Mund, und sie öffnete sich ihm nach und nach. Er spürte, wie sie auf seinem Rücken die Hände ballte und wieder öffnete. Als ihre Lippen an seinen weicher wurden, verstärkte er seine Liebkosungen. Ihr Atem wurde unregelmäßig, und sie stöhnte verhalten auf.

Er ließ die Hände unter ihren Pullover gleiten. Als sie zusammenzuckte, streichelte er sie wieder und flüsterte Versprechungen, von denen er nur hoffte, sie auch einhalten zu können. Ihre Haut war weich. Sinnliches Begehren erfasste ihn fast schmerzhaft. Doch er beherrschte sich mit aller Kraft.

Zentimeter um Zentimeter hob er ihren Pullover hoch, bis er ihn leicht über ihren Kopf ziehen konnte, und ließ ihn sachte zu Boden fallen.

Die Angst kehrte zurück. Sie sah die Umgebung wie durch einen Schleier, sie konnte nicht mehr klar denken. Und musste sie das nicht? Wie sollte sie sich schützen, wie sollte sie ihm geben können, was er erwartete, wenn sie nicht denken konnte? Doch seine Hände fühlten sich so wunderbar auf ihrer Haut an. Kräftig, geduldig, er berührte sie, wo sie so sehr berührt werden wollte. Vielleicht, wenn er fordernd werden würde, würde sie erstarren, doch im Augenblick konnte sie nur die Hitze fühlen, die in ihr entfacht wurde.

Dann führte Dorian sie zum Bett. Angst stellte sich in alter Stärke wieder ein.

„Dorian ..."

„Leg dich mit mir hin, Alana. Leg dich einfach nur mit mir hin."

Sie sah alles um sich herum mit überdeutlicher Klarheit, die Tapeten, die gedrechselten Bettpfosten, die weiße Decke. Und sein Gesicht. Ihre Nerven waren zum Zerreißen gespannt. Sie kämpfte dagegen an und erinnerte sich daran, dass sie kein junges, unerfahrenes Mädchen, sondern eine Frau war.

„Das Licht. Könnten wir ..."

„Ich will dich sehen." Er küsste sie wieder mit geöffneten Augen.

„Ich will, dass du mich siehst. Ich werde dich lieben, Alana. Das ist nichts, was in der Dunkelheit getan werden sollte."

„Er… erwarte nicht zu viel."

„Erwarte nicht zu wenig." Und dann brachte er sie zum Schweigen.

Sein tiefer Kuss ließ sie schwindeln. Ihr Körper, von den Schauern angstvoller Erwartung angespannt, wurde von sinnlicher Lust erhitzt. Sie stöhnte. Sie spürte – wie sie es sich einst vorgestellt hatte – seine rau kratzende Wange an ihrer. Ihr Puls schlug einen Rhythmus, der in ihrem Kopf widerhallte.

Alana machte ihn verrückt. Wie ihr Körper sich anspannte, bebte und sich entspannte, wie ihre Hände suchten, zögerten und streichelten. Er hatte nicht gewusst, dass er sie so heftig begehrte. Nun, da sie so warm, so hingebungsvoll unter ihm lag, wusste er, dass er zuerst an sie denken musste und erst dann an seine eigenen Bedürfnisse.

Und so offenbarte er ihr die Liebe. Rastlos, aber nie rücksichtslos, streichelte er sie immer wieder, spürte, wie sie sich ihm entgegenbog, hörte ihren erregten Atem. Er sog die Glut ein, die ihr Körper ausstrahlte, den weiblichen Duft, in dem ein Mann ertrinken konnte. Der Schein des Lichts fiel über ihr Gesicht, sodass er Überraschung, Genießen und Verlangen sich vermischen und verbinden sah. Ungeduldig zog er sein Hemd aus, um ihre Haut an seiner zu fühlen.

Sein Körper war kräftig und hart, doch seine Haut war glatt. Sie ließ ihre Finger über sie gleiten, spürte, wie sich seine Muskeln anspannten. Kraft. Sie hatte immer Kraft gebraucht, aber sie hatte sie nur in sich selbst gefunden. Einfühlsamkeit. Sie hatte sich einmal danach verzehrt, aber dann hatte sie es aufgegeben, darauf zu hoffen. Nun hatte sie sie gefunden. Leidenschaft. Sie hatte sie gewollt, sie ersehnt und es dann aufgegeben, wie etwas, ohne das sie auskommen musste. Hier war sie, umhüllte sie, entfaltete sich in ihr. Dorian stöhnte ihren Namen, und der Klang seiner Stimme ließ sie sich noch schwindliger fühlen.

Mit den Lippen liebkoste er ihre Brüste. Ihre Bauchmuskeln spannten sich an, als er mit der Zunge Kreise um die Brustspitze zog. Unwillkürlich presste sie eine Hand gegen seinen Hinterkopf und bewegte sich sinnlich unter ihm. Mit Zähnen, Zunge und Lippen bereitete er ihr eine fast nicht auszuhaltende süße Qual.

Dorian öffnete den Reißverschluss ihrer Jeans, doch Alana bemerkte es nicht einmal. Sie fühlte die Bewegungen seiner Hände und den Stoff der Jeans, als er sie ihr auszog. Sie wollte seinen Namen flüstern, doch als seine Zunge über ihren Schenkel fuhr, brachte sie nur ein Stöhnen hervor.

Sie war unglaublich schön. Ihr Körper war schlank und fest, ihre Beine lang, ihre Hüften schmal. Es war kaum vorstellbar, dass sie Mutter von zwei Kindern war. In seiner Vorstellung war sie irgendwie unberührt geblieben. Dann begann er herauszufinden, zu welchen Höhen er sie bringen konnte. Und wie schnell.

Die erste Welle erfasste sie mit unkontrollierbarer Geschwindigkeit. Hilflos und benommen schrie Alana unterdrückt auf. Ihr war, als würde ihr Körper sich füllen, dann brannte er, dann war er leer. Sie wollte sich aufrichten und Dorian umfassen, nur um von ihm auf eine neue Woge gebracht zu werden, die noch höher als die vorhergehende war.

Sie schnappte nach Luft, als Empfindungen in ihr pulsierten, die sie noch nie erfahren hatte. Ob es Bezeichnungen für diese Empfindungen gab? Hatte schon einmal jemand Worte gefunden, die diese Gefühle richtig beschrieben? Ihre Haut war so empfindlich, dass selbst eine zarte Berührung seiner Fingerspitzen Schwindelgefühle in ihr erzeugte.

Er wollte sie so sehen, so ihrer eigenen Lust ausgeliefert. Als er in sie glitt, weiteten sich ihre Augen. Er sah das erstaunte Entzücken in ihnen, ehe sie ihn fester an sich zog.

Ihre Hüften bewegten sich ganz im Rhythmus ihrer Lust und brachten den Rest seiner Kontrolle zum Erliegen, der er sich ihretwegen unterworfen hatte. Ihre Finger gruben sich in seinen Rücken, ihre Nägel kratzten seine Haut. Sie spürte es nicht. Und sehr bald auch er nicht mehr.

So war es noch nie gewesen. Niemand hatte Alana sich bisher so vollkommen, so bedeutend, so lebendig fühlen lassen. Es waren Türen geöffnet, Fenster aufgemacht worden, und die Luft, die hereinströmte, war wunderbar.

Sie wollte Dorian das erzählen, aber sie fürchtete, er würde sie für töricht halten. Stattdessen legte sie eine Hand auf sein Herz. Es schlug gleichmäßiger als ihres, doch es schlug kräftig.

So war es noch nie gewesen. Niemand hatte Dorian bisher so wirklich, so kraftvoll, so offen fühlen lassen. Sie hatte ein Licht in seinem Kopf entzündet, und es schien hell und klar.

Er wollte Alana das erzählen, aber er fürchtete, sie würde das für Phrasendrescherei halten. Stattdessen zog er sie an sich.

„Nicht sehr körperlich, wie?"

„Was?"

„Du hast gesagt, das Körperliche bedeute dir nichts."

Sie legte das Gesicht an seine Schulter. Ihr Duft war da. Es war ein merkwürdiges und doch wunderbares Gefühl, ihren eigenen Duft an seiner Haut haftend zu entdecken. „Ich war nie besonders gut in den – den Techniken."

„Techniken? Was soll das denn heißen?"

„Nun ..." Verlegen brach sie ab. „Im Sex", fuhr sie dann entschieden fort und erinnerte sich daran, dass sie eine reife Frau war.

„Wir hatten keinen Sex", erwiderte er einfach. „Wir haben uns geliebt."

„Das ist doch nur eine Frage von Begriffen."

„Verdammt, nein. Entzieh dich mir jetzt nicht. Ich bin nicht Chuck. Sieh mich an, sieh mich richtig an." Er griff sie fest bei den Schultern. „Was erwartest du, Alana? Eine Beurteilung deiner Leistung?"

„Nein." Sie errötete. „Natürlich nicht."

„Frage dich doch einfach, wie es für mich war." Er setzte sich und zog sie mit sich hoch. „Ist es dir nie in den Sinn gekommen, dass Chuck vielleicht gar nicht der umwerfende Liebhaber gewesen ist, als der er von den Klatschblättern dargestellt wurde? Hast du jemals daran gedacht, dass das, was sich zwischen euch beiden in diesem Bett abgespielt – oder auch nicht abgespielt – hat, seine Schuld war?"

Nein, natürlich nicht. „Aber all die anderen Frauen ...", begann sie und verstummte dann.

„Ich will dir etwas verraten. Es ist unglaublich einfach, jede Nacht mit einer anderen Frau seine Nummer abzuziehen." Voller Reue erinnerte er sich selbst an all die Male. „Man braucht nicht zu denken, man braucht nicht zu fühlen. Es ist unwichtig, ob die Frau ihren Himmel auf Erden erlebt. Man verschafft sich seine Befriedigung, sonst nichts. Wenn man aber einen Partner hat, dem man Versprechungen macht, den man glücklich machen will, dann ist es etwas ganz anderes. Es braucht Zeit und Einfühlung und Geduld, bis alles richtig stimmt."

Als Alana ihn ansah, strich Dorian ihr durchs Haar. „Im Augenblick will ich nicht an Chuck denken müssen. Und ich will auch nicht, dass du an ihn oder sonst jemanden denkst. Konzentrier dich nur auf mich."

Etwas verunsichert berührte sie seine Wange. „Du bist das Beste, was mir seit Langem passiert ist. Du lässt mich eine Menge Dinge sehen, von denen ich dachte, ich müsste sie hinter Schloss und Riegel lassen. Ich bin dir dankbar."

„Ich habe es langsam satt, dir zu sagen, dass du dich nicht immer bedanken sollst." Doch dabei strich er ihr zärtlich über die Schulter.

„Es war das absolut letzte Mal." Sie schlang die Arme um ihn und hielt ihn fest. Sie fühlte sich geborgen. „Du darfst jetzt nicht lachen."

Er küsste ihre Schulter. „Mir ist nicht nach Lachen zumute."

„Ich fühle mich, als hätte ich gerade in einer schweren und wichtigen Disziplin gesiegt."

Er lachte auf, was ihm sogleich einen Klaps auf den Rücken einbrachte. „Wie Salto rückwärts?"

„Ich habe gesagt, nicht lachen."

„Entschuldigung." Blitzschnell rollte er sich auf sie. „Du wirst nirgends siegen – ohne Übung."

Diese verspielten Neckereien waren ganz neu für Alana, und sie genoss sie. Sie küsste ihn. „Dorian?"

„Hm?"

„Ich habe den Himmel auf Erden erlebt."

Er lächelte. Sie fühlte es. Dann betrachtete er sie, und sie sah es. „Ich auch." In diesem Augenblick hörte er das Schluchzen. „Was, zum ..."

„Chris." Augenblicklich war Alana aus dem Bett. Sie holte einen Morgenmantel aus dem Schrank, warf ihn über und war aus dem Zimmer, bevor Dorian auch nur nach seiner Jeans greifen konnte.

„O Baby." Alana eilte in Chris' Zimmer. Der Kleine hatte sich unter der Decke verkrochen und schluchzte herzzerreißend. „Was ist los?"

„Sie waren grün und hässlich." Er schmiegte sich in die Sicherheit bietenden Arme seiner Mutter und nahm ihren vertrauten Geruch wahr. „Sie sahen aus wie Schlangen und waren hinter mir her. Und ich bin in ein Loch gefallen."

„Was für ein schrecklicher Traum." Sie wiegte ihn beruhigend. „Aber jetzt ist alles in Ordnung, okay? Ich bin ja da."

Er schnüffelte noch, entspannte sich aber. „Sie wollten mich in kleine Stücke schneiden."

„Schlecht geträumt?" Dorian stand zögernd in der Tür, unsicher, ob er vielleicht fehl am Platze sei.

„Hässliche, grüne Schlangen", erklärte Alana, während sie Chris in den Armen wiegte.

„Wow, so richtig gefährliche?"

Chris schniefte noch einmal, nickte und rieb sich die Augen. Ob fehl am Platze oder nicht, Dorian konnte nicht widerstehen. Er trat ein und kniete sich vor das Bett. „Nächstes Mal musst du träumen, du seist ein Mungo. Gegen Mungos haben Schlangen keine Chance."

„Mungo." Chris musste über das Wort kichern. „Hast du dir das ausgedacht?"

„Unsinn. Morgen besorgen wir uns ein Bild von ihnen. Sie leben in Indien."

„Terence war in Indien", erinnerte sich Chris. „Wir haben eine Karte bekommen." Gähnend schmiegte er sich wieder an Alana. „Geh noch nicht weg."

„Nein, ich bleibe, bis du wieder eingeschlafen bist."

„Dorian auch?"

Dorian strich ihm über die Wange. „Sicher."

Alana wiegte den Jungen und sang etwas, das für Dorian wie ein irisches Wiegenlied klang. Dorian spürte plötzlich ein sonderbares Gefühl von Befriedigung – natürlich nicht wie die, die er in Alanas antikem Bett gefunden hatte, aber ebenso stark. Es war ein Gefühl von Zugehörigkeit, als wäre er endlich da angelangt, worauf er sein ganzes Leben lang zugegangen war. Es war lächerlich, aber es war da.

Behutsam deckte Alana den Jungen zu und steckte ihm seinen Stoffhund Mary mit unter die Decke. Sie küsste ihn auf die Wange und erhob sich. Dorian verweilte noch einen Augenblick und strich über Chris' Locken.

„Er ist unwiderstehlich, nicht wahr?", sagte sie leise.

„Ja." Dorian musste sich direkt zwingen, sich von dem Anblick zu lösen.

„Wie Terence – unwiderstehlich charmant. Dad meint, Terence habe das schon erfolgreich anwenden können, bevor er überhaupt krabbeln konnte." Sie nahm Dorians Hand und zog ihn aus dem Zimmer. „Ich möchte noch kurz nach Ben sehen."

Sie öffnete die Tür. Das Zimmer von Ben glich einem Schlachtfeld. Kleidungsstücke, Bücher, Spielzeuge lagen wild durcheinander. Seufzend nahm sich Alana vor, Ben aufzutragen, sein Zimmer am Wochenende aufzuräumen. Sie trat ans Bett, zog die halb herabhängende Decke über ihren Ältesten, entdeckte dabei einen Tennisschuh unter dem Kissen und eine ganze Schwadron von kleinen Plastikmännern.

„Er schläft wie ein Stein." Sie sah sich im Zimmer um. „Und er ist ein Schlamper." Sie lachte leise, beugte sich vor und küsste ihren Sohn. „Aber ich liebe dich, kleiner Racker." Geschickt bahnte sie sich im Halbdunkeln ihren Weg zurück zur Tür. Dorian strich über ihre Arme.

„Ich mag deine Kinder, Alana."

Sie lächelte gerührt und küsste dann seinen Hals. „Du bist ein netter Mann, Dorian."

„Es gibt nicht viele Menschen, die dir zustimmen würden."

„Wahrscheinlich haben sie dich nicht so wie ich erlebt."

Das stimmte, aber er kannte den Grund dafür nicht. „Komm zurück ins Bett."

Sie nickte und legte einen Arm um seine Taille.

9. KAPITEL

Wie viel doch in vierundzwanzig Stunden geschehen kann, dachte Alana am nächsten Morgen. Sie hatte Leidenschaft entdeckt und Zuneigung gefunden. Und vielleicht, vielleicht hatte sie den ersten Schritt gemacht, um sich endlich von den fesselnden Schatten ihrer Vergangenheit lösen zu können. Dafür schuldete sie Dorian Dank, aber er wollte nichts mehr von Dank hören. Sie konnte ihm auch nicht sagen, dass sie ihn liebte, ohne damit zu riskieren, verlieren zu müssen, was gerade erst begonnen hatte. Sie würde also nichts sagen und nur hoffen, dass einfach ihr Zusammensein ausreichte.

Kurz nachdem die Jungen zur Schule aufgebrochen waren, legte Alana eine Nachricht für Dorian auf die Frühstücksbar und eilte dann zu ihrem Wagen. Sie hatte Energie für zehn.

Den heutigen Morgen würde sie damit beschäftigt sein, Mrs. Cuttermans Haus auf Hochglanz zu bringen – und einen Teil der Haushaltskosten zu verdienen. Zum Glück hatte sie ihre Grippe auskuriert und konnte ihren Putzjob bei Mrs. Cutterman und morgen bei den Smiths ausüben.

Unterwegs zwang sich Alana, nicht zu sehr an die letzte Nacht zu denken. Zweifellos hatte für Dorian das, was geschehen war, eine andere Bedeutung als für sie, das war Alana klar. Aber er hatte ihr etwas gegeben, was sie noch nie von einem Mann bekommen hatte: Respekt, Zuneigung und Leidenschaft.

Als Dorian nach unten kam, war sein erster Gang zur Kaffeekanne. Normalerweise machte ihm eine durchwachte Nacht nichts aus. Doch die Nacht durchzuarbeiten oder unruhig nachdenkend im Bett zu liegen wirkte sich eben unterschiedlich aus. Er war sich nicht sicher, warum er so rastlos gewesen war. Alana hatte neben ihm friedlich wie ihre Kinder in den Nebenräumen geschlafen.

Körperlich fühlte er sich wunderbar entspannt. Nur seine Gedanken hatten einfach nicht zur Ruhe kommen können. Er befand sich in einem Zustand des inneren Zwiespalts, und dieser Zustand hatte etwas mit der Frau zu tun, die ein Geheimnis umgab.

Er hatte angefangen, seine Meinung zu analysieren, die er von ihr gehabt hatte, bevor sie sich getroffen hatten, und verglich sie mit den

Gefühlen, die er jetzt für Alana empfand. Es passte nicht. Was hatte die lachende Frau im Nerz mit der Frau zu tun, die in seinem Arm gelegen hatte? Waren sie beide echt – oder spielten beide nur eine Rolle?

Immer noch empfand er Entsetzen beim Gedanken an das, was sie ihm erzählt hatte. Er hatte aber auch genügend Lebenserfahrung, um Tatsachen nicht durch Gefühle zu verzerren. Also versuchte er, objektiv zu bleiben. Wenn sie vergewaltigt worden war, warum war sie geblieben? Chuck Rockwell hatte sein Eheversprechen in aller Öffentlichkeit lächerlich gemacht, eine Scheidung wäre also sehr einfach gewesen. Aber sie war geblieben.

Ebenso wenig, wie er sie verstand, verstand er sich selbst. Er wusste nur, er begehrte sie. Ihre Liebe hatte eine Frische gehabt, die er bisher noch nie erfahren hatte. Doch da war noch mehr. Wenn er die Augen schloss, hörte er, wie sie über sich lachen konnte – leicht und unverfälscht. Er konnte sehen, wie hart sie arbeitete, wie sie ihre Kinder erzog – energisch und unendlich liebevoll.

Eine ganz besondere Frau. Zwar glaubten nur Narren daran, dass es so etwas wie eine ganz besondere Frau gab, aber vielleicht war er ja dabei, ein Narr zu werden.

Dorian blickte aus dem Fenster und fragte sich, ob sie gerade in diesem Augenblick im Stall die Pferde fütterte. Er schüttelte den Kopf und griff nach seiner gefütterten Jacke. Da entdeckte er ihre Nachricht.

„Dorian, den Vormittag über bin ich bei Mrs. Cutterman. Ihre Nummer steht im Telefonbuch, falls es ein Problem gibt. Anschließend muss ich noch einige Sachen in der Stadt erledigen. Bin gegen eins zurück.

Alana"

Er fühlte sich tatsächlich niedergeschlagen. Er wollte sie sehen, wollte ihr jetzt, am Morgen nach ihrer gemeinsamen Nacht, ins Gesicht blicken. Er wollte mit ihr sprechen, und er wollte sie in dem großen, leeren Haus lieben.

Er wollte einfach mit ihr zusammen sein.

Dorian schüttelte diese lächerlichen Empfindungen ab, goss sich eine zweite Tasse Kaffee ein und nahm sie mit nach oben. Es wartete Arbeit auf ihn.

Als Alana den Wagen wieder vor dem Haus abstellte, hatte sich der Himmel bewölkt. Regen, dachte sie enttäuscht, als sie die Lebensmittel ins Haus trug. Auf dem Weg zur Küche hob sie zwei Spielzeugautos, zwei Plastikmänner und eine Socke auf.

In der Küche stellte sie das Kofferradio an und begann, das Essen vorzubereiten.

„Hi."

Sie zuckte zusammen, hielt die Bratpfanne in der Hand. Dorian stand nur zwei Schritte hinter ihr. „Himmel, hast du mich erschreckt. Ich habe dich gar nicht kommen gehört."

„Du stellst das Radio immer so laut."

„Oh." Automatisch drehte sie den Lautstärkeregler zurück. Sie fühlte sich verlegen, aber sie hatte es erwartet. „Ich musste noch Milch besorgen. Die Jungen trinken so viel davon, dass ich schon daran denke, eine Kuh anzuschaffen." Sie machte sich am Herd zu schaffen und fühlte sich etwas besser. „Hast du gearbeitet?"

„Ja." Er fühlte sich verlegen. Er hatte das nicht erwartet. Sie hatte ihr Haar mit einem Band zurückgebunden. Er hätte es gern gelöst und es – wie heute Nacht – durch seine Finger gleiten lassen. „Hast du einen angenehmen Vormittag gehabt?"

„Was?"

„Einen angenehmen Vormittag. Mit deiner Freundin."

„Meiner … Oh, Mrs. Cutterman. Sie ist sehr nett." Alana dachte kurz an die Möbelflächen, die sie poliert hatte, und suchte dann das Tomatenmark. „Es wird regnen. Hoffentlich erst, wenn die Jungen zu Hause sind." Wie lange, dachte sie, konnte sie sich noch hinter der Alltagsroutine verbergen?

Als sie die Gewürze zur Tomatensoße hinzufügte, herrschte Schweigen. Spaghetti waren Bens Lieblingsessen. Er konnte davon Portionen wie ein Holzfäller verdrücken. Doch für sich selbst glaubte Alana im Augenblick, nie wieder einen Bissen herunterbekommen zu können.

„Ich bin in einer Minute fertig. Wenn du mit dem Interview weitermachen willst, mach es bitte, während ich mich um die Wäsche kümmere." Sie brach ab, als Dorian ihre Schulter berührte.

Ohne zu wissen, was sie erwartete, drehte sie sich langsam um. Er sah sie an, prüfend, so, als wolle er etwas erforschen. Sie wünschte, sie könnte verstehen, wonach er suchte.

Dann küsste er sie, weich und zärtlich, und ihr Herz schmolz wie Butter.

„O Dorian." Eben noch hatte sie ganz unwillkürlich den Atem angehalten. „Ich habe schon befürchtet, du würdest es bedauern."

„Was?" Wie gut fühlte es sich an, sie zu halten.

„Letzte Nacht."

„Nein, ich bedaure nichts." Wie frisch sie roch. „Ich bin verwirrt."

„Wirklich?" Ungläubig betrachtete sie ihn.

„Ja, wirklich." Er lächelte unsagbar erleichtert und küsste sie wieder. „Ich habe dich vermisst."

„Oh, das ist schön." Sie strich über seinen Rücken und zog ihn näher an sich. „Das ist sehr schön."

„Wollen wir Schule schwänzen spielen?"

Lachend warf sie den Kopf zurück. „Schule schwänzen?"

„Ja, du machst den Eindruck, als ob du nie Schule geschwänzt hättest."

„Dazu war ich nie lang genug auf einer Schule. Außerdem regnet es gleich. Welchen Spaß sollte es schon machen, im Regen Schule zu schwänzen?"

„Komm hoch, ich zeige es dir."

Sie lachte wieder. Dann merkte sie, dass er Ernst machte. „Dorian, die Kinder kommen bald."

„Bis dahin kann noch allerhand passieren." Und einem Impuls folgend, nahm er sie auf seine Arme. Es war schön, ihre schnellen Atemzüge zu hören und ihre großen, erstaunten Augen zu sehen.

Ihr Herz schlug heftig, als sie aus dem Zimmer getragen wurde. Es war ungemein erregend, etwas beinahe Verbotenes zu tun. Sie schmiegte den Kopf an seine Schulter und murmelte: „Dann wird niemand saubere Socken haben."

„Und nur du und ich kennen den Grund."

Sie liebten sich schnell und heftig, mit einer zügellosen Hingabe, wie Alana es noch nie erfahren hatte. Kleidungsstücke waren irgendwohin auf den Boden geworfen worden. Die Vorhänge waren weit aufgezogen, sodass das regendüstere Licht ins Zimmer fallen konnte. Dorian entführte Alana an Orte, an denen sie noch nie gewesen war und die sie auch mit keinem anderen betreten wollte. Wie ein Kind, das zum ersten Mal zu einer Achterbahnfahrt eingeladen ist, wurde sie unterwegs zunächst atemlos und verlangte dann nach mehr.

Er fühlte sich so frei, so unglaublich frei. Ihr Körper glühte und war offen für ihn und all das, was er ihr geben konnte. Sie war anmutig, sie war stark. Und sie war sein. Beherrscht von reiner Lust, bog sie sich zurück. Und er konnte nicht genug bekommen und versuchte mit ihr gemeinsam den Höhepunkt zu erreichen. Ihre Körper vereinigten sich, eng aneinandergepresst, Hüfte an Hüfte, während sie auf dem Bett knieten und Ekstase ihre Bewegungen lenkte.

Es begann zu regnen. Langsam und stetig.

Der Rhythmus der Liebe wurde langsamer und ruhiger, als die Glut der Leidenschaft in Sehnsucht nach Zärtlichkeit überging. Nichts veranlasste mehr zur Eile. Das Bett war groß und weich, der Regen langsam und beruhigend. Sie gaben sich gegenseitig all die wunderbar einfachen Dinge, die sich nur Liebende schenken können.

Er schmeckte ihre Haut, die warm vor Lust und feucht vor Erregung war. Er kannte keinen berauschenderen Geschmack. Ihre Finger strichen über seinen Rücken, über seine Muskeln, die sich an- und wieder entspannten. Es war für sie eine ganz neue Erfahrung, wie erregend Kraft an sich sein konnte.

Sie versenkten sich tief ineinander. Und Alana fand endlich, wonach sie sich immer schon gesehnt hatte: Rücksichtnahme, Zärtlichkeit.

Alana verkörperte so vieles: Heiterkeit, Klugheit, Leidenschaft. Er fragte sich, ob er jemals alle Seiten von ihr entdecken würde. Er konnte in ihr die halsstarrige Frau sehen, die alle Warnungen in den Wind geschlagen und ihre Familie verlassen hatte, nur um etwas so Trügerischem wie der ersten Liebe zu folgen. Dann sah er in ihr wieder die Verletzbare und die Kontrollierte. Es drängte ihn danach, die einzelnen Stücke zu einem ganzen Puzzle zusammenzufügen. Doch wenn sie so wie jetzt waren – Wogen der Lust und gelöste Sinne –, dann zählte nur, dass sie bei ihm war, mit ihm zusammen.

Ihre Hände, vor Kurzem noch zurückhaltend, streichelten seinen Körper, als hätte sie ihn immer gekannt. Ihre Lippen, vor Kurzem noch unsicher, lagen fest auf seinen, als gäbe es nichts anderes auf der Welt. Und ihr schlanker, gelenkiger Körper verschmolz hingebungsvoll mit seinem. Sie schlang Arme und Beine um ihn. Warm durchströmte Sinnlichkeit sie und entführte sie, bis es nichts anderes mehr gab.

Glücklich und entspannt stieg Alana die Treppe hinunter, als die Eingangstür aufgerissen wurde. „Wischt euch die Füße ab“, sagte sie ganz automatisch, dann lachte sie, eilte den Rest der Stufen hinunter und umarmte ihre zwei patschnassen Kinder.

„Es regnet“, informierte Chris sie.

„Nein, tatsächlich?“, fragte sie lächelnd.

„Meine Hefte sind nass geworden.“ Ben zog seine nasse Mütze vom Kopf und ließ sie zu Boden fallen.

„Wären sie nicht, wenn du deinen Schulranzen benutzen würdest.“

„Das ist was für Mädchen.“ Ein Blick seiner Mutter veranlasste ihn, die Mütze wieder aufzuheben. Dann gab er ihr ein feuchtes, zerknittertes Blatt Papier.

„Eine Eins.“ Alana legte die Hand aufs Herz, als wäre die Überraschung zu viel für sie. „Benjamin, jemand muss deinen Namen auf sein Blatt geschrieben haben.“

Er lachte etwas verlegen. „Nein. Es ist meins.“

„Dieses Diktat mit keinem, absolut keinem angestrichenen Fehler gehört Benjamin Francis Rockwell? Meinem Benjamin Francis Rockwell?“

Er runzelte die Nase, wie immer, wenn er an seinen zweiten Vornamen erinnert wurde. „Ja.“

Alana legte eine Hand auf seine Schulter. „Du weißt, was das bedeutet?“, fragte sie feierlich.

„Was?“

„Heiße Schokolade, so viel du willst.“

Ein verschmitztes Grinsen zeigte sich auf seinem Gesicht. „Kann ich Marshmallows haben?“

„Natürlich.“

„Heiße Schokolade?“, fragte Dorian und kam die Treppe herunter.

Alana legte einen Arm um Bens Schulter. „Wir feiern eine hundertprozentige Eins. Zwanzig oberschwere Wörter richtig geschrieben.“ Sie hob das Papier, auf dem ein kleiner, goldener Stern feucht glänzte.

„Sehr eindrucksvoll.“ Dorian fuhr mit der Hand über Chris' Kopf und hielt sie dann Ben hin.

„Nichts Besonderes“, bemerkte Ben abwehrend, wirkte aber sehr erfreut wegen des Handschlages. „Kann ich drei Marshmallows haben?“

In den nächsten zwanzig Minuten wurden die Abenteuer erzählt, die Jungen so im Laufe eines Tages erleben, und dabei viel heiße Schokolade getrunken. Dann zogen sich Ben und Chris ihre Stiefel an und gingen hinaus, um das Vieh zu füttern.

„Das habe ich bestimmt seit über zwanzig Jahren nicht mehr getrunken.“ Nachdenklich sah Dorian in seine leere Tasse. „Meine Mutter hat immer heiße Schokolade gemacht.“

„Siehst du sie oft? Deine Eltern?“

„Manchmal. Es mangelt immer an der Zeit.“

„Ja.“ Alana sah zum Fenster hinaus. Irgendwann würden auch ihre Jungen gehen. Das war das Los aller Eltern. „Ich sehe meine auch nicht sehr oft. Sie halten sich nie lang genug an einem Ort auf.“

„Spielen sie noch in Night Clubs?“

„Sie werden immer spielen.“ Tiefe Zuneigung sprach jetzt aus Alanas Stimme. „Es liegt ihnen im Blut, wenn man der Theorie meines Vaters glauben soll. Er ist unglaublich stolz auf Carrie und Maddy, dass sie die Familientradition im großen Stil weiterführen. Und er verübelt es Terence immer noch, dass er es nicht tut.“

„Was macht dein Bruder?“

„Reisen.“ Alana zuckte die Schultern. „Genau weiß keiner von uns, was Terence tut. Dad behauptet immer, Terence wisse es selbst nicht.“

„Und was ist mit dir? Gibt es Probleme, weil du dein Brot nicht durch Singen verdienst?“

„Oh, nein.“ Sie lächelte. „Ich habe ihnen Ben und Chris gegeben – das ist besser als jede Galavorstellung. Und deine Eltern? Sind sie stolz auf dich?“

„Mein Vater hätte es lieber gehabt, wenn ich auf der Farm geblieben wäre und Kühe gemolken hätte.“ Er zog eine Zigarette heraus. „Aber meine Mutter meint, er würde jedes Wort lesen, das ich geschrieben habe.“

„Mom!“ Chris stürmte nass und verdreckt herein. „Eve! Sie ist krank. Sie liegt am Boden und ist ganz verschwitzt!“

Alana riss ihre Jacke vom Haken und stürzte zur Tür hinaus. Als sie in den Stall kam, saß Ben neben der Stute, kämpfte mit den Tränen und streichelte sie.

„Stirbt sie?“

Alana kniete neben ihm nieder und legte eine Hand auf den Bauch des Tieres. „Nein, natürlich nicht.“ Sie drückte Ben an sich. „Sie bekommt ihr Baby. Wir haben doch darüber gesprochen.“

„Sie sieht so schrecklich krank aus.“

„Wenn Babys kommen, ist das so. Aber sie wird bald wieder in Ordnung sein.“ Das Herz war Alana schwer dabei, und sie betete im Stillen, dass sie nicht etwas versprach, das sie nicht halten konnte.

„Aber warum muss es wehtun?“

„Weil das Leben manchmal schmerzhaft ist. Aber es lohnt sich.“ Eine der Stallkatzen miaute mitleidsvoll über Eves Stöhnen. „Ben, du gehst jetzt ins Haus und rufst den Tierarzt an. Du musst zuerst deinen Namen nennen, okay?“

Er schniefte. „Okay.“

„Dann sagst du ihm, Eve habe Wehen.“

„Wehen?“

„Bekommt ihr Baby.“ Sie küsste ihn auf die Wange. „Und dann komm zurück. Das ist etwas, das du erleben solltest.“

Er stürmte los. Stolz auf die Verantwortung, die er übertragen bekommen hatte, hatte er den ersten Schreck schon wieder überwunden.

„Können wir etwas tun?“

Alana sah auf. Dorian stand in der Tür zur Box. Chris’ Hand lag fest in seiner. Ihr Sohn hatte aufgerissene Augen und war ganz fasziniert.

„Man kann jetzt nicht viel mehr tun, als sie zu beruhigen.“ Eve stöhnte bei der nächsten Wehe. Alana beugte sich vor und redete besänftigend auf sie ein. „Oh, ich weiß, es tut weh, Baby.“

Chris schluckte laut. So etwas hatte er noch nie gesehen. Einmal hatte eine der Katzen Junge bekommen. Aber als er in den Stall gekommen war, lagen sie schon sauber bei ihrer Mutter. „Hat es auch wehgetan, als ich geboren wurde?“

„Du warst ein ganz Langsamer.“ Die Stute hatte die Augen halb geschlossen und atmete schwer. Mit der Hand auf dem Bauch des Tieres spürte Alana die Kraft der Wehe. „Ich dachte sogar schon, du hättest dich entschlossen, überhaupt nicht mehr zu kommen. Der Arzt hatte Musik angestellt. Und als du dann geboren wurdest, spielte gerade ‚Let It Be'."

„Ob Eve gern Musik hören würde?"

„Bestimmt."

Sofort stellte Chris das Radio an.

„Der Tierarzt sagt, er kommt, so schnell er kann. Wir sollten aber unbesorgt sein, weil Eve stark sei." Ben stürmte zurück in den Stall und stellte sich neben seinen Bruder.

Als sich die Minuten in die Länge zogen und die Wehen zunahmen, sorgte Alana sich. Sie glaubte zwar, auch ohne Tierarzt der Situation gewachsen zu sein – unter normalen Umständen. Wenn es aber Komplikationen geben würde ... Sie schüttelte den Kopf, um sich von dem Gedanken nicht aus der Fassung bringen zu lassen. Was auch geschehen würde, sie würde für Eve ihr Bestes geben.

Dorian kniete neben Alana nieder. „Es wird alles gut gehen, Eve ist eine kräftige Stute", versicherte er ihr. „Ich habe zwar nie Pferden auf die Welt geholfen, aber dafür einer Menge Kühen."

Alana lehnte kurz den Kopf an Dorians Schulter, eine Geste, die Bens Aufmerksamkeit erregte. „Danke."

Aber als es dann begann, war es Alana, die dem Fohlen auf die Welt half, bevor Dorian es tun musste. Sie sprach der Stute Mut zu, ihr Schweiß vermischte sich mit dem des Tieres. Sie spürte das neue Leben zwischen ihren Händen, und es baute Hoffnung in ihr auf, die sich in ihren Augen widerspiegelte. Dorian beobachtete Alana, sie sah großartig aus. Dann sah er zu den Jungen hinüber, die mit aufgerissenen Mündern die Geburt des Fohlens beobachteten.

„Unglaublich, nicht wahr?"

Ben sah Dorian an und verzog das Gesicht. „Es ist ziemlich komisch." Dann sah er dünne Beine hervorkommen, einen kleinen Kopf und einen vollständigen Körper. „Es ist wirklich ein Pferd. Es ist ein echtes Pferd."

„Aber er ist so groß." Neugierig schätzte Chris das Fohlen ab. „Wie hat er dort hineingepasst?"

„Sie", verbesserte Alana und schämte sich ihrer Freudentränen nicht. „Ist sie nicht wunderschön?"

„Sie ist etwas glitschig“, urteilte Ben. Aber schon machte sich Eve daran, ihr Baby zu säubern.

„Gute Arbeit.“ Dorian strich Alana übers Haar und küsste sie dann. „Wirklich gute Arbeit.“

Zögernd streckte Chris die Hand aus, um das Fohlen zu berühren. „Können wir mit ihr spielen?“

„Noch nicht. Aber du kannst sie anfassen. Ist sie nicht weich?“

Dann zuckte Chris zurück, als das Fohlen, wackelig und zitternd, zum ersten Mal seine Beine ausprobierte. „Sie steht auf!“ Verblüfft starrte er seine Mutter an. „Sie steht richtig auf. Cathy Jacksons kleine Schwester ist monatelang nicht aufgestanden.“ Es freute ihn unglaublich, dass sein Pferd Cathy Jacksons Schwester überlegen war. „Wie sollen wir sie nennen?“

„Wir können ihr keinen Namen geben, Süßer. Wenn Mr. Jorgensen sie kauft, will er ihr einen Namen geben.“

„Wir können sie nicht behalten?“

„Chris.“ Alana sah ihn und dann Ben an. „Du weißt doch, das geht nicht. Wir haben darüber gesprochen.“

„Du hast Ben und mich nicht verkauft.“

„Pferde wachsen schneller“, warf Dorian ein. „Das Fohlen ist schon bald erwachsen und braucht seinen Platz. Eines Tages hast auch du ein eigenes Haus mit genügend Platz.“

„Wir können sie besuchen“, sagte Ben tapfer.

„Bestimmt.“ Stolz lächelte Alana zu Ben hinüber. Ihr Baby konnte schon so erwachsen sein. „Mr. Jorgensen ist ein sehr netter Mann.“

„Können wir zusehen, wenn Gladys ihr Baby bekommt?“ Zum ersten Mal streckte Ben die Hand aus, um das Ohr des Fohlens zu berühren.

„Wenn ihr nicht in der Schule seid.“ Alana hörte draußen Motorengeräusch und blickte auf ihre Hände. Erst jetzt sah sie, dass sie ganz blutig waren. „Das muss der Tierarzt sein. Ich wasche mich besser erst einmal.“

Die Aufregung legte sich selbst lange nach der Zubettgehzeit nicht. Weil Alana ihre Jungen gut verstehen konnte, ließ sie sie noch einmal zum Fohlen hinübergehen, um ihm Gute Nacht zu sagen, obwohl sie beide schon längst im Bett liegen sollten. Müde, aber zufrieden machte sie es sich schließlich vor dem Kamin im Wohnzimmer bequem.

„Das war ein Tag." Dorian setzte sich neben sie.

„Ich bin froh, dass die Jungen es miterleben konnten. Das ist etwas, das sie nie vergessen werden – und ich auch nicht." Sie seufzte, als sie plötzlich daran dachte, wie sie selbst Leben in sich wachsen gespürt hatte und wie es gewesen war, es in eine nicht gerade perfekte Welt zu bringen.

„Müde?"

„Ein wenig."

„Ich glaube eher, gedankenverloren."

Sie zog die Beine an und beobachtete das Spiel der Flammen. „Du siehst zu viel in ganz einfachen Sachen."

„Merkwürdig, ich würde sagen, ich hätte noch lange nicht genug gesehen."

Sie verscheuchte ihre Wünsche und Sehnsüchte und stellte sich der Wirklichkeit. „Morgen wirst du neue Fragen haben und von mir Antworten erwarten."

„Darum bin ich hier, Alana." Aber er war sich nicht sicher, ob das die ganze Wahrheit war – nicht mehr.

„Ich weiß." Sie musste es akzeptieren, obwohl sie sich etwas anderes gewünscht hätte. „Ich habe etwas versprochen, und ich werde versuchen, es zu halten."

Er berührte ihr Haar und wünschte, es gäbe andere Wege, um das zu erfahren, was er von ihr erfahren musste. „Im Augenblick habe ich keine Fragen."

Sie schloss kurz die Augen. Vielleicht war ja doch noch ein wenig Platz für Sehnsüchte. „Heute Abend, nur heute Abend, würde ich mir gern vormachen, dass es kein Buch gibt, dass es keine Fragen gibt."

Er wusste, er könnte sie jetzt bedrängen. Im Augenblick war sie offen genug, um ihm alles zu erzählen. So, als ob er nur die richtigen Knöpfe drücken müsste und die Antworten würden heraussprudeln. Eigentlich war er dazu verpflichtet. Er legte den Arm um ihre Schulter und beobachtete mit ihr die Flammen.

„Zu Hause hatten wir einen riesigen Kamin. Meine Mutter behauptete immer, man könne darin einen Ochsen braten."

Entspannt schmiegte sie sich an ihn. „Warst du glücklich?“

„Ja – auch wenn mir das Melken der Kühe nicht unbedingt als höchstes Glück erschienen ist. Wir hatten einen Bach und eine riesige Eiche. Ich habe unter ihr gesessen, habe das Wasser plätschern hören, habe gelesen und mich dabei in fremde Länder hineingeträumt.“

Sie lächelte. „Und dann hast du dich entschlossen, Schriftsteller zu werden.“

„Ich habe mich entschlossen, auf eigene Faust Wahrheiten zu verbreiten. Darum bin ich auch zunächst Reporter geworden. Das Gebot der freien Presse hat mich wohl getrieben.“ Er lachte über sich selbst. Er hatte bis jetzt gar nicht gemerkt, dass er diese Fähigkeit von Alana gelernt hatte. „Ich habe erkannt, dass man sich dazu zunächst durch eine Menge Schmutz arbeiten muss.“

„Die Wahrheit …“ Sie schloss die Augen und wünschte, das Wort hätte keinen so bitteren Beigeschmack. „Sie ist sehr wichtig für dich.“

„Ohne sie ist der Rest doch nur Tünche, nur Entschuldigung.“

„Und warum dann später Biografien?“

„Weil es faszinierend und spannend ist, das Leben eines Menschen zu erforschen, eines bestimmten Menschen in einer bestimmten Zeit, und herauszufinden, wie viele andere Leben davon betroffen waren, welche Spuren hinterlassen und welche Fehler gemacht wurden.“

„Manchmal sind Fehler sehr persönlich.“

„Darum schreibe ich nie eine Biografie ohne entsprechende Zustimmung.“

„Und wenn eines Tages jemand deine schreibt?“

Er schien das belustigend zu finden. Sie hörte sein leises Auflachen, als seine Wange über ihr Haar strich. Er konnte nicht wissen, wie ernst es ihr war.

„Vielleicht schreibe ich sie selbst – mit allen Haken und Ösen.“

„Hast du jemals etwas gemacht, worüber du dich wirklich geschämt hast?“

Er brauchte nicht lange nachzudenken. „Ich habe genügend Schritte in die falsche Richtung gemacht.“

„Und du würdest darüber schreiben, egal, was andere darüber denken könnten?“

„Du kannst mit der Wahrheit nicht feilschen, Alana.“ Er erinnerte sich an das, was sie ihm über Chris' Empfängnis gesagt hatte, und fuhr fort: „Manchmal, wenn es sehr wichtig ist, kannst du nur so tun, als ob du sie nicht hörst."

Sie beobachtete das Feuer und dachte darüber nach. Sie dachte lange darüber nach.

Da Dorian früh mit der Arbeit anfangen wollte, war er unten, bevor die Jungen ihr Frühstück beendet hatten. Erwartungsgemäß war Thema Nummer eins das Fohlen. Die Jungen ereiferten sich darüber, ob Gladys alles vermasseln und ihr Fohlen bekommen würde, während sie in der Schule waren. Mittlerweile alte Hasen, wollten sie als Geburtshelfer einspringen. Und um ihre Fähigkeiten zu beweisen, hatte jeder von ihnen einen Polaroid-Schnappschuss des Familienzuwachses dabei, um ihn der Klasse zeigen zu können.

„Mom, ich weiß, woher Babys kommen." Chris zog seine Jacke über.

„Hm." Alana goss sich gerade ihre zweite Tasse Kaffee ein.

„Aber wie kommen sie dort hinein?"

„Oh." Sie verschüttete Kaffee auf der Frühstücksbar und fing Dorians freches Grinsen auf, als sie sich Chris zuwandte. Sein pausbäckiges Gesicht sah sie erwartungsvoll an. Aber er ist erst sechs, dachte sie und fragte sich, wie sie einem Sechsjährigen innerhalb der zwei Minuten, die ihm blieben, um den Schulbus zu erreichen, erklären sollte, wie Babys gemacht wurden.

„Liebe bringt sie dort hinein." Sie kniete nieder und küsste ihn auf beide Wangen. „Eine ganz besondere Art von Liebe."

„Aha." Zufrieden umarmte er sie schnell und rannte zur Tür. „Komm, Ben." Als er sah, dass sein Bruder noch mit seiner Jacke beschäftigt war, strahlte er verschmitzt. „Ich schlage dich." Mit der Herausforderung rannte er los. Ben, noch mit seinem Reißverschluss zugange, stürmte hinterher.

„Bye, Ben", schickte ihm Alana noch halblaut nach und wischte dann kopfschüttelnd den Kaffee auf.

Dorian beobachtete sie mit einem kleinen amüsierten Lächeln. „Ich mag deinen Stil, Lady."

„Oh?" Lachend zog sie am Bund ihres übergroßen Sweatshirts. „Ziemlich modisch, nicht wahr?"

„Ich habe deine Antwort auf eine sehr wichtige und sehr heikle

Frage eines Sechsjährigen gemeint. Manche Leute hätten ihm eine biologische Unterweisung gegeben, und andere hätten ihn abgewimmelt. Du hast ihm genau die Antwort gegeben, die er gebraucht hat. Obwohl …", er schwenkte den Rest seines Kaffees in der Tasse, „ich hätte zu gern eine Polaroid gehabt, als er die Frage gestellt hat. Bei deinem Gesicht hätte es sich gelohnt."

„Das glaube ich gern." Sie setzte sich, um sich die Stiefel anzuziehen.

„Ich mag es, wie du morgens aussiehst."

Sie hielt in der Bewegung inne und sah ihn an. „Müde?"

„Frisch. Weich." Seine Stimme wurde leiser. „Ich würde gern morgens mit dir im Bett liegen, dich aufwachen und wieder einschlafen sehen und wissen, wenn du wieder aufwachst, dann könnte ich dich lieben."

Ihr Puls schlug so heftig, dass er es eigentlich hören müsste. „Ja, das würde ich auch gern. Aber die Kinder …"

„Das verstehe ich ja. Die Idee erwärmt mich eben ein wenig."

Mich erwärmt sie mehr als nur ein wenig, dachte sie, als es ihr endlich gelang, in die Stiefel zu kommen. „So, wie es ist, gibt es hier kaum einmal die Möglichkeit, sich morgens im Bett herumzurekeln. Ich stelle mir immer vor, dass ich es sofort erkennen werde, wann die Kinder herangewachsen sind – dann nämlich, wenn sie länger als bis sieben Uhr schlafen." Sie kam herüber, um das Frühstücksgeschirr abzuräumen.

„Ich mache das." Er ergriff ihre Hand.

„Ist schon in Ordnung."

„Alana." Er strich mit einem Finger über ihr Handgelenk. „Hast du schon jemals etwas von Frauenemanzipation gehört?"

Sie hob eine Braue. In einer gewissen Weise war sie emanzipiert gewesen, seit sie ihren ersten Atemzug gemacht hatte. Dafür hatten ihre Eltern schon gesorgt. „Sicher. Darum müssen die Jungen das Geschirr machen, ihre Sachen wegräumen – wenn sie ihren guten Tag haben – und Staub saugen. Ihre Frauen werden es mir zu danken wissen. In der Zwischenzeit muss jemand das Ruder bedienen."

„Normalerweise sitzen zwei am Ruder."

Lächelnd senkte sie den Kopf und nickte dann. „Gut. Du räumst die Küche auf, ich füttere die Tiere."

„Okay, dann können wir anfangen, wenn du zurückkommst."

„Geht nicht." Sie nahm ihre Tasche von der Frühstücksbar und packte einige Sachen ein. „Ich muss heute Morgen zu den Smiths. Ich bin gegen Mittag zurück."

Er wollte Einwände erheben, ließ es aber dann. Sie führte schließlich ihr eigenes Leben. Er beobachtete sie. „Hast du immer Gummihandschuhe in deiner Tasche?"

„Was? Oh." Lachend stopfte sie sie in die Tasche. „Immer, wenn ich zu den Smiths gehe. Sie schwört auf Ammoniak."

„Wie bitte?"

„Ammoniak." Alana schloss die Tasche und fragte sich, ob noch genügend Spaghetti übrig geblieben waren. „Dieses ätzende Zeug. Die Frau hat den Tick, alle Böden mit Ammoniak gereinigt zu haben. Also muss ich mich fügen."

Mit gerunzelter Stirn versuchte er, sie zu verstehen. „Du reinigst Böden?"

„Zweimal im Monat." Mit den Gedanken bei tausend anderen Dingen, holte Alana ihre Jacke.

„Was soll das? Freiwillige Nachbarschaftshilfe?"

Amüsiert lachte sie auf. „Um nichts auf der Welt. Ich verdiene sechs Dollar die Stunde. Lass den Geschirrspüler lieber nicht laufen. Ich glaube …"

„Du arbeitest als Putzfrau?"

„Haushälterin!" Sie lächelte verschmitzt und band sich mit einem Gummiband das Haar zurück. „Das klingt besser." Sie brach ab, als sich Dorian erhob und zu ihr trat. Etwas in seinem Blick hatte sie verstummen lassen. Sie hatte noch nie gut mit Ärger umgehen können.

„Warum, zum Teufel, schrubbst du auf allen vieren die Böden von anderen Leuten?"

Trotzig streckte sie ihr Kinn vor. „Das ist ehrliche Arbeit!"

„Warum?"

„Weil ich sonst nichts anderes kann, als in einem dreistimmigen Lied zu singen. Dafür ist kein großer Bedarf, und die Bezahlung ist ziemlich mies."

Er ignorierte ihre Ausflüchte und kam direkt zur Sache. „Warum muss Chuck Rockwells Witwe für sechs Dollar die Stunde Böden schrubben?"

Sie wurde blass. Aus seiner Stimme sprachen deutlich Zweifel und Spott. „Ich habe weder Zeit noch Lust dazu, mit dir meine finanzielle Situation zu erörtern, Dorian." Sie riss die Tür auf, doch er warf die Tür wieder zu.

„Ich habe dich etwas gefragt."

„Und ich habe dir die einzige Antwort gegeben, die ich dir zu geben beabsichtige." Ihre Augen blitzten ihn an. „Ich muss mir das weder von dir noch von sonst jemandem bieten lassen. Ich muss mich von dir nicht behandeln lassen, als wäre ich weniger wert, nur weil ich gegen Bezahlung anderen Leuten die Böden wische und die Möbel abstaube. Ich tue es nicht aus Wohltätigkeit, so uneigennützig bin ich nicht, ich tue es für Geld."

„Ich will wissen, warum du es überhaupt tust."

„Ich tue das, was ich tun muss." Und damit riss sie wieder die Tür auf und ging hinaus.

Er hätte ihr folgen können, und er wollte es eigentlich auch. Doch dann schloss er, ebenso entschlossen wie sie, die Tür. Es ist Zeit, wieder an die Arbeit zu gehen, sagte er sich. Und zurück zur Wahrheit.

10. KAPITEL

Mit einer düsteren und quälenden Wut arbeitete Dorian zwanzig Seiten aus. Chuck Rockwell war für ihn mittlerweile mehr als nur ein Name. Dorian hatte im Laufe seiner Arbeit den Menschen kennengelernt, einen sehr fehlerhaften Menschen, voller Unsicherheit, Selbstbezogenheit und Unbeherrschtheit. Seine Fähigkeiten und seine Trainingsdisziplin konnten dabei natürlich nicht übersehen werden, ebenso wenig wie sein Wagemut, den einige vielleicht Heldentum nennen konnten. Und er hatte auch nicht nur einfach die Hände in den Schoß gelegt und seinen Reichtum genossen, im Gegenteil, er hatte sich dem Sicherheit bietenden, müßig genießenden Wohlstand seiner Familie verweigert. Stattdessen hatte er sich aus eigener Kraft einen Namen gemacht.

Durch seine Erfolge hatte er sich Respekt, zum Teil auch plumpe Schmeicheleien verdient. Man achtete seine Fähigkeiten, selbst wenn man ihn persönlich nicht mochte. Die Presse hatte ihn in den Himmel gehoben, und seine Fans ihn gefeiert. Er hatte alles bekommen, schließlich auch eine hingebungsvolle Frau und zwei Söhne.

Und dann hatte er es darauf angelegt – systematisch, wie es Dorian schien –, alles zu zerstören.

Er hatte seinen Gönner und ersten Geldgeber verloren, er hatte die meisten seiner Kollegen vor den Kopf gestoßen, und er hatte seine Ehe unwiderruflich aufs Spiel gesetzt. Aber Alana war bei ihm geblieben. Warum?

Chuck hatte sie betrogen und vergewaltigt, hatte sie allein die Kinder großziehen lassen, während er zum nächsten Rennen und zur nächsten Frau eilte. Aber sie hatte für ihn ein Zuhause geschaffen. Warum?

Bis er die Antworten aus ihr herausbringen konnte, würde er nichts als Worte schreiben können.

Bis sie ihm durch die Wahrheit ihr Vertrauen bewies, würde er sich zu seinen Gefühlen ihr gegenüber nicht bekennen können.

Heftig drückte Dorian seine Zigarette aus. Wie lange konnte er noch unter einem Dach mit ihr leben, sie beobachten, sie begehren und verleugnen, dass er ihr gegenüber den Verstand verloren hatte? Bitter lachte er auf und fuhr sich übers Gesicht. Es erschien ihm einfacher, sich für verrückt zu erklären, als einzugestehen, dass er sein Herz verloren hatte. Er hatte sich verliebt, das war geschehen.

Er hatte immer geglaubt, sich zu verlieben sei wie zu stolpern und auszurutschen, wie den Stein auf der Straße oder den Rand der Klippe nicht zu bemerken. Und es stimmte. Er fühlte sich, als wäre er gestolpert, ausgerutscht und über einen solchen Stein gestürzt, hätte dann einen Sturzflug die Klippe hinuntergemacht.

Er wünschte, Alana würde nach Hause kommen.

Das war ein weiteres Problem. Er war jetzt weniger als drei Wochen auf der Farm, und er dachte schon von diesem Ort als seinem Zuhause. Er kannte Alana weniger als drei Wochen, und er dachte schon von ihr als der Seinen. Und die Jungen ... Dorian erhob sich vom Schreibtisch und ging im Raum auf und ab. Also gut, er war verrückt nach ihnen. Aber schließlich war er auch nicht aus Stein, nicht wahr?

Das alles durfte auf keinen Fall die Sachlage ändern. Schließlich hatte er zu hart dafür gearbeitet, um so leben zu können, wie er wollte. Der einzige Mensch, dem er verantwortlich war, war er selbst. Der einzige Mensch, den er zufriedenstellen musste, war er selbst. Der einzige Mensch, der ihn akzeptieren musste, war Dorian Crosby.

Er schwamm zwar nicht gerade in Geld, aber er hatte genug. Wenn er wollte, könnte er morgen Urlaub in der Südsee machen, ohne jemanden erst um Erlaubnis fragen zu müssen. War er egoistisch? Er zuckte die Schultern. Und wenn schon? Er konnte es sich leisten. Für das, was er war, hatte er von Kindesbeinen an geschuftet. Und nun konnte er es sich leisten, sich sein Leben so einzurichten, wie er wollte. Und nur, weil ihm diese Farm und diese Kinder gefielen, würde er noch lange nicht sein Leben umkrempeln. Er hatte eine Ehe hinter sich, genau wie Alana. Sie würden beide klug genug sein, um nicht erneut in dem Hafen zu landen.

Wann kam Alana nach Hause?

Als Dorian das Motorengeräusch hörte, stand er gerade am Fenster. Doch nicht Alanas Wagen fuhr unten vor, sondern eine riesige, metallicgraue Limousine.

„Ah, frische Luft. Landluft.“ Frank O'Hara sprang aus dem Wagen, als wäre es der erste Akt, erste Szene. „Das reinigt Kopf und

Seele. Atmet alle tief ein." Er ging mit gutem Beispiel voran, dann verzog sich sein Gesicht. „Gütiger Himmel. Was ist das für ein Geruch?"

„Pferdedung, würde ich sagen." Maddy stellte sich neben ihn und sah sich mit lebhafter Neugier um. „Mom, habe ich meine Tasche im Wagen gelassen?"

„Ja." Molly, schlank und schön, ergriff die Hand des Fahrers, bevor sie ausstieg. Sie legte die Hand zum Schutz vor der Sonne wie einen Schirm über die Augen. Sonnenlicht verursachte Falten. Sie war zwar nicht besonders eitel, doch ihr Gesicht war Teil ihres Berufes. „Ah." Erfreut, aber auch ein wenig verwirrt, sah sie zum Haus hinüber. „Was für ein Ort. Ich kann mir Alana immer noch nicht hier vorstellen."

„Was haben wir falsch gemacht?", fragte Frank sie und bekam dafür einen leichten Klaps von seiner jüngsten Tochter auf die Schulter.

„Lass gut sein, Dad. Alana liebt diesen Ort."

Dorian war gerade rechtzeitig unten an der Tür, um Caroline O'Hara aus der Limousine steigen zu sehen. Zum ersten Mal fiel ihm auf, dass Alana die gleichen langen, schlanken Beine wie Caroline hatte. Sie ergriff die Hand des Fahrers und warf ihm ein Lächeln zu, das jeden Mann wie Wachs in der Sonne hinschmelzen lassen musste.

„Danke, Donald." Ihre Stimme war rauchig, ein Sirenenklang, der Zuhörer zu verzaubern schien. „Wenn Sie noch unser Gepäck auf die Veranda stellen würden ... Das wäre dann alles für heute."

„Natürlich, Miss O'Hara."

„In so etwas bist du unschlagbar", bemerkte Maddy leise, als der Fahrer den Kofferraum öffnete.

„Darling, das liegt mir im Blut." Lachend hakte sich Caroline – kurz Carrie genannt – bei Maddy ein, als sie Dorian erblickte. „Sieh mal an." Es hätte ein Schnurren sein können, doch Kätzchen schnurrten nicht, wenn sie ihre Zähne zeigten. „Wen haben wir denn da?"

„Muss der Schriftsteller sein." Maddy musterte ihn kurz, wenn auch gründlich. „Sei nett."

„Maddy, denk an mein Image." Carrie schob ihre riesige Sonnenbrille nach vorn und starrte Dorian über deren Rand weiter an. „Nett hat nichts damit zu tun."

Auch Dorian musterte die zwei Frauen in der gleichen offenen

Weise, wie er von ihnen gemustert wurde. Die eine der Schwestern trug eine bauschig weite Hose und eine leger fallende Jacke, deren Grün-Blau-Schattierungen eigentlich das Auge beleidigen müssten. Doch bei ihr wirkte es hell und fröhlich, genau wie ihr frecher, rotblonder Haarschopf. Die Schwester neben ihr war das Paradebeispiel kühler, beherrschter Schönheit, angefangen bei der langen, silberblonden Mähne, bis zur Spitze ihrer Krokopumps. Neben beiden standen eine zierliche, gut aussehende Frau von ungefähr fünfzig und ein drahtiger, kleiner Mann, der theatralische Gesten in Richtung Stall machte.

Maddy war die Erste, die auf Dorian zutrat. „Hallo, wir sind Alanas Familie." Ihr Gang drückte den Schwung der geborenen Optimistin aus.

Ihre Schwester folgte ihr mit den langsamen, verführerischen Bewegungen der geborenen Sirene. „Dorian Crosby." Carrie streckte ihm gerade die Spitzen ihrer Finger entgegen. „Wir sind uns schon einmal begegnet."

„Miss O'Hara." Wenn er je einer Frau begegnet war, die ihm am liebsten ein Messer zwischen die Rippen gebohrt hätte – und eine, die auch ganz exakt die richtige Stelle getroffen hätte –, dann war sie es. Dorian wandte sich Maddy zu.

„Sie sind der Schriftsteller." Sie warf ihrer Schwester einen belustigten, wissenden Blick zu. „Alana hat uns gesagt, dass Sie hier sind. Das sind unsere Eltern."

„Frank und Molly O'Hara." Frank ergriff Dorians Hand und schüttelte sie überschwänglich.

„Molly und Frank", meldete sich lächelnd seine Frau. Dorian konnte sehen, von wem Alana ihr Aussehen geerbt hatte.

„Immer um unseren Auftritt besorgt." Frank küsste seine Frau leicht auf die Wange, bevor er sich wieder Dorian zuwandte. „Wo ist mein Mädchen?"

„Alana musste einige Besorgungen machen." Dorian glaubte fest an erste Eindrücke, und er fühlte sich sofort zu dem kleinen, quirligen Mann mit dem breiten Lächeln und der wohlklingenden Stimme hingezogen.

„Besorgungen." Frank legte einen Arm um seine Frau und drückte sie. „Typisch unsere Alana."

„Und ganz untypisch für den Rest von uns. Hallo." Molly reichte Dorian nicht die Hand, schenkte ihm aber ein Lächeln. „Sie müssen der Schriftsteller sein. Alana hat uns erzählt, dass sie sich doch dazu entschlossen hat, das Buch zu genehmigen."

Sie hätte gar nicht mehr sagen müssen, um ihre Missbilligung auszudrücken. Doch Dorian spürte, dass diese sich auf das Projekt und nicht auf ihn persönlich bezog. „Ich weiß nicht genau, wann sie wieder nach Hause kommt, aber …"

„Kein Problem." Frank klopfte ihm freundschaftlich auf die Schulter und ging an ihm vorbei ins Haus. Sein Gang war so leicht, so natürlich, dass Dorian darüber zunächst nicht bemerkte, dass Frank einfach die Gepäckstücke auf der Veranda übersehen hatte. Maddy schnappte sich dafür zwei schwere Taschen und zwinkerte Dorian zu.

„Er ist ganz schön raffiniert, nicht wahr? Komm, Carrie, genau wie in alten Zeiten."

Carrie warf einen abschätzenden Blick auf das Gepäck und wählte schließlich eine kleine Ledertasche.

„Sie kommt nach ihrem Vater", urteilte Molly und bückte sich nach einem Koffer.

„Ich mache das schon", wollte ihr Dorian zuvorkommen. Doch Molly lachte nur und schleppte den Koffer selbst.

„Ich habe Gepäck geschleppt, seit ich denken kann. Machen Sie sich um mich keine Gedanken. Sie werden mit dem Rest alle Hände voll zu tun haben, das kann ich Ihnen versprechen. Setz Kaffee auf, Frank", rief sie dann unvermittelt.

Mit einem Schulterzucken ergriff Dorian das restliche Gepäck und folgte ihr. Es schien ein interessanter Nachmittag zu werden.

Dorian vertraute ihr nicht. Alana war sich darüber im Klaren. Es hatte nur keinen Sinn, sich darüber aufzuregen. Sie musste sich eingestehen, dass sie ihn zwar nicht angelogen hatte, ihm gegenüber aber auch nicht ganz ehrlich gewesen war. Und Dorian Crosby war ein Mann, der die ungeschminkte Wahrheit verlangte.

Er hatte sie mit seinen Zweifeln und Verdächtigungen verletzt. Und sie hatte von ihm Vertrauen verlangt. Dabei war sie bisher nicht in der Lage gewesen, ihm Vertrauen zu schenken. Sie wollte seinen Beistand, aber sie zögerte, ihm ihren anzubieten. Und vor allem wollte sie seine Liebe, und doch konnte sie zu ihren Gefühlen ihm gegenüber noch nicht stehen.

Vielleicht war es an der Zeit, Dorian zu geben, was für ihn am wichtigsten zu sein schien: vollkommene Ehrlichkeit.

Als Alana in die Zufahrt zum Haus einbog, hatte sie sich entschieden, Dorian alles zu erzählen. Ohne Vertrauen war Liebe nichts weiter als ein leeres Wort. Sie würde vor Dorian ihr Leben ausbreiten und an ihn glauben.

Sie öffnete die Eingangstür. Sie musste mit Dorian sprechen, und sie musste schnell mit ihm sprechen, bevor sie den Mut verlor und ihrem Vorsatz nicht mehr treu bleiben konnte.

Als Dorian dann aus der Küche kam, riss sie sich zusammen. „Dorian." Sie nahm ihre Tasche von der einen in die andere Hand. „Wir müssen miteinander sprechen."

„Ja. Aber das wird wohl warten müssen."

„Das geht nicht. Ich ..." Aus den Augenwinkeln heraus sah Alana eine Bewegung, die sie zur Treppe hinsehen ließ. Maddy stand dort, barfuß, die Hände tief in den Taschen einer weiten Hose vergraben. Sie lächelte, als kenne sie jedes Geheimnis der Welt.

„Maddy!" Alana hatte den Namen noch nicht ganz ausgesprochen, als sie auch schon auf sie zustürzte und sich ihrer Schwester in die Arme warf. Zuerst lachten beide, und dann redeten beide durcheinander. Doch irgendwie gelang es ihnen in diesem wilden Wortschwall, Fragen zu stellen und zu beantworten.

„Ihr zwei seid euch ja schon immer ins Wort gefallen." Carrie stand oben an der Treppe. Sie sah genauso beherrscht und elegant aus wie vorhin, als sie aus der Limousine gestiegen war. Doch dann stürmte sie mit einem Freudenschrei nur so die Treppe hinunter.

„Ihr beide." Alana hielt ihre Schwestern im Arm und drückte sie an sich. Die eine duftete nach einem unbeschwerten, frischen Parfum, die andere nach einem verführerischen, geheimnisvollen. „Wie habt ihr das geschafft?"

„Ich bin von der Show abgesprungen", sagte Maddy lachend. „Mein Ersatz wird mir dafür ewig dankbar sein."

„Und wir haben die Schlussszenen letzte Woche abgedreht." Carrie zuckte gleichmütig die Schultern. „Ich habe meinen Favoriten einsam zurückgelassen." Sie trat einen Schritt zurück und legte die Hand unter Alanas Kinn. „Unglaublich", meinte sie halblaut. „Nicht eine Spur von Make-up. Dafür könnte ich dich hassen."

Alana drückte beide wieder an sich. „Oh, wie freue ich mich, euch zu sehen."

Es war eine Spur, eine winzige Spur von Verzweiflung in ihrer Stimme. Doch sie reichte. Über Alanas Kopf warf Carrie Dorian einen Blick zu. Ihre Augen waren blau – sehr dunkel und sehr intensiv blau.

Auch Maddy war hellhörig den feinsten Stimmungen gegenüber, und auch sie spürte die Spannung. Ihrer Meinung nach war es immer am besten, davon abzulenken. „Komm, lass uns in die Küche gehen. Wie wäre es mit einem Kaffee?" Ihre Augen hatten nicht das lebhafte Blau von Carries oder das dunkle Grün von Alanas. Ihre hatten eine ganz eigentümliche warme Schattierung ins Goldbraun.

Dorian betrat hinter den Frauen die Küche.

„Mom, Dad." Überrascht starrte Alana ihre Eltern an, die es sich an der Frühstücksbar bequem gemacht hatten.

„Wird auch Zeit, dass du nach Hause kommst, Mädchen." Frank lächelte sie jungenhaft an. Dann öffnete er weit und einladend die Arme. „Gib uns einen Kuss."

„Was macht ihr hier?" Alana legte den Arm um jedes Elternteil und atmete den altvertrauten Duft ein – eine Mischung aus Pfefferminz und Chanel. Ihr Vater konnte ohne Pfefferminz keinen Tag überstehen. Und ihre Mutter würde eher barfuß gehen, als auf ihr Parfum zu verzichten. „Es gibt im Umkreis von zwanzig Meilen kein einziges Theater."

„Ferien." Ihr Vater gab ihr noch einen schallenden Kuss. „Wir hatten die Wahl: hier oder Paris."

Molly kommentierte die Bemerkung mit einem nicht gerade zurückhaltenden Schnauben, dann schenkte sie sich Kaffee ein. „Wo sind die Jungen?"

„In der Schule. Sie kommen kurz nach drei."

„Immer hinter Büchern." Frank schüttelte den Kopf. „Es ist eine Tragödie."

„Behalt das lieber für dich, sie stimmen dir nur zu gern zu."

Maddy ging zum Herd, um Kaffee aufzusetzen. „Alana fragt sich bestimmt schon, wie sie weitere vier Personen drei Tage lang durchfüttern soll. Alana, gibt es einen besonderen Trick bei diesem Herd? Die Flamme will einfach nicht angehen."

„Drück den Knopf hinein, bevor du ihn drehst. Und ihr könnt wirklich bleiben?" Alana sah ihre Mutter dabei an, denn sie wusste, wer tatsächlich das Sagen hatte.

„Wir sind zwischen zwei Engagements." Molly tätschelte Alanas Arm. „Wenn du uns unterbringen kannst, bleiben wir bis zum Ende der Woche."

„Natürlich kann ich euch unterbringen." Alana drückte ihre Mutter erneut an sich. Sie konnte es immer noch kaum glauben, dass alle gleichzeitig hier zusammen sein konnten. „Wenn doch auch Terence hier wäre."

Von Frank kam ein Zischen. „Dieser Junge. Kein Sinn für Verantwortung, kein Ehrgeiz. Ich verstehe gar nicht, wie ich zu einem so unfähigen Sohn kommen konnte. Dabei hat er Talent." Er schlug mit der Faust auf die Platte. „Ich habe ihm alles beigebracht, was ich kann. Aber seit zehn Jahren ist er nicht ein einziges Mal durch einen Bühneneingang getreten."

„Habe ich schon erzählt, dass Chris in der Schule in der Weihnachtsgeschichte mitgespielt hat?" Alana wusste, wie sie ihren Vater beruhigen und ablenken konnte. „Er spielte ein Schaf."

Erst jetzt bemerkte sie, dass Dorian sich abseits hielt und die Szene aufmerksam beobachtete – etwas, das er gut konnte. Sie wusste nicht, ob sein Lächeln amüsiert oder geringschätzig war. „Kaffee?", fragte sie ihn. Er nickte nur.

„Dorian, Junge." Frank erinnerte sich wieder an seinen Zuschauer. „Kommen Sie, setzen Sie sich. Ich will Ihnen aus der Zeit erzählen, als wir im Radio aufgetreten sind."

Carrie gab sich keine Mühe, ein Aufstöhnen zu unterdrücken, was ihr einen Verweis ihres Vaters einbrachte. „Etwas Respekt, bitte."

„Frank, Dorian mag am Showgeschäft nicht interessiert sein."

Entgeistert sah Frank seine Frau an. „Es gibt keinen Menschen, der nicht am Showgeschäft interessiert ist." Er schaufelte zwei gehäufte Löffel Zucker in seinen Kaffee, zögerte kurz und ließ dann noch einen dritten folgen. „Außerdem, der Mann ist Schriftsteller. Also hört er gern eine Geschichte."

„Geschichte stimmt." Carrie küsste ihren Vater laut auf die Wange. „Sogar eine unglaubliche Geschichte."

Frank hob das Kinn. „Setzen Sie sich, Dorian. Achten Sie nicht auf die Familie. Ich habe ihnen Tanzen, aber nie Manieren beibringen können."

Frank erzählte seine Geschichte, immer wieder von Bemerkungen seiner drei Töchter und einem gelegentlichen Auflachen seiner Frau unterbrochen. Dorian wusste nicht, ob es sich um Tatsachen oder Einbildung handelte, aber auf alle Fälle glaubte Frank O'Hara selbst jedes Wort.

Alana entspannte sich, je mehr sie wieder Teil dieser seltsamen Mischung von Menschen wurde, die ihre Familie waren. Obwohl den anderen so unähnlich, passte sie doch zu ihnen wie ein Teil in einem komplizierten Puzzle.

Dorian mochte die O'Haras. Sie waren laut, fielen einander ins Wort, widersprachen dem anderen und lachten über sich. Jeder von ihnen hatte die Angewohnheit, sich jeweils für einen Augenblick ins Rampenlicht zu stellen. Ihre Geschichten waren übertrieben und dramatisch – doch sicher nicht ohne einen Kern von Wahrheit. Dorian ertappte sich dabei, wie er sich im Kopf gleichsam Notizen machte. Die O'Haras, jeder von ihnen einzeln und alle zusammen als Gruppe, würden den Stoff für ein fantastisches Buch abgeben!

Als die Jungen nach Hause kamen, brach ein fröhliches Chaos aus. Einem flüchtigen Beobachter hätte es erscheinen können, als würden die O'Haras nur die Aufmerksamkeit von neuen Zuhörern auf sich ziehen wollen. Doch Dorian blickte tiefer und erkannte ihre ihnen eigene Lust am lärmenden Durcheinander und ihre Liebe füreinander. Ben und Chris gehörten zu Alana, also gehörten sie auch zu ihnen.

Es gab erstaunte Ausrufe, Umarmungen und Geschenke. Viele Kinder hätten sich von dieser unerwarteten Aufmerksamkeit überrollt gefühlt. Doch nach Dorians Beobachtung konnten Ben und Chris die liebevolle Sturzflut problemlos über sich ergehen lassen. Obwohl die Jungen ihre Großeltern und Tanten selten sahen, zeigte keiner von ihnen linkische Verlegenheit.

Irgendwann kletterte Chris ganz selbstverständlich auf Dorians Schoß und bombardierte ihn mit Geschichten seines heutigen Schultages. Und ganz automatisch legte Dorian einen Arm um den Jungen, damit er nicht herunterfallen konnte. So saßen sie gut eine Stunde zusammen. Das Feuer knisterte wärmend im Kamin, der Duft des Kaffees hing in der Luft, und die Küche war erfüllt von fröhlichen Stimmen.

Sobald Alana mit den Vorbereitungen fürs Essen begann, stand Frank von seinem Platz auf. Er nahm beide Enkel an die Hand und forderte sie auf, mit ihm hochzugehen, um ihm ihr Spielzeug zu zeigen.

Kopfschüttelnd sah Maddy ihnen nach. „Schnell auf den Beinen – wie eh und je."

„Das Nette an eurem Vater ist, dass er Kochen ebenso wenig als Frauenarbeit betrachtet, wie er Reifenwechsel als Männerarbeit betrachtet." Molly lächelte. „Er betrachtet beides als Arbeit – und geht ihr unter allen Umständen aus dem Weg. Was kann ich tun, Liebes?"

„Nichts. Es gibt Hackbraten, nichts Aufwendiges."

Carrie rutschte auf einen Hocker. „Ich nehme an, du möchtest, dass ich Kartoffeln schäle oder so etwas?"

Alana warf einen Blick auf die wunderschön manikürten Hände ihrer Schwester. An einem Finger blitzte ein ganzes Feuerwerk von Diamanten und Saphiren, und an ihrem Handgelenk trug sie eine schmale Golduhr. Alana lächelte, holte einen Sack Kartoffeln aus der Speisekammer und stellte ihn vor ihre Schwester.

„Ein Dutzend müsste reichen."

Seufzend griff Carrie nach dem Messer. „Ich hätte es eigentlich wissen müssen, dass es besser ist, den Mund zu halten. Du hast schon immer alles so wörtlich genommen."

Obwohl es ihn amüsiert hatte, die Hollywoodprinzessin beim Kartoffelschälen zu beobachten, erhob sich Dorian. „Ich versorge die Tiere."

„Aber die Jungen ...", begann Alana.

„Sind durch außerordentliche Umstände verhindert." Dorian griff nach seiner Jacke.

„Ich helfe Ihnen." Maddy erhob sich und war schon an der Tür. „Ich spiele lieber mit den Pferden, als Kartoffeln zu schälen."

Draußen blies ein kalter Wind. Sigmund sprang mit heraushängender Zunge auf Maddy zu. Sie kraulte ihn und strich ihm liebevoll über das Fell.

„Ich kann mir kein klares Bild von Ihnen machen, Dorian." Immer noch über den Hund gebeugt, drehte Maddy den Kopf und sah zu Dorian auf. „Ich hatte mich schon fast dazu entschlossen, Sie nicht zu mögen, bis ich Sie mit den Jungen beobachtet habe. Kinder haben gewöhnlich eine gute Antenne für Menschen, und die Jungen mögen Sie." Als er nichts erwiderte, richtete sie sich auf und sah ihn offen an. „Der Hauptgrund, warum ich Alana sehen wollte, waren Sie."

Dorian entschied, dass die Tiere auch noch etwas auf ihr Futter warten könnten, und nahm sich eine Zigarette. „Ich kann Ihnen nicht ganz folgen."

„Als ich vor einer Woche oder so mit Alana telefoniert habe, klang sie entmutigt. Und so leicht ist Alana nicht zu entmutigen." Maddy steckte die Hände in die Hosentaschen, ohne den Blick von Dorian zu wenden. „Sie hat viel durchgemacht. Carrie und ich konnten nicht immer bei ihr sein, um ihr beizustehen, als sie es dringend nötig hatte. Das soll nicht noch einmal geschehen. Darum sind wir hier."

Er blies bedächtig den Rauch seiner Zigarette aus. „Mir scheint, Alana kann sehr wohl auf sich selbst aufpassen."

„Sicher." Sie strich sich die Haare zurück, die der Wind ihr sofort wieder ins Gesicht blies. „Sehen Sie sich hier um. Alana liebt dieses Fleckchen, und – ob sie es Ihnen erzählt hat oder auch nicht – sie hat alles aus eigener Kraft geschaffen. Alles. Ich weiß nicht, was sie Ihnen von Chuck Rockwell erzählt hat oder noch erzählen wird, aber alles hier kommt nur von Alana."

„Sie haben ihn nicht gemocht."

„Für eine Schauspielerin bin ich manchmal zu durchsichtig. Nein, ich habe ihn nicht gemocht – und es gibt wirklich wenige Menschen, von denen ich das sagen kann. Aber meine Gefühle sind von Alanas Gefühlen verschieden. Ich will sie nicht noch einmal am Boden zerstört erleben müssen." Sie lächelte leicht, doch ihr Lächeln minderte nicht die Entschlossenheit in ihrem Ton. „Eigentlich habe ich erwartet, mich mit erhobenen Fäusten zwischen Sie und Alana stellen zu müssen. Ich glaube nicht, dass das nötig sein wird."

„Sie kennen mich nicht."

„Aber Alana", entgegnete sie einfach. „Wenn sie sich aus Ihnen etwas macht, muss es einen Grund haben. Und das reicht mir." Sie hakte sich bei Dorian ein, als würden sie sich schon seit Jahren kennen. „Dann wollen wir jetzt die Pferde versorgen."

Während des Dinners plätscherte das Gespräch dahin. Auch wenn das Essen einfach war, so genoss man es doch begeistert. Als es anschließend um den Abwasch ging, flüchtete Frank mit seinem Banjo. Weil er die Kinder unterhielt, verlor Alana kein Wort darüber und machte sich selbst an die Arbeit. Ihr war es Belohnung genug, die Stimme ihres Vaters über dem Geschirrgeklapper hören zu können.

„Lass mich das tun."

„Mom, du hast Urlaub."

Maddy rümpfte die Nase und griff sich ein paar Gläser. „Los, Carrie, nimm du dir die Teller."

„Ich habe schon Kartoffeln geschält." Skeptisch sah sie auf ihre Hände.

„Eitel", murmelte Maddy, während sie das Geschirr in die Spülmaschine packte. „Immer eitel."

„Was, Schwesterchen, wäre ich ohne meine Eitelkeit?" Carrie lächelte und erhob sich. „Ich gehe lieber Dad zur Hand."

Dorian nahm einen Stapel Teller, um sie unter laufendem Wasser abzuspülen, und ging zur Spülmaschine. „Du hast für heute genug getan", sagte er zu Alana. „Warum setzt du dich nicht einfach zu deinem Vater?"

Ein Blick reichte, um sie wieder an die heftigen Worte zu erinnern, die er heute Morgen zu ihr gesagt hatte. Doch vor ihrer Familie wollte sie keine Szene, und so ging Alana lieber auf seinen Vorschlag ein.

Aus dem Wohnzimmer ertönte ein dreistimmig gesungenes Lied. „Frank wird selig sein", bemerkte Molly. „Endlich kann er wieder mit seinen Mädchen singen. Geh schon, Alana, Dorian und ich haben hier alles unter Kontrolle."

Sekunden später fielen Alanas und Maddys Stimmen mit ein. Frank begleitete sie auf dem Banjo und ging zur nächsten Nummer über. Molly summte in der Küche leise mit, während sie die Frühstücksbar abwischte.

„Wahrscheinlich bin ich sentimental", meinte sie. „Aber es tut meiner Seele gut, sie zu hören."

„Sie haben wirklich eine unglaubliche Familie, Mrs. O'Hara."

„Gütiger Himmel, nennen Sie mich nicht so. Sie erinnern mich sonst nur daran, dass ich viel zu alt dazu bin, um durchs Land zu ziehen und mich mit Theaterschminke vollzuschmieren. Molly, schlicht und ergreifend Molly."

Dorian verschloss die Spülmaschine und sah Molly an. Sie war entzückend mit ihren weichen Zügen und ihrem vollen, jugendlichen Mund. Auch die Falten konnten diesen Eindruck nicht mindern. „Ich kann zu Ihnen schlecht ‚Schlicht-und-ergreifend-Molly' sagen."

Ihr Lachen, tief und kräftig, war ganz das Gegenteil von ihrer Statur. „Oh, Sie sind ein Pfiffikus und können mit Worten umgehen. Ich habe Ihr letztes Buch gelesen, im Zug, das über die Schauspielerin."

„Und?"

„Sie sind ein harter Mann. Sie sind neugierig und lieben Ihren Beruf. Sie ziehen Dinge hervor, die besser im Dunkeln bleiben sollten. Aber Sie sind fair." Als sie sich umdrehte, um ihn anzusehen, bemerkte er, dass ihre Augen wie Alanas waren, tief und verletzbar. „Seien Sie auch fair zu meinem Mädchen, Dorian. Das ist alles, was ich will. Sie ist stark. Manchmal ist es mir direkt unheimlich, wie stark. Und wenn sie verletzt wird, dann bittet sie nicht um Hilfe, sondern verbindet sich selbst ihre Wunden. Ich will nicht, dass sie noch einmal welche verbinden muss."

„Ich bin nicht hier, um sie zu verletzen."

„Aber Sie könnten sie unbeabsichtigt am Ende doch verletzen." Sie seufzte ein wenig. „Können Sie singen?", fragte sie dann ganz abrupt.

Überrascht starrte er sie einen Augenblick an, dann lachte er. „Nein."

„Dann wird es Zeit, dass Sie es lernen." Und sie nahm ihn beim Arm und führte ihn hinaus zu den anderen.

Es war nach Mitternacht, als das Haus zur Ruhe kam. Maddy und Carrie reden und lachen jetzt bestimmt noch in ihrem Zimmer, das sie sich teilen müssen, dachte Alana. Ihre Eltern schliefen wohl schon so bequem in diesem fremden Bett, wie sie es schon in hundert anderen fremden Betten getan hatten. Alana selbst war unruhig, zu unruhig, um schlafen zu können oder ihren Schwestern Gesellschaft zu leisten. Stattdessen schlüpfte sie in eine Jacke und ging hinüber in den Stall.

Das Fohlen schlief, zufrieden im Heu ausgestreckt und von seiner Mutter bewacht. Alana streichelte die andere trächtige Stute und hoffte, sich selbst wie auch das Tier zu beruhigen.

„Du brauchst Schlaf."

Alanas Finger verkrampften sich in der Mähne der Stute, dann entspannten sie sich langsam, bevor sie sich zu Dorian umdrehte. „Ich habe dich nicht hereinkommen hören. Ich dachte, alle seien schon im Bett."

„Das solltest du auch sein. Du siehst müde aus." Er kam näher. „Ich habe gesehen, wie du aus dem Haus gegangen bist. Ich stand gerade am Fenster."

„Ich wollte nach Gladys sehen." Alana schmiegte die Wange an die Stute. Der Streit von heute Morgen schien so weit weg. „Mit meiner Familie hier wird es für uns in den nächsten Tagen ein wenig schwierig werden, zusammenzuarbeiten."

„Ich habe für die nächste Zeit genug Material zum Arbeiten. Alana ..." Er wollte sie. Er wollte sie an sich ziehen und sich vormachen, dass alles so einfach sei, wie im Wohnzimmer zusammenzusitzen und zu singen. Er wollte ihr die Art von bedingungslosem Beistand anbieten, wie ihre Familie es tat. Und doch schien eine Mauer zwischen ihnen aufgerichtet zu sein. „Ich möchte mit dir über heute Morgen sprechen."

Sie hatte gewusst, dass er das wollte. Sie fuhr damit fort, Gladys zu streicheln. „Gut", sagte sie dann. „Möchtest du hineingehen?"

„Nein." Er berührte sie, als sie sich umwandte, bevor er sich daran erinnern konnte, dass er besser einen gewissen Abstand wahren sollte. „Ich will mit dir allein sein. Verdammt, Alana, ich möchte Antworten. Du machst mich verrückt."

„Ich wünschte, ich könnte dir die Antworten geben, die du hören willst." Sie holte tief Luft und legte die Hände auf seine Arme. „Dorian, auf der Rückfahrt heute habe ich mich entschlossen, dir alles zu sagen und ganz offen zu dir zu sein. Vielleicht kann ich dir nicht die Antworten geben, die du willst. Aber ich will dir die Wahrheit anvertrauen."

War es nicht das, was er immer von ihr gewollt hatte? Er betrachtete sie in dem dämmrigen Licht. „Warum?"

Sie hätte ihm ausweichen können, vielleicht hätte sie es sogar sollen. Aber Ehrlichkeit musste schließlich irgendwo ihren Anfang haben. „Weil ich dich liebe."

Er trat nicht zurück, aber seine Hände glitten langsam von ihr, bis er sie nicht mehr berührte. Alana versetzte es einen leichten Stich. „Ich hatte dir gesagt, es könnte nicht die Antwort sein, die du hören willst."

„Moment. Warte einen Augenblick", betonte er, als sie sich abwandte. Trotz seines Schocks hatte er die Verletztheit in ihrem Blick aufflackern sehen. „Du kannst nicht von mir erwarten, dass ich nach einer solchen Aussage nicht ein wenig überwältigt bin." Sie drehte sich wieder zu ihm um. Doch er berührte sie noch immer nicht, weil sie ihn zu Tode erschrocken hatte. „Ich weiß nicht, was ich sagen soll."

„Du musst gar nichts sagen." Sie sprach ruhig und leise, und in ihren Augen stand so etwas wie Belustigung. „Ich bin für meine Gefühle selbst verantwortlich, Dorian. Das habe ich schon vor langer Zeit gelernt. Ich habe deine Frage ehrlich beantwortet, weil ich erkannt habe, dass ich, wenn ich nicht alle deine Fragen ehrlich beantworte, in ein tiefes Loch falle, aus dem ich vielleicht nie mehr herauskomme. Heute Morgen …"

„Zum Teufel mit heute Morgen." Er umfasste ihr Gesicht mit beiden Händen und starrte sie an, als sähe er sie zum ersten Mal. „Ich weiß nicht, was ich wegen dir tun soll. Und ich weiß verdammt auch nicht, was ich für dich tun soll."

Es wäre so einfach, einen Schritt auf ihn zuzumachen und sich in seine Arme zu schmiegen. Sie wusste, er würde sich ihr nicht verweigern. Doch Alana schüttelte den Kopf. „Das ist ein Problem, bei dem ich dir nicht helfen kann."

Sie war jetzt noch näher, doch er hatte nicht einmal bemerkt, dass er den Abstand zwischen ihnen verringert hatte. „Ich will nicht wieder in eine Beziehung verstrickt werden. Eine Ehe hat mir gereicht."

„Ich verlange keine feste Beziehung, Dorian. Ich verlange von dir überhaupt nichts."

„Das ist es ja gerade, verdammt. Wenn du etwas verlangen würdest, könnte ich dir sagen, du solltest das Ganze vergessen." Das hoffte er wenigstens. „Ich könnte dir dann tausend Gründe dafür nennen, warum es niemals klappen würde." Sie sah ihn an, ihre Augen waren ruhig auf ihn gerichtet. Er verwünschte erst sie, dann sich selbst im Stillen, bevor er sie in seine Arme nahm. „Ich will dich. Und es gibt nichts, was ich dagegen tun kann." Und dann küsste er sie.

Es war, als wäre an diesem Tag nichts geschehen. Die Hitze, die Leidenschaft, die Glut, alles war wieder so stark wie zuvor. Sie entspannte sich in seinen Armen. In dem Dämmerlicht des Stalls konnte er sehen, wie sie die Augen schloss und dann wieder öffnete, um ihn zu sehen, als sich ihre Lippen wieder und wieder fanden. Es lag ein strenger Geruch von Tieren, Heu und Leder in der Luft, doch als Alana die Arme um ihn schlang, roch Dorian nur noch den frischen Duft ihrer Haut.

„Ich will nicht reden." Er ließ seine Lippen über ihre Wange gleiten und zog sie dann fester an sich. „Ich will nicht einmal denken."

„Nein." Sie verschränkte ihre Finger mit seinen. „Nicht heute Nacht. Ich werde dir alle Antworten geben, Dorian. Ich verspreche es."

11. KAPITEL

Als Gladys ihr Fohlen bekam, lief alles etwas verrückt. Alana ging ihrer morgendlichen Arbeitsroutine nach, ihr Vater schlenderte neben ihr. Alana wurde nie müde, ihm dabei zuzuhören, wie er die Geschichten seines unsteten Lebens ausspann. Obwohl sie es selbst lange genug gekannt hatte, gelang es ihr doch, die Wirklichkeit zeitweilig zu vergessen und zu glauben, dass alles nur aus Glanz, Aufregung und erfolgreichen Premieren bestand.

„Ich sage dir, Alana, ein großartiges Leben. Eine Stadt nach der anderen. Welche Möglichkeit, die Welt kennenzulernen!“

Er erwähnte natürlich nicht die Hintertüren, die verräucherten, nach Alkohol riechenden Räume oder das gelangweilte Publikum. In Frank O'Haras Welt gab es so etwas nicht. Und Alana war dankbar dafür.

„Las Vegas, was für eine Stadt! Blitzendes Neonlicht, klingende Spielautomaten, Menschen, die morgens um acht Uhr in Abendgarderobe herumflanieren. Ach, was würde ich darum geben, noch einmal in Vegas zu spielen.“

„Du wirst es, Dad.“ Vielleicht nicht gerade in den Luxusclubs, vielleicht würde sein Name nicht gerade mit Riesenlettern auf einer Hotelmarkise stehen, aber er würde wieder in Las Vegas spielen. Ein Mann wie Frank O'Hara brauchte Auftritte, wie andere Luft zum Leben brauchten. Es lag im Blut, sagte er oft. Und weil das Blut der O'Haras dick war, war er schon vor acht Uhr auf und leistete seiner Tochter Gesellschaft, obwohl für ihn normalerweise zwölf erst eine einigermaßen zivilisierte Zeit war. Alana wusste das und liebte ihn dafür nur umso mehr.

„Dieser Ort.“ Sorgfältig vermied er es, zu tief einzuatmen. „Er passt zu dir. Du musst nach deiner Großmutter kommen. Die hätte ihre Farm in Irland nie verlassen.“ Erinnerungen, die eigentlich eher Träume waren, überwältigten ihn für einen Augenblick. „Bist du glücklich, Alana?“

Alana ließ sich Zeit, über die Frage nachzudenken, denn sie spürte, dass ihre Antwort wichtig war. Die Farm brachte ihr Zufriedenheit, und die Kinder … Alana lächelte bei der Erinnerung an deren Klagen, in die Schule geschickt zu werden, obwohl das Spannende zu Hause ablief. Die Kinder gaben ihr Festigkeit, Stolz und eine Art von Liebe, die sich nicht beschreiben ließ. Und Dorian. Er brachte ihr Leidenschaft, Feuer und Gelassenheit, all das zugleich. Er machte das Leben vollständig. Auch wenn sie wusste, dass dies nur vorübergehend war, erschien es ihr genug.

„Ich bin im Augenblick glücklicher, als ich es seit langer, langer Zeit gewesen bin." Das war ehrlich genug. „Ich bin mit dem hier zufrieden. Es ist wichtig für mich."

Es ging über Franks Verständnis, wie jemand glücklich sein konnte, wenn er an einem Ort verwurzelt war. Doch für seine Kinder wollte er immer das, was sie am meisten wollten. Dabei war es gleichgültig, was es war, solange sie es nur hatten. „Der Schriftsteller ..." Das war unbekanntes Land für ihn, auf dem er sich erst vortasten musste. „Nun, Alana, man müsste blind sein, um nicht mitzubekommen, wie du ihn ansiehst."

„Ich liebe ihn." Merkwürdig, wie leicht ihr plötzlich die Worte von den Lippen kamen.

„Ich verstehe." Er pfiff leise durch die Zähne. „Soll ich mit ihm sprechen?"

Einen Augenblick lang raubte es ihr die Sprache. Dann lachte sie. „O nein, Dad, nein. Du brauchst nicht mit ihm zu sprechen." Sie küsste ihn auf die Wange. „Ich habe dich lieb."

Er umfasste ihr Kinn. „Nun kann ich dir ja gestehen, dass deine Mutter und ich um dich besorgt waren – so allein hier draußen und alles allein bewältigen." Er grinste spitzbübisch und zog sie am Haar. „Tatsächlich behauptet deine Mutter, dass es überhaupt keinen Grund gäbe, um dich besorgt zu sein, aber ich war es nun einmal."

„Das musst du nicht. Die Jungen und ich haben es gut. Wir führen das Leben, das wir für uns wollen."

„Das sagt sich immer so leicht, aber ein Vater sorgt sich nun einmal um seine Tochter. Carrie zum Beispiel, sie hat mir genügend Sorgen gemacht, als sie noch ein Teenager war. Maddy kann mit ihrem Mundwerk jede Tür öffnen und schließen."

„Wie ihr Dad."

Er lächelte verschmitzt. „Wie ihr Dad. Aber du bist anders. Als du ein Kind warst, gab es nicht eine Minute Ärger wegen dir. Und dann ..." Er brach ab. Er wollte ihr jetzt lieber nicht erzählen, wie sehr er sich über ihr Schicksal gegrämt hatte, wie viel Kummer, wie viele innere Kämpfe es ihn gekostet hatte. Nicht wegen seines Schwiegersohns, nein, er hatte nur um den Seelenfrieden seiner Tochter gebetet. „Doch jetzt, wo ich weiß, dass du mit einem Mann zusammenleben wirst, einem guten, ehrlichen Mann, falls ich mich nicht sehr irre, werde ich wieder gut schlafen können."

Die milde, warme Morgenluft strich ihr durch die Haare. Was ein paar Wochen doch schon verändern konnten. „Ich werde nicht mit Dorian zusammenleben, Dad. So ist es nicht."

„Aber du hast doch gerade gesagt ..."

„Ich weiß, was ich gesagt habe." Sie stieß mit dem Fuß einen kleinen Stein vom Weg und wünschte, andere Hindernisse könnten sich ebenso leicht beseitigen lassen. „Er bleibt nicht, Dad. Das hier ist nicht sein Leben. Und ich kann nicht weg, weil das hier mein Leben ist."

„So einen Unsinn habe ich noch nie gehört." Sie hatte die Stalltür geöffnet, und er folgte ihr, obwohl er ursprünglich nicht hineinwollte. Wohin hatte er seine Familie nicht schon überall geführt? Sollte es da nicht möglich sein, seine Alana dorthin zu führen, wohin sie doch sowieso wollte? „Menschen, die sich lieben, nehmen gewisse Anpassungen vor. Kompromisse, Alana. Mit dem anderen ging das nicht." Chucks Namen würde er nicht aussprechen. „Denn für Kompromisse sind zwei Menschen nötig. Wenn nur einer sich dem anderen anpasst, dann ist es wie bei einem Gummiband: Entweder es flitscht weg oder es reißt."

Alana musterte ihn. Er war kein unbedingt gut aussehender Mann, doch ein einnehmender, mit seinem lebendigen, ausdrucksvollen Gesicht. Er spielte oft den Clown, weil er es seinem Wesen entsprechend hielt, andere zum Lachen zu bringen. Aber er war kein Narr.

Alana küsste ihn erneut auf die Wange. „Dorian ist nicht wie Chuck. Und ich bin überhaupt nicht mehr die Frau, die diesen aufregend leichtsinnigen Mann damals geheiratet hat."

„Und was empfindet der Mann für dich?"

„Ich weiß es nicht. Aber mach dir keine Sorgen." Sie legte beide Hände auf seine schmalen Schultern. „Ich habe dir gesagt, ich bin glücklich, so wie es ist. Ich suche keinen Mann, der für mich sorgt, Dad. Das habe ich früher einmal gemacht."

„Und der hat auch noch ein ganz schwaches Bild dabei abgegeben."

Sie musste lachen und gab ihm noch einen Kuss. „Es war nicht seine Aufgabe, für mich zu sorgen, Dad. Ich konnte ja auch nicht für ihn sorgen. Du weißt ganz genau, dass das eine Ehe nicht ausmacht. Es muss ein Team sein, wie bei dir und Mom."

„Die beiden Jungen brauchen einen Mann um sich."

„Ich weiß. Ich kann ihnen nicht alles geben."

Er hielt sich zurück, weil er aus ihrer Stimme das schwache Bedauern, das offensichtliche Schuldgefühl heraushörte. „Du hast bei ihnen verdammt gute Arbeit geleistet. Wer das Gegenteil behauptet, bekommt es mit Frank O'Hara zu tun."

Alana lachte, weil sie sich an einige Raufereien erinnern konnte. Er mochte klein sein, doch ihr Vater war manchmal sehr für eine Balgerei zu haben. „Warum hilfst du mir nicht stattdessen, die Pferde zu füttern?"

Er zog sich ein wenig zurück, aus einer natürlichen Vorsicht heraus. „Nun, ich habe keine Ahnung davon, Alana, Mädchen, ich bin ein Stadtmensch."

„Komm, du wolltest doch das Fohlen sehen."

Sie machte die ersten Schritte auf die vorderste Box zu. Ein Instinkt ließ sie daran vorbeigehen, um bei Gladys, der tragenden Stute, hereinzusehen.

„Was ist los? Was ist los?" Die Stimme ihres Vaters überschlug sich förmlich. Er stand hinter Alana und starrte auf Gladys. „Ist sie krank? Ist es ansteckend?"

Alana musste lachen, sogar während sie die Stute abtastete. „Babys zu bekommen ist keine ansteckende Krankheit, Dad. Geh in die Küche, sieh in meinem Adressbuch nach, und rufe bitte den Tierarzt an."

Er stieß einen ganzen Schwall irischer und amerikanischer Flüche aus. „Brauchst du Wasser? Heißes Wasser?"

„Ruf nur den Tierarzt an, Dad, und mach dir keine Sorgen. Es wird alles gut gehen. In dieser Angelegenheit bin ich mittlerweile ein alter Hase."

Er eilte davon und kam nicht zurück. Alana hatte es auch nicht anders erwartet. Er hatte Dorian geschickt, und zu Alanas Überraschung steckte Carrie hinter ihm den Kopf zur Box herein.

„Hat Dad den Tierarzt angerufen?"

„Ich habe es gemacht." Dorian stellte sich neben Alana. „Er kam in die Küche gestürzt und forderte kochendes Wasser. Ich glaube, deine Mutter beruhigt ihn. Wie geht es Gladys?"

„Ganz gut." Sie warf ihrer Schwester einen Blick zu. Carrie schien unnahbar und aufpoliert wie immer in ihrer hellen Hose und der Seidenbluse. „Du bist früh auf."

Carrie zuckte nur die Schultern. „Ich durfte doch die ganze Aufregung nicht verpassen." Und dann, weil die Stute ihr ganzes weibliches Mitgefühl hatte, kniete sie nieder. „Kann ich etwas tun?"

„Es ist schon fast vorbei."

Und so holten Alana und Dorian ihr zweites Fohlen unter ganz selbstverständlich partnerschaftlichen Bemühungen, was Carries scharfem Blick nicht entging.

Noch etwas schläfrig und mit einem überdimensional großen Overall bekleidet, trat Maddy zu ihnen. „Ich soll eine Nachricht an die Front bringen: Der Tierarzt kann noch eine Weile auf sich warten lassen."

Sie gähnte herzhaft. „Dad kocht auf jeder Herdplatte Wasser. Wenn der Tierarzt nicht bald auftaucht, droht er, den ärztlichen Notdienst anzurufen. Es ist nicht einmal mehr möglich, sich einen Kaffee zu machen."

„Wir können jetzt vier kleine rosa Babyschuhe stricken", meinte Carrie zu ihr. Sie strich sich die Hose glatt.

„Ich sehe wohl nicht richtig." Maddys verschlafener Blick fiel auf das Fohlen. „Hey, Moment, keiner bewegt sich. Ich muss meinen Fotoapparat holen. Die Typen aus der Tanzklasse werden Augen machen." Und schon rannte sie hinaus.

„So, und jetzt, wo die ganze Aufregung vorbei ist, werde ich mich wieder in die Küche begeben und versuchen, Dad etwas von seinem heißen Wasser abzuschnacken. Ich brauche unbedingt einen Kaffee." Carrie schlenderte hinaus, eine überwältigende Duftwolke hinter sich lassend.

„Deine Familie ist schon eine Nummer", kommentierte Dorian halblaut.

„Ja." Alana wischte sich mit dem Ärmel über die verschwitzte Stirn. „Ich weiß."

Als Maddy einen Ritt vorschlug, warf Alana ihren Tagesplan über den Haufen und sattelte Jay für sich. Dorian arbeitete in seinem Zimmer, und ihre Eltern waren nicht interessiert, so würden sie also zu dritt für sich sein, wie es früher fast immer gewesen war.

Alana beobachtete Maddy, die mit flinken Bewegungen den Sattelgurt festzog, und drehte sich dann zu Carrie um.

„Brauchst du Hilfe?"

„Oh, ich denke, ich komme klar."

„Ich wusste gar nicht, dass du überhaupt reiten kannst." Vorsorglich überprüfte Alana noch einmal Carries Sattel. „Aber Matilda ist sehr sanft."

Draußen vor dem Stall schwang sich Maddy mit sportlichem Geschick in den Sattel. Carrie zögerte, machte einige ungeschickte Versuche, doch schließlich gelang es auch ihr, die Stute zu besteigen. Alana entschloss sich, Jay neben ihrer Schwester zu halten. „Wir können den Weg nehmen. Er führt östlich um den Besitz herum. Dort werden wir in einigen Wochen aussäen, um später Heu machen zu können."

„Aussäen ... Heu machen ... wie ländlich!" Carrie blickte in die Runde.

Maddy lachte auf. „Okay, Miss Hollywood, dann lass uns reiten."

„Lass uns besser jagen, Miss New York." Und dann – Alana blieb fast der Mund offen stehen – gab Carrie der Stute die Fersen und schoss vorwärts. Maddy wollte einen Warnruf ausstoßen, erkannte aber sofort, dass es unnötig war. Carrie lachte und ritt wunderbar.

„Immer voller Überraschungen", meinte Maddy zu Alana.

Alana gab Jay die Fersen. „Stimmt. Worauf warten wir noch?"

Die ganze Situation weckte in Alana Erinnerungen an ihre Kindheit. Auch da war Carrie immer die Anführerin gewesen. Nichts hatte sich geändert.

Atemlos und lachend trafen sie sich schließlich oben auf dem Bergkamm, wo Carrie auf sie wartete.

„Wo hast du denn so reiten gelernt?", wollte Maddy wissen.

Carrie zupfte ihr Haar zurecht. „Darling, nur weil du Vitamine schluckst und zehn Meilen pro Tag joggst, bedeutet das noch lange nicht, dass du die Einzige der O'Haras mit sportlichen Fähigkeiten bist." Als Maddy nur durch die Nase schnaubte, grinste sie wie ein Lausbub. Die Hollywood-Diva war weg, Carrie war eine ganz normale Frau, die sich über eine Hänselei freute. „Mein letzter Western spielt in Wyoming, etwa 1870." Sie lachte vor sich hin. „Ich schwöre, ich habe mehr Zeit im Sattel als jeder Viehdieb verbracht. Ich habe bestimmt einen Zentimeter an Hüftumfang verloren."

Alana klopfte Jay, der seitwärts tänzelte, auf den glänzenden Hals. „Es gibt also nicht nur Premieren im Blitzlicht und Feiern in exklusiven Restaurants."

„Nein." Carrie warf das lange Haar zurück und zuckte die Schultern. „Wenn man klug ist, tut man halt das, was man am besten kann. Machst du das nicht auch so?"

Alana blickte über das Farmland, für dessen Erhalt sie so hart kämpfen musste. „Kinder großziehen und Heu einbringen. Ja, wahrscheinlich ist es das, was ich am besten kann."

„Ich kann nicht behaupten, dass ich dich beneide, aber ich muss sagen, ich bewundere dich."

Sie ließen die Pferde im Schritt gehen, Carrie in der Mitte, Alana zur Linken und Maddy zur Rechten, eine Aufstellung, die sie vor mehr Publikum eingenommen hatten, als sie überhaupt zählen konnten.

„Erinnert ihr euch noch an den kleinen Ort direkt vor Memphis?"

„Wo die Gäste Bourbon pur getrunken haben und aussahen, als könnten sie rohes Fleisch kauen?" Alana schüttelte den Kopf. „Kaum vorstellbar, dass wir das überhaupt durchgestanden haben."

„Durchgestanden?" Carrie rieb sich ihre Nägel an ihrer Wildlederjacke. „Darling, wir waren ein Erfolg – der Knaller des Abends."

„Sicher, wenn ich mich richtig erinnere, sind ungefähr sechs Flaschen zerknallt worden."

Die Erinnerung ließ Maddy auflachen. „Vor Premieren stelle ich mir immer vor, ich müsste in ‚Mitzie's Place' außerhalb von Memphis auftreten. Denn was auch passiert, es kann niemals so schlimm wie damals werden."

„Was wirst du nach deiner Rückkehr als Nächstes machen?", fragte Alana sie. „Hörst du wirklich mit ‚Suzanna's Park' auf? Das scheint doch ein Dauerbrenner am Broadway zu werden."

„Über ein Jahr immer dieselben Schritte tanzen und dieselben Sätze sprechen? Ich wollte einfach etwas Neues. Und wahrscheinlich habe ich auch schon etwas. Wenn die Leute einen finanzkräftigen

Geldgeber finden, sind wir in ein paar Monaten bereits mitten in den Proben. Ich bin eine Stripperin."

„Eine was?", kam es wie aus einem Munde von Carrie und Alana.

„Eine Stripperin. Ihr wisst schon: mit den Hüften wackeln, herausfordernd lächeln und sich entkleiden. Ein wunderbarer Charakter – eine Lady mit offenherziger Gesinnung und freien Moralvorstellungen, die ihren Traummann trifft und ihm vormacht, sie sei Bibliothekarin. Aber nein, nicht wie ihr befürchtet, ich werde nicht meine gesamten Qualitäten auf der Bühne enthüllen. Immerhin soll die ganze Truppe zur Geltung gebracht werden."

„Und was ist mit dir, Carrie? Legst du eine Pause ein?", fragte Alana.

„Das könnte ich nicht aushalten. Wir drehen in ungefähr zehn Tagen eine Miniserie. Hast du ‚Strangers' gelesen?"

„Sicher, ja, es ist wunderbar." Maddy brach ab, und ihre Augen weiteten sich. „Dann spielst du die Hailey. Himmel, Carrie, eine herrliche Rolle. Alana, hast du es gelesen?"

„Nein, ich habe keine Zeit mehr zum Lesen."

„Es dreht sich alles um ..."

„Maddy." Carrie schnitt ihr das Wort ab. „Verrate ihr nicht alles. Du kannst es in einigen Monaten ganz bequem zu Hause angucken, Alana."

Es überraschte Alana schon nicht mehr, dass sie sich tatsächlich im Wohnzimmer bequem auf die Couch setzen und ihre Schwester im Fernsehen sehen konnte. „Ich dachte, du wolltest kein Fernsehen mehr machen", sagte sie zu Carrie.

„Wollte ich auch nicht, aber das Drehbuch war zu gut. Es reizt mich auch, wieder an meine alte Wirkungsstätte zurückzukehren." Selten gab sie zu, Herausforderungen zu lieben. Dazu hatte sie zu hart arbeiten müssen, bis das Publikum in ihr die Verkörperung von Glamour und Sorglosigkeit sah. „Fürs Fernsehen habe ich nicht mehr seit den Werbespots für sinnliche Shampoos und weißer-als-weiß-wirkende Zahnpastas gearbeitet."

Sie waren jetzt weit genug vom Haus entfernt, und Alana wirkte entspannt. Carrie und Maddy tauschten einen Blick aus, sie verstanden sich auch ohne Worte.

„Und was ist mit dir, Alana?" Carrie lenkte ihr Pferd mühelos herüber, sodass Alana in der Mitte war. „Was ist das für eine Geschichte zwischen dir und Dorian Crosby?“

„Es ist die Geschichte, wegen deren Dorian hier ist“, entgegnete sie. „Ich muss sie erzählen, wenigstens zum Teil.“

„Und so, wie du für ihn fühlst, wird es leichter?“

Alana wusste, sie brauchte ihren Schwestern nichts vorzumachen. Sie spürten es beide ganz genau, dass sie verliebt war. „In gewisser Hinsicht. Ich hatte eigentlich vor … Nun, ich wollte die Tatsachen etwas verdrehen. Das hat bei Dorian aber nicht geklappt, weil er mich einfach nur ansehen muss, um zu erkennen, ob ich aufrichtig bin. Ich muss ihm also die Wahrheit sagen.“

„Hast du ihm auch gesagt, was für eine Hexe Janice Rockwell ist?“, fragte Carrie wütend. „Wie sie dich und die Jungen nach Chucks Tod behandelt hat?“

„Das ist doch wirklich nicht wichtig.“

„Ich würde es jedenfalls gern schwarz auf weiß lesen“, entgegnete Maddy halblaut. „Was sie gemacht hat, war kriminell.“

„Was sie getan hat, war juristisch einwandfrei“, widersprach Alana. „Nur weil es nicht richtig war, bedeutet es noch nicht, dass es nicht den Gesetzen entsprach. Außerdem war es so für mich wohl auch besser. Es hat mich reifer werden lassen.“

„Ich finde, Dorian Crosby müsste alles wissen“, beharrte Carrie. „Alle Einzelheiten und Fallstricke. Reiche Mutter des Rennfahrers überlässt Witwe samt Enkel dem Elend.“

„Carrie, so schlimm war es auch nicht. Wir mussten uns nicht die Pennys erbetteln.“

„Es war genau so schlimm“, betonte Carrie. „Alana, wenn du ihm in einigen Dingen vertraust, dann solltest du ihm in allem vertrauen“, fügte sie hinzu.

„Sie hat recht.“ Maddy schwieg einen Moment. Die Sonne war warm und hell, der Duft jungen Grases intensiv. Aber Maddy spürte den Aufruhr in ihrer Schwester. „Ich habe die ganze Idee mit der Biografie zuerst für einen Fehler gehalten. Doch jetzt, wo sie schon so weit gediehen ist, sollte es auch keine halbe Sache werden. Ich weiß, dass viel geschehen ist, wovon du auch uns nichts erzählt hast. Meinst du nicht, du würdest dich besser und freier fühlen, wenn du es endlich einmal loswirst?“

„Ich denke dabei nicht an mich. Ich kann mittlerweile damit leben. Ich denke an die Jungen."

„Meinst du, sie wissen es nicht?", fragte Carrie ruhig.

„Nein." Alana betrachtete ihre Hände und sprach dann aus, was sie bisher immer verdrängt hatte. „Die Einzelheiten kennen sie nicht, aber sie haben die Atmosphäre gespürt. Doch was sie jetzt nicht wissen, werden sie früher oder später herausfinden. Ich will nur, dass Dorian es mit genügend Feingefühl schreibt, damit sie es ertragen können, wenn sie alt genug sind."

„Hat er es?", fragte Carrie.

„Was?"

„Feingefühl."

„Ja." Alana konnte entspannt lächeln. „Sogar überraschend viel."

Das war etwas, was Carrie lieber selbst herausfinden wollte. „Was empfindet er für dich?"

„Er mag mich." In stillschweigender Übereinkunft lenkten sie die Pferde zurück. „Nicht nur mich, auch die Kinder. Aber welchen Unterschied macht das schon? Er verlässt uns wieder."

„Dann musst du ihn zum Bleiben veranlassen."

Alana lächelte zu Maddy hinüber. „Du hast allen Optimismus mitbekommen und Carrie alle Tricks und Schliche."

„Vielen Dank", entgegnete Carrie nur halb belustigt.

„Maddy hat die Fähigkeit, ganz fest an etwas zu glauben, und dann geschieht es auch. Du lässt es geschehen. Ich muss einfach versuchen, das Beste aus der Situation zu machen. Ich kann Dorian nicht zwingen, hierzubleiben, ebenso wenig wie er mich zwingen kann, mit ihm zu gehen. Ich bin nicht mehr achtzehn, und ich habe die Verantwortung für zwei Kinder."

Carrie genoss es, ihr Haar im Wind fliegen zu lassen. Es vermittelte ihr ein Gefühl grenzenloser Freiheit, dem sie sich nicht oft hingeben konnte. „Ich verstehe nicht, warum du ihm eine solche Bedeutung einräumst. Einige Frauen glauben, nur ein Mann könne ihr Leben vervollkommnen. Sie sollten sich um ein erfülltes Leben aus sich heraus bemühen – dann wäre ein Mann noch eine nette Beigabe."

„So spricht ein echter Herzensbrecher", warf Maddy ein.

„Ich breche keine Herzen." Carrie lächelte langsam. „Ich bringe ihnen höchstens ein paar blaue Flecke bei."

„Gleich muss ich lachen“, sagte Maddy und lachte tatsächlich kurz auf. „Wie auch immer, nur weil wir beide uns noch nicht festlegen wollen, bedeutet das noch lange nicht, dass Alana kein Anrecht auf schmutziges Geschirr in der Spüle hat und auf jemanden, der den Abfall hinausträgt.“

„Eine interessante Beschreibung für eine ernsthafte Beziehung“, murmelte Alana. „Als Einzige von uns dreien, die jemals verheiratet gewesen ist, kann ich wohl mit gutem Recht behaupten, dass doch noch etwas mehr dazugehört.“

„Immer langsam, Alana.“ Besorgt zügelte Carrie ihr Pferd. „Wer spricht von Heirat? Ich habe nicht gesagt, dass du keine schöne Zeit mit ihm haben sollst. Genieß sie, aber du kannst doch nicht ernsthaft daran denken, dich erneut einzuschließen.“

„Noch eine interessante Beschreibung“, urteilte Maddy und brachte Alana damit zum Lachen.

„Wenn ich der Meinung wäre, wir hätten dabei eine Chance, und wenn ich eine Möglichkeit sähe, Kompromisse zu schließen, dann wäre ich es, die Dorian bittet.“

„Dann los.“ Maddys zerzauste, helle Haare wirkten in der Sonne wie ein Lichtkranz, der sich um ihren Kopf gelegt hatte. „Wenn du ihn liebst und wenn er der Richtige für dich ist, warum nimmst du dann die Probleme schon vorweg?“

Carrie lachte amüsiert auf. „Die Erfahrung dieser Frau mit Männern beschränkt sich auf Tänzer, die den ganzen Tag vor dem Spiegel stehen und sich selbst bewundern.“

„Dorian ist kein Tänzer“, betonte Maddy ungerührt. „Außerdem, die Schauspieler, mit denen du deine Zeit verbringst, wissen nach einem Tag in den Kulissen doch gar nicht mehr, wer sie wirklich sind.“

Alana schüttelte den Kopf und unterdrückte ein Lachen. „Wahrscheinlich tun wir alle besser daran, Single zu bleiben.“

„Du sprichst mir aus der Seele“, sagte Carrie.

„Wer hat schon die Zeit für Romanzen?“, fügte Maddy hinzu. „Zwischen Tanzunterricht, Proben und Nachmittagsvorstellungen bin ich wirklich zu müde und zu kaputt für Kerzenlicht und Rosen. Wer braucht schon Männer?“

„Darling, das hängt davon ab, ob du von einer dauerhaften Verbindung oder einer gelegentlichen Begleitung sprichst.“

„Allmählich glaubst du schon selbst an dein Image in der Presse", entgegnete Alana, als das Haus in Sicht kam.

„Warum sollte ich?" Carrie zog eine Braue hoch. „Reicht doch, wenn alle anderen es tun." Mit einem Lachen und einem Druck ihrer Fersen auf die Flanken ihres Pferdes galoppierte sie davon.

„Verdammt, wenn sie mich wieder schlägt!" Wie der Blitz folgte Maddy ihr.

Alana lächelte einen Augenblick hinter ihren Schwestern her, bevor sie Jay ausgreifen ließ. Denn sie wusste, seine kraftvollen, langen Bewegungen würden sie doch an die Spitze ihrer Schwestern bringen.

12. KAPITEL

Der Mond warf sein sanftes Licht auf das Bett. Das Haus war still, und doch klang das Echo der Stimmen, des Gelächters und der Musik in ihm nach – einer Musik, die wie von selbst aus Alanas Familie herauszukommen schien. Ihre Mutter spielte Banjo, während ihr Vater tanzte. Ihr Vater spielte, während alle anderen sangen. Morgen würden sie wieder abreisen, doch Alana wusste, es würde noch lange dauern, bis dieses Echo endgültig verklungen sein würde.

Zufrieden, doch alles andere als müde schmiegte sie den Kopf an Dorians Schulter und lauschte einfach.

Es war lächerlich, gestand sie sich ein. Mit ihren Eltern im Haus fühlte sie sich, als müsste sie mit Dorian in aller Heimlichkeit zusammen sein. Und er musste etwas Ähnliches empfunden haben. Denn er kam jetzt spätnachts zu ihr, wenn die anderen schon schliefen, und ging wieder ganz früh im ersten Morgengrauen.

Sie hatten nicht darüber gesprochen, doch er schien sie auch so zu verstehen. Sie war eine reife Frau, Witwe, zweifache Mutter, doch wenn sie sich mit ihren Eltern unter einem Dach aufhielt, fühlte sie sich wieder ganz als Tochter.

Später würden sie darüber lachen, jetzt aber war das Echo in der Stille schön.

Dorian lauschte nicht. Er hing seinen Gedanken nach. Die Telefonate, die er in der Zeit geführt hatte, als Alana ganz mit ihrer Familie beschäftigt gewesen war, hatten weitere Stücke in sein Puzzle eingefügt. Es gefielen ihm allerdings nicht unbedingt alle. Nach der Abreise ihrer Familie würden seine Fragen wieder beginnen, doch einige wichtige Antworten hatte er bereits bekommen.

Es war für ihn wichtig, dass Alana selbst ihm auch das, was er schon herausbekommen hatte, erzählte, dass sie ihm durch die Preisgabe dieser Geheimnisse ihr Vertrauen bewies. Wenn sie es tun würde, dann könnten sie vielleicht die Vergangenheit hinter sich lassen und sich der Zukunft zuwenden.

„Schläfst du?“

„Nein.“ Zärtlich berührte er mit den Lippen ihr Haar. „Ich habe an deine Eltern gedacht. Ich habe noch nie Menschen wie sie kennengelernt.“

„Es gibt auch bestimmt niemanden wie sie."

„Es hat mich nur etwas beunruhigt, dass dein Vater allen Ernstes davon überzeugt war, er könnte mir Stepptanz beibringen."

„Dad kann tatsächlich jedem Tanzen beibringen. Ich bin der lebende Beweis." Sie gähnte und kuschelte sich an ihn.

„Sie wollen die Limousine bis zur nächsten Busstation nehmen und dann nach Chicago reisen."

„Für ein Drei-Tage-Engagement. Carrie wollte die Eltern im Flugzeug, erster Klasse, mitnehmen. Aber sie wollten nichts davon wissen. Mom meint, sie sei fünfzig Jahre lang überallhin gekommen, ohne den Boden zu verlassen, und sehe keinen Grund, jetzt damit anzufangen."

„Deine Mutter ist eine sehr vernünftige Frau."

„Ich weiß, obwohl es eigentlich ein Widerspruch in sich ist. Wenn sie sich jemals am Stadtrand mit gepflegtem Rasen und einem Zaun darum herum wiederfinden würde, würde sie bestimmt verrückt werden. In Dad hat sie wirklich den perfekten Partner gefunden."

„Wie lange sind sie schon zusammen?"

„Hm. Ungefähr fünfunddreißig Jahre."

Er schwieg einen Augenblick. „Könnte einem direkt den Glauben an die Ehe wiedergeben."

„Ich nehme an, einer der Gründe, warum ich so überstürzt geheiratet habe, lag darin, dass Mom und Dad es so einfach erscheinen ließen. Für sie ist es auch so. Ich werde sie vermissen."

Er hörte Wehmut in ihrer Stimme und zog sie näher. „Bei ihnen gibt es wirklich keine Langeweile. Ich dachte, du würdest einige Lampen abschreiben können, als Frank den Jungen unbedingt Jonglieren beibringen wollte."

Alana vergrub das Gesicht an seiner Schulter, als sie lachte. „Bis Ben den Dreh raushat, ist für ihn jeder Apfel zu schade zum Essen."

„Besser, als wenn er sie nach Chris wirft."

Sie hob den Kopf. Obwohl sie noch lächelte, war ihr Blick ernst. „Ich bin froh, dass du meine Eltern kennengelernt hast. Irgendwann wirst du durch einen verschlafenen, kleinen Ort fahren und ihren Namen auf einem Plakat lesen. Dann wirst du dich an mich erinnern."

Er fuhr mit den Fingern durch ihr Haar, eine Geste, die ihm schon fast in Fleisch und Blut übergegangen war. „Meinst du, ich brauche ein Plakat dazu?“

„Es würde nicht schaden.“ Sie küsste seinen Mund. „Und daran sollst du dich erinnern.“ Sie strich ihm durch das Haar und küsste dann seine Schläfen. „Und daran.“

„Ich habe ein gutes Gedächtnis, Alana.“ Er umfasste ihre Handgelenke und spürte, wie sich ihr Puls erhöhte. „Ein sehr gutes.“

Ohne den Griff zu lösen, rollte er sich auf sie. Und sofort war es wieder da, dieses Gefühl von Erregung, gepaart mit innerer Ruhe und Harmonie. Seine Lippen fanden ihre. Ihre Hände gab er nicht frei. Noch nicht. Er wusste genau, wenn sie ihn jetzt berührte, würde er explodieren, verrückt werden, unbeherrscht das nehmen, was er so begehrte. Sie hatten die ganze Nacht, sie hatten Jahre. Und wenn er nur fest daran glaubte, hatten sie eine Ewigkeit. So hielt er Alana gefangen und damit sich selbst, während seine Lippen sie zärtlich, verführerisch und erregend liebkosten.

Er spürte Alanas erregten Atem, und es steigerte seine eigene Erregung. Jede Bewegung ihres Körpers verriet ihre Kraft zu nehmen und ihre Geschmeidigkeit zu geben. Immer noch hielt er sie bei den Handgelenken fest, während seine Küsse eine prickelnde Spur auf ihrem Hals hinterließen.

Er spürte deutlich ihren hämmernden Puls. Stundenlang hätte er jeden Millimeter ihres Körpers erforschen können. Ihr Körper schenkte ihm ein Gefühl von Geborgenheit und Frieden, von Leidenschaft und Erregung.

Alana liebte ihn. Es war ein unbändiger, erschreckender Gedanke. Doch als er ihre Handgelenke losließ, schlangen sich ihre Arme so ganz natürlich um ihn, während die zärtlichen Bewegungen ihrer Hände ihn gleichzeitig quälten und besänftigten.

Dorian war so zärtlich. Für Alana war diese tiefe Zärtlichkeit unterhalb der Flammen knisternder Lust etwas Neues. Ebenso wie sie es voller Erstaunen genoss, wie seine Muskeln sich unter ihren Fingern anspannten. Noch nie, nicht einmal in ihren Träumen, hatte ein Mann sie auf eine so verlockende Weise stark begehrt.

Sie fragte sich, ob es ihm bewusst war. Und selbst als sie sich ganz vereinten, fragte sie sich, ob ihm bewusst war, wie sehr er das brauchte, was über sein sinnliches Verlangen nach ihr hinausging.

Wenn es ihm nicht bewusst war, würde ihre Beziehung dann enden, wenn er seine Antworten hatte. Und sie hatte sich schon dazu durchgerungen, sie ihm zu geben.

„Dorian." Die Erkenntnis war ganz plötzlich gekommen, dass er ihr wieder entglitt, wo sie es gerade gelernt hatte, sich anzulehnen. Sie kannte keine Tricks und Schliche, keine Zaubermittel, um einen Mann zu halten und an sich zu binden. Sie konnte ihm einfach nur geben, was in ihrem Herzen war, und hoffen, dass es für sie beide reichte.

Er hörte, wie sie leise seinen Namen rief. „Langsam." Er drang tief in sie ein, und da er spürte, dass sie es brauchte, küsste er ihren Mund und fing ihren stoßweise kommenden Atem auf. „Ich möchte sehen, wie du zum Höhepunkt kommst, Alana."

Das Widerspiel von Leidenschaft, Lust und Erstaunen erregte ihn mehr, als er es je für möglich gehalten hatte. Er hatte geglaubt, er sei kein Mann, der geben könne. Doch bei Alana wurde er wie von selbst dazu gebracht. Jahrelang hatte er nur genommen, manchmal sorglos, meist egoistisch. Doch mit Alana war es anders. Es erschütterte ihn. Es erfüllte ihn mit Erstaunen.

Jeder im Haus war mit Packen, letzten Erledigungen und Samstagvormittag-Zeichentrickfilm beschäftigt. Carrie wartete ihre Gelegenheit ab. Als Dorian mit den Jungen hinausging, um ihnen beim Füttern des Viehs zu helfen, folgte Carrie ihnen. Für März war es schon warm, gemessen an den an der Ostküste üblichen Temperaturen. Doch sie fröstelte trotz Jacke und war nur froh, bald wieder im südlichen Kalifornien zu sein. Doch vorher hatte sie noch etwas zu erledigen.

Die meisten Pferde waren auf der Koppel. Carrie lehnte sich an den Zaun. Früher oder später würde er herauskommen. Sie konnte warten.

Dorian führte die zwei Wallache hinaus und sah sie. Seit Tagen wusste er, dass sie ihm etwas zu sagen hatte. Offensichtlich war es jetzt so weit. Nachdem er das Gatter hinter den Pferden verschlossen hatte, trat er wortlos neben sie an den Zaun. Sie nahm die Zigarette, die er ihr anbot. Sie rauchte selten, es war bei ihr eine Frage der Stimmung. Sie inhalierte tief und beobachtete die Pferde, während sie sprach.

„Ich habe mich noch nicht entschieden, ob ich Sie mag. Aber das ist nicht wichtig. Alanas Gefühle sind wichtig."

Wie ähnlich ihre Worte doch denen von Maddy sind, dachte Dorian. Das zeigte nur wieder ihre tiefe Verbundenheit. Gemeinsam beobachteten sie, wie Eve ihr Fohlen geduldig säugte.

„Ich habe Sie nicht gemocht, als Sie mich wegen Millicent Driscoll für Ihr letztes Buch interviewt haben. Es hatte etwas mit dem Zeitabschnitt meines Lebens zu tun, das Übrige aber mit Ihrem Verhalten. Ich fand Sie zynisch und unsympathisch. Darum konnte ich Ihnen gegenüber auch nicht so offen sein, wie ich vielleicht hätte sein sollen. Wenn ich es gewesen wäre, dann hätten Sie vielleicht in Ihrer Geschichte etwas mehr Mitgefühl gezeigt. Aber Alana ist meine Schwester."

Zum ersten Mal drehte sie sich zu ihm um und sah ihn direkt an. Selbst in dem unbarmherzig starken Licht der Sonne war ihr Gesicht fantastisch. Ein klassisch ovaler Schnitt mit leicht betonten Wangenknochen und makelloser Haut. Ein Mann konnte bei diesem Gesicht leicht vergessen, dass es noch etwas außer dieser Frau gab. Aber es waren ihre Augen, denen Dorians Interesse galt. Er konnte sich vorstellen, dass sie mitleidslos schon viele Männer gemustert und sie als unwürdig befunden hatten.

„Ich weiß, dass Sie Alana mögen. Aber ich bin mir nicht sicher, was das bei Ihnen bedeutet. Ich will Ihnen von Chuck Rockwell erzählen, in einer Weise, wie Alana es wahrscheinlich nicht könnte." Wieder nahm sie einen tiefen Zug und genoss das kräftige Aroma der Zigarette. „Dies ist übrigens inoffiziell, Dorian. Wenn Alana zustimmt, können Sie alles benutzen, was ich sage. Wenn nicht, haben Sie Pech gehabt. Einverstanden?"

„Einverstanden. Erzählen Sie."

„Als Chuck den ersten Abend in den Club kam, war er schrecklich vernarrt in Alana. Vielleicht hat er sie sogar eine kurze Zeit geliebt. Ich weiß nicht, mit welchem Typ Frau er sich vorher abgegeben hat, aber ich kann es mir vorstellen. Alana war unerfahren, was selbst das geschmacklose Kostüm und die Bühnenschminke nicht verbergen konnten. Leichtgläubigkeit ist ein hartes Wort, es sei denn, man versteht den Menschen. Und Alana war und ist immer noch leichtgläubig." Sie lächelte, nicht das distanzierte, kühle Lächeln, das sie so oft zeigte, sondern ein weiches Lächeln, das die Mundwinkel leicht nach oben zog, das ebenso schön war wie aufschlussreich. „Sie hat an die Liebe geglaubt, an Hingabe, an das ‚Bis dass der Tod uns scheidet'. So ist sie in die Ehe gegangen – mit einem beinahe kindlichen Vertrauen."

Er konnte sich Alana damals genau vorstellen: offen, unschuldig und vertrauensvoll. „Und Rockwell?"

„Er hat sie wohl geliebt, soweit er dazu in der Lage war und solange er dazu in der Lage war. Manche meinen, Schwäche macht einen Menschen nicht böse." Etwas flackerte kurz in ihrem Blick auf, wurde aber schnell verdeckt. „Ich bin nicht dieser Meinung. Chuck war vom Gefühl her schwach. Ich könnte Entschuldigungen für ihn finden, da ich weiß, dass er von einer unglaublich herrischen Mutter und einem arbeitswütigen Vater erzogen wurde. Doch ich persönlich gebe nichts auf Entschuldigungen."

Sie warf ihm einen Blick zu, als warte sie auf Einwände. Doch Dorian kannte die Hintergründe von Rockwells Erziehung schon. „Es gab praktisch von Anfang an Probleme", fuhr Carrie fort. „Alana hat versucht, sie zu verheimlichen, doch das ist bei Drillingen schwierig. Sie hat Chuck nach Paris und London begleitet, trug schöne Kleider und verkörperte einen Lebensstil, von dem viele Frauen nur träumen. Nicht so Alana. Nicht, dass sie es anfangs nicht genossen hätte, doch Alana hatte sich schon immer nach Beständigkeit gesehnt – etwas, das bei den O'Haras nicht so leicht zu finden ist."

„Darum wollte sie diesen Besitz."

Carrie warf ihre Zigarette auf den Boden und ließ sie dort weiterglimmen. „Chuck hat ihn nach einer besonders üblen Affäre mit einem Mädchen gekauft, das einfach noch zu jung war, um es besser zu wissen. Doch kaum hatte er ihn gekauft, war er ihm schon wieder lästig. Er hat Alana klar und deutlich zu verstehen gegeben, wenn sie den Besitz behalten und für seine Instandsetzung sorgen wollte, müsste sie es schon allein machen."

„Hat sie Ihnen das erzählt?"

„Nein, Chuck hat es mir gesagt." Sie warf ihm einen merkwürdig ironischen Blick zu. „Er düste nach Los Angeles und dachte, es sei besonders aufregend, die Fänge nach der Schwester seiner Frau auszustrecken. Charmant. Geben Sie mir noch eine Zigarette."

Er gab ihr Feuer.

„Nun, er war nicht mein Typ. Und auch wenn meine Moralvorstellungen häufig zweifelhaft erscheinen, habe ich doch Grundsätze. Er hat sich betrunken und mir alle Probleme gebeichtet, die er mit seiner kleinen Frau zu Hause hatte. Sie war ihm zu normal und durchschnittlich und hatte sich auf dieser Farm vergraben, während er Besseres mit seinem Geld vorhatte. Und wenn sie das verdammte Dach repariert haben wollte, dann sollte sie es selbst hinkriegen. Und wenn sie die Installationen unbedingt auf den Stand des 20. Jahrhunderts bringen wollte, dann sollte sie sich eben allein Gedanken darüber machen. Ihn interessierte das alles überhaupt nicht. Und dann hatte sie noch diese spinnerte Idee, Pferde zu züchten. Er lachte sie aus."

Carrie merkte, dass sie vor innerer Erregung zu schnell gesprochen hatte, und sofort fand sie wieder zu einer beherrscht langsamen Sprechweise zurück. „Ich habe ihn nicht hinausgeworfen, weil ich alles hören wollte. Ich war in der Zeit zu sehr mit meiner Karriere beschäftigt gewesen. Zu beschäftigt, um für Alana genügend Zeit zu haben, obwohl ich irgendwie gespürt habe, dass bei ihr die Dinge nicht zum Besten standen."

„Was glauben Sie, warum er Ihnen das alles erzählt hat?" Dorian bemühte sich, seiner Stimme nicht anmerken zu lassen, wie sehr er sich betroffen fühlte.

Ihr Blick wurde hart. „Offensichtlich dachte er, es würde mich ebenso wie ihn amüsieren." Dann lächelte sie wieder und zog ruhiger an ihrer Zigarette. „Wie auch immer, ich bin ihn losgeworden. Dann habe ich Maddy angerufen, und wir fuhren hierher. Alana lebte in einem Haus, das ihr über dem Kopf zusammenzufallen drohte. Chuck gab ihr keinen Pfennig, und so hat sie Teilzeitjobs angenommen, zu denen sie Ben mitnehmen konnte. Aber sie wollte einfach nichts von Ratschlägen wissen, die sie zu einer Scheidung geführt hätten."

„Warum?" Zum ersten Mal berührte Dorian sie ganz leicht, nur eine Hand auf ihrem Arm, trotzdem spürte sie seine innere Bewegtheit. „Warum ist sie bei ihm geblieben?"

So, das ist der springende Punkt, erkannte Carrie. Er sorgte sich um Alana, und das machte es wiederum für sie schwierig, ihre Ablehnung ihm gegenüber aufrechtzuerhalten. „Ich denke, die Antwort sollte Alana Ihnen geben, aber ich kann Ihnen so viel sagen: Alana besitzt ein großes Maß an Hoffnung, und sie hat daran geglaubt, dass Chuck sich ändern würde. In der Zwischenzeit stand das dringende Problem an, das Haus bewohnbar zu machen. Wir sind nach Richmond gefahren und haben ihren Schmuck verkauft. Chuck war in den ersten Monaten ihrer Ehe großzügig gewesen, und es brachte ihr genug ein, um sich über Wasser zu halten. Ich habe ihren Nerz gekauft." Sie verschwieg, dass sie ihn sich damals eigentlich gar nicht hatte leisten können. „Später scherzte sie, dass sie ein Bild von mir gesehen habe, auf dem ich ihr Dach trug."

„Sie hat den Nerz verkauft, um das Dach zu reparieren", murmelte er.

„Es lagen viele Reparaturen an. Und es hat mich damals gewundert, wie hartnäckig sie an der Farm festgehalten hat. Doch wenn ich sie jetzt hier sehe, so wird mir klar, wie richtig es für sie und die Kinder ist." Sie warf ihre Zigarette fort. „Nachdem Chris geboren wurde, entwickelte sich alles zum ganz Schlimmen. Chuck hat seine Affären rücksichtslos ins Licht der Öffentlichkeit gestellt. Ich glaube sogar, er wollte Alana dadurch zur Scheidung drängen. Und als sie es tat, als sie es endlich tat, da hat er wohl erst erkannt, welcher Verlust ihm drohte."

„Habe ich Sie richtig verstanden, dass Alana die Scheidung eingereicht hat?"

„Ja. Sie hätte ihn ganz schön zur Ader lassen können – ich hätte es bestimmt gemacht –, aber sie hat ihn nicht wegen Ehebruchs belastet, und sie hat auch keine Unterstützung gefordert. Alles, was sie verlangt hat, war die Farm und eine angemessene Unterstützung für die Kinder. Zu der Zeit war er mit Lori Brewer zusammen und hat sich in aller Öffentlichkeit völlig danebenbenommen. Doch irgendwie muss ihm dann doch noch ein Licht aufgegangen sein. Er hatte eine Frau, die zu ihm hielt, und zwei wunderbare Kinder, und er wollte es gegen ein Leben eintauschen, das ihm nur Elend bringen konnte. Ich weiß, wie er sich gefühlt hat, denn er hat mich ein paar Tage vor dem letzten Rennen angerufen. Aus welchem Grund auch immer, denn ich war nicht gerade freundlich mit ihm umgegangen. Er erzählte mir, dass er Alana angerufen und sie gebeten habe, sich noch einmal alles zu überlegen, was sie aber abgelehnt habe. Ich sollte nun für ihn ein gutes Wort einlegen. Ich gab ihm den Rat, endlich erwachsen zu werden. Ein paar Tage später ist er dann verunglückt."

„Und sie ist mit ihren Schuldgefühlen zurückgeblieben, weil sie sich von ihm scheiden lassen wollte."

„Sie haben das schon sehr gut verstanden." Mit einem wunderbar manikürten Nagel klopfte sie auf den Zaun. „Und es hat überhaupt keinen Sinn gehabt, sie von solchen Gefühlen und ihren Selbstbestrafungsneigungen abbringen zu wollen."

„Was meinen Sie mit Selbstbestrafung?"

„Haben Sie je daran gedacht, wie schwer es ist, einen solchen Besitz aufrechtzuerhalten und zwei Kinder großzuziehen – wobei ich die gefühlsmäßige und körperliche Seite einmal ausspare. Ich meine rein finanziell."

„Rockwell hatte viel Geld."

„Rockwell hatte und Janice Rockwell hat immer noch. Alana hat keinen Penny bekommen." Sie schüttelte den Kopf, als er sie unterbrechen wollte. Immer, wenn sie daran erinnert wurde, kam ihr die Galle hoch. „Sie hat dafür gesorgt, dass Alana keinen Pfennig aus Chucks Treuhandvermögen bekommen hat, nicht für sich selbst, nicht für die Farm, nicht für die Kinder."

Dorian spürte einen bitteren Geschmack im Mund. Alles, was er Alana vom ersten Tag bis zu dem Morgen, als er beobachtet hatte, wie sie Gummihandschuhe eingepackt hatte, gesagt hatte, kam ihm wieder in den Sinn. Auch er würde mit Schuldgefühlen leben müssen.

„Wie hat sie es geschafft, die Farm zu halten?"

„Sie musste sich Geld leihen."

Der bittere Geschmack in seinem Mund verstärkte sich. Er hatte nicht an Alana geglaubt, und er hatte seinen eigenen Gefühlen nicht genug vertraut. Sie war zu stolz gewesen, um ihm das zu sagen, was er jetzt von Carrie hörte.

Zum Teufel mit ihrem Stolz, dachte er plötzlich gereizt. Hatte er denn ein Recht gehabt, es zu wissen? Er starrte auf die Berge hinter der Koppel. Nein, es war sein Stolz, den er verletzt fühlte, erkannte er, sein Stolz als Mann und als Reporter. Sie hatte gewusst, was er von ihr gedacht hatte, und sie hatte es akzeptiert – und ihn.

„Warum erzählen Sie mir das alles?"

„Weil jemand Alana davon überzeugen muss, dass es nicht ihre

Schuld war, dass es nicht in ihrer Macht gelegen hat, das zu verhindern, was geschehen ist. Und ich denke, Sie sind derjenige, der es tun sollte. Und Sie sind der Mann, der sie glücklich machen könnte."

Mit erhobenem Kopf und dunklen Augen warf sie ihm die Herausforderung zu. Unwillkürlich lächelte Dorian. „Sie sind eine unglaubliche Frau – etwas, das ich bei unserer ersten Begegnung vermisst habe."

Sie erwiderte sein Lächeln. „Ich habe bei Ihnen damals auch einiges vermisst."

Maddy streckte den Kopf zur Tür heraus. „Carrie, der Wagen ist da."

„Ich komme." Sie warf Dorian einen letzten eindringlichen Blick zu. „Noch etwas, Dorian – wenn Sie Alana verletzen, bekommen Sie es mit mir zu tun."

„Das ist fair." Er reichte ihr die Hand.

Carrie nahm an, wobei sie irgendwie belustigt über sie beide wirkte. „Ich glaube, ich wünsche Ihnen Glück."

Es gab einen langen, tränenreichen und lauten Abschied. Maddy verabschiedete sich erstaunlich herzlich von Dorian. „Viel Glück, ich glaube, Sie sind der Richtige für sie", flüsterte sie ihm ins Ohr.

Alle O'Haras machten zweimal die Runde, bevor sie in die Limousine stiegen. Und sicher wie ein Ozeandampfer fuhr der schwere Wagen den holprigen Weg hinunter.

„Ich werde Chauffeur", entschied sich Chris spontan. „Ich trage dann einen Klassehut wie den von Mr. Donald und sitze immer auf dem Vordersitz."

„Ich sitze lieber hinten beim Fernseher."

Lachend fuhr Alana Ben durchs Haar. „Schon ein ganzer O'Hara, der Junge."

„Können wir mit den Fohlen spielen?" Ben war schon von der Veranda herunter, als er fragte.

„Aber nicht zu wild!", rief Alana den Jungen nach und ging dann ins Haus.

Dorian folgte ihr in die Küche, wo er unruhig auf und ab ging. Carries Worte quälten ihn noch immer. Er hatte Alana so gründlich und unfair verkannt, dass es ihn verunsicherte.

„Alana, dieser Besitz, diese Farm, sie ist sehr wichtig für dich."

„Nach den Jungen das Wichtigste."

„Du bist nicht so leicht unterzukriegen." Er sagte es mit solchem Nachdruck, dass sie sich umdrehte und ihn musterte.

„Das möchte ich meinen."

„Warum hast du dich dann von Rockwell unterkriegen lassen? Warum hast du dich von seiner Mutter aus allem drängen lassen, was dir von Rechts wegen zustand?"

Eigentlich hatte sie erwartet, wenigstens eine kurze Schonfrist zu bekommen, bevor sie sich erneut in all das stürzen musste. „Janice hat nichts damit zu tun, auf alle Fälle nichts mit Chucks Biografie."

„Zum Teufel mit der Biografie." Erst jetzt erkannte er, dass ihm das Buch schon seit einiger Zeit nichts mehr bedeutete. Alana bedeutete ihm alles. Es zählte nur noch, was sie durchgemacht hatte. Und wenn sie nicht hassen wollte, dann wollte er für sie hassen. „Sie hat dafür gesorgt, dass du keinen Penny bekommen hast. Warum hast du das hingenommen? Du musstest sogar Schulden machen, um euch ein Dach über dem Kopf zu erhalten."

Es demütigte sie. Er konnte nicht wissen, wie es sie gedemütigt hatte, um Geld zu bitten, und wie verlegen es sie machte, dass Dorian davon wusste. „Dorian, das ist nicht deine Angelegenheit."

„Ich mache es zu meiner Angelegenheit – wegen dir. Weißt du überhaupt, wie es in mir aussieht, wenn du den Boden von anderen Frauen schrubbst?"

„Was macht es schon für einen Unterschied, wessen Boden ich schrubbe?", fragte sie zurück. Es klang ungeduldig.

„Für mich macht es einen großen Unterschied, weil ich nicht will … Ich kann es nicht ertragen …" Er fluchte und versuchte es erneut. „Du hättest ehrlich zu mir sein können. Vielleicht nicht gleich am Anfang, aber später, als wir uns gegenseitig etwas bedeutet haben."

Was haben wir uns bedeutet?, lag ihr auf der Zunge, aber sie hielt sich zurück. Was ihre Gefühle anging, so war sie damit immer ehrlich gewesen. „Ich bin so ehrlich gewesen, wie ich sein konnte. Wenn es nur um mich gegangen wäre, hätte ich dir alles erzählt, aber ich musste an die Jungen denken. Außerdem, warum sollte auch nur etwas davon wichtig sein?" Sie gab sich ruhig, aber sie war es überhaupt nicht. Sie spürte deutlich die Wut in sich aufsteigen. „Es ist doch nur Geld. Kannst du das Thema nicht einfach lassen?"

„Es geht nicht nur um Geld, und, nein, ich kann das Thema nicht fallen lassen." Frustration, Schuldgefühl und Wut hatten ihn im Griff. Und plötzlich kam er wieder auf das Bild von ihr zurück, auf dem sie wie eine Prinzessin in einen weißen Pelz gehüllt war. „Du hast den verdammten weißen Nerz verkauft, um das Dach zu reparieren."

Verdutzt schüttelte sie den Kopf. „Was bedeutet das schon? Ich brauche wohl kaum einen Nerz, um das Vieh zu füttern."

„Du hast gewusst, was ich von dir gehalten habe." Dorians Ärger auf sich selbst ließ ihn Alana gegenüber immer unvernünftiger werden. „Du hast mich in dem Glauben gelassen. Selbst als ich mich in dich verliebt habe, hast du mir nie völlig getraut. Doppeldeutigkeiten und Ausflüchte, Alana. Du hast mir nie erzählt, dass du dich scheiden lassen wolltest und wie du dich abrackern musstest, nur um das Essen auf den Tisch zu bringen. Weißt du auch, wie ich mich fühle, nachdem ich das alles nach und nach herausgefunden habe?"

„Und weißt du auch, wie ich mich fühle, wenn alles wieder aufgerührt wird?" Ihre Stimme war so laut wie seine geworden. „Wenn ich daran erinnert werde, wie schrecklich ich versagt habe?"

„Alana." Sein Ton war rau, aber seine Hände, mit denen er ihre Arme hielt, waren zart. „Er hat versagt – bei dir, bei den Kindern und bei sich selbst." Er schüttelte sie leicht. Er wollte verzweifelt, dass sie erkannte, was sie geschafft hatte und wie sehr er sie dafür respektierte. „Du warst es doch, die alles in die Hand genommen hat."

„Hör auf, meine Mutter anzuschreien." Steif und blass stand Ben in der Küchentür. „Lass meine Mutter in Ruhe." Seine Unterlippe zitterte, doch er starrte Dorian entschlossen an. „Lass sie in Ruhe und geh weg. Wir wollen dich hier nicht."

Angewidert von sich selbst, wandte sich Dorian dem Jungen zu. „Ich würde deiner Mutter nie wehtun, Ben."

„Du hast es doch, ich habe es gesehen."

„Ben." Schnell trat Alana zwischen die beiden. „Du hast es falsch gesehen. Wir waren aufeinander böse. Manchmal schreien Menschen sich gegenseitig an, wenn sie sich ärgern."

So wie er sein Kinn vorstreckte, erinnerte er sie fast schmerzhaft an seinen Vater, wenn sein Temperament mit ihm durchgegangen war. „Ich will nicht, dass er dich anschreit."

„Schätzchen, ich habe zurückgeschrien", sagte sie weich.

Aus seinem Blick sprach eine Mischung von Demütigung und Wut. „Vielleicht magst du ihn ja mehr als mich."

„Nein, Baby …"

„Ich bin kein Baby!" Sein Gesicht lief rot an. „Ich werde es dir schon beweisen." Und dann knallte er die Tür hinter sich zu.

„Es war mein Fehler." Dorian fuhr sich mit beiden Händen durchs Haar. Er hatte ihnen alles geben wollen, was in seiner Macht stand. Stattdessen hatte er gleichzeitig Alana gekränkt und Ben von sich entfremdet. „Lass mich mit ihm reden."

„Ich weiß nicht. Vielleicht sollte ich … Oh, mein Gott! Ben, Ben, komm zurück!" Sie stürzte zur Tür hinaus. Dorian folgte ihr. Ben hatte Thunder bestiegen, und der reizbare Hengst bockte aufgebracht.

Alana schlug das Herz in der Kehle, als sich der Junge an den Hals des Pferdes klammerte. Sie brachte nicht einmal mehr seinen Namen heraus. Einen Augenblick lang sah es so aus, als könnte sich der Junge halten, doch dann bäumte sich das Pferd hoch auf und warf Ben mühelos wie eine Fliege ab.

Es schien Stunden zu dauern, bis Ben im Krankenhaus endlich zum Röntgen gefahren wurde. Alana atmete tief ein, um sich zu fassen. Ihr kleiner Junge hatte versucht zu beweisen, dass er ein Mann war. Nun war er verletzt, und sie konnte nur abwarten. Dorian, der neben ihr saß, hatte Chris immer noch im Arm.

„Er ist noch ein so kleiner Junge." Die Tränen liefen ihr über die Wangen. „Er war so wütend."

„Was ist jetzt mit Ben?" Als Chris die Tränen seiner Mutter sah, war auch er nahe am Weinen.

Alana wischte mit den Handrücken die Tränen weg. „Es geht ihm gut. Die Ärzte kümmern sich um ihn."

„Wahrscheinlich bekommt er einen Gipsverband." Dorian strich über Chris' kräftige Ärmchen. „Du kannst dann deinen Namen draufschreiben."

Chris schniefte und dachte darüber nach. „Ich kann aber nur Druckschrift."

Alana zwang sich, sitzen zu bleiben und nicht nervös auf und ab zu gehen. Doch mit jeder Minute, die verging, verstärkte sich das Gefühl der Leere in ihr. Und als der Arzt endlich herauskam, war ihr vor Angst ganz schwindlig.

„Ein netter, sauberer Bruch“, informierte der Arzt sie. Als er ihre Angst erkannte, legte er ihr die Hand aufmunternd auf die Schulter. „Mit dem Gipsarm wird er die Sensation in der Schule sein.“

„Er … Hat er sonst noch etwas?“ Alles, von einer Gehirnerschütterung bis zu inneren Verletzungen, war ihr in den Minuten der Angst durch den Kopf geschossen.

„Er ist kräftig und robust. Er wird einige farbenprächtige Blutergüsse bekommen. Ich würde ihn gern ein paar Stunden hierbehalten, um ihn zu beobachten, aber ich glaube nicht, dass es etwas gibt, worüber Sie sich Sorgen machen müssten. Ich habe ihm schon ins Gewissen geredet, dass er sich erst einmal von wilden Pferden fernhalten soll.“

„Vielen Dank.“ Ein gebrochener Knochen. Knochen heilen wieder, dachte sie voller Erleichterung. „Kann ich zu ihm?“

„Hier entlang.“

Ben sah so klein auf dem weißen Tisch aus, und sofort musste sie die erneut in ihr aufsteigenden Tränen zurückdrängen. „O Ben. Du hast mich zu Tode erschreckt.“

„Ich habe meinen Arm gebrochen.“ Stolz zeigte Ben seinen Gipsverband.

„Sehr eindrucksvoll.“ Er hatte ihr schon vergeben. Alana sah es in seinem Blick und spürte es an der Art, wie er seine Finger mit ihren verschränkte.

Chris trat heran, um den weißen Gips zu begutachten. „Dorian hat gesagt, ich könnte meinen Namen draufschreiben.“

„Ja.“ Zum ersten Mal sah Ben Dorian an. „Ihr könnt es alle. Ist Thunder weggelaufen?“

„Mach dir wegen Thunder keine Sorgen“, entgegnete Alana. „Der weiß schon, wo sein Futtersack hängt.“

Er betrachtete seine Hand und bewegte zögernd die Finger. „Es tut mir leid.“

„Nein.“ Alana legte eine Hand unter sein Kinn und ließ ihn aufblicken. „Mir tut es leid. Du hast dich für mich stark gemacht. Danke.“

Als sie ihm einen Kuss gab, atmete er ihren vertrauten Geruch ein. Er fühlte sich jetzt nicht so unbedingt heldenhaft, nur müde.

„Sie wollen dich ein paar Stunden zur Beobachtung hierbehalten. In der Zeit müssen wir noch Medizin für dich besorgen."

„Warum besorgst du und Chris das nicht, Alana?" Dorian trat näher an den Tisch. „Ich würde währenddessen gern mit Ben reden."

Weil sie Verlegenheit, aber keinen Ärger in Bens Gesicht erkannte, nickte sie. „In Ordnung. Es dauert nicht lang." Als Alana in der Tür noch einen Blick zurückwarf, sah sie, dass Ben seine Aufmerksamkeit auf Dorian gerichtet hatte.

„Wahrscheinlich warst du ziemlich wütend auf mich", begann Dorian.

„Wahrscheinlich."

„Jemanden anzuschreien, den man mag, ist ziemlich dumm. Erwachsene können manchmal dumm sein."

Ben fand das auch, aber er war vorsichtig. „Vielleicht."

Wie konnte er nur Zugang zu dem Jungen finden? Mit der Wahrheit. Schließlich hatte er immer groß von Wahrheit geredet, hatte sie gefordert, erwartet. Vielleicht war dies der Zeitpunkt, wo sie von ihm gefordert war. Etwas unsicher lehnte Dorian sich an den Tisch. „Ich habe ein Problem, Ben. Und ich hoffe, du kannst mir dabei helfen."

Der Junge zuckte die Schultern und spielte mit dem Zipfel des Lakens. Aber er hörte zu.

Die Abenddämmerung war bereits angebrochen, als sie wieder zurückkamen. Ben bekam stapelweise Bücher und Spielzeug ans Bett gebracht und anschließend noch sein Abendessen. Doch die Ereignisse des Tages hatten ihn so ermüdet, dass er noch während des Essens einschlief. Während Alana ihn warm zudeckte, trug Dorian den schlafenden Chris von der Küche hoch in sein Zimmer.

„Einfach über der Pizza eingeschlafen", meinte er zu Alana mit einem kleinen Lächeln.

„Ich komme sofort."

„Ich mache es schon. Warum gehst du nicht hinunter und machst uns einen Drink?"

Es waren noch ein paar Flaschen von dem Wein übrig, den Carrie mitgebracht hatte. Alana schenkte zwei Gläser ein und machte sich dann über die Pizza her. Seit dem frühen Morgen hatte sie nichts gegessen. Sie hatte noch nicht einmal die Hälfte eines Stückes gegessen, als ihr wieder die Tränen kamen. Sie ließ einfach den Kopf auf die Tischplatte sinken und weinte sich aus.

So fand Dorian sie. Ohne zu zögern, nahm er sie in die Arme, hielt sie dicht an sich und ließ sie an seiner Schulter weinen.

„Wie albern von mir", brachte sie heraus. „Er ist wieder in Ordnung. Aber ich werde einfach das schreckliche Bild nicht los, als er durch die Luft flog." Dorian wischte ihr die Tränen weg. Sie berührte seine Wange und küsste sie dann. „Du warst wunderbar. Ich weiß gar nicht, was ich ohne dich gemacht hätte."

„Du warst es, die sich großartig verhalten hat." Er zog eine Zigarette heraus, denn er fühlte sich selbst mehr als nur etwas mitgenommen. „Das ist eine der einschüchterndsten Seiten an dir."

„Einschüchternd?" Sie war sich nicht sicher gewesen, ob sie jemals wieder lachen konnte, doch es war leicht. „Ich?"

„Es ist nicht ganz einfach für einen Mann, sich mit einer Frau einzulassen, die einfach mit allem fertig wird: einen Haushalt zu führen, Kinder aufzuziehen, eine Farm aufzubauen. Und es ist nicht einfach für einen Mann, sich vorzustellen, dass es nicht nur Frauen gibt, die so etwas können, sondern die es auch noch gern machen."

„Ich kann dir nicht ganz folgen, Dorian." Sie nahm einen Schluck Wein, der ungewohnt, aber wunderbar erfrischend schmeckte. „Heute Morgen … ich weiß, du warst wütend auf mich. Nein, warte einen Augenblick …", warf sie ein, als Dorian sie unterbrechen wollte. „Ich möchte es jetzt und für immer loswerden."

Er hätte ihr sagen können, dass es nicht mehr wichtig war, nicht ihm. Aber er erkannte, dass es ihr wichtig war. „Okay."

„Du hast mich gefragt, warum ich bei Chuck geblieben bin. Ganz einfach, ich bin geblieben, weil ich ein Eheversprechen gegeben habe. Und als ich mich dann dazu durchringen musste, es zu brechen und meine Ehe zu beenden, da war es für mich irgendwie leichter, mir einzureden, ich hätte einen Fehler gemacht, ich hätte irgendwie versagt."

Ihre Stimme klang angespannt. Sie nahm noch einen Schluck Wein, bevor sie fortfuhr. „Aber ich habe keinen Fehler gemacht, Dorian. Du hast gesagt, dass Chuck versagt hat, und du hattest recht. Er hätte so viel erreichen können, aber er hat in seinem Leben die falschen Entscheidungen getroffen. Es ist an der Zeit, dass ich dazu stehen muss, die richtigen getroffen zu haben. Und dafür muss ich dir danken."

„Ich nehme deine Dankbarkeit an, aber ich wollte eigentlich auf etwas anderes hinaus. Willst du nicht wissen, worüber Ben und ich während deiner Abwesenheit gesprochen haben?"

Sie sah auf ihr Glas hinunter. „Ich dachte, du würdest es mich wissen lassen, wenn du es wolltest." Dann blickte sie auf und lächelte. „Und wenn nicht, dann könnte ich es jederzeit aus Ben herausbekommen."

„Das ist wieder eine der Eigenschaften, die ich an dir mag."

Sie sah ihn tief und gar nicht mehr ruhig an. „Dorian, heute Morgen, als du geschrien hast, da hast du zu mir gesagt ..."

„Dass ich dich liebe. Ist das ein Problem für dich?"

Sie hielt ihr Glas mit beiden Händen, aber wich seinem Blick nicht aus. „Wenn ich das selbst nur wüsste."

„Lass es mich dir erklären, wie ich es Ben erklärt habe." Er stellte sein Glas ab, nahm dann ihres und stellte es auch zurück auf die Platte. „Ich habe ihm erzählt, dass ich seine Mutter liebe. Und dass das für mich etwas Neues sei, mit dem ich nicht genau umzugehen wisse. Ich sagte, dass ich einige Fehler gemacht habe, aber hoffe, er könne sie mir verzeihen."

Er fuhr ihr durchs Haar und ließ die Hand dann kurz auf ihrer Wange liegen. „Ich sagte, ich wisse ein wenig darüber, wie man eine Farm zu führen habe, aber hätte überhaupt keine Erfahrung als Ehemann und als Vater, doch ich wolle es versuchen."

Ihre Augen waren groß geworden, und die ganze Verletzlichkeit ihres Wesens stand so klar in ihnen geschrieben, dass er Alana an sich ziehen und ihr versprechen wollte, sie vor allem zu beschützen. Aber Alana gegenüber sollte er keine übereilten Versprechungen machen. Übereilte Versprechungen hatte sie früher schon bekommen, und sie waren gebrochen worden. Und eine zweite Chance sollte sich besser auf Vertrauen aufbauen. „Willst du mir eine Chance geben, Alana?"

Sie konnte nicht schlucken, sie glaubte sogar, nicht einmal mehr atmen zu können. „Was hat Ben gesagt?"

Lächelnd berührte er wieder ihre Wange. „Er hat gesagt, es klinge nach einer wirklich guten Idee."

„Das finde ich auch." Sie warf sich in seine Arme. „O Dorian, das finde ich auch."

Vielleicht war es Dankbarkeit, die er spürte, vielleicht auch Erleichterung. Doch damit einher ging ein Gefühl, endlich nach Hause gekommen zu sein. „Du darfst nur nicht auf die Idee kommen, dir Kühe anschaffen zu wollen."

„Nein. Keine Kühe, ich verspreche es." Als sie lachte, presste er seinen Mund auf ihren. Alles war da – Liebe, Vertrauen, Hoffnung. Es gab im Leben eine zweite Chance, und sie hatten ihre gefunden.

„Alana." Er könnte sie stundenlang einfach so halten.

„Mmm-hmm?"

„Meinst du, wir können deinen Vater dazu überreden, auf unserer Hochzeit zu tanzen?"

Sie sah ihn mit strahlend lachenden Augen an. „Versuche bloß nicht, ihn daran zu hindern."

– ENDE –

Nora Roberts

Tanz der Sehnsucht

Roman

Aus dem Amerikanischen von
Anne Pohlmann

NEW YORK TIMES
BESTSELLER AUTOREN

PROLOG

Während der Mittagspause war der Club leer. Die Farbe an den Wänden war vom Zigarettenrauch stumpf geworden, und die Böden waren abgenutzt, doch einigermaßen sauber. Es gab den für solche Orte so typischen Geruch – eine Mischung aus altem Alkohol, schlechten Parfumdünsten und abgestandenem Kaffee. Gewisse Menschen mochten sich hier zu Hause fühlen. Die O'Haras waren zu Hause, wo immer sich ein Publikum versammelte.

Wenn nachmittags die Menge hereinströmte und die Beleuchtung schummrig wurde, dann würde es nicht mehr so schäbig aussehen. Jetzt aber schien grelles Sonnenlicht durch die zwei kleinen Fenster und zeigte unbarmherzig den Staub und jede abgewetzte und abgeschlagene Stelle. Der Spiegel hinter der Bar warf das Licht auf die kleine Bühne in der Mitte des Raumes.

Frank O'Hara führte seinen fünfjährigen Drillingen die Schritte für eine kleine Tanzeinlage vor, die er abends in die Show einfügen wollte. Den drei kleinen Mädchen würden die Herzen des Publikums bestimmt sofort zufliegen.

„Hoffentlich lässt du mir mit deinen Ideen nächstes Mal mehr Zeit." Molly, seine Frau, die eigentlich Mary Margaret hieß, saß an einem Ecktisch und beeilte sich, Schleifen an die weißen Kleider zu nähen, die ihre Töchter in wenigen Stunden tragen sollten. „Ich bin nämlich keine verdammte Näherin."

„Du bist Mitglied einer Truppe, Molly, meine Liebe, und das Beste, was Frank O'Hara je geschehen konnte."

„Nichts ist wahrer als das, mein Lieber", entgegnete sie halblaut, aber lächelnd.

„Also, meine Lieblinge, versuchen wir es noch einmal." Er lächelte den drei kleinen Engeln zu.

Caroline, mit dem Kosenamen Carrie, war schon jetzt eine Schönheit mit ihrem ovalen Gesichtchen und den dunkelblauen Augen. Er zwinkerte ihr zu und wusste genau, dass sie mehr an den Schleifen auf dem Kleid als an der Vorstellung interessiert war. Alana war die unkompliziert Freundliche. Sie tanzte, weil ihr Dad es wollte und weil es Spaß machen würde, mit ihren Schwestern auf der Bühne zu sein.

Madeline, kurz Maddy genannt, mit ihrem Koboltgesicht und dem Haar, das schon eine Spur ins Rötliche ging, ließ ihren Vater nicht eine Sekunde aus den Augen und ahmte seine Bewegung perfekt nach. Franks Herz schwoll vor Liebe für die drei über.

Er legte eine Hand auf die Schulter seines Sohnes. „Gib uns eine zweitaktige Vorgabe, Terence. Etwas Flottes, Lebendiges."

Terences Finger liefen über die Tasten. Frank bedauerte es immer wieder, dass er sich keinen Unterricht für den Jungen leisten konnte. Alles, was sein Sohn am Instrument konnte, hatte er sich durch Nachmachen und Heraushören selbst beigebracht.

„Wie findest du das, Dad?"

„Du bist Spitze." Frank strich Terence über den Kopf. „Okay, Mädchen, zeigt, was ihr könnt."

Er arbeitete mit ihnen geduldig noch eine Viertelstunde und brachte sie über ihre Fehler zum Kichern. Die kleine Tanzeinlage würde alles andere als perfekt sein, doch Frank besaß genügend Erfahrung, um den Charme der Darbietung zu erkennen. Er würde die Nummer langsam ausbauen. Die Saison war bald vorbei, doch wenn es ihnen gelang, sich eine gewisse unverwechselbare Note zu erarbeiten, wäre damit ein neuer Vertrag gesichert. Das Leben bestand für Frank aus Auftritten und Verträgen. Und für ihn gab es keinen Grund zu glauben, warum seine Familie nicht der gleichen Meinung sein sollte.

Doch kaum bemerkte er Carries nachlassendes Interesse, brach er ab, da er wusste, bei ihren Schwestern würde es auch gleich so weit sein.

„Wunderbar." Er gab jeder von ihnen einen schallenden Kuss. „Wir werden sie heute von ihren Stühlen reißen."

„Wird unser Name auf dem Plakat stehen?", erkundigte sich Carrie, was Frank zu schallendem Gelächter veranlasste.

„Schielst schon nach der Reklame, meine kleine Taube, nicht wahr? Hast du das gehört, Molly?"

„Es überrascht mich nicht." Sie legte ihre Näharbeit weg, um den Fingern eine Ruhepause zu gönnen.

„Ich will dir etwas verraten, Carrie. Du bekommst deine Reklame, wenn du das kannst." Er begann eine langsame Steppeinlage und streckte seiner Frau eine Hand hin. Lächelnd erhob sich Molly.

Die vielen Jahre gemeinsamen Tanzens wirkten sich in aufeinander abgestimmten Bewegungen vom ersten Schritt an aus.

Alana setzte sich neben Terence auf die Klavierbank. Er improvisierte eine witzige kleine Melodie.

„Carrie wird es üben, bis sie es kann“, bemerkte ihr Bruder halblaut.

Alana lächelte ihn an. „Dann stehen alle unsere Namen auf dem Plakat.“ Sie lehnte sich an ihn. Ihre Eltern lachten, und ihre Füße schlugen im Rhythmus auf den hölzernen Bühnenboden. Alana schien es, als würden ihre Eltern immer lachen. Selbst wenn ihre Mutter diesen verärgerten Blick bekam, konnte Dad sie zum Lachen bringen.

Carrie beobachtete die Bewegungen der Eltern mit verbissener Miene, probierte es selbst, bekam es aber nicht ganz hin. Es würde sie wahnsinnig ärgern, das wusste Alana.

„Ich will es machen“, sagte Maddy vom Rand der Bühne. „Ich kann es.“ Und mit einem eigensinnigen Gesichtsausdruck begann sie, mit den Füßen zu schlagen – Ferse, Spitze, Spitze, Ferse …

Verblüfft verharrte Frank mitten in der Bewegung, und Molly prallte gegen ihn. „Sieh dir das an, Molly.“

Molly strich sich die Haare aus der Stirn und beobachtete, wie sich ihre jüngste Tochter um die Grundfähigkeiten zum Stepptanz bemühte – und es schaffte. Sie empfand dabei Stolz und Bedauern, eine Mischung, wie sie nur eine Mutter verstehen kann. „Wir müssen wohl noch ein Paar Steppschuhe kaufen, Frank.“

Frank empfand Stolz und überhaupt kein Bedauern. „Versuche das jetzt.“ Er zeigte die Bewegungen langsam. Sprung, Schleifschritt, Aufschlag. Kick, Schritt, Kick, Schritt und Schritt zur Seite. Er ergriff Maddys Hand und begann erneut, wobei er sich vorsichtig ihren kleineren Schritten anpasste. Sie machte seine Bewegungen genau nach.

„Jetzt das.“ Seine Erregung wuchs, und er sah zu seinem Sohn hinüber. „Gib uns den Rhythmus. Achte auf den Takt, Maddy. Eins und zwei und drei und vier. Schlag. Das Körpergewicht nicht verlagern. Zehen nach vorn, dann zurück. Jetzt eine Wiederholung.“ Wieder machte er es vor, und wieder ahmte sie seine Schritte nach.

„Jetzt alles zusammen, und wir hören mit einem Gleitschritt auf, die Arme so, pass auf." Schnell stieß er die Arme zur Seite und zwinkerte Maddy dann zu, die vor Konzentration die Stirn runzelte.

„Zähl ein, Terence." Frank nahm wieder Maddys Hand, und die Freude stieg in ihm auf, als seine Tochter sich im Einklang mit ihm bewegte. „Wir haben hier eine Tänzerin, Molly." Frank hob Maddy hoch und warf sie in die Luft. Sie schrie auf, aber nicht weil sie Angst hatte, er würde sie nicht auffangen.

Das Erlebnis, hochgeworfen zu werden, war ebenso prickelnd, wie es das Tanzen vorher gewesen war. Sie wollte mehr davon.

1. KAPITEL

Fünf, sechs, sieben, acht! Vierundzwanzig Füße schlugen gleichzeitig auf den Holzboden. Zwölf Körper drehten und beugten sich und schnellten wie ein einziger nach vorn. Spiegel warfen ihre Abbilder zu ihnen zurück. Arme flogen, Beine streckten sich hoch, Köpfe neigten, drehten sich und sanken zurück.

Schweiß floss. Es war der Geruch von Theater.

Das Klavier hämmerte rhythmische Linien, und die Melodie hallte auf der alten Probebühne wider. Hier hatte es schon immer den Widerhall von Musik gegeben, schon immer hatten sich danach Füße bewegt und Pulsschläge gerast und Muskeln geschmerzt. Und so würde es weiterhin sein, Jahr auf Jahr, solange das Gebäude stand.

Hier hatten viele Stars geprobt und viele Legenden aus dem Showbusiness ihren letzten Schliff bekommen. Unzählige unbekannte und vergessene Corpstänzer hatten hier gearbeitet, bis ihre Muskeln vor Erschöpfung hart und zäh geworden waren. Das war der Broadway, wie ihn das zahlende Publikum kaum zu Gesicht bekam.

Der Assistent des Choreografen schlug ununterbrochen den Takt, die Brillengläser schon beschlagen von Hitze und Schweiß. Der Choreograf neben ihm, der Mann also, der den Tanz entworfen und gestaltet hatte, beobachtete die Tänzer mit seinen dunklen und wachsamen Augen.

„Halt!"

Das Klavier verstummte. Die Bewegungen erstarben. Die Tänzer sanken erschöpft und erleichtert in sich zusammen.

„Es schleppt hier."

Schleppt? Die Tänzer verdrehten die Augen und bemühten sich, ihre schmerzenden Muskeln zu vergessen. Der Choreograf musterte sie und gab dann das Zeichen für eine kleine Pause. Zwölf Körper ließen sich gegen die Wand fallen. Waden wurden massiert, Füße gestreckt, entspannt und wieder gestreckt. Sie sprachen wenig. Atem war wichtig, man musste sparsam mit ihm umgehen. Der abgenutzte Boden war voller Klebebandstreifen, die als Markierungen in anderen Shows gedient hatten. Aber jetzt zählte nur eine Show: diese.

„Willst du einen Bissen?"

Madeline O'Hara hob den Kopf und betrachtete den Schokoladenriegel. Sie überlegte, zögerte und schüttelte den Kopf. Ein Biss würde doch nicht reichen. „Nein, danke. Zucker steigt mir beim Tanzen immer zu Kopf."

„Ich brauche das jetzt." Die Frau, mit einer Haut so dunkel wie Schokolade, biss herzhaft in den Riegel. „Und der, der braucht nichts weiter als eine Peitsche und eine Kette."

Madeline – von allen nur Maddy genannt, warf dem Choreografen, der sich gerade zum Pianisten hinunterbeugte, einen Blick zu. „Er ist hart. Aber wir werden noch froh sein, ihn zu haben."

„Ja, aber im Augenblick könnte ich ihn …"

„Mit einer Klavierseite erwürgen?", schlug Maddy vor und erntete ein kehliges Lachen.

Ihre Energie kam zurück, und die Hitze wich langsam aus ihrem Körper. Es roch nach Schweiß und den fruchtduftenden Sprays, mit denen viele Tänzer den Schweißgeruch bekämpften.

„Ich habe dich beim Vortanzen gesehen", fuhr Maddy fort. „Du warst wirklich gut."

„Danke." Die Frau wickelte den Rest des Riegels ein und verstaute ihn in ihrem Tanzbeutel. „Wanda Starre – mit zwei R und einem E."

„Maddy O'Hara."

„Ja, ich weiß." In Theaterkreisen war Maddys Name nicht mehr unbekannt. Die Zigeuner – also die ungebundenen Tänzer, die von Show zu Show, Engagement zu Engagement wanderten – kannten sie als eine der Ihren … die es geschafft hatte. „Es ist mein erster Vertrag", vertraute Wanda ihr mit einem besonderen Unterton an.

„Ehrlich?" Weiße Verträge waren für Solisten, pinkfarbene für Chorustänzer. Doch es ging dabei um viel, viel mehr als Farbunterschiede. Überrascht betrachtete Maddy die Frau genauer. Sie hatte ein markantes, exotisches Gesicht und den langen, schlanken Hals und die kräftigen Schultern einer Tänzerin. Sie war größer als Maddy, bestimmt dreizehn Zentimeter.

„Ja." Wanda musterte die anderen Tänzer, die sich entspannten und sammelten. „Und ich habe eine Riesenangst."

Maddy fuhr sich mit dem Handtuch übers Gesicht. „Ich auch."

„Nun hör aber auf, Maddy. Du hast doch schon einmal in einer Starnummer geglänzt."

„Aber in dieser habe ich noch nicht geglänzt. Und ich habe noch nicht mit Myron gearbeitet." Sie sah zu dem mit seinen sechzig Jahren immer noch drahtigen Choreografen hinüber. „Es geht weiter", fügte sie halblaut hinzu. Die Tänzer erhoben sich und lauschten den nächsten Instruktionen.

Weitere zwei Stunden tanzten sie konzentriert, kämpften und feilten jede Bewegung aus. Als die anderen entlassen wurden, bekam Maddy eine zehnminütige Pause zugestanden, bevor sie ihr Solo probieren musste. Eine Solotänzerin musste sich für die Aufführung wie ein Athlet für seinen Marathonlauf vorbereiten. Probe, Disziplin und wieder Probe. Jede Bewegung musste ihrem Körper, ihren Muskeln und Gliedern im Schlaf verfügbar sein. Und alles musste im Einklang von Rhythmus und Takt stehen.

„Versuche es jetzt mit ausgestreckten Armen, auf Schulterhöhe. Besser", meinte Myron, nachdem Maddy all ihre Energie in die Schrittfolge gelegt hatte. Doch von Myron war das ein echtes Lob. „Und jetzt die Schultern lockern. Die Bewegungen müssen eher hart und schneidend sein. Zieh sie nicht weich durch, schneide sie ab. Du bist Stripperin, keine Ballerina."

Sie lächelte, denn während seiner Kritik massierte er ihr gleichzeitig die müden Schultermuskeln. Myron hatte den Ruf, ein gnadenlos harter Lehrer zu sein, aber er hatte ein mitfühlendes Herz für einen Tänzer.

Der Assistent gab den Takt vor, und Maddy überließ ihrem Körper das Denken. Schneidend, hart, scharf. Das verlangte die Rolle, also musste sie so sein. Allein mit ihrer Stimme konnte sie diese Rolle nicht überzeugend gestalten, sie musste ihren ganzen Körper einsetzen. Die Beine hoben sich, schnellten in einer Serie von ruckartigen Kicks vor. Ihre Arme streckten sich zur Seite, umfassten ihren Körper wie zur Umarmung und flogen wieder hoch, während ihre Füße sich wie von selbst im Takt bewegten.

Ihr langes, rotblondes Haar war zu einem Pferdeschwanz gebunden, und das Schweißband war schon durchnässt. Sie würde später ihr Haar in schulterlangen wilden Locken für diese Nummer tragen müssen, doch jetzt dachte sie einfach nicht daran. Ihr Gesicht glänzte feucht, doch sie ließ sich die Anstrengung nicht anmerken. Sie wusste, wie sie mit ihrem Gesicht Ausdruck, Gefühl vermitteln musste. Im

Theater war es oft nötig, den Ausdruck zu übertreiben. Über ihre weich geschwungene Oberlippe perlten Schweißtropfen, doch sie lächelte, blickte verschmitzt, lachte und schnitt Grimassen, je nachdem, wie es die Stimmung des Tanzes verlangte.

Ohne Make-up war ihr Gesicht anziehend – oder niedlich, wie Maddy es selbst eher akzeptierte –, mit seinem leicht herzförmigen Schnitt, den koboldhaften Zügen und den großen, goldbraunen Augen. Für die Rolle der Mary Howard alias der Fröhlichen Witwe würde sich Maddy ganz auf das Geschick des Maskenbildners verlassen müssen, um sich etwas Raffiniertes, sinnlich Glutvolles zu geben. Doch jetzt war sie ganz von ihren eigenen Ausdrucks- und Bewegungsmöglichkeiten abhängig, um überzeugend den Charakter einer erfahrenen Stripperin vermitteln zu können.

In einer gewissen Weise, dachte sie, habe ich mich mein ganzes Leben auf diese Rolle vorbereitet, mein ganzes Leben in Zügen und Bussen, unterwegs von einer Stadt zur nächsten, von einem Club zum nächsten, um das Publikum für einen Apfel und ein Ei zu unterhalten.

Mit fünf war sie schon in der Lage gewesen, ein Publikum einzuschätzen. War es abweisend, war es entspannt, war es aufnahmebereit? Denn die Stimmung des Publikums konnte über Erfolg oder Misserfolg des ganzen Auftritts entscheiden. Und schon früh hatte Maddy gelernt, wie winzige Veränderungen im Ablauf die bestmögliche Wirkung erzielen konnten. Seit sie laufen konnte, hatte sich ihr Leben auf der Bühne abgespielt. Und mit ihren sechsundzwanzig Jahren hatte sie nicht eine Sekunde davon bedauert.

Sie war eine geborene Zigeunerin. Sie und ihre zwei Schwestern waren zur Welt gekommen, als ihre Eltern unterwegs zu einer Vorstellung gewesen waren. Und so war es fast unvermeidlich gewesen, dass sie eine Broadway-Zigeunerin geworden war. Sie hatte vorgetanzt, war durchgefallen und hatte die Enttäuschung verarbeiten müssen. Sie hatte vorgetanzt, Erfolg gehabt und hatte die Angst vor der Premiere verarbeiten müssen. Doch aufgrund ihres Wesens und ihrer Geschichte hatte sie nie ein mangelndes Selbstvertrauen verarbeiten müssen.

Seit sechs Jahren kämpfte sie sich allein durch, ohne den Rückhalt ihrer Eltern, ihres Bruders und ihrer Schwestern. Sie hatte als Chorustänzerin getanzt und Unterricht genommen. Nebenher hatte sie als Kellnerin gejobbt, um den Unterricht, der bei Tänzern nie endete, und die Tanzschuhe, die immer viel zu schnell verschlissen waren, bezahlen zu können. Und sie hatte den Durchbruch zur Solotänzerin geschafft ...

Ihre größte Rolle war der Hauptpart in „Suzanna's Park" gewesen, eine wahre „Rosine", die sie aufgegeben hatte, als sie das Gefühl bekam, nichts mehr aus ihr herausholen zu können. Die Kündigung war ein Risiko gewesen, doch sie war Zigeunerin genug, um die Veränderung als Abenteuer anzunehmen.

Und nun studierte sie die Rolle der Mary, die härter, vielfältiger und fordernder als alles Bisherige war.

Die Musik endete, und Maddy stand mitten auf der Probebühne, die Hände auf den Hüften und schwer atmend. Ihr Körper schrie förmlich danach, zusammenbrechen zu dürfen, doch wenn Myron ein Zeichen gegeben hätte, hätte sie sich aufgerafft und weitergemacht.

„Nicht schlecht, Kleines." Er warf ihr das Handtuch zu.

Mit einem schwachen Auflachen verbarg Maddy das Gesicht in dem Handtuch. Es war schon nicht mehr frisch, aber es saugte den Schweiß noch auf. „Nicht schlecht? Du weißt verdammt gut, dass es großartig war."

„Es war gut." Myrons Lippen zuckten. Maddy wusste, das war bei ihm so viel wie ein Lachen. „Ich kann eingebildete Tänzer nicht ausstehen." Doch sein Blick drückte Freude und Dankbarkeit dafür aus, dass sie ein solches Energiebündel war. Sie war sein Werkzeug, sein Kunstwerk. Sein Erfolg hing ebenso von ihren Fähigkeiten ab wie ihrer von seinen.

Maddy schlang sich das Handtuch um den Nacken. „Kann ich dich etwas fragen, Myron?"

„Schieß los." Er holte eine Zigarette hervor, eine Angewohnheit, die Maddy mit leichtem Mitleid betrachtete.

„Wie viele Musicals hast du schon gemacht? Insgesamt, meine ich, als Tänzer und Choreograf?"

„Zu zählen wäre vergebliche Mühe. Sagen wir einfach, viele."

„Okay." Sie ging bereitwillig darauf ein, obwohl sie ihre besten Steppschuhe darauf setzen würde, dass er die Anzahl der Stücke genau kannte. „Wie schätzt du unsere Chancen bei diesem ein?"

„Nervös?“

„Nein. Verunsichert.“

Er nahm zwei kurze Züge. „Das ist gut für dich, für den Erfolg.“

„Ich kann nicht schlafen, wenn ich verunsichert bin. Ich brauche meinen Schlaf.“

Seine Lippen zuckten wieder. „Du hast den Besten – mich. Du hast gute Musik und einen packenden Text. Was willst du?“

„Nur Klarheit.“ Sie dankte dem Assistenten für das Glas Wasser und nahm einen kleinen Schluck.

Myron antwortete, weil er sie achtete. Und das lag nicht an ihrer Leistung in „Suzanna's Park“, er achtete sie und alle anderen wegen ihrer Leistungen jeden Tag. „Du weißt, wer uns finanziert?“

Sie nickte und nahm noch einen Schluck. „Valentine Records.“

„Schon einmal darüber nachgedacht, warum eine Schallplattenfirma ein Musical finanziert?“

„Exklusivrechte, um das Album herauszubringen.“

„Du hast es erfasst.“ Er drückte die Zigarette aus und spürte sofort das Bedürfnis nach einer weiteren. Wenn keine Musik spielte – auf dem Klavier oder in seinem Kopf –, dachte er nur an Zigaretten. Zum Glück für seine Lungen war das nicht oft. „Roy Valentine ist unser Geldgeber. So ein hohes Tier ist nicht an uns interessiert, Schätzchen. Er ist nur daran interessiert, Profit zu machen.“

„Okay“, entschied Maddy. „Ich wünsche ihm den Profit.“ Sie lächelte verschmitzt. „Einen großen.“

„Guter Gedanke. Und jetzt ab unter die Dusche.“

Die Wasserrohre klopften, und der Wasserstrahl kam nur mit Unterbrechungen, aber er war kalt und erfrischend. Maddy hatte heute früh Ballettunterricht gehabt und war von dort direkt zur Probe gekommen. Zuerst war sie mit dem Komponisten zwei Songs durchgegangen. Der Gesang machte ihr keine Mühe, sie hatte eine klare Stimme, einen guten Tonumfang und eine ausgezeichnete Intonation. Vor allem aber war sie laut. Zarte Stimmchen waren am Theater fehl am Platz.

Ihre Stimme hatte sich in den Jahren der O'Hara-Drillinge ausgebildet. Wenn man in Bars und Clubs mit schlechter Akustik und unzureichender Anlage singen muss, dann lernt man, seine Lungen großzügig einzusetzen.

Doch ihr Herz gehörte dem Tanz, weniger der schauspielerischen Darstellung. Die wahre Schauspielerin in der Familie war Carrie, Alana hatte die ausdrucksfähigste Stimme. Der Tanz hatte Maddy mit Leib und Seele gefangen von dem ersten Augenblick an, als ihr Vater ihr die ersten Steppschritte in dem schäbigen, kleinen Club in Pennsylvania beigebracht hatte.

Sieh mich jetzt an, Dad, dachte sie, als sie sich schnell abtrocknete und anzog, jetzt bin ich am Broadway.

Der große Bühnenraum hallte wider von all den Geräuschen. Der Komponist und der Texter nahmen kleinere Veränderungen an ihren Songs vor. Morgen würden Maddy und die anderen sie lernen müssen. Das war nichts Neues. Myron würde noch viele feine Veränderungen an den schon einstudierten Tanznummern vornehmen. Auch das war nichts Neues.

Mit Schwung hängte sich Maddy ihren Tanzbeutel über die Schultern. Nur ein Gedanke beherrschte sie, als sie die Treppen zum Eingang hinunterstieg: Essen. Die Kraft und die Kalorien, die ein Tag voller Proben gekostet hatten, mussten ergänzt werden – aber kontrolliert. Sie hatte sich schon vor langer Zeit dazu erzogen, einen Becher Joghurt mit gleicher Begeisterung wie einen Bananensplit zu sehen. Heute Abend würde es Joghurt sein, garniert mit frischem Obst und ergänzt von einem Teller Gerstensuppe und einem Spinatsalat.

Bei der Tür lauschte sie noch einmal auf die Geräusche: ein Sänger, der die Tonleitern durchging, Klavierlinien, die nur noch dünn bis hier durchdrangen, rhythmisches Aufschlagen von Füßen auf dem Tanzboden. Diese Geräusche gehörten ebenso zu ihr wie ihr eigener Herzschlag.

Der Himmel segne Roy Valentine, entschied sie und trat endgültig in die einbrechende Dämmerung hinaus.

Sie hatte kaum zwei Schritte gemacht, als ein heftiges Reißen an ihrem Tanzbeutel sie herumwirbeln ließ.

Er war noch fast ein Kind – vielleicht sechzehn oder siebzehn Jahre alt –, aber der harte, verzweifelte Blick war unmissverständlich.

Maddy machte den Eindruck eines leicht zu überwältigenden Opfers: ein Fliegengewicht, das leicht weggestoßen werden konnte, während er ihren Beutel an sich riss und floh. Ihre Kraft, mit der sie sich zur Wehr setzte, überraschte ihn, machte ihn aber nur noch entschlossener, sich zu nehmen, was sie an Bargeld und Kreditkarten in ihrem Beutel haben mochte. Niemand nahm Notiz von dem Kampf im Halbdunkel neben dem alten Gebäude. Beim Gedanken an die Jugend ihres Angreifers versuchte Maddy es mit Überzeugungskraft. Man hatte ihr zwar schon dargelegt, dass nicht unbedingt jeder sich ändern wollte, aber das hielt sie nicht von einem Versuch ab.

„Weißt du überhaupt, was da drin ist?", fragte sie, während sie beide an ihrem Beutel rissen. Er war schon atemloser als sie. „Verschwitzte Trikots und ein Handtuch, das schon ganz muffig ist. Und meine Ballettschuhe."

Der Gedanke an die Ballettschuhe ließ sie ihren Beutel nur noch entschlossener verteidigen. Der Junge beschimpfte sie, doch sie achtete nicht darauf. „Die Schuhe sind noch fast neu, aber für dich völlig unbrauchbar. Ich brauche sie dringender als du", fuhr sie in ihrem vernünftigen Tonfall fort. Doch als sie mit der Ferse gegen das eiserne Geländer knallte, fluchte sie. Sie konnte es sich leisten, ein paar Dollar zu verlieren, aber sie konnte sich keine Verletzung leisten. Da er sich offensichtlich nicht ändern lassen wollte, ging er vielleicht auf einen Vergleich ein.

„Hör zu, wenn du mich in Ruhe lässt, gebe ich dir die Hälfte von meinem Bargeld. Ich habe keine Zeit, mir neue Schuhe zu besorgen, und ich brauche sie morgen. Das gesamte Bargeld", entschied sie dann, als sie hörte, wie die Nähte ihres Beutels zu reißen begannen. „Ich habe ungefähr dreißig Dollar."

Er versetzte Maddy nur einen kräftigen Schlag, der sie vorwärtsstolpern ließ. Ein Ruf ertönte, und sofort ließ er los. Wie ein Stein fiel der Beutel herunter, sein Inhalt verstreute sich auf dem Boden. Und wie der Blitz rannte der Junge die Straße hinunter und verschwand um die nächste Ecke. Leise fluchend bückte sich Maddy, um ihre Sachen wieder einzusammeln.

„Alles in Ordnung?"

Maddy griff nach ihren ramponierten Wadenwärmern und sah ein Paar auf Hochglanz polierte italienische Schuhe. Als Tänzerin achtete sie besonders darauf, was Leute an den Füßen trugen. Schuhe verrieten häufig die Persönlichkeit und das Selbstbewusstsein von Menschen. Polierte italienische Schuhe bedeuteten Reichtum und Wertschätzung dessen, was Reichtum ermöglichte. Über dem teuren Leder kamen erstklassig geschnittene hellgraue Hosen. Während Maddy das herausgefallene Kleingeld aufsammelte, blickte sie höher zu schmalen Hüften und einem dünnen Gürtel mit einer kleinen, geschmackvoll gearbeiteten goldenen Schnalle. Stilvoll, aber nicht übertrieben modebetont, entschied sie.

Das Jackett war offen und zeigte eine schlanke Taille, darüber ein weiches, hellblaues Hemd und eine dunklere Krawatte. Alles Seide. Maddy liebte Seide auf der Haut. Luxusartikel waren nur dann Luxus, wenn sie genossen werden konnten.

Sie betrachtete die Hand, die sich ihr hilfreich entgegenstreckte. Sie war gebräunt und hatte lange Finger. Am Handgelenk war eine goldene Uhr, die sowohl teuer als auch praktisch aussah. Sie ergriff die Hand und spürte Wärme, Kraft und, wie sie glaubte, Ungeduld.

„Danke." Sie sagte das, bevor sie ihm ins Gesicht sah. Der Mann war groß und schlank, nicht in der Art eines Tänzers, aber in der Art eines Mannes, der diszipliniert mit seinem Körper umging, ohne in die Extreme des Verzichts zu verfallen. Mit dem gleichen Interesse, wie sie ihn von den Zehen bis zu den Schultern gemustert hatte, betrachtete sie nun sein Gesicht.

Es war glatt rasiert. Seine Wangenknochen standen leicht vor, was seinem festen, ernsten Blick eine künstlerische Note gab. Eine strenge Linie um seinen Mund schien Missbilligung oder Ärger zu signalisieren, während sein Kinn eine leichte, nur eine ganz leichte Einkerbung zeigte. Seine Nase war gerade, irgendwie aristokratisch. Die Augen waren ein dunkles, hartes Grau, und sie drückten so deutlich, wie Worte es vermocht hätten, aus, dass er seine Zeit nicht mit in Schwierigkeiten geratenen Mädchen verschwenden wollte.

Die Tatsache, dass er nicht wollte und es doch getan hatte, erwärmte Maddy für ihn.

Er fuhr sich durch sein braunes Haar, erwiderte ihren Blick und fragte sich, ob sie einen Schock erlitten habe. Dann lächelte sie, und erst jetzt bemerkte er, dass sie weder errötet noch erblasst war und aus ihren Augen auch keine Furcht sprach. Sie entsprach so gar nicht seiner Vorstellung von einer Frau, die gerade beinahe beraubt worden war.

„Ich bin froh, dass Sie gerade vorbeikamen. Dem Jungen war einfach nicht mit Vernunft beizukommen." Sie beugte sich wieder vor, um ihre Sachen einzusammeln.

Er sagte sich, dass er gehen und es ihr überlassen sollte, ihre verstreuten Habseligkeiten allein aufzuheben, doch stattdessen warf er einen Blick auf seine Uhr und bückte sich dann, um ihr zu helfen. „Versuchen Sie immer, vernünftig zu Räubern zu reden?"

„Räuber im ersten Lehrjahr, würde ich sagen." Sie fand ihren Schlüsselbund in einem Loch im Gehweg. „Und ich habe versucht, mit ihm zu handeln."

Er hob Maddys älteste Strumpfhose hoch, die von den vielen Proben schon ganz dünn an den Knien war. „Meinen Sie wirklich, das war eine Verhandlung wert?"

„Aber sicher." Sie nahm sie ihm aus der Hand, rollte sie zusammen und stopfte sie in ihren Beutel.

„Er hätte Sie verletzen können."

„Er hätte meine Schuhe bekommen können." Maddy strich über deren weiches Leder. „Ich habe sie erst vor drei Wochen gekauft, und er hätte nichts damit anfangen können. Würden Sie mir bitte das Stirnband geben?"

Er hob es vorsichtig hoch und verzog das Gesicht. Mit spitzen Fingern reichte er es ihr. „Haben Sie damit geduscht?"

Lachend ergriff sie es und verstaute es mit dem Rest ihrer Trainingssachen. „Nein, es ist nur Schweiß. Entschuldigung." Doch ihr Blick verriet keine Bitte um Vergebung, nur Humor. „Doch so, wie Sie angezogen sind, sehen Sie nicht aus, als ob Sie die Substanz erkennen würden."

„Ich trage sie normalerweise nicht in einem Beutel mit mir herum." Er fragte sich, warum er nicht einfach weiterging. Er hatte schon fünf Minuten Verspätung, doch irgendetwas in der Art, wie sie ihn weiterhin offen und humorvoll betrachtete, hielt ihn zurück. „Sie verhalten sich gar nicht wie eine Frau, die beinahe eine Strumpfhose, ein altes Trikot, ein schäbiges Handtuch, zwei Paar Schuhe und fünf Pfund Schlüssel verloren hat."

„So schäbig ist das Handtuch nun auch nicht." Zufrieden, alles wiedergefunden zu haben, zog Maddy ihren Beutel zu. „Außerdem habe ich es nicht verloren."

„Die meisten Frauen, die ich kenne, würden nicht mit einem Räuber verhandeln."

Interessiert musterte sie ihn wieder. Er wirkte wie ein Mann, der

Dutzende von Frauen kannte, alle elegant und intelligent. „Was würden die tun?“

„Schreien, denke ich.“

„Wenn ich das getan hätte, hätte er meinen Beutel, und ich wäre außer Atem.“ Sie tat die Idee mit einem Schulterzucken ab. „Trotzdem, danke.“ Sie reichte ihm ihre schlanke, schmucklose Hand. „Ritter in goldener Rüstung sind schon etwas Wunderbares.“

Sie war zierlich und vollkommen allein, und es wurde von Minute zu Minute dunkler. „Sie sollten in dieser Gegend nicht im Dunkeln herumlaufen.“

Sie lachte wieder, ein helles, volles, amüsiertes Lachen. „Das ist meine Gegend. Ich wohne nur vier Blocks weiter. Und wie gesagt, der Junge war ein blutiger Anfänger. Kein Straßenräuber mit etwas Selbstachtung würde Tänzer auch nur eines Blickes würdigen. Sie wissen, dass Tänzer normalerweise pleite sind. Aber Sie …“ Sie trat zurück und musterte ihn erneut. Er war es schon wert, eines zweiten Blickes gewürdigt zu werden. „Bei Ihnen ist das anders. So wie Sie gekleidet sind, sollten Sie Ihre Uhr und Brieftasche besser in den Shorts verstecken.“

„Ich werde es mir merken.“

Eine gute Tat sollte mit einer weiteren erwidert werden. „Kann ich Ihnen vielleicht weiterhelfen? Sie machen nicht den Eindruck, als ob Sie sich in dieser Gegend auskennen.“

„Nein, danke. Ich muss nur hier herein.“

„Hier?“ Maddy warf einen Blick zurück auf das renovierungsbedürftige Gebäude, in dem die Probebühne untergebracht war, und betrachtete wieder ihr Gegenüber. „Sie sind kein Tänzer.“ Sie sagte es überzeugt. Nicht, dass er sich nicht gut bewegte, er war einfach kein Tänzer. „Und auch kein Schauspieler“, entschied sie nach kurzer innerer Debatte. „Und ich wette, Sie sind auch kein Musiker, obwohl Sie schöne Hände haben.“

Immer, wenn er endlich seinen Weg fortsetzen wollte, zog sie ihn wieder zurück. „Warum nicht?“

„Zu konservativ“, erwiderte sie spontan, aber ohne Wertschätzung. „Einfach zu ordentlich. Sie sind eher wie ein Bankier oder ein Rechtsanwalt gekleidet oder …“ Und plötzlich ging ihr ein Licht auf. „Oder ein Finanzier. Ein Finanzier“, wiederholte sie und strahlte ihn an. „Von Valentine Records?“

Wieder bot Maddy ihm ihre Hand, und er ergriff sie. „Das stimmt. Roy Valentine."

„Ich bin die Fröhliche Witwe."

Er runzelte die Stirn. „Wie bitte?"

„Die Stripperin." Sie beobachtete, wie sich seine Augen verengten. Sie hätte es dabei bewenden lassen können, aber immerhin hatte er ihr geholfen. „Von ‚Take It Off', die Show, die Sie finanzieren." Und erfreut legte Maddy ihre freie Hand auf seine. „Madeline O'Hara."

Das war Madeline O'Hara? Diese kleine Range mit dem frechen Pferdeschwanz sollte das mitreißende Erlebnis aus „Suzanna's Park" sein? Sie hatte eine lange, blonde Perücke getragen, einen Alice-im-Wunderland-Blick gehabt und Kostüme vom Ende des 19. Jahrhunderts, aber ... Ihre kraftvolle Stimme hatte den letzten Winkel des Theaters ausgefüllt, und sie hatte mit einer rasenden, geballten Energie getanzt, die ihn, der schwer zu beeindrucken war, fast ehrfürchtig ergriffen hatte.

Einer der Gründe, warum er diese Show finanzieren wollte, war Madeline O'Hara gewesen. Nun stand er ihr von Angesicht zu Angesicht gegenüber und spürte Zweifel.

„Madeline O'Hara?"

„So steht es im Vertrag."

„Ich habe Sie auf der Bühne gesehen, Miss O'Hara. Ich hätte Sie nicht erkannt."

„Beleuchtung, Kostüme, Maske." Sie tat es mit einer Handbewegung ab. Außerhalb des Rampenlichts zog Maddy Anonymität und ihr individuelles Aussehen vor. Sie war als eine von dreien zur Welt gekommen – Carrie hatte die überwältigende Schönheit, Alana die warme Herzlichkeit mitbekommen und sie eben das verschmitzt Niedliche. Es gab sicher berechtigte Gründe dafür, aber über Roys zweifelnden Blick musste sie einfach amüsiert lächeln. „Und jetzt sind Sie enttäuscht."

„Das habe ich nicht gesagt."

„Natürlich nicht. Dazu sind Sie zu höflich. Aber keine Sorge, Mr. ‚Valentine Records', ich werde Sie nicht enttäuschen. Jeder O'Hara ist eine kluge Investition." Sie lachte über ihren eigenen familiären Spaß.

Die Straßenbeleuchtung hinter ihnen ging an, ein deutliches Zeichen, dass endgültig die Nacht einbrach. „Ich vermute, Sie haben drinnen eine Verabredung."

„Vor zehn Minuten."

„Zeit ist nur wichtig, wenn man abhängig ist. Sie haben das Scheckbuch, Captain, also bestimmen Sie." Freundschaftlich schlug sie ihm auf den Arm. „Wenn Sie wieder einmal hier in der Nähe sind, kommen Sie doch einfach zur Probe." Sie machte einige Schritte rückwärts und lächelte ihn schelmisch an. „Dann können Sie mich in voller Aktion bewundern. Ich bin gut, Mr. ‚Valentine Records', wirklich gut." Mit einer Pirouette drehte sie sich um und eilte in leichtem Laufschritt die Straße entlang.

Trotz seines Hangs zur Pünktlichkeit sah Roy ihr nach, bis sie um die Ecke verschwand. Kopfschüttelnd ging er auf den Eingang zu, als er eine runde Haarbürste bemerkte. Die Versuchung, sie einfach liegen zu lassen, war groß. Doch die Neugier war größer. Als Roy sie aufhob, bemerkte er einen ganz leichten Shampoo-Geruch – etwas zitronig Frisches. Er widerstand dem Drang, an ihr zu riechen, und steckte sie in die Jackentasche. Ob eine Frau wie sie überhaupt eine Haarbürste vermisste? Doch sofort schob er den Gedanken zur Seite. Er würde sie ihr auf alle Fälle zurückgeben.

Eine weitere gute Tat würde nicht schaden. Er war also verpflichtet, Madeline O'Hara wiederzusehen.

2. KAPITEL

Fast eine Woche verging, bevor Roy Zeit fand, erneut bei der Probebühne vorbeizuschauen. Er konnte den Besuch sogar rein geschäftlich begründen. Eigentlich hatte er sich nicht um die Show selbst kümmern wollen. Gespräche mit dem Produzenten und Konferenzen mit den Finanzberatern hätten gereicht, um ihn auf dem Laufenden zu halten. Roy verstand sich auf Bilanzen, Zahlenreihen und Geschäftsunterlagen besser als auf die Geräusche und Gerüche in dem heruntergekommenen Gebäude. Aber schließlich schadete es nie, die Zügel bei einer Investition fest in der Hand zu behalten – selbst wenn diese Investition eine kapriziöse Frau mit einem strahlenden Lächeln einschloss.

Er fühlte sich fehl am Platz auf der Probebühne mit seinem dreiteiligen Anzug, ebenso wie er sich auf einer entlegenen Südsee-Insel gefühlt hätte, wo die Eingeborenen Knochen als Ohrschmuck trugen.

Als er die Treppen hochstieg, redete er sich ein, dass eine ganz natürliche Neugier ihn zurückgeführt habe und die einfache Tatsache, seine finanziellen Interessen zu wahren. Valentine Records hatte eine hübsche Stange Geld in „Take It Off" gesteckt, und er war Valentine Records gegenüber verantwortlich. Dennoch griff er in die Tasche und spielte mit der gefundenen Haarbürste.

In einem Raum voller Spiegel entdeckte er die Tänzer. Es waren nicht die glitzernden, mit Pailletten geschmückten Tänzer, für die man am Broadway zahlte, sondern hier war es eine durcheinandergewürfelte, schwitzende Gruppe von Männern und Frauen in abgetragenen Trikots. Roy fühlte sich ungemütlich, als er sie beobachtete, wie sie einem drahtigen Mann, den er als den Choreografen erkannte, zuhörten.

„Ein bisschen mehr Dampf, Leute", bestimmte Myron. „Das ist ein Striplokal und kein Tanztee. Wir verkaufen Sex, allerdings gefällig. Wanda, ich will den Hüftschwung langsamer, aufreizender, aber ausladender. Maddy, bei diesem Tanz mehr Druck. Die Bewegungen aus der Taille heraus."

Er machte es vor. Maddy sah es sich an und grinste dann anzüglich. „Ich habe den Entwurf für mein Kostüm gesehen, Myron. Wenn ich mich so vorbeuge, liefere ich den Jungs in der ersten Reihe eine Anatomiestunde."

Myron warf ihr einen abschätzenden Blick zu. „Eine kleine, in deinem Fall."

Die anderen Tänzer prusteten und lachten auf. Maddy nahm die Anspielung mit einem gut gelaunten Lachen an. Und dann nahmen alle wieder ihre Position ein.

Mit wachsendem Erstaunen beobachtete Roy sie, die ihm vorher wie eine unprofessionelle, bunt gewürfelte Mischung erschienen waren. Beine flogen, Hüften rollten. Sich wild bewegende Körper fanden zueinander. Es gab Hebungen, Sprünge, Wirbel und das Geräusch elastisch auf dem Boden aufschlagender Füße. Von seinem günstigen Beobachtungsplatz aus konnte Roy die Anstrengung, den Schweiß und das tiefe, kontrollierte Atmen erkennen. Dann trat Maddy vor, und er vergaß den Rest.

Das Trikot schien mit jeder Kurve und Linie ihres Körpers verwachsen zu sein. Ihre Beine, auch wenn sie in alten Strumpfhosen steckten, schienen bis zur Taille hoch zu reichen. Zunächst die Hände auf den Hüften, bewegte sie sich langsam vorwärts, dann rechts, dann links, der kreisenden Bewegung ihrer Hüften folgend.

Ein Arm wand sich um ihren Körper und flog dann hervor. Es gehörte nicht viel Fantasie dazu, um zu verstehen, dass sie gerade irgendein Kleidungsstück weggeworfen hatte. Ein Bein schnellte gestreckt hoch. Und langsam, erotisch, ließ sie die Spitzen ihrer Finger den Schenkel hinuntergleiten, während sie das Bein wieder senkte.

Der Rhythmus und das Tempo steigerten sich. Sie bewegte sich wie eine Wildkatze, drehte und wand sich, sinnlich und geschmeidig. Und dann, als die Tänzer hinter ihr sich in einen wahren Bewegungsrausch steigerten, drehte sie sich aus der Taille heraus und schaffte eine faszinierende Wirkung allein vom Spiel ihrer Schultern her. Ein Mann löste sich aus der Gruppe und ergriff ihren Arm. Nur mit der Drehung ihres Körpers und der Haltung ihres Kopfes drückte sie ein aufreizendes Katz-und-Maus-Spiel und spöttische Bereitwilligkeit aus. Als die Musik endete, hielt der Mann sie gefangen, ihren Körper zurückgebogen. Und fest lag seine Hand auf ihrem Po.

„Besser", entschied Myron. Die Tänzer sanken in sich zusammen, als könnten sie sich nicht mehr auf den Beinen halten. Maddy und ihr Partner drohten übereinander zusammenzubrechen.

„Pass auf deine Hand auf, Jack."

Er lehnte sich etwas über ihre Schulter. „Ja, ich habe sie genau im Auge."

Ihr gelang ein atemloses Lachen, bevor sie ihn von sich schob. Erst jetzt bemerkte sie Roy an der Tür. Er verkörperte ganz den ordentlichen, erfolgreichen Geschäftsmann. Maddy warf ihm ein freundliches Lächeln zu.

„Lunchpause", verkündete Myron und steckte sich eine Zigarette an. „Maddy, Wanda und Terry sind in einer Stunde wieder zurück. Jemand soll Carter verständigen, dass er auch kommen soll. Gesangsprobe ist um halb zwei in Raum B."

Der Raum leerte sich schon. Maddy nahm ihr Handtuch und vergrub ihr Gesicht darin, bevor sie zu Roy hinüberging. Einige der Tänzerinnen gingen an ihm mit nicht gerade unauffällig auffordernden Blicken vorbei.

„Hallo." Maddy schlang ihr Handtuch um den Hals und schob Roy sachte aus dem Weg der hungrigen Tänzer. „Haben Sie das ganze Ding gesehen?"

„Das ganze Ding?"

„Den Tanz."

„Ja." Die Art, wie sie sich bewegt und Erotik ausgeströmt hatte, würde er so schnell nicht vergessen können.

„Und?"

„Beeindruckend." Nun sah sie ganz einfach wieder wie eine Frau aus, die hart gearbeitet hatte, zwar attraktiv, aber kaum von naturgewaltiger Verführungskraft. „Sie haben … nun, eine Menge Energie, Miss O'Hara."

„Oh, davon bin ich vollgepackt. Sind Sie wieder hier wegen einer Besprechung?"

„Nein." Er fühlte sich etwas lächerlich, als er ihre Haarbürste herauszog. „Die gehört wohl Ihnen."

„Ja." Erfreut nahm Maddy sie von ihm. „Ich hatte sie schon als verloren abgeschrieben. Das war nett von Ihnen." Sie tupfte sich wieder mit dem Handtuch das Gesicht ab. „Augenblick." Sie ging hinüber zu ihrem Beutel und verstaute die Bürste und das Handtuch.

Beim Hinunterbeugen spannte sich ihr Trikot über ihrem Po, ein Anblick, der Roy alles andere als unangenehm war. Den Beutel über der Schulter, kam sie zurück.

„Wie wäre es mit Lunch?“, fragte sie ihn.

Es war so beiläufig gefragt und so lächerlich verlockend, dass er fast zugesagt hätte. „Ich habe schon eine Verabredung.“

„Dinner?“

Seine Braue hob sich. Sie sah ihn an, ein kleines Lächeln auf den Lippen und Lachen in den Augen. Die Frauen, die er kannte, hätten die Annäherungsversuche und weiteren Schritte kühl beherrscht ihm überlassen. „Soll das eine Einladung sein?“

Die Frage klang höflich, doch wachsam, und sie musste wieder lachen. „Schnelle Auffassungsgabe, Mr. Valentine Records. Essen Sie denn Fleisch? Ich kenne genügend Leute, die es nicht anrühren würden.“

„Nun, ja.“ Er fragte sich, warum er sich so fühlte, als ob er sich entschuldigen müsste.

„Gut. Ich mache Ihnen ein Steak. Haben Sie einen Stift?“

Unsicher, ob er amüsiert oder einfach verwirrt sein sollte, zog Roy einen aus der Brusttasche.

„Ich wusste, dass Sie einen haben.“ Maddy rasselte ihre Adresse herunter. „Also, um sieben.“ Sie rief jemandem hinten im Korridor zu, auf sie zu warten, und war selbst weg, bevor er ablehnen oder zusagen konnte.

Roy verließ das Gebäude, ohne ihre Adresse aufgeschrieben zu haben. Aber er vergaß sie nicht.

Maddy machte alles aus dem Impuls heraus. Damit rechtfertigte sie auch vor sich selbst, Roy zum Essen eingeladen zu haben, obwohl sie ihn kaum kannte und nichts Interessanteres zu Hause hatte als einen Bananenjoghurt. Er ist interessant, sagte sie sich, und das zählte. Und so machte sie, nach einem zehnstündigen Tag auf den Füßen, auf dem Weg nach Hause Halt für einen schnellen Einkauf.

Sie kochte nicht oft. Nicht, dass sie es nicht konnte, es war nur einfacher, aus einem Karton oder einer Büchse zu essen. Und wenn es nicht ums Theater ging, wählte Maddy stets den einfacheren Weg.

Als sie ihr Apartmenthaus betrat, hörte sie schon, wie die Gianellis im ersten Stock sich stritten. Italienische Schimpfwörter hallten durchs Treppenhaus. Maddy erinnerte sich an ihre Post, joggte zurück, suchte an ihrem Schlüsselbund den winzigen Briefkastenschlüssel und schloss die zerbeulte Tür auf. Mit einer Postkarte von ihren Eltern, der Reklame von einer Lebensversicherungsgesellschaft und zwei Rechnungen joggte sie wieder hinauf.

Im zweiten Stock hockte die Neue von 242 auf dem Treppenabsatz und las ein Buch.

„Was macht die englische Literatur?", erkundigte sich Maddy.

„Ich glaube, ich schaffe die Prüfung im August."

Sie macht einen einsamen Eindruck, dachte Maddy. „Ich habe leider keine Zeit. Ich erwarte jemanden zum Essen."

Im dritten Stock ertönte dröhnende Rockmusik und das Aufstampfen von Füßen. Die Disco-Königin übt wieder, entschied Maddy und lief das letzte Stockwerk hoch. Nach einem hastigen Herumsuchen nach ihren Schlüsseln betrat sie ihre Wohnung. Sie hatte noch eine Stunde.

Auf dem Weg in die Küche schaltete sie die Stereoanlage an. Dann schrubbte sie zwei Kartoffeln ab, steckte sie in den Ofen, erinnerte sich sogar daran, ihn anzuschalten, und schließlich kam der frische Salat noch in die Spüle, und der Wasserhahn wurde aufgedreht.

Vielleicht sollte sie etwas sauber machen? Es war nicht mehr abgestaubt worden seit … nun, egal. Man konnte ihre Wohnung ein unordentliches Durcheinander nennen, doch beim besten Willen nicht langweilig.

Die allermeisten Einrichtungsgegenstände waren Broadway-Stücke, die günstig verschleudert worden waren. Für Maddy waren es Erinnerungswerte, sodass sie sich, selbst nachdem das Geld anfing, regelmäßig einzugehen, nicht von ihnen getrennt hatte. Das Sofa mit seinem geschwungenen Rücken und seiner gefährlich harten Polsterung stammte aus einer durchgefallenen Show, an die Maddy sich nicht einmal mehr erinnern konnte. Doch es hieß, dass es einmal zur Salonausstattung von „My Fair Lady" gehört hätte. Maddy hatte sich entschlossen, es zu glauben.

Kein einziges Stück passte zum anderen. Es war ein Mischmasch von Stilrichtungen und Farben, ein Durcheinander von Trödel und Pracht, in dem sie sich wohlfühlte.

Die Wände hingen voll mit Postern von Aufführungen. Und es gab eine Pflanze, einen Philodendron, der in seinem farbenprächtigen Topf am Fenster zwischen Leben und Tod dahinwelkte. Es war die letzte einer ganzen Reihe armer Pflanzen.

Am meisten schätzte Maddy die knallig pinkfarbene Neonschrift, deren Lettern ihren Namen aufleuchten ließen. Terence hatte sie ihr geschenkt, als sie ihren ersten Vertrag als Chorustänzerin am Broadway bekommen hatte. Ihr Name in Neonlicht. Maddy knipste ihn an, wie sie es immer machte.

Da es in einigen Tagen sowieso wieder unordentlich sein würde, ließ sie es gleich sein und machte nur zwei Stühle frei und stapelte die Zeitschriften und die ungeöffnete Post zusammen. Viel wichtiger war es, ihre Tanzsachen auszuwaschen.

Sie stopfte alles in die Badewanne mit warmem Wasser und Seifenpulver, krempelte die Ärmel ihres knielangen Sweatshirts hoch und begann mit der langweiligen Aufgabe von Auswaschen, Spülen und Wringen. Schließlich hängte sie alles über die Wäscheleine, die sie selbst über der Wanne angebracht hatte.

Das Bad war kaum größer als ein Schrank. Als sie sich umdrehte, fing sie ihr eigenes Spiegelbild im Spiegel über dem Waschbecken auf. Spiegel waren ein vertrauter Bestandteil ihres Lebens. Manchmal musste sie sich acht Stunden täglich in ihnen beobachten.

Nun betrachtete sie ihr Gesicht. Es war diese Mischung aus zierlichem Kinn, großen Augen und klarem Teint, die ihr diese schrecklichen Auszeichnungen wie „niedlich" und „gesund" einbrachte. Nichts Weltbewegendes, dachte sie, aber sie konnte mit sich zufrieden sein.

Aus einer Laune heraus öffnete sie die Spiegeltür und griff sich wahllos einige Schminksachen. Schminke war fast ein Tick von ihr. Sie kaufte sie, legte sich Vorräte an, sammelte sie direkt. Selbst die Tatsache, dass sie sie außerhalb des Theaters kaum benutzte, ließ sie diese Leidenschaft nicht als merkwürdig empfinden. Falls sie Lust hatte, mit ihrem Gesicht zu spielen, so hatte sie wenigstens die notwendigen Utensilien dazu.

Zehn Minuten lang probierte sie aus, legte Schminke auf, wischte sie wieder weg, legte wieder auf, bis das Ergebnis ein leicht exotisches Farbenspiel auf ihren Lidern und ein warmer Hauch auf ihren Wangenknochen war. Sie stellte die Töpfchen, Tuben und Stifte wieder in den Toilettenschrank und schloss ihn schnell, bevor wieder etwas herausfallen konnte.

Madeline O'Hara musste ihm die falsche Adresse gegeben haben. Seiner Erinnerung konnte Roy vertrauen. Es war ihm schon früh beigebracht worden, wie wichtig es war, sich Namen, Gesichter und Daten zu merken.

Er hatte auf keinen Fall die Adresse vergessen oder verwechselt, doch allmählich glaubte er, dass Maddy etwas durcheinandergebracht hatte.

Je mehr er sich der angegebenen Adresse mit seinem Auto näherte, desto heruntergekommener wurde die Gegend. Wie konnte sie hier leben? Oder besser, warum lebte sie hier? Eine Frau, die jetzt zum dritten Mal eine Rolle am Broadway bekommen hatte, musste sich doch erlauben können, in einem Viertel zu leben, in dem man auch nach Einbruch der Dunkelheit auf die Straße gehen konnte.

Auf einem zerbeulten Briefkasten entdeckte er ihren Namen. Apartment 405. Und es gab keinen Fahrstuhl. Roy machte sich auf den Weg nach oben, begleitet von Kindergeschrei, ohrenbetäubender Jazzmusik und italienischen Flüchen. Als er den dritten Stock erreicht hatte, fluchte er selbst.

Als es klopfte, wusch Maddy gerade den Salat. Es war klar, dass er pünktlich sein würde – so wie sie selbst im entsprechenden Fall unpünktlich.

„Augenblick", rief sie und sah sich vergeblich nach einem Handtuch für ihre nassen Hände um. Auf dem Weg zur Tür schüttelte sie einfach die Tropfen ab.

„Hallo. Hoffentlich sind Sie nicht hungrig. Ich bin noch nicht fertig."

„Nein. Ich ..." Er warf einen Blick zurück. „Das Treppenhaus", begann er und brach wieder ab.

Maddy streckte den Kopf zur Tür heraus und schnüffelte. „Riecht wie Viehfutter. Guido scheint wieder zu kochen. Kommen Sie herein."

Nach allem hätte er eigentlich auf ihre Wohnung vorbereitet sein müssen, aber er war es nicht. Roy ließ den Blick von den leuchtend roten Vorhängen über den knallblauen Läufer und den Stuhl wandern, der aussah, als stamme er aus einem mittelalterlichen Schloss. Und er war tatsächlich ein Dekorationsstück aus „Camelot". Ihr Name in Neonpink glänzte an der weißen Wand.

„Was für eine Wohnung", murmelte er.

Von oben ertönten drei Schläge. „Der Ballettschüler im Fünften", kommentierte Maddy leichthin. „Tours jeté, ein Drehsprung. Wollen Sie Wein?"

Unbehaglich starrte Roy zur Decke. „Ja, ich denke doch."

„Gut. Ich auch." Sie ging zu der vom Wohnzimmer abgetrennten Kochnische zurück. „In einer der Schubladen ist ein Korkenzieher. Öffnen Sie doch die Flasche, während ich hier fertig mache."

In der ersten Schublade fand Roy einen Tennisball, einige einzelne Schlüssel und ein paar Fotos, aber keinen Korkenzieher. Als er sich durch die nächste arbeitete, fragte er sich, was er hier überhaupt tat. Im fünften Stock fuhr der Ballettschüler mit seinen Sprüngen fort.

„Wie mögen Sie Ihr Steak?"

Roy befreite den Korkenzieher aus einem Wirrwarr schwarzen Drahtes. „Halb durch."

„Okay." Als Maddy sich bückte, um eine Pfanne aus dem Schrank zu holen, streifte ihre Wange beinahe sein Knie.

Er zog den Korken aus der Flasche. „Warum haben Sie mich zum Essen eingeladen?"

Immer noch unten im Schrank kramend, blickte Maddy hoch. „Kein besonderer Grund. Ich habe meistens keinen. Aber wenn Sie gern einen hätten, sagen wir einfach, wegen der Haarbürste?" Endlich erhob sie sich mit der gesuchten zerbeulten Pfanne. „Außerdem sehe ich Sie gern an." Sie strich sich ihr Haar zurück, das ihr in die Augen gefallen war. „Aber warum sind Sie gekommen?"

„Ich weiß es selbst nicht."

„Das macht natürlich alles interessanter. Sie haben vorher noch keine Show finanziert, oder?"

„Nein."

„Und ich habe noch nie für einen Finanzier gekocht. Wir sind also quitt." Sie stellte den Salat zur Seite und begann mit der Zubereitung des Steaks.

„Gläser?"

„Gläser?", wiederholte sie. Dann fiel ihr Blick auf den Wein. „Oh, in einem der Schränke."

Resigniert machte sich Roy wieder auf die Suche. Er fand Tassen mit abgebrochenen Henkeln, ein nicht zueinanderpassendes Service aus wunderbarem Porzellan und einige Plastikschüsseln. Schließlich fand er sogar einen Vorrat von acht Weingläsern, von denen nicht einmal zwei gleich waren. „Sie halten nichts von Gleichförmigkeit?"

„Nicht unbedingt." Sie nahm das Weinglas von ihm. „Übrigens, eigentlich war das hier nicht als Stehparty gedacht." Sie stieß ihr Glas gegen seines und trank.

Roy musterte sie über den Rand des Glases. Sie trug immer noch dieses riesige Sweatshirt, und sie war barfuß. Sie strahlte etwas Leichtes, Unbeschwertes und Ehrliches aus. „Sie entsprechen überhaupt nicht dem, was ich erwartet habe."

„Wie nett. Und was haben Sie erwartet?"

„Wahrscheinlich schärfere Kanten. Etwas erschöpft, etwas hungrig."

„Tänzer sind immer hungrig", entgegnete sie mit einem kleinen Lächeln und drehte sich dann um, um Käse über die Kartoffeln zu reiben.

„Ich bin zu dem Schluss gekommen, dass es für diese Einladung zwei Gründe gibt. Der erste ist, um aus mir Informationen über die Finanzierung der Show herauszuholen."

Maddy lachte auf und steckte sich ein paar Käsekrümel in den Mund. „Roy, ich muss an acht Tanznummern denken – vielleicht sogar zehn, falls es Myron in den Sinn kommt –, an sechs Songs und Textzeilen, die ich nicht einmal gezählt habe. Da lasse ich Ihnen und dem Produzenten lieber die finanziellen Belange. Und der zweite Grund?"

„Um sich an mich heranzumachen."

Neugierig, nicht schockiert, zog sie die Brauen in die Höhe. Roy musterte sie forschend, mit einem kühlen Lächeln. Ein Zyniker, dachte Maddy, jammerschade. Aber vielleicht hatte er Grund, so zu sein. Und das wäre ein noch größerer Jammer. „Machen sich die Frauen normalerweise an Sie heran?"

Er hatte Verlegenheit, Verärgerung oder wenigstens Lachen erwartet. Stattdessen betrachtete sie ihn mit milder Neugier. „Lassen wir den Punkt, okay?"

„Ich bin sicher, die Frauen tun es." Sie begann mit der Suche nach einer Gabel, um das Steak umzudrehen.

„Sie braten ja nur ein Steak!"

„Ja, für Sie."

„Essen Sie nichts?“

„Doch, aber ich esse nie viel kurz gebratenes Fleisch. Es belastet den Organismus zu sehr. Aber ich hoffe, ich bekomme ein paar Bissen von Ihrem.“ Sie gab ihm die Salatschüssel. „Stellen Sie sie auf den kleinen Tisch drüben am Fenster. Wir sind fast fertig.“

Das Essen war gut. Es war sogar ausgezeichnet. Nach allem, was er gesehen hatte, waren Roy schon arge Zweifel gekommen. Doch der gemischte grüne Salat hatte ein wohlschmeckend würziges Dressing, auf die dampfenden Kartoffeln war Käse mit Schinken gehäuft, und das Steak war genau richtig, der Wein angenehm trocken.

Maddy war noch bei ihrem ersten Glas. Sie hatte ein Stück von Roys Steak gegessen und schien jeden Bissen zu genießen. Er bot ihr noch ein Stück an, doch sie schüttelte den Kopf und nahm sich stattdessen ein zweites Schälchen Salat.

„Ich dachte, Menschen, die körperlich anstrengend arbeiten, so wie Sie, müssten zum Ausgleich mehr essen.“

„Bei Tänzern ist leichtes Untergewicht besser. Außerdem ist es mehr eine Frage, das Richtige zu essen. Aber von Zeit zu Zeit liebe ich es, in Kalorien zu schlemmen. Es muss immer nur einen Grund zum Feiern dafür geben.“

„Und welchen?“

„Wenn es beispielsweise drei Tage regnet und die Sonne scheint wieder. Das ist Grund genug für Schokoladenplätzchen.“ Sie goss sich noch ein halbes Glas ein und schenkte seines voll, als sie seine verdutzte Miene bemerkte. „Mögen Sie keine Schokoladenplätzchen?“

„Für mich waren sie nie besonders feierlich.“

„Sie haben eben nie ein unnormales Leben geführt!“

„Halten Sie Ihr Leben für unnormal?“

„Ich nicht, aber viele.“ Sie stützte die Ellbogen auf den Tisch und legte das Kinn in beide Hände. „Wie ist Ihr Leben?“

Die letzten Strahlen der Abendsonne fielen durchs Fenster und ließen ihr Haar aufleuchten. Ihre sonst so lebhaften Augen wirkten jetzt eher träge und doch aufmerksam, wie die einer Katze. „Ich weiß nicht, was ich darauf antworten soll“, meinte er ein wenig verwirrt.

„Nun, etwas kann ich bestimmt erraten. Sie haben ein Apartment, wahrscheinlich mit Blick auf den Park. Chinesische Vasen, Dresdner Porzellangeschirr. Sie verbringen mehr Zeit im Büro als zu Hause.

Dem Geschäft verschrieben, so wie alle verantwortungsbewussten Industriebosse der zweiten Generation. Sie treffen nur gelegentlich Verabredungen mit Frauen, weil Sie nicht die Zeit oder die Lust für eine Beziehung haben. Ihre knapp bemessene Freizeit würden Sie lieber in einem Museum verbringen oder im Kino, und Sie bevorzugen ruhige französische Restaurants."

Sie lachte zwar nicht über ihn, aber sie schien eher amüsiert als beeindruckt zu sein. Verärgerung zeigte sich in seinem Blick, nicht wegen ihrer Beschreibung, sondern weil sie so leicht in ihm lesen konnte. „Wie klug."

„Entschuldigung", entgegnete sie schnell und so aufrichtig, dass sein Ärger verschwand. „Es ist eine schlechte Angewohnheit von mir, Menschen einzuordnen, in bestimmte Schubladen zu packen. Ich würde wild werden, wenn es jemand mit mir macht." Sie hielt inne und biss sich auf die Unterlippe. „Wie nah war ich?"

„Ziemlich nah." Es war schwer, ihrem freimütigen Humor zu widerstehen.

Lachend schüttelte sie den Kopf. Sie zog die Beine hoch zum Lotossitz. „Ist es in Ordnung, wenn ich frage, warum Sie ein Stück über eine Stripperin finanzieren?"

„Ist es in Ordnung, wenn ich frage, warum Sie in einem Stück über eine Stripperin mitspielen?"

Sie strahlte ihn an wie eine Lehrerin, die sich über einen besonders gelehrigen Schüler freut. „Es ist ein tolles Stück, der Text ist gut, die Musik ist unterhaltsam und wunderbar auf ihn zugeschnitten, und vor allem ist es eine gute Story. Mir gefällt Marys Entwicklung, ohne dass sie sich grundsätzlich verändert. Sie muss kämpfen, um zu überleben, doch sie macht das Beste daraus. Und dann verliebt sie sich in diesen Mann, sie verliert ihren Kopf über ihn. Und alles, was ihr vorher wichtig war, Geld und so weiter, zählt plötzlich nicht mehr. Und doch hat sie es auch am Schluss. Mir gefällt das. Glauben Sie an ein Happy End?"

Seine Miene wurde verschlossen, als wäre plötzlich ein Rollladen heruntergerasselt. „In einer Show."

„Ich sollte Ihnen von meiner Schwester erzählen."

„Die, nach der die Männer verrückt sind?"

„Nein, meine andere Schwester. Mögen Sie ein Eclair? Ich habe eins gekauft. Sie könnten mir dann einen Biss anbieten. Es wäre unhöflich von mir, es abzulehnen."

Verdammt, sie wurde immer anziehender. Aber nicht sein Typ, nicht sein Stil, nicht sein Tempo. Trotzdem lächelte er sie an. „Ich hätte gern ein Eclair."

Maddy verschwand in der Kochnische, wo sie geräuschvoll herumhantierte, bevor sie mit einem dicken, schokoladenüberzogenen Gebäck zurückkam. „Also, meine Schwester Alana", begann sie, „hat Chuck Rockwell, den Rennfahrer, geheiratet. Haben Sie von ihm gehört?"

„Ja." Roy war zwar nie ein begeisterter Fan des Rennsports gewesen, doch den Namen hatte er schon gehört. „Der, der vor ein paar Jahren verunglückt ist."

„Die Ehe hat nicht geklappt. Für Alana war es wirklich entsetzlich. Sie hat ihre zwei Kinder allein auf dieser Farm in Virginia großgezogen. Finanziell war sie am Ende und emotional ausgelaugt. Vor einigen Monaten hat sie ihre Einwilligung für eine Biografie über Rockwell gegeben. Der Schriftsteller kam auf ihre Farm und wollte Alana ganz offensichtlich bloßstellen." Sie stellte den Teller mit dem Gebäck auf den Tisch. „Bieten Sie mir jetzt einen Biss an?"

Bereitwillig teilte Roy mit der Gabel ein Stück ab und bot es ihr an. Lange und voller Genuss ließ Maddy den süßen Bissen im Mund. „Und was geschah mit Ihrer Schwester?"

„Vor sechs Wochen hat sie den Schriftsteller geheiratet." Ihr Lächeln ließ ihr Gesicht erstrahlen. „Ein Happy End kommt also nicht nur auf der Bühne vor."

„Und was macht Sie sicher, dass die zweite Ehe Ihrer Schwester klappt?"

„Weil er der Richtige ist." Sie sah ihm in die Augen und beugte sich vor. „Meine Schwestern und ich sind Drillinge, wir kennen uns gegenseitig genau. Als Alana ihren Chuck geheiratet hat, war ich traurig. Verstehen Sie, ich wusste einfach, dass es nicht klappen konnte, weil ich Alana so gut wie mich selbst kenne. Doch als sie Dorian geheiratet hat, war es ein ganz anderes Gefühl – als ob man endlich ausatmen und sich entspannen kann."

„Dorian Crosby?"

„Ja, kennen Sie ihn?"

„Er hat ein Buch über Richard Bailey geschrieben, der lange bei Valentine Records unter Vertrag stand. Ich habe Dorian ganz gut kennengelernt, als er seine Nachforschungen für das Buch gemacht hat."

„Wie klein die Welt doch ist."

Die Abenddämmerung war endgültig hereingebrochen, und der Himmel zeigte ein tiefes Rot. Der Ballettschüler oben hatte schon lang mit seinem Training aufgehört. Irgendwo im Haus war das quengelnde Weinen eines Kindes zu hören.

„Warum leben Sie hier?"

„Hier?" Sie sah ihn verständnislos an. „Warum nicht?"

„Unten an der Ecke stand einer, der sah aus wie Attila, der Hunne, Sie haben sich anschreiende Nachbarn, und …"

„Und?", ermunterte sie ihn.

„Sie könnten in ein besseres Viertel ziehen."

„Warum? Ich kenne diese Gegend. Ich lebe hier seit sieben Jahren. Es ist nah zum Broadway, zur Probebühne und zum Unterricht. Und bestimmt die Hälfte der Mieter hier sind Zigeuner."

„Das würde mich nicht überraschen."

„Nein, Broadway-Zigeuner, das sind Chorustänzer ohne dauerhaftes Engagement." Sie lachte und spielte mit einem Blatt des Philodendron. „Tänzer, die von Show zu Show ziehen und auf ihren Durchbruch warten. Ich habe ihn geschafft. Das bedeutet aber nicht, dass ich keine Zigeunerin mehr bin." Sie warf ihm einen Blick zu und fragte sich, warum es ihr so viel bedeutete, von ihm verstanden zu werden. „Man kann nicht aus seiner Haut, Roy. Oder man sollte es wenigstens nicht."

Das hatte auch er schon immer fest geglaubt. Er war der Sohn von Edwin Valentine, einem der ersten ganz Großen in der Schallplattenindustrie. Und er war das Produkt von Erfolg, Reichtum und Geschäftswillen. Er war, wie Maddy gesagt hatte, dem Geschäft verschrieben, weil es immer ein Teil seines Lebens gewesen war. Er war ungeduldig, häufig skrupellos, ein Mann, der auf das Kleingedruckte achtete und es zu seinem Vorteil änderte. Er hatte nichts gemein mit dieser Frau mit Katzenaugen und verschmitztem Lächeln, die hier in ihrem dämmrigen Apartment saß.

„Sie töten die Pflanze", murmelte er.

„Ich weiß. Das tue ich immer." Sie musste schlucken, und das überraschte sie. Es war etwas in der Art, wie er sie gerade ansah, etwas in seinem Tonfall, etwas in der Haltung seines Körpers. Über den Ausdruck eines Gesichts konnte sie sich täuschen, aber nicht über einen Körper. Er war angespannt – und ihrer auch. „Ich kaufe sie, und dann gehen sie ein."

„Zu viel Sonne." Ohne es beabsichtigt zu haben, strich er mit seinen Fingern über ihren Handrücken. „Und zu viel Wasser. Zu viel Fürsorge ist ebenso schädlich wie zu wenig."

„Daran habe ich nicht gedacht." Sie dachte vielmehr an das Prickeln, das ihren Arm hoch- und ihren Rücken hinunterzog. „Ihre Pflanzen gedeihen bestimmt mit einer perfekt ausgewogenen Fürsorge." Sie ertappte sich beim Gedanken, ob es auch so mit seinen Frauen war. Sie erhob sich, weil die Reaktion ihres Körpers sie verunsicherte. „Ich kann Ihnen einen Tee anbieten, aber keinen Kaffee. Den habe ich nicht."

„Nein, ich muss gehen." Er musste nicht, er hatte keine Termine, keine Verabredungen einzuhalten. Aber er ging auf Nummer sicher, er wusste immer, wann er sich entziehen musste. „Das Essen war ausgezeichnet, Maddy. Und die Gesellschaft."

„Freut mich. Wir wiederholen es."

Es war impulsiv gewesen, so wie normalerweise bei Maddy. Sie dachte nicht lange darüber nach. Freundschaftlich legte sie die Hände auf seine Schultern und berührte mit ihren Lippen seinen Mund. Der Kuss dauerte weniger als eine Sekunde, doch er wirkte mit der Gewalt eines Hurrikans.

Er spürte ihre weichen Lippen und einen feinen erregenden Duft. Als sie zurücktrat, hörte er sie schnell, überrascht einatmen und bemerkte das Widerspiel dieser Überraschung in ihren Augen.

Was war das, dachte sie. Gütiger Himmel, was war das? Sie war eine Frau, die an freundschaftliche Küsschen und Umarmungen, an beiläufige Berührungen gewöhnt war. Doch noch nie hatte sie sich davon so aufgewühlt gefühlt. Dieser kleine Körperkontakt hatte in ihr Ahnungen von all dem, was sie sich je erträumt hatte, erweckt. Und sie wollte mehr. Doch als Tänzerin hatte sie auch gelernt, auf Genüsse zu verzichten, und so fiel ihr auch jetzt die Kontrolle leichter, als das Feuer ein zweites Mal anzufachen.

„Ich freue mich, dass Sie gekommen sind." Die Unsicherheit in ihrer Stimme erstaunte sie.

„Ich mich auch.“ Es war nicht oft, dass er Zurückhaltung üben musste. Doch in diesem Fall, das wusste er, musste er es. „Gute Nacht, Maddy.“

„Gute Nacht.“ Sie blieb stehen, wo sie stand, während er hinausging. Und dann gehorchte sie ihrem Körper und setzte sich. Dann fiel ihr Blick auf die Pflanze, die mit welken, gelblichen Blättern im dunklen Fenster stand. Merkwürdig, Maddy hatte nicht bemerkt, dass sie selbst viel zu lang im Dunkeln gewesen war.

3. KAPITEL

Mit der durchgestreckten Haltung der Balletttänzer stand Maddy an der Stange, während der Lehrer die einzelnen Positionen aufrief – plié, tendu, attitude – beugen, strecken, Haltung. Arme, Beine und Körper kamen ihm in unendlicher Wiederholung nach.

Das Balletttraining morgens diente dem Körper als unaufhörliche Erinnerung, dass er tatsächlich zu den unnatürlichsten Bewegungen fähig war. Ohne diese Routine würde der Körper sich weigern, das Bein aus der Hüfte herauszudrehen, als wäre sie ein Kugelgelenk, würde sich weigern, sich über einen bestimmten Punkt hinaus zu beugen und zu strecken.

Es war nicht erforderlich, sich völlig zu konzentrieren. Maddys Körper folgte in dieser Routine allein dem Instinkt. So konnten ihre Gedanken wandern, weit genug, um zu träumen, nah genug, um die Vorgaben zu hören.

„Grand plié!"

Ihre Knie beugten sich, ihr Körper ging langsam hinunter, bis der Po direkt über den Fersen war. Muskeln zitterten und beruhigten sich wieder. Sie fragte sich, ob Roy schon in seinem Büro war? Wahrscheinlich ja. Wahrscheinlich würde er aus Gewohnheit vor seiner Sekretärin im Büro erscheinen. Würde er überhaupt an sie denken?

„Attitude en avant!"

Das Bein hob sich um neunzig Grad. Wahrscheinlich nicht, gingen Maddys Gedanken weiter. Wahrscheinlich war sein Kopf so voll mit Terminen und geschäftlichen Verabredungen, dass er für keinen abweichenden Gedanken Zeit hatte.

„Battement fondu!"

Sie drückte den Fuß von hinten ans Knie, welches sich gleichzeitig beugte. Ganz langsam drückte sie es durch, wobei sie den Widerstand des Fußes spürte und benutzte. Jetzt musste er auch nicht an sie denken. Später, vielleicht auf dem Weg nach Hause, bei einem ruhigen Drink, würden seine Gedanken zu ihr wandern. Sie wollte das glauben.

Maddys graues Trikot war feucht, als das Spitzentraining begann. Die Übungen, die sie gerade an der Stange durchgeführt hatten, würden jetzt wiederholt werden. Auf Kommando nahm sie die fünfte Position ein und begann.

„Eins, zwei, drei, vier. Zwei, zwei, drei, vier."

Draußen regnete es. Maddy konnte den strömenden Regen durch die kleinen, beschlagenen Fenster sehen, während sie nach Anweisung beugte, durchdrückte, streckte und ausharrte. Es musste ein warmer Regen sein, denn als sie heute Morgen zum Unterricht geeilt war, war die Luft feucht und drückend gewesen. Hoffentlich hörte er nicht auf, bis sie wieder hinauskonnte.

Als Kind hatte sie kaum einmal durch den Regen gehen können. Sie und ihre Eltern hatten mehr Zeit auf Proben und in Bahnhöfen verbracht als in Parks oder auf Spielplätzen. Ihre Eltern hatten die Unterhaltung gebracht, mit Spielen, Rätseln und Geschichten. Hochfliegende, verrückte Geschichten, die eigene Welten erschufen. Wenn man mit zwei irischen Elternteilen gesegnet war, die beide eine unglaubliche Fantasie besaßen, dann konnte nur der Himmel Grenzen setzen.

Sie hatte so viel von ihnen gelernt – und wenig an trockenem Schulwissen. Den Mississippi zu sehen war anschaulicher, als nur von ihm zu hören. Englisch, Grammatik und Literatur waren von selbst durch die Bücher gekommen, die ihre Eltern geliebt und auch ihnen zum Lesen gegeben hatten. Praktische Mathematik war eine Sache des Überlebens gewesen. Ihre Ausbildung war ebenso ungewöhnlich gewesen wie ihre Unterhaltung, und doch glaubte sie, eine umfassendere Allgemeinbildung zu haben als die meisten.

Maddy hatte die Parks und Spielplätze nicht vermisst. Ihre ganze Kindheit war ein einziges Karussell gewesen. Doch heute, als Frau, versäumte sie keine Gelegenheit, im warmen Sommerregen spazieren zu gehen.

Im Regen spazieren zu gehen würde Roy nicht gefallen. Es würde ihm nicht im Traum einfallen. Ihre Welten lagen meilenweit auseinander.

Ihr rechter Fuß ging in Seitenposition, zurück, vor, zur Seite. Wiederholen. Wiederholen.

Wahrscheinlich war er ein vernünftiger und vielleicht etwas skrupelloser Mensch. Als Geschäftsmann konnte man sonst nicht überleben. Aber niemand würde es als vernünftig bezeichnen, jeden Tag den Körper mit unnatürlichen Positionen zu beanspruchen. Niemand würde es als vernünftig bezeichnen, sich mit Leib und Seele dem Theater zu verschreiben und ganz den Launen des Publikums ausgeliefert zu sein. Wenn sie selbst skrupellos war, dann nur hinsichtlich der Anforderungen, die sie körperlich an sich stellte.

Warum konnte sie nicht aufhören, an ihn zu denken? Aber sie konnte einfach die Bilder nicht vertreiben, wie das Sonnenlicht auf seinem Haar gelegen hatte, es verdunkelt, Glanzlichter darauf geschaffen hatte ... Oder wie sein Blick ihrem begegnet war, direkt, erstaunt und zynisch. War es närrisch, wenn sich eine Optimistin von einem Zyniker angezogen fühlte? Natürlich war es das. Aber sie hatte schon viel närrischere Dinge gemacht.

Es hatte einen Kuss gegeben, der kaum Kuss genannt werden konnte. Er hatte sie nicht umarmt, er hatte seine Lippen nicht hungrig auf ihre gepresst. Doch sie erlebte diesen Augenblick kürzester Körperberührung immer wieder. Irgendwie glaubte sie – nein, war sich sicher, dass es auch ihn nicht ungerührt gelassen hatte. Mochte es auch närrisch sein, doch sie beschwor diese Woge der Empfindung erneut herauf und erlebte sie wieder. Es fügte dem ohnehin schon erhitzten Körper einiges an Hitze hinzu. Ihr Herzschlag, der schon entsprechend der Anstrengung des Trainings schlug, steigerte sich.

Erstaunlich, was allein die Erinnerung an ein Gefühl ausrichten konnte. Als sie in eine Abfolge von Pirouetten überging, beschwor sie das Gefühl erneut zurück und wirbelte mit ihm herum.

Das Haar tropfte noch von der Dusche, als Maddy ihren hellgelben Flickenoverall überzog. Der Waschraum roch schwer nach Sprays und Puder.

„Ich bin dir wirklich dankbar, dass du mir von dieser Schule erzählt hast.“ Wanda, in eng anliegenden Jeans und Pullover, zupfte ihr Haar in einen künstlich zerzausten Knoten. „Hier wird mehr verlangt als in der, wo ich vorher war. Und fünf Dollar billiger.“

„Sie haben hier eine Schwäche für Zigeuner.“ Maddy beugte sich vor und richtete den Haarföhn auf die Unterseite ihrer Haare.

„Hilfsbereitschaft ist in deiner Position nicht selbstverständlich.“

„Nun hör aber auf, Wanda.“

„Es ist nicht überall die große Schwesterlichkeit, Schätzchen." Wanda betrachtete Maddy im Spiegel. Obwohl deren langes Haar über ihrem Gesicht hing, war doch ein missbilligendes Stirnrunzeln zu erkennen. „Du kannst mir nicht erzählen, du würdest nicht spüren, wie andere Tänzer nach deiner Position schielen."

„Das lässt einen nur härter arbeiten." Zu ungeduldig, sie zu trocknen, warf Maddy das Haar mit einer Kopfbewegung zurück. „Wo hast du die Ohrringe her?" Wanda hatte gerade grellrote Pyramiden, die ihr fast bis auf die Schultern reichten, im Ohr befestigt. Maddy trat auf sie zu und bewunderte die Gehänge. „Ob es die auch in Blau gibt?"

„Wahrscheinlich. Magst du schreienden Modeschmuck?"

„Ich liebe ihn."

„Ich tausche die gegen das Sweatshirt von dir, das mit den vielen Augen drauf."

„Abgemacht", erwiderte Maddy augenblicklich. „Ich bringe es zur Probe mit."

„Du siehst glücklich aus."

Maddy lächelte, stellte sich auf Zehenspitzen, um ihr Ohr dicht an Wandas zu bringen. „Ich bin glücklich."

„Ich dachte eher, glücklich wegen eines Mannes."

Maddy hob die Braue und betrachtete ihr Gesicht im Spiegel. Sie trug kein Make-up, und ihre Haut hatte einen gesunden Glanz. Ihr Mund war voll und wirkte auch ohne Schminke. Es ist nur ein Jammer, stellte sie wieder einmal fest, dass meine Wimpern nicht so lang und schwarz wie die von Carrie sind.

„Glücklich wegen eines Mannes", wiederholte Maddy genüsslich. „Ich habe tatsächlich einen Mann kennengelernt."

„Na also. Sieht er gut aus, oder ist es ein Buckliger mit Doppelkinn?"

Maddy lachte schallend und legte den Arm um Wandas Schulter. Die besten Freundschaften, dachte sie, werden doch meist sehr schnell geschlossen. „Gute Schultern, sehr gerade. Gut in Schuss. Wahrscheinlich muskulös."

„Wahrscheinlich?"

„Ich habe ihn nicht nackt gesehen."

„Nun, Schätzchen, wo liegt dein Problem?"

„Wir haben bisher nur zusammen gegessen.“ Maddy war es gewöhnt, ganz freimütig über sexuelle Dinge zu sprechen. Sogar viel mehr gewöhnt, darüber zu sprechen, als sie auszuüben. „Ich glaube, er war interessiert – auf eine distanzierte Art.“

„Dann musst du ihn auf eine nicht distanzierte Art interessiert machen. Er ist doch kein Tänzer?“

„Nein.“

„Gut.“ Wanda ließ ihre Ohrringe ein letztes Mal hin und her schwingen und nahm sie dann ab. „Tänzer sind das Allerletzte als Ehemänner. Ich kenne mich da aus.“

„Ich habe nicht gleich ans Heiraten gedacht.“ Maddy brach ab. „Warst du etwa mit einem Tänzer verheiratet?“

„Vor fünf Jahren. Wir waren Chorustänzer in ‚Pippin‘. Es endete damit, dass wir am Premierentag geheiratet haben.“ Sie gab Maddy die Ohrringe. „Das Problem war nur, er hatte schon vorm Abspielen der Show vergessen, dass ich seinen Ring am Finger trug.“

„Das tut mir leid, Wanda.“

„Es war eine Lektion.“ Sie tat es mit einem Schulterzucken ab. „Stürz dich nicht mit einem glattzüngigen, gut aussehenden Mann in die Ehe. Es sei denn, er ist steinreich“, fügte sie hinzu. „Ist das deiner?“

„Ist meiner … Oh.“ Maddy zog ihrem Spiegelbild einen Flunsch. „Ich denke schon.“

„Dann schnapp ihn dir. Wenn es nicht klappt, dann kannst du deine Tränen wenigstens mit einer hübschen, dicken Abfindung trocknen.“

„Ich glaube nicht, dass du so zynisch bist, wie du gern erscheinen willst.“ Maddy drückte Wandas Schulter freundschaftlich. „Bist du so verletzt worden?“

„Es hat gesessen. Ich habe zumindest das eine gelernt: Eine Ehe funktioniert nur, wenn zwei Menschen sich an die Spielregeln halten. Was hältst du von einem Frühstück?“

„Nein, ich kann nicht.“ Sie warf einen schnellen Blick unter die Bank, zu ihrem verkümmernden Philodendron. „Ich muss noch etwas abgeben.“

„Das da?“ Wanda konnte sich eines anzüglichen Grinsens nicht enthalten. „Sieht eher aus, als bräuchte es ein angemessenes Begräbnis.“

„Nein“, verbesserte Maddy, während sie ihre neuen Ohrringe anlegte. „Das richtig ausgewogene Maß an Fürsorge.“

Er hatte nicht aufhören können, an sie zu denken. Roy war es nicht gewöhnt, sich vom Geschäftlichen ablenken zu lassen, vor allem nicht von einer flatterhaften, exzentrischen Frau mit Neon an der Wand. Wir haben auch nichts gemeinsam, sagte er sich immer wieder. Und es gab nichts an ihr, was ihn anziehen könnte. Es sei denn, man steht auf goldbraune Augen. Oder ein Lachen, das von irgendwoher aus dem Nichts kommt und stundenlang in einem widerhallt.

Er zog Frauen mit klassischem Stil und elegantem Auftreten vor. Und die würden sich nur mit einem Leibwächter in Maddys Viertel wagen, aber um nichts auf der Welt dort leben. Sie würden auch ganz sicher nicht von dem Fleisch auf seinem Teller knabbern. Die Frauen, mit denen er sich traf, gingen ins Theater, sie spielten nicht in ihm. Sie würden ganz bestimmt keinem Mann erlauben, sie schwitzen zu sehen.

Warum kamen ihm diese Frauen nach einigen kurzen Begegnungen mit Maddy O'Hara entsetzlich langweilig vor? Natürlich waren sie es nicht. Denn er hatte noch nie Verabredungen mit Frauen nur wegen ihres Aussehens getroffen. Er wollte und suchte nach interessanten Gesprächen, ähnlichen Interessen, Humor und Lebensstil. Er könnte während des Dinners Lust darauf haben, über die beeindruckende Aufführung in der Metropolitan und beim Brandy über die klimatischen Bedingungen zum Skilaufen in St. Moritz zu sprechen.

Was er vermied, geflissentlich vermied, waren Frauen aus der Welt des Entertainments. Er respektierte Entertainer, bewunderte sie, hielt sie aber auf Armeslänge, gesellschaftlich gesehen. Als Verantwortlicher von Valentine Records musste er laufend mit ihnen oder ihren Agenten verhandeln. Er kannte ihre Bedürfnisse, ihren Ehrgeiz und ihre Schwächen, und er verstand sie auch. In seiner Freizeit zog er jedoch die Gesellschaft von weniger komplizierten Menschen vor.

Aber er konnte nicht aufhören, an Maddy zu denken.

Er legte endgültig die Verkaufslisten zur Seite und blickte zum Fenster auf ein Stück Manhattan hinaus, wo der Regen alles mit einem geheimnisvollen grauen Schleier bedeckte. Madeline O'Hara war steil auf dem Weg nach oben, doch sie schien sich nicht, wie es in ihrem Beruf sonst üblich war, mit einer Schutzmauer zu umgeben oder sich überheblich von anderen abzusondern. Konnte sie überhaupt so gefestigt und unkompliziert sein, wie sie wirkte?

Was kümmerte ihn das?

Er hatte ein Dinner mit ihr gehabt – ein einziges Mal, ein simples Dinner. Sie hatten eine interessante, irgendwie auch intime Unterhaltung geführt. Und es hatte einen kleinen, freundschaftlichen Kuss gegeben.

Der ihm den Boden unter den Füßen weggerissen hatte.

Also gut, er fühlte sich von ihr angezogen. Er war einem strahlenden, lebenssprühenden Äußeren und einem elastischen Körper gegenüber nicht immun. Es war nur natürlich, auf diese Frau mit ihren verrückten Vorstellungen und ungewöhnlichen Denkweisen neugierig zu sein. Falls er sie wiedersehen wollte, würde es auch nichts schaden. Und es wäre ganz einfach. Er brauchte nur den Hörer abzunehmen und sie anzurufen. Sie könnten wieder zusammen ein Dinner haben ... zu seinen Bedingungen. Und bevor der Abend um war, würde er herausgefunden haben, was an ihr Besonderes war, das ihm so zusetzte.

Die Tür wurde geöffnet. Roys verärgerter Blick ging auf einmal in ein warmes Lächeln über, das er nur wenigen Menschen schenkte.

Edwin Valentine betrat den Raum und ließ sich schwer in einen Sessel fallen. „Wenn ich nicht alle paar Wochen einmal vorbeischaue, fühle ich mich richtig zum alten Eisen zugehörig. Ich habe läuten hören, du hättest Libby Barlow unter Vertrag bekommen."

Im Geschäftlichen immer vorsichtig, ließ sich Roy nicht auf eine Bestätigung ein. „Es sieht danach aus."

Edwin nickte. „Ein unglaubliches Organ, die kleine Lady. Ich würde es übrigens gern sehen, wenn Dorsey ihr erstes Album mit uns produziert."

Roys Lippen verzogen sich zu einem kleinen Schmunzeln. Wie immer, so traf sein Vater auch hier rein instinktiv ins Schwarze. „Darüber ist schon gesprochen worden. Ich finde übrigens immer noch, du solltest hier ein Büro haben." Er hob abwehrend die Hand, bevor sein Vater Einwände erheben konnte. „Ich meine nicht, dass du dich in einer geregelten Arbeitszeit einengen solltest!"

„Ich hatte noch nie geregelte Arbeitszeiten“, warf Edwin lächelnd ein.

„Also gut, dann ungeregelte. Ich denke, Valentine Records sollte Edwin Valentine haben.“

„Es hat dich.“ Edwin faltete die Hände und betrachtete seinen Sohn ruhig und offen. „Nicht, dass ich nicht glaube, du könntest hin und wieder einen Rat von mir altem Mann annehmen. Aber jetzt stehst du am Ruder, und das Schiff hält sich ordentlich.“

„Ich würde es nie untergehen lassen.“

Edwin bemerkte den Nachdruck in der Stimme seines Sohnes und verstand einiges von den Gefühlen, die sich dahinter verbargen. „Darüber bin ich mir bewusst, Roy. Und ich brauche dir wohl nicht zu sagen, dass mich nichts und niemand, der in meinem Leben eine Rolle gespielt hat, stolzer als du gemacht hat.“

Gefühle wallten in ihm auf. Dankbarkeit. Liebe. Vertrauen. „Dad ...“

Bevor er überhaupt richtig beginnen konnte, schob seine Sekretärin einen Teewagen mit Kaffee und Kuchen herein.

„Potzblitz, Hannah, Sie sind auf Draht, wie immer.“

„Sie auch, Mr. Valentine. Sie sehen aus, als hätten Sie mindestens ein Pfund abgenommen.“ Während sie Edwin seinen Kaffee, so wie er ihn liebte, zubereitete, zwinkerte sie Roy zu. Sie war seit zwölf Jahren in der Firma und die Einzige, die sich solche Vertraulichkeiten leisten konnte.

„Sie wissen doch ganz genau, dass ich zugenommen habe, Hannah. Fünf Pfund.“ Und er nahm sich gleich zwei Stück Kuchen.

„Steht Ihnen gut, Mr. Valentine.“

„Eine Prachtfrau“, meinte Edwin mit vollem Mund, als sich die Tür hinter ihr geschlossen hatte. „Kluger Schachzug, sie als deine Sekretärin zu übernehmen, nachdem ich mich zur Ruhe gesetzt hatte.“

„Ohne Hannah würde Valentine Records doch gar nicht laufen.“ Roy sah wieder zum regenblinden Fenster hinüber und dachte an eine andere Frau.

„Was geht dir im Kopf herum, Roy?“

„Hmm?“ Er brachte sich wieder in die Gegenwart zurück und hob seine Kaffeetasse. „Die Verkaufslisten sehen gut aus. Ich denke, du wirst mit den Ergebnissen am Ende des Steuerjahres zufrieden sein.“

Daran zweifelte Edwin nicht, denn immerhin war Roy ein Produkt seines Verstandes und seines Herzens. Nur ganz selten spürte er auch Zweifel, ob er seinen Sohn nicht zu sehr nach sich geformt hatte. „Du machtest auf mich nicht den Eindruck, als gingen dir Verkaufslisten im Kopf herum."

Roy entschied sich, die unausgesprochene Frage zu beantworten und ihr doch auszuweichen. „Ich mache mir viele Gedanken über die Show, die wir finanzieren."

Edwin lächelte verhalten. „Immer noch nervös wegen meines Riechers in diesem Fall?"

„Nein." Das konnte er mittlerweile ehrlich beantworten. „Ich glaube sogar, das Stück schlägt richtig ein. Und die Musik ist wunderbar. Wir müssen jetzt daran arbeiten, es als Album herauszubringen."

„Wenn es dir nichts ausmacht, würde ich bei diesem Projekt gern ein wenig mitmischen."

„Du weißt, dass du nicht fragen musst."

„Doch, das muss ich", berichtigte Edwin. „Du hast die Verantwortung, Roy. Weißt du, das ist ein Lieblingsprojekt von mir. Ich bin persönlich daran interessiert."

„Davon hast du nie gesprochen."

Edwin lächelte versonnen und begann mit seinem zweiten Kuchenstück. „Liegt eine Zeit zurück, eine lange Zeit. Hast du schon Madeline O'Hara kennengelernt?"

Roy runzelte die Stirn. Durchschaute ihn sein Vater so sehr? „Tatsächlich …" Als der Summer auf seinem Pult ertönte, nahm er die Ablenkung ohne Verstimmung an. „Ja, Hannah?"

„Entschuldigen Sie die Störung, Mr. Valentine, aber ich habe hier eine junge Frau." Hannah konnte steinhart sein, doch über die durchnässte Gestalt vor ihr musste sie unwillkürlich lächeln. „Sie sagt, sie wolle Ihnen etwas übergeben."

„Nehmen Sie es bitte, Hannah."

„Sie möchte es Ihnen lieber persönlich geben. Ihr Name ist, ah … Maddy."

Roy schwieg, fest entschlossen, sie abzuweisen. „Maddy? Schicken Sie sie herein."

Vom Regen tropfnass, ihren Tanzbeutel und die eingehende Pflanze im Arm, betrat Maddy das Büro. „Entschuldigen Sie die Störung, Roy. Es ist nur so, dass ich es mir überlegt habe, und ich habe mich entschlossen, sie Ihnen zu geben, bevor sie mir eingeht. Ich bekomme immer diese Anfälle von Schuldgefühlen, wenn ich wieder eine Pflanze umgebracht habe, und ich dachte, Sie könnten mich davor bewahren. Würden Sie sie bitte nehmen?"

Edwin erhob sich, als sie an seinem Sessel vorbeiging, und sie hielt in ihrer überstürzten Erklärung inne. „Hallo." Sie lächelte ihn ungezwungen an und bemühte sich, den Kuchen auf dem Tablett zu übersehen. „Ich störe, aber es ist wirklich eine Angelegenheit auf Leben und Tod." Sie stellte die nasse, vergilbte Pflanze auf die makellose Eichenplatte von Roys Schreibtisch. „Sagen Sie mir nicht, wenn sie eingeht, okay? Aber wenn sie überlebt, dann lassen Sie es mich wissen. Danke." Und mit einem letzten aufblitzenden Lächeln trat sie ihren Rückzug an.

„Maddy." Jetzt, wo sie ihn einen Augenblick zu Wort kommen ließ, erhob sich auch Roy. „Ich möchte Ihnen gern meinen Vater vorstellen. Edwin Valentine. Madeline O'Hara."

Maddy wollte ihre Hand ausstrecken, ließ sie aber wieder sinken. „Ich bin völlig durchnässt", erklärte sie lächelnd. „Ich freue mich, Sie kennenzulernen."

„Sehr erfreut." Edwin strahlte sie regelrecht an. „Setzen Sie sich."

„Oh, das geht wirklich nicht. Meine Sachen sind nass."

„Etwas Wasser hat gutem Leder noch nie geschadet." Und bevor sie weitere Einwände erheben konnte, nahm Edwin ihren Arm und führte sie zu einem der großen Sessel neben dem Schreibtisch. „Ich habe Sie schon auf der Bühne bewundert."

„Danke." Es beeindruckte sie überhaupt nicht, beinahe Zeh an Zeh mit einem der reichsten und einflussreichsten Männer des Landes zu sitzen. Sie fand sein Gesicht nur anziehend. Doch obwohl sie sich anstrengte, sie konnte auch nicht die kleinste Ähnlichkeit mit seinem Sohn feststellen.

Roy lenkte die Aufmerksamkeit auf sich. „Möchten Sie einen Kaffee, Maddy?"

Nein, er glich seinem Vater nicht. Roy hatte kantigere Züge, und er war schlank. Maddy spürte ihren Puls einen Tick schneller werden. „Ich trinke keinen Kaffee mehr. Wenn Sie einen Tee mit Honig hätten, würde ich gern eine Tasse nehmen."

„Nehmen Sie ein Stück Kuchen", meinte Edwin, als er ihren schnellen, sehnsüchtigen Blick darauf bemerkte.

„Da ich Lunch ausfallen lasse, könnte ich etwas Zucker im Blut gebrauchen." Und lächelnd wählte sie sich das mit Zuckerguss überzogene Stück. Wenn sie schon sündigte, dann richtig.

„Roy und ich haben gerade über die Show gesprochen. Er ist der Meinung, dass es ein Hit wird. Was meinen Sie?"

„Ich meine, es bringt Pech, wenn ich das sage, bevor wir es in Philadelphia ausprobiert haben. Aber was ich sagen kann, ist, dass die Tanznummern das Publikum einfach umwerfen werden. Und wenn nicht, dann habe ich sowieso nichts anderes verdient, als wieder zu meinem Servierjob zurückzukehren."

„Ich vertraue auf Ihr Urteil." Edwin tätschelte ihre Hand. „Denn wenn ein O'Hara nicht weiß, wann eine Tanznummer ankommt, dann weiß es keiner." Auf ihr fragendes Lächeln hin fügte er hinzu: „Ich kenne Ihre Eltern."

„Tatsächlich?" Sie strahlte, der Kuchen war vergessen. „Ich kann mich gar nicht daran erinnern, dass Vater oder Mutter von Ihnen gesprochen haben."

„Es liegt schon lange zurück." Er wandte sich halb Roy zu, als ob er ihm eine Erklärung geben wollte. „Ich habe damals gerade angefangen, hinter Talenten her zu sein und hinter Geld. Ich habe Ihre Eltern hier in New York kennengelernt. Damals war ich gerade finanziell völlig am Ende und musste die Pfennige zusammenkratzen und mich mit Geldgebern herumschlagen. Ihre Eltern haben mich auf einer Liege in ihrem Hotelzimmer schlafen lassen. Das habe ich nie vergessen."

Bedeutungsvoll sah sich Maddy um. „Nun, Sie haben genug Pfennige zusammengekratzt, Mr. Valentine."

Er lachte und schob ihr ein weiteres Stück Kuchen zu. „Wissen Sie, ich wollte es ihnen immer zurückzahlen. Ich habe es ihnen versprochen. Das ist jetzt über fünfundzwanzig Jahre her. Sie und Ihre Schwestern waren noch Wickelkinder. Ich glaube, ich habe zusammen mit Ihrer Mutter Ihre Windeln gewechselt, Maddy."

Sie lächelte verschmitzt. „Carrie, Alana und ich waren schwer auseinanderzuhalten – selbst von dem Blickpunkt her."

„Sie hatten einen Bruder", erinnerte er sich. „Ein echter Draufgänger, und er hat gesungen wie ein Engel. Ich habe Ihrem Vater versprochen, ihn unter Vertrag zu nehmen, wenn ich erst meine eigene Durststrecke überwunden hätte. Doch als es so weit war und ich Ihre Familie wieder aufspüren konnte, war Ihr Bruder nicht mehr dabei."

„Dads altes Klagelied, dass sich Terence gegen ein Leben auf Achse entschieden hat. Oder besser, für einen anderen Weg."

„Sie und Ihre Schwestern traten als Gruppe auf."

Maddy wusste nie, ob sie über die Erinnerung daran lachen oder weinen sollte. „Die O'Hara-Drillinge."

„Ich wollte Sie unter Vertrag nehmen. Wirklich", betonte er, als er sah, wie sie die Augen aufriss. „Absolut. Damals, als Ihre Schwester Alana heiratete."

Ein Plattenvertrag? Mehr – ein Vertrag mit Valentine Records. Maddy dachte an die damalige Zeit zurück und an den ehrfürchtigen Stolz, den so ein Angebot ausgelöst hätte. „Wusste Dad eigentlich davon?"

„Wir haben darüber gesprochen."

„Gütiger Himmel." Sie schüttelte den Kopf. „Es muss ihn um den Verstand gebracht haben, sich solch eine Gelegenheit entgehen lassen zu müssen. Er hat nie ein Wort darüber verloren. Nach Alanas Heirat haben Carrie und ich noch die vertraglich anstehenden Engagements durchgezogen. Dann ist sie nach Westen und ich nach Osten gegangen. Armer Dad."

„Ich denke, Sie haben ihm eine Menge gegeben, worauf er stolz sein kann."

„Sie sind ein netter Mann, Mr. Valentine. Ist die Finanzierung der Show eine Art Zurückzahlung für die Nacht auf der Liege?"

„Eine Rückzahlung, die meiner Gesellschaft viel Geld einbringt. Ich würde Ihre Eltern gern wiedersehen, Maddy."

Sie erhob sich, sie musste rechtzeitig zur Probe zurück. „Es war nicht meine Absicht gewesen, den Besuch Ihres Vaters bei Ihnen zu beanspruchen, Roy."

„Entschuldigen Sie sich nicht." Er erhob sich ebenfalls, ohne den Blick von ihr zu nehmen, so wie er es während des ganzen Besuchs nicht getan hatte. „Es war aufschlussreich."

Sie musterte ihn. Er passte perfekt hierher, hinter den Schreibtisch, vor das Fenster, in dieses Büro mit Ölgemälden und Ledersesseln. „Wir haben schon vorher festgestellt, wie klein die Welt ist."

Ihr Haar hing nass auf dem Rücken. Lächerliche rote Glasgehänge baumelten an ihren Ohren. Ihr gelber Overall und das hellblaue T-Shirt schienen an diesem düsteren Tag die einzigen Farbflecke zu sein. „Ja, das haben wir. Sie nehmen doch die Pflanze, nicht wahr?"

Er warf einen Blick auf die Pflanze. Sie sah Mitleid erregend aus. „Ich tue, was ich kann. Aber ich kann nichts versprechen."

„Versprechungen machen mich sowieso nervös. Wenn man sie macht, muss man sie auch einhalten." Sie wusste, sie sollte jetzt gehen, doch sie konnte sich noch nicht losreißen. „Ihr Büro ist genau so, wie ich es mir vorgestellt habe. Von durchdachter Eleganz. Es passt zu Ihnen. Danke für den Kuchen."

Er wollte sie berühren. Es erstaunte ihn selbst, dass er den Drang bekämpfen musste, hinter dem Schreibtisch hervorzukommen und die Hände auf ihre Schultern zu legen. „Es ist mir jederzeit ein Vergnügen."

„Wie wäre es mit Freitag?", sagte sie, ohne nachzudenken.

„Freitag?"

„Freitag habe ich frei." Jetzt, wo es heraus war, wollte Maddy es auch nicht bedauern. „Ich habe Freitag frei", wiederholte sie. „Nach der Probe. Wir könnten uns treffen."

Fast hätte er den Kopf geschüttelt. Er wusste nicht, was auf seinem Terminkalender stand. Er wusste nicht, was er einer Frau sagen sollte, die eine beiläufige Höflichkeitsfloskel für bare Münze nahm. Und er wusste nicht, warum er sich darüber freute. „Wo?"

Sie strahlte übers ganze Gesicht. „Rockefeller Center. Um sieben. Ich bin schon spät dran." Sie wandte sich Edwin zu und reichte ihm die Hand. „Ich habe mich gefreut, Sie hier getroffen zu haben!" Und in ihrer unbekümmerten Art beugte sie sich vor und gab ihm einen Kuss auf die Wange. „Auf Wiedersehen."

„Auf Wiedersehen, Maddy." Edwin wartete, bis sie hinausgegangen war, und sah dann seinen Sohn an. Diesen verwirrten Blick hatte er noch nicht oft bei Roy erlebt. „Wenn ein Mann in einen solchen Hurrikan gerät, sollte er sich entweder festschnallen oder die Fahrt genießen." Hintergründig lächelnd nahm Edwin das letzte Stück Kuchen und aß es mit Genuss. „Ich will verdammt sein, wenn ich die Fahrt nicht genießen würde."

4. KAPITEL

Roy fragte sich, ob sie irgendwelche Zaubermittel besaß, um ihn zu beeinflussen. Maddy O'Hara sah zwar nicht so aus, wie sich die meisten Leute eine Hexe vorstellten, doch eigentlich wäre das die stichhaltigste Erklärung dafür, dass Roy um sieben Uhr, an einem feuchten Freitagabend, um das Rockefeller Center schlenderte. Jetzt hätte er eigentlich zu Hause sein und ein ruhiges Dinner genießen sollen, bevor er sich in den Stapel von Geschäftsunterlagen vergrub, den er in seiner Aktentasche trug.

Unterhaltungsfetzen von den vorbeibummelnden Menschen drangen an sein Ohr, aber er achtete nicht darauf. Er war zu sehr mit sich selbst beschäftigt.

Warum hatte er zugesagt, sich mit ihr zu treffen? Die Antwort darauf lag eigentlich offen zutage: Er hatte sie sehen wollen. Da nützte ihm kein Wenn und Aber. Sie erregte einfach seine ... Neugier. Eine Frau wie sie musste automatisch die Neugier von jedem wecken. Sie war erfolgreich, doch sie tat die Eitelkeiten des Erfolges mit einem Schulterzucken ab. Sie war attraktiv, doch sie setzte ihr Aussehen nicht als Mittel ein. Ihre Augen drückten Ehrlichkeit aus – wenn man an so etwas glaubte. Ja, Maddy war ein Mensch, der neugierig machte.

Aber warum, zum Teufel, hatte er nicht wenigstens so viel Geistesgegenwart besessen, einen anderen Verabredungsort vorzuschlagen – zumindest einen passenderen?

Eine Gruppe kichernder Teenager hätte ihn fast umgelaufen. Eine sah sich nach ihm um, flüsterte aufgeregt ihrer Freundin etwas zu, worauf sie erneut in Gelächter ausbrachen, bevor sie in der Menge verschwanden.

Roy beobachtete ohne besonderes Interesse Kinder, die Touristen oder gutmütigen Passanten rote Nelken, das Stück für einen Dollar, andrehen wollten. Ein Straßenverkäufer bot Eis an. Ein Bettler versuchte sein Glück mit weniger Erfolg. Roy musste einen Mann abwimmeln, der ihm schwarz die angeblich letzten Eintrittskarten für eine Show im berühmten Radio City verkaufen wollte. Anschließend stürzte der sich auf ein älteres Touristenpaar. In der Nähe heulte eine Sirene auf, doch niemand machte sich die Mühe, auch nur aufzublicken.

Langsam machte sich die Schwüle bemerkbar. Roy spürte die ersten Schweißtropfen an seinem Kragen und auf seinem Nacken. Es war zwanzig nach sieben.

Seine Geduld war auf dem Nullpunkt angelangt, als er sie endlich sah. Warum unterschied sie sich von den vielen Menschen um sie herum? Es gab doch andere, die noch viel fantasievoller als sie gekleidet waren. Ihr Gang war von einer Art entspannter Anmut, aber sie ging nicht langsam. Offensichtlich tat sie sowieso nichts langsam. Und doch strahlte sie unbekümmerte Leichtigkeit aus. Roy wusste, wenn er sich die Mühe machen und sich umsehen würde, könnte er auf Anhieb einige Frauen finden, die von größerer Schönheit waren. Doch sein Blick war auf diese eine fixiert und ebenso seine Gedanken.

Beim Bettler hielt sie an und kramte in ihrer Tasche. Sie holte etwas Kleingeld heraus und tauschte mit ihm ein paar offensichtlich freundliche Worte aus, bevor sie sich ihren Weg weiter durch die Menge bahnte. Und dann erblickte sie Roy und beschleunigte ihren Schritt.

„Es tut mir leid. Immer muss ich mich fürs Zuspätkommen entschuldigen. Aber ich wollte nach der Probe noch schnell nach Hause und mich umziehen, weil Sie bestimmt einen Anzug tragen würden.“ Mit einem zufriedenen Lächeln musterte sie ihn. „Und ich hatte recht.“

Sie hatte ihren Overall mit einem schwingenden Rock in Regenbogenfarben vertauscht, in dem sie wie die Zigeunerin, die sic immer zu sein behauptete, wirkte. Die anderen Menschen auf dem Gehweg verblassten völlig neben ihr.

„Sie hätten ein Taxi nehmen können.“

„Daran kann ich mich einfach nicht gewöhnen. Ich übernehme das Essen, damit mache ich es wieder gut.“ Wie selbstverständlich hakte sie sich kameradschaftlich bei ihm ein, sodass sein Widerstreben persönlichem Kontakt gegenüber gar nicht erst zum Zuge kommen konnte. „Sie sind sicherlich hungrig, nachdem Sie so lange auf mich warten mussten.“ Sie verlagerte ihre Körperhaltung, um einer entgegenkommenden Frau, die es eilig hatte, auszuweichen. „Es gibt eine gute Pizzeria gleich ...“

Er schnitt ihr das Wort ab. „Ich zahle, und es gibt Besseres als Pizzerien.“

Maddy war beeindruckt, als es ihm gleich beim ersten Versuch gelang, ein Taxi zu bekommen. Sie erhob auch keine Einwände, als er dem Fahrer eine vornehme Adresse bei der Park Avenue nannte. „Damit wäre die Pizza wohl gestorben“, bemerkte sie nur, da sie immer für Überraschungen zu haben war. „Übrigens, ich mag Ihren Vater.“

„Ich kann Ihnen verraten, das Gefühl ist gegenseitig.“

„Ist es nicht merkwürdig, dass er meine Eltern kennt? Dad schmeißt gern mit Namen um sich – vor allem, wenn er die betreffende Person tatsächlich gar nicht kennt. Aber Ihren Vater hat er nie erwähnt.“

Ob ihr Duft in dem stickig riechenden Taxi hängen blieb, wenn sie ausgestiegen sein würden? Irgendwie glaubte er es. „Vielleicht hat er ihn einfach vergessen.“

Maddy lachte kurz auf. „Unwahrscheinlich. Einmal hat Dad die Nichte der Frau eines Mannes kennengelernt, dessen Bruder als Statist in ‚Singin' in the Rain‘ gearbeitet hat. Das hat er nie vergessen. Merkwürdig ist nur, dass Ihr Vater sich daran erinnert, dass eine Nacht auf der Liege in einem Hotelzimmer ihm so wichtig ist.“

Auch Roy war das aufgefallen. Edwin lernte hundert und aberhundert Menschen kennen. Warum erinnerte er sich dann so deutlich an ein herumreisendes Unterhaltungskünstlerpaar, das ihm für eine Nacht eine Schlafgelegenheit geboten hatte? „Ich kann nur vermuten, dass Ihre Eltern Eindruck auf ihn gemacht haben.“

„Sie sind auch großartig. Da wären wir“, fügte sie hinzu, als das Taxi vor einem elegant schlichten französischen Restaurant vorfuhr. „In diese Gegend komme ich selten.“

„Warum?“

„Alles, was für mich wichtig ist, liegt in meinem Viertel.“ Sie wäre auf der Straßenseite aus dem Taxi gestiegen, wenn Roy nicht ihre Hand genommen und Maddy mit sich auf der Gehwegseite hätte aussteigen lassen. „Ich habe keine Zeit für häufige Verabredungen. Und wenn, dann gewöhnlich mit Männern, deren Französisch sich auf Ballettpositionen begrenzt.“ Sie hielt inne. „Das war doch sicher wieder eine meiner typisch unverblümten Bemerkungen?“

Sie betraten das Lokal, das angenehm kühl und in ruhigen Pastelltönen gehalten war.

„Ja. Aber irgendwie habe ich das Gefühl, Sie zerbrechen sich wegen unverblümter Bemerkungen nicht unbedingt den Kopf.“

„Ich werde mir später überlegen, ob ich das als Kompliment oder als Beleidigung auffassen soll. Beleidigungen vermitteln mir schlechte Laune, und ich will mir nicht das Essen verderben lassen."

„Ah, Monsieur Valentine."

„Jean-Paul." Roy begrüßte den Besitzer mit einem Nicken. „Ich habe keinen Tisch reservieren lassen, aber ich hoffe, Sie haben noch Platz für uns."

„Für Sie immer." Er musterte Maddy mit erfahrenem Blick. Nicht der für Monsieur übliche Typ, entschied Jean-Paul, aber ebenso reizvoll. „Folgen Sie mir bitte."

Es war genau die Art von Restaurant, die Maddy als die von Roy bevorzugte vermutet hatte. Ein wenig gediegen, aber doch elegant, ein vornehmer Chic, ohne mondän zu sein. Die Pastelltöne der Wände und das gedämpfte Licht vermittelten zudem den Eindruck von Entspanntheit. Ein feiner Duft von Gewürzen lag in der Luft. Mit unverhohlener Neugier sah Maddy sich um. So viel Eleganz an einem so kleinen Ort, dachte sie. Aber gerade das machte einen großen Teil des Charmes von New York aus: Müll oder Glanz, es lag nur eine Straßenecke voneinander entfernt.

„Champagner, Mr. Valentine?"

„Maddy?" Roy hatte die Weinkarte in der Hand, doch er überließ Maddy die Entscheidung.

Sie schenkte dem Besitzer ein Lächeln, das dessen Meinung über sie um einige Grad klettern ließ. „Es ist immer schwer, zu Champagner Nein zu sagen."

Nachdem Roy die Bestellungen aufgegeben hatte, beendete Maddy ihre neugierige Musterung der anderen Gäste und wandte sich ihm mit einem Lächeln zu. „Ich habe mich gefragt, ob Sie noch einmal zur Probe kommen."

Er wollte nicht zugeben, dass er es gewollt hatte und sich regelrecht zwingen musste, sich von etwas fernzuhalten, das nicht sein Zuständigkeitsbereich war. „Es ist nicht nötig. Ich kann dem Stück selbst keine neuen Impulse geben. Meine Aufgabe ist die Erfolgsbilanz."

Sie betrachtete ihn ernst. „Ich verstehe." Nachdenklich malte sie eine Linie auf das Tischtuch. „Die Show muss einschlagen, damit Valentine Records das investierte Geld wieder herausholen kann. Und nur wenn sie einschlägt, lassen sich viele Plattenalben davon verkaufen."

„Sicher, aber die Show liegt ja in guten Händen."

„Nun, das sollte immerhin ein Trost für mich sein." Ihre gute Laune stieg sofort wieder, als der Champagner gebracht wurde. Rituale amüsierten sie immer, und so beobachtete sie das der Etikette entsprechende Verfahren: das Zeigen der Flaschenbeschriftung, das schnelle, gekonnte Öffnen mit einem gedämpften Plop, der Probeschluck und die Anerkennung. Der Champagner wurde in Sektkelche gegossen, und sie beobachtete sein spritziges Schäumen.

„Trinken wir auf Philadelphia." Sie hatte ihr Lächeln wiedergefunden, als sie ihr Glas hob.

„Philadelphia?"

„Die Premieren dort verraten meist das weitere Schicksal eines Stückes." Sie stieß mit ihm an und nahm dann langsam einen kleinen Schluck. Sie würde den Champagner ebenso kontrolliert genießen wie alle anderen Genüsse. Doch sie genoss dafür fast andächtig jeden Schluck. „Wunderbar. Den letzten Champagner habe ich auf der Abschiedsparty von ‚Suzanna's Park' getrunken, aber er war nicht annähernd so gut."

„Warum haben Sie es gemacht?"

„Was gemacht?"

„Aus der Show aussteigen."

Bevor sie antwortete, nippte sie noch einmal. Wie herrlich doch Champagner bei Kerzenlicht ist, dachte sie, und wie jammerschade, dass die Menschen so etwas nicht mehr wahrnehmen, wenn sie immer Champagner trinken können. „Ich habe alles, was ich konnte, in die Rolle hineingelegt und alles aus ihr herausgeholt. Es war einfach Zeit für eine Veränderung. Meine Füße sind unruhig, Roy, wie in der Geschichte von den ‚Roten Schuhen'. Die roten Schuhe bekommen Gewalt über die Tänzerin, und sie muss nach ihrem Gutdünken tanzen."

Er hatte schon oft Unruhe bei Frauen kennengelernt, die sich immer wieder veränderten, aber doch nie Zufriedenheit fanden. „Man könnte sagen, Sie langweilen sich schnell."

Etwas in seiner Stimme machte sie wachsam, doch sie konnte die Frage nur ehrlich beantworten. „Ich langweile mich nie. Wie sollte ich auch? Es gibt so vieles, um sich daran zu erfreuen."

„Es hat also bei Ihnen nichts mit einem Verlust von Interesse zu tun?"

Ohne den Grund dafür zu kennen, hatte sie das Gefühl, von ihm irgendwie geprüft zu werden. Oder prüfte er sich selbst? „Ich kann mich an nichts erinnern, an dem ich das Interesse verloren hätte. Nein, das stimmt nicht. Es gab da dieses Tigerposter, ein riesiges, teures Stück. Ich musste es unbedingt haben. Und als ich es gekauft und nach Hause geschafft hatte, musste ich feststellen, dass es schrecklich war. Aber das meinen Sie doch wohl nicht?"

„Nein." Roy betrachtete sie prüfend, als er trank. „Das nicht."

„Ich glaube, es ist eher eine Frage unterschiedlicher Einstellungen." Sie ließ ihren Finger über den Rand des Glases kreisen. „Ein Mann wie Sie schafft sich seine eigene Routine und muss sich dann jeden Tag daran halten, weil eine Menge Leute von ihm abhängig sind. In meinem Leben wird ein großer Teil der Routine vorgegeben, einfach um den Anforderungen zu entsprechen. Der Rest muss sich immer wieder ändern, sonst verliere ich den Biss. Das sollten Sie verstehen, wenn Sie mit Künstlern arbeiten."

Seine Lippen verzogen sich leicht, als er das Glas hob. „Ich bemühe mich."

„Künstler amüsieren Sie?"

„Zum Teil", gab er zu. „Zum Teil frustrieren sie mich auch, was aber nicht bedeutet, dass ich sie nicht bewundern würde."

„Obwohl sie alle etwas verrückt sind."

Der Humor, der um seine Mundwinkel spielte, zeigte sich jetzt auch in seinen Augen. „Völlig."

„Ich mag Sie, Roy." Freundschaftlich legte sie eine Hand auf seine. „Es ist nur ein Jammer, dass es Ihnen an Illusionen mangelt."

Er fragte sich, was sie damit meinte. Er war sich nicht sicher, ob er es wissen wollte. Doch zum Glück erschien jetzt auch der Kellner mit den Speisekarten.

„Das wird ein Problem", sagte Maddy halblaut.

Roy blickte auf. „Mögen Sie keine französische Küche?"

„Machen Sie Witze? Ich liebe sie, ich liebe italienische, armenische, indische. Das ist ja das Problem. Es gibt für mich zwei Möglichkeiten. Ich bestelle einen Salat und verleugne mich selbst. Oder ich erkläre das zu einer Feier und gehe aufs Ganze."

„Den Lachs kann ich nur empfehlen.“

Sie blickte von der Karte auf und musterte ihn voller Ernst. „Tatsächlich?“

„Sehr sogar.“

„Roy, ich bin eine erwachsene Frau und meinem Wesen nach unabhängig. Doch beim Essen geht mein Appetit mit mir manchmal wie bei einer Zwölfjährigen in der Süßwarenabteilung durch. Ich werde also mein Schicksal in Ihre Hände legen.“ Sie legte die Speisekarte zur Seite.

„Einverstanden.“ Die Gründe dafür wollte er gar nicht so genau wissen, doch er entschloss sich, ihr das Essen ihres Lebens zusammenzustellen.

Und er wurde nicht enttäuscht. Sie aß langsam, mit einer unwiderstehlich sinnlichen Genussfreude, von der Roy schon vergessen hatte, dass sie im Essen gefunden werden konnte. Sie probierte alles, genoss jeden Bissen, aber aß nichts auf. Selbst jetzt war die ihr in Fleisch und Blut eingegangene Disziplin nicht ausgeschaltet.

Sie reizte sich selbst mit dem Genuss des Essens, wie andere Frauen sich vielleicht mit Männern reizen. Sie schloss über einem Bissen Fisch die Augen und gab sich ganz dessen Genuss hin, wie andere sich einem Liebesspiel hingeben würden.

„Oh, das ist wunderbar. Probieren Sie.“

Sie streckte ihm ihre Gabel hin. Für ihn selbst überraschend, spannte sich sein Körper an. Allein sie zu beobachten erregte ihn. Er wollte sie probieren, genießen, so langsam, wie sie jeden Bissen ihres Essens schmeckte.

Er ließ sich von ihr füttern. Sie beobachtete genau, wie er den Bissen genoss. Doch gleichzeitig erkannte er in ihrem Blick eine Neugier, die deutlich erotisch war.

„Sie sagten einmal, Tänzer seien immer hungrig.“

Er sprach jetzt nicht vom Essen. Maddy nippte an ihrem Glas, um etwas Zeit zu gewinnen. „Wir treffen schon früh eine Entscheidung. Wir verzichten auf Fußball, Fernsehen, Partys und gehen stattdessen zum Unterricht. Das wirkt sich immer aus.“

„Wie viele Opfer bringen Sie?“

„So viele, wie erforderlich sind.“

„Und es lohnt sich?“

„Ja." Sie lächelte entspannt, nun, wo die körperliche Spannung wieder von ihr wich. „Es lohnt sich immer."

Roy lehnte sich zurück, um den Abstand zu Maddy zu vergrößern. Sie bemerkte es und fragte sich, ob er die gleiche Intensität zwischen ihnen gespürt hatte. „Was bedeutet Erfolg für Sie?"

„Mit sechzehn hat er Broadway bedeutet. Und zum Teil bedeutet es das immer noch."

„Dann haben Sie ihn."

Er verstand sie nicht, wie sie es auch gar nicht anders erwartet hatte. „Ich fühle mich erfolgreich, weil ich mir einrede, die Show wird der Renner. Ich weigere mich einfach, an einen Verriss zu denken."

„Dann legen Sie also Scheuklappen an."

„O nein. Rosa gefärbte Brillen, aber nie Scheuklappen. Sie sind Realist. Ich glaube, das gefällt mir an Ihnen, weil es so ganz das Gegenteil von mir ist. Ich ziehe die Illusion vor."

„Man kann Geschäfte nicht auf Illusionen gründen."

„Und Ihr Privatleben?"

„Das auch nicht."

Interessiert beugte sie sich vor. „Warum nicht?"

„Weil nichts im Leben funktioniert, wenn man nicht weiß, was wirklich ist und was nicht."

„Ich finde die Vorstellung angenehmer, dass man etwas wirklich werden lassen kann."

„Valentine!"

Roys abweisende Miene verwandelte sich in eine undurchdringliche, als er aufblickte und den großen, schlaksigen Mann in pfirsichfarbenem Jackett und melonengelber Krawatte erkannte. „Selby. Wie geht's Ihnen?"

„Gut, ausgezeichnet." Er sah Maddy mit einem tiefen Blick an. „Scheint, als würde ich stören. Ich hasse die abgedroschenen Sprüche, aber sind wir uns schon einmal begegnet?"

„Nein." Mit der unbeschwerten Freundlichkeit, die sie allen Menschen gegenüber zeigte, reichte ihm Maddy die Hand.

„Madeline O'Hara. Allen Selby."

„Madeline O'Hara?" Selby unterbrach Roys Vorstellung und drückte Maddys Hand. „Welche Freude. Ich habe ‚Suzanna's Park' zweimal gesehen!"

Der Druck seiner Hand gefiel ihr zwar überhaupt nicht, doch da sie sich immer selbst hasste, wenn sie schnippische Bemerkungen machte, erwiderte sie: „Dann ist es auch meine Freude."

„Habe gehört, Valentine Records hat sich in den Broadway gestürzt."

„Es spricht sich herum. Allen ist der Kopf von Galloway Records", erklärte Roy Maddy.

„Freundschaftliche Konkurrenten", versicherte Selby ihr, doch sie hatte das deutliche Gefühl, er würde Roy bei der erstbesten Gelegenheit in den Rücken fallen. „Haben Sie schon einmal an ein Solo-Album gedacht, Maddy?"

Sie spielte mit ihrem Glas. „Auch wenn es einem Plattenproduzenten gegenüber unvorsichtig ist, aber Singen ist nicht meine starke Seite."

„Falls Roy Sie nicht vom Gegenteil überzeugt, dann kommen Sie zu mir." Während er sprach, legte er eine Hand auf Roys Schulter. Nein, diese Hände gefielen ihr nicht, entschied sie wieder. „Ich würde mich gern auf einen Kaffee zu euch setzen", fuhr Selby fort und ignorierte einfach die Tatsache, dass er nicht eingeladen worden war, „aber ich bin mit einem Kunden zum Essen hier. Beste Grüße an Ihren alten Herrn, Roy. Denken Sie noch einmal über das Album nach." Er winkte Maddy zu und schlenderte dann zurück zu seinem eigenen Tisch.

Maddy leerte ihr Glas. „Kleiden sich die meisten Plattenproduzenten, als wären sie in einen Fruchtsalat gefallen?"

Roy sah sie einen Augenblick lang an, dann löste sich seine Spannung in Lachen auf. „Selby ist schon eine Type."

Erfreut, ihn zum Lachen gebracht zu haben, legte sie wieder eine Hand auf seine. „Sie aber auch."

„Ist das ein Kompliment oder eine Beleidigung?"

„Ein Kompliment." Sie warf einen flüchtigen Blick hinüber, wo Selby gerade einen Kellner heranwinkte. „Sie mögen ihn nicht."

„Wir sind Geschäftskonkurrenten."

„Nein, Sie mögen ihn nicht, ihn persönlich."

Das interessierte Roy, denn immerhin stand er – nicht ohne Grund – in dem Ruf, seine Gefühle verbergen zu können. „Wie kommen Sie darauf?"

„Weil Ihr Blick plötzlich eisig wurde. Und wenn er Ihnen schon die Laune verdorben hat, warum gehen wir dann jetzt nicht einfach?“

Als sie das Lokal verließen, hatte sich die schwüle Hitze des Tages gelegt. Maddy hakte sich bei Roy unter und atmete die kühle Nachtluft ein. „Laufen wir ein Stück? Es wäre zu bequem, einfach ins erste Taxi zu springen.“

So schlenderten sie den Gehweg hinunter, an dunklen Schaufenstern und geschlossenen Ladentüren vorbei.

„Selby hat den Nagel auf den Kopf getroffen. Mit dem geeigneten Material könnten Sie ein gutes Album machen.“

Das war nie Bestandteil ihres Traums gewesen, auch wenn der Gedanke nicht ganz ohne Reiz war. „Irgendwann einmal, vielleicht. Aber ich denke, die Streisand wird ruhig schlafen können. Hier ist es nie richtig sternenklar“, fügte sie halblaut hinzu, den Blick zum Himmel gerichtet. „In Nächten wie dieser beneide ich Alana um ihre Farm auf dem Land.“

„Etwas schwierig, auf der Veranda in der Hollywoodschaukel zu sitzen und zu träumen und die Abendvorstellung zu schaffen.“

„Eben. Aber irgendwann mache ich meinen Traumurlaub: eine Kreuzfahrt in der Südsee, wo der Steward Eistee serviert, während ich das Spiel des Mondlichtes auf den Wellen beobachte. Oder eine Hütte im Wald, wo ich morgens im Bett liege und dem Weckgesang der Vögel lausche. Das Problem ist nur, wie ich das mit meinem Balletttraining verbinde.“ Sie lachte über sich selbst. „Was würden Sie machen, wenn Sie sich etwas Zeit nehmen könnten?“

Es war zwei Jahre her, dass er sich mehr als nur ein verlängertes Wochenende gegönnt hatte. Und es war zwei Jahre her, dass er an die Spitze von Valentine Records getreten war. „Wir haben ein Haus in St. Thomas. Man kann dort auf dem Balkon sitzen und einfach vergessen, dass es so etwas wie Manhattan gibt.“

„Das muss wunderbar sein. Eins von diesen weitläufigen Häusern mit weißem Stuck und einem Garten voller Blumen, wie es die meisten Menschen nur auf Bildern zu sehen bekommen. Aber Sie haben bestimmt Telefon. Ein Mann wie Sie würde sich nie ganz von der Welt abschneiden.“

„Alles hat seinen Preis.“

Diese Erfahrung machte sie nur zu gut jedes Mal, wenn sie ihre

Hand auf die Stange im Ballettraum legte. „Oh, sehen Sie." Sie blieb vor einem Schaufenster stehen und betrachtete ein taubenblaues Negligé, das bis zum Boden reichte und die Schultern durch schwarze Spitze enthüllte. „Das ist meine Schwester Carrie."

Roy musterte das ausdruckslose Gesicht der Schaufensterpuppe. „Tatsächlich?"

„Das Negligé. Das ist Carrie – kühl und sexy. Sie ist die Einzige von uns dreien, die geboren wurde, um solche Sachen zu tragen." Lachend trat Maddy einen Schritt zurück, um sich den Namen des Geschäftes zu merken. „Ich muss es ihr schicken. Wir haben in wenigen Monaten Geburtstag."

„Caroline O'Hara. Merkwürdig, ich bringe es einfach nicht zusammen, dass sie Ihre Schwester ist."

„Gar nicht merkwürdig. Wir sind uns äußerlich nicht sehr ähnlich."

Kühl und sexy, dachte Roy. Das war genau Caroline O'Haras Image als Symbol des glanzvollen Hollywood. Die Frau neben ihm würde nie als kühl bezeichnet werden können, und ihre Sinnlichkeit war nicht glanzvoll, sondern deutlich spürbar. Und gefährlich. „Es muss ein eigenartiges Gefühl sein, eine von Drillingen zu sein."

„Ich weiß nicht, ich kenne es nicht anders." Sie setzten ihren Weg fort. „Aber es ist etwas Besonderes. Man ist nie wirklich allein. Daraus konnte ich wohl auch den Mut schöpfen, allein nach New York zu gehen. Ich hatte immer Carrie und Alana, selbst wenn sie Meilen von mir entfernt waren."

„Sie vermissen sie?"

„O ja. Manchmal vermisse ich sie schrecklich, auch Mom und Dad und Terence. Wir haben auf Gedeih und Verderb so eng zusammengelebt, zusammen gearbeitet. Uns gegenseitig angeschrien." Sie lachte auf. „Das ist nichts Ungewöhnliches, wissen Sie. Jeder braucht ab und zu jemanden, den er anschreien kann. Als uns Terence verließ, war es zuerst so, als hätte man einen Arm verloren. Dad hat das nie richtig überwunden. Dann ist Alana gegangen und dann Carrie und ich. Ich habe nie richtig daran gedacht, wie hart es für meine Eltern gewesen sein musste, weil sie sich immerhin gegenseitig haben. Haben Sie ein enges Verhältnis zu Ihren Eltern?"

Er verschloss sich augenblicklich. Sie glaubte direkt das Eis zu spüren, das sich über die Hitze legte. „Es gibt nur meinen Vater."

„Das tut mir leid.“ Vorsätzlich riss sie nie alte Wunden auf, aber die ihr eigene Neugier führte sie oft dazu. „Ich habe nie einen mir nahestehenden Menschen verloren, aber ich kann mir vorstellen, wie hart es ist.“

„Meine Mutter ist nicht tot.“ Mitleid konnte er nicht annehmen. Er verabscheute es.

Die Fragen, die sich in ihrem Kopf bildeten, behielt sie für sich. „Ihr Vater ist ein wunderbarer Mann. Das habe ich sofort bemerkt. Er hat so freundliche Augen. Das habe ich auch immer bei meinem eigenen Vater geliebt: die Art, wie seine Augen sagten: ‚Vertraue mir‘, und man wusste, man konnte es. Wissen Sie, meine Mutter ist mit ihm durchgebrannt. Sie war siebzehn, als mein Vater in die Stadt kam und ihr den Mond auf einem Silbertablett versprochen hat. Ich glaube, sie hat ihm das nie geglaubt, aber sie ist mit ihm gegangen. Als wir klein waren, haben meine Schwestern und ich immer von dem Tag geträumt, wenn ein Mann kommen und uns den Mond anbieten würde.“

„Ist es das, was Sie wollen?“

„Den Mond?“ Sie lachte schallend. „Natürlich. Und die Sterne. Ich könnte sogar den Mann nehmen.“

Er blieb stehen, um sie anzusehen. „Und? Hat Ihnen ein Mann das alles gegeben?“

„Nein.“ Sie spürte ihren Herzschlag immer stärker, bis zum Hals. „Aber einen Mann, der es angeboten hat.“

„Der Mann war ein Träumer.“ Er fuhr ihr durchs Haar, wie er es die ganze Zeit gewollt und es vor sich doch immer wieder verleugnet hatte. Weich spürte er es zwischen seinen Fingern. „Wie Sie.“

„Wenn man zu träumen aufhört, hört man zu leben auf.“

Er schüttelte den Kopf. „Ich habe schon vor langer Zeit damit aufgehört.“ Seine Lippen berührten ihre, ganz kurz, wie es schon einmal zwischen ihnen gewesen war. „Und ich lebe noch.“

Sie legte eine Hand auf seine Brust, nicht, um ihn von sich zu drücken, sondern um ihn nah zu halten. „Und warum hast du damit aufgehört?“

„Ich ziehe die Wirklichkeit vor.“

Dieses Mal war es nicht zögernd, als sein Mund sich ihrem näherte. Roy nahm, was er sich seit Tagen gewünscht hatte. Er spürte die Wärme ihrer Lippen und ihre Bereitschaft, sich ihm zu öffnen. Maddy schlang den Arm um seinen Hals und zog Roy fester an sich, während ihre Zungen sich im sinnlichen Spiel trafen.

Sie standen außerhalb des Lichtkreises der Straßenlaterne, und die umstehenden Gebäude versperrten den größten Teil des Himmels. Sie waren ganz allein, auch wenn der Verkehr auf der Straße an ihnen vorbeizog. Roys Hand lag auf Maddys Rücken, und er zog sie fest an sich. Ihr Duft ließ ihn den Großstadtgeruch vergessen. Es gab nur sie.

So fest in seine Arme geschmiegt, löste sie sich bereits vom Boden, und gleich würde sie den kalten, weißen Mond berühren können und seine Geheimnisse kennenlernen. Diese Atemlosigkeit hatte sie nicht erwartet.

Roy strahlte Kraft und Rücksichtslosigkeit aus. Ihr Überlebensinstinkt hätte sie davor warnen sollen, es sogar verspotten. Doch sie schmiegte sich nur an ihn und streichelte seinen Nacken.

Er hätte es besser wissen müssen, vom ersten Moment an, als er sie gesehen hatte. Doch stattdessen hatte Roy nur Schritte auf sie zustatt von ihr weggemacht. Er war nichts für sie, und sie konnte für ihn nur eine Katastrophe bedeuten. Das hier würde nicht in eine unverbindliche Beziehung münden, sondern eine stärker und stärker werdende Sogwirkung in ein langsam brennendes Feuer entfalten.

Er spürte es. Die offene Hingabe, die Verlockung war. Ihr Körper war eng an seinen geschmiegt, und das Begehren breitete sich über eine Grenze hinaus aus, die kontrolliert werden sollte, kontrolliert werden musste. Er wollte nicht darüber hinaus und wollte es doch, wollte es sogar mehr, als er jemals etwas gewollt hatte.

Innerlich trat er schon den Rückzug an. Und doch, bevor er sich selbst Einhalt gebieten konnte, umfasste er ihr Gesicht, um sie wieder zu küssen. Er wollte von ihr übersättigt werden, ihrer überdrüssig werden. Doch je mehr er nahm, desto mehr wünschte er sich.

Eine Frau wie diese konnte einen Mann zerstören. Seit seiner Kindheit gründete sich sein Leben auf dem Grundsatz, eine Frau nie so wichtig werden zu lassen, dass er verletzbar war. Maddy macht keinen Unterschied, redete er sich ein, als er in ihr zu ertrinken drohte. Sie konnte einfach nicht.

Als er sich von ihr löste, waren Maddys Beine wie aus Gummi. Sie fand keine schlagfertige Bemerkung, kein leichtes Lächeln. Sie konnte nur in seine Augen blicken, und was sie jetzt sah, war keine Leidenschaft, kein Begehren. Es war Ärger. Sie fand keine Erklärung dafür.

„Ich bringe dich nach Hause“, sagte er.

„Einen Augenblick.“ Sie musste erst wieder zu Atem kommen, musste erst wieder festen Boden unter ihren Füßen spüren. Sie ging zur Straßenlaterne und stützte sich mit der Hand gegen das Metall. Die Lampe warf ihr weißes Licht über sie, während Roy im Schatten blieb. „Ich habe das Gefühl, du ärgerst dich über das, was geschehen ist.“

Er antwortete nicht, doch sie bemerkte, dass sein Blick kalt geworden war. Es verletzte sie. Normalerweise kamen ihr die Tränen so leicht wie das Lachen. Doch sie hatte von ihren Eltern nicht nur leicht erregbare Gefühle, sondern auch deren Stolz geerbt. „Ich komme allein nach Hause, danke.“

„Ich habe gesagt, ich bringe dich.“

Sie fand zu ihrer inneren Stärke zurück, vielleicht half ihr dabei die unterschwellige Wut, die sie aus seiner Stimme gehört hatte. „Ich bin ein großes Mädchen, Roy. Ich bin schon lange für mich allein verantwortlich. Mach's gut.“

Maddy ging um die Ecke und hob die Hand. Eine gute Fee hatte Mitleid mit ihr und sandte ihr sofort ein Taxi, das an den Gehweg heranfuhr. Maddy stieg ein, ohne sich umzublicken.

5. KAPITEL

Die Tänzer hatten auf der Bühne ihre Positionen eingenommen, und ganz vorn stand Myron, um mit scharfem Blick jede Bewegung beobachten zu können. Zusätzlich saßen der Inspizient und der Beleuchtungsmeister da, seine Assistenten, der Pianist, neben dem der Komponist nervös stand, samt einigen Technikern und demjenigen, der die Fäden des ganzen Stückes in der Hand hielt – der Regisseur.

Maddy, als Stripperin, und Wanda, in der Rolle der Maureen Core, einer Kollegin, hatten gerade ihren Dialog beendet. Der Pianist gab ihr den Einsatz, und plötzlich war Maddys Kopf wie leer gefegt.

„Maddy." Der Regisseur war mehr für sein Können als für seine Geduld bekannt.

Sie stieß eine Reihe saftiger Flüche aus, die sie nur für Patzer auf der Bühne benutzte. „Entschuldigung, Don."

„Du gibst nur fünfzig Prozent, Maddy, ich verlange von dir aber mindestens hundertzehn."

„Du bekommst sie." Sie rieb sich über den verspannten Nacken. „Gib mir vorher eine Minute, okay?"

„Fünf", entgegnete er schneidend.

Maddy ging links von der Bühne und ließ sich auf eine Kiste in den Kulissen fallen.

„Probleme?" Wanda setzte sich neben sie, wobei sie sich mit einem Blick umsah, der dazu bestimmt war, jeden anderen auf Sicherheitsabstand von ihnen zu halten.

„Ich hasse es, Proben durcheinanderzubringen. Es ist mir sehr unangenehm."

„Ich stecke normalerweise meine Nase nicht in die Angelegenheiten anderer Leute. Aber …"

„Es gibt immer ein Aber."

„Seit ungefähr einer Woche läufst du nur auf drei Zylindern. Meiner Meinung nach bist du reif für einen Stimmungsaufschwung."

Maddy stützte das Kinn auf die Hand. „Warum müssen Männer solche gemeinen Kerle sein?"

„Aus dem gleichen Grund, aus dem der Himmel blau ist, Schätzchen. Sie wurden so gemacht."

Zu jeder anderen Zeit hätte sie gelacht. Jetzt nickte sie nur grimmig. „Wahrscheinlich ist es klüger, wenn man sie einfach links liegen lässt."

„Verdammt klüger", stimmte Wanda ihr zu. „Allerdings fehlt dann der Spaß. Macht dein Freund dir Schwierigkeiten?"

„Er ist nicht mein Freund." Stirnrunzelnd betrachtete Maddy die Spitze ihres Schuhs. „Aber er macht mir Schwierigkeiten. Was würdest du tun, wenn ein Mann dich küsst, als sollte es zwanzig Jahre dauern, und dich plötzlich von sich stößt, als hättest du ihm niemals auch nur das Geringste bedeutet?"

„Dann kannst du ihn vergessen. Oder du gibst ihm noch eine Chance und siehst zu, dass er den Köder schluckt."

„Aber ich will niemanden ködern."

„Du bist es doch selbst, geködert und am Haken baumelnd. Vielleicht solltest du jetzt einfach nur daran denken, was du eigentlich willst. Ist er es?"

Missmutig zuckte Maddy die Schultern und hasste sich gleichzeitig für ihre Gereiztheit. „Möglich."

„Lass dich von Mary, deiner Stripperin, belehren. Laufe dem nach, was gut für dich ist."

Das klang so leicht. „Ich weiß aber trotzdem nicht, wie ich mich ihm gegenüber verhalten soll."

„Stelle ihn, kreuze so oft bei ihm auf, bis er sich bekennt."

„Und du meinst, ich sei so unwiderstehlich?"

„Das weißt du erst, wenn du es ausprobiert hast." Wanda ließ nicht locker.

Nachdenklich fuhr sich Maddy über die Wange. Dann erhob sie sich und nickte. „Du hast recht. Du hast völlig recht. Und jetzt bin ich so weit, Don hundertzehn Prozent zu geben."

Wieder gingen sie den Dialog durch, doch dieses Mal gelang es Maddy aus sich heraus, ihrer Rolle Biss zu geben. Und als der Pianist die Orientierungsnote für ihren Song anschlug, da gab sie alles. Als sie in den Blicken der Tänzer eine Mischung aus Anerkennung und Neid entdeckte, hatte sie schon wieder ganz zu ihrem Selbstbewusstsein und Temperament gefunden.

Wieder und wieder wurde die Szene geprobt, wobei hier und da gestrafft und einige Änderungen vorgenommen wurden. Der Beleuchtungsmeister und der Inspizient steckten die Köpfe zusammen, und noch einmal wurde die Szene durchlaufen. Zufrieden – für den Augenblick – gingen sie dann zur nächsten Szene über. Maddy bekam eine kleine Pause, kippte einen Orangensaft hinunter und aß hastig einen Joghurt … und schon ging es weiter.

Es war schon dämmrig, als Maddy das Theater verließ. Einige Tänzer gingen in ein Lokal in der Nähe, um sich zu entspannen und abzuschalten. Normalerweise hätte sich Maddy ihnen gern angeschlossen. Doch heute, spürte sie, hatte sie zwei Möglichkeiten: Sie könnte nach Hause gehen und ein heißes Bad nehmen, oder sie könnte Roy stellen.

Klüger wäre es, nach Hause zu gehen. Der letzte Durchlauf hatte ihre Energiereserven aufgezehrt. Außerdem, eine Frau, die einem desinteressierten Mann nachlief, zeigte sowieso einen erschreckenden Mangel an gesundem Menschenverstand.

Es gab genügend andere Menschen, Menschen, die mit ihr in ihren Interessen und Zielen übereinstimmten und die unkompliziertere Begleiter abgaben. Es war ja schließlich nicht so, als würden Männer sie anblicken und dann in die entgegengesetzte Richtung laufen. Die meisten mochten und schätzten sie, so wie sie war. Wenn sie wirklich wollte, konnte sie problemlos in angenehmer Gesellschaft den Abend verbringen.

Sie betrat fünf Telefonzellen, bis sie eine fand, in der noch ein Telefonbuch vorhanden war. Nur einfach einmal nachsehen, sagte sie sich selbst, als sie Roys Namen suchte. Nachsehen schadete nie etwas.

Natürlich, er lebte in einem reinen Wohnviertel. Central Park West – also an die fünfzig Straßenecken von hier entfernt.

Sie könnte in Central Park West nicht leben, weil sie es nicht verstand. Sie verstand das Village, sie verstand Soho, sie verstand das Theaterviertel.

Sie und Roy hatten nichts Gemeinsames, und sie machte sich selbst zur Närrin, wenn sie etwas anderes annahm. Sie ging los und redete sich dabei ein, sie gehe nach Hause, um ein heißes Bad zu nehmen und es sich mit einem Buch im Bett gemütlich zu machen. Sie hatte doch sowieso nie einen Mann in ihrem Leben gewollt. Männer stellten Forderungen und komplizierten alles. Sie hatte genug mit Tanz- und Rollenstudium zu tun, da konnte sie nicht auch noch an eine Beziehung denken.

Maddy stieg die Treppe in den U-Bahn-Schacht hinunter. Aus der Tiefe ihrer Tasche fischte sie die Metallmarke heraus, mit der sie durch die Sperre kam. Während sie durch das Drehkreuz zu der Bahn ging, die sie zu Manhattans Wohnviertel brachte, hielt sie sich immer noch eine Standpauke.

Es wäre doch klüger gewesen, erst anzurufen, fand Maddy, als sie vor dem imposanten Gebäude, in dem Roy seine Wohnung hatte, stand. Womöglich war er nicht da. Schlimmer, womöglich war er da, aber nicht allein.

Eine Frau in einer Hose aus Naturseide schlenderte mit zwei Pudeln an Maddy vorbei, ohne auch nur einen Blick auf sie zu werfen. So war hier die Nachbarschaft, überlegte Maddy. Seidenhosen und Pudel. Sie selbst war eine Promenadenmischung aus bequemen Jeans und ausgetretenen Turnschuhen. Sie hätte wenigstens vorher nach Hause gehen und sich umziehen können.

Nun hör dir das selbst einmal an, befahl sich Maddy. Du stehst hier und führst Klage über Kleidung. Das ist Carries Masche, aber es ist noch nie deine gewesen. Außerdem ist das, was du anhast, gut genug für dich … Es ist gut genug für die Menschen, die du kennst. Wenn es nicht gut genug für Roy Valentine ist, was machst du dann überhaupt hier?

Das weiß ich nicht, gab sie sich zur Antwort. Ich bin ein Idiot.

Keine Widerrede hierbei.

Sie holte tief Luft, öffnete die weite Glastür und betrat die ruhige, mit Marmorboden ausgestattete Eingangshalle.

Seit Jahren war Maddy Schauspielerin. Sie lächelte, warf ihr Haar zurück und schlenderte hinüber zu dem uniformierten Portier beim Empfang. „Guten Abend. Ist Roy zu Hause? Roy Valentine?“

„Tut mir leid, Miss. Er ist heute Abend noch nicht zurückgekommen.“

„Oh.“ Sie bemühte sich, sich das Ausmaß ihrer Enttäuschung nicht anmerken zu lassen. „Macht nichts, ich war gerade in der Nähe.“

„Ich übergebe ihm gern eine Nachricht, Miss …“ Als er sie ansah, wirklich ansah, bekam er plötzlich große Augen. „Sie sind Madeline O’Hara.“

Es war sehr selten, dass sie außerhalb des Theaters erkannt wurde. Maddy wusste es besser als sonst irgendjemand, wie anders sie auf der Bühne erschien. „Ja.“ Automatisch reichte sie ihm die Hand.

„Oh, das ist aber eine Freude." Der Mann umfasste ihre Hand mit beiden Händen. „Meine Frau wollte etwas Besonderes zu unserem Hochzeitstag, da haben uns die Kinder Karten für ‚Suzanna's Park' besorgt. Das war ein wunderbarer Abend." Als er lächelte, zeigte er einen Goldzahn. „Miss O'Hara, ich kann Ihnen gar nicht sagen, wie gut Sie uns gefallen haben. Meine Frau meinte sogar, bei Ihrem Auftritt habe sie gemeint, die Sonne gehe auf."

„Danke." Solche Komplimente entschädigten für das jahrelange Balletttraining, für die harten Proben und die verspannten Muskeln. „Vielen Dank."

„Am besten hat uns eine ganz bestimmte Stelle gefallen. Wissen Sie, die eine Stelle – Himmel, meine Frau hat richtig heulen müssen –, als Sie dachten, Peter sei weg, und als der Scheinwerfer mit diesem ganz fahlen blauen Licht nur auf Sie gerichtet war. Und Sie haben gesungen." Er räusperte sich und begann in einem unsicheren Bariton: „Wie kann er geh'n, wenn meine Liebe ihn umfängt?"

„Wie kann er geh'n", fiel Maddy mit kräftiger Altstimme ein, „wenn mein Herz zu ihm drängt?"

„Ja, das ist die Stelle." Seufzend schüttelte der Portier den Kopf. „Ich muss gestehen, dabei ist es mir auch ganz anders geworden."

„Ich spiele jetzt in einem neuen Musical, das voraussichtlich in sechs Wochen Premiere hat."

„Tatsächlich?" Wie ein stolzer Vater strahlte er sie an. „Wir werden es nicht versäumen. Das verspreche ich Ihnen."

Maddy nahm einen Stift von der Empfangstheke und schrieb eine Nummer auf einen Schreibblock. „Rufen Sie diese Nummer an, fragen Sie nach Fred, und geben Sie meinen Namen an. Ich werde dafür sorgen, dass Sie zwei Karten für die Premiere bekommen."

„Premiere." Ungläubige Freude zeigte sich auf seinem Gesicht. „Nein, meine Frau wird es gar nicht glauben können! Ich weiß nicht, wie ich Ihnen danken soll, Miss O'Hara."

Sie lächelte verschmitzt. „Mit Applaus."

„Worauf Sie sich verlassen können. Oh … Guten Abend, Mr. Valentine."

Mit einem Ruck richtete Maddy sich auf und hatte ein schlechtes Gewissen, obwohl sie nicht wusste, aus welchem Grund. Sie drehte sich um und brachte ein Lächeln zustande. „Hallo, Roy."

„Maddy.“ Er war schon während des kleinen Duetts hereingekommen, aber nicht bemerkt worden.

Er starrte sie nur an, und so entschloss sie sich, die Flucht nach vorn anzutreten. „Ich war gerade in der Nähe und dachte, ich könnte kurz vorbeischauen und Hallo sagen. Hallo.“

Er hatte gerade eine lange Sitzung hinter sich, während deren er immer wieder durch Gedanken an sie abgelenkt worden war. Er war nicht erfreut, sie zu sehen. Aber er wollte sie berühren. „Bist du auf dem Weg irgendwohin?“

Sie könnte sich jetzt lässig geben und ihm etwas von einer Party gleich um die Ecke vorschwindeln – was ihr etwa ebenso leicht fallen würde, wie sich einen neuen Kopf wachsen zu lassen. „Nein. Nur hierher.“

Roy nahm sie beim Arm, nickte dem Portier zu und führte sie zum Fahrstuhl. „Bist du Fremden gegenüber immer so großzügig?“, fragte er, während sie den Lift betraten.

Sie zuckte mit den Schultern. „Warum nicht? Du siehst etwas müde aus.“ Und wunderbar, fügte sie im Stillen hinzu, einfach wunderbar.

„Ich hatte einen langen Tag.“

„Ich auch. Wir hatten heute den ersten Bühnendurchlauf. Ein einziges Chaos.“ Dann lachte sie nervös und steckte die Hände in die Hosentaschen. „Das sollte ich dem Mann mit dem Scheckbuch wohl besser nicht sagen.“

Er murmelte etwas Unverständliches, schloss seine Tür auf und ließ sie eintreten.

Sie hatte etwas Großartiges, Elegantes und Geschmackvolles erwartet. Die Wohnung war all das und sogar mehr. Sie übertraf Maddys Vorstellung.

Der erste Eindruck war der von Weiträumigkeit. Die Wände waren hell, unterbrochen von farbigen Gemälden des Impressionismus und drei riesigen Fenstern, die einen atemberaubenden Blick über den Park und die Stadt boten. Ein großes, korallenrotes Sofa kontrastierte mit der zinnfarbenen Brücke. In einer Ecke standen zwei große, grüne Pflanzen, in zwei Wandnischen waren die chinesischen Ming-Vasen, wie Maddy es einmal erraten hatte. Eine geschwungene offene Treppe führte in ein Obergeschoss.

Es gab nichts, was nicht an seinem Platz stand, anders hatte sie es auch nicht erwartet. Doch die Atmosphäre war nicht kalt, und darüber war sie sich vorher nicht sicher gewesen.

„Es ist schön, Roy." Sie ging hinüber zu den Fenstern, um hinauszusehen. Wenn es etwas zu bemängeln gab, dann möglicherweise hier. Er war so abgeschlossen und abgesondert von der Stadt, in der er lebte, weit weg von ihren Geräuschen, Gerüchen und ihrem Leben. „Stehst du manchmal hier und fragst dich, was vor sich geht?"

„Was wo vor sich geht?"

„Da unten natürlich. Wer streitet sich gerade, wer lacht, wer liebt? Wohin der Polizeiwagen fährt, ob er rechtzeitig ankommt? Wie viele Obdachlose heute Nacht im Park schlafen? Wie viele Schicksale sich verändern, wie viele Flaschen geöffnet und wie viele Babys geboren werden?"

Ihr haftete derselbe Duft an, leicht, verführerisch und doch unschuldig. „Nicht jeder betrachtet die Stadt mit deinen Augen."

„Ich wollte schon immer in New York leben." Sie trat etwas zurück vom Fenster, sodass nur noch die Lichterketten der Großstadt zu sehen waren. „Merkwürdig, wie wir drei – ich meine mich und meine Schwestern – ein ganz klares Gespür dafür hatten, wohin wir gehören. So nah wir uns sind, wir haben doch alle völlig unterschiedliche Orte zum Leben gewählt. Alana ist auf dem Land in Virginia, Carrie im Land der Illusionen, und ich bin hier."

Er musste sich beherrschen, um ihr nicht übers Haar zu streichen. Immer, wenn sie von ihren Schwestern sprach, war eine Spur Wehmut aus ihr herauszuhören. Er verstand nichts von Familie. Er hatte nur seinen Vater. „Möchtest du einen Drink?"

Es lag deutlich in seinem Ton, diese Distanz, diese Förmlichkeit. Sie versuchte sich nicht davon verletzen zu lassen. „Gegen ein Perrier hätte ich nichts."

Als er hinüber zur tiefschwarzen Bar ging, trat sie ganz vom Fenster zurück. Sie wollte nicht an die Menschen dort unten denken, wenn sie sich selbst so abgelehnt fühlen musste.

Dann sah sie die Pflanze. Roy hatte sie so gestellt, dass sie nicht zu viel direktes Sonnenlicht abbekam. „Sie sieht viel besser aus." Maddy hatte zu ihrem Lächeln zurückgefunden, als Roy ihr ein Glas reichte.

„Sie sieht erbärmlich aus", verbesserte Roy sie und schwenkte den Brandy in seinem Glas. „Du hast sie ertränkt." Er nahm einen Schluck. „Warum setzt du dich nicht, Maddy? Und sag mir, warum du gekommen bist."

„Ich wollte dich einfach sehen." Zum ersten Mal wünschte sie, sie hätte etwas von Carries Art, mit Männern umzugehen. Nervös ging sie umher. „Ich kenne mich in diesen Dingen nicht besonders gut aus, und ich hatte auch nie die Zeit, einen besonderen Stil dafür zu entwickeln. Geschickte Formulierungen kenne ich nur vom Theater, und da werden sie mir vorgegeben. Ich wollte dich einfach sehen." Trotzig setzte sie sich auf den Rand des Sofas. „Darum bin ich gekommen."

„Keinen Stil." Es erstaunte ihn, dass er amüsiert sein konnte trotz des unwillkommenen Begehrens, das er für sie spürte. Er setzte sich auch, aber mit sicherem Abstand zu ihr. „Bist du gekommen, um mir einen unsittlichen Antrag zu machen?"

Zorn flammte in ihr auf. „Es sind also nicht nur die Tänzer, die ein Patent auf Selbstverliebtheit haben. Die Frauen, die du gewöhnt bist, stolpern dir offensichtlich auf einen Wink deines kleinen Fingers ins Bett."

Er trank einen Schluck Brandy, um das Lächeln, das um seinen Mund zuckte, zu verbergen. „Die Frauen, die ich gewöhnt bin, singen keine Duette mit dem Pförtner in der Eingangshalle."

Heftig setzte sie ihr Glas ab, sodass das Sodawasser bedrohlich nah am Rand schwappte. „Wahrscheinlich weil diese Frauen Blech in den Ohren haben."

„Das wäre eine Möglichkeit. Der springende Punkt ist der, Maddy, ich weiß nicht, was ich mit dir tun soll."

„Mit mir tun?" Sie stand auf, anmutig, aber fuchsteufelswild. „Du sollst nichts mit mir tun. Ich will nicht, dass du etwas mit mir tust. Ich bin keine Eliza Doolittle."

„Du denkst sogar in Rollen."

„Na und? Du denkst nur in Zahlenreihen. In Verhaltensmustern." Erregt sprang sie auf und ging wieder umher. „Ich weiß nicht, was ich hier tue. Verdammt, ich fühlte mich eine Woche lang miserabel, und das bin ich nicht gewöhnt." Anklagend drehte sie sich zu ihm um. „Ich habe meinen Einsatz verpasst, weil ich an dich denken musste."

„Wirklich?" Er stand auf, obwohl er es nicht wollte. Er sollte sie in ihrer Wut bestärken, damit sie ging, bevor er etwas tat, das er doch nur bedauern würde. Aber er tat es jetzt, trat dicht auf sie zu und strich mit dem Daumen über ihre Wange.

„Ja." Verlangen stellte sich ein, und die Wut verschwand. Sie ergriff seine Hand, bevor er sie sinken lassen konnte. „Und ich wollte, dass auch du an mich denkst."

„Vielleicht habe ich das. Vielleicht habe ich mich selbst dabei ertappt, wie ich aus dem Fenster meines Büros gestarrt und über dich nachgedacht habe."

Sie stellte sich auf die Zehenspitzen, um seine Lippen berühren zu können. Ein Sturm tobte in ihm, sie konnte es fühlen. Auch in ihr tobte ein Sturm, wenn auch aus unterschiedlichen Gründen und, wie sie wusste, mit unterschiedlichem Resultat. War es notwendig, ihn zu verstehen, wenn es ein schönes Gefühl war, einfach bei ihm zu sein? Doch das würde ihm nie genügen, auch das wusste sie. „Roy ..."

„Nicht." Er zog sie näher. „Sprich jetzt nicht."

Ihr Mund war weich, warm und sinnlich. Als sie ihn berührte, wirkte es auf ihn, als wollte sie eher geben als nehmen. Einen Augenblick lang konnte er das sogar fast glauben.

Ein Kuss war für Maddy immer etwas Natürliches gewesen. Etwas, womit man einem lieben Menschen seine Zuneigung zeigte oder einen Freund begrüßte oder das man als Mittel auf der Bühne für das Publikum einsetzte. Doch mit Roy war es anders. Es war komplex, überwältigend, ein Kontakt, der Funken durch ihre Nerven schoss. Leidenschaft war nicht neu für sie. Die erfuhr sie jeden Tag in ihrer Arbeit. Sie hatte natürlich gewusst, dass es etwas anderes war, wenn es sich auf einen Mann bezog, doch die Erfahrung war neu, dass es ihre Muskeln erschlaffen ließ und ihren Kopf benebelte.

Er fuhr mit den Händen durch ihr Haar. Sie wünschte, er würde ihren Körper streicheln. Er begehrte sie. Sie konnte sein heftiges Begehren jedes Mal schmecken, wenn er sie küsste. Doch er tat nichts anderes, als sie dicht an sich gepresst zu halten.

Liebe mich, verlangte alles in ihr. Doch ihr Mund war von seinem verschlossen und konnte die Worte nicht aussprechen. Sie konnte sich Kerzenlicht, sanfte Musik und ein großes, breites Bett vorstellen, auf dem sie eng umschlungen lagen. Die Vorstellung erhitzte ihre Haut und machte ihren Mund fordernder.

„Roy, willst du mich?"

Obwohl seine Lippen über ihr Gesicht streiften, spürte sie, wie er sich versteifte. Ganz leicht, aber sie spürte es. „Ja."

Es war die Art, wie er es sagte, die sie ernüchterte. Widerstreben, selbst Ärger schien in seiner Antwort mitzuschwingen. Langsam löste sich Maddy von ihm. „Bereitet dir das ein Problem?"

Warum konnte es mit ihr nicht so einfach wie mit den anderen Frauen sein? Klare Abmachung, gemeinsamer Spaß, und niemand war verletzt. Ihm war von Anfang an klar gewesen, dass es bei ihr nicht so einfach sein würde.

„Ja." Er ging zurück zu seinem Brandy und hoffte, dass er durch ihn seine Ruhe wiederfinden würde. „Das bereitet mir ein Problem."

Ich bin zu schnell, entschied Maddy. Es war eine schlechte Angewohnheit von ihr, mit Höchstgeschwindigkeit vorwärtszupreschen, ohne auf die holprigen Stellen in der Straße zu achten. „Willst du mit mir darüber reden?"

„Ich will dich. Ich wollte mit dir ins Bett gehen, seit ich dich auf dem Bürgersteig beim Einsammeln deines Kleingeldes und deiner verschwitzten Sachen gesehen habe."

Sie machte einen Schritt auf ihn zu. War ihm klar, dass sie genau das hatte hören wollen, auch wenn es ihr ein wenig Angst einjagte? War ihm klar, wie sie sich danach gesehnt hatte, dass er ein Teil von dem fühlte, was sie fühlte? „Und warum hast du mich neulich weggeschickt?"

„Ich bin nichts für dich, Maddy."

Sie starrte ihn an. „Moment mal. Ich muss sicher sein, dass ich das auch richtig verstanden habe … Du hast mich weggeschickt, weil du es gut mit mir meinst?"

Er goss sich noch einen Brandy ein. Doch es half nicht. „Richtig."

„Roy, du lässt ein Kind im Winter kratzige Kleidung tragen, weil du es gut mit ihm meinst. Wenn es aber ein bestimmtes Alter überschritten hat, ist es für sich selbst verantwortlich."

Was zum Teufel sollte er in dieser Auseinandersetzung mit einem solchen Beispiel anfangen? „Du kommst mir nicht wie die Art Frau vor, die an einem unverbindlichen Abenteuer für eine Nacht interessiert ist."

Ihr Lächeln erstarrte. „Nein, bin ich nicht."

„Dann habe ich dir einen Gefallen getan."

„Jetzt sollte ich wohl ‚Danke schön‘ sagen.“ Sie ergriff ihren Tanzbeutel und legte ihn wieder zurück. Es war nicht die Eigenart der O'Haras, leicht aufzugeben. „Und warum bist du so sicher, dass es nur für eine Nacht gewesen wäre?“

„Weil ich an nichts Dauerhaftem interessiert bin.“

„Ich habe das Gefühl, du meinst, ich wolle dich in einen Käfig sperren.“

Sie konnte nicht wissen, dass der Käfig zum Teil schon bestand, aber von ihm selbst errichtet worden war. „Maddy, warum können wir es nicht einfach dabei belassen, dass wir beide einfach nichts Gemeinsames haben?“

„Darüber habe ich nachgedacht.“ Nun, da sie etwas Greifbares hatte, mit dem sie umgehen konnte, entspannte sie sich wieder. „In gewisser Hinsicht stimmt das zwar. Aber wenn du wirklich darüber nachdenkst, so haben wir viel Gemeinsames. Wir leben beide in New York.“

Eine Braue hochgezogen, lehnte er sich gegen die Bar. „Natürlich. Das macht alles andere bedeutungslos.“

„Das war der Anfang.“ Sie hatte es wahrgenommen, diese schwache Andeutung amüsierten Aufblitzens. Für sie war es genug. „Wir haben beide im Augenblick ein wohlbegründetes Interesse an einem bestimmten Musical.“ Sie lächelte ihn an, unbewusst und unwiderstehlich reizend. „Ich ziehe meine Socken vor meinen Schuhen an. Wie machst du es?“

„Maddy ...“

„Stehst du unter der Dusche aufrecht?“

„Ich verstehe nicht ...“

„Keine Ausflüchte. Nur die Wahrheit. Machst du es?“

Es war nutzlos. Er musste einfach lächeln. „Ja.“

„Erstaunlich. Ich auch. Schon einmal ‚Vom Winde verweht‘ gelesen?“

„Ja.“

„Aha. Gemeinsame Literaturkenntnisse. Ich könnte wahrscheinlich Stunden weitermachen.“

„Darauf möchte ich wetten.“ Er stellte sein Brandyglas ab und ging wieder zu ihr. „Worauf willst du hinaus, Maddy?“

„Darauf, dass ich dich mag, Roy.“ Sie legte die Hände auf seine Unterarme und wünschte sich, ihm wenigstens etwas von seiner inneren Anspannung nehmen und dieses Lächeln in seinem Blick nur ein klein wenig länger halten zu können. „Ich glaube, wenn du etwas lockerer wirst – nur etwas –, könnten wir Freunde werden. Ich fühle mich von dir angezogen. Ich glaube, wenn wir uns Zeit lassen, könnten wir auch Liebende werden."

Es war ein Fehler, natürlich. Er wusste es, aber sie sah gerade jetzt so anziehend, so ehrlich und sorglos aus. „Du bist einzigartig", murmelte er und spielte mit einer Strähne ihres Haares.

„Das hoffe ich." Mit einem Lächeln stellte sie sich auf die Zehenspitzen und küsste ihn, ohne fordernde Leidenschaft. „Ist das abgemacht?"

„Du könntest es bedauern."

„Das wäre dann mein Problem, nicht wahr? Freunde?" Feierlich bot sie ihm die Hand, aber ihre Augen blitzten ihn dabei herausfordernd an.

„Freunde", stimmte er zu und hoffte, er würde nicht derjenige sein, der es bedauern würde.

„Wunderbar. Übrigens, ich habe schrecklichen Hunger. Du hast nicht zufällig eine Büchsensuppe oder so etwas zu Hause?"

6. KAPITEL

Oberflächlich gesehen, schien es genauso einfach zu sein, wie Maddy es umrissen hatte. Und für viele Menschen würde es auch tatsächlich so einfach sein. Aber nicht jeder spürte ein so tiefes Begehren wie Roy oder hatte es so gut wie Maddy gelernt, in eine Rolle zu schlüpfen.

Sie gingen ins Kino. Wenn sie es zeitlich in Einklang bringen konnten, aßen sie mittags im Park. Sie verbrachten einen ruhigen Sonntagnachmittag im Museum – mehr aneinander als an den Ausstellungsstücken interessiert. Wenn Roy sich nicht selbst besser gekannt hätte, würde er sagen, er sei dabei, eine Romanze einzugehen. Aber er glaubte nicht an Romanzen.

Liebe hatte seinem Vater Betrug gebracht, Betrug, mit dem Roy selbst Tag für Tag leben musste. Wenn Edwin es auch verarbeitet hatte, Roy hatte es nicht, konnte es nicht. Für die meisten Leute, mit denen er zu tun hatte, war Treue nur dann ein Wert, wenn sie anpassungsfähig war. Diese Leute hatten ihre Affären – keine Romanzen –, und sie hatten sie vor, während und nach ihrer Ehe. Nichts dauerte ewig, besonders Beziehungen nicht.

Freunde. Irgendwie hatten Roy und Maddy es fertiggebracht, Freunde zu werden, trotz ihrer unterschiedlichen Lebensauffassungen und ihrer entgegengesetzten Vorgeschichten. Auf seiner Seite war die Freundschaft vorsichtig, auf ihrer unbekümmert, doch sie hatten genügend Gemeinsames entdeckt, um eine zufriedenstellende Grundlage schaffen zu können.

Liebende. Es schien unausweichlich, dass sie Liebende werden würden. Die Leidenschaft, die jedes Mal aufflackerte, wenn sie zusammen waren, würde sich nicht lange zurückhalten lassen. Sie wussten es beide und akzeptierten es jeder auf seine Weise. Es machte Roy nur Sorgen, dass er diese unkomplizierte Freundschaft verlieren würde, sobald er mit Maddy ins Bett ging, wie er es sich wünschte.

Sex würde alles verändern. Das war nun einmal so. Intimität in körperlicher Hinsicht musste die emotionale Intimität, die sich gerade zwischen ihnen entwickelte, zerstören. Sosehr er Maddy in seinem Bett brauchte, so wenig wollte er es riskieren, die Maddy zu verlieren, die mit ihm noch nicht geschlafen hatte. Es war der

Kraftakt eines Tauziehens, das er, wie er wusste, niemals gewinnen konnte.

Und er wollte ein Verlieren nicht gelten lassen. Mit genügend logischem Denken und genügend Planung sollte es ihm möglich sein, einen Weg zu finden, um beides zu bekommen. War es von Bedeutung, wenn er berechnend war, sogar knallhart, wenn das Ergebnis für sie beide angenehm sein würde?

Er fand darauf keine Antwort. Stattdessen sah er im Geist Maddy vor sich, so wie sie vor einigen Tagen gewesen war – lachend die Tauben im Park mit Brotkrumen füttern.

Als der Summer auf Roys Schreibtisch ertönte, musste er feststellen, dass er weitere zehn Minuten durch Tagträumereien verloren hatte. „Ja, Hannah?“

„Ihr Vater ist auf Leitung eins, Mr. Valentine.“

„Danke.“ Roy drückte auf einen Knopf und stellte die Verbindung her. „Dad?“

„Roy, ich habe läuten hören, Selby habe einen ganzen Schwung neuer Independent-Promoter übernommen. Weißt du etwas darüber?“

Tatsächlich war Roy schon darüber informiert worden, dass Galloway Records einige bisher von der Schallplattenindustrie unabhängige Projekte unter Vertrag genommen habe. „Auf die wichtigsten Sender soll etwas Druck gemacht worden sein. Manche sprechen auch von Schmiergeld. Bestimmte Platten sollen gespielt werden. Also nichts Neues. Wenn ich etwas Konkretes höre, lasse ich es dich umgehend wissen.“

„Hat mir nie gefallen, dafür zu zahlen, dass eine Platte im Radio gesendet wird“, entgegnete Edwin halblaut. „Na ja, lassen wir das. Ich würde mir gern eine Probe von unserem Stück ansehen. Begleitest du mich?“

Roy warf einen Blick auf seinen Terminkalender. „Wann?“

„In einer Stunde. Ich weiß, normalerweise sollte man sich vorher anmelden. Sie wollen, dass alles wie am Schnürchen klappt, wenn die Herren Geldgeber erwartet werden. Aber ich liebe Überraschungen.“

Roy hatte am Vormittag eigentlich zwei Termine. Doch einem Impuls folgend, entschloss er sich, sie zu verschieben. „Dann treffe ich dich um elf am Theater.“

„Hast du anschließend auch noch Zeit zum Essen? Dein alter Herr lädt dich ein."

Er ist einsam, erkannte Roy. Edwin Valentine hatte seinen Club, seine Freunde und genügend Geld, um die Welt zu umkreisen, aber er war einsam. „Ich werde Appetit mitbringen", versprach Roy.

Verstohlen betrat Edwin das Theater, wie ein Junge ohne Eintrittskarte. „Wir setzen uns unauffällig hier an die Seite, um zu sehen, wofür wir unser Geld ausgeben."

Roy folgte seinem Vater, doch seine Aufmerksamkeit galt der Bühne, wo Maddy gerade von einem anderen Mann umarmt wurde. Unerwartet und heftig verspürte Roy Eifersucht.

Sie sah zu einem anderen Mann auf, die Arme um dessen Hals geschlungen, das Gesicht strahlend. Der andere Mann küsste sie auf die Stirn. Obwohl Roy wusste, es war nur ein Spiel, fühlte er erneut einen unangenehmen Druck im Magen.

„In Ordnung", beendete der Regisseur mit dröhnender Stimme die Szene. „Hier haben wir fünfzehn Sekunden für den Umbau. Wanda, Rose, nehmt eure Positionen ein. Licht. Dein Stichwort, Maddy."

Sie kam wieder auf die Bühne geeilt, wo Wanda sich in einem Sessel rekelte und die Frau namens Rose sich vor einem Spiegel aufputzte.

„Du bist spät", sagte Wanda träge.

„Was bist du, eine Stechuhr?" Im Gegensatz zur vorigen Szene mit ihrem Liebhaber wirkte Maddy von ihrer Stimme und ihren Bewegungen her härter.

„Jackie hat dich gesucht."

Maddy, die sich gerade eine auffällige rote Perücke überzog, hielt mitten in der Bewegung inne. „Was hast du ihm gesagt?"

„Dass er nicht an den richtigen Orten gesucht hat. Ich habe dich gedeckt, Mary, aber überzieh nicht die Saite."

„Danke." Maddy schlüpfte aus ihrem Rock, schob dann Rose ein wenig zur Seite und begann sich das Gesicht zu bemalen.

„Du brauchst mir nicht zu danken. Wir halten zusammen. Aber trotzdem, für mich bist du total übergeschnappt."

„Ich weiß schon, was ich tue." Maddy verschwand hinter einem

Wandschirm. Kurz darauf warf sie die Bluse, die sie getragen hatte, über ihn. „Ich habe alles im Griff."

„Du solltest aber auch sicher sein, Jackie im Griff zu haben. Kannst du dir vorstellen, was er mit dir und deinem hübschen Jungen macht, wenn er hinter eure Geschichte kommt?"

„Er wird nicht dahinterkommen." Sie trat in einem langen, schleppenden, mit Pailletten übersäten Gewand hinter dem Wandschirm hervor. „Schon bin ich fertig."

„Die Leute im Zuschauerraum sind heute Abend ziemlich wild."

„Gut." Sie zwinkerte Wanda zu. „So mag ich sie." Dann ging sie ab.

„Linker Scheinwerfer", rief der Regisseur. „Stichwort Terry."

Roy erkannte den Tänzer, der von links auf die Bühne kam, von der letzten Probe wieder. Sein Haar war jetzt mit Haargel zurückgekämmt. Er trug eine glänzend weiße Krawatte zu einem schwarzen Hemd. Als Maddy hinter ihm auftrat, ergriff er sie beim Arm.

„Wo zum Teufel warst du?"

„Irgendwo." Maddy warf ihre rote Mähne zurück und stützte aufreizend eine Hand in die Hüfte.

Edwin beugte sich vor und flüsterte Roy ins Ohr: „Hat wirklich überhaupt keine Ähnlichkeit mehr mit der kleinen Lady, die mit ihrer verkümmerten Pflanze in dein Büro gekommen ist."

„Nein", murmelte Roy, „überhaupt nicht."

„Sie kommt groß heraus, Roy. Ganz groß."

Roy spürte ein Aufwallen von Stolz, aber auch Besorgnis, und konnte sich beides nicht erklären. „Ja, ich glaube schon."

„Süßer." Maddy tätschelte ihrem Partner die Wange. „Was willst du eigentlich? Willst du, dass ich strippe oder dir mein Tagebuch vorlese?"

„Strippen", befahl ihr Jackie.

„Na also." Maddy warf den Kopf zurück. „Das kann ich nämlich auch am besten."

„Licht", rief der Regisseur. „Musik."

Maddy griff nach einer roten Boa und ging – nein, schlenderte – zur Mitte der Bühne, wo sie mit ihrem Kostüm ganz in Rot wie eine Flamme wirkte. Sie begann zu singen, ließ ihre Stimme zunächst langsam kommen, ließ sie sich steigern, so mitreißend und aufreizend wie die aufreizenden Bewegungen, die sie dazu machte. Die Boa wurde hinunter ins Publikum geworfen.

„Ich glaube, ich habe dich noch nie zu einem Strip mitgenommen, Roy."

Roy musste lächeln, während Maddy auf der Bühne ihre ellbogenlangen Handschuhe abstreifte. „Nein, das hast du nicht."

„Ein Mangel in deiner Erziehung."

Auf der Bühne ließ Maddy ihren Körper sprechen. Es war nur eine Szene von vielen. Aber Maddy wusste, wenn sie es richtig machte, würde gerade diese das Glanzstück der Show werden. Das wollte sie schaffen.

Als sie aus dem Rock schlüpfte, begannen einige der Techniker zu pfeifen. Sie lächelte breit. Nach dem zweiminütigen Tanz saß sie, nach hinten gebeugt, auf dem Boden und trug nicht mehr viel mehr als Flitter und Perlen am Körper. Zu ihrer eigenen freudigen Überraschung gab es lauten Applaus aus dem Zuschauerraum. Erschöpft stützte sie sich auf den Ellbogen und lächelte in den völlig im Dunkeln liegenden Teil des Theaters.

Schnell machte das Wort die Runde, vom Assistenten zum Assistenten zum Inspizienten zum Regisseur: Das Geld war im Haus.

Still fluchend, dass er es nicht schon vorher gemerkt hatte, kam Don hinunter in den Zuschauerraum. „Mr. Valentine. Und Mr. Valentine." Herzlich wurden die Hände geschüttelt. „Wir haben Sie nicht erwartet."

„Wir wollten einfach einmal etwas von der ganz normalen Probenroutine mitbekommen." Roy sprach mit dem Regisseur, doch sein Blick wanderte zurück zur Bühne, wo Maddy immer noch am Boden saß und sich den Hals mit einem Handtuch abtupfte. „Sehr eindrucksvoll."

„Wir könnten noch etwas mehr Biss gebrauchen, aber wir schaffen es bis Philadelphia."

„Daran habe ich keinen Zweifel." Edwin schlug ihm freundschaftlich auf die Schulter. „Wir wollen die Probe nicht aufhalten."

„Ich würde mich freuen, wenn Sie noch bleiben. Wir wollten gerade mit den Proben der ersten Szene vom zweiten Akt anfangen. Kommen Sie doch weiter nach vorn, an die Bühnenrampe."

„Deine Entscheidung, Roy."

Der ließ sich nicht lange bitten. „Also gut."

Die nächste Szene war eindeutig darauf angelegt, das Publikum zum Lachen zu bringen. Roy verstand nicht genug vom Theaterhandwerk, um zu erkennen, woran es lag, dass selbst die einfachsten Dinge komisch wirkten. Aber er konnte sehen, dass Maddy dieses Spiel verstand. Sie würde das Publikum ganz auf ihrer Seite haben.

Sie hatte etwas Lebenssprühendes an sich, etwas Überzeugendes und sogar Sympathisches in dieser Rolle der frechen und manchmal gereizten Stripperin. Und dann hatte sie noch die zweite Rolle, in der sie ihren ehrlichen Geliebten Jonathan mit der nötigen Unschuld davon überzeugen musste, dass seine Mary eine pflichtbewusste Bibliothekarin mit einer kranken Mutter sei. Es gelang ihr so, dass Roy selbst von ihr überzeugt worden wäre. Und es war gerade diese Fähigkeit, die ihm Sorgen bereitete.

„Eine tolle Schauspielerin", bemerkte Edwin, als der Regisseur und der Inspizient die Köpfe zusammensteckten.

„Ja, das ist sie."

„Es geht mich zwar nichts an, aber was läuft eigentlich zwischen euch beiden ab?"

Roys Gesicht blieb ausdruckslos, als er sich seinem Vater zuwandte. „Wie kommst du darauf, dass da etwas läuft?"

Edwin klopfte mit dem Finger leicht auf die Nase. „In diesem Geschäft wäre ich nie so weit gekommen, wenn ich nicht den richtigen Riecher hätte."

„Wir sind … Freunde", antwortete Roy nach kurzem Zögern.

„Du weißt, Roy, ich habe mir für dich immer eine Frau wie Madeline O'Hara gewünscht. Eine fröhliche, schöne Frau, die dich glücklich machen könnte."

„Ich bin glücklich."

„Du bist immer noch verbittert."

„Nicht dir gegenüber", fiel ihm Roy ins Wort.

„Aber deiner Mutter …"

„Lass es." Obwohl er ruhig sprach, war die eisige Kälte da. „Das hier hat nichts mit ihr zu tun."

Es hat nur damit zu tun, dachte Edwin betrübt, als Maddy wieder die Bühne beherrschte. Doch er kannte seinen Sohn zu gut und schwieg darum.

Edwin konnte die Zeit nicht zurückstellen und den Betrug von damals ungeschehen machen. Und selbst wenn er könnte, würde er es nicht tun, denn dann würde Roy jetzt nicht neben ihm sitzen. Wie konnte er seinen Sohn nur dazu bringen, die eigene Geschichte unverbittert anzunehmen? Wie konnte er seinem Sohn vermitteln, Vertrauen zu lernen, wo er doch unter einer Lüge geboren worden war?

Während der weiteren Probe waren Maddys Gedanken zum Teil auf Roy eingestellt. Er beobachtete sie so eindringlich. Es kam ihr vor, als wollte er sich selbst klarmachen, was an ihrer Rolle sie selbst sei. Verstand er denn nicht, dass ihre Arbeit es von ihr verlangte, sich selbst so weit auszuschalten, bis es keine Maddy mehr gab, nur noch eine Mary?

Sie glaubte Ablehnung, sogar Verärgerung bei ihm feststellen zu können. Wie gern würde sie jetzt einfach von der Bühne springen, um ihm etwas zu versichern, das ihr selbst nicht so ganz klar war. Aber er hätte das nicht von ihr gewollt. Zumindest noch nicht. Im Augenblick wollte er alles unverbindlich und sehr, sehr leicht. Nichts Bindendes, keine Versprechungen, keine Zukunft.

Sie verhaspelte sich und fluchte im Stillen über sich. Sie mussten unterbrechen und die Szene erneut durchgehen.

Maddy konnte ihm nicht sagen, was sie fühlte. Für eine Frau mit einem offenen Wesen war sogar Schweigen so etwas wie Täuschung. Aber sie konnte es ihm nicht sagen. Konnte ihm nicht sagen, dass sie ihn liebte und ihn vom ersten Moment ihres Kennenlernens an geliebt hatte. Er wollte das nicht hören. Er würde verärgert reagieren, weil er sich nicht von Gefühlen einfangen lassen wollte. Er würde nicht verstehen, dass für sie ein Leben ohne Gefühle bedeutungslos war.

Vielleicht glaubte er, dass sie ihre Liebe leicht verschenkte. Sicher, das stimmte, aber nicht diese Art von Liebe. Liebe der Familie gegenüber kam natürlich und blieb. Liebe zu Freunden entwickelte sich langsam oder auch schnell, aber ohne innere Zweifel. Sie konnte ein Kind im Park lieben für nichts anderes als für seine Unschuld. Oder einen alten Mann auf der Straße für nichts mehr als für sein Erdulden.

Doch die Liebe zu Roy schloss alles ein. Diese Liebe war vielschichtig, und sie hatte immer geglaubt, Liebe sei einfach. Liebe brachte Schmerzen, und sie hatte immer gedacht, Liebe bringe Freude. Die Leidenschaft war immer da, unterschwellig, wollte sich Bahn brechen. Es machte Maddy unruhig vor Erwartung, wo sie doch sonst immer so unbekümmert gewesen war.

„Lunch, Ladies und Gentlemen. Um zwei geht's weiter mit den zwei Schlussszenen."

„Es ist also der Finanzier", flüsterte Wanda Maddy ins Ohr.

„Was ist mit ihm?" Maddy beugte sich vor und ließ ihre Muskeln entspannen.

„Das ist er, nicht wahr?"

„Welcher Er?"

„Der Er." Wanda gab ihr einen freundschaftlichen Klaps auf den Rücken. „Der Er, der dich mit verträumten Augen herumstehen lässt."

„Ich stehe nicht mit verträumten Augen herum." Das hoffte sie wenigstens.

„Das ist er", beharrte Wanda und trollte sich mit einem zufriedenen Lächeln von der Bühne.

Verdrießlich über sich selbst, ging Maddy die Treppe hinunter in den Zuschauerraum. Dann legte sie ein frisches Lächeln auf. „Roy, schön, dass du gekommen bist." Sie berührte ihn nicht und gab ihm auch nicht den freundschaftlichen Kuss auf die Wange, mit dem sie ihn sonst begrüßte. „Mr. Valentine. Ich freue mich, Sie wiederzusehen."

Edwin umfasste mit seinen beiden großen Händen ihre Hand. „Eine reine Freude, Ihnen bei der Arbeit zuzusehen. Habe ich den Mann etwas von Lunch sagen hören?"

Sie legte eine Hand auf ihren Magen. „Ja, richtig."

„Dann begleiten Sie uns doch?"

„Nun, ich …" Als Roy nichts sagte, suchte sie nach einer Ausrede.

„Sie werden mich doch nicht enttäuschen?" Edwin ignorierte das Schweigen seines Sohnes und ließ nicht locker. „Hier ist Ihr Revier. Sie kennen doch bestimmt ein gutes Plätzchen."

„Gleich gegenüber gibt es ein Lokal …", begann sie.

„Großartig." Es würde ihn nur einen schnellen Anruf kosten, den reservierten Tisch in den Vier Jahreszeiten wieder abzubestellen. „Was meinst du, Roy?"

„Ich würde sagen, Maddy braucht noch eine Minute, um sich umzuziehen." Jetzt endlich lächelte er sie an.

Maddy brauchte tatsächlich nur fünf Minuten, um sich umzuziehen. Sie zog über ihr Trikot ein wadenlanges, gelbes, trägerloses Kleid – taillenlos und gürtellos, in dem sie trotzdem reizvoll genug aussah.

In das Schnellrestaurant gegenüber waren die meisten der Tänzer vom Theater wie hungrige Ameisen geeilt. Da der Besitzer geschäftstüchtig war, gab es hinten eine Musikbox, die pausenlos dröhnte.

Der große Grieche hinter der Theke begrüßte Maddy mit einem breiten Lächeln. „Ahh, ein O'Hara-Spezial?"

„Richtig." An die Glasfront der Theke gelehnt, beobachtete sie, wie er ihr einen großen Salat zusammenstellte. Großzügig verteilte er Käse darauf und krönte alles mit einem Joghurt.

„Das essen Sie?", fragte Edwin hinter ihr.

Lachend nahm sie die Salatschüssel in Empfang. „Ich verschlinge es."

„Ein Körper braucht Fleisch." Edwin bestellte sich einen Riesenhamburger mit Kartoffelsalat.

„Ich besorge uns gleich einen Tisch", erbot sich Maddy und nahm sich noch eine Tasse Tee zu ihrem Salat. Vorsorglich strebte sie dann auf den der Musikbox entgegengesetzten Teil des Lokals zu.

„Maddy, Lunch mit den schweren Jungs?" Terry, der sein Haar immer noch wie in seiner Rolle als Jackie glatt zurückpomadiert trug, beugte sich über sie. „Legst du ein gutes Wort für mich ein?"

„Welches Wort würde dir gefallen?" Verschmitzt lächelnd blickte sie zu ihm auf.

„Wie wäre es mit ‚Star'?"

„Ich werde sehen, ob ich es einflechten kann."

Er wollte noch etwas sagen, als er einen Blick zu seinem eigenen Tisch hinüberwarf. „Verdammt, Leroy, das ist meine Gewürzgurke!"

Maddy lachte noch, als Roy und sein Vater sich zu ihr setzten.

„Was für ein Laden hier", kommentierte Edwin und war im Grunde schon ganz mit seinem Hamburger und dem Kartoffelsalat beschäftigt.

„Sie zeigen sich von ihrer besten Seite, weil Sie hier sind."

Jemand begann zu dem Gedudel aus der Musikbox mitzusingen. Maddy erhob einfach ein wenig ihre Stimme. „Kommen Sie zur Premiere nach Philadelphia, Mr. Valentine?"

„Das muss ich mir noch überlegen. Ich reise nicht mehr so viel.

Es gab einmal eine Zeit, da war ich häufiger außerhalb der Stadt als in meinem Büro."

„Muss aufregend gewesen sein." Sie machte sich über ihren Salat her und tat, als würde Roys Roastbeef ihr nicht das Wasser im Munde zusammenlaufen lassen.

„Hotelzimmer, Termine." Er zuckte die Schultern. „Und ich habe meinen Jungen vermisst." Er beobachtete, wie Roy ganz selbstverständlich von seinem Roastbeef etwas abschnitt und es Maddy reichte. Das erweckte seine Aufmerksamkeit. Und seine Hoffnung. „Und viele Baseballspiele. Roy war ein Klassespieler in der Highschool-Mannschaft."

Lächelnd schüttelte Roy darüber den Kopf, als sich Maddy ihm zuwandte. „Du hast Baseball gespielt? Das hast du mir nie erzählt." Kaum hatte sie die Worte ausgesprochen, erinnerte sie sich auch schon daran, dass er keinen Grund hatte, es ihr zu erzählen. Es gab vieles in seinem Leben, wovon er ihr nichts erzählt hatte. „Ich habe von Baseball nie wirklich etwas verstanden, bis ich nach New York kam", fuhr sie hastig fort. „Dann habe ich mir einige Spiele der ‚Yankees' angesehen, um zu verstehen, worum es bei dem Ganzen überhaupt geht. Und? Hatte Roy das Zeug für eine große Liga?"

„Meiner Meinung nach ja. Aber er wollte in der Firma arbeiten."

„Das ist schließlich auch eine große Liga." Bedächtig kaute sie das Stück Fleisch, das Roy ihr gegeben hatte. „Die meisten von uns sehen ja immer nur das fertige Produkt, das Album, das auf den Plattenteller gelegt wird, die Kassette, die in den Kassettenrekorder gesteckt wird. Aber wahrscheinlich ist es ein weiter Weg von der musikalischen Idee bis dahin."

„Wenn Sie einmal drei oder vier Tage freihaben", entgegnete Edwin lachend, „werde ich Sie darüber genau ins Bild setzen."

Sie trank ihren mit Honig gesüßten Tee, der ihr Aufschwung für die nächsten vier Stunden geben musste. „Als wir das Album von ‚Suzanna's Park' aufgenommen haben, habe ich schon einen Vorgeschmack davon bekommen. Ein Studio ist so ganz anders als die Bühne. So … nun ja, einschränkend."

„Sicher, ein Studio ist in gewisser Weise einschränkend", warf Roy ein. Er nahm einen Schluck von seinem Kaffee, der sich als so stark herausstellte, dass ein Löffel in ihm stehen könnte. „Andererseits bietet es zahllose Vorteile. Nehmen wir den Mann dort hinter der Theke. Im Studio könnten wir einen Caruso aus ihm machen, indem wir die richtigen Knöpfe drücken."

Nachdenklich schüttelte Maddy den Kopf. „Das ist Betrug."

„Das ist Absatzpolitik. Viele Plattenfirmen arbeiten so."

„Auch Valentine?"

Er sah sie an, und der Blick seiner grauen Augen, die sie von Anfang an so angezogen hatten, war offen. „Nein. Valentine wurde mit Blick auf Qualität, nicht Quantität gegründet."

Sie warf Edwin einen verschmitzten Blick zu. „Aber wollten Sie nicht mit den O'Hara-Drillingen einen Plattenvertrag machen?"

Edwin gab noch zusätzlich Salz auf seinen Hamburger. „Hatten die keine Qualität?"

„Wir waren ... vielleicht minimal über dem Durchschnitt."

„Eine ganze Ecke darüber, wenn das, was ich vorhin auf der Bühne gesehen habe, Rückschlüsse zulässt."

„Das freut mich."

„Haben Sie manchmal auch Zeit für Geselligkeit, Maddy?"

Sie stützte das Kinn auf ihre Hand. „Wollen Sie mich um ein Rendezvous bitten?"

Zunächst war er verblüfft, aber nur für einen Augenblick. Dann brach er in schallendes Gelächter aus, das die Aufmerksamkeit sämtlicher Gäste auf sich zog. „Wenn ich zwanzig Jahre abschütteln könnte, will ich verdammt sein, wenn ich das nicht wollte. Sie ist schon goldrichtig." Er tätschelte ihre Hand und sah dabei seinen Sohn an.

„Ja, das ist sie", stimmte Roy ihm höflich zu.

„Ich würde gern eine Party geben." Die Idee war Edwin ganz spontan gekommen. „Wie fänden Sie es, Maddy, wenn wir die Show im großen Stil auf die Reise nach Philadelphia schicken?"

„Eine großartige Idee. Bin ich eingeladen?"

„Unter der Voraussetzung, dass Sie einen Tanz für mich reservieren."

Den Vater musste sie einfach gernhaben, so wie sie den Sohn liebte. „Sie können so viele bekommen, wie Sie wollen."

„Ich fürchte, mehr als ein Tanz wäre nicht drin. Ich könnte mit Ihnen nicht mithalten."

Sie fiel in sein Lachen ein. Als sie ihre Teetasse hob, bemerkte sie, dass Roy sie wieder beobachtete, sehr kühl. Die Missbilligung, die sie von ihm zu spüren glaubte, verletzte sie tief. „Ich … ich muss zurück. Ich muss noch einige Dinge vor der Probe erledigen."

„Begleite die Lady über die Straße, Roy. Deine Beine sind jünger als meine."

„Das ist schon in Ordnung." Maddy stand hastig auf. „Ich brauche nicht …"

„Ich begleite dich." Roy fasste sie beim Ellbogen.

Sie würde keine Szene machen, obwohl ihr wie noch nie danach zumute war. Stattdessen beugte sie sich vor und küsste Edwin zum Abschied auf die Wange. „Danke für die Einladung."

Maddy wartete, bis sie draußen waren, bevor sie zu Roy sagte: „Roy, ich bin voll und ganz in der Lage, die Straße allein zu überqueren. Geh zu deinem Vater zurück."

„Hast du irgendein Problem?"

„Ob ich ein Problem habe?" Sie entzog ihm den Arm und starrte ihn wütend an. „Ich kann deine so anständige, so nur auf Höflichkeit begründete Art, mit mir zu reden, einfach nicht mehr ertragen." Und im Laufschritt begann sie, die Straße zu überqueren.

„Du hast noch zwanzig Minuten Zeit." Er ließ sich nicht abschütteln.

„Ich habe gesagt, ich hätte noch einiges zu erledigen."

„Du hast gelogen."

Mitten auf der Straße, die Ampel schaltete auf Gelb, blieb sie stehen und drehte sich zu ihm. „Dann sagen wir doch einfach, ich hätte Besseres zu tun. Besseres, als dort zu sitzen und unter deine intellektuelle Lupe genommen zu werden. Gefällt es dir vielleicht nicht, dass ich die Gesellschaft deines Vaters genieße? Hast du Angst, ich hätte ihm gegenüber Absichten?"

„Hör auf damit." Er zog sie unsanft vorwärts, als einige Autos zu hupen begannen.

„Du magst einfach Frauen nicht, nicht wahr? Du steckst uns alle gemeinsam in die große Kiste mit der Aufschrift ‚Vorsicht, nicht vertrauenswürdig'. Wenn ich nur wüsste, warum."

„Maddy, du stehst kurz davor, hysterisch zu werden."

„Oh, ich kann den Zustand noch ein wenig ausdehnen", versprach sie und meinte es ernst. „Du warst plötzlich zu Eis erstarrt. Ich habe es genau von der Bühne her gesehen, wie du mich mit diesem kalten, abschätzenden Blick beobachtet hast. Es war, als hättest du mich und nicht die Rolle, die ich gespielt habe, einordnen wollen … Und du kannst mit beidem nichts anfangen, weil du es nicht willst."

Weil er den Schimmer der Wahrheit in dem, was sie sagte, erkannte, wandte er sich von ihr ab. „Du bist lächerlich."

„Nein, das bin ich nicht. Ich weiß, wann ich lächerlich bin, und im Moment bin ich es nicht. Ich weiß nicht, was dich so ausgehöhlt hat, Roy, aber was es auch gewesen sein mag, es tut mir leid. Ich habe mich bemüht, mich daran nicht zu stören, ich habe mich bemüht, mich an vielen Sachen nicht zu stören. Aber das ist zu viel."

Er fasste sie bei den Schultern. „Was ist zu viel?"

„Ich habe deinen Gesichtsausdruck gesehen, als dein Vater über die Party sprach und über meine Anwesenheit dabei. Du brauchst dir keine Sorgen zu machen. Ich werde nicht kommen. Ich finde schon eine Entschuldigung."

„Wovon sprichst du überhaupt?", wollte er wissen und betonte dabei jedes einzelne Wort überdeutlich.

„Ich habe nicht gern, dass es dir peinlich ist, mit mir gesehen zu werden."

„Maddy …"

„Schon gut, es ist schließlich auch verständlich, oder?", fuhr sie erregt fort. „Ich bin schlicht und einfach Maddy O'Hara, ohne Auszeichnungen hinter dem Namen oder einem bedeutenden Stammbaum davor. Ich habe Highschool-Abschluss per Post gemacht, und meine beiden Elternteile stammen von Bauern aus Südirland ab."

Er umfasste ihr Kinn. „Wenn du das nächste Mal einen Abstecher ins Rätselhafte machst, könntest du mich dann vorher darüber informieren, damit ich mithalten kann? Ich weiß nicht, wovon du sprichst."

„Ich spreche von uns", schrie sie jetzt fast. „Und ich weiß nicht einmal, warum ich von uns spreche, weil es kein Uns gibt. Du willst kein Uns, darum …"

Er schnitt ihr einfach das Wort ab, indem er seinen Mund auf ihren presste. „Sei still", warnte er, als sie sich wehrte. „Sei eine Minute lang still. Hast du dich jetzt beruhigt?", fragte er kurz darauf, als er sie wieder zu Wort kommen ließ.

„Nein."

„In Ordnung, aber lass mich jetzt einmal reden. Ich weiß nicht genau, was ich gedacht habe, als ich dich auf der Bühne beobachtet habe. Es wird immer mehr zum Problem, überhaupt denken zu können, wenn ich dich ansehe."

Sie wollte schon eine schnippische Bemerkung machen, hielt sie aber doch zurück. „Warum?"

„Ich weiß nicht. Und was das andere angeht, das ist lächerlich. Es ist mir egal, ob du deine Ausbildung durch Fernstudium oder eine Eliteschule erreicht hast. Und es ist mir egal, ob dein Vater zum Ritter geschlagen worden ist oder wegen Diebstahls verurteilt."

„Wegen Ruhestörung", murmelte Maddy. „Aber das war nur einmal … zweimal, nehme ich an. Es tut mir leid." Als die Tränen kamen, entschuldigte sie sich noch einmal. „Es tut mir leid. Ich hasse das. Immer, wenn ich ärgerlich bin, kann ich mich nicht beherrschen."

„Nicht doch." Er wischte ihr die Tränen weg. „Ich war auch nicht ganz fair dir gegenüber. Wir müssen wirklich einmal klären, was zwischen uns ist."

„Okay. Wann?"

„Wann musst du denn einmal nicht in aller Herrgottsfrühe zum Training?"

Sie schniefte und suchte in ihrer Leinentasche nach einem Kleenex. „Sonntag."

„Also dann Sonnabend. Kommst du zu mir?" Er fuhr mit dem Daumen über ihre Wangen.

„Ja, ich komme. Roy, ich wollte keine Szene machen."

„Ich auch nicht, Maddy." Er strich ihr noch einmal über die Wange und ging dann zurück.

7. KAPITEL

Als Maddy ihr Apartment betrat, dachte sie immer noch an Roy. Das überraschte sie nicht, denn die Gedanken an Roy beherrschten so ihren Tag, dass sie sich immer wieder dazu zwingen musste, an ihre Rolle als Mary Howard zu denken. Die Premiere in Philadelphia war bereits in drei Wochen. Und da konnte sie es sich nicht leisten, sich von Vermutungen über das Was, Wenn, Falls und Wie betreffend Roy Valentine ablenken zu lassen.

Aber was würde Sonnabend passieren? Was sollte sie sagen? Wie sollte sie sich verhalten?

Maddy bezeichnete sich selbst als übergeschnappt, als sie plötzlich stirnrunzelnd stehen blieb. Das Licht war an. Sicher, sie war oft geistesabwesend oder in zu großer Eile, um sich alle Einzelheiten merken zu können, aber das Licht hätte sie nicht brennen lassen. Denn aus ihrer schlechteren Zeit hatte sie die Angewohnheit bewahrt, Energie – und Stromkosten – zu sparen.

Noch merkwürdiger, es roch nach Kaffee. Frischem Kaffee. Und dann hörte sie ein Geräusch aus ihrem Schlafzimmer. Mit heftig klopfendem Herzen zog sie einen Steppschuh aus ihrem Tanzbeutel und hielt ihn hoch wie eine Waffe. Sie kam gar nicht erst auf den Gedanken, hinauszurennen und um Hilfe zu rufen. Auch wenn sie sich nicht als aggressiv einschätzte, so war das hier ihr Zuhause, und sie hatte immer das verteidigt, was ihr gehörte.

Langsam, ohne ein Geräusch zu machen, durchquerte sie das Zimmer. Als sie das Geklapper von Kleiderbügeln hörte, fasste sie den Schuh fester. Wenn der Dieb dort etwas Wertvolles zu finden glaubte, dann konnte es für seine Dummheit gar keine Worte mehr geben. Und einen geistig verwirrten Dieb sollte sie doch mit Hilfe des mit Eisen verstärkten Absatzes ihres Steppschuhs in die Flucht schlagen können. Doch je näher sie ihrem Schlafzimmer kam, desto häufiger musste sie nervös schlucken.

Mit angehaltenem Atem fasste Maddy mit der freien Hand nach dem Türgriff. Dann riss sie die Tür auf. Fast gleichzeitig ertönten erschreckte Aufschreie.

„Nun." Carrie legte die Hand auf ihr Herz. „Es ist doch immer wieder nett, dich zu sehen."

„Carrie!" Mit einem Freudenschrei warf Maddy den Schuh weg und stürzte sich auf ihre Schwester. „Ich hätte dir fast ein Loch in den Kopf geschlagen. Was machst du hier?"

„Ein paar Sachen aufhängen." Carrie küsste Maddy auf die Wange und warf dann ihre blonde Haarmähne zurück. „Es macht dir doch hoffentlich nichts aus. Seide knittert so schrecklich."

„Natürlich macht es mir nichts aus. Ich habe gemeint, was machst du in New York? Du hättest mich benachrichtigen können."

„Darling, ich habe dir letzte Woche geschrieben."

„Nein, du …" Dann erinnerte sich Maddy an den ganzen Stapel von Briefen, den sie immer noch nicht geöffnet hatte. „Ich hatte noch keine Zeit für meine Post."

„Typisch."

„Ja, ich weiß." Sie hielt ihre Schwester auf Armeslänge von sich, nur um sie anzusehen. Es war ein Gesicht, das sie so gut wie ihr eigenes kannte und das sie einfach immer wieder bewundern musste, mit den tiefblauen Augen und dem so herrlich geschwungenen Mund. „Ach, Carrie, du siehst wunderbar aus. Ich freue mich so, dich zu sehen."

„Du siehst selbst wunderbar aus." Aufmerksam betrachtete Carrie ihre Schwester. „Entweder wirken die Vitamine, die du schluckst, oder du bist verliebt."

„Ich glaube, beides."

Carrie zog eine ihrer fein geschwungenen Brauen hoch. „Tatsächlich? Dann lass uns darüber reden."

Maddy hakte sich bei Carrie unter. „Ich wünschte, Alana wäre auch hier. Dann wäre alles perfekt. Wie lang bleibst du?"

„Ein paar Tage", meinte Carrie, als sie zusammen ins Wohnzimmer gingen. „Ich soll bei einer dieser Preisverleihungen mitmachen. Mein Manager meint, so etwas mache sich gut."

„Und du findest das nicht." Maddy suchte ihre Schränke nach einer Flasche Wein ab.

Carrie warf einen Blick zum dämmrigen Fenster hinüber. „Du weißt, New York ist nicht meine Stadt, Darling. Es ist mir zu …"

„Wirklich?", schlug Maddy vor.

„Sagen wir einfach zu laut." Draußen wetteiferten zwei Polizistinnen miteinander. „Ich hoffe, du hast noch etwas Wein, Maddy. Der Kaffee war dir ausgegangen."

„Ich habe ihn mir abgewöhnt", entgegnete Maddy, deren Kopf fast in einem Schrank verschwand.

„Abgewöhnt? Du?"

„Ich habe zu viel davon getrunken. Ich habe meine Organe mit Koffein regelrecht überschwemmt. Jetzt trinke ich meistens Kräutertee." Maddy nahm wieder den Kaffeegeruch wahr, der in der Luft hing. „Woher hast du ihn bekommen?"

„Oh, ich habe mir von deinem Nachbarn etwas ausgeborgt."

Mit einer Flasche Wein kam Maddy aus dem untersten Schrankfach wieder hoch. „Doch nicht Guido."

„Doch, Guido. Der mit dem Bizeps und den großen Zähnen."

Maddy stöberte schließlich auch noch zwei Gläser auf. „Carrie, ich lebe seit Jahren neben ihm und würde mit ihm ohne einen bewaffneten Leibwächter nicht einmal einen Guten-Morgen-Gruß austauschen."

„Er war reizend." Carrie warf ihr Haar zurück. „Obwohl ich ihn davon abbringen musste, mit herüberzukommen, um den Kaffee für mich zu bereiten."

„Darauf möchte ich wetten." Maddy füllte zwei Gläser und stieß ihres gegen das von ihrer Schwester. „Auf die O'Haras."

Carrie nahm einen Schluck und verzog das Gesicht. „Maddy, Wein scheinst du immer noch auf dem Flohmarkt zu kaufen."

„So schlecht ist er nun auch wieder nicht. Komm, setz dich. Hast du etwas von Alana gehört?"

„Bevor ich abgeflogen bin, habe ich sie angerufen. Sie war gerade dabei, einen Streit zwischen den Jungen zu schlichten, und hörte sich überglücklich an. Dorian verwöhnt sie." Abgespannt nach dem langen Flug, machte Carrie es sich auf dem Sofa bequem. „Werden Mom und Dad zu deiner Premiere kommen?"

„Ich hoffe es. Ich nehme an, du wirst es nicht schaffen, oder?"

„Es tut mir leid." Carrie legte ihre Hand auf Maddys. „Du weißt, ich würde kommen, wenn ich könnte. Aber der Drehbeginn von ‚Strangers' wurde aufgeschoben ... es gab einige Probleme wegen des Drehortes. Wir fangen wahrscheinlich übernächste Woche an."

„Du musst aufgeregt sein. Das ist eine so großartige Rolle."

„Ja." Nur ganz kurz hatte sich Carries Blick verdüstert.

„Was ist los?"

Carrie zögerte, schon fast entschlossen, Maddy von den anonymen Briefen zu erzählen. Und von den Telefongesprächen, die sie bekam. Doch dann ließ sie es. „Ich weiß auch nicht. Wahrscheinlich die Nerven. Ich habe noch nie eine Miniserie gemacht. Es ist weder richtiges Fernsehen, noch ist es ein Spielfilm."

„Nun hör aber auf, Carrie. Das kann doch nicht das Problem sein."

„Es ist nichts." Sie hatte sich dazu entschlossen, nichts zu erzählen. Wahrscheinlich würde sich die ganze Angelegenheit als unerhebliches Ärgernis entpuppen. Wenn sie wieder nach Kalifornien zurückkehrte, war bestimmt alles wieder vorüber. „Nur ein paar unverbindliche Beziehungen, die ich klären muss. Aber jetzt will ich viel lieber über den Mann reden, der dir im Kopf herumgeht." Sie lächelte, als Maddy sich unbeteiligt geben wollte. „Lass gut sein, Maddy. Erzähle deiner großen Schwester alles."

„Ich weiß gar nicht, was ich groß erzählen soll." Maddy zog die Beine zum bequemen Lotossitz hoch. „Kannst du dich daran erinnern, von Dad jemals den Namen Edwin Valentine gehört zu haben?"

„Edwin Valentine?" Mit gerunzelter Stirn suchte Carrie in ihrer Erinnerung. Einer der Gründe für ihre schnelle Karriere als Schauspielerin in Hollywood war ihre Fähigkeit, nichts zu vergessen – keinen Text, keine Namen, keine Gesichter. „Nein, an den Namen kann ich mich nicht erinnern."

„Von Valentine Records. Das ist eine der größten Plattenfirmen, wenn nicht sogar die größte. Wie dem auch sei, er hat Mom und Dad kennengelernt, als wir noch Babys waren. Damals hatte er gerade angefangen, und sie haben ihn auf einer Liege in ihrem Hotelzimmer schlafen lassen."

„Klingt ganz nach ihnen." Carrie streifte ihre Schuhe ab und rekelte sich nachlässig auf der Couch, was sie außerhalb des engsten Familienkreises nie machen würde. „Und weiter?"

„Valentine Records finanziert das Musical."

„Interessant." Doch dann griff sie nach Maddys Hand. „Maddy, du hast dich doch wohl nicht mit ihm eingelassen? Er muss in Dads Alter sein. Nicht, dass das Alter mir so wichtig ist, aber wenn es sich um meine kleine Schwester handelt …"

„Nun halt aber die Luft an", amüsierte sich Maddy. „Habe ich nicht gelesen, dass du mit Count DeVargo von der DeVargo-Juwelierkette gesehen worden bist? Der muss hart auf die sechzig zugehen."

„Das ist etwas anderes", entgegnete Carrie halblaut. „Europäische Männer sind alterslos. Außerdem sind wir nichts weiter als Freunde. Aber wenn du verträumte Augen wegen eines Mannes bekommst, der alt genug ist, dein Vater zu sein …"

„Ich bekomme keine verträumten Augen. Und es ist sein Sohn."

„Aha." Beruhigt setzte Carrie sich wieder zurück. „Dieser Edwin Valentine hat also einen Sohn. Kein Tänzer?"

„Nein." Maddy musste schmunzeln. „Er hat die Plattenfirma übernommen. Ich nehme an, er ist ein Magnat."

„Gut", sagte Carrie. „Langsam geht's aufwärts mit uns, nicht wahr?"

„Ich weiß nicht, was ich tun soll. Die meiste Zeit habe ich das Gefühl, ich sei verrückt. Er ist großartig und erfolgreich und konservativ. Er mag französische Restaurants."

„Wie abscheulich."

Maddy brach in Lachen aus. „O Carrie, hör auf."

„Hast du mit ihm geschlafen?"

Das war Carrie, immer gleich zur Sache. „Nein."

„Aber daran gedacht."

„Ich kann kaum noch an etwas anderes als an ihn denken."

Carrie griff nach der Flasche, um sich ihr Glas wieder zu füllen. Nach den ersten Schlucken schien auch sie den Wein fast genießbar zu finden. „Und was empfindet er dir gegenüber?"

„Genau da beiße ich auf Granit. Er ist freundlich und aufmerksam und all das. Aber wenn es um Frauen geht, holt er seinen Schutzschild hervor. In der einen Minute nimmt er mich in den Arm, und ich habe das Gefühl, darauf mein Leben lang nur gewartet zu haben. In der nächsten Minute lässt er mich links liegen, als würden wir uns kaum kennen."

„Weiß er von deinen Gefühlen?"

„Ich fürchte fast, dass er es weiß. Ich würde es nicht wagen, es ihm zu sagen. Er hat mir unmissverständlich zu verstehen gegeben, dass er an einer Verbindung über einen, wie er sagt, längeren Zeitraum nicht interessiert ist."

Carrie horchte auf. „Und du denkst dabei an etwas Verbindliches?"

„Ich könnte mein Leben mit ihm verbringen." Tiefer Ernst und offene Verletzlichkeit spiegelten sich in den Augen wider, mit denen sie ihre Schwester ansah. „Carrie, ich könnte ihn glücklich machen."

„Maddy, so etwas klappt nur bei Gegenseitigkeit." Wie gut hatte sie das selbst erfahren. „Kann er dich glücklich machen?"

„Wenn er sich öffnen würde. Wenn er sich nur etwas öffnen würde, damit ich verstehen kann, warum er so vor Gefühlen zurückschreckt. Carrie, irgendetwas muss in seinem Leben geschehen sein, etwas Verheerendes, um ihn so misstrauisch zu machen. Wenn ich nur wüsste, was es war, dann könnte ich mich entsprechend verhalten. Aber ich habe keine Ahnung."

Carrie setzte ihr Glas ab und ergriff beide Hände von Maddy. „Du liebst ihn wirklich?"

„Ich liebe ihn wirklich."

„Dann ist er glücklich zu schätzen."

„Du bist voreingenommen."

„Da hast du verdammt recht." Sie legte eine Hand unter Maddys Kinn. „Man braucht sich dieses Gesicht doch nur anzusehen. Es verrät Vertrauen, Treue und Hingabe."

„Du sprichst von mir wie von einem niedlichen Cockerspaniel."

„Maddy, es ist ganz einfach. Wenn du diesen Burschen liebst, dann ist der beste Weg, um von ihm wiedergeliebt zu werden, das zu sein, was du bist."

Entmutigt griff Maddy nach ihrem Wein. Heute würde sie die Vorsicht einfach in den Wind schlagen und sich noch ein halbes Glas gönnen. „Ich hatte eher erwartet, von dir einige gut erprobte Tipps über die Kunst der Verführung zu bekommen."

„Ich habe sie dir gerade gegeben, für dich. Darling, wenn ich dir einige meiner Geheimnisse verrate, würden dir die Haare zu Berge stehen. Außerdem, du hast doch die Ehe im Auge, richtig?"

„Ich denke, ja."

„Also, in dem Fall kann ich dir doch nicht zur Verstellung raten, da solltest du schon aufrichtig sein. Wann siehst du ihn wieder?"

„Nicht vor Samstag."

Carrie runzelte die Stirn. Sie würde sich gern persönlich ein Bild von diesem Valentine machen, aber Samstag würde sie schon wieder im Flugzeug Richtung Westen sitzen. „Auf alle Fälle würde neue Garderobe nicht schaden. Schon etwas Verführerisches, aber etwas, das zu dir passt. Nun, das überlass nur mir." Sie warf Maddy einen kurzen Blick zu und schätzte, dass sie beide immer noch dieselbe Kleidergröße hatten. „Das ist das Einzige, was mir wirklich in New York gefällt: einkaufen. Wo wir schon vom Einkaufen sprechen, weißt du, dass du nur noch drei Mohrrüben und einen Fruchtsaft im Kühlschrank hast?"

„Ich wollte eigentlich noch etwas in dem Öko-Laden um die Ecke kaufen."

„Erspar mir das. Ich mag keine Körner essen!"

„In der Nähe gibt es ein Restaurant, wo sie gute Spaghetti machen."

„Großartig. Muss ich mich umziehen oder du?"

„Du", meinte Maddy mit einem Blick auf Carries elegantes Seidenkleid. „Hast du nicht irgendetwas Unauffälligeres dabei?"

„Ich kann nichts mitbringen, was ich nicht habe. Es ist harte Arbeit, ein Image von Glanz und etwas Verruchtheit aufrechtzuerhalten."

„Ich habe etwas, das du überwerfen kannst, ohne gleich zu sehr dein Image anzukratzen. Außerdem, bei ‚Franco' wird dich sowieso niemand erkennen."

Lächelnd erhob sich Carrie. „Welche Chancen räumst du mir ein?"

Maddy legte den Arm um ihre Schwester. „Carrie, du bist einzigartig."

Carrie legte ihre Wange an die ihrer Schwester. So einfach sollte alles sein, dachte sie, alles sollte immer so einfach wie jetzt im Augenblick sein. „Nein, wir drei sind einzigartig. Und ich bin so froh, dich zu haben."

Als Maddy am Samstag von der Probe nach Hause kam, war ihre Wohnung leer. Während ihres dreitägigen Besuches hatte Carrie den griesgrämigen Guido verzaubert, während eines kurzen Besuchs bei der Probe nachhaltigen Eindruck auf alle beim Musical Beteiligten gemacht und fast die Hälfte der Geschäfte in der Fifth Avenue leer gekauft.

Maddy vermisste sie schon jetzt. Doch sie bezeichnete sich auch sofort als töricht, dass sie nur für ein Gespräch mit Roy moralische

Unterstützung nötig zu haben glaubte. Schließlich wollte sie nichts weiter als mit diesem Mann über ihre Beziehung reden.

Sie würde jetzt duschen, sich umziehen und in die U-Bahn steigen. Es war ja auch nicht der erste Abend, den sie in Roys Apartment zubringen würde. Außerdem mussten sie miteinander reden. Und es gab keinen Grund, über etwas nervös zu sein, das getan werden musste.

Als sie ihr Schlafzimmer betrat, fiel ihr Blick sofort auf Carries Geschenk für sie, das auf dem Bett ausgebreitet lag. Als Erstes griff Maddy nach der Karte mit den großen, geschwungenen Schriftzügen ihrer Schwester.

„Maddy, nach anstrengender Suche und langem Überlegen habe ich das für Dich gewählt. Herzlichen Glückwunsch zum Geburtstag nächsten Monat. Trage es heute Abend für Deinen Roy. Noch besser, trage es für Dich selbst. Vergiss Deinen ersten Eindruck, die Farbe sei nichts für Dich. Vertraue mir. Ich werde an Dich denken, Kleines. Viel Glück.
Carrie“

Gerührt, aber auch zweifelnd betrachtete Maddy Carries Geschenk. Die weich fallende Seidenhose war von einem kühnen flammenden Pink. Genau die Farbe, die Maddy wegen ihrer Haarfarbe vermeiden würde. Das Oberteil mit den Spaghettiträgern war in einem Jadeton gehalten. Aber zusammen ergab es eine freche Kombination, die zu Maddys Typ passte. Doch worüber sie in helles Entzücken ausbrach, war die Jacke.

Sie war aus changierender Seide, großzügig geschnitten und ebenso weich fallend wie die Hose. Das Changeant-Gewebe schuf ein Kaleidoskop an Farben. Je nachdem, wie es gehalten wurde, wechselte das Farbspiel. Zunächst hielt Maddy die Jacke für zu hochgestochen, zu elegant für sich, aber die sich laufend ändernden, schillernden Farben übten doch eine faszinierende Wirkung auf sie aus.

„Also gut“, sprach sie sich Mut zu. „Gehen wir es an.“

Warum war er so nervös? Zum wiederholten Male schritt Roy unruhig auf und ab. Es war doch lächerlich, nur weil er eine Frau zu Besuch erwartete. Selbst wenn diese Frau Maddy war. Gerade weil diese Frau Maddy war, verbesserte er sich selbst.

Sie hatten schon andere Abende miteinander verbracht. Aber heute war es etwas anderes. Er schaltete die Stereoanlage ein, in der Hoffnung, sich durch die Musik ablenken zu können.

Wir werden nur miteinander reden, erinnerte er sich. Es war unumgänglich geworden, dass sie sich gegenseitig klarmachten, was sie voneinander wollten, wie die Bedingungen dafür aussahen und wo die Grenzen lagen. Er wollte mit ihr schlafen. Schon jetzt, allein bei dem Gedanken daran, stieg das Begehren in ihm auf.

Sie konnten doch Liebende werden und trotzdem alles auf der freundschaftlichen Ebene wie bisher belassen. Das mussten sie jetzt klären. Wenn sie kam, würden sie sich also einfach hinsetzen und ihre Bedürfnisse und Vorbehalte offenlegen, eben wie vernünftige Erwachsene. Sie würden zu einer klaren Einigung kommen und auf der Ebene weitermachen. Niemand würde dabei verletzt werden.

Doch, er würde sie verletzen. Aus irgendeinem Grund war sich Roy darüber sicher, wenn er sich an den Ausdruck in Maddys Augen bei ihrem letzten Zusammentreffen erinnerte. Beides, Mut und Verletzlichkeit, hatte daringestanden.

Sie ging ihm unter die Haut, und das durfte er nicht zulassen. Der beste Weg, der einzige Weg, den er sah, um dem Einhalt zu gebieten, war, feste Regeln aufzustellen.

Wieder ging er unruhig auf und ab und sah dann auf die Uhr. Sie verspätete sich. Sie machte ihn verrückt.

Was ist überhaupt das Besondere an ihr, fragte er sich zum x-ten Mal. Sie war nicht außergewöhnlich schön. Sie hatte kein gewandtes, beherrschtes und unterkühlt anziehendes Auftreten. Mit einem Wort, sie war nicht der Typ Frau, der normalerweise seine Aufmerksamkeit erregte.

Wo zum Teufel blieb sie nur?

Als es klingelte, fluchte Roy verhalten auf sie. Er wartete einen Augenblick, um sich zu sammeln. Es würde nichts bringen, gereizt und aufgebracht die Tür zu öffnen. Wenn er auf solidem, gefestigtem Grund anfangen würde, dann würde er auch auf solidem, gefestigtem Grund stehen. Dann öffnete er die Tür, und jeder vernünftige Gedanke war verflogen.

Hatte er sich eben gesagt, sie sei nicht wirklich schön? Wie konnte er sich so vollkommen irren? Hatte er sich gesagt, sie sei nicht anziehend? Und da stand sie vor ihm – verlockend, strahlend, lebenssprühend –, und er war noch nie zuvor von etwas mehr eingenommen gewesen.

„Hi. Wie geht es dir so?" Er konnte nicht wissen, dass ihr Herz unruhig klopfte, als sie lächelte und ihm einen Kuss auf die Wange gab.

„Gut." Das war der Duft, den er seit Tagen nicht mehr vergessen konnte. Lächerlich, sich an etwas festzuhalten, was in jeder Kosmetikabteilung eines Kaufhauses gekauft werden konnte.

Maddy zögerte kurz. „Du hast doch gesagt, ich solle Samstag kommen?"

„Ja."

„Nun, willst du mich nicht hereinlassen?"

Der Humor in ihrem Blick ließ ihn sich wie einen Trottel fühlen. „Natürlich. Entschuldigung." Er schloss die Tür hinter ihr und fragte sich unwillkürlich, ob er gerade den größten Fehler seines Lebens gemacht hatte. Und den größten ihres Lebens. „Du siehst wunderbar aus. Verändert."

„Findest du?" Lächelnd drehte sie sich um sich selbst. „Meine Schwester ist für ein paar Tage in der Stadt aufgetaucht und hat das für mich ausgesucht. Schön, nicht wahr?"

„Ja. Du bist schön."

Sie tat es mit einem Lachen ab. „Sagen wir, die Aufmachung. Du warst nicht mehr bei den Proben."

„Nein." Weil er Abstand von ihr brauchte. „Möchtest du etwas trinken?"

„Vielleicht etwas Wein." Wie immer, trat sie ans Fenster. „Die Show nimmt wirklich Form an, Roy. Langsam klappt alles tadellos."

„Die Finanzabteilung wird sich darüber freuen."

Es war sein trockener Ton, der sie zum Lachen brachte. „Du hast doch nichts zu verlieren. Kommen wir an, streichst du es ein. Fallen wir durch, schreibst du es steuerlich ab. Aber es kommt Leben herein, Roy." Sie nahm das Glas, das er ihr reichte. „Jedes Mal, wenn ich als Mary auf die Bühne trete, wird es lebendiger, es wird immer mehr zum atmenden, pulsierenden Mittelpunkt meines Lebens."

Mittelpunkt ihres Lebens. Er hatte es immer peinlich genau vermieden, einen für sich selbst zu haben. „Und eine Show kann dir das sein?"

Nachdenklich sah sie in ihr Weinglas und dann wieder auf die Stadt hinaus. „Wenn ich allein wäre, mit sonst nichts, nicht einmal mit der Chance auf etwas anderes, würde es reichen, mich glücklich zu machen. Wenn ich auf der Bühne bin ... Wenn ich auf der Bühne bin", wiederholte sie, „und das Theater ist voller Menschen, die auf mich warten ... Roy, ich weiß nicht, wie ich es erklären soll."

Er sah sie an, sah, wie die Lichter der Stadt hinter ihr flimmerten. „Versuche es. Ich möchte es wissen."

Sie fuhr sich mit der Hand durchs Haar, das sie so sorgfältig zurechtgemacht hatte. „Ich fühle mich angenommen, vielleicht sogar geliebt. Und ich kann diese Liebe zurückgeben, mit einem Tanz, einem Song. Es klingt kitschig, wenn ich sage, dass ich dafür geboren wurde. Aber so ist es. So ist es."

„Und es würde dir reichen, auf der Bühne zu stehen und von Hunderten von Fremden geliebt zu werden?"

Sie warf ihm einen forschenden Blick zu. Sie wusste, er verstand es nicht. Niemand, der nicht selbst spielte, konnte das verstehen. „Es würde reichen, würde reichen müssen, wenn ich sonst nichts haben könnte."

„Du brauchst also keinen einzelnen Menschen dauerhaft in deinem Leben."

„Das habe ich nicht gesagt." Langsam schüttelte sie den Kopf, ohne den Blick von ihm zu lassen. „Ich habe gemeint, dass ich in der Lage bin, mich einer gegebenen Situation anzupassen. Applaus kann viele Lücken füllen, Roy. Sogar alle, wenn man sich sehr bemüht. Ich denke, deine Arbeit kann das bei dir auch."

„Ja, das tut sie. Ich habe dir bereits gesagt, dass ich weder die Zeit noch die Absicht für eine langfristige Beziehung habe."

„Das hast du."

„Ich habe es auch wirklich so gemeint, Maddy." Er trank wieder, weil die Worte ihm nicht so einfach über die Lippen wollten. Warum fühlte er sich, als ob er lügen würde, wenn er sich doch so sehr um Ehrlichkeit bemühte? „Wir haben es auf deine Art versucht. Mit Freundschaft."

Ihre Finger wurden langsam kalt. Sie stellte ihr Glas ab und verschränkte die Hände, um sie zu wärmen. „Ich finde, es hat funktioniert."

„Ich will mehr." Er fuhr mit der Hand durch ihr Haar und zog sie näher. „Und wenn ich mehr nehme, werde ich dich verletzen."

Das war die Wahrheit. Sie kannte sie, akzeptierte sie und wollte sie doch vergessen. „Ich bin für mich selbst verantwortlich, Roy. Das schließt meine Gefühle mit ein. Ich will auch mehr. Was auch geschieht, es war meine Wahl."

„Was für eine Wahl, Maddy?", fragte Roy. „Sollten wir nicht allmählich beide zugeben, dass wir nie eine hatten? Ich wollte dich von mir stoßen. Das war meine Wahl. Aber ich habe dich immer näher und näher an mich gezogen." Mit den Händen auf ihren Schultern zog er langsam Maddy die Jacke hinunter und ließ sie fallen, dass sie wie ein schillerndes Farbenspiel auf dem Boden lag. Zärtlich begann er, ihre Schultern zu streicheln. „Du kennst mich nicht", sagte er leise, als er spürte, wie Maddy lustvoll erbebte. „Du weißt nicht, was sich in meinem Innern verbirgt. Es gibt vieles, das dir nicht gefallen, und noch mehr, das du nicht einmal verstehen würdest. Wenn du klug bist, würdest du sofort gehen."

„Wahrscheinlich bin ich nicht klug."

„Es würde auch keine Rolle mehr spielen." Sein Griff auf ihren Schultern verstärkte sich. „Denn ich bin über den Punkt hinaus, dich gehen zu lassen." Ihre Haut war so warm und so weich. „Du wirst mich, eher als du glaubst, hassen." Er bedauerte das Unausweichliche schon jetzt.

„Ich hasse nicht so leicht, Roy." Sie wollte ihn trösten und legte eine Hand auf seine Wange. „Vertrau mir ein wenig."

„Vertrauen hat damit nichts zu tun." Etwas flammte in seinen Augen auf, schnell, aufgewühlt, dann war es vorüber. „Überhaupt nichts. Ich will dich, und dieses Verlangen zerreißt mich schon seit Wochen. Das ist alles, was du von mir erwarten kannst."

Der Schmerz kam, wie versprochen, aber sie setzte sich darüber hinweg. „Wenn das allein die Wahrheit wäre, dann hättest du nicht so hart dagegen angekämpft."

„Ich habe den Kampf aufgegeben." Seine Lippen senkten sich langsam auf ihre. „Du bleibst heute Nacht bei mir …"

Sie umschmiegte mit beiden Händen sein Gesicht, um seine Anspannung abzuschwächen. „Ja, ich bleibe. Weil ich es will."

Er nahm ihre Handgelenke, zog sie nahe an sich heran und küsste sie. Es war ein Versprechen, das einzige, das er ihr geben konnte. „Komm mit."

Und ihrem Herzen folgend, ging sie mit ihm.

8. KAPITEL

Nur ein schwacher Lichtschein fiel vom Korridor ins Schlafzimmer. Es kam Maddy vor wie ein Raum voller Schatten und Geheimnisse. Roy hatte die Stereoanlage angelassen, aber es drang kaum mehr als das Echo einer Musik zu ihnen herüber, als sie jetzt stehen blieben, um sich zu berühren.

„Du machst einen Fehler", begann er.

„Pst." Maddy verschloss seinen Mund mit ihren Lippen. „Lass uns später vernünftig sein. Ich wollte vom ersten Augenblick an wissen, wie es mit dir sein würde." Sie sah ihm voll ins Gesicht, als sie begann, sein Hemd aufzuknöpfen. „Ich wollte wissen, wie du aussiehst. Wie du dich anfühlst." Sie zog sein Hemd aus und ließ dann die Hände seine Brust hinaufgleiten, die sich hart, glatt und im Augenblick angespannt anfühlte. „Oft habe ich nachts wach gelegen und mich gefragt, wann wir so zusammen sein würden." Langsam strich sie über seine Schultern und seine Arme hinunter. „Roy, mir ist vor dir oder meinen Gefühlen nicht bange."

„Das sollte es aber."

Sie bog den Kopf zurück und sah ihn herausfordernd an. „Dann zeige mir, warum."

Mit einem unterdrückten Fluch gab er ihr, sich und allem nach. Er zog sie an sich und presste heftig seinen Mund auf ihren. Unter seinen Händen spürte er, wie sie zitterte. War es Furcht oder Erwartung? Er wusste es nicht. Aber er spürte, wie sich ihre Finger in seine Muskeln gruben und wie sie ihn fest an sich drückte. Ihre leicht geöffneten Lippen waren weich und einladend.

Einmal hatte er sich gefragt, ob sie eine Hexe sei. Der Gedanke kehrte jetzt wieder zurück, so als ob das, was zwischen ihnen war, nur auf Sinnlichkeit und Versuchung zurückzuführen wäre. Nichts an ihr war sorglos jetzt, nichts leicht oder einfach. Sie war vielschichtig und gefährlich wie Eva oder die sie herausfordernde Schlange.

Er fühlte sich ganz seiner körperlichen Lust ausgeliefert, er wollte Maddy nehmen, schnell, sofort, gerade da, wo sie standen. Nur das Jetzt zählte, ohne Verpflichtungen und Versprechungen.

Dann sagte sie leise, mit einer ganz weichen und bewegten Stimme seinen Namen. Seine Hände wurden zärtlich, seine Lippen wurden weicher. Wie von selbst. Er konnte es nicht verhindern. Es würde eine Zeit kommen, wenn er Maddy verletzen würde. Aber heute Abend war etwas Besonderes. Er konnte nur noch an sie denken, nicht an die Vergangenheit und nicht an die Zukunft. Heute würde er einfach nur geben und nehmen, so viel wie er konnte.

Er schob die schmalen Träger von ihren Schultern, und ihr seidenglänzendes Oberteil rutschte herunter und wurde gerade noch von ihren Brustspitzen gehalten. Mit einer Zärtlichkeit, die Roy mehr als Maddy überraschte, ließ er seine Lippen über ihre nackten Schultern gleiten. Er fühlte ihre weiche Haut und atmete ihren erregenden Duft ein. Sie schien ihm auf einmal so klein, so zerbrechlich, so jung. Nach einem Augenblick des Zögerns ließ er seine Lippen mit ihren verschmelzen.

Sie spürte die Veränderung in ihm. Der innere Kampf, den er sonst ständig in sich auszufechten schien, hatte sich offensichtlich gelegt. Ihr eigenes Herz war schon längst bereit, ihn in sich aufzunehmen.

Langsam streichelte sie ihn und genoss es, seinen kräftigen, schlanken Körper zu spüren. Obwohl ihr Atem nicht mehr gleichmäßig ging, hielt sie sich zurück, um ihm Zeit zu lassen, es für sich zu bejahen, was zwischen ihnen geschah. Sein Verstand würde es bekämpfen wollen, dessen war sie sich fast sicher, doch jetzt wurde er von seinen Gefühlen gelenkt. Eng umschlungen gingen sie hinüber zum Bett.

Maddy kannte ihren eigenen Körper zu genau, um sich befangen zu fühlen. Ihre Hüften waren schmal, ihre Beine lang, sie hatte kleine Brüste, war also wie eine Tänzerin gebaut. Und ebenso selbstverständlich, wie sie ihren Körper annahm, nahm sie Roys Bedürfnis, ihren Körper vorsichtig und behutsam zu erforschen.

Das Oberteil wurde zur Seite geworfen. Als sie Roys Hände auf ihrer nackten Haut spürte, ließ sie sich ganz in die durch ihn ausgelösten körperlichen Empfindungen gleiten. Aus halb geschlossenen Augen sah sie sein dunkles Haar, das über ihre Haut streifte. Sie hörte ihr Herz heftig schlagen. Dann spürte sie seine Zunge auf einer ihrer Brustspitzen, und ihr Körper spannte sich mit einer neuen, schwindlig machenden Welle der Lust an.

Ihre Bewegungen waren harmonisch, als entsprächen sie einer schon vor langer Zeit entworfenen Choreografie: Aktion und Reaktion, Bewegung und Gegenbewegung. Das war für Maddy etwas Selbstverständliches und Natürliches wie das Atmen.

Wohin die Lust ihn auch führte, Maddy war offen und empfänglich für ihn. So hatte er es noch nie erlebt und auch noch nie jemanden wie sie. Ihr Körper war heiß. Überall, wo er sie berührte, wo er sie schmeckte, spürte er ihren Pulsschlag. Noch nie hatte er eine Frau gekannt, die sich der Liebe so öffnete, so frei und ungehemmt. Als sie den Verschluss seiner Hose öffnete, sie ihm auszog und dann seinen nackten Körper berührte, tat sie es mit einer ungezierten Natürlichkeit, als würden sie sich und ihre Körper schon ewig kennen.

Auch sein Puls raste. Sie spürte es in der Beuge seines Ellbogens, als sie ihn dort küsste. Als er nackt war, betrachtete sie ihn mit unverhohlener Freude. Mit einem weichen Lächeln und einem leisen Lachen zog sie ihn an sich und umarmte ihn voller Leidenschaft und Zuneigung. Wie eine Welle fuhr die Hitze durch ihn und machte ihn verwirrt, benommen und ließ ihn nur noch sein Verlangen nach Maddy spüren.

„Küss mich", sagte sie leise. Ihre Augen waren halb geschlossen, und sie erinnerte ihn an eine vor Behagen schnurrende Katze. „Ich habe mich nach deinen Berührungen gesehnt", flüsterten ihre Lippen dicht an seinen. „Manchmal habe ich es mir direkt vorgestellt, wie es wäre, deine Hände auf mir zu spüren. Hier." Sie führte seine Hand. „Und hier. Ich kann nicht genug davon bekommen." Ihr Körper bog sich ihm entgegen. „Ich glaube, ich kann davon nie genug bekommen."

Etwas entglitt ihm – die Kontrolle, mit der er seine Gefühle fest verschlossen hielt. Er konnte es sich nicht erlauben, ihr sein Herz zu geben. Aber er konnte ihr die Leidenschaft schenken, die sie suchte und auf eine so wunderbare Weise annahm. Er zog ihr die seidene Hose aus und beobachtete, wie sie aufreizend über Maddys Hüfte glitt. Der winzige Stoffstreifen, den sie daruntertrug, folgte. Und auf einmal, ohne Übergang, wurde Roy nur noch beherrscht von seinem Begehren nach ihr, nach allem, was sie war und bot. Auf diese Art von Leidenschaft, auf diese Kraft und Ungezügeltheit war er allerdings kaum vorbereitet. Maddy hatte ihm mit ihrer Natürlichkeit und Lebenslust diesen Weg bereitet und ganz tiefe Bedürfnisse in ihm erregt und freigesetzt.

Er vergaß seine beherrschte Zurückhaltung und presste seine Lippen mit einer fast schmerzenden Heftigkeit auf ihre. Die Bewegungen seiner Hände, bisher eher vorsichtig, wurden immer zügelloser und heftiger, bis Maddy sich unter ihm aufbäumte. Mit jeder Bewegung, jedem Stöhnen schlug sein Herz schneller und hämmerte in seinem Kopf ein Rhythmus, der irgendwie an ihren Namen erinnerte. Sie schlang die Beine um ihn, und er nahm sie. Er hörte ein verhaltenes Aufstöhnen, das sich tief aus ihr hervorbrach, bevor ihm selbst der Atem stockte.

Sie war so warm, so unglaublich weich und offen. Noch einmal bemühte er sich um einen letzten Rest von Selbstkontrolle, als ihr Körper sich in einem ganz natürlichen und erotischen Rhythmus zu bewegen begann. Er bewegte sich mit ihr und wollte dabei beobachten, wie sie ihn in sich empfand. In ihrem Gesicht spiegelte sich das reinste Entzücken wider, doch sie hielt die Augen offen und auf ihn gerichtet.

Sie zitterte, und ihre Finger verkrallten sich im Betttuch. Diese Kraft, diese Stärke. Nichts, was sie bisher erlebt hatte, konnte hiermit verglichen werden. Sie könnte auf alles andere ohne Bedauern verzichten. Hier könnte sie ewig bleiben, während die Jahrhunderte draußen vorbeiflogen.

Dann pressten sie sich heftig aneinander, als der Sturm sie mit sich riss. Ihre Körper spannten sich an und bebten, bevor die Entspannung in Wogen eines unbeschreiblichen Glücksgefühls kam.

Maddy hatte den Mond und die Sterne angenommen, die er ihr anbot. Sie schlang die Arme um ihn und wusste, sie würde warten, bis er selbst sich ihr genauso anbot.

Als Roy erwachte, war Maddy fort. Es war ein schmerzliches Gefühl von Verlust, als er sich auf die Seite drehte, wo sie geschlafen hatte, und das Bett neben sich leer fand. Aus der Stereoanlage drüben, die nicht ausgeschaltet worden war, klangen die Sonntagmorgennachrichten herüber, während er sich wieder zurücklegte und dem Gefühl der Leere auf den Grund ging.

Warum sollte er sich leer fühlen? Er hatte eine aufregende Nacht mit einer aufregenden Frau verbracht, die nun wieder ihrer Wege ging. Das war es doch, was er gewollt hatte. So waren die Regeln dieses Spiels. In der Nacht hatten sie sich gegenseitig Wärme und Leidenschaft geschenkt. Jetzt hatte ein neuer Tag begonnen, und es war vorbei. Er sollte doch dankbar dafür sein, dass sie es so leicht nahm, dass sie sogar ohne ein Auf Wiedersehen gehen konnte.

Warum sollte er sich leer fühlen? Er konnte sich ein Gefühl des Bedauerns darüber nicht leisten, dass Maddy ihn jetzt nicht schläfrig anlächelte und sich an ihn kuschelte. Er wusste doch, wie flüchtig und brüchig Beziehungen tatsächlich waren. Er sollte ihr dankbar dafür sein, dass sie ihm durch ihr Verhalten deutlich zu verstehen gab, dass zwischen ihnen in der Nacht nichts anderes als gegenseitige körperliche Befriedigung abgelaufen war. Es waren keine Versprechungen gegeben und keine verlangt worden, es waren nur ein paar Stunden sinnlicher Lust gewesen, die keine Entschuldigungen oder Erklärungen verlangten.

Warum sollte er sich leer fühlen?

Weil sie gegangen war und er sie halten wollte.

Mit einem Fluch richtete Roy sich auf. Als er sich mit der Hand durchs Haar fuhr, fiel sein Blick auf die pinkfarbene Seide neben dem Bett.

Aber sie war doch gegangen …? Roy warf die Decke zur Seite und hob die Hose auf, die er in der letzten Nacht Maddy ausgezogen hatte. Selbst Maddy konnte ohne sie nicht weit kommen. Er hielt die Hose immer noch in der Hand, als er das Geräusch einer Tür hörte. Er warf die Hose über die Stuhllehne und zog sich einen Bademantel über.

Er traf sie in der Küche.

„Maddy?“

Sie stieß einen unterdrückten Schrei aus und schnellte herum. „Roy.“ Eine Hand auf ihr Herz gelegt, schloss sie einen Moment lang die Augen. „Du hast mich zu Tode erschreckt. Ich dachte, du schläfst.“

Und er hatte gedacht, sie sei gegangen. „Was machst du?“

„Ich habe uns etwas zum Frühstück besorgt.“

Er fühlte sich nicht mehr leer. Doch mit der Freude stieg in ihm auch wieder seine misstrauische Vorsicht auf. „Ich dachte, du wärst schon gegangen.“

„Red keinen Unsinn. Ich würde doch nicht einfach so weggehen.“

Sie fuhr sich mit den Fingern durchs Haar, das heute Morgen noch keinen Kamm gesehen hatte.

„Maddy." Er trat einen Schritt auf sie zu, als er überhaupt erst ihre Aufmachung bemerkte. „Was hast du eigentlich an?"

„Gefällt's dir?" Lächelnd fasste sie den Saum seines Hemdes und drehte sich. „Du hast einen ausgezeichneten Geschmack."

In dem Hemd von ihm sah sie lächerlich attraktiv aus. „Ist das eine meiner Krawatten?"

Sie presste die Lippen aufeinander, um nicht auflachen zu müssen, während sie mit dem schwarzen Seidenschlips spielte, den sie als Gürtel benutzt hatte. „Tut mir leid, ich habe nichts anderes gefunden. Mach dir keine Sorgen, ich kann ihn wieder bügeln."

Ihre Beine waren lang und nackt. Kopfschüttelnd betrachtete er sie erneut. „So bist du hinausgegangen?"

„Niemand hat sich nach mir umgedreht", versicherte sie ihm und schien es selbst zu glauben. „Aber ich sterbe vor Hunger." Sie legte ihm die Arme um den Hals und küsste ihn, mit einer ganz natürlichen Zuneigung, die seinen Puls antrieb. „Geh wieder ins Bett. In einer Minute bringe ich das Frühstück."

Maddy ist nicht gegangen, dachte Roy, als er es sich wieder im Bett bequem gemacht hatte. Sie war hier, in seiner Küche und bereitete das Frühstück zu, als sei es das Natürlichste der Welt. Es gefiel ihm. Es beunruhigte ihn. Er fragte sich, wie er sich ihr gegenüber verhalten sollte.

„Ich habe noch eine zusätzliche Portion Schlagsahne besorgt", meinte Maddy, als sie mit einem Tablett hereinkam, sich Roy gegenüber aufs Bett setzte und das Tablett zwischen sie stellte.

Roy starrte entsetzt und amüsiert zugleich auf das sogenannte Frühstück. „Was ist das?"

„Eisbecher." Sie nahm mit dem Zeigefinger etwas von dem Berg Schlagsahne und ließ sie genüsslich auf der Zunge zergehen. „Mit Erdbeeren."

„Fruchtbecher? Zum Frühstück? Ist das dieselbe Maddy O'Hara, die sich laufend wegen der Kalorien Sorgen macht?"

„Eis ist ein Milchprodukt." Sie reichte ihm einen Löffel. „Und die Erdbeeren sind frisch. Was willst du mehr?"

„Eier mit Schinken."

„Zu viel Fett und Cholesterin – außerdem schmeckt es nicht so gut. Wie dem auch sei, ich feiere."

„Was feiern?"

Ihre Blicke trafen sich. Dann schien sie zu seufzen. Wusste er es nicht? Wie sollte sie es dann erklären? „Du siehst wunderbar aus. Ich fühle mich wunderbar. Es ist Sonntag und die Sonne scheint. Das sollte doch reichen." Sie fischte eine Erdbeere aus Roys Becher und hielt sie ihm hin. „Genieß es. Das Leben steckt voller Gefahren."

Er nahm die Erdbeere in den Mund und spürte Maddys Fingerspitzen zwischen den Lippen. „Und ich dachte, du ernährst dich von Sojasprossen und Weizenkeimen."

„Tu ich auch meistens. Darum ist das jetzt auch so großartig." Sie nahm einen Löffel voll Eiscreme und ließ sie langsam und voller Genuss auf der Zunge zergehen. „Normalerweise jogge ich sonntagmorgens."

„Joggen?"

„Aber nur fünf bis sechs Kilometer."

„Nur."

Sie leckte ihren Löffel ab. „Aber heute will ich einfach nur genießen."

Er strich ihr übers Kinn. „Wirklich?"

„Genuss total. Morgen werde ich dafür zahlen müssen, also muss es gut sein."

„Beabsichtigst du, hierzubleiben und dich dekadent zu geben?"

„Es sei denn, du ziehst es vor, ich gehe."

Er verschränkte seine Finger mit ihren, eine Geste, die ihn selbst überraschte. „Ich will nicht, dass du gehst."

Ein Lächeln erhellte ihr Gesicht. „Ich kann sehr dekadent sein."

„Darauf zähle ich."

Maddy fuhr mit dem Finger durch die Schlagsahne und leckte ihn langsam, aufreizend langsam, ab. „Du könntest schockiert sein." Als sie den Finger wieder in die Schlagsahne tauchte, ergriff Roy ihr Handgelenk und brachte den Finger mit der Sahne in seinen Mund.

„Meinst du?" Er spürte, wie ihr Pulsschlag sich erhöhte, als er leicht an der Fingerspitze saugte. „Warum lassen wir es nicht einfach darauf ankommen?" Er nahm das Tablett und stellte es neben das Bett. Als er Maddy wieder ansah, waren ihre Augen riesig. „Du hast mich übrigens nicht gefragt, ob du mein Hemd ausleihen darfst, Maddy."

Sofort war der Schalk wieder in ihren Augen, doch sie antwortete ganz ernsthaft. „Nein, tatsächlich. Das war ungehörig."

„Ich will es zurück." Er zog Maddy an sich. „Jetzt."

„Jetzt?" Eine Woge erwartungsvoller Wärme durchfuhr ihren Körper. „Willst du auch die Krawatte?"

„Natürlich."

„Ich muss zugeben, du hast ein Anrecht darauf", entgegnete sie halblaut. Sie löste den Knoten und reichte ihm die Krawatte. Dann knöpfte sie langsam das Hemd auf, wobei sie den Blick fest auf Roy gerichtet hielt. Als sie es von ihren Schultern gleiten ließ, lächelte sie. Ganz unbefangen kniete sie mitten auf dem Bett, von Sonnenstrahlen beschienen. Das Hemd hielt sie ihm am Kragen hin.

„Das gehört dir."

Er stieß das Hemd beiseite, erhob sich ebenfalls auf die Knie und umfasste ihre Schultern. „Mir gefällt das, was es verborgen hat, viel mehr." Er küsste ihr Kinn und ließ die Hände an ihrem Körper hinuntergleiten. „Du hast einen unglaublichen Körper. Hart, weich, fest, geschmeidig, biegsam." Er hielt sie auf Armeslänge von sich, um sie anzusehen. „Ich frage mich … Maddy, was trägst du da?"

„Was?" Ein wenig verwirrt folgte sie seinem Blick hinunter. „Oh, das ist ein Höschen – zugegeben, ein sehr knappes."

Sein Blick verriet sowohl Amüsiertheit als auch Befremdung. „Es drängt sich die Frage auf, ob du deine Rolle als die Fröhliche Witwe nicht etwas zu ernst nimmst."

„Bei meinem Strip nur allein für dich hast du das nicht gesagt", wies sie ihn zurecht, dann schlang sie die Arme um seinen Nacken. „Diese winzigen Höschen habe ich entdeckt, als ich mich auf die Rolle vorbereitet habe."

„Vorbereitet?" Er küsste sie. „Und was genau heißt das?"

„Genau das, was du jetzt denkst. Ich kann doch nicht eine solche Rolle übernehmen, ohne mich vorher etwas umgesehen zu haben."

„Du bist in Striplokale gegangen?" Zwischen Aufgebrachtheit und Frustration hin und her gerissen, umfasste er fest ihr Kinn. „Bist du verrückt? Weißt du auch, was an solchen Orten alles passieren kann?"

„Hast du viel Erfahrung gesammelt?"

„Ja … nein. Verdammt! Maddy, lenk jetzt nicht vom Thema ab!"

Sie lächelte ihn strahlend an. „Roy, ich musste etwas über Mary kennenlernen. Die beste Möglichkeit war, mit Strippern zu reden. Ich habe einige wirklich faszinierende Leute erlebt. Eine nannte sich Lotta Oomph."

„Lotta …"

„Oomph", beendete Maddy. „Ihr Tick war diese Art von Höschen aus weichem Leder. Sie hatte fünf davon und …"

„Ich glaube nicht, dass ich das hören will. Maddy, du bist verrückt, wenn du dich an solchen Orten aufhältst."

„Nun hör aber auf. Ich habe schon mit zwölf an Orten gearbeitet, die sich von denen nicht sehr unterscheiden. Es ist alles nur Einbildung, Roy. Das sind zum großen Teil nichts anderes als Menschen, die hart für ihren Lebensunterhalt arbeiten müssen. Und die Gespräche mit einigen der Frauen haben mir wirklich geholfen, Mary besser verstehen zu können."

„Mary ist eine Fantasiegestalt", verbesserte er sie. „Was sich an diesen Orten abspielt – nur abspielen kann –, ist harte Wirklichkeit."

„Ich weiß selbst, wie die Wirklichkeit ist, Roy. Ich sage ja auch nicht, dass Strippen ein bewundernswerter Beruf ist. Aber die meisten Leute, mit denen ich gesprochen habe, haben eine ganze Menge Ehrgeiz in ihre Tätigkeit gesteckt."

„Ich will mich gar nicht über Moralvorstellungen oder die gesellschaftliche Bedeutung solcher exotischer Tanznummern auslassen, Maddy. Mir gefällt einfach nur die Vorstellung nicht, dass du in solche Lokale gehst."

„Ich habe ja auch nicht vor, daraus eine Gewohnheit werden zu lassen." Sie senkte den Blick und malte mit einem Finger Linien auf seine Brust. „Aber Lotta würde ich gern wiedersehen."

„Maddy!"

Sie blickte auf, und in ihren Augen blitzte der Schalk. „Sie steckte wirklich voller Überraschungen."

„So wie du." Er strich ihr mit der Hand über die Hüfte, wo das dünne Band ihres Höschens verlief. „Und welche Bedeutung hat das?"

„Bequemlichkeit." Sie kitzelte mit dem Mund sein Ohrläppchen. „Jede Frau in Amerika sollte solche Höschen tragen."

„Trägst du sie immer?"

„Mmm. Unter Straßenkleidung."

„Als wir uns die Ausstellung über viktorianische Architektur angesehen haben, da hast du diese weiten Kakihosen getragen, die wie aus einem Army-Laden aussahen."

„Sie waren aus einem Army-Laden."

„Hattest du darunter auch eins von diesen an?"

„Mmm."

„Hast du eine Ahnung davon, was geschehen wäre, wenn ich es gewusst hätte?"

Glücklich rieb sie ihre Wange an seiner. „Was?"

„Direkt dort, vor dem Modell von Königin Victorias Sommerresidenz?"

Sie unterdrückte ihr Lachen. „Was?"

„Mit der vierköpfigen Familie aus New Jersey direkt hinter uns?"

Sie schlang die Arme um ihn. „Vielleicht können wir jenen Nachmittag noch einmal durchspielen."

„Aussichtslos." Er barg sein Gesicht an ihrem Hals.

Es erstaunte ihn, dass ihm nach Lachen zumute war, obwohl er eine nackte Frau bei sich hatte. Körperliche Liebe war eine ernsthafte Angelegenheit, die viel Umsicht und Sorgfalt erforderte. Er war schließlich kein Teenager, der sich auf dem Rücksitz eines Autos in einer dunklen Straße vergnügte. Er war ein erwachsener Mann, erfahren, weltklug.

Doch als er mit Maddy auf dem Bett herumrollte, war das Lachen da. Es war da, als er sie fest an sich zog, als sie sich an ihn schmiegte, als er sie berührte und sie sich ihm öffnete. Seine Lust, seine Freude an ihr war so groß, so ausufernd, dass Lachen die einzige Antwort darauf war. Und später, nicht sehr viel später, als das Lachen in Stöhnen überging, war die Freude nicht getrübt.

Es war so viel Liebe in ihr. Maddy wunderte sich, dass sie nicht ausbrach und den Raum erleuchtete. Roy war so wunderbar, so zärtlich, so vollkommen. Und voller Begehren nach ihr. Wenn sie ihm nicht schon ihr Herz geschenkt hätte, würde es ihm jetzt zufliegen.

Wie hatte sie denn wissen können, dass es so viel zu entdecken gab? So viel Lust, so viele körperliche Empfindungen. So freigiebig hatte sie sich noch keinem anderen Mann gezeigt, doch mit Roy war es ganz einfach.

Sie kannte ihren Körper genau, seine Stärken, seine Schwächen. Wie merkwürdig war es zu entdecken, dass sie über die Bedürfnisse ihres Körpers so wenig gewusst hatte. Als Roys Mund sich um ihre Brustspitzen schloss, verstärkten sich ungeahnte Empfindungen in ihr: Lust, Qual, Verzweiflung. Eine Bewegung seiner Hand ihren Schenkel hinunter löste einen Schauer durch ihren Körper aus. Die zärtliche Berührung seiner Lippen an ihrem Hals ließ sie aufstöhnen. Ihr Körper, den sie einer überstrengen Disziplin unterwarf, wurde eine unendliche Tiefe an Lust, Verwirrung, Erregung, wenn Roy sie zärtlich und fordernd an sich drückte.

Wenn sie ihn berührte, wurde sie schwach. Wenn sie ihre Hände über seinen Körper gleiten ließ, fühlte sie es bis ins Innerste ihrer Seele. Roy gehörte ihr. Sie redete sich ein, es sei gleichgültig, dass es nur für den Moment war. Er gehörte ihr, solange sie Körper an Körper, Mund an Mund waren.

Er begehrte sie. Sie spürte die Woge der Erregung in seinem Körper. Wenn er, und sei es auch nur für einen kurzen Augenblick, die Fesseln lösen könnte, die er um seine Gefühle gelegt hatte, könnte er sie lieben. Das wusste sie. Wenn er sie hielt, dann verriet er mehr als Leidenschaft, mehr als Lust. Da war noch etwas viel Tieferes. Wenn seine Lippen ihre berührten, wenn er den Kuss langsam vertiefte, bis sie sich beide in ihm verloren, dann wusste sie, dass er kurz davor war, ihr zu geben, was sie ihm so verzweifelt selbst geben wollte.

Liebe. Sie wollte ihm sagen, wie wunderbar es sei, sich fest aneinander gebunden fühlen zu können. Sie wollte in ihm eine schwache Ahnung wecken, von dem Gefühl, jemanden zu haben, der zu einem gehört, jemand, der immer für einen da sein würde.

Seine Haut war heiß und feucht. Die Zärtlichkeit verlor sich mit der Steigerung seiner Erregung. Sie war wild, hungrig, voller Leben. Ihre Energie schien grenzenlos und brachte ihn weiter und weiter, bis an die Grenze seiner Selbstkontrolle.

Die Stereoanlage plärrte weiter. Draußen stieg die Hitze des Tages hoch. Es zählte nicht. Nichts zählte – außer ihnen und was sie sich geben konnten.

Sie rollte sich auf ihn und hielt ihn mit Armen und Beinen fest umschlungen. Sie fühlte nur noch den Drang, ihn ganz in sich aufzunehmen. Als sie sich dann aufzulösen schienen und sich dann langsam wieder fanden, waren sie immer noch zusammen.

Schwach, erschöpft und strahlend schmiegte sich Maddy an Roy. Ihre Haut war feucht und schien ganz natürlich mit seiner zu verschmelzen. Sie hörte seinen Herzschlag durch die dumpfe Benommenheit in ihrem Kopf hindurch. Als Roy über ihren Rücken strich, schloss sie die Augen und lieferte sich ihm ganz aus.

„O Roy, ich liebe dich."

Zunächst war Maddy zu sehr in ihrem eigenen Glückstraum gefangen, um zu bemerken, wie Roy sich unter ihr versteifte. Die Realität war noch zu weit entfernt, als dass sie die plötzliche Anspannung seiner Finger auf ihrem Rücken wahrnahm. Aber allmählich wurde ihr Kopf klar. Maddy hielt noch einen Augenblick die Augen geschlossen. Die Worte waren gesagt, sie konnten nicht wieder zurückgenommen werden.

„Es tut mir leid." Sie holte tief Luft und sah ihn an. Seine Miene war verschlossen. Obwohl sie körperlich noch beisammenlagen, hatte er sich innerlich schon entfernt. „Es tut mir leid, weil du es nicht hören willst."

Roy sagte sich, dass die Gefühlsaufwallung in ihm Bedauern sei, nicht Hoffnung. „Maddy, ich bin an Phrasen nicht interessiert."

„Phrasen." Sie schüttelte den Kopf. „Hältst du ‚Ich liebe dich' für eine Phrase?"

„Für was denn sonst?" Er umfasste ihre Schultern und richtete sich mit ihr zusammen auf. „Maddy, lass uns das Gute an unserer Beziehung nicht mit bequemen Lügen bemänteln."

Was sie hinunterschluckte, war nicht Bitterkeit, sondern Verletztheit. „Ich habe nicht gelogen, Roy."

Etwas rührte sich tief in ihm, etwas, das ihn warm überflutete. Er erkannte es nicht als eine Aufwallung von Hoffnung, bevor er es wieder zurückdrängte. „Dann hast du es dir eben eingebildet."

Ihre Stimme war ruhig, wenn auch nicht ganz fest, als sie sprach. „Du kannst es nicht glauben, dass ich dich lieben könnte, habe ich recht?"

„Liebe ist nur ein Wort." Er rollte sich aus dem Bett und griff wieder nach seinem Bademantel. „Es gibt sie, natürlich. Zwischen Vater und Sohn, Mutter und Tochter, Bruder und Schwester. Doch zwischen Mann und Frau gibt es Anziehung, Verliebtheit, sogar Besessenheit. Das kommt und geht, Maddy."

Bewegungslos starrte sie ihn an. „Das glaubst du nicht wirklich."

„Ich weiß es." Er fiel ihr so heftig ins Wort, dass sie zusammenzuckte. Sofort bedauerte er seine Heftigkeit, doch er schluckte das Bedauern hinunter. „Menschen kommen zusammen, weil sie etwas voneinander wollen. Sie bleiben zusammen, bis sie es erreicht haben. Während sie zusammen sind, machen sie Versprechungen, die sie nicht einzuhalten beabsichtigen, und sagen Dinge, die sie nicht meinen. Das wird allgemein so erwartet. Ich habe keine Erwartungen."

Maddy war plötzlich kalt, und sie zog die Decke hoch. Auf Roy machte sie einen schrecklich jungen, kleinen und verletzbaren Eindruck. „Ich habe noch nie einem Mann gesagt, dass ich ihn liebe. Aber das zählt wohl nicht."

Er durfte es nicht dazu kommen lassen. Und er fand keinen Weg, es ihr zu erklären. „Ich will solche Worte nicht, Maddy." Er trat ans Fenster und drehte ihr den Rücken zu. Er sagte nur die Wahrheit. „Ich kann sie nicht zurückgeben."

„Ich frage mich, warum." Entschlossen, nicht zu weinen, legte sie ganz kurz die Hände über die Augen. „Was hast du erlebt, dass du deine Gefühle verschließen musst, Roy? Warum willst du dich auf nichts einlassen? Ich habe gesagt, ich liebe dich." Ihre Stimme hob sich, als sie es zuließ, dass Ärger ihren Schmerz übermannte. „Ich schäme mich deswegen nicht. Ich habe es nicht gesagt, um dich zu irgendwelchen großartigen Erklärungen zu drängen. Es ist einfach nur die Wahrheit. Du hältst Ausschau nach Lügen, wo es keine gibt."

Du verlierst nicht die Beherrschung, ermahnte sie sich und atmete langsam ein und wieder aus. Aber sie war noch nicht fertig. Sie waren noch nicht fertig.

„Willst du mir weismachen, du hättest soeben nichts gefühlt? Bist du wirklich der Meinung, wir hätten Sex gehabt und nichts mehr?"

Er drehte sich mit einem ausdruckslosen Gesicht um. Der Kampf spielte sich ausschließlich in seinem Innern ab. „Es tut mir leid, ich kann dir nicht mehr bieten. Nimm es oder lass es, Maddy."

Ihre Finger verkrampften sich um die Decke, doch sie nickte. „Ich verstehe."

„Ich brauche einen Kaffee." Er drehte sich auf dem Absatz um und ließ sie allein.

Warum hatte er das Gefühl, als ob alles, was er gesagt hatte, die Gedanken eines anderen, die Worte eines anderen seien? Was war mit ihm los? Roy stellte heftig den Kessel auf die Herdplatte. Als sie ihm gesagt hatte, sie liebe ihn, hatte ein Teil von ihm darauf gehofft und ihr geglaubt.

Durch sie wurde er zum Narren. Das musste ein Ende haben. Er hatte doch das überzeugende Beispiel gesehen, wie es einem Mann erging, der einer Frau vertraute und ihr sein Leben verschrieb. Roy hatte sich geschworen, selbst nie in den gleichen Fehler zu verfallen. Maddy konnte daran nichts ändern. Er durfte es nicht zulassen.

Sie könnte tatsächlich glauben, dass sie ihn liebte. Es würde nicht lange dauern, bis sie es widerrief. Und in der Zwischenzeit mussten sie einfach nur vorsichtig weitermachen und sich an die Regeln halten.

Er hörte, wie die Eingangstür geöffnet und wieder geschlossen wurde. Eine lange Zeit verharrte Roy bewegungslos. Selbst als das Wasser im Kessel kochte, stand er einfach nur da. Er wusste, dieses Mal war sie tatsächlich gegangen. Und er fühlte sich entsetzlich leer.

9. KAPITEL

Mir ist es egal, ob du ein gebrochenes Herz auskurieren musst. Du gehst heute Abend zu der Party." Wanda zog das mit den Augen übersäte ehemalige Sweatshirt von Maddy über und betrachtete das Ergebnis kritisch.

„Ich habe gesagt, ich bin müde und nicht in der Stimmung für eine Party."

„Und ich habe gesagt, du schmollst."

Mit gerunzelter Stirn zog sich Maddy ihren zweiten Schuh an. Sie war genau in der richtigen Stimmung für eine Auseinandersetzung. „Ich schmolle nicht."

Wanda ließ sich neben sie auf die Bank fallen. „Du bist Weltmeister im Schmollen."

„Fordere es nicht heraus, Wanda. Ich bin in einer bissigen Stimmung."

Wanda bezweifelte, dass Maddy bissig sein konnte, selbst wenn sie Nachhilfestunden darin nehmen würde. „Maddy, wenn du nicht darüber reden willst, was für ein Schuft dein Freund ist, dann ist es in Ordnung."

„Er ist nicht mein Freund."

„Wer ist nicht dein Freund?"

„Er. Er ist nicht mein Freund", stieß sie frustriert aus. „Ich habe überhaupt keinen Freund, ich will keinen Freund. Und darum, wer immer Er auch ist, kann er nicht mein Freund sein."

Wanda betrachtete prüfend den neuen Rotton auf ihren Nägeln. „Aber er ist ein Schuft."

„Ich habe nicht gesagt …" Sie fand zu ihrem Humor zurück und lächelte. „Ja, er ist ein Schuft."

„Schätzchen, das sind sie alle. Der springende Punkt ist nur, Mr. Valentine senior schmeißt diese Party für uns, da kann der Star der Show nicht einfach nach Hause gehen und sich in die Wanne legen."

„Das wollte ich auch nicht." Sorgfältig schnürte sich Maddy den Schuh zu. „Ich wollte mich ins Bett legen."

Wanda beobachtete, wie Maddy den zweiten Schuh verschnürte. „Wenn du nicht kommst, erzähle ich allen von der Truppe, dass du dir zu fein dazu bist, mit uns zu feiern."

Verächtlich stieß Maddy die Luft durch die Nase. „Wer würde dir glauben?“

„Alle. Weil du nicht da bist.“

Maddy stand abrupt von der Bank auf und fuhr sich heftig mit der Bürste durchs Haar. „Warum gibst du nicht einfach Ruhe, Wanda?“

„Weil mir dein Gesicht gefällt.“

Wanda reagierte nur mit einem verschmitzten Grinsen, als Maddy sie finster anblickte. „Ich bin zu müde, um hinzugehen, das ist alles.“

„Blödsinn. Ich habe jetzt wochenlang mit dir geprobt. Du wirst nicht müde.“

Maddy ließ die Bürste ins Waschbecken fallen. Im Spiegel traf ihr Blick auf Wandas. „Heute Abend bin ich müde.“

„Heute Abend schmollst du.“

„Ich …“ Ja, gab sie im Stillen zu. „Er wird da sein“, brach es aus ihr heraus. „Ich … ich glaube einfach nicht, dass ich damit klarkomme.“

Der übermütige Ausdruck auf Wandas Gesicht wurde durch Mitgefühl ersetzt. Sie erhob sich und legte einen Arm um Maddys Schulter. „Hat dich hart getroffen?“

„Ja.“ Maddy presste die Finger gegen die Nasenwurzel neben den Augen. „Sehr schlimm.“

„Und hast du dich schon ausgeweint?“

„Nein.“ Sie schüttelte den Kopf und kämpfte um ihre Selbstbeherrschung. „Ich wollte mich nicht noch mehr zum Narren machen, als ich mich schon gemacht habe.“

„Du bist ein Narr, wenn du es nicht herausweinst.“ Wanda zog Maddy zurück zur Bank. „Setz dich und leg den Kopf an Wandas Schulter.“

„Ich hätte nicht gedacht, dass es so schmerzen kann“, brachte Maddy mühsam heraus, als die ersten Tränen kamen.

„Wer tut das schon“, entgegnete Wanda ruhig und tätschelte Maddys Arm. „Wenn wir immer wüssten, wie schlimm es sein kann, würden wir uns einem Mann doch keine drei Meter weit mehr nähern. Doch wir kehren immer wieder zu ihnen zurück, weil es manchmal das Beste ist, was es gibt.“

„Es stinkt.“

„Zum Himmel hinauf.“

„Er ist es doch nicht wert, dass man wegen ihm weint.“

„Keiner von ihnen – außer natürlich wegen dem Richtigen.“

„Ich liebe ihn, Wanda.“

Wanda beugte sich etwas zurück, um Maddys Gesicht genau sehen zu können. „So richtig?“

„Ja.“ Sie machte sich nicht die Mühe, die Tränen wegzuwischen. „Nur liebt er mich nicht wider. Er will nicht einmal, dass ich ihn liebe. Irgendwie habe ich früher immer gedacht, wenn es mich einmal erwischt, dann erwischt es den anderen genauso, und so würde es glücklich und zufrieden weiterlaufen. Roy glaubt nicht einmal, dass Liebe existiert.“

„Das ist sein Problem.“

„Nein, es ist auch meines, weil ich Tag für Tag versucht habe, über ihn hinwegzukommen, und es gelingt mir nicht.“ Sie holte tief Luft. Es würde jetzt keine Tränen mehr geben. „Jetzt verstehst du also, warum ich heute Abend nicht kommen kann.“

„Zum Teufel, nein. Ich verstehe, warum du kommen musst.“

„Wanda …“

„Schau, Schätzchen, du kannst nach Hause gehen und den Kopf in den Sand stecken, und du wirst dich morgen genauso fühlen.“ Als sie weitersprach, lag eine Härte in ihrer Stimme, die Maddys Rückgrat stärkte. „Was würdest du tun, wenn dein Publikum keine Reaktion zeigt und vor dir wie eine Versammlung von Mumien sitzt?“

„Am liebsten würde ich dann zurück in meine Garderobe flüchten.“

„Aber was würdest du tun?“

Seufzend fuhr sich Maddy mit den Händen über ihr tränenfeuchtes Gesicht. „Ich bleibe auf der Bühne und schwitze es aus.“

„Und genau das musst du heute Abend tun. Und wenn ich auch nur etwas von Männern verstehe, dann wird er selbst ins Schwitzen geraten. Ich habe gesehen, wie er dich beobachtet hat, als er mit seinem Vater zur Probe gekommen ist. Und jetzt los. Wir müssen uns umziehen.“

Maddy wappnete sich für das Wiedersehen mit Roy in der gleichen Art, wie sie sich wappnete, vor ihr Publikum zu treten. Sie erinnerte sich daran, dass sie ihren Text kannte, ihre Bewegungen kannte, und wenn sie einen Fehler machte, würde sie ihn ausgebügelt haben, bevor es auch nur jemand bemerken könnte. Sie wählte ein trägerloses Kleid, das ihre Hüften betonte, sich aufreizend an ihren Körper schmiegte und an der Seite bis zur Mitte des Schenkels aufgeschlitzt war. Sollte sie durchfallen, dann wollte sie dabei wenigstens großartig aussehen.

Doch vor Edwin Valentines eindrucksvoller Haustür musste sie doch allen Mut zusammennehmen. Dann hob sie entschlossen den Kopf. Sie war darauf vorbereitet, Roy zu begegnen. Sie war darauf vorbereitet, sich unbeteiligt und kühl zurückhaltend zu geben.

Das Einzige, worauf sie nicht vorbereitet war, war die Möglichkeit, Roy könne selbst die Tür öffnen. So starrte sie ihn an und wunderte sich nur darüber, wie viele Gefühle in einem Menschen auflodern können.

Er wunderte sich, warum der gläserne Türgriff nicht einfach zerbrach, so fest hielt er ihn umfasst.

„Hallo, Maddy."

„Roy." Sie lächelte nicht. Das war jetzt einfach noch nicht möglich. Aber sie würde auch nicht gleich zu seinen Füßen zusammenbrechen. „Ich hoffe, ich bin nicht zu früh."

„Nein, mein Vater erwartet dich schon ungeduldig."

„Dann will ich ihn gleich begrüßen." Von hinten, aus der Halle, klang der Ton einer Trompete zu ihnen herüber. „Ich nehme an, die Party ist dort." Sie trat an ihm vorbei, ignorierte den Druck in ihrem Magen.

„Maddy."

Sie nahm ihre Kräfte zusammen und warf einen möglichst gleichmütigen Blick zurück. „Ja?"

„Bist du … Wie geht es dir?"

„Ich habe viel um die Ohren." An der Eingangstür hinter ihm klingelte es wieder. „Wie ich sehe, hast du alle Hände voll zu tun. Bis später." Wie benommen ging sie weiter.

Die Party war in vollem Gange. Maddy wurde sofort von guter Laune und Kameradschaftlichkeit umringt.

„Ich dachte schon, du wolltest dich drücken." Wanda, die sich mit einem der Musiker unterhalten hatte, ließ ihn einfach stehen und kam auf Maddy zu.

„Unsinn. Niemand soll eine O'Hara einen Feigling nennen können."

„Vielleicht hilft es dir, wenn du erfährst, dass der jüngere Valentine die Tür während der letzten halben Stunde nicht aus den Augen gelassen hat."

„Tatsächlich? Nein, es ist mir egal", verbesserte sie sich selbst schnell. „Holen wir uns einen Drink. Champagner?"

„Ja." Wanda nahm sich ein Glas Champagner und trank es in einem Zug leer. Als sie dann Maddy über die Schulter sah, kam plötzlich ein verräterischer Glanz in ihre Augen. „Dort ist Phil. Ich habe mich entschlossen, ihn dahin zu bringen, dass er mich von der Ernsthaftigkeit seiner Absichten überzeugen soll."

„Phil?" Interessiert musterte Maddy den Tänzer. „Und, will er?"

„Vielleicht, vielleicht nicht." Wanda nahm sich ein neues Glas Champagner. „Der Spaß liegt im Herausfinden."

Maddy wünschte, sie könnte ihr zustimmen. Sie wandte sich dem Büfett zu, um das sich Gruppen hungriger Tänzer scharten. Iss, trink und sei glücklich, verordnete sie sich selbst. Morgen sind wir auf dem Weg nach Philadelphia.

„Maddy."

Bevor sie zwischen Paté und Quiche wählen konnte, kam Edwin auf sie zu.

„Oh, Mr. Valentine."

„Edwin", verbesserte er sie, nahm ihre Hand und küsste sie so galant, dass sie lächeln musste. „Sie müssen Edwin sagen und mir den versprochenen Tanz geben."

„Also Edwin, und den Tanz gebe ich Ihnen gern." Eine Hand auf seine Schulter gelegt, begleitete sie ihn auf die Tanzfläche. „Ich habe mit meinen Eltern gesprochen. Sie sind in New Orleans, aber sie werden zur Premiere nach Philadelphia kommen können. Ich habe gehofft, Sie würden auch kommen."

„Wissen Sie, Maddy, wenn man auf die sechzig zugeht, dann wird es Zeit, alles etwas langsamer anzugehen. Man hat es verdient. Man will sich dann nur noch entspannen und seine schwindenden Jahre genießen."

„Schwindende Jahre." Sie warf ihr Haar zurück und lächelte ihn schelmisch an. „Schauspieler."

Er lachte auf, und sie fragte sich, warum Roy nicht auch diese freundlichen, dunklen Augen geerbt hatte. „Ich brauche Jugend um mich, ihre Vitalität. Sehen Sie, durch Roy bleibe ich einfach jung. Für mich ist er nicht nur mein Sohn, sondern auch noch dazu mein bester Freund."

„Er liebt Sie sehr."

Etwas in ihrem Ton ließ ihn aufmerksam werden. „Ja, das tut er. Leider hat er sein Leben in den Dienst der Firma gestellt", fügte er seufzend hinzu. „Wahrscheinlich ist das ein Fehler."

„Er denkt nicht so."

„Nein? Da bin ich nicht so sicher. Nun, wie dem auch sei, bis zu dieser Show habe ich nicht gewusst, was ich mit meiner Zeit anfangen soll. Aber jetzt habe ich es wohl gefunden."

„Broadway-Fieber?"

„Genau." Er hatte gewusst, dass sie ihn verstehen würde. Er konnte nur hoffen, sie würde seinen Sohn genauso verstehen lernen. „Sobald dieses Musical läuft, mache ich mich auf die Jagd nach einem anderen. Ich denke, ich habe dafür auch eine Expertin gefunden, die ich um Rat fragen und der ich vertrauen kann."

Auf seinen fragenden Blick hin nickte sie langsam. „Wenn Sie im Finanziellen guter Engel spielen wollen, werde ich gerne Advocatus Diaboli für Sie sein."

„Ich wusste, dass ich auf Sie zählen kann. Aber erst einmal wollen wir Ihnen etwas zu essen besorgen."

Die bisher eher dezente Musik wurde flotter. Und bei einem Potpourri von Broadway-Hits zog Phil Wanda auf die Tanzfläche. Und kurz darauf wirbelten weitere Paare mit eindrucksvollen Tanzdarbietungen herum.

„Komm, Maddy." Terry ergriff ihre Hand. „Wir können sie alle in den Schatten stellen."

„Sicher", entgegnete Maddy ungerührt und wollte sich endlich am Büfett bedienen.

„Wir haben einen Ruf zu verteidigen. Erinnerst du dich noch an die Nummer aus ‚Within Reach'?"

„Das war die größte Pleite, die ich je erlebt habe."

„So? Nun gut, die Show war ein Reinfall", entgegnete er gleichmütig. „Aber unsere Tanznummern waren toll. Wir haben als Einzige gute Kritiken bekommen. Nun komm schon, Maddy, um der guten alten Zeiten willen."

Unfähig, ihm zu widerstehen, ließ Maddy sich vorwärtsziehen. Es war eine langsame, sinnliche Tanznummer, die perfektes Taktgefühl und vollkommene Körperbeherrschung verlangte. Die Routine war wieder da, als wäre das Stück heute Nachmittag und nicht vor vier Jahren geprobt worden. Es war, als ob eine abgelegte Akte aufgeschlagen würde und ihr Körper sich erinnerte.

„Vielleicht war es doch nicht eine solche Pleite", brachte sie schließlich atemlos hervor und lachte, einfach nur aus der Freude heraus.

„Baby, es war ein Volltreffer!" Er gab ihr einen freundschaftlichen Klaps auf den Po, als die Musik das Tempo änderte und andere Tänzer sie ablösten.

Roy beobachtete Maddy. Als ihr Blick von seinem angezogen wurde, spürte Maddy eine zusätzliche Hitzewelle, verbunden mit Sehnsüchten und Bedauern. Sie konnte nur an Flucht denken, wandte sich ab und ging hastig hinaus auf die Terrasse.

Die Luft war warm und schwül. Maddy lehnte sich ans Geländer und ließ die Hitze, die aus dem Boden hochstieg, die Partygeräusche und das Leben der Stadt unter ihr auf sich wirken. Sie fand zu ihrem inneren Gleichgewicht zurück, das eigentlich ihr Wesen ausmachte. Sie durfte begehren, sie durfte wünschen, aber sie würde nicht bedauern.

Sie wusste, dass Roy hinter ihr auf die Terrasse getreten war, bevor er sprach. Es war falsch von ihr gewesen, ans Weglaufen zu denken, daran zu denken, sich in ihrem Apartment zu verkriechen. Sie konnte sich drehen und wenden, er war es immer noch, den sie wollte.

„Wenn du möchtest, dass ich gehe, dann sage es mir."

Typisch, dachte sie, mir die Entscheidung zu überlassen. Sie drehte sich um und sah ihn an. „Nein, natürlich nicht."

Er steckte die Hände in die Taschen und stellte sich vor das Geländer neben sie. „Ich habe dich vermisst."

„Das habe ich gehofft." Sie sah zum Sternenhimmel auf, zum vollen Mond. Zumindest hatte sie dies, um sich an etwas festzuhalten. „Ich habe mir vorgenommen, heute Abend sehr cool und sehr unbeschwert zu sein. Ich glaube, ich kann das nicht weiter aufrechthalten."

„Ich habe dich beobachtet, wie du mit meinem Vater getanzt hast, und weißt du, was mir dabei in den Sinn gekommen ist?“ Als sie den Kopf schüttelte, streckte er die Hand aus, da er sie einfach berühren musste, und sei es auch nur eine Strähne ihres Haares. „Du hast noch nie mit mir getanzt.“

Sie drehte sich ihm ein klein wenig zu, gerade genug, dass sie sein Profil betrachten konnte. „Du hast mich nie gefragt.“

„Ich frage dich jetzt.“ Er hielt ihr die Hand hin und überließ damit die Entscheidung erneut ihr. Ohne nachdenken zu müssen, legte sie ihre Hand in seine. Sie traten aufeinander zu, bis sie nur ein Schattenbild auf dem Terrassenboden waren. „Als du letzte Woche gegangen bist, habe ich geglaubt, es sei nur zu unserem Besten.“

„Das habe ich auch geglaubt.“

Er streifte mit der Wange ihr Haar. „Es hat keinen einzigen Tag gegeben, an dem ich nicht an dich gedacht habe. Es hat keinen einzigen Tag gegeben, an dem ich dich nicht gewollt habe.“ Langsam, um sofort auf einen möglichen Widerstand reagieren zu können, senkte er seinen Mund auf ihren. Ihre Lippen waren warm und einladend wie immer. Ihr Körper schmiegte sich an seinen, als sei ihrer für seinen und seiner für ihren gemacht. „Maddy, ich will, dass du zu mir zurückkommst.“

„Ich will das auch.“ Sie strich ihm über die Wange. „Aber ich kann nicht.“

Heftig umfasste er ihre Handgelenke. „Warum nicht?“

„Weil ich mich auf deine Bedingungen nicht einlassen kann, Roy. Ich kann nicht aufhören, dich zu lieben, und du lässt es nicht zu, dass ich dich liebe. Diesen Zustand ertrage ich nicht.“

„Verdammt, Maddy, du verlangst mehr, als ich geben kann.“

„Nein.“ Sie trat noch näher an ihn heran, und ihre Augen leuchteten und waren auf ihn gerichtet. „Ich verlange nicht mehr, als du geben kannst, oder mehr, als ich dir geben kann. Ich liebe dich, Roy. Wenn ich zu dir zurückkehrte, könnte ich mich nicht davor zurückhalten, es dir zu sagen. Und du könntest dich nicht davor zurückhalten, mir auszuweichen.“

„Ich will dich bei mir haben.“ Verzweiflung klang aus seiner Stimme. „Reicht das denn nicht?“

„Ich weiß es nicht. Ich möchte ein Teil deines Lebens sein. Und ich möchte, dass du ein Teil meines Lebens bist.“

„Ehe? Ist es das, was du willst?“ Er wandte sich ab und lehnte sich ans Geländer. „Was zum Teufel ist Ehe, Maddy?“

„Eine gefühlsmäßige Bindung zwischen zwei Menschen, die sich gegenseitig versprechen, ihr Bestes zu geben.“

„Im Guten und im Schlechten.“ Er drehte sich wieder um, doch sein Gesicht lag im Schatten, sodass sie nur seine Stimme hören konnte. „Und wie viele von ihnen haben Bestand?“

„Nur diejenigen, bei denen sich die Partner genügend bemühen, nehme ich an.“

„Viele zerbrechen. Ehe bedeutet gar nichts. Es ist nichts weiter als ein Vertrag, der durch einen neuen Vertrag außer Kraft gesetzt werden kann und der vorher schon ein Dutzend Mal gebrochen worden ist.“

„Roy, das kannst du doch nicht verallgemeinern.“

„Wie viele glückliche Ehen kannst du aufzählen? Wie viele dauerhafte“, verbesserte er sich selbst. „Vergiss das ‚glückliche‘.“

„Roy, das ist lächerlich. Ich ...“

„... kann nicht einmal eine aufzählen?“, vervollkommnete er den Satz.

Allmählich verlor sie die Geduld. „Natürlich kann ich das. Die Gianellis vom ersten Stock bei mir.“

„Die, die sich laufend anschreien?“

„Sie schreien gerne. Es macht sie wahnsinnig glücklich zu schreien.“ Weil sie selbst zu schreien begonnen hatte, wandte sie sich abrupt von ihm ab und überlegte hart. „Verdammt, wenn du mich nicht so in die Ecke drängen würdest, würden mir noch andere Beispiele einfallen. Jimmy Steward ist mindestens hundertfünfzig Jahre verheiratet, und ... Königin Elizabeth und Prinz Philipp scheinen eine passable Ehe zu führen. Und natürlich auch meine Eltern“, fuhr sie fort und kam richtig in Schwung. „Sie sind schon ewig zusammen. Meine Großtante Jo war fünfundfünfzig Jahre lang verheiratet.“

„Du musst ganz schön dabei überlegen, nicht wahr?“ Er trat aus dem Schatten, und was sie in seinen Augen bemerkte, war Zynismus. „Du würdest es dir mit Ehen, die zerbrochen sind, leichter machen.“

„Gut, würde ich. Aber man gibt noch lange nicht etwas auf, nur weil die Menschen, die damit zu tun haben, Fehler machen. Außerdem, ich habe dich nicht gebeten, mich zu heiraten, ich habe dich nur gebeten zu fühlen.“

Er hielt sie fest, bevor sie wieder ins Haus stürmen konnte. „Willst du damit sagen, es ist nicht die Ehe, die du willst?“

Sie stand nun ganz dicht vor ihm. „Nein, das werde ich dir nicht sagen.“

„Ich kann dir keine Ehe versprechen. Ich bewundere dich, als Frau und als Künstlerin. Ich fühle mich von dir angezogen ... Ich brauche dich.“

„All das ist wichtig, Roy, aber das ist nur genug für eine kleine Weile. Wenn ich mich nicht in dich verliebt hätte, könnten wir beide damit glücklich werden. Ich glaube nicht, dass ich das noch lange durchstehen kann.“ Sie drehte sich um und suchte am Geländer Halt. „Bitte, lass mich allein.“

Und Roy sah keinen anderen Weg. Zu viele Widersprüchlichkeiten spürte er in sich selbst. Es gab zunächst einmal keine klaren Entscheidungen, also zog er sich zurück. „Wir sind noch nicht fertig. Ganz gleich, wie sehr wir uns auch das Gegenteil wünschen.“

„Vielleicht nicht.“ Sie atmete tief ein. „Aber ich habe mich vor dir zum letzten Mal zum Narren gemacht. Lass mich jetzt allein.“

Roy war noch nicht ganz weg, als Maddy bereits fest die Augen schloss. Sie würde nicht weinen. Sobald sie sich wieder einigermaßen in der Gewalt hatte, würde sie hineingehen, sich entschuldigen und nach Hause gehen.

„Maddy.“

Als sie sich umdrehte, erkannte sie Edwin. Und sein Blick verriet ihr, dass sie sich nicht zu einem unbeschwerten Lächeln und irgendwelchen Ausflüchten zwingen musste.

„Es tut mir leid. Ich habe einen großen Teil mitbekommen, und Sie können zu Recht verärgert darüber sein. Aber Roy ist mein Sohn, und ich liebe ihn.“

„Ich bin nicht verärgert.“ Sie fand, dass sie zu überhaupt keinem Gefühl mehr fähig sein konnte. „Ich muss jetzt gehen.“

„Ich bringe Sie nach Hause.“

„Nein, Sie haben Gäste.“ Sie wies nach innen. „Ich besorge mir ein Taxi.“

„Die werden mich nicht einmal vermissen.“ Er trat auf sie zu und ergriff ihren Arm. „Ich möchte Sie gern nach Hause bringen, Maddy. Es gibt eine Geschichte, die Sie hören sollten.“

Sie sprachen wenig auf dem Weg nach Hause. Edwin schien in Gedanken versunken zu sein. Und Maddy fand nicht wie sonst zu einem unbeschwerten, witzigen Gespräch.

„Ich mache einen Tee." Maddy hatte ihre Wohnungstür aufgeschlossen und ließ Edwin in ihrem beengten Wohnzimmer allein.

„Das passt zu Ihnen, Maddy", meinte er kurz darauf. „Gemütlich, hell und ehrlich." Über das Neonlicht musste er lächeln, während er in einem Sessel Platz nahm. „Ich werde Sie jetzt in Verlegenheit bringen und Ihnen sagen, wie sehr ich bewundere, was Sie aus Ihrem Leben gemacht haben."

„Sie bringen mich nicht in Verlegenheit. Ich höre es gern."

„Talent allein reicht nicht. Ich habe viele, viele talentierte Menschen erlebt, die wieder in Vergessenheit geraten sind, weil sie entweder nicht die Kraft oder nicht das Selbstbewusstsein hatten, um an die Spitze zu kommen. Sie haben es geschafft, und Sie haben es bisher nicht einmal wahrgenommen."

„Ich weiß nicht, ob ich an der Spitze stehe." Sie kam mit einem Tablett zu ihm. „Aber ich bin dort glücklich, wo ich bin."

„Das ist das Schöne daran, Maddy. Sie mögen es, wo Sie sind. Und Sie mögen sich." Er nahm die Tasse Tee, die sie ihm reichte. „Roy braucht Sie."

„Vielleicht auf einer gewissen Ebene." Sie trat ein wenig zurück. Es schmerzte zu sehr. „Ich habe erkannt, dass ich mehr als das brauche."

„Er auch, Maddy, er auch. Er auch, aber er ist zu eigensinnig und vielleicht auch zu verunsichert, um das zuzugeben."

„Ich verstehe nicht, warum. Ich verstehe nicht, warum er so …" Im Stillen fluchend, schnitt sie sich selbst das Wort ab. „Es tut mir leid."

„Das sollte es nicht. Ich glaube, ich kann es verstehen. Maddy, hat Roy jemals von seiner Mutter erzählt?"

„Nein. Das ist eins der Themen, die nicht angeschnitten werden dürfen."

„Sie haben ein Recht, es zu erfahren." Er seufzte und nahm einen Schluck Tee. Er würde jetzt unliebsame und schmerzliche Erinnerungen aufwühlen müssen. „Wenn ich mir nicht sicher wäre, dass Sie sich wirklich etwas aus Roy machen und dass Sie die Richtige für ihn sind, könnte ich Ihnen das nie erzählen."

„Edwin, Sie sollten mir nichts erzählen, wovon Roy nicht will, dass ich es erfahre."

„Ich erzähle es Ihnen, weil Roy Ihnen wichtig ist." Er stellte seine Tasse zurück und beugte sich vor. „Roys Mutter war eine faszinierende Frau. Bestimmt ist sie das immer noch, aber ich habe sie seit Jahren nicht mehr gesehen."

„Und Roy?"

„Nein, er weigert sich."

„Weigert sich, seine Mutter zu sehen? Wie kann er so etwas tun?"

„Wenn ich es erklärt habe, dann verstehen Sie es vielleicht." Seine Stimme klang auf einmal müde, und Maddy hatte Mitleid mit ihm.

„Ich habe Elaine geheiratet, als wir beide noch sehr jung waren. Ich hatte etwas geerbt, und sie wollte sich als Sängerin einen Namen machen, indem sie sich durch die Clubs arbeitete ... Sie verstehen."

„Ja, natürlich."

„Sie hatte Talent, nichts Weltbewegendes, aber mit dem richtigen Manager hätte sie sich damit ein anständiges Auskommen schaffen können. Ich entschloss mich, dieser Manager für sie zu sein. Dann entschloss ich mich, sie zu heiraten. Ein oder zwei Jahre klappte auch alles. Sie war mir dankbar für das, was ich für ihre Karriere tat. Ich war dankbar, eine schöne Frau zu haben. Ich liebte sie, und ich habe hart für ihren Erfolg gearbeitet, weil es das war, was sie am meisten haben wollte. Doch irgendwann begann sich die Situation zu verändern. Elaine wurde ungeduldig."

Edwin setzte sich zurück, nahm einen Schluck Tee und sah sich dabei in Maddys Apartment um. „Sie war jung", fuhr er fort und wusste, dass das keine Entschuldigung war. „Sie wollte bessere Engagements und begann es mir zu verübeln, dass ich ihr bei der Garderobe und der Frisur Anweisungen gab. Sie glaubte allmählich, ich wollte sie zurückhalten, wollte sie benutzen, um meine eigene Karriere voranzubringen. Unsere Ehe lief immer schlechter. Und ich hatte mich schon fast damit abgefunden, sie zu beenden, als sie mir mitteilte, dass sie ein Kind bekommen würde."

Edwin schloss nachdenklich die Augen. „Elaine hatte nur ihren Erfolg im Sinn. Im Gegensatz zu mir wollte sie keine Kinder. Sie bekam Roy, wie ich glaube, nur aus Berechnung. Ich hatte ihr einen kleinen Plattenvertrag besorgt. Ihr Entschluss, bei mir zu bleiben und Roy zu bekommen, hatte in erster Linie etwas mit ihrer Karriere zu tun."

„Sie liebten sie noch?"

„Sie war mir nicht gleichgültig. Und dann war da Roy. Als er geboren wurde, fühlte ich mich, als wäre mir das größte Geschenk gemacht worden. Ein Sohn. Jemand, der mich liebte und mir meine Liebe zurückgab. Er war schön, ein wunderbares Baby, das sich zu einem wunderbaren Kind entwickelte. Mein Leben veränderte sich von dem Moment an, als er geboren wurde. Ich wollte ihm alles geben. Mein Leben hatte plötzlich so etwas wie einen Mittelpunkt. Einen Klienten oder einen Vertrag konnte ich verlieren, aber mein Sohn wäre immer da. Bevor ich weiterrede, will ich betonen, dass mir Roy immer nur Freude bereitet hat. Ich habe ihn nie als Verpflichtung oder Last empfunden!"

„Das brauchen Sie mir gar nicht zu sagen. Ich kann es sehen."

Er rieb sich die Schläfe, dann fuhr er fort. „Als er fünf war, hatte ich einen Unfall. Im Krankenhaus haben sie mich einer Menge Tests unterzogen." Seine Stimme hatte sich verändert. Maddy spannte sich innerlich an, ohne den Grund dafür zu wissen. „Eines der Nebenergebnisse dieser Tests war die Feststellung, dass ich zeugungsunfähig war."

Ihre Handfläche wurde feucht, und sie stellte die Teetasse zurück. „Ich verstehe nicht."

„Ich konnte keine Kinder haben." Offen und eindringlich sah er Maddy an. „Ich hätte niemals welche haben können."

Ihr war plötzlich kalt, und in ihrem Magen bildete sich ein Knoten. „Roy." Sie sagte nur ein Wort, doch es enthielt alle Fragen.

„Ich hatte ihn nicht gezeugt. Es war ein Schlag, den ich nicht beschreiben kann."

„O Edwin." Er hatte ihr ganzes Mitgefühl. Sie erhob sich und kniete sich, ohne zu überlegen, vor ihn.

„Ich habe es Elaine auf den Kopf zugesagt. Sie machte nicht einmal den Versuch zu lügen. Ich glaube, sie war der Lügen müde geworden. Unsere Ehe war kaputt, und sie hatte allmählich erkannt, dass sie nie groß als Künstlerin herauskommen würde. Es gab einen anderen Mann, einen, der sie im Stich gelassen hatte, als sie ihm von ihrer Schwangerschaft erzählte." Er atmete gepresst.

„Sie muss eine sehr unglückliche Frau gewesen sein."

„Nicht jeder findet leicht Zufriedenheit im Leben. Elaine war zu unruhig und immer auf der Suche. Als ich damals aus dem Krankenhaus entlassen wurde, war sie weg. Roy hatte sie in die Obhut einer Nachbarin gegeben." Er holte tief Luft, denn trotz der vielen Jahre, die inzwischen vergangen waren, schmerzte es immer noch. „Maddy, sie hat es ihm gesagt."

„O nein." Sie ließ den Kopf auf seine Knie sinken und weinte für sie alle. „Armer kleiner Junge."

„Ich habe mich ihm gegenüber auch nicht viel besser verhalten." Edwin legte eine Hand auf ihr Haar. Er hatte nicht gewusst, wie entlastend es sein konnte, nach all den Jahren laut darüber zu reden. „Ich musste einfach weg. Ich habe also den Nachbarn Geld gegeben und Roy bei ihnen gelassen. In der Folgezeit habe ich versucht, Geld für Valentine Records aufzutreiben. Bis ich Ihre Familie getroffen hatte, habe ich nicht einmal ans Zurückkommen gedacht. Und das kann ich mir selbst kaum verzeihen."

„Sie waren verletzt. Sie …"

„Roy war verstört. Ich hatte überhaupt nicht daran gedacht, welche Wirkung das auf ihn haben könnte. Ich habe mich selbst in die Arbeit gestürzt und einfach alles, was ich zurückgelassen hatte, verdrängt. Dann habe ich Ihre Eltern getroffen."

„Und Sie schliefen auf einer Liege in ihrem Hotelzimmer."

„Ich schlief auf einer Liege und habe beobachtet, welche Liebe Ihre Eltern füreinander und für ihre Kinder hatten. Es war, als wäre plötzlich ein Vorhang zur Seite gezogen worden, um mich sehen zu lassen, was Leben wirklich bedeutete, was das wirklich Wichtige war. Ihr Vater ist mit mir in eine Bar gegangen, und ich habe ihm alles erzählt. Der Himmel weiß, warum."

„Mit Dad kann man leicht alles besprechen."

„Er hat sich alles angehört, war einigem gegenüber mitfühlend, aber doch nicht so absolut, wie ich es meiner Meinung nach verdient hätte." Nach all den vergangenen Jahren konnte Edwin bei der Erinnerung sogar wieder leise auflachen. „Er hatte einen Whisky in der Hand, den er in einem Zug hinunterstürzte. Dann schlug er mir auf die Schulter und sagte mir, ich hätte einen Sohn, an den ich denken müsse und zu dem ich zurückgehen solle. Er hat recht gehabt. Und ich habe nie vergessen, was er für mich getan hat, nur dadurch, dass er mich die Wahrheit hat sehen lassen."

Sie nahm seine Hände und hielt sie fest. „Und Roy?"

„Er war mein Sohn, war es immer gewesen und wird es immer sein. Ich fuhr also zurück. Er spielte ganz allein im Hof. Dieser Junge, noch nicht einmal sechs, sah mich mit den Augen eines Erwachsenen an." Erneut spürte er wieder ganz heftig seine damalige Erschütterung. „Niemals werde ich diesen Augenblick aus meinem Gedächtnis löschen können, denn ich sah, was seine Mutter und ich ihm angetan hatten."

„Sie haben keinen Grund, sich Vorwürfe wegen Ihrer damaligen Entscheidung zu machen. Nein", fügte sie hinzu, bevor Edwin sie unterbrechen konnte. „Ich habe Roy und Sie zusammen gesehen. Sie haben keinen Grund, sich Vorwürfe zu machen."

„Ich habe damals alles getan, um es an ihm wiedergutzumachen. Und tatsächlich ist es mir ziemlich leichtgefallen, das Verhalten seiner Mutter zu vergessen. Roy hat es nie vergessen. In ihm steckt immer noch die ganze Bitterkeit, Maddy, die ich in seinem Blick gesehen habe, als er knapp sechs Jahre alt war."

„Was Sie mir erzählt haben, hilft mir, vieles zu verstehen. Aber ich weiß trotzdem nicht, was ich tun kann, Edwin."

„Sie lieben ihn doch, nicht wahr?"

„Ja, ich liebe ihn."

„Sie haben ihm schon etwas gegeben. Er hat begonnen, jemandem zu vertrauen. Nehmen Sie ihm das jetzt nicht."

„Er will nicht, was ich ihm zu geben habe."

„Er wird. Sie dürfen nur jetzt nicht aufgeben."

Sie erhob sich und legte die Arme um ihren eigenen Körper. Dann wandte sie sich ab. „Sind Sie sicher, dass ich es bin, die er braucht?"

„Er ist mein Sohn." Als sie sich langsam wieder umdrehte, erhob sich Edwin. „Ja, ich bin sicher."

Er konnte nicht schlafen. Fast hätte Roy dem Drang nachgegeben, sich mit einer Flasche Scotch Erleichterung zu verschaffen. Doch Unglück, entschied er, ist eine bessere Gesellschaft.

Er hatte Maddy verloren. Weil sie sich nicht gegenseitig annehmen konnten, wie sie waren, hatte er sie verloren. Oh, ihr würde es ohne ihn besser gehen. Dessen war er sich sicher. Und doch war sie das Beste, was ihm je widerfahren war.

Morgen fährt sie nach Philadelphia, redete er sich zu. Am besten wäre, es zu vergessen und die Durchführung des Musicals und die Fertigstellung des Albums seinem Vater zu übergeben. Er würde sich einfach davon zurückziehen und sich so von allen Erinnerungen an Madeline O'Hara befreien.

Das Läuten an der Tür überraschte ihn. Er hatte nicht häufig Besuch nachts um eins. Ich will keine Besucher, dachte er und ignorierte das Läuten. Doch es hielt einfach an. Verärgert riss Roy schließlich die Tür auf, mit dem Entschluss, denjenigen, der das Unglück hatte, dort zu stehen, zur Schnecke zu machen.

„Hi." Mit dem Tanzbeutel über der Schulter und den Händen in der Tasche eines bequemen Baumwollrocks stand Maddy vor ihm.

„Maddy …"

„Ich war gerade in der Gegend hier", begann sie und trat an ihm vorbei in seine Wohnung. „Ich dachte, ich schaue mal vorbei. Ich habe dich hoffentlich nicht geweckt?"

„Nein, ich …"

„Gut. Ich bin nämlich immer schlecht gelaunt, wenn mich jemand aufweckt. Also …" Sie ließ ihren Beutel fallen. „Wie wäre es mit einem Drink?"

„Was machst du hier?"

„Ich habe dir doch gesagt, dass ich gerade in der Nähe war."

Er trat auf sie zu und fasste sie bei den Schultern. „Was machst du hier?"

Sie neigte den Kopf und sah ihn an. „Ich habe es ohne dich nicht ausgehalten."

Bevor er es verhindern konnte, hatte er ihre Wange berührt. Schnell zog er die Hand wieder zurück. „Maddy, erst vor ein paar Stunden …"

„Habe ich eine Menge gesagt", beendete sie für ihn. „Und alles war wahr. Ich liebe dich, Roy. Ich möchte dich heiraten. Ich will mein Leben mit dir verbringen. Doch bis du genauso denkst, müssen wir eben im Leerlauf fahren."

„Du begehst einen Fehler."

Sie verdrehte die Augen. „Roy, nicht doch schon wieder. Wenn wir verheiratet wären, dann – vielleicht – könntest du mir raten, was das Beste für mich wäre. Doch so wie die Dinge liegen, fälle ich meine eigenen Entscheidungen allein. Und ich hätte wirklich gern einen Drink. Hast du vielleicht eine Diät-Cola?"

„Nein."

„Also, dann einen Whisky. Roy, es ist sehr unhöflich, einem Gast einen Drink zu verweigern."

Einen Augenblick lang starrte er sie an, bevor er nachgab. „Ich brauche dich, Maddy."

„Ich weiß." Sie umfasste sein Gesicht. „Ich weiß, dass du das tust. Ich bin froh, dass du es weißt."

„Wenn ich dir denn geben könnte, was du dir wünschst ..."

„Darüber haben wir zunächst einmal genug gesprochen. Ich fahre morgen nach Philadelphia."

„Die roten Schuhe müssen tanzen", murmelte er.

„Genau, ich werde das Letzte aus mir herausholen, darum will ich jetzt keine Auseinandersetzung, nicht heute Abend."

„In Ordnung. Ich mache uns einen Drink." Er ging hinüber zur Bar und öffnete eine Kristallkaraffe.

„Weißt du, Roy, es ist für mich immer noch ein sehr merkwürdiges Gefühl, mich auf der Bühne auszuziehen."

Er musste lachen. Irgendwie gelang es ihr immer, ihn zum Lachen zu bringen. „Das kann ich mir gut vorstellen."

„Ich trage zwar ein Bodysuit und Pailletten, sodass ich im Grunde nicht mehr enthülle, als ich es an einem öffentlichen Strand machen würde, aber es ist der Akt an sich, der ein merkwürdiges Gefühl verursacht. In ein paar Tagen muss ich das vor einigen Hundert Leuten durchziehen. Das bedeutet Probe, Probe und noch einmal Probe."

Als er sich wieder umdrehte, lächelte sie ihn an und knöpfte langsam ihre Bluse auf. „Ich dachte, du könntest mir ganz unparteiisch deine Meinung über meine ... Bühnenwirksamkeit sagen. Strippen ist eine Kunst, weißt du." Sie ließ ihre Hand vorne über ihren Körper hinuntergleiten, und ihre Bluse teilte sich. „Erregend." Sie drehte sich um und sah ihn über die Schulter an. „Neckisch." Sie ließ die Bluse langsam hinuntergleiten. „Was meinst du?"

„Meiner Meinung nach bist du großartig. Bis jetzt."

„Ich will nur sichergehen, dass ich die Mary echt bringe." Sie öffnete den Gürtel ihres Rockes und ließ ihn fallen, während sie sich wieder umdrehte. Der schwarze Strapsgurt, den sie trug, veranlasste Roy, das Glas besser hinzustellen, bevor er es fallen ließ.

„Ich habe noch nie gesehen, dass du so etwas trägst."

„Das?" Sie ließ erneut eine Hand an ihrem Körper hinuntergleiten. „Ist auch nicht mein Stil. Nicht bequem genug. Aber für Mary ..." Sie beugte sich aus der Taille heraus und löste einen Straps von dem dünnen, schwarzen Strumpf. „Es ist so etwas wie ihr Markenzeichen." Sie richtete sich wieder auf und fuhr sich von unten nach oben mit beiden Händen durchs Haar. „Meinst du, es kommt an?"

„Ich meine, wenn du das auf der Bühne trägst, erwürge ich dich."

Lachend löste sie den zweiten Straps und rollte langsam den Strumpf am Bein hinunter. „Du musst nur daran denken, dass ich, sobald der Vorhang aufgeht, Mary bin. Und dass ich dazu beitrage, aus deiner Show einen Hit zu machen." Sie warf ihm den Strumpf zu und widmete sich dem zweiten. „Zu schade, dass ich nicht eine üppigere Figur habe."

„Deine passt gut."

„Meinst du?" Immer noch lächelnd, hakte sie die dünne Spitze auf, die ihre Brüste bedeckte. „Roy, ich will dich nicht nerven, aber du hast mir immer noch keinen Drink gegeben."

„Entschuldigung." Er nahm ihr Glas und brachte es ihr.

Maddy nahm es, und der Humor in ihrem Blick verwandelte sich für einen Augenblick in etwas Tieferes. „Auf meinen Dad", sagte sie und stieß ihr Glas an seines.

„Wie bitte?"

„Du brauchst es nicht zu verstehen." Auf einen Zug trank sie den Whisky aus. Wie glühende Lava strömte er durch ihren Körper. „Und was hältst du bis jetzt von der Show? Ist sie das Eintrittsgeld wert?"

Er wollte zärtlich sein, um ihr zu zeigen, was ihr Zurückkommen ihm bedeutete. Doch seine Hände, die sich in ihrem Haar vergruben, verrieten Erregung und heftiges Begehren. „Ich habe dich noch nie stärker begehrt."

Sie legte den Kopf zurück und ließ ihr leeres Glas einfach auf den Teppich fallen. „Beweis es mir."

Er zog sie an sich, heftig, verzweifelt. Auf ihren Lippen schmeckte er noch den Whisky, berauschend. Sie schlang die Arme um ihn, hieß die wilde Leidenschaft willkommen. Es war das erste Mal, dass er ganz ohne kontrollierte Beherrschtheit zu ihr kam. Und ihr Blut erhitzte sich in Erwartung seiner entfesselten Leidenschaft.

Er zog sie auf den Teppich, und sofort schienen seine Hände überall gleichzeitig ihren Körper zu berühren, zu streicheln und zu kneten. Er führte sie auf einen blendenden Gipfel, wo sie nur noch seinen Namen ausstoßen und nach mehr verlangen konnte.

Und dort war mehr, viel mehr.

Ungeduldig, fiebrig zerrte sie an dem Gürtel seines Bademantels, bis sie die Wärme und die Kraft seines nackten Körpers spürte.

Der Teppich war weich. Roys Körper lag hart auf ihrem. Sie hörte ihn leise und rau ihren Namen sagen. Und dann spürte sie Roy in sich.

Noch nie zuvor war es so schnell, so wild, so enthemmt gewesen. Ganz Körper, warf sie sich selbst in einen Wirbel reinster Freude. Ihr Körper bebte – ebenso wie seiner. Liebe und Leidenschaft vermischten sich so innig, dass sie das eine nicht mehr vom anderen unterscheiden konnte und es auch nicht länger versuchte.

10. KAPITEL

Zu Fuß wären wir jetzt weiter."

Maddy ging etwas vom Gas herunter und lenkte den Wagen durch ein weiteres Schlagloch, bevor sie Wanda ein schalkhaftes Lächeln zuwarf. „Wo ist dein Sinn für Abenteuer geblieben?"

„Den habe ich schon im letzten Graben, durch den wir gefahren sind, verloren."

„Es war kein Graben", verbesserte Maddy und manövrierte den Wagen durch den Verkehr von Philadelphia. „Warum siehst du nicht einfach aus dem Fenster und sagst mir, wenn wir an etwas historisch Bedeutsamem vorbeikommen?"

„Ich kann nicht aus dem Fenster sehen." Wanda bemühte sich, ihre langen Beine in eine bequemere Position zu bringen. Es war nicht ganz leicht in dem Kleinwagen mit den harten Sitzen, den Maddy gemietet hatte. „Es macht mich seekrank, wenn die Gebäude immer auf und ab schaukeln."

„Das sind nicht die Gebäude, das ist der Wagen. Ist das die Unabhängigkeitshalle?"

Als Maddy sich umsah, gab Wanda ihr einen nicht zu sanften Schlag auf die Schulter. „Schätzchen, beobachte lieber die Straße."

Bei einer Ampel musste Maddy heftig auf die Bremse treten. „Wie viel Zeit haben wir noch?"

„Fünfzehn Minuten voller Spaß." Wanda hielt sich fest, als Maddy den Wagen wieder vorwärtsschießen ließ. „Ich weiß, ich hätte es vor dem Einsteigen fragen sollen, aber wann bist du das letzte Mal gefahren?"

„Ich weiß nicht. Vor einem Jahr. Vielleicht zwei. Ich finde, nach der Probe sollten wir uns diese kleinen Geschäfte in der South-Street ansehen."

„Wenn wir dann noch leben", murmelte Wanda, als sie rasant einen Sedan überholten. „Weißt du, Maddy, auf den ersten Blick könnte man dich im Augenblick für den glücklichsten Menschen auf der Welt halten. Aber auf den zweiten Blick erkennt man, dass dein Lächeln gleich rissig wird, wenn du dich nicht wieder entspannst."

Maddy nahm den Fuß etwas vom Gaspedal, als der Wagen wieder durch ein Schlagloch rumpelte. „Ist es so deutlich?"

„Deutlich genug. Wie läuft es mit dir und Mr. Wunderbar?"

Maddy seufzte. „Immer nur von einem Tag zum nächsten."

„Und du bist der Typ, der die nächste Woche gut im Griff haben sollte."

Es war wahr, zu wahr, doch sie schüttelte den Kopf. „Er hat einen guten Grund, warum er so ist."

„Aber das ändert nichts an der Art deiner Gefühle. Müsstest du hier nicht abbiegen?"

„Wahrscheinlich nicht. Abbiegen? Oh, verdammt." Maddy verwünschte sich selbst, als sie um den ganzen Block fahren musste. „Jetzt kommen wir zu spät!"

„Es ist sowieso besser, du bringst dich zunächst einmal von dem ab, was dir im Kopf herumspukt."

„Ich habe einfach gehofft, er wäre hier. Ich weiß natürlich, dass er nicht die ganze Woche hier sein kann, die wir geprobt haben. Aber wir hatten doch eigentlich verabredet, dass er heute kommen würde."

„Und?"

„Es ist etwas dazwischengekommen, irgendetwas wegen Plattenlisten oder Werbekampagnen oder was weiß ich."

„Kleines, wir haben alle einen Job zu erledigen!"

„Sicher." Mit einem Manöver, das sogar Wanda bewundern musste, brachte Maddy den Wagen in eine winzige Parklücke direkt gegenüber dem Theater. „Und ich muss jetzt auch an mich denken. Noch zwei Proben, und dann ist es so weit."

„Erinnere mich nicht daran." Wanda legte eine Hand auf ihren Magen. „Jedes Mal, wenn ich daran denke, landet ein Düsenjet in meinem Magen."

„Du wirst großartig sein." Maddy stieg aus dem Wagen und schlug die Tür zu. „Wir werden großartig sein."

„Ich werde dich daran erinnern. Das letzte Stück, in dem ich mitgespielt habe, ist nach zwei Vorstellungen abgesetzt worden. Ich war schon kurz davor, meinen Kopf in den Ofen zu stecken. Aber er war elektrisch."

„Weißt du was?" Maddy blieb beim Bühneneingang stehen und grinste lausbübisch. „Wenn wir durchfallen, kannst du meinen benutzen. Ich habe Gas."

„Vielen Dank."

„Dafür hat man doch Freunde." Maddy öffnete die Tür, trat ein und stieß einen Freudenschrei aus. Neugierig beobachtete Wanda, wie sie den Flur hinunterrannte und auf eine Gruppe von Leuten zustürzte.

„Ihr seid hier! Ihr seid alle hier!"

„Wo sollten wir sonst sein?" Frank O'Hara nahm seine Jüngste in die Arme und schwang sie herum.

„Aber gleich alle!" Kaum stand sie wieder auf dem Boden, drückte Maddy ihre Mutter fest an sich. „Du siehst gut aus, wirklich gut."

„Du auch." Molly drückte sie an sich. „Und zu spät zur Probe, wie üblich."

„Ich habe die Abzweigung verpasst. O Alana." Sie umarmte ihre Schwester. „Ich freue mich so, dass du kommen konntest."

„Wie oft hat meine Schwester schon Premiere?" Doch leichte Besorgnis zeigte sich in Alanas Blick. Sie kannte ihre Schwester so gut wie sich selbst. Und sie glaubte nicht, dass die Spannung, die sie in ihr spürte, mit beruflicher Nervosität zu tun hatte.

Alana immer noch an sich gedrückt, griff Maddy nach der Hand ihres Schwagers. „Dorian, danke, dass du sie hergebracht hast."

„Das war wohl eher andersherum." Lachend küsste er Maddy auf die Wange.

„Zu schade, dass die Jungen nicht mitkonnten", fuhr Maddy mit einem Zwinkern zu Alana fort.

„Wir sind doch hier."

Absichtlich sah Maddy in die entgegengesetzte Richtung. „Habe ich etwas gehört?"

„Wir sind auch mitgekommen."

„Ich könnte schwören ..." Maddy brach ab, während ihr Blick auf ihre Neffen fiel. Gekonnt täuschte sie vor, sie nicht gleich zu erkennen, dann riss sie die Augen auf. „Ihr seid doch nicht Ben und Chris – oder doch? Das sind doch noch kleine Jungen. Ihr seid viel zu groß, um Ben und Chris sein zu können."

„Wir sind es aber", piepste Chris. „Wir sind gewachsen."

Sorgfältig musterte Maddy sie. „Kein Scherz?"

„Nun mach schon, Maddy." Obwohl Ben versuchte, nicht zu erfreut zu erscheinen, musste er grinsen. „Du weißt doch genau, dass wir es sind."

„Ihr müsst es mir beweisen. Gebt mir einen Kuss.“ Sie beugte sich herunter und nahm beide fest in die Arme.

„Wir sind mit dem Flugzeug gekommen“, begann Chris. „Ich habe am Fenster gesessen.“

„Miss O’Hara, bitte in die Garderobe.“

„Es geht los.“ Maddy richtete sich wieder auf. „Wo wohnt ihr denn? Ich kann …“

„Wir haben in deinem Hotel Zimmer reserviert“, informierte Molly sie. „Und nun geh schon. Wir haben später genug Zeit.“

„Okay.“ Als ihr Name wieder durch den Lautsprecher ertönte, eilte Maddy den Flur hinunter, zunächst rückwärts, um ihre Familie noch etwas länger sehen zu können. „Sobald ich fertig bin, feiern wir. Ich lade euch ein.“

Frank lachte auf und legte einen Arm um die Schulter seiner Frau. „Glaubt sie, wir streiten uns deswegen?“

Es war gut gelaufen. Maddy saß im Schneidersitz auf ihrem Bett und ließ die Probe in ihrem Kopf noch einmal Revue passieren. Sie würde es nie laut sagen, dass alles perfekt geklappt hatte, dazu waren Schauspieler vor der Premiere zu abergläubisch. Aber sie konnte es denken.

Morgen Abend. Morgen Abend zu dieser Zeit sitze ich in der Garderobe, dachte sie, und ihr Puls schlug etwas schneller. Noch vierundzwanzig Stunden. Sie legte sich auf den Rücken und starrte an die Decke. Wie sollte sie nur die folgenden vierundzwanzig Stunden überstehen?

Roy hatte sie nicht wieder angerufen. Maddy legte den Kopf zur Seite und betrachtete das Telefon. Seit sie in Philadelphia war, hatten sie ein paar Mal miteinander telefoniert, und jedes Mal hatte sie das Gefühl gehabt, Roy wolle sich von ihr distanzieren. Vielleicht war es jetzt so weit. Tänzern war Schmerz nicht unbekannt. Man fühlte ihn, bekannte sich dazu und arbeitete weiter. Mit Schmerzen, die aus dem Herzen kamen, war zwar etwas schwieriger umzugehen als mit einem gezerrten Muskel, aber sie würde weitermachen. Weitermachen. Sie war immer stolz auf sich gewesen, das zu können.

Ihre Familie war hier. Maddy erhob sich vom Bett und ging zum Schrank. Sie würde sich umziehen, ihr strahlendstes Gesicht aufsetzen und mit ihrer Familie in die Stadt gehen. Nicht jeder ist so glücklich wie ich, erinnerte sich Maddy. Sie hatte immerhin eine Familie, die sie liebte, die hinter ihr stand und die an ihrer Art nichts auszusetzen hatte.

Sie hatte eine Karriere, die aufwärtsging. Und selbst wenn sie die verlieren würde, das Tanzen konnte ihr niemand nehmen. Selbst wenn sie wieder wie früher in Clubs oder an kleineren Theatern oder während der Sommerpause auftreten müsste, wäre sie immer noch glücklich.

Maddy O'Hara brauchte keinen Mann, um ihr Leben zu vervollständigen, weil ihr Leben vollständig war. Sie brauchte keinen Ritter, der sie von alldem wegriss. Sie war gern, wo sie war und wer sie war.

Seufzend lehnte sie sich gegen die Schranktür. Nein, sie brauchte Roy nicht, um sie zu retten oder zu beschützen. Aber wenn er sich aus ihrem Leben stehlen würde, wäre sie wahrscheinlich der unglücklichste Mensch auf Erden. Sie brauchte seine Liebe. Und – auch wenn er es sicher nicht verstehen würde – sie brauchte es, dass er zuließ, von ihr geliebt zu werden.

Als es an der Tür klopfte, rappelte sich Maddy aus einem Zustand hoch, der einer Depression gefährlich nahekam. „Wer ist da?"

„Ich bin's, Alana."

Ohne sich erst Zeit zu nehmen, den Gürtel ihres Bademantels zu schließen, eilte Maddy zur Tür, vor der Alana, schon umgezogen, in einem weißen Kleid stand.

„Oh, du bist schon fertig. Ich habe noch nicht einmal angefangen."

„Ich habe mich früher umgezogen, um noch herunterkommen und mit dir reden zu können."

„Bevor du anfängst, muss ich dir erst einmal sagen, wie wunderbar du aussiehst. Vielleicht liegt es an Dorian, vielleicht liegt es an der Landluft, aber du hast nie besser ausgesehen."

„Vielleicht liegt es an der Schwangerschaft."

„Was?"

„Ich habe es kurz vor der Abreise erfahren. Ich bekomme noch ein Baby."

„O Alana, das ist wunderbar. Ich glaube, ich muss weinen!"

„Okay, dann setzen wir uns so lange hin."

Ohne Erfolg suchte Maddy ein Taschentuch in der Tasche ihres Bademantels. „Und wie hat Dorian reagiert?"

„Überwältigt.“ Alana lachte, als sie sich beide auf den Rand des Bettes setzten.

„Und du wirst dich von jetzt an schonen. Nicht mehr den Stall ausmisten oder so etwas. Ich meine es ernst, Alana“, fuhr sie fort, bevor ihre Schwester sie unterbrechen konnte. „Ich werde Dorian eine Standpauke halten.“

„Das brauchst du nicht. Er würde mich am liebsten für die nächsten Monate in Watte hüllen. Aber dafür sind wir nicht geschaffen, Maddy, das weißt du genau. Wir O'Hara-Drillinge sind aus einem anderen Holz geschnitzt.“

„Wahrscheinlich, aber du kannst eine langsamere Gangart einlegen.“ Sie nahm ihre Schwester in die Arme und drückte sie an sich. „Ich freue mich so für dich.“

„Ich weiß. Aber jetzt bist du an der Reihe.“ Alana setzte sich entschlossen zurück. „Carrie hat mich angerufen und mir gesagt, du würdest dich wegen eines Mannes verrückt machen.“

„Ich mache mich nicht verrückt. Das ist nicht meine Art.“

„Wer ist es?“

„Er heißt Roy Valentine.“

„Valentine Records?“

„Ja. Woher weißt du das?“

„Ich halte mich immer noch etwas über die Musikbranche auf dem Laufenden. Und Dorian hat vor einiger Zeit mit ihm wegen eines Buches zu tun gehabt.“

„Stimmt. Roy hat es erwähnt.“

„Und?“

„Nichts und. Ich habe ihn kennengelernt, ich habe mich in ihn verliebt, und ich habe mich selbst zum Narren gemacht.“ Sie bemühte sich um einen sorglosen und leichten Tonfall, und es gelang ihr auch fast. „Und nun sitze ich hier, starre das Telefon an und warte auf seinen Anruf. Wie ein Teenager.“

„Als du sechzehn warst, hattest du nicht die Möglichkeit, wie ein Teenager zu sein.“

„Das habe ich nie groß bedauert. Er ist ein guter Mann, Alana. Freundlich und zärtlich, obwohl er sich selbst nie so sehen würde. Kann ich dir von ihm erzählen?“

„Du weißt, dass du das kannst.“

Maddy erzählte von Anfang an und ließ nichts aus. Sie erzählte von ihrer Liebe, von den Einschränkungen, von dem schrecklichen Erlebnis, das Roys Kindheit überschattet hatte und bis heute sein Leben bestimmte. Und Alana hörte in ihrer ruhigen und mitfühlenden Art zu.

„Verstehst du jetzt? Wie sehr ich ihn auch liebe, ich kann das, was ihm widerfahren ist und wie er fühlt, nicht ändern."

Sie rückten noch enger zusammen, und Alana legte den Arm um Maddys Schulter. „Ich weiß, wie schmerzhaft das ist. Ich kann dir nur aus meiner Erfahrung sagen, dass Liebe, wenn sie stark genug ist, Wunder bewirken kann. Dorian wollte mich nicht lieben. Und die Wahrheit ist, ich wollte ihn auch nicht lieben." Heute fiel ihr die Erinnerung an die Ereignisse von damals leicht. „Wir hatten uns beide geschworen, nie wieder eine feste Beziehung einzugehen. Es war eine rein vernunftmäßige Entscheidung von zwei intelligenten Menschen." Sie lächelte versonnen und lehnte den Kopf an Maddys Kopf. „Liebe kann wie ein Großreinemachen sein und alles, mit Ausnahme des wirklich Wichtigen, wegwischen."

„Das habe ich mir auch immer wieder gesagt. Aber, Alana, er hat mir nichts vorgemacht. Von Anfang an hat er mir zu verstehen gegeben, dass er sich nicht binden will. Im Gegensatz zu mir ist er nur zu etwas Unverbindlichem bereit, und so muss ich mich an seine Bedingungen anpassen."

„Was ist nur mit deinem Optimismus geschehen, Maddy?"

„Den habe ich zu Hause in einer Schublade gelassen."

„Dann wird es Zeit, dass du ihn wieder hervorholst. Das bist einfach nicht du, nur alles grau in grau zu sehen. Du warst immer diejenige, die entschlossen so lange an einer Sache festgehalten hat, bis sie zu deiner Zufriedenheit lief."

„Dies hier ist anders."

„Nein. Weißt du eigentlich, wie sehr ich mir immer gewünscht habe, dein Selbstvertrauen zu haben? Darum habe ich dich immer beneidet, wenn ich in mir Ängste vor dem Versagen spürte. Wenn du ihn liebst, wirklich liebst, dann musst du so entschlossen wie immer daran festhalten, bis es ihm möglich ist, sich einzugestehen, dass er dich auch liebt."

„Aber er muss es zunächst einmal empfinden."

„Ich glaube, er tut es.“ Sanft schüttelte sie ihre Schwester. „Bedenke doch selbst noch einmal all das, was du mir erzählt hast. Der Mann ist verrückt nach dir, Maddy, er konnte es bisher sich oder dir nur noch nicht zugeben.“

Die Hoffnung, die Maddy nie ganz vollständig verloren hatte, regte sich wieder. „Ich werde versuchen, das zu glauben.“

„Nicht versuchen, tun. Ich hatte die schlechteste Beziehung, die man sich vorstellen kann, Maddy. Und nun erlebe ich die beste.“ Instinktiv legte sie eine Hand auf ihren Bauch, wo ein neues Leben heranwuchs. „Du darfst nicht aufgeben. Aber ich will verdammt sein, hier herumzusitzen und dich dabei zu beobachten, wie du darauf wartest, dass er sich gnädig dazu herablässt, dir ein paar Krümel hinzuwerfen. Zieh dich an“, bestimmte sie. „Wir wollen feiern.“

„Was bist du doch herrisch!“ Maddy lächelte verschmitzt, als sie zu ihrem Schrank ging. „So warst du schon immer.“

Roy ließ das Telefon ein Dutzend Mal klingeln, bevor er auflegte. Es war fast Mitternacht. Wo verdammt war Maddy? Warum lag sie nicht im Bett? Wo zum Teufel war sie?

In Philadelphia, dachte er verärgert und ging aufgebracht zum Fenster und wieder zurück. Sie war Meilen entfernt in Philadelphia, in ihrer eigenen Welt, mit ihren eigenen Leuten. Sie konnte jederzeit alles mit jedem tun. Und er hatte kein Recht, sie danach zu fragen.

Zum Teufel mit allen Rechten, sagte er sich und griff wieder nach dem Hörer. Sie war es doch, die von Liebe, Verbindlichkeit und Vertrauen gesprochen hatte. Und sie war es, die den Hörer nicht abnahm.

Er konnte sich noch daran erinnern, wie enttäuscht sie bei seiner Mitteilung ausgesehen hatte, er wisse nicht, ob er zur Premiere kommen könne. Es stand eine sehr wichtige Konferenz mit in ihrer Bedeutung noch nicht abzuschätzenden Auswirkungen an. Er konnte schlecht einfach alles hinwerfen, nur um sich die Premiere eines Musicals anzusehen.

Es ist nicht irgendein Musical, dachte er, während er immer wieder das Läuten in der Leitung hörte. Es war Maddys Musical. Nein, mein Musical, erinnerte er sich, als er schließlich den Hörer wieder auf die Gabel warf. Valentine Records finanzierte es und hatte daher die Pflicht, seine Interessen zu wahren. Sein Vater würde anwesend sein, das reichte. Aber ich bin der Chef von Valentine, erinnerte sich Roy.

Suchte er nach Begründungen, warum er hinfahren oder hierbleiben sollte?

Es spielte keine Rolle. Nichts spielte wirklich eine Rolle. Was zählte, war, warum Maddy um Mitternacht nicht den Hörer abnahm.

Sie hatte ein Recht auf ihr eigenes Leben.

Den Teufel hatte sie.

Roy fuhr sich durchs Haar. Er benahm sich wie ein Idiot. Um sich zu beruhigen, ging er zur Bar, um sich einen Drink einzugießen. Dann fiel sein Blick auf die Pflanze. Sie hatte neue grüne Triebe bekommen. Die alten gelben Blätter waren abgefallen und weggeworfen worden. Er konnte nicht widerstehen und strich über eins der glatten, herzförmigen Blätter.

Ein kleines Wunder? Vielleicht, aber schließlich war es nur eine Pflanze. Eine sehr eigensinnige Pflanze, musste er zugeben. Eine, die sich geweigert hatte, einzugehen, als sie es sollte, eine, die auf die richtige Pflege und Aufmerksamkeit mit ihrem ganzen Pflanzenwesen reagiert hatte.

Mit Pflanzen hatte er Glück. Er zwang sich, den Blick von ihr zu wenden. Es war nicht klug, der Tatsache zu viel Bedeutung zuzumessen, dass es Maddys Pflanze war. Genauso wie es unklug war, zu viel der Tatsache beizumessen, dass Maddy sich nicht in ihrem Hotelzimmer befand. Er musste an andere Sachen denken.

Doch seinen Drink ließ er unberührt.

Das Hotelzimmer war stockdunkel, als das Klopfen an der Tür ihren Schlaf störte. Maddy drehte sich auf die andere Seite, kuschelte sich in ihr Kissen und wollte die Störung einfach ignorieren. Doch das Klopfen hielt an.

Es ist mitten in der Nacht, dachte sie und gähnte. Es waren noch Stunden hin, bis sie auf die Bühne treten musste. Aber das Klopfen wurde immer lauter.

„Ja, ja!", rief sie gereizt und rieb sich die Augen. Wenn eine der Tänzerinnen dort mit Lampenfieber stand, würde sie sie einfach wieder wegschicken. Sie konnte es sich nicht leisten, um drei Uhr morgens für andere Kraftspender zu sein. Sie stieß kleine Verwünschungen aus, fand den Lichtschalter und warf sich einen Bademantel über. Dann schloss sie die Tür auf und öffnete sie, so weit es die Sicherheitskette zuließ.

„Roy!“ Mit einem Schlag hellwach, knallte Maddy die Tür wieder zu und mühte sich mit der Kette ab. Als sie die Tür wieder öffnete, warf sie sich in seine Arme. „Du bist hier. Ich kann es kaum glauben. Ich hatte mich schon damit abgefunden, dass du nicht mehr kommst. Nein, hatte ich nicht“, verbesserte sie sich noch, bevor sie seine Lippen auf ihren spürte.

„Hast du denn etwas dagegen, wenn ich hereinkomme?“

„Natürlich nicht.“ Sie trat zurück und schloss hinter ihm die Tür. „Ist etwas passiert?“, begann sie und fasste ihn aufgeregt am Arm. „Es ist doch nichts mit deinem Vater, Roy?“

„Nein, meinem Vater geht es gut. Er kommt morgen.“ Er löste sich von ihr und ging im Zimmer umher. Sie hatte dem Raum schon ganz ihre Note aufgedrückt. Überall lagen Trikots, Socken und Strümpfe herum. Der Toilettentisch war von Fläschchen, Töpfchen und Papierschnipseln übersät. Sie hatte etwas Puder verstreut und sich nicht einmal die Mühe gemacht, ihn wieder wegzuwischen. Er fuhr mit den Fingern darüber. „Ich habe dich heute Nacht nicht erreicht.“

„Oh? Ich war zum Dinner mit ...“

„Du schuldest mir keine Erklärung.“ Wütend, wenn auch nur auf sich selbst, drehte er sich um.

Sie strich ihr Haar zurück und wünschte, sie könnte ihn verstehen. Es war drei Uhr morgens. Er war offensichtlich gereizt. Sie war müde.

„Also gut, Roy, du willst mir doch nicht erzählen, du hast den ganzen weiten Weg nach Philadelphia gemacht, weil ich den Hörer nicht abgenommen habe.“ Plötzlich verwandelte sich ihre Verwirrung in Humor und ihr Humor in Freude. „Oder doch?“ Sie ging auf ihn zu, schlang die Arme um ihn und presste ihre Wange an seine Brust. „Das ist wirklich so ungefähr das Netteste, was jemand jemals für mich getan hat. Ich weiß gar nicht, was ich sagen soll. Ich ...“ Doch dann blickte sie auf und sah den Ausdruck in seinen Augen. Das Gefühl der Freude war mit einem Schlag verschwunden, und sie trat zurück.

„Du dachtest, ich sei mit einem anderen zusammen gewesen.“

Ihre Stimme war ruhig, und sie betonte jedes Wort. „Du dachtest, ich schlafe mit einem anderen, deshalb bist du gekommen, um dich selbst zu überzeugen." Ein bitterer Geschmack breitete sich in ihrem Mund aus. Sie wies zu ihrem leeren Bett. „Tut mir leid, dich enttäuschen zu müssen."

„Nein." Roy fasste sie bei den Handgelenken, bevor sie sich abwenden konnte, denn er hatte die tiefe Verletztheit in ihren Augen gesehen. „Das war es nicht. Oder – verdammt, vielleicht war es ein Teil der Gedanken, die mir im Kopf herumschwirrten. Du hast völlig recht."

„Danke." Sie befreite sich aus seinem Griff und setzte sich auf den Rand des Bettes. „Warum gehst du jetzt nicht, nun, wo du zufrieden sein kannst? Ich brauche meinen Schlaf."

„Ich weiß." Er fuhr sich mit beiden Händen durchs Haar und setzte sich dann neben sie. „Gerade weil ich das weiß, habe ich mich gewundert, dass ich dich nicht erreichen konnte." Sie sah ihn nur an. „Also gut, ich habe mich gefragt, ob du mit einem anderen zusammen bist. Du bist mir gegenüber schließlich nicht verpflichtet, Maddy."

„Du bist ein Idiot."

„Das weiß ich auch." Roy nahm ihre Hände, bevor sie sich widersetzen konnte. „Bitte. Ich habe mir zuerst Gedanken und dann Sorgen gemacht. Während der ganzen Fahrt über hierher habe ich mir Sorgen gemacht, dir könnte etwas zugestoßen sein."

„Sei nicht lächerlich. Was sollte mir zustoßen?"

„Nichts. Alles." Frustriert umfasste er ihre Hände fester. „Ich musste einfach kommen. Um dich zu sehen."

Ihr Ärger schwand langsam. Obwohl ihr nicht klar war, was dem Ärger folgen würde. „Also gut, du hast mich gesehen. Und was nun?"

„Das liegt an dir."

„Nein." Wieder entzog sie sich ihm und stand auf. „Ich will es von dir hören. Ich will, dass du mich ansiehst und mir deutlich sagst, was du willst."

„Ich will dich." Langsam erhob er sich. „Ich will bei dir bleiben. Nicht, um dich zu lieben, Maddy, einfach nur, um bei dir zu sein."

Es fiel ihr ganz leicht, ihre Verletztheit zur Seite zu schieben. Mit einem Lächeln trat sie auf ihn zu. „Du willst mich nicht lieben?"

„Ich will dich lieben, bis wir beide nicht mehr können." Er berührte ihre Wange. „Aber du brauchst deinen Schlaf."

„Machst du dir Sorgen um deine Kapitalanlage?" Sie ließ ihre Hände sein Hemd hinuntergleiten, wobei sie es gleichzeitig aufknöpfte.

„Ja." Er umfasste ihr Gesicht. „Die mache ich mir."

„Das brauchst du nicht." Ohne ihren Blick von seinem zu lösen, zog sie sein Hemd über seine Schultern. „Vertraue mir. Vertraue mir wenigstens für heute Nacht."

11. KAPITEL

Wie gern würde Roy Maddy vertrauen, wie gern dem vertrauen, wer sie war, was sie sagte und was sie fühlte. Aber jetzt spürte er nur ihre zärtlichen Berührungen, sah nur ihren warmen Blick. Für heute Nacht, für diese eine weitere Nacht, sollte nichts anderes von Bedeutung sein.

Er hob ihre beiden Hände an seine Lippen, als wollte er ihr damit zeigen, was er nicht auszusprechen, nicht einmal zu denken wagte. Strahlend lächelnd sah sie ihn an, wie immer, wenn die Zärtlichkeit, zu der er fähig war, sie tief rührte.

Der helle Schein der Nachttischlampe fiel auf sie, als sie sich aufs Bett sinken ließen. Ihre Augen blieben offen, ihr Blick vertiefte sich, als er ihr Gesicht mit Küssen bedeckte. Zärtlich ließ er die Hand über ihre Schulter, über ihren Hals, bis zu ihren Lippen gleiten. Mit der Spitze ihrer Zunge befeuchtete sie seine Haut, auffordernd, verführerisch, versprechend. Dann nahm sie seine Fingerspitze zwischen die Lippen und sah ihn herausfordernd dabei an.

Ohne den Blick von ihrem zu lösen, strich er mit der Hand ihr Bein hoch, verharrte auf ihrer festen, muskulösen Wade und der weichen Haut ihres Schenkels. Er spürte, wie sie den Atem anhielt, dann ließ er die Hand weiter hochgleiten, brachte Maddy zum Erzittern, einmal, zweimal, bevor er ihren Bademantel öffnete.

„Daran habe ich immer wieder gedacht, dich so zu berühren", flüsterte Roy leise, während er eine ihrer kleinen, festen Brüste liebkoste.

„Und ich habe mir gewünscht, dich hier bei mir zu haben." Langsam, um das sinnliche Feuer in seinem Blick aufflammen zu sehen, zog sie ihm die Hose über die Hüften. „Jede Nacht, wenn ich die Augen geschlossen habe, habe ich mir vorgestellt, du wärst am nächsten Morgen hier. Und nun bist du es."

Sie küsste seine Schulter, wobei sie ihre Hände, ebenso wie er seine, nicht einen Augenblick still hielt.

Sie bewegten sich langsam, auch wenn die erregte Lust ihre Bewegungen lenkte … Langsam genug, um voll genießen zu können, in einem stillschweigenden Einverständnis, dass sie all die Zeit hatten, die sie brauchten. Keine Hast, kein fieberhafter Rausch, keine wilde, fast verzweifelte Vereinigung, die Körper und Geist benommen werden lassen. Heute war eine Nacht vor allem für die Seele.

Begehre mich – aber ruhig. Sehne dich nach mir – aber zärtlich. Verlange nach mir – aber geduldig.

Maddy hoffte, dass diese Nacht still genießender Leidenschaft nie enden möge. Ihre Hände waren mit Roys verschränkt, und sie spürte die Kraft, die von ihm ausging, während sich ihre Lippen erneut zu einem langen, nicht enden wollenden Kuss fanden.

Seine Küsse, das Gefühl seiner Lippen auf ihren, schienen ihr tatsächlich eine Nahrung für die Seele zu sein. Und auf irgendeine Weise wollte sie ihn das Gleiche erleben lassen. Sie schlang die Arme nur noch fester um ihn, während sie ihm wenigstens eine Ahnung dessen zurückgeben wollte, was sie selbst erhielt.

Ihre Fähigkeit zu geben schien grenzenlos. Immer, wenn er sie im Arm hielt, spürte er die Tiefe ihres Gefühls. Und selbst jetzt, in den genussvoll leidenschaftlichen Bewegungen ihres Körpers, konnte er es fühlen – als Sättigung der Seele, erquickend wie ein kühler Schatten in der Mittagshitze. Noch nie zuvor hatte er so etwas erlebt.

Auf jede seiner Bewegungen reagierte ihr Körper. Ihre Sinnlichkeit machte sie zu einer Partnerin, wie sie sich ein Mann nur wünschen konnte. Aber sie war mehr, das ahnte er, sie war etwas, in das man sich sinken lassen und inneren Frieden finden konnte. Und genau das, was sie ihm so selbstlos bot, verstand er nicht zurückzugeben. Er hatte es nur gelernt, mit Vorsicht zu lieben.

Wenn es ihr jetzt möglich wäre, hätte sie ihm versichert, dass es genug sei – wenigstens für den Augenblick. Doch sie war zu keinen zusammenhängenden Worten mehr fähig, als ihr Geist und ihr Körper sich von allem zu befreien und schwerelos zu werden schienen. Überall, wo er ihre Haut berührte, entzündeten sich Flammen. Und als sie sich ganz mit all dem Feuer und der Innigkeit wahrer Liebender vereinten, gab es nichts außer der Liebe für ihn, die Maddy verzehrte.

Am nächsten Morgen war Maddy unruhig und von nervöser Energie erfüllt. In nur noch wenigen Stunden hieß es geschafft oder durchgefallen, Sieg oder Niederlage, alles oder nichts.

„Ich dachte, du brauchst erst am späten Nachmittag im Theater zu sein“, meinte Roy, als Maddy ihn die Abkürzung entlangdirigierte, die sie vom Hotel zum Theater herausgefunden hatte.

„Es gibt zwar keine Probe, aber heute kann alles geschehen.“

„Ich hatte den Eindruck, dass heute Abend alles geschieht.“

„Nichts geschieht heute Abend ohne den heutigen Tag. Das Licht, die Kulisse, die Prospekte. Jetzt rechts abbiegen, dann wieder rechts.“

„Ich dachte, Schauspieler machen sich wenig Gedanken über die technischen Angelegenheiten einer Show.“

„Ein Musical würde mächtig an Schwung verlieren, wenn nicht alles genau stimmt. Versuche dir einmal, ‚The King and I‘ ohne den Thronsaal vorzustellen oder ‚La Cage‘ ohne den Nachtclub. Dort ist eine Lücke.“ Maddy beugte sich aus dem Fenster. „Passt der Wagen überhaupt da hinein?“

Roy warf ihr einen nachsichtigen Blick zu und parkte dann nach einigem Hin und Her seinen BMW zwischen zwei anderen am Bürgersteig geparkten Wagen. „Zufrieden?“

„Großartig.“ Sie beugte sich zu ihm herüber, um ihn zu küssen. „Du bist großartig. Ich bin so froh, dass du hier bist, Roy. Habe ich dir das überhaupt schon gesagt?“

„Ein paar Mal.“ Er legte eine Hand über ihren Nacken, um sie nah bei sich zu halten. „Ich hätte dich doch überzeugender überreden sollen, im Bett zu bleiben. Um dich auszuruhen“, fügte er hinzu, als sie eine Braue hochzog. „Du bist einfach zu aufgedreht.“

„Das ist das ganz normale Premierenverhalten. Wenn ich entspannt wäre, dann könntest du dir Sorgen machen. Aber davon abgesehen, ich finde, du solltest dir nicht nur das Endprodukt, das du bezahlt hast, ansehen. Komm.“ Sie stieg aus. „Du solltest einen Blick hinter die Bühne werfen.“

Sie betraten das Theater durch den Bühneneingang. Maddy winkte dem Pförtner zu und folgte dann dem Lärm. Eine Elektrosäge kreischte kurz auf, doch hauptsächlich herrschte ein lautes Durcheinander an Stimmen. Männer und Frauen in Arbeitskleidung schwirrten herum. Einige erteilten Befehle, andere führten sie aus.

Wenn Roy gewettet hätte, dass in einigen Stunden alles fertig sein und der Vorhang sich heben könne, würde er seine Wette jetzt abschreiben. Es gab nichts als Staub, etwas Schmutz und viel Schweiß. Von Kostümen, Glitter und Schminke war nicht einmal etwas zu ahnen.

Ein Mann mit Kopfhörern stand auf der Bühne, die Arme über dem Kopf ausgestreckt. Er sagte etwas in ein Mikrofon und brachte dann die Hände ein wenig näher zusammen. Das Licht eines Verfolgers befolgte genau seine Anweisungen.

„Den Beleuchtungsdirektor hast du schon kennengelernt?"

„Kurz", antwortete Roy, während er ihn bei der Arbeit beobachtete.

„Das Licht von allen Verfolgern muss gleichzeitig auf einen Punkt fallen. Der Beleuchtungsdirektor beaufsichtigt den Scheinwerfer hier unten, sein Assistent die anderen oben."

„Wie viele Scheinwerfer gibt es?"

„Dutzende."

„Das Stück beginnt um acht. Sollte das nicht schon längst erledigt sein?"

„Auf der Probe gestern haben wir noch einige Veränderungen vorgenommen. Aber keine Sorge." Sie hakte sich bei ihm unter. „So oder so, die Show wird pünktlich um acht beginnen."

Wieder sah sich Roy um. Riesige Holzkisten auf Rädern standen herum, Kabelknäuel bedeckten den Boden, hier und da waren Leitern aufgestellt. Auf einer Hebebühne stand ein Mann, der an einer Lichtanlage herumfingerte. Ein anderer Mann auf der Bühne machte eine Handbewegung nach unten, worauf ein dunkler Prospekt langsam herunterkam und auf Signal angehalten wurde.

„Sie testen die Prospekte", erklärte Maddy Roy. „Sie haben alle ein ziemliches Gewicht, und die Bühnenarbeiter müssen wissen, wie weit sie sie herunterlassen und wie hoch sie sie ziehen dürfen. Komm, ich zeige dir den Schnürboden. Dort wird ein großer Teil des ganzen Zaubers verwirklicht."

Maddy ging über die Bühne, um Kisten und Kasten und vorsichtig um die Leitern und die arbeitenden Männer herum.

„Miss O'Hara." Einer von ihnen drehte sich mit einem freundlichen Grinsen um. „Sie sehen gut aus."

„Sorgen Sie lieber dafür, dass ich heute Abend gut aussehe", rief sie humorvoll mit einem kurzen Auflachen. Maddy drückte sich zwischen dem letzten Prospekt und verschiedenen riesigen Kisten hindurch.

„In diesem Theater müssen wir für unsere Auftritte immer unter der Bühne hindurch", erklärte sie Roy. „Hier hinten ist nicht genügend Platz. Das ist aber immer noch besser, als für jeden Auftritt extra außen herumzurennen."

„Wäre es besser organisiert, wenn …"

„Das ist eben Theater." Maddy nahm Roys Hand und führte ihn einen engen Gang entlang. „Hier hoch." Sie stieg eine schmale, steile Treppe hoch.

Auf Roy machte es den Eindruck wie das Deck eines Schiffes – eines, das heftige Stürme überstanden hatte. Überall gab es Seile, manche so dick wie Maddys Handgelenk. Sie hingen von oben herunter und verwirrten sich – ohne irgendeine Ordnung, wie es auf Roy wirkte – auf dem Boden.

„Das ist der Schnürboden", begann Maddy. „Davon gibt es nicht mehr viele bei uns in den Staaten, leider. Alle herunterzulassenden Teile werden von hier bewegt. Der Perlenvorhang." Sie legte eine Hand über einige Seile, die zusammengebunden und mit einem Schildchen versehen waren. „Er wiegt über zweihundertzwanzig Kilo. Wenn er im dritten Akt heruntergelassen werden muss, gibt der Bühnenmeister das Zeichen, und der Beleuchtungsmeister gibt es als Lichtzeichen nach hier oben weiter."

„Klingt einfach."

„Sicher. Es sei denn, man bekommt gleich zwei oder drei Zeichen oder ein Seil ist so schwer, dass zwei oder drei Männer allein damit beschäftigt sind. Die Burschen hier oben können sich keine Kaffeepausen leisten."

„Wieso weißt du eigentlich so viel darüber?"

„Ich habe mein ganzes Leben in Theatern verbracht. Komm, ich zeige dir die Malplattform. Von dort hat man einen unglaublichen Blick."

Maddy schlängelte sich durch die Seile und bückte sich, um unter einem eisernen Gitter auf die enge Plattform hinaustreten zu können. „Wenn irgendetwas gemalt werden muss, machen sie es hier." Sie sah hinunter und schüttelte den Kopf. „Wäre nicht nach meinem Geschmack."

Ein Prospekt senkte sich lautlos herunter. Ein Scheinwerfer kreiste auf ihm, sein Lichtkreis weitete sich, wurde wieder kleiner und verhielt dann. Maddy strich mit den Händen über das Geländer.

„Das ist mein Scheinwerfer im ersten Akt, Szene drei."

„Wenn ich es nicht besser wüsste, würde ich sagen, du seist nervös."

„Ich bin nicht nervös. Ich bin zu Tode verängstigt."

„Warum?" Er legte eine Hand über ihre. „Du weißt doch, was du kannst."

„Ich weiß, was ich gekonnt habe", verbesserte sie. „Erst heute Abend, wenn sich der Vorhang hebt, werde ich wissen, ob ich es auch hier kann. Da unten ist dein Vater. Er scheint sich mit dem Theaterdirektor zu unterhalten. Du solltest dort unten bei ihnen sein."

„Nein, ich sollte hier, bei dir sein." Erst langsam kam er dazu, die Wahrheit dieser Aussage zu akzeptieren. Er war nicht nur mitten in der Nacht nach Philadelphia gefahren, weil er ihr misstraut hatte. Er hatte sie nicht zum Theater begleitet, weil er nichts Besseres zu tun hatte. Er hatte beides getan, weil er dorthin gehörte, wo immer sie auch war. Sie hatte die roten Schuhe an und musste tanzen. Tanzte er nach ihrer Pfeife? Der Gedanke alarmierte ihn plötzlich.

Gut neun Meter über der Bühne, auf der schmalen eisernen Plattform, spürte Roy plötzlich Angst vor dem Fallen – aber nicht im Sinne von auf die Bühne fallen. „Lass uns hinuntergehen." Er wollte Menschen um sich herum, Fremde, Lärm, alles, was ihn von dem ablenken konnte, das in ihm vor sich ging.

„Gut. Oh, da ist meine Familie." Maddys Nervosität verschwand, und die Freude war so groß, dass sie es nicht bemerkte, wie er sich versteifte, als sie den Arm um seine Taille legte. „Da ist Dad. Siehst du den drahtigen, kleinen Mann, der dem Schreiner ungefragte Ratschläge gibt? Er könnte in dieser Show alles machen – das Licht, die Kulisse, die Aufbauten. Er könnte einstudieren oder choreografieren, aber es sollte nie sein." Stolz und liebevoll strahlte sie hinunter. „Das Rampenlicht, das braucht Dad."

„Und du?"

„Man sagt, ich komme am meisten nach ihm. Dort ist meine Mutter. Siehst du die hübsche Frau mit dem kleinen Jungen? Das ist mein jüngster Neffe, Chris. Gestern hat er sich entschieden, Beleuchter zu werden, weil sie auf den Hebebühnen hochgefahren werden. Und meine Schwester Alana. Ist sie nicht reizend?"

Roy betrachtete die schlanke Frau mit leicht lockigem Haar. Obwohl sie mitten in dem Chaos dort unten stand, ging von ihr ruhige Zufriedenheit aus. Sie legte einem anderen Jungen die Hand auf die Schulter und zeigte in den Zuschauerraum.

„Wahrscheinlich zeigt sie Ben, wo sie heute Abend sitzen."

Dorian, Alanas Mann, beugte sich in diesem Augenblick zu Chris herunter und nahm ihn auf seine Schultern. Das Jauchzen des kleinen Jungen drang bis zu Maddy und Roy herauf.

„Wunderbare Kinder." Maddy hörte Wehmut aus ihrer eigenen Stimme heraus und schüttelte das Gefühl ab. „Lass uns gehen und sie begrüßen."

Gerade als sie wieder unten waren, ertönte ein Signal, und Maddy nahm Roys Hand, um ihn zur Seite zu ziehen, während sich auch schon der Perlenvorhang glitzernd herabsenkte.

„Ist er nicht überwältigend? Er wird während meiner Traumszene eingesetzt, in der ich glaube, eine Ballerina und keine Stripperin zu sein. Und natürlich drehe ich eine Pirouette direkt in die Arme meines geliebten Jonathan. Das ist das Schöne am Theater – und an Träumen: Man kann alles verwirklichen, was man sich wünscht."

Als sie um einen anderen Prospekt herumgingen, hörte Maddy die Stimme ihres Vaters bis zu ihnen heraufschallen.

„Valentine, mich trifft der Schlag." Und der kleine, flinke Frank O'Hara zog den großen, stämmigen Edwin Valentine an sich. „Mein Mädchen hat mir schon erzählt, dass du über dich selbst hinauswächst bei der Finanzierung dieser Show." Strahlend vor Freude trat Frank einen Schritt zurück und betrachtete ihn. „Wie lange ist es eigentlich her?"

„Zu lange." Edwin ergriff Franks Hand und schüttelte sie begeistert. „Viel zu lange. Du siehst überhaupt nicht älter aus."

„Nur, weil deine Augen es geworden sind."

„Und Molly." Edwin küsste sie auf die Wange. „Bezaubernd wie immer."

„Mit deinen Augen ist offensichtlich doch nichts falsch", versicherte sie ihm lächelnd und küsste ebenfalls seine Wange. „Wie schön ist es doch immer, alte Freunde zu treffen."

„Ich habe euch nie vergessen. Und ich habe nie aufgehört, dich um deine Frau zu beneiden, Frank."

„In dem Fall kann ich einen weiteren Kuss nicht zulassen. Es sollte dir weniger leichtfallen, dich an meine Alana zu erinnern."

„Eine der Drillinge." Zwischen seinen großen Händen verschwand die von Alana richtig. „Unglaublich. Welche …?"

„Die Mittlere", kam sie ihm zur Hilfe.

„Vielleicht war es damals deine Windel, die ich gewechselt habe."

Lachend wandte sich Alana Dorian zu. „Mein Mann, Dorian Crosby."

„Crosby? Ich habe einige Ihrer Arbeiten gelesen. Haben Sie nicht auch mit meinem Sohn wegen eines Ihrer Bücher zusammengearbeitet?"

„Ja. Sie waren damals unterwegs, darum haben wir uns nicht kennengelernt."

„Und Enkel." Edwin warf Frank und Molly erneut einen Blick zu, bevor er in die Knie ging, um mit den Jungen auf einer Höhe zu sein. „Ein nettes Paar. Wie geht's euch?" Wie Erwachsenen reichte er jedem Jungen die Hand. „Das ist noch etwas, worum ich dich beneide, Frank."

„Die zwei Bengel sind mir selbst richtig ans Herz gewachsen", gestand Frank ein und zwinkerte den beiden zu. „Im nächsten Winter schenkt Alana uns noch ein Enkelkind."

„Meinen Glückwunsch." Er spürte Neid, Edwin konnte es nicht ganz verschleiern, doch auch Freude. „Wenn ihr nichts vorhabt, würde ich euch alle gern vor der Show zum Dinner einladen."

„Wir sind O'Haras", erinnerte Frank ihn. „Wir haben nie Pläne, die sich nicht ändern lassen. Wie geht's deinem Jungen, Edwin?"

„Gut. Er ist sogar … Nun, da ist er. Mit deiner Tochter."

Als sich Frank zu den beiden umdrehte, ging ihm sofort ein Licht auf. Er sah Maddy, die die Hand eines großen, schlanken Mannes hielt, mit verschlossenem Gesichtsausdruck. Und er sah Maddys Blick, strahlend und etwas verunsichert. Sein Baby hatte sich verliebt. Der Stich, den er im Herzen spürte, rührte zum Teil von Freude, zum Teil von Schmerz her. Beide Gefühle milderten sich, als Molly ihre Finger mit seinen verschränkte.

Während der gegenseitigen Vorstellungen nahm Frank nicht den Blick von Roy. Wenn sein Baby sich diesen Mann gewählt hatte, dann musste er sich vergewissern, dass sie gut gewählt hatte.

„Sie leiten also Valentine Records", begann Frank, der immer gern den direkten Weg ging. „So eine Plattenfirma bringt eine Menge Verantwortung mit sich und braucht einen klugen Steuermann. Einen zuverlässigen. Sie sind nicht verheiratet?“

Um Roys Mundwinkel zuckte ein Lächeln. „Nein.“

„Noch nie gewesen?“

„Dad, habe ich dir schon gezeigt, wie wir den Ablauf des Finales geändert haben?“ Maddy ergriff seine Hand und zog ihn zur Seite. „Was denkst du dir eigentlich dabei?“

„Wobei?“ Er grinste und küsste sie auf beide Wangen. „Habe ich dir eigentlich schon gesagt, wie gut du aussiehst? Immer noch wie mein kleines Häschen.“

„Schmeicheleien werden dir nichts als einen Nasenstüber einbringen. Und hör auf, Roy so auszufragen, Dad. Es ist so ... so offensichtlich.“

„Offensichtlich ist nur, dass du mein kleines Mädchen bist und ich ein Recht habe, auf dich aufzupassen.“

Mit verschränkten Armen legte sie den Kopf auf die Seite. „Dad, hast du bei meiner Erziehung gute Arbeit geleistet?“

„Ich habe gute Arbeit geleistet.“

„Würdest du sagen, ich sei eine vernünftige, verantwortungsbewusste Frau?“

„Verdammt, das bist du.“ Stolz streckte Frank die Brust hervor. „Und ich würde mich mit jedem Mann anlegen, der das Gegenteil behauptet. Das kannst du mir glauben.“

„Gut.“ Sie gab ihm einen Kuss. „Dann halte dich heraus, Frank O'Hara.“ Sie versetzte ihm zwei Klapse auf die Wange. „Ich gehe jetzt hinauf in den Proberaum, um mich aufzuwärmen.“

Langsam und behutsam, um ihre Muskeln nicht der Gefahr einer Verletzung auszusetzen, wärmte sich Maddy auf. Sie war ganz allein. Nur sie und die Wände voller Spiegel. Sie konnte das Summen der Waschmaschine aus der Garderobe gegenüber hören. In der kleinen Küche am Ende des Ganges öffnete jemand die Kühlschranktür und warf sie wieder zu. Zwei Techniker blieben genau vor der Tür zum Proberaum stehen. Ihre Unterhaltung drang mal laut, mal leiser herein, während Maddy sich beugte, bis ihr Kinn ihr Knie berührte. Es gab nur sie und die Wände voller Spiegel.

Es war Myrons Idee gewesen, die Traumszene mit der Balletteinlage hereinzunehmen. Als sie bemerkt hatte, dass sie sechs Monate nicht mehr auf Spitzen gestanden habe, hatte er nur erwidert, dass sie ihre Spitzenschuhe ausgraben und üben solle. Und das hatte sie getan. Sie hatte jede Woche noch extra Spitzentraining gemacht. Sie konnte nur hoffen, dass sich das auszahlen würde.

Sie hatte gearbeitet und geprobt, bis die Bewegungen und die Musik fest in ihr verankert waren. Doch wenn es eine Nummer gab, die sie nervös machte, dann diese.

Die ersten vier Minuten würde sie allein auf der Bühne sein. Allein, die Beleuchtung ein fahles Blau, der Vorhang glitzernd und schimmernd hinter ihr. Die Musik würde einsetzen …

Maddy drückte die Starttaste des Kassettenrekorders und stellte sich vor den Spiegeln auf. Ihre Arme würden sich vor ihrem Körper kreuzen, und die Hände würden leicht auf ihren Schultern liegen. Langsam, ganz langsam würde sie in Spitzenposition gehen. Und anfangen.

Die Geräusche von draußen nahm Maddy schon nicht mehr wahr. Eine Reihe träumerischer Pirouetten. Ein Sprung, die Arme ausgestreckt. Es musste mühelos aussehen, so als würde sie schweben. Die angespannten Muskeln, der Kraftaufwand, nichts davon durfte in dieser Nummer zu ahnen sein. Sie verkörperte ein Traumbild, eine Musikboxtänzerin im Ballettrock mit Stirnreif. Fließende Bewegungen. Sie stellte sich vor, ihre Glieder seien aus Wasser, selbst als sie Kraft für eine Reihe schneller Drehungen brauchte. Sie hob die Hände über den Kopf und brachte ihren Körper in die Waagerechte. In der Figur musste sie ein paar Sekunden ausharren, bis Jonathan auf die Bühne kommen würde, um den Traum zum Pas de deux zu machen.

Maddy ließ die Arme wieder sinken und schüttelte sie, damit die Muskeln entspannt blieben. So weit konnte sie ohne ihren Partner proben. Sie ging zum Rekorder und spulte zurück. Noch einmal.

„Ich habe dich noch nie so tanzen sehen."

Sie wurde aus ihrer konzentrierten Versunkenheit gerissen und bemerkte Roy in der Tür. „Es ist auch sonst nicht mein Stil. Ich habe dich gar nicht bemerkt."

„Du bist eine ewig neue Überraschung", murmelte er und trat näher. „Wenn ich dich nicht kennen würde, hätte ich geglaubt, ich beobachte eine Primaballerina."

Es freute sie, doch sie tat es mit einem Lachen ab. „Einige klassische Bewegungen machen noch keinen Sterbenden Schwan."

„Aber du könntest, wenn du wolltest?" Er nahm ihr das Handtuch ab, nach dem sie griff, und tupfte damit sanft ihre Schläfen ab.

„Ich weiß nicht. Wahrscheinlich würde ich mitten in ‚Dornröschen' den unwiderstehlichen Drang nach ein paar Steppschritten verspüren."

„Für das Ballett ein Verlust, für den Broadway ein Gewinn."

„Sprich nur weiter so." Sie lachte auf. „Ich brauche es."

„Maddy, du bist schon fast zwei Stunden hier. Du wirst erschöpft sein, bevor der Vorhang überhaupt aufgeht."

„Heute habe ich genügend Energie, um das ganze Musical dreimal zu spielen."

„Und wie steht es mit dem Essen?"

„Die Bühnenarbeiter machen Gulasch. Wenn ich um vier oder fünf etwas davon esse, müsste ich es eigentlich bis zum ersten Akt verdaut haben."

„Ich wollte mit dir essen gehen."

„O Roy, das könnte ich nicht, nicht vor der Vorstellung. Hinterher." Sie legte die Hände in seine.

„Gut." Ihre Hände waren kühl. Zu kühl, zu angespannt. Er wusste nicht, wie er Maddy beruhigen konnte. „Maddy, bist du vor einer Premiere immer so?"

„Immer."

„Sogar, wenn du ganz zuversichtlich bist, dass es ein Erfolg wird?"

„Nur, weil ich zuversichtlich bin, bedeutet das nicht, dass ich nicht dafür arbeiten müsste, damit es ein Erfolg wird. Und das macht mich nervös. Nichts Lohnendes gelingt mühelos."

„Nein." Er blickte sie nachdenklich an. „Nein, das stimmt."

Jetzt sprachen sie nicht mehr über die Premiere oder das Theater. „Du glaubst wirklich, wenn du nur hart genug an etwas arbeitest und fest genug daran glaubst, dann gelingt es auch?"

„Ja, das glaube ich."

„Wir?“

Sie schluckte. „Ja, auch wir.“

„Selbst wenn wir so verschieden sind?“

„Es ist nicht eine Frage von Wesenszügen, Roy.“

Er ließ ihre Hände los und trat zurück. Wie oben, auf dem Schnürboden, überfiel ihn wieder diese Angst vor dem Fallen. „Ich wünschte, ich könnte so optimistisch sein wie du. Ich wünschte, ich könnte an Wunder glauben.“

Sie spürte, wie die Hoffnung, die in ihr aufgestiegen war, wieder in sich zusammenfiel. „Ich auch.“

„Heirat ist wichtig für dich.“

„Ja. Die Bindung. Die Verpflichtung. Das Versprechen. Ich bin dazu erzogen worden, so ein Versprechen zu respektieren und in einer Ehe kein Ende, sondern einen Anfang zu sehen. Ja, für mich ist es wichtig.“

„Es ist nur ein Vertrag“, fiel er ein, schien es aber eher sich selbst zu sagen. „Und nicht einmal ein sehr bindender. Wir haben beide Erfahrung mit Verträgen, Maddy. Wir könnten einen unterschreiben.“

Sie öffnete den Mund und schloss ihn langsam wieder, ehe sie erneut zum Sprechen ansetzte. „Wie bitte?“

„Ich habe gesagt, wir unterschreiben einen. Für dich ist es wichtig, wichtiger, als mir bewusst war. Und mir macht es wirklich nichts aus. Wir machen Bluttests, besorgen uns eine Eheerlaubnis, und damit hat es sich.“

„Bluttests.“ Gepresst atmete sie aus und stützte sich auf den kleinen Tisch hinter ihr. „Eine Eheerlaubnis. Damit ist selbstverständlich jeder romantische Unsinn ausgeschlossen.“

„Es ist nur eine Formalität.“ Er spürte einen merkwürdigen Druck im Magen, als er sich wieder zu Maddy umdrehte. Es war klar, was er gerade machte: Er schloss die Tür seines eigenen Käfigs. Warum er es tat, stand auf einem anderen Blatt. „Ich kenne mich mit den gesetzlichen Bestimmungen nicht so genau aus. Doch wenn es sein muss, könnten wir Montag nach New York fahren und es erledigen. Du könntest Dienstag rechtzeitig zur Abendvorstellung zurück sein.“

„Dann würde es unseren Terminkalender nicht durcheinanderbringen“, fügte sie ruhig hinzu. Sie hatte gewusst, er würde sie verletzen, aber sie hatte nicht gewusst, dass er ihr ganz einfach das Herz brechen würde. „Ich weiß das Angebot zu schätzen, Roy, aber ich verzichte.“ Entschlossen drückte sie wieder die Starttaste des Rekorders und ließ die Musik laufen.

„Was meinst du damit?“ Er fasste sie am Arm, bevor sie wieder ihre Grundstellung einnehmen konnte.

„Genau das, was ich gesagt habe. Und jetzt entschuldige mich, ich muss arbeiten.“

Noch nie war ihre Stimme so kalt und ausdruckslos wie jetzt gewesen. „Du wolltest die Ehe, und ich habe eingewilligt. Was willst du noch, Maddy?“

Sie trat zurück und musterte ihn. „Mehr, viel mehr, als du bereit bist zu geben … Und ich fürchte, mehr als du fähig bist zu geben. Verdammt, ich will kein Stück Papier. Ich will nicht, dass du mir einen Gefallen tust. Also, Maddy will heiraten, denkst du, und da es mir so oder so recht ist, da unterschreiben wir doch einfach an der bezeichneten Stelle, um sie glücklich zu machen. Du kannst dich zum Teufel scheren!“

„So habe ich es nicht gemeint.“ Er wollte sie bei den Schultern fassen, doch sie wich zurück.

„Ich weiß, was du meinst. Ich weiß es nur zu gut. Ehe ist nichts als ein Vertrag, und Verträge kann man aufheben. Vielleicht möchtest du in diesen Vertrag sogar eine Sicherheitsklausel einfügen, sodass alles sauber geregelt ist, wenn du des Vertrages überdrüssig wirst. Nein, danke.“

War sie es, die so kalt, so verächtlich sprach? Er wusste nicht mehr aus noch ein. „Maddy, ich bin nicht mit dem Vorsatz zu dir gekommen, uns in diese Situation zu bringen. Es ist einfach so geschehen.“

„Zu spontan für dich?“ Dieses Mal war deutlich Sarkasmus zu hören. Wieder etwas Ungewöhnliches. „Warum lässt du dich auch auf etwas für dich so Schwieriges ein?“

„Was willst du überhaupt? Kerzenlicht und mich auf Knien vor dir? Sind wir darüber nicht hinaus?“

„Ich habe es satt, dir zu sagen, was ich will.“ Aus ihrem Blick sprach nur noch Kälte und, zum ersten Mal, Verschlossenheit. „Ich muss bald auf die Bühne. Und für den Augenblick hast du genug getan, um es mir zu erschweren.“ Sie spulte die Kassette wieder zum Anfang zurück. „Lass mich allein, Roy.“

Sie wartete auf ihren Einsatz und begann. Sie tanzte weiter, als sie allein war und ihre Augen sich mit Tränen füllten.

12. KAPITEL

Als Roy die Treppe hinunterging, traf er seinen Vater. „Ist Maddy noch oben?“ Edwin legte seinem Sohn den Arm um die Schulter. „Ich habe gerade mit dem Direktor gesprochen. Die Premiere ist ausverkauft und ebenso die ganze nächste Woche. Das wollte ich ihr nur mitteilen.“

„Lass ihr etwas Ruhe.“ Roy vergrub die Fäuste in seinen Taschen und kämpfte gegen ein Gefühl grenzenloser Frustration an. „Sie tanzt sich ein.“

„Ich verstehe.“ Er glaubte, dass er verstand. „Komm einen Augenblick hier herein.“ Er öffnete die Tür zum Büro des Direktors. Sie traten ein, und er schloss sie wieder. „Du hast immer mit mir gesprochen, wenn du Probleme hattest. Möchtest du das nun nicht auch machen?“

„Manchmal kommt man an einen Punkt, wo es besser wäre, sie allein zu lösen.“

„Ich weiß, dass du darin immer gut warst, Roy. Aber du kannst mich trotzdem einweihen.“ Er holte sich eine Zigarre aus der Tasche und wartete.

„Ich habe Maddy gefragt, ob sie mich heiraten will. Nein“, fuhr er schnell fort, bevor sich Freude im Blick seines Vaters zeigen konnte. „Das ist nicht ganz richtig. Ich habe Notwendigkeiten für eine Eheschließung aufgezählt.“

„Notwendigkeiten?“, fragte Edwin nach. Er konnte sich nicht vorstellen, was sein Sohn damit meinte.

„Ja.“ Roys Stimme war scharf und ungeduldig. Er war in Verteidigungshaltung. „Wir brauchen Bluttests, eine Eheerlaubnis und wir müssen es mit unserem Terminkalender in Übereinstimmung bringen. Sie hat es mir wütend an den Kopf geschleudert.“

„Es?“, wiederholte Edwin und senkte leicht den Kopf. „Bei dir klingt das kurz, bündig und klar geregelt, Roy. Keine Blumen?“

„Sie kann eine Wagenladung voll Blumen haben, wenn sie sie will.“ Er wäre gern im Raum auf und ab gegangen. Doch er blieb, wo er stand, angespannt wegen der sich verstärkenden drückenden Atmosphäre.

„Wenn sie es will.“ Nun hatte Edwin das ganze Bild, und er

setzte sich in einen der Sessel. „Roy, wenn du eine Hochzeit auf diese Ebene stellst und das bei einer Frau wie Maddy, dann hast du nichts anderes verdient, als es an den Kopf zurückgeschleudert zu bekommen."

„Vielleicht. Und vielleicht ist es so das Beste. Ich weiß selbst nicht, warum ich mit dem Ganzen überhaupt angefangen habe."

„Vielleicht, weil du sie liebst."

„Liebe ist doch nur ein Wort, um Glückwunschkarten verkaufen zu können."

„Wenn ich dir das abnehmen würde, müsste ich mich für einen Versager halten."

„Nein." Außer sich vor Zorn wandte sich Roy ihm zu. „Du hast niemals irgendwo versagt."

„Das ist nicht wahr. Ich habe in meiner Ehe versagt."

„Nicht du." Die Bitterkeit, die in Roy aufstieg, war zu groß, um sie einfach überspielen zu können.

„Doch. Und jetzt hörst du mir einmal zu. Wir haben nie richtig darüber gesprochen. Du wolltest es nicht, und ich habe es hingenommen, weil ich dachte, du seist genug verletzt worden. Ich hätte es nicht tun sollen." Edwin sah seine Zigarre an und drückte sie dann langsam aus. „Ich habe deine Mutter geheiratet, obwohl ich wusste, dass sie mich nicht liebte. Ich dachte, ich könnte sie an mich binden, weil ich die Fäden zu dem in der Hand hatte, was sie wollte. Doch an je mehr Fäden ich zog, desto mehr fühlte sie sich eingeengt. Und als sie schließlich ausgebrochen ist, war es ebenso meine Schuld wie ihre."

„Nein."

„Doch", verbesserte Edwin. „Ehe ist eine Angelegenheit zwischen zwei Menschen, Roy. Es ist kein Geschäft, es ist keine vertragliche Vereinbarung, niemand sollte dem anderen zu Dank verpflichtet sein."

„Ich weiß nicht, wovon du sprichst", entgegnete Roy. „Und ich sehe keinen Grund, jetzt darüber zu sprechen."

„Du kennst den Grund. Die Ursache dafür ist oben."

Langsam drehte sich Roy um. „Du hast recht."

Edwin lehnte sich zurück. „Deine Mutter hat mich nicht geliebt, und sie hat dich nicht geliebt. Das tut mir leid, aber du musst wissen,

Liebe ist nicht etwas, das automatisch bei einer Geburt entsteht oder durch Verpflichtung. Sie kommt vom Herzen."

„Sie hat dich betrogen."

„Ja. Aber sie hat mir auch dich geschenkt. Ich kann sie nicht hassen, Roy. Und es wird Zeit, dass du dein Leben nicht mehr daran orientierst, was sie getan hat."

„Ich könnte wie sie sein."

„Liegt dein jetziges Problem darin? Dass du Angst hast, du könntest sein wie deine Mutter?" Edwin wuchtete sich aus dem Sessel und packte Roy am Revers – das erste Anzeichen von Heftigkeit, das er seinem Sohn gegenüber je gezeigt hatte. „Wie lange trägst du das schon mit dir herum?"

„Ich könnte wie sie sein", wiederholte Roy. „Oder ich könnte wie der Mann sein, mit dem sie geschlafen hat, und ich weiß nicht einmal, wer er war."

Edwin löste seinen Griff und trat zurück. „Willst du es wissen?"

Roy fuhr sich mit den Händen durchs Haar. „Nein. Aber wie kann ich wissen, was sich in mir verbirgt? Wie kann ich wissen, dass die beiden in mir nicht weiterleben?"

„Du kannst es nicht. Aber du kannst in den Spiegel schauen und darüber nachdenken, wer du bist, statt dich zu fragen, wer du sein könntest. Und du kannst daran glauben, so wie ich, dass die fünfunddreißig Jahre, die wir miteinander verbracht haben, wichtiger sind."

„Ich weiß, aber ..."

„Es gibt kein Aber."

„Ich liebe Maddy." Die Abwehrhaltung, die er seit seiner Kindheit aufgebaut hatte, brach langsam in sich zusammen. „Aber wie soll ich wissen, ob nächsten Monat, nächstes Jahr nicht alles anders ist? Wie kann ich wissen, ob ich überhaupt dazu fähig bin, ihr das zu geben, was sie braucht?"

„Das ist auch wieder etwas, das man nicht wissen kann. Das ist etwas, das du riskieren musst, etwas, das du willst und woran du deswegen zu arbeiten hast. Wenn du sie liebst, gelingt es dir auch."

„Meine größte Angst ist es, sie zu verletzen. Sie ist das Beste, was mir jemals geschehen ist."

„Ich nehme an, all das hast du nicht erwähnt, als du von deinen Ehebedingungen gesprochen hast."

„Du hast recht.“ Er fuhr sich mit den Händen über das Gesicht. „Ich habe alles zerstört. Ich habe sie von mir gestoßen, weil ich Angst hatte, sie an mich zu ziehen.“

„Ich will dir etwas sagen. Mein Sohn soll eine Frau wie Maddy O'Hara nicht verlieren, nur weil er glaubt, er wäre nicht der Richtige.“

Jetzt hätte Roy doch fast gelacht. „Das klingt wie eine Herausforderung.“

„Richtig, es ist eine.“ Edwin legte die Hände auf Roys Schulter. „Und ich würde mein ganzes Geld auf dich setzen. So wie damals beim Baseballspiel am Ende deiner Highschool-Zeit. Erinnerst du dich noch?“

„Ja, ich erinnere mich.“ Nun lachte er wirklich.

Edwin grinste ihn an. „Und nun hätte ich gern einen Drink.“

In ihrem ältesten Bademantel, das Haar mit einem Stirnband zurückgehalten, saß Maddy vor dem Schminkspiegel und befestigte vorsichtig die falschen Wimpern über ihren eigenen. Ihre Maske war fast fertig und zeigte schon ganz deutlich das verführerische Gesicht von Mary. Noch etwas mehr Farbe auf die Wangen, noch etwas mehr Glitter auf die Lider und ein volles Rot für die Lippen. Als die Wimpern saßen, wartete Maddy darauf, dass sich der Druck in ihrem Magen endlich löste.

Premierenfieber, nur Premierenfieber, sprach sie sich zu, während sie Eyeliner über dem Ansatz der falschen Wimpern auftrug. Doch es war mehr, was sie durcheinanderbrachte, und sie konnte es nicht einfach von sich schieben.

Ehe. Roy hatte vom Heiraten gesprochen – aber in seiner Sprache. Ein Teil von ihr hatte immer gehofft und auf den Moment gewartet, dass er die Tatsache ihres Zusammenseins akzeptierte. Und dieser Teil von ihr war immer zuversichtlich gewesen, dass dieser Moment kommen würde. Nun war er gekommen, und sie konnte nicht zugreifen. Was er bot, waren nicht Jahre des Glücks, sondern ein Stück Papier, das sie vor dem Gesetz verband, aber für Gefühle keinen Raum ließ. Das war nicht das, was sie wollte.

Ich habe zu viele Gefühle, sagte sich Maddy. Zu viele Gefühle, zu wenig vernünftige Logik. Eine logische Frau wäre auf Roys Ebene eingegangen und hätte das Beste daraus gemacht. Sie dagegen hatte Schluss gemacht. Maddy starrte ihr Spiegelbild an. Heute war ein Abend des Beginns – und ein Abend des Verlustes.

Sie erhob sich und trat vom Spiegel weg. Sie hatte genug von sich gesehen. Draußen hetzten Menschen hin und her. Sie hörte den Lärm, die Nervosität, die Anspannung, die zu Premieren gehörten. Ihre Garderobe war jetzt schon voller Blumen und erfüllt von betörendem Duft.

Da waren Rosen von Carrie. Weiße. Die Margeriten waren von ihren Eltern. Bei den Gardenien hatte sie gewusst, dass sie von Terence kamen, bevor sie auf die beiliegende Karte gesehen hatte. Es gab noch viele andere Sträuße, aber keinen von Roy. Sie hasste sich selbst dafür, dass der Gedanke an das Nichtvorhandene sie die Schönheit des Vorhandenen vergessen ließ.

„Noch dreißig Minuten, Miss O'Hara."

Maddy presste eine Hand auf ihren Magen. Noch dreißig Minuten. Warum ließ sie jetzt die quälenden Gedanken an Roy zu? Sie wollte nichts weiter als hinausgehen, singen und tanzen und ein Haus voller Fremder zum Lachen bringen – sich in ihrem Element fühlen und die Schatten vertreiben können.

Es klopfte an der Tür. Bevor sie antworten konnte, steckten ihre Eltern schon ihre Köpfe zur Tür herein.

„Kannst du zwei heitere Gesichter gebrauchen?", erkundigte sich Molly.

„O ja. Ich kann alles gebrauchen, was ich bekommen kann."

„Das Haus füllt sich!" Frank strahlte, als er sich in der Garderobe umsah, an deren Tür ein Stern klebte. Mehr hätte er sich für seine Tochter nicht wünschen können. „Du hast als Einzige eine Garderobe für dich, Kindchen."

„Tatsächlich?" Wieder legte Maddy die Hand auf ihren Magen und fragte sich, ob sie irgendwo ein Alka-Seltzer hatte.

„Wenn der Vorhang erst aufgeht, brauchst du es nicht mehr", meinte Molly, der es nicht schwerfiel, ihre Tochter zu verstehen. „Premierenfieber, Maddy, oder gibt es noch etwas anderes, worüber du sprechen möchtest?"

Sie zögerte, doch es hatte zwischen Maddy und ihrer Familie nie Geheimnisse gegeben. „Nur, dass ich einen absoluten Narren liebe."

„Oh! Nun …“ Mit einem Blick auf Frank zog Molly eine Braue hoch. „Ich weiß, wie das ist.“

Er wollte etwas entgegnen, wurde aber im wahrsten Sinne des Wortes von seiner Frau hinausbefördert. „Hinaus, Frank, Maddy muss sich ihr Kostüm anziehen.“

„Ich habe ihr den Hintern gepudert“, protestierte er schwach, ließ sich aber hinausdrängen. „Zeig's ihnen“, meinte er noch augenzwinkernd zu seiner Tochter, bevor er verschwand.

„Er ist unglaublich.“ Maddy lächelte, als sie ihn draußen einer Tänzerin etwas zurufen hörte.

„Manchmal.“ Molly nahm das Kostüm voller Glitter und Federn, das am Türhaken hing. „Ich helfe dir beim Anziehen. Sag mal, dieser Narr, das ist nicht zufällig Roy Valentine?“

„Zufällig ja.“

„Wir haben heute mit ihm und seinem Vater gegessen. Scheint ein netter junger Mann zu sein.“

„Schon. Aber ich will ihn nie wieder sehen!“

„Mm-hmm.“

„Noch fünfzehn Minuten, Miss O'Hara.“

„Ich glaube, mir wird schlecht“, flüsterte Maddy.

„Nein, wird dir nicht.“ Geschickt legte Molly letzte Hand an Maddys Kostüm. „Es schien mir, als sei Roy etwas zerstreut während des Essens gewesen.“

„Ihm geht immer viel durch den Kopf. Meistens Verträge“, stieß sie bitter hervor.

„Ich verstehe. Sie machen uns das Leben nicht leicht.“

„Was?“

„Männer.“ Molly drehte ihre Tochter einmal herum und überprüfte noch einmal das Kostüm. „Sie sind nicht hier, um uns das Leben leicht zu machen. Sie sind einfach hier.“

Zum ersten Mal seit Stunden war Maddy nach Lachen zumute. „Meinst du, die Amazonen haben es richtig gemacht?“

„Die, die Männer nach dem Liebesakt getötet haben?“ Molly schien ernsthaft über die Frage nachzudenken, bevor sie den Kopf schüttelte. „Nein, das meine ich nicht. Es ist etwas sehr Angenehmes, einen Mann für das ganze Leben zu haben. Man gewöhnt sich an ihn. Wo sind deine Schuhe?“

„Dort.“ Maddy musterte ihre Mutter. „Du liebst Dad immer noch? Ich meine, richtig lieben, so wie früher?“

„Nein.“ Vor Erstaunen blieb Maddys Mund offen stehen, und Molly lachte. „Nichts bleibt gleich. Meine Liebe zu Frank heute ist eine andere als vor dreißig Jahren. Wir haben vier Kinder und ein Leben des Kampfes, des Lachens und der Tränen hinter uns. So stark wie jetzt hätte ich ihn mit zwanzig nicht lieben können. Und wahrscheinlich liebe ich ihn jetzt nicht so stark, wie ich es mit achtzig tun werde.“

„Ich wünschte ...“ Kopfschüttelnd brach Maddy ab.

„Sag mir doch, was du dir wünschst.“ Mollys Stimme war sanft wie selten. „Eine Tochter kann ihrer Mutter alles erzählen – vor allem Wünsche.“

„Ich wünschte, Roy könnte so etwas verstehen. Ich wünschte, er könnte den Blick dafür öffnen, dass es Bindungen gibt, die ewig dauern. Mom, ich liebe ihn so sehr.“

„Dann will ich dir einen Rat geben.“ Sie nahm Maddys Perücke. „Gib ihn nicht auf.“

„Ich glaube eher, dass ich mich aufgebe.“

„Das wäre für eine O'Hara etwas ganz Neues. Setz dich, Mädchen. Vielleicht hält die Perücke deinen Verstand zusammen.“

„Danke.“

Das Fünf-Minuten-Signal ertönte. Molly ging zur Tür und warf ihrer Tochter von dort einen letzten Blick zu. „Verpass deinen Auftritt nicht.“

„Mom.“ Maddy erhob sich und straffte ihre Körperhaltung. „Ich werde die Leute von ihren Plätzen reißen.“

„Darauf zähle ich.“

Maddy verließ ihre Garderobe. Noch vier Minuten. Eine Tänzerin kam mit einem riesigen Kopfputz aus Straußenfedern die Treppe herunter. Die Eröffnungsmusik spielte schon. Maddy ging der Musik entgegen und verlor mit jedem Schritt ein wenig mehr von Maddy O'Hara. Wanda stand schon zum Auftritt bereit. Maddy warf ihr ein Lächeln zu und sah dann hinüber zum Pult des Bühnenmeisters. Er konnte die Vorstellung genau auf seinem Monitor mitverfolgen.

„Was war das Höchste, das du bisher bei deinen Auftritten an Vorhängen erlebt hast, Wanda?“

„In Rochester haben wir einmal siebzehn bekommen."

Maddy stützte die Hände in die Hüften. „Heute stellen wir das in den Schatten." Sie betrat die Bühne, nahm ihre Position ein und betrachtete den Vorhang. Hinter ihr, im Dunkel, lag die Kulisse des Nachtclubs, die jetzt von den anderen Tänzern gefüllt wurde. Von der rechten Bühnenseite her sah Myron der Vorstellung zu. Maddy warf ihm einen Blick zu und nickte. Sie war bereit.

„Saalbeleuchtung – zur Hälfte runter."

Maddy holte tief Luft.

„Licht eins – an."

Über ihrem Kopf blitzten Lichter auf und tauchten sie in Regenbogenfarben.

„Saalbeleuchtung – aus."

Aus dem Publikum kam das letzte Hüsteln.

„Vorhang."

Als Maddy zum ersten Kostümwechsel von der Bühne ging, stand sie unter Höchstspannung. In Windeseile war sie aus dem einen Kostüm heraus und in dem nächsten drin. Erleichtert seufzte sie auf, als sie die Perücke vom Kopf ziehen konnte.

„Wenn du die Energie bis zum letzten Vorhang durchhältst, spendiere ich dir das beste Essen von Philadelphia."

Maddy starrte Myron an, während ihre Maske in Sekundenschnelle verändert wurde. Und schon musste sie wieder los, unter der Bühne hindurch, um auf ihr nächstes Stichwort zu warten.

Sie ging hinter dem Orchestergraben entlang, wo die Instrumente jetzt schwiegen. Ihr Jonathan und der Schauspieler, der die Rolle seines besten Freundes hatte, sprachen an dieser Stelle Text. Sie hörte das Publikum lachen. In der Nähe der Stufen, über die sie gleich wieder die linke Bühnenseite betreten würde, standen einige Bühnenarbeiter um ein tragbares Fernsehgerät herum. Der Ton war so leise heruntergedreht, dass das Geschehen von der Bühne her klar zu hören war.

„Wer gewinnt?", fragte sie, als sie einen flüchtigen Blick auf das Baseballspiel warf.

„Noch keine Punkte bis jetzt. ‚Pirates' gegen ‚Mets'. Haben gerade den dritten Schlag."

„Ich habe auf die ‚Mets' gesetzt."

Einer der Männer lachte. „Hoffentlich können Sie den Verlust verschmerzen." Auf der Bühne beendete Jonathan gerade einen Song. „Ihr Auftritt."

„Das will ich meinen." Und sie trat hinaus auf die Bühne für ihre erste Begegnung mit Jonathan C. Wiggings III.

Es herrschte genau die richtige Spannung. Mary und Jonathan trafen sich auf der Treppe der Bibliothek. Es war Liebe auf den ersten Blick. Die sich anbahnende Romanze zwischen der Stripperin und dem weltunerfahrenen Sohn eines reichen Mannes ergriff sofort das Publikum.

Die letzte Nummer vor der Pause war Maddys Striptease. Die Beleuchtung ging in grelle Pink- und Rottöne über. Maddy begann mit einer unglaublichen Energie, die während der ganzen Nummer nicht ein Mal nachließ.

Sie zog die Boa herunter und ließ sie fliegen. Ein Raunen ging durchs Publikum, als sie im Schoß von Maddys Vater landete.

Für dich, Dad, dachte sie und warf ihm eine Kusshand zu. Weil du mir alles beigebracht hast.

Maddy hielt Wort und riss das Publikum mit.

In der Pause gab es keine Zeit zur Entspannung. Es mussten Kostüme gewechselt, Make-up aufgefrischt, Energie erneuert werden. Es wurde Maddy mitgeteilt, dass die ‚Mets' dabei waren zu verlieren. Sie nahm es gelassen. Heute hatte sie Wichtigeres verloren.

Von der Seitengasse aus warf Maddy einen Blick in den Zuschauerraum. Die Saalbeleuchtung war an, und das Publikum flanierte herum. Es herrschte eine erwartungsvolle Atmosphäre. Und sie hatte dazu beigetragen.

Dann sah sie Roy. Ihr Vater stand neben ihm. Er lachte gerade und legte einen Arm um Roys Schulter. Die Geste erwärmte sie. Sie sagte sich zwar, dass es jetzt eigentlich egal sei, doch es erwärmte sie, ihren Vater mit dem Mann, den sie liebte, lachen zu sehen.

„Wenn du den Blick beibehältst, wirst du sie noch alle vor dem Finale vergraulen."

Maddy drehte sich um. Wanda trug wie sie ein Nachthemd für die folgende Szene in ihrer gemeinsamen Wohnung. Dann würde bald der Perlenvorhang herunterkommen, und Maddys Traumszene würde beginnen.

„Keine Angst. Wir wollen doch die siebzehn Vorhänge übertrumpfen."

„Ist er draußen?"

„Ja. Er ist draußen."

„Ich vermute, du hast das Bedürfnis, etwas zu beweisen."

Dass ich es überleben werde, dachte Maddy. „Mir selbst", murmelte sie, als sie ihre Positionen auf der Bühne einnahmen. „Nicht ihm, nur mir."

In Theaterstücken kann der Autor die Verhältnisse so drehen und ändern, dass sie zu einem Happy End führen. Und so bekamen sich am Schluss Mary und Jonathan. Sie hatten alle Verschiedenheiten und Betrügereien, ihre Lebensumstände und die Lügen, Misstrauen und Enttäuschungen überwunden. Für sie begann das große Glück.

Dann kam der Applaus. Er raste, er überschüttete die Tänzer, als sie sich verbeugten. Er hielt an, wurde noch stärker, als das Produktionsteam heraustrat. Mit angespannt verschränkten Händen wartete Maddy. Sie würde als Letzte hinausgehen.

Lächelnd und mit erhobenem Kopf trat Maddy auf die Bühne. Der Applaus stieg an, überschüttete sie wie flüssige Lava. Die Hochrufe begannen oben in den Rängen, setzten sich nach unten fort, laut und lauter, bis das ganze Theater von ihnen widerhallte. Sie verbeugte sich.

Dann erhoben sich die Zuschauer, erst einer, dann zwei, dann ein Dutzend. Hunderte von Menschen standen und jubelten ihr zu. Überwältigt stand sie einfach nur da.

„Verbeuge dich noch einmal", sagte Wanda leise. „Du hast es dir verdient."

Maddy schüttelte ihre Benommenheit ab und verbeugte sich wieder, bevor sie Wandas Hand und die ihres Partners ergriff. Die drei Hauptdarsteller verbeugten sich wieder, dann fiel der Vorhang. Der Applaus schwoll an, immer wieder, Welle auf Welle.

Für diesen Augenblick hatten sie alle endlos geprobt und gearbeitet. Der Vorhang fiel sechsundzwanzigmal.

Es war für Maddy nicht so einfach, wieder in ihre Garderobe zu gelangen. Überall waren Menschen, immer wieder gab es Umarmungen und manchmal ein paar Tränen. Myron hob sie hoch in seine Arme und küsste sie voll auf den Mund.

Es herrschte ein ausgelassenes Durcheinander hinter der Bühne. Tänzer wirbelten herum und planten ein Riesenfest. Sie hatten Erfolg gehabt. Was auch immer noch für Veränderungen an dem Stück vorgenommen werden mochten, bis es am Broadway spielte, diesen Erfolg konnte man ihnen nicht mehr nehmen. Die Stunden und Stunden voller Arbeit, Schweiß und Wiederholungen hatten sich ausgezahlt. Jemand hatte sogar eine Trompete besorgt und blies zum Aufbruch.

Maddy gelang es endlich, ihre Garderobe zu erreichen. Dort ließ sie sich einfach auf einen Stuhl sinken und starrte ihr eigenes Spiegelbild an.

Sie hatte es geschafft.

Die Tür ihrer Garderobe wurde geöffnet, und etwas von der ausgelassenen Stimmung drang herein. Ihren Vater sah Maddy zuerst, die Boa hing ihm wie eine Siegesfahne um die Schultern. Ihre Energie kehrte zurück, und sie sprang hoch und stürzte sich ihm in die Arme.

„Dad. Es war großartig. Sag mir, dass es großartig war."

„Großartig? Sechsundzwanzig Vorhänge sind mehr als nur großartig."

„Du hast sie gezählt."

„Natürlich." Er drückte sie fest an sich, bis ihre Füße den Kontakt zum Boden verloren. „Da oben stand mein Mädchen. Mein kleines Mädchen. Du hast sie umgehauen. Ich bin so stolz auf dich, Maddy."

„O Dad, nicht weinen." Sie musste auch schniefen und griff in seine Tasche, um sich ein Taschentuch zu holen. „Du wärst auch stolz auf mich, wenn ich durchgefallen wäre." Sie trocknete sich die Augen. „Und darum liebe ich dich."

„Wie wäre es mit einem Küsschen für deine Mutter?" Molly streckte die Arme aus und zog Maddy an sich. „Ich habe nur daran denken müssen, als wir dir das erste Mal Tanzschuhe angezogen haben. Ich konnte es kaum glauben, dass du das eben wirklich warst, so voller Kraft, so voller Leben. Kraft. Das ist es, was dich wirklich ausmacht."

„Ich habe immer noch Herzklopfen." Lachend umarmte Alana ihre Schwester. „Bei jedem deiner Auftritte habe ich nach Dorians Hand gegriffen. Ich möchte nicht wissen, wie viele Finger ich ihm gebrochen habe. Ben hat der Frau neben ihm immer wieder stolz gesagt, dass du seine Tante seist. Ich wünschte nur …"

„Ich weiß schon, ich wünschte auch, Carrie wäre hier.“ Sie beugte sich zu Ben herunter und drückte ihn an sich, dann sah sie Chris an, der sich mit schläfrigen Augen auf Dorians Arm kuschelte.

„Ich bin nicht eingeschlafen“, versicherte Chris mit einem riesigen Gähnen. „Ich habe alles mitgekriegt. Es war hübsch.“

„Danke. Und du, Dorian, meinst du, wir können damit an den Broadway?“

„Ich meine, du wirst den Broadway Kopf stehen lassen. Meine Glückwünsche, Maddy.“ Dann grinste er und betrachtete sie eingehend. „Dein Kostüm hat mir auch gefallen.“

„Knallig, aber knapp“, entgegnete sie mit einem Lachen und sah auf ihren roten Strapsgurt hinunter, den sie noch immer trug.

„Wir müssen die Kinder zu Bett bringen.“ Alana warf Ben einen Blick zu, der seine Hand schon in Dorians gelegt hatte. „Wir sehen dich morgen, bevor wir abfahren.“ Alana berührte Maddys Arm mit einer Geste, die alles verriet. „Ich denke an dich.“

„Wir müssen auch gehen.“ Frank sah Molly verstohlen vielsagend an. „Du willst jetzt sicher mit den anderen feiern.“

„Du weißt, dass ihr eingeladen seid“, begann Maddy vorsichtig.

„Nein, nein, wir brauchen unsere Ruhe. Wir haben einen großen Auftritt in ein paar Tagen in Buffalo.“ Frank drängte seine Familie zur Tür, wo er sich noch einmal umdrehte. „Du warst die Beste, Häschen.“

„Nein.“ In diesem Augenblick fiel ihr alles ein – seine Geduld, seine Freude, die er ihr gezeigt hatte, den Zauber, den er auf sie übertragen hatte, als er ihr das Tanzen beigebracht hatte. „Du warst es, Dad.“

Seufzend setzte sich Maddy wieder. Sie zog eine Rose aus einer Vase und roch an ihr. Die Beste. Sie schloss die Augen. Warum reichte ihr das nicht?

Als sich die Tür wieder öffnete, setzte Maddy automatisch ein Lächeln auf.

Roy stand in der Tür, hinter ihm herrschte Lärm und Aufregung. Sehr vorsichtig steckte Maddy die Rose zurück. Das aufgesetzte Lächeln schien jetzt nicht notwendig zu sein.

„Darf ich hereinkommen?“

„Ja.“ Sie sah ihn dabei nicht an. Bewusst drehte sie sich zum Spiegel um und zog die falschen Wimpern ab.

„Ich muss dir wohl nicht sagen, wie umwerfend du warst." Er schloss die Tür und ließ den Lärm draußen.

„Oh, ich kann es gar nicht oft genug hören. Lob ist das Brot des Künstlers." Sie tauchte den Finger in einen Topf mit Fettcreme und schmierte sie auf ihr Gesicht. „Du bist also für die Show geblieben."

„Natürlich bin ich geblieben." Sie ließ ihn sich wie einen Idioten fühlen. So war er noch nie einer Frau nachgelaufen. Und er wusste, wenn er jetzt einen Fehler machte, dann hatte er sie endgültig verloren. Als er hinter sie trat, bemerkte er ein Zögern in der Bewegung ihrer Hand, spürte ihre Anspannung in ihrer Körperhaltung. Noch hatte er sie nicht verloren.

Maddy wischte sich mit Papiertüchern die Creme und die Schminke vom Gesicht. Roy stellte ein großes, blaues Paket auf den Tisch neben ihrem Ellenbogen. Sie zwang sich, es zu übersehen, und warf die schmutzigen Tücher in den Papierkorb. Jetzt war alles von Mary weg und nur noch Maddy da. Sie erhob sich und griff nach ihrem Bademantel. „Ich muss aus meinem Kostüm heraus. Es macht dir doch nichts aus?"

„Nein." Er ließ den Blick nicht von ihr. „Es macht mir nichts aus."

Leicht wollte er es ihr offenbar nicht machen. So nickte sie nur und verschwand hinter dem Wandschirm. „Und du fährst morgen zurück nach New York?"

„Nein. Ich fahre nirgendwohin, Maddy. Und wenn du mich zappeln lassen willst, hast du wohl jedes Recht dazu."

Sie warf ihr Kostüm über den Wandschirm. „Ich will dich nicht zappeln lassen. Das ist lächerlich."

„Wieso? Ich habe mich doch wie ein Obernarr verhalten. Ich bin jetzt in der Lage, es zuzugeben. Aber wenn du noch nicht in der Lage bist, es zu akzeptieren, kann ich warten."

Heftig zog sie den Gürtel ihres Bademantels zu, bevor sie hinter dem Wandschirm hervortrat. „Du spielst nicht fair. Du hast nie fair gespielt."

„Ja, das stimmt, und es ist mich teuer zu stehen gekommen." Er trat einen Schritt auf sie zu, als ein Blick in ihre Augen ihm verriet, dass er nicht weitergehen durfte. „Und wenn es bedeutet, dass ich von diesem Punkt aus wieder neu anfangen muss, dann bin ich dazu bereit. Ich will dich, Maddy, mehr, als ich je irgendetwas oder irgendjemanden gewollt habe."

„Was soll das?" Sie fuhr sich durchs Haar und suchte nach einem Ausweg. Es gab keinen. „Immer, wenn ich mich selbst davon überzeugt habe, dass es aus und vorbei ist, immer, wenn ich mir sagen kann: ‚Okay, Maddy, lass es', dann entziehst du mir wieder den Boden unter den Füßen. Ich habe es satt, immer wieder auf den Rücken zu fallen, Roy. Ich will nichts weiter, als mein Gleichgewicht wiederzufinden."

Dieses Mal ging er zu ihr, nichts konnte ihn halten. Seine Augen waren sehr dunkel, doch sie verrieten nichts von seiner Angst. „Ich weiß, du kannst ohne mich leben. Ich weiß, du kannst ohne mich geradewegs an die Spitze gelangen. Und vielleicht, vielleicht, könnte ich von dir gehen und es überstehen. Ich will es aber nicht riskieren. Ich mache alles, um es nicht dahin kommen zu lassen."

„Verstehst du denn nicht? Wenn es keine gemeinsame Grundlage gibt, wenn wir uns nicht verstehen, uns nicht vertrauen, dann geht es nicht. Ich liebe dich, Roy, aber …"

„Sag nichts mehr." Obwohl sich ihr Körper versteifte, zog er sie an sich. „Lass mich dazu etwas sagen. Seit ich dich kennengelernt habe, habe ich mir viele Gedanken gemacht und habe mich in vielem geändert. Vorher war meine Welt schön ordentlich schwarz-weiß. Die Farbe hast du geändert, und das möchte ich nicht mehr verlieren. Nein, sag nichts", wiederholte er. „Öffne zuerst das Paket."

„Roy …"

„Bitte, öffne nur zuerst das Paket." Wenn er sie so gut kannte, wie er glaubte – wie er hoffte –, würde er ihr auf diese Weise mehr als mit Worten sagen können.

Kraft. Ihre Mutter hatte behauptet, sie sei voller Kraft. Jetzt musste sie es sich beweisen. Maddy wandte sich ab und öffnete das Paket. Einen Augenblick lang konnte sie nur hineinstarren.

„Ich habe dir keine Blumen geschickt", begann Roy. „Ich dachte, davon bekommst du genug. Ich dachte – ich hoffte –, das würde mehr ausdrücken. Hannah hat sich wirklich selbst übertroffen, sie herzubekommen."

Sprachlos nahm Maddy die Pflanze heraus. Sie hatte sie Roy gelb und dahinsiechend übergeben. Nun war sie grün und voller Leben, mit kräftigen jungen Trieben. Weil ihre Hände zittrig waren, stellte sie sie auf den Tisch.

„Ein kleines Wunder", meinte Roy halblaut. „Sie ist nicht eingegangen, als sie sollte. Sie hat dagegen angekämpft und ist wieder gediehen. Man kann Wunder erreichen, wenn man es nur stark genug will. Das hast du mir einmal gesagt, doch ich habe es nicht geglaubt. Jetzt glaube ich es." Er berührte ihr Haar und wartete, bis sie ihn ansah. „Ich liebe dich. Und ich will nichts anderes als es dir ein Leben lang beweisen."

Sie trat dicht an ihn heran. „Dann fang jetzt damit an."

Lachend und erleichtert fand sein Mund ihre Lippen. Mit einem kleinen Seufzer zog sie ihn fest an sich, mit der ganzen Liebe und der ganzen Kraft, die sie ihm versprechen würde.

Er löste sich noch einmal von ihr, da er auch noch das letzte Hindernis nehmen musste. „Das, was ich dir heute Nachmittag gesagt habe …"

Sie legte ihm nur einen Finger auf die Lippen und schüttelte den Kopf. „Du willst doch wohl jetzt nicht versuchen, dich davor zu drücken, mich zu heiraten?"

„Nein." Er zog sie wieder an sich. „Nein, aber ich kann dich nicht danach fragen, bevor du alles über mich weißt." Es war schwer, schwerer, als er gedacht hatte. Er ließ die Hände sinken. „Maddy, mein Vater …"

„Ist ein außergewöhnlicher Mann", beendete sie für ihn und nahm seine Hände. „Roy, er hat mir schon vor Wochen alles erzählt."

„Er hat es dir erzählt?"

„Ja. Hast du gedacht, das würde einen Unterschied machen?"

„Ich war mir nicht sicher."

Sie schüttelte den Kopf. Dann erhob sie sich auf die Zehenspitzen und küsste ihn wieder, mit der ganzen Kraft ihrer Liebe. „Sei ganz sicher. Hier gibt es zwar kein Kerzenlicht, und ich will auch nicht, dass du vor mir auf die Knie sinkst. Aber ich will, dass du mich fragst."

Er umfasste ihre Hände. Als er sie an seine Lippen hob, lag sein Blick fest auf ihr. „Ich liebe dich, Maddy. Ich will mit dir mein Leben verbringen, mit dir Kinder haben, mit dir glücklich sein. Ich will in der ersten Reihe sitzen, dich auf der Bühne vor Energie sprühen sehen und dabei wissen, nach der Vorstellung kommst du zu mir nach Hause. Willst du mich heiraten?“

Ganz langsam kam das Lächeln, bis es ihr ganzes Gesicht zum Strahlen brachte. Sie öffnete den Mund – und stöhnte auf, als es heftig an ihrer Tür klopfte.

„Schick sie weg.“

Maddy drückte Roys Hand. „Beweg dich nicht. Atme nicht einmal.“ Sie schlich zur Tür und riss sie auf, entschlossen, sie ebenso schnell wieder zu schließen.

„Gewonnen, Miss O'Hara!“ Übers ganze Gesicht grinsend, stand einer der Bühnenarbeiter vor der Tür. „Die ‚Mets‘ haben mit vier zu drei gewonnen. Scheint, heute können Sie einfach nicht verlieren.“

Maddy blickte sich um und lächelte Roy zu. „Wenn Sie wüssten, wie recht Sie haben!“

– ENDE –

Nora Roberts

Hinter dunklen Spiegeln

Roman

Aus dem Amerikanischen von
Anne Pohlmann

NEW YORK TIMES
BESTSELLER AUTOREN

PROLOG

„Ich weiß nicht, was wir mit dem Mädchen machen sollen." Frank O'Hara fuhr sich noch einmal mit der Puderquaste übers Kinn, damit es gleich auf der Bühne nicht glänzte. „Ach Molly, du machst dir zu viele Sorgen."

„Sorgen?" Molly mühte sich mit dem Reißverschluss ihres Kleides ab, blieb aber in der Garderobentür stehen, um den Gang im Auge behalten zu können. „Frank, wir haben vier Kinder, und ich liebe sie alle. Doch Carrie bringt nichts als Ärger."

„Du bist dem Mädchen gegenüber zu hart."

„Weil du nicht hart genug bist."

Auflachend drehte sich Frank um und nahm seine Frau in die Arme. Gut zwanzig Jahre Ehe hatten seine Gefühle für Molly um nichts schwächen können – auch wenn sie die Mutter seines zwanzigjährigen Sohnes und seiner drei Teenie-Töchter war. „Molly, mein Schatz, Carrie ist ein wunderschönes, junges Mädchen."

„Und sie weiß es." Unruhig behielt Molly über Franks Schultern die Tür am Ende des Korridors im Auge. Wo blieb das Mädchen? In fünfzehn Minuten mussten sie auf die Bühne.

Bei der Geburt ihrer drei Töchter, die nur um Minuten auseinanderlagen, hatte sie nicht im Traum daran gedacht, dass die älteste ihr mehr Sorgen als die beiden anderen zusammen bereiten würde.

„Gerade wegen ihres Aussehens kommen die Schwierigkeiten", fuhr Molly halblaut fort. „Wenn ein Mädchen wie Carrie aussieht, müssen ihr die Jungen einfach in Scharen nachlaufen."

„Sie weiß mit den Jungen umzugehen."

„Das bereitet mir zusätzliche Sorge. Sie weiß zu gut mit ihnen umzugehen. Sie ist erst sechzehn, Frank."

„Und wie alt warst du, als du und ich …"

„Das war etwas anderes", unterbrach Molly ihn, musste aber sofort über das eindeutige Grinsen ihres Mannes lachen. Sie wischte etwas Puder von seinen Rockaufschlägen. „Sie könnte nicht das Glück haben, einen Mann wie dich kennenzulernen."

„Und was ist das für eine Art von Mann?"

Sie ließ die Hände auf seinen Schultern liegen und sah ihn an. Sein Gesicht war schmal und mittlerweile von Fältchen gezeichnet, doch die

Augen waren immer noch die des wortgewandten jungen Mannes, der ihr den Kopf verdreht hatte. Auch wenn er ihr nie den Mond auf einem silbernen Tablett gebracht hatte, wie einmal von ihm versprochen, waren sie doch Lebenspartner im wahrsten Sinne des Wortes geworden – in Freud und Leid, durch dick und dünn. Und es hatte viel Dünnes gegeben. Mehr als die Hälfte ihres Lebens hatte sie mit diesem Mann verbracht, und doch gelang es ihm immer noch, sie zu bezaubern.

„Ein lieber Mann." Sie küsste ihn auf den Mund. Doch beim Geräusch der ins Schloss fallenden Tür entzog sich Molly ihrem Mann.

„Nun fall nicht gleich über sie her, Molly." Frank hielt seine Frau am Arm fest. „Dann verschließt sie sich doch nur. Außerdem ist sie jetzt ja da."

Verdrießlich sah Molly ihrer Tochter Carrie entgegen, die einen leuchtend roten Pullover und eine eng anliegende schwarze Hose trug, die die Linien ihres jugendlich aufblühenden Körpers betonten. Die frische Luft hatte Farbe auf ihre Wangen gebracht, wodurch die schon jetzt fast elegante Linie ihrer Wangenknochen noch unterstrichen wurde. Ihre Augen waren von einem sehr, sehr tiefen Blau und blickten kess und selbstbewusst.

„Carrie."

Mit dem ihr eigenen Gespür für ein wirkungsvolles Sich-in-Szene-Setzen drehte sich Carrie vor der Garderobe, die sie mit ihren Schwestern teilte, um. „Mom." Ein kleines Lächeln lag um ihre Mundwinkel, das sich vertiefte, als ihr Vater ihr über die Schulter ihrer Mutter zuzwinkerte. Sie wusste, auf Dad konnte sie immer zählen. „Ich weiß, ich bin etwas spät, aber ich schaffe es ja noch. Michael hat mich seinen Wagen fahren lassen", fügte sie begeistert hinzu.

„Den tollen kleinen roten Flitzer?" begann Frank und hüstelte dann, als er Mollys missbilligenden Blick bemerkte.

„Carrie, du hast deinen Führerschein erst seit ein paar Wochen." Wie hasste Molly solch tadelnde Zurechtweisungen. Sie wusste, wie es war, wenn man sechzehn war. Und weil sie es wusste, musste sie auf der Hut sein. „Dein Vater und ich halten dich noch nicht für erfahren genug, um einen Wagen zu fahren, wenn nicht einer von uns dabei ist. Und außerdem", fuhr sie fort, bevor Carrie Widerspruch anmelden konnte, „ist es dumm, sich ans Steuer eines fremden Wagens zu setzen."

„Wir waren auf den Landstraßen." Carrie trat auf sie zu und küsste ihre Mutter auf beide Wangen. „Mach dir nicht so viele Sorgen. Ich brauche etwas Spaß, sonst gehe ich ein wie eine Primel."

Da Molly ihre Tochter zu gut kannte, ließ sie sich nicht erweichen. „Carrie, du bist noch zu jung, um mit irgendeinem Jungen auszufahren."

„Michael ist kein Junge. Er ist einundzwanzig."

„Was meine Meinung nur noch bestärkt."

„Er ist ein Anmacher", bemerkte Terence ruhig, der sich ihnen näherte. Er zog nur eine Braue hoch, als Carrie sich mit funkelnden Augen zu ihm umdrehte. „Und wenn ich herausbekomme, dass er dich anfasst, dann wird er sein blaues Wunder erleben."

„Das geht dich nichts an." Es war eine Sache, von ihrer Mutter zurechtgewiesen zu werden, doch etwas ganz anderes, wenn sie es sich von ihrem Bruder anhören musste. „Ich bin sechzehn, nicht sechs, und ich habe es satt, bevormundet zu werden."

Beim Anblick der beiden spürte Frank Stolz in sich aufsteigen. Die beiden waren die Hitzköpfe der Familie, und er liebte sie von ganzem Herzen. „In Ordnung, in Ordnung." Beschwichtigend stellte er sich zwischen die beiden. „Das hat alles Zeit bis später. Jetzt muss Carrie sich umziehen. Zehn Minuten, Prinzesschen", sagte er halblaut zu ihr. „Und nicht trödeln. Komm, Molly, wir wollen die Leute draußen in Stimmung bringen."

Molly warf Carrie einen Blick zu, der ihr zu verstehen gab, dass die Angelegenheit noch nicht erledigt war. „Du verstehst hoffentlich, dass wir ein Recht haben, uns Sorgen um dich zu machen."

„Vielleicht." Carries Kinn war noch entschlossen vorgestreckt. „Aber du brauchst es nicht. Ich kann schon seit einer Weile auf mich selbst aufpassen."

Mit einem kleinen Seufzer folgte Molly ihrem Mann zu der kleinen Bühne, wo sie sich den Lebensunterhalt für den Rest der Woche verdienen würden.

Alles andere als besänftigt, musterte Carrie ihren Bruder erneut. „Ich entscheide, wer mich anfasst, Terence. Vergiss das nicht."

„Pass lieber auf, dass dein Freund mit dem tollen Wagen sich anständig benimmt. Es sei denn, es gefällt dir, wenn er beide Arme in Gips hat."

„Ach, geh zum Teufel.“

„Möglich“, entgegnete er leichthin und zog sie dann leicht am Haar. „Ich werde dir dann den Weg zeigen, mein liebes Schwesterchen.“

Weil sie am liebsten gelacht hätte, riss Carrie die Tür auf und warf sie ihrem Bruder vor der Nase zu.

Maddy, die Alana beim Zuknöpfen ihres Kostüms half, blickte auf. „Hast du dich doch noch entschlossen zu kommen?“

„Fang du jetzt bitte nicht auch noch davon an.“ Carrie nahm ihr Kostüm, das gleiche wie das ihrer Schwestern, von der Garderobenstange.

„Fällt mir nicht im Traum ein – obwohl es sich eben vom Flur her ganz interessant angehört hat.“

„Wenn sie sich wegen mir doch endlich nicht mehr so anstellen würden.“ Carrie zog ihren Pullover über den Kopf.

„Sieh es doch einmal so herum“, entgegnete Maddy. „Sie sind so damit beschäftigt, sich wegen dir anzustellen, dass sie sich kaum einmal Alana und mich vornehmen können.“

„Ihr steht also in meiner Schuld.“

„Mom hat sich wirklich Sorgen gemacht“, warf Alana ein.

Carrie spürte jetzt doch ein kleines Schuldgefühl. „Das braucht sie nicht. Mit mir ist alles in Ordnung, und ich habe meinen Spaß gehabt.“

„Hat er dich wirklich seinen Wagen fahren lassen?“, fragte Maddy interessiert und nahm die Bürste, um Carrie beim Frisieren zu helfen.

„Ja. Ich habe mich gefühlt wie … Ich weiß auch nicht. Irgendwie wichtig.“ Sie sah sich in dem kleinen, fensterlosen Raum mit seinem Betonboden und schäbigen Wänden um. „Wisst ihr, ich will einfach nicht immer in einem Loch wie diesem stecken.“

„Jetzt klingst du ganz wie Dad.“ Lächelnd rückte Alana ihr die Schminkdöschen zurecht.

„Nein.“ Aus jahrelanger Erfahrung heraus trug sich Carrie schnell ihr Make-up auf. „Eines Tages werde ich eine Garderobe haben, die dreimal so groß ist. Ganz in Weiß, mit einem Teppich, der so dick ist, dass man bis zu den Knöcheln einsinkt.“

„Ich hätte es lieber farbig“, entgegnete Maddy und ließ sich einen Moment lang von der Träumerei anstecken. „Farben über Farben.“

„Weiß“, betonte Carrie. Sie erhob sich rasch vom Schminktisch, um sich ihr Kostüm anzuziehen. „Und an der Tür ist ein Stern. Ich werde in einer Limousine fahren und habe einen Sportwagen, neben dem der von Michael wie ein Spielzeug aussieht.“ Ihre Augen waren ganz dunkel geworden, während sie das Kostüm überzog, das schon unzählige Male geflickt worden war. „Und ein Haus mit einem Riesengarten, und einen gekachelten Pool.“

Weil der Hang zum Träumen ihnen vererbt worden war, spann Alana das Bild weiter aus, während sie Carries Kostüm hinten zuknöpfte. „Wenn du ins Restaurant gehst, erkennt der Besitzer dich sofort und gibt dir den besten Tisch und eine Flasche Champagner auf Kosten des Hauses.“

„Du bist den Fotografen gegenüber immer freundlich.“ Maddy gab Carrie ihre Ohrringe. „Und verweigerst nie ein Autogramm.“

„Natürlich.“ Carrie befestigte die Glasklips an ihren Ohren und träumte von Diamanten. „Es gibt im Haus zwei riesige Prunkzimmer für meine beiden Schwestern. Abends sitzen wir zusammen und essen Kaviar.“

„Lieber Pizza“, verbesserte Maddy sie.

„Pizza und Kaviar“, warf Alana ein.

Lachend legte Carrie die Arme um die Taillen ihrer Schwestern. „Wir werden es weit bringen. Wir werden uns einen Namen machen.“

„Das haben wir doch schon“, entgegnete Alana. „‚Die O’Hara-Drillinge‘.“

Carrie betrachtete ihr Spiegelbild. „Und den wird niemand jemals vergessen“, sagte sie leise.

1. KAPITEL

Das Haus war riesig und weiß. Durch die Terrassentür, die Carrie unverschlossen gelassen hatte, kam ein Luftzug und der Duft des Gartens herein. Hinten auf dem Rasen war ein kunstvoller Marmorspringbrunnen, den Caroline – kurz Carrie genannt – aber kaum einmal anstellte, wenn sie allein war. In seiner Nähe erstreckte sich der Pool, achteckig, an den sich der überdachte Innenhof und daneben ein kleineres, ebenfalls weißes Gebäude anschlossen. Hinter einer Baumgruppe war ein Tennisplatz angelegt, doch es war schon Wochen her, dass Carrie Zeit oder Lust für ein Spiel gehabt hatte.

Das ganze Anwesen war von einer Mauer in doppelter Mannshöhe umgeben, die Carrie abwechselnd das Gefühl von Sicherheit oder von Eingesperrtsein vermittelte. Doch im Innern des Hauses, mit seinen hohen Räumen und kühlen weißen Wänden, vergaß sie häufig die Mauer und die Alarmanlage und das elektronisch überwachte Eingangstor. Das war der Preis, den sie für den Ruhm zahlte, nach dem sie immer gestrebt hatte.

Die Personalwohnungen lagen im Westflügel, dort rührte sich jetzt noch niemand. Die Morgendämmerung war kaum angebrochen, und Carrie war allein. Manchmal war ihr der Sinn danach.

Als sie das Haar unter einen Hut steckte, überprüfte sie das Ergebnis nicht im Spiegel. Das weite Hemd und die flachen Schuhe waren nach den Gesichtspunkten von Bequemlichkeit und nicht Eleganz ausgewählt worden. Das Gesicht, das schon die Herzen vieler Männer gebrochen und den Neid vieler Frauen erregt hatte, blieb ungeschminkt. Carrie verbarg es unter der breiten Hutkrempe und einer riesigen Sonnenbrille. Als sie nach ihrer Tasche griff, die, wie sie hoffte, alles enthielt, was sie während des Tages brauchen würde, summte die Wechselsprechanlage neben der Tür.

Sie warf einen Blick auf ihre Uhr. Viertel vor sechs. Dann drückte sie den Knopf. „Auf die Minute pünktlich."

„Guten Morgen, Miss O'Hara."

„Guten Morgen, Robert. Ich bin sofort unten." Nachdem sie den Schalter gedrückt hatte, der das Eingangstor entsicherte, ging Carrie die Treppe mit Mahagonigeländer hinunter, über der ein Kronleuchter hing, dessen Kristallschliff in der Dämmrigkeit nichts von dem funkelnden Lichtspiel zeigte. Das Haus war der Rahmen für den Star, der zu werden sie keine Mühe gescheut hatte. Und doch erschien ihr manchmal alles noch wie ein Traum, den sie nur mit Anstrengung und Geschicklichkeit aufrechterhalten konnte. Andererseits hatte sie im Leben immer gearbeitet und fühlte sich auch berechtigt, die Früchte ihrer Arbeit zu genießen.

Als sie auf die Eingangstür zuging, läutete das Telefon. Carrie eilte zurück ins Arbeitszimmer und nahm den Hörer ab. „Hallo." Automatisch nahm sie einen Stift, um sich, wenn nötig, eine Notiz machen zu können.

„Ich würde dich jetzt gern sehen." Der ihr bekannte heisere Flüsterton ließ ihre Handflächen feucht werden. Der Stift fiel ihr aus der Hand. „Warum hast du deine Nummer ändern lassen? Du hast doch keine Angst vor mir? Du brauchst keine Angst zu haben, Carrie. Ich will dir nichts tun. Ich will dich nur berühren. Nur berühren. Ziehst du dich gerade an? Bist du …"

Mit einem verzweifelten Aufschrei warf Carrie den Hörer auf die Gabel. Ihre Atemzüge schienen in dem großen, leeren Haus widerzuhallen. Es begann also wieder …

Minuten später bemerkte ihr Fahrer nur, dass sie ihn nicht mit dem sonst üblichen koketten Lächeln begrüßte, bevor sie hinten in die Limousine stieg. Mit geschlossenen Augen legte Carrie den Kopf zurück und zwang sich zur Ruhe. In wenigen Stunden würde sie vor der Kamera stehen und alles geben müssen. Das war ihr Beruf. Das war ihr Leben. Sie durfte nicht zulassen, dass das durch irgendetwas störend beeinflusst wurde … selbst wenn es die Angst vor einem heiseren Flüstern am Telefon oder anonymen Briefen war.

Als die Limousine auf das Studiogelände fuhr, hatte sich Carrie wieder unter Kontrolle. Hier sollte sie sich doch sicher fühlen können. Hier konnte sie sich ganz in die Arbeit stürzen, die immer noch große Faszination auf sie ausübte. Im Innern der vielen großen Gebäude wurde Zauber gestaltet, und sie war ein Teil davon. Selbst das Hässliche war hier nur Schein. Mord, Körperverletzung und Leidenschaft, alles konnte vorgetäuscht werden. Fantasieland, so nannte ihre Schwester Maddy es, und das war nur zu wahr. Aber, dachte Carrie lächelnd, man muss schon wie ein Ochse ackern, um die Fantasie Wirklichkeit werden zu lassen.

Um halb sieben saß Carrie in der Maske, und um sieben wurde ihr Haar zurechtgemacht. Sie waren erst seit einer Woche in den Dreharbeiten, und alles war noch frisch und neu. Während die Friseuse aus ihrem Haar die Mähne machte, die die Rolle heute erforderte, überlas Carrie noch einmal ihren Text.

„Eine unglaubliche Fülle“, meinte die Friseuse halblaut, während sie Carries Haar fönte. „Und diese Farbe.“ Sie beugte sich vor, um im Spiegel das Ergebnis ihrer Arbeit zu prüfen. „Selbst ich konnte lange nicht glauben, dass sie echt sind.“

„Das kommt von meiner Großmutter väterlicherseits.“ Carrie drehte den Kopf, um ihr linkes Profil zu überprüfen. „In dieser Szene bin ich zwanzig, Margo. Ob man mir das abnimmt?“

Lachend trat die resolute Rothaarige zurück. „Das sollte die geringste Sorge sein. Es ist nur zu schade, dass sie Regen über unser Kunstwerk gießen.“ Sie drückte noch ein letztes Mal die Frisur zurecht.

„Sie sagen es.“ Carrie erhob sich. „Danke, Margo.“ Sie hatte kaum zwei Schritte gemacht, als ihr Assistent auftauchte. Carrie hatte ihn eingestellt, weil er jung und eifrig war und keinen Ehrgeiz hatte, Schauspieler zu werden. „Wollen Sie mich antreiben, Larry?“

Larry Washington errötete und geriet ins Stammeln, wie immer während der ersten fünf Minuten in Carries Gegenwart. Er war obenrum ziemlich gut gebaut, frisch aus dem College und hatte ein Gedächtnis, dem keine Kleinigkeit verloren ging. Im Augenblick war sein größter Wunsch, einen Mercedes zu besitzen. „Oh, Sie wissen doch, dass ich das nie tun würde, Miss O’Hara.“

Carrie tätschelte ihm die Schulter, was seinen Blutdruck ansteigen ließ. „Jemand muss das tun, Larry. Würden Sie bitte dem Regieassistenten Bescheid sagen, dass ich in meiner Garderobe bin, bis alles zur Probe bereit ist?“

Gemeinsam verließen sie den Raum. Carrie nickte den Männern zu, die letzte Hand an die Kulisse für die erste Szene legten, einen Bahnhof, komplett mit Gleisen, Waggons und einem Eisenbahndepot. Dort würde sie sich verzweifelt von ihrem Liebhaber verabschieden.

„Ich wollte Sie noch an Ihr Interview erinnern. Der Reporter vom ‚Star Gaze‘ kommt Punkt halb eins. Dean von der Öffentlichkeitsarbeit lässt fragen, ob er dabei sein soll.“

„Nein, das geht schon in Ordnung. Ich kann mit Reportern umgehen. Würden Sie mir bitte Obst, Sandwiches und Kaffee besorgen? Nein, besser Eistee. Das Interview werde ich in meiner Garderobe geben."

„In Ordnung, Miss O'Hara." Gewissenhaft notierte Larry alles in seinem Notizbuch. „Noch etwas?"

An der Tür ihrer Garderobe blieb sie stehen. „Wie lange arbeiten Sie jetzt schon für mich, Larry?"

„Etwas über drei Monate, Miss O'Hara."

„Ich denke, Sie sollten mich allmählich Carrie nennen." Sie lächelte über seine erstaunte Freudensmiene und betrat ihre Garderobe.

Zielstrebig durchquerte sie den Raum und ging in das kleinere Ankleidezimmer, das sich an ihn anschloss. Ihre Zeit war begrenzt, und sie wollte sie nicht vertrödeln. Sie wechselte ihre eigenen Sachen gegen die Jeans und den Pullover aus, die sie in der ersten Szene tragen würde.

Sie stellte eine kämpferische zwanzigjährige Kunststudentin dar, am Ende ihrer ersten Liebe. Carrie nahm sich wieder das Textbuch vor. Es war gut und solide. Die Rolle gab ihr die Möglichkeit, eine Bandbreite vieler Gefühle auszudrücken, die ihr ganzes Talent in Anspruch nehmen würde. Es war eine Herausforderung, und sie würde sie annehmen.

Als sie „Strangers" gelesen hatte, hatte sie sich sofort in die Rolle der Hailey hineinversetzen können, der jungen Künstlerin, die von dem einen Mann betrogen und von dem anderen gequält wurde – der jungen Frau, die am Ende Erfolg hatte, doch in der Liebe verlor. Carrie verstand Hailey. Sie kannte Betrogenwerden. Und, dachte sie, als sie sich in dem eleganten kleinen Ankleideraum umsah, ich kenne Erfolg und den Preis, der dafür gezahlt werden muss.

Obwohl sie ihren Text kannte, nahm sie das Textbuch mit, als sie in den Empfangsraum zurückging. Mit Glück hatte sie noch Zeit für eine schnelle Tasse Kaffee, bevor sie mit der ersten Szene beginnen würden. Während der Dreharbeiten für einen Film konnte Carrie problemlos von Kaffee, einem kleinen Imbiss und wieder Kaffee leben. Die Arbeit an ihrer Rolle sättigte sie. Auch fürs Einkaufen, einen Sprung in den Pool oder eine Massage war kaum Zeit, bis ein Film abgedreht war. Das waren die Belohnungen nach erfolgreicher Arbeit.

Als Carrie sich setzen wollte, fiel ihr Blick auf eine Vase mit leuchtend roten Rosen. Wahrscheinlich von einem vom Produktionsteam, dachte sie, während sie hinüberging, um die beiliegende Karte zu lesen. Kaum hatte sie sie aus dem Umschlag genommen, fiel sie ihr auch schon aus der Hand und auf den Boden.

Ich beobachte Dich immer. Immer.

Es klopfte an der Tür, und sie zuckte zusammen. Süß und schwer lag der Duft der Rosen im Raum. Carrie starrte die Tür an und spürte zum ersten Mal wirkliche Angst.

„Miss O'Hara ... Carrie, ich bin's, Larry. Ich bringe Ihren Kaffee."

Sie rannte zur Tür und riss sie auf. „Larry ..."

„Er ist schwarz, wie Sie ... Was ist los?"

„Ich ..." Sie brach ab. Beherrschung, ermahnte sie sich verzweifelt. Sie könnte alles verlieren, wenn sie ihre Selbstbeherrschung verlor. „Larry, wissen Sie etwas über diese Blumen?" Sie zeigte nach hinten, aber sah sich nicht um.

„Die Rosen? Eine der Lieferantinnen hat sie gefunden, als sie das Frühstück gebracht hat. Da Ihr Name dranstand, habe ich sie hereingebracht. Ich weiß doch, wie sehr Sie Rosen mögen."

„Schaffen Sie sie weg."

„Aber ..."

„Bitte." Sie verließ ihre Garderobe. Menschen. Sie brauchte viele Menschen um sich. „Schaffen Sie sie weg, Larry."

„Natürlich." Er starrte ihr nach. „Sofort."

Es war Zeit zum Arbeiten, und nichts durfte sich dem störend entgegenstellen – auch nicht einige Angst einjagende Worte auf einer Karte. Für ihr Image von Glanz und Eleganz hatte Carrie hart gearbeitet. Ebenso hart hatte sie dafür gearbeitet, nicht den Ruf einer launischen Diva zu bekommen. Sie war immer pünktlich und kannte ihren Text. Und wenn eine Szene zehnmal gedreht werden musste, dann musste sie eben zehnmal gedreht werden. Daran erinnerte sie sich, als sie sich ihrem Filmpartner Sean Carter und der Regisseurin näherte.

„Wie schaffst du es nur, immer auszusehen, als wärst du gerade einem Modejournal entschlüpft?" Sean selbst hatte gerade seinen schweren Kopf von der letzten Nacht mit vier Aspirin und drei Tassen Kaffee behandelt und die Schatten unter den Augen mit Schminke verdeckt. Trotz allem schaffte er es, jugendlich, gesund und gut auszusehen – der Traum eines jeden romantischen Mädchens.

Carrie strich ihm über die Wange. „Darling, weil es so ist."

„Was für eine Frau." Da das Aspirin ihm seine Lebensgeister zurückgegeben hatte, ergriff Sean Carrie und beugte sie mit einer dramatischen Geste zurück. „Eine Frage, Rothschild", fragte er die Regisseurin, während sich seine Lippen Millimeter über Carries befanden. „Wie kann ein Mann mit klarem Verstand eine Frau wie diese verlassen?"

„Du, beziehungsweise Brad", verbesserte Mary Rothschild im Hinblick auf Seans Rolle im Film, „bist auch nicht gerade ein Mann mit klarem Verstand."

„Du bist ein richtig mieser Kerl", erinnerte Carrie Sean.

Sean löste sich von Carrie. „So etwas konnte ich seit fünf Jahren nicht mehr spielen. Ich glaube, ich habe dem Autor noch gar nicht richtig dafür gedankt."

„Das kannst du auch später noch", wehrte die Regisseurin ab. „Er ist dort drüben."

Carrie warf einen Blick zu dem großen, nervösen Mann hinüber, der kettenrauchend am Rande der Kulisse stand. Sie war ihm bisher erst einige Male begegnet, wobei er sich nie zu etwas anderem geäußert hatte, was nicht direkt mit seinem Drehbuch und dessen Figuren zu tun hatte. Sie lächelte unverbindlich, aber freundlich zu ihm hinüber, bevor sie sich wieder der Regisseurin zuwandte.

Während Rothschild die Szene umriss, verbannte Carrie alle anderen Gedanken. Jetzt zählten nur noch der Liebeskummer und die Hoffnung, die ihre Rolle von ihr verlangte, als ihr Freund wegfuhr.

„Ich finde, ich sollte dein Gesicht berühren." Carrie legte eine Hand an Seans Wange und sah ihm während dieser Geste innig in die Augen.

„Und dann umfasse ich dein Handgelenk." Sean führte es aus und hob dann ihre Hand an seine Lippen.

„Ich werde auf dich warten und so weiter und so weiter." Carrie deutete ihren Text an, während einer der Techniker mit lautem Geklapper ein Tor aufstellte. Sie seufzte gepresst und schmiegte ihre Wange an Seans. „Und dann umarme ich dich."

„Lass es uns so versuchen.“ Sean umfasste mit liebevoller Geste ihre Schulter und sah ihr einen Augenblick lang tief in die Augen, bis er ihre Mundwinkel zärtlich kitzelnd küsste.

„O Brad, bitte, nicht. Sonst küsse ich dich, bis dir die Luft ausbleibt.“

Sean grinste lausbübisch. „Nur zu.“

„Also, fangen wir an.“ Rothschild hob die Hand. Weibliche Regisseure waren immer noch eher die Ausnahme als die Regel, weshalb sie sich und ihrem Team Hundertfünfzigprozentiges abverlangen mussten. „Ich will, dass es richtig brodelt, wenn ihr zu dem Kuss kommt“, wies sie ihre zwei Hauptdarsteller an. „Dir müssen die Tränen kommen, Carrie. Vergiss nicht, tief in deinem Herzen weißt du, dass er nicht zurückkehrt.“

„Ich bin eben ein mieser Kerl“, bemerkte Sean honigsüß.

„Plätze einnehmen.“

Statisten nahmen ihre Positionen ein. Ein paar Männer vom Kamerateam unterhielten sich weiter über ein Pokerspiel.

„Ruhe.“ Rothschild selbst suchte sich ihren Platz, der ihr den besten Blickwinkel für Carries Auftritt bot. „Los geht’s, Herrschaften, wir haben keine Zeit zu verlieren.“

Carrie eilte auf den Bahnsteig und sah sich erregt um, während Gruppen von Menschen um sie herumgingen. Ihre Miene spiegelte alles wider, ihre Verzweiflung, das letzte Aufflackern von Hoffnung, den Traum vom Glück, den sie noch nicht aufgeben wollte. Ein Unwetter – dank der Spezialeffekte – zog auf. Zuckende Blitze und rollender Donner. Und dann sah sie Brad. Sie rief seinen Namen und bahnte sich ihren Weg durch die Menge zu ihm.

Die Szene wurde dreimal wiederholt, bis Rothschild nichts mehr anzumerken hatte und die Szene aufgenommen werden konnte. Carries Make-up und Frisur wurden erneuert. Als die Klappe ging, war sie bereit.

Während des Vormittags wurde Bild für Bild die erste Szene vervollkommnet, Carries Suche, ihre Unruhe, das Vorbeieilen der Menschen, ihre Begegnung mit Brad. Immer wieder wurden dieselben Bewegungen, dieselben Worte wiederholt, die Kamera manchmal nicht mehr als dreißig Zentimeter von ihr entfernt.

Schließlich gab Rothschild das Zeichen für den Regen. Die Sprinkleranlage ließ einen Sprühregen über Carrie niedergehen, während sie Brad anblickte. Ihre Augen füllten sich mit Tränen, und mit bebender Stimme bat sie ihn, sie nicht zu verlassen. Nass und fröstelnd wiederholten sie bis zur Mittagspause das Bild, das später auf dem Bildschirm nur wenige Minuten zu sehen sein würde.

In ihrer Garderobe zog Carrie die Kleider der Hailey aus und übergab sie der Assistentin der Kostümbildnerin zum Trocknen. Die Rosen waren weg, doch Carrie glaubte, sie noch riechen zu können. Als Larry kam, um ihr die Ankunft des Reporters mitzuteilen, bat sie ihn um fünf Minuten Aufschub und schickte ihn hinaus.

Ich habe es zu lange hinausgezögert, redete sie sich zu, als sie den Telefonhörer abnahm. Es würde nicht aufhören, und sie war an einem Punkt angelangt, wo sie einfach nicht mehr konnte.

„Burns-Agentur."

„Ich möchte Matt sprechen."

„Entschuldigung, Mr. Burns ist in einer Besprechung. Ich …"

„Hier spricht Caroline O'Hara. Ich muss Matt sofort sprechen."

„Aber natürlich, Miss O'Hara."

Ein kleines Lächeln konnte Carrie nicht unterdrücken, als die Telefonistin so schnell ihren Tonfall änderte. Während sie wartete, suchte sie in der Schublade nach der Packung Zigaretten, die sie dort immer für Ausnahmesituationen aufbewahrte.

„Carrie, was ist los?"

„Ich muss dich sehen. Heute Abend."

„Schätzchen, ich habe bis über die Ohren zu tun. Verschieben wir es doch auf morgen."

„Heute Abend." Ein Anklang ihrer Panik brach durch. Carrie zündete sich eine Zigarette an und inhalierte tief. „Es ist wichtig. Ich brauche Hilfe." Langsam blies sie den Rauch aus. „Ich brauche wirklich deine Hilfe, Matt."

Er hatte noch nie Angst aus ihrer Stimme herausgehört, und so zweifelte er nicht an der Bedeutsamkeit ihres Anliegens. „Dann komme ich um – sagen wir, acht Uhr? Aber worum dreht es sich denn überhaupt?"

„Acht ist gut. Ich kann dir am Telefon nichts Näheres sagen." Sie fand ein wenig zu ihrer inneren Ruhe zurück, jetzt, wo sie den ersten Schritt machte und endlich etwas unternahm. Und so fiel es ihr kurz darauf auch nicht schwer, den Reporter mit einem reizenden Lächeln hereinzubitten.

„Zum Teufel! Warum hast du mir vorher nichts davon erzählt?" Matt Burns schritt in Carries weiträumigem Wohnzimmer mit einem für ihn ungewöhnlichen Gefühl von Hilflosigkeit auf und ab. In zwölf Jahren hatte er sich vom Boten zum Assistenten und zum bedeutenden Filmagenten hochgearbeitet, wohin er nicht gelangt wäre, wenn er sich nicht in jeder beliebigen Situation richtig zu verhalten gewusst hätte. Doch jetzt hatte er das Gefühl, ein Hornissennest in der Hand zu halten und nicht zu wissen, wohin er es werfen sollte. „Verdammt, Carrie, wie lange geht das schon so?"

„Der erste Anruf kam vor ungefähr sechs Wochen." Carrie saß auf ihrem niedrigen graphitfarbenen Sofa und trank ein Glas Mineralwasser. Ebenso wie Matt verabscheute auch sie das Gefühl von Hilflosigkeit. Noch mehr missfiel ihr, einen anderen Menschen um Rat wegen eines persönlichen Problems zu bitten.

„Matt, die ersten Briefe, die ersten Anrufe schienen harmlos zu sein." Die Eiswürfel klickten gegen das Glas, als sie es abstellte und gleich wieder hob. „In allen Magazinen, auf jedem Bildschirm ist mein Gesicht zu sehen, da errege ich natürlich Aufmerksamkeit – und nicht immer angenehme. Ich habe gedacht, wenn ich kein Aufhebens um die Geschichte mache, würde sie aufhören."

„Aber sie hat nicht aufgehört."

„Nein." Sie sah auf ihr Glas hinunter und erinnerte sich an die Worte auf der Karte. *Ich beobachte Dich immer. Immer.* „Nein, sie ist schlimmer geworden." Sie zuckte die Schultern im Versuch, ihm – und sich – vorzumachen, dass alles halb so schlimm sei. „Ich habe meine Telefonnummer ändern lassen. Und eine Zeit lang hatte ich Ruhe."

„Du hättest es mir sagen müssen."

„Du bist mein Agent, nicht meine Mutter."

„Ich bin dein Freund", erinnerte er sie.

„Ich weiß." Sie nahm seine Hand. Echte Freundschaft gab es selten in der Welt, die sie für sich gewählt hatte. „Darum habe ich dich auch angerufen, bevor ich unüberlegte Schritte mache. Ich bin eigentlich keine hysterische Frau."

Er musste lachen, löste dann seine Hand aus ihrer, um sich noch einen Drink einzugießen. „Alles andere als das, wenn ich darüber nachdenke."

„Diese Rosen ... Mir war klar, dass ich etwas unternehmen musste, ich wusste nur nicht, was."

„Das Was ist, die Polizei zu verständigen."

„Auf keinen Fall." Sie hob einen Finger, als er Einwände erheben wollte. „Matt, du weißt ebenso gut wie ich, was dann passiert. Wir verständigen die Polizei, und sofort bekommt die Presse Wind davon. Schlagzeile: ‚Caroline O'Hara – von geheimnisvollem Bewunderer verfolgt. Flüstern durchs Telefon. Verzweifelte Liebesbriefe.'" Sie fuhr sich durchs Haar. „Wir könnten das vielleicht durch Humor entkräften, wir könnten es sogar als Publicity nutzen. Aber es würde nicht lang dauern, bis andere Überdrehte ebenfalls auf den Gedanken kommen, mir Fanpost zu schicken. Vielleicht sogar vor dem Eingangstor kampieren. Ich bezweifle, dass ich mehr als einen von ihnen zur gleichen Zeit verkraften kann."

„Und wenn er gewalttätig wird?"

„Meinst du, daran hätte ich nicht selbst gedacht?" Sie bediente sich mit einer von seinen französischen Zigaretten und wartete, bis er ihr Feuer gab.

„Du brauchst Schutz."

„Vielleicht." Hastig inhalierte sie. „Vielleicht muss ich mich wirklich dazu durchringen. Aber ich bin mitten in einem Film. Es würde bemerkt und natürlich geredet werden." Ihr gelang ein kleines Lächeln. „Meine Affären und mein erotisches Image sind eine Sache. Aber mein Leben – wie es wirklich ist – eine andere. Also keine Polizei, Matt, wenigstens nicht jetzt. Es muss eine andere Möglichkeit geben."

Er nahm einen Zug von seiner Zigarette und blies nachdenklich den Rauch aus. Er hatte Carries Karriere von Anfang an begleitet, von den Shampoo-Werbespots bis zu den Spielfilmen, und es war selten, sehr selten gewesen, dass sie ihn einmal wegen einer persönlichen Sache um Rat gefragt hatte. In all den Jahren hatte selbst er selten hinter ihr Image blicken können, das sie beide geschaffen hatten.

„Ich denke, ich kenne eine. Vertraust du mir?"

„Habe ich das nicht immer?"

„Warte einen Moment. Ich muss telefonieren."

Carrie lehnte sich zurück und schloss die Augen. Vielleicht maß sie dem Ganzen zu viel Bedeutung bei. Vielleicht verhielt sie sich lächerlich überdreht wegen eines Fans, der in seiner Bewunderung einige Schritte zu weit gegangen war.

Ich beobachte Dich ... beobachte Dich ...

Nein. Carrie sprang auf und schritt im Zimmer auf und ab. Ihr gefiel es, beobachtet zu werden – auf dem Bildschirm. Sie nahm es hin, fotografiert zu werden, wenn sie sich in einem Club, bei einer Party oder Premiere sehen ließ. Aber das hier war ... beängstigend, gestand sie sich schließlich ein. Als würde sie gerade jetzt jemand durchs Fenster beobachten. Der Gedanke ließ sie sich nervös umdrehen. Natürlich war niemand da. Sie hatte das elektronisch überwachte Tor, die Mauern, die Sicherheitsanlage. Aber sie konnte sich nicht vierundzwanzig Stunden täglich in ihrem Haus verschließen.

Vor dem antiken Spiegel über dem weißen Marmorkamin blieb sie stehen. Dort war ihr Gesicht, ein Gesicht, das als einzigartig schön, sogar herzlos schön bezeichnet wurde. Sie selbst nahm es als glücklichen Zufall, diese Kombination eines perlmuttfarbenen Teints mit den tiefblauen Augen und den hohen Wangenknochen. Der klassisch ovale Schnitt, die vollen sinnlichen Lippen und das üppige silberblonde Haar ... Ihr Gesicht war nicht ihr Verdienst. Sie war damit geboren worden. Aber für den Rest hatte sie arbeiten müssen. Hart arbeiten.

Seit sie laufen konnte, war sie aufgetreten, war mit ihrer Familie durchs Land gezogen, von einem Club und Provinztheater zum nächsten. Sie hatte ihren Beitrag geleistet, schon lange bevor sie mit neunzehn nach Hollywood gekommen war – entschlossen, nicht mit einem sternenverhangenen Blick. Sie hatte kleine Rollen bekommen und verloren, sie hatte für Shampoos und Parfums in eindeutig sexistischen, oft dummen Werbespots geworben. Als sie ihre erste Chance bekam, war sie ohne Wenn und Aber bereit gewesen, den Männer mordenden Vamp zu spielen.

„Er kommt sofort."

„Wie bitte?" Carrie schreckte aus ihrer Gedankenversunkenheit vor ihrem Spiegelbild auf, als Matt wieder den Raum betrat.

„Ich sagte, er kommt sofort. Und jetzt werde ich dir einen richtigen Drink mixen."

„Nein, ich brauche für die Dreharbeiten morgen früh einen klaren Kopf. Wer kommt?"

„Kirk Doran."

Carrie vergrub die Hände in den Taschen ihres weißen seidenen Hausanzugs. „Wer ist Kirk Doran?"

„Er ist eine Art von Privatdetektiv und hat eine Agentur für Sicherheits- und Überwachungsaufträge. Ich glaube, er war auch schon in ganz geheimer Mission für unsere Regierung tätig."

„Klingt aufregend, aber ich glaube, ich brauche keinen Schnüffler, Matt. Ein dreihundert Pfund schwerer Ringer wäre mir lieber."

„Und unübersehbarer. Du kannst natürlich einige Schläger als Leibwächter einstellen, Schätzchen, aber du willst doch Köpfchen und Diskretion. Und das ist Kirk. Er ist nicht gerade pflegeleicht, nicht besonders geschliffen, aber ich vertraue ihm völlig."

Carrie verzog das Gesicht. „Ich weiß nicht. Aus irgendeinem Grunde mag ich ihn jetzt schon nicht."

„Du bist einfach nervös." Matt tätschelte ihr Knie. „Aber das ist nur zu verständlich."

„Nein." Sie lächelte, entschlossen, ihre düstere Stimmung aufzuhellen. „Nerven passen nicht zu meinem Image … Übrigens ein Image, das ich mit deiner Hilfe aufgebaut habe."

Er betrachtete die fließende weiße Seide, die so gut zu ihr passte. „Meine Hilfe hast du dabei gar nicht gebraucht. Das Talent ist dir in die Wiege gelegt worden. Ich habe dir nur dabei geholfen, es zu entfalten." Es klingelte. „Ich gehe schon."

Carrie hob ihr Glas mit dem nun lauwarmen Mineralwasser und schwenkte es nachdenklich. Wenn Matt diesen Kirk Doran als geeignet zur Lösung ihres Problems einstufte, dann sollte sie ihm vertrauen. Aber es wurmte sie, es wurmte sie entsetzlich, ihre persönlichen Probleme einem Fremden anzuvertrauen.

Dann trat der Fremde ein.

Wenn Carrie die Rolle eines Spions oder eines Privatdetektivs oder eines Straßenkämpfers hätte besetzen müssen, wäre ihre Wahl wahrscheinlich auf Kirk Doran gefallen. Er füllte die Türöffnung zu ihrem Wohnzimmer aus, um einiges größer und die Schultern breiter als Matt. Dabei war er durchtrainiert und schlank, sodass er sich, wie sie annahm, schnell und gut zu bewegen wusste. Carrie spürte eine ganz natürliche weibliche Anerkennung … was sie aber dann korrigierte, als sie sein Gesicht betrachtete.

Es war nicht filmstarmäßig gut aussehend, sondern strahlte ein raues Selbstbewusstsein aus, das das Herz jeder Frau höher schlagen lassen konnte. Dunkles, dicht gelocktes Haar fiel ihm hinten bis über den Kragen seines Freizeithemdes. Er hatte einen gebräunten Teint, und seine hellgrünen Augen blickten fast erschreckend kühl. Seine Wimpern waren für einen Mann zu lang und zu dicht, doch alles andere als feminin. Überhaupt gab es nichts an ihm, was nicht total männlich war. Seine Bewegungen hatten etwas Kraftvolles, Zielstrebiges.

Als er sich ihr näherte, verzogen sich seine Mundwinkel leicht, doch Carrie konnte weder Humor noch bewundernde Anerkennung in seinem Blick erkennen. Sie hatte eher die klare Ahnung, sich gegen höhnischen Spott zur Wehr setzen zu müssen.

„Das ist also der Eispalast“, sagte er mit einer überraschend schönen Stimme. „Und dessen Königin.“

2. *KAPITEL*

Kirk Doran hatte Caroline O'Hara schon vorher gesehen, natürlich. Auf der Leinwand wirkte sie größer, unbezwingbarer, unberührbarer. Ein Gesicht von fast unwirklicher Vollkommenheit, das die Träume eines Mannes beherrschen konnte. Eine Fassade. Kirk fragte sich, als er sie mit einem flüchtigen Blick glasklar einschätzte, wie viel nach Abzug ihres seidenglänzenden Äußeren von ihr noch übrig bleiben mochte.

Matt kannte Kirk schon zu lange, um sich von dessen eigentümlicher Kavaliershaltung aus der Fassung bringen zu lassen. „Carrie, Kirk Doran."

Seide glitt über Seide, als sie die Beine übereinanderschlug. Mit einer lässigen Bereitwilligkeit reichte sie ihm die Hand. „Angenehm."

Er schüttelte die Hand nicht, er hielt sie einfach nur in seiner, während seine hellgrünen Augen sie musterten. Carrie hatte schon einige Fehden mit Männern austragen müssen, und erst ein Mal war sie unterlegen. Ihr war klar, dass jetzt erneut der Handschuh hingeworfen worden war, und sie nahm die Herausforderung an.

„Immer noch Wodka mit Eis?", fragte Matt Kirk und ging zur Bar.

„Ja." Eine leichte Kopfbewegung signalisierte, dass für Kirk die erste Runde begann. „Matt hat mir gesagt, Sie hätten ein Problem."

„Ganz offensichtlich." Carrie nahm sich eine Zigarette aus dem Porzellanständer auf dem Tisch und wartete mit hochgezogener Augenbraue, bis Kirk sein Feuerzeug aus der Tasche geholt und ihr Feuer gegeben hatte. „Ich fürchte, ich weiß nicht, ob Sie der geeignete Mann sind", sie hob den Blick und musterte ihn offen, bevor sie sich wieder zurücklehnte, „Mr. Doran."

„Ich muss Ihnen zustimmen ... Miss O'Hara." Erneut trafen sich ihre Blicke, mit einer nicht unbedingt freundlichen Wirkung. „Aber da ich schon einmal hier bin, warum erzählen Sie nicht einfach?" Mit einem Kopfnicken nahm er von Matt das Glas entgegen.

„Ich bekomme anonyme Anrufe." Sie sagte es fast beiläufig, doch ihre innere Spannung verriet sich kurz in der Art, wie sie nervös die Finger verschränkte.

Kirk war es gewohnt, solche kaum wahrnehmbaren Zeichen zu

registrieren. Es waren sehr schmale schlanke Hände mit langen Fingern, abgerundeten Nägeln und transparentem Nagellack.

„Anrufe?"

„Und Briefe." Eine nur leichte Schulterbewegung ließ die Seide ihres Hausanzuges rascheln. „Es hat vor ungefähr sechs Wochen begonnen."

„Obszöne Anrufe?"

Carrie hob das Kinn. „Das ist vermutlich eine Ermessensfrage. Ihre Vorstellung von obszön könnte sich grundsätzlich von meiner unterscheiden."

Humor blitzte in seinen Augen auf und machte ihn merkwürdig anziehend. „Bestimmt."

„Zuerst erschien mir alles harmlos – wenn es auch lästig war. Dann …" Sie fuhr sich mit der Zunge über die Lippen und hob dann ihre Zigarette. „Dann wurde der Ton zudringlicher, deutlicher."

„Sie könnten Ihre Nummer ändern lassen."

„Das habe ich schon getan. Ungefähr eine Woche hörten die Anrufe auf. Heute fing es wieder an."

„Würden Sie die Stimme wiedererkennen?"

„Nein, er flüstert."

„Sie könnten Ihre Nummer wieder ändern lassen."

„Ich habe es satt, laufend meine Nummer ändern zu lassen." Mit plötzlicher Ungeduld drückte sie ihre Zigarette aus. „Und ich will auch nicht die Polizei einschalten. Ich ziehe es vor, die Angelegenheit diskret zu behandeln. Matt hält Sie für geeignet für so etwas."

Kirk nahm noch einen Schluck. In ihren Filmen hatte Caroline O'Hara immer die Rolle einer Frau, die bewusst mit den Bedürfnissen, den Schwächen, den geheimsten Träumen eines Mannes spielte. Und für eine Frau, deren Image eindeutig darauf abzielte, Männer zu erregen, und die sich dann über ein paar harmlose Telefonanrufe aufregte, konnte er beim besten Willen wenig Sympathie aufbringen.

„Miss O'Hara, Sie wissen wahrscheinlich, dass Männer, die eine solche Art von Telefongesprächen führen, nichts anderes wollen als reden. Ich schlage vor, Sie ändern Ihre Nummer wieder und lassen zunächst einmal einen Ihrer Angestellten ans Telefon gehen, bis der Anrufer die Lust verliert."

„Kirk." Matt schwenkte seinen Drink im Glas. Immer, wenn er

unter Anspannung stand, hatte er die Angewohnheit, entweder seine Hände oder Füße in Bewegung zu halten. „Das ist keine große Hilfe."

„Miss O'Hara kann einen Leibwächter anheuern, wenn sie sich dadurch besser fühlt. Und das Sicherheitssystem hier könnte bestimmt noch verbessert werden."

„Vielleicht brauche ich ein paar Meter Stacheldraht und dazu scharf abgerichtete Wachhunde", fiel Carrie gereizt ein und erhob sich.

„Das ist der Preis, den Sie für das zahlen, was Sie sind", entgegnete Kirk kühl.

„Was bin ich?" Ihre Augen hatten von Natur ein tiefes durchdringendes Blau, doch jetzt verdunkelte sich das Blau, bis es an einen mondbeschienenen Nachthimmel erinnerte. „Oh, ich verstehe. Ich stelle mich auf der Leinwand zur Schau, ich laufe nicht in Sack und Asche herum, und ich trage keinen Schleier vor dem Gesicht. Darum habe ich herausgefordert, was ich bekomme. Und habe es nicht anders verdient."

Ihre unnahbare Schönheit war unwiderstehlich, auch wenn ihr Gefühlsausbruch wie Feuer im Eis wirkte. Kirk zuckte nur die Schultern. „Das kommt der Wahrheit ziemlich nahe."

„Danke, dass Sie mir Ihre Zeit geopfert haben." Carrie wandte sich ab. Doch bevor sie sich beherrschen konnte, wirbelte sie wieder herum. „Warum sehen Sie sich zur Abwechslung nicht einmal im zwanzigsten Jahrhundert um? Nur weil eine Frau attraktiv ist und das auch nicht verbirgt, bedeutet das noch lange nicht, dass sie es verdient, gequält zu werden – sei es nun auf der sprachlichen, der körperlichen oder der gefühlsmäßigen Ebene."

„Ich kann mich nicht daran erinnern, gesagt zu haben, eine attraktive – oder irgendeine Frau – verdiene es, gequält zu werden."

Sein lässiger Tonfall fachte nur ihren Zorn weiter an. „Nur weil ich Schauspielerin bin und Erotik nun einmal zur Darstellung meiner Rollen gehört, bedeutet das nicht, dass ich zum Freiwild für jeden Mann werde. Wenn ich die Rolle einer Mörderin spiele, muss ich mich danach auch nicht vor Gericht verantworten."

„Sie reizen die primitivsten Fantasien der Männer, zudem noch in Farbe. Es ist klar, dass es da eine gewisse Rückströmung gibt."

„Welche bittere Pille ich eben zu schlucken habe", kommentierte Carrie frustriert. „Sie sind ein Schwachkopf. Genau die Art von Mann, dessen Gehirn unterhalb der Gürtellinie liegt. Die Art, die glaubt, wenn eine Frau eine Einladung zu einem Essen annimmt, müsse sie dafür auch mit einer Nummer auf dem Bett bezahlen. Aber ich kann für mein Essen selbst zahlen, Mr. Doran, und ich kann meine Probleme selbst bewältigen. Ich bin sicher, Sie finden die Tür allein!"

Als Matt sich beschwichtigend einschalten wollte, brachte sie ihn mit dem Blick einer fauchenden Katze zum Schweigen.

„Miss O'Hara."

„Was?" Erregt drehte sich Carrie zu ihrem schon betagten Butler um, zwang sich aber dann zu einem Lächeln. „Ja, Marsh, was gibt es?"

Es war der Ton, der Kirk aufhorchen ließ. Er verwies auf ein warmes, vertrautes Verhältnis von Mensch zu Mensch, ohne den Zug von Herablassung einem Untergebenen gegenüber.

„Die sind gerade für Sie abgegeben worden."

„Danke." Carrie trat auf ihn zu und nahm den Strauß Lilien entgegen. „Ich brauche Sie heute Abend nicht mehr, Marsh."

„Sehr wohl, Miss."

„Warum begleitest du deinen Freund nicht hinaus, Matt? Ich glaube nicht ..." Sie hatte die Karte in der Hand und starrte sie an. Ihre Hand zitterte einen Augenblick, bevor sie sie zerknüllte.

Kirk war sofort bei ihr und nahm ihr die zerknüllte Karte ab. Was er las, verursachte ihm einen Druck im Magen – dieses Mal aus Abscheu.

„Nur, was ich verdiene?" Carries Stimme war kalt, dabei fast unbeteiligt. Doch als Kirk ihre Augen sah, bemerkte er Entsetzen. Er steckte die Karte in die Tasche und nahm Carries Arm.

„Warum setzen Sie sich nicht?"

„Schon wieder?" Matt wollte zu ihnen eilen, doch Kirk machte eine Kopfbewegung zur Bar.

„Mach ihr einen Brandy."

„Ich will keinen Drink. Und ich will mich auch nicht hinsetzen. Ich will, dass Sie gehen." Sie wollte ihm ihren Arm entziehen, doch Kirk verstärkte seinen Griff und führte sie zum Sofa.

„Wie oft bekommen Sie das?"

„Fast jeden Tag." Sie nahm sich eine Zigarette, legte sie dann aber wieder zurück.

„Und alle so … direkt?“

„Nein.“ Sie nahm den Brandy, nippte an ihm und hasste es zugleich, sich eingestehen zu müssen, dass sie ihn brauchte. „Das begann erst vor Kurzem.“

„Was haben Sie mit den Briefen gemacht?“

„Die ersten habe ich weggeworfen.“ Der Brandy erwärmte sie, konnte sie aber nicht beruhigen. „Die anderen habe ich aufgehoben. Ich weiß auch nicht, warum.“

„Rufen Sie Ihren Butler wieder zurück. Ich möchte ihm einige Fragen stellen. Und holen Sie die anderen Briefe.“

Sein Befehlston schaffte, was dem Brandy nicht gelungen war. Sie fand zu ihrer inneren Stärke zurück. „Das ist nicht Ihre Angelegenheit, Mr. Doran. Darüber waren wir uns wohl einig.“

„Dies hat die Situation verändert.“

„Ich will Ihre Hilfe nicht.“

„Ich habe noch nicht zugesagt, sie Ihnen zu geben.“ Sie starrten sich beide einen Augenblick lang an. „Die Briefe.“

Plötzlich verabscheute sie ihn. Sie hätte es verbergen können. Dafür besaß sie genügend Talent. Doch es war ihr gleichgültig. Bevor sie etwas sagen konnte, legte Matt ihr eine Hand auf die Schulter.

„Bitte, Carrie, denke erst nach, bevor du etwas sagst.“

Sie hielt den Blick auf Kirk gerichtet. „Ich sage lieber nicht, was ich denke. Oder vielleicht doch?“, fügte sie hinzu, als sich Kirks Mundwinkel hochzogen.

„Carrie.“ Matt drückte ihre Schulter. „Ich stelle nicht gern ein Ultimatum. Aber wenn wir uns mit Kirk nicht einigen, dann verständige ich die Polizei. Ja“, betonte er, als sie sich abrupt zu ihm umdrehte, „ich meine es ernst.“

Sie hasste es, in die Ecke gedrängt zu werden. Kirk konnte es deutlich sehen. Sie war eine Frau, die die Entscheidung und Kontrolle immer in der eigenen Hand behalten wollte. Das hätte er anerkennen, sogar bewundern können. Vielleicht – aber nur vielleicht – steckte ja doch mehr in Caroline O’Hara, als nach dem ersten Augenschein zu vermuten war.

„Also gut, machen wir es auf deine Art – zunächst einmal.“ Sie erhob sich, wieder ganz gefasst und unnahbar. Kühl sah sie Kirk an.

„Setzen Sie Marsh nicht zu sehr zu. Er ist alt, und ich will nicht, dass er sich aufregt."

„Auch wenn es nicht so wirkt, aber ich misshandle nicht einmal Hunde."

„Nur Kinder und Kätzchen", entgegnete sie halblaut und verließ hoch aufgerichtet den Raum.

„Was für eine Frau!"

„Da hast du recht", stimmte Matt zu. „Im Augenblick steckt sie zwar voller Angst, was bei ihr aber nicht üblich ist."

„Darauf möchte ich wetten." Nachlässig nahm sich Kirk eine Zigarette und klopfte mit ihrem Ende auf die Packung. Er musste sich eingestehen, dass er gedacht hatte, Carrie dramatisiere einfach nur. Doch die wenigen Sätze auf der Karte hatten ihn seine Meinung ändern lassen.

Er warf einen Blick zu Matt, der schon wieder im Raum auf und ab ging. „Wie nahe steht ihr beide euch eigentlich?"

„Wir haben eine solide Beziehung, die beiden von Vorteil ist." Er warf ihm ein nachsichtiges Lächeln zu. „Und sie schläft nicht mit mir."

„Du machst Spaß."

„Sie weiß, was sie will und was nicht. Und in meinem Falle wollte sie einen Agenten. Aber ich mache mir Sorgen um sie. Meinst du, du könntest ihr helfen?"

Langsam zündete sich Kirk die Zigarette an. „Ich weiß nicht."

„Entschuldigen Sie." Marsh stand in der Tür, immer noch makellos mit schwarzem Anzug und gestärktem Kragen bekleidet. „Miss O'Hara sagte, Sie wollten mich sprechen."

„Können Sie mir etwas über die Person erzählen, die die Blumen abgeliefert hat?"

„Sie wurden von einem jungen Mann von achtzehn, vielleicht zwanzig Jahren geliefert. Er hat am Eingangstor geläutet und gesagt, er habe eine Blumenlieferung für Miss O'Hara."

„Hat er eine Uniform getragen?"

Konzentriert runzelte Marsh die Stirn. „Ich glaube nicht. Genau kann ich es nicht sagen."

„Haben Sie seinen Wagen gesehen?"

„Nein, Sir. Ich habe die Blumen am hinteren Eingang in Empfang genommen."

„Würden Sie den Mann wiedererkennen?"

„Vielleicht. Ich denke doch."

„Vielen Dank, Marsh."

Marsh zögerte und verbeugte sich dann steif. Kirk hörte, wie Carrie ihn draußen zu einem kurzen, halblauten Gespräch anhielt. Ihre Stimme wirkte besänftigend, aufmunternd. Ihre Stimme konnte auch von einem rauchigen Timbre sein, das die Nerven eines Mannes offenlegen konnte und ihn begehren ließ. Dann betrat sie wieder den Raum und brachte einen kleinen Stapel Briefe mit.

„Ich bin sicher, Sie werden sie faszinierend finden." Sie warf Kirk die Briefe zu. „Ich vermute, sie kommen Ihrer Art, Frauen zu umwerben, nahe."

Sie scheint zu ihrer Energie zurückgefunden zu haben, dachte Kirk, als er, ohne eine weitere Erwiderung, die Briefe betrachtete. Sie waren in kleinen Druckbuchstaben auf einem Papier von minderer Qualität geschrieben, wie man es überall kaufen konnte.

Die ersten Briefe waren von einem einschmeichelnden, bewundernden Ton und nur unterschwellig zweideutig. Und gut geschrieben, stellte Kirk fest. Offensichtlich das fragwürdige Werk eines gebildeten Menschen. Der Stil blieb auch bei den weiteren gut, dafür verschlimmerte sich der Inhalt. Der Schreiber ging ausführlich und unbarmherzig in die Einzelheiten, legte seine Fantasien, Bedürfnisse und Absichten offen. Die letzten Briefe brachten versteckte Hinweise darauf, dass der Schreiber nah am Ziel war – beobachtend und abwartend.

Die Briefe erregten selbst den Abscheu eines hartgesottenen Menschen, wie Kirk es war. „Und Sie sind sicher, dass Sie keine Polizei wollen?"

Carrie hatte ihm gegenüber Platz genommen. Jetzt faltete sie die Hände in ihrem Schoß. Ich mag ihn nicht, sagte sie sich. Sie mochte nicht die Art, wie er sie ansah, die Art, wie er sich bewegte. Sie mochte es nicht, dass seine Stimme – so ganz im Gegensatz zu seinem vom Leben geprägten Gesicht – fast wie die eines Poeten klang. Und doch glaubte sie, seine Hilfe zu wollen, zu brauchen. Sie hielt den Blick fest auf ihn gerichtet. Manchmal musste man sogar mit dem Teufel ein Abkommen treffen.

„Nein. Ich will keine Polizei, ich will keine Öffentlichkeit. Ich will, dass dieser Mann gefunden und ihm das Handwerk gelegt wird."

Kirk erhob sich und goss sich noch einen Drink ein. Die Gläser und der Eisbehälter waren Rosenthal. Kirk schätzte elegante Dinge, doch ebenso die einfachen Dinge des Lebens. Er schätzte Schönheit, doch er ließ sich davon nichts vormachen. Das war zunächst nichts weiter als eine äußere Schale, die nichts bedeutete.

Caroline O'Hara besaß Schönheit und Eleganz. Falls er den Auftrag annahm, würde er herausfinden müssen, wie viel Schale und wie viel wirkliche Substanz war. Und darum hatte er gezögert. Denn zu viel Wissen über einen anderen Menschen konnte Verstrickungen mit sich bringen – und damit gefährlich werden.

Er konnte sich ihrer Attraktivität gegenüber verschließen, so lange er wollte. Doch was das anging, so konnte seine Stimmung sich von Tag zu Tag ändern. Und noch nie hatte er seine Neugier kontrollieren können, herausfinden zu müssen, was sich hinter Fassaden verbarg.

Er nahm einen Schluck Wodka und betrachtete Carrie. So, wie sie in ihrem Sessel saß, hätte man sie für entspannt, fast abwesend halten können. Nur die Finger ihrer linken Hand bewegten sich ein wenig, zogen sich zusammen und streckten sich wieder. Er zuckte die Schultern und schob seine Zweifel beiseite.

„Fünfhundert am Tag, plus Spesen."

Carric zog eine Augenbraue hoch. Mit dieser einen Bewegung offenbarte sie die unterschiedlichsten Gefühle – Amüsiertheit, Abwägen und Widerwillen. Was sie nicht zeigte, war die Erleichterung, die sie spürte.

„Eine stattliche Summe, Mr. Doran."

„Meine Arbeit wird Ihr Geld wert sein."

„Worauf ich bestehen werde." Sie lehnte sich zurück und legte die Finger unter ihr Kinn. Sie hatte schmale Handgelenke. An ihrer rechten Hand blitzte ein Diamant, sonst waren ihre Hände ebenso hell und kühl wie der Rest von ihr. „Und was kann ich für fünfhundert am Tag plus Spesen erwarten?"

Seine Mundwinkel zogen sich leicht hoch. „Sie bekommen mich, Miss O'Hara."

Sie lächelte leicht. So ein Schlagabtausch half. Sie hatte sich wieder unter Kontrolle, und die Angst nahm ab. „Interessant." Sie warf ihm einen Blick zu, der einen Mann festnageln und um Gnade flehen lassen konnte. Kirk spürte den Schlag und dessen Kraft. „Und was habe ich davon?"

„Sie bekommen die Gegenleistung."

„Und was bekomme ich als Gegenleistung, Mr. Doran?"

Sie sah wie ein Gemälde aus, eins, das er vor einer Ewigkeit im Louvre gesehen hatte. „Fünfhundert am Tag – und Ihr Vertrauen. Das ist mein Preis. Dafür bekommen Sie vierundzwanzigstündigen Schutz, beginnend mit einem meiner Männer, der Ihr Eingangstor bewacht."

„Wenn ich schon das Eingangstor habe, warum brauche ich dann noch einen Wachposten?"

„Ist Ihnen schon einmal der Gedanke gekommen, dass ein Eingangstor für Sie keinen Pfifferling mehr wert ist, wenn Sie es jemandem öffnen?"

„Mir ist nur der Gedanke noch nicht gekommen, dass ich mich einschließen muss."

„Gewöhnen Sie sich daran, denn derjenige, der Ihnen Blumen schickt, ist im Kopf nicht der Gesündeste."

Panik tauchte in ihrem Blick auf und verschwand wieder. Anerkennend stellte er fest, wie schnell sie sich im Griff hatte. „Das ist mir bewusst."

„Ich brauche Ihren Tagesplan. Von morgen an wird einer meiner Leute Sie immer begleiten."

„Nein." Der Eigensinn der O'Haras kam bei ihr durch. Sie erhob sich und trat entschlossen auf ihn zu. „Für fünfhundert am Tag will ich Sie, Doran. Ihnen vertraut Matt, und Sie bezahle ich."

Sie standen sich nah, sehr nah. Er konnte ihren Duft einatmen. Die makellose Schönheit ihres Gesichts konnte einem Mann den Atem nehmen. Es wurde von ihrem glänzenden Haar umrahmt, wie das eines Engels. Wenn man es berührte, erlebte man dann eine Ahnung des Himmels oder eher einen Sturz von den Wolken? Kirk machte sich keine Gedanken mehr über die Konsequenzen.

„Sie könnten es bedauern", entgegnete er gedehnt.

Möglich. Aber ihr Stolz verbot Carrie, einen Rückzieher zu machen. „Ich bezahle Sie mit meinem Geld, Mr. Doran. Das ist die Abmachung."

„Sie sind der Chef, das ist klar.“ Er hob ihr sein Glas entgegen. „Morgen früh kommen zwei meiner Leute, um Ihr Telefon …“

„Ich will nicht …“

„Ich nehme den Auftrag nur an, wenn mir nicht die Hände gebunden werden. Wir hören die Telefongespräche ab, vielleicht sagt er etwas, das ihn verrät. Sehen Sie in uns einfach so etwas wie einen Arzt.“ Er lächelte. „Wenn Sie einem Ihrer Freunde etwas Intimes sagen wollen, seien Sie unbesorgt. Wir haben schon ganz andere Dinge gehört.“

Gereiztheit war schon immer eine der Gefühlsregungen gewesen, die Carrie am schwersten unter Kontrolle halten konnte. Sie sprach erst, als sie das aufwallende Gefühl zurückgekämpft hatte. „Das glaube ich gern. Was noch?“

„Ich nehme die Briefe mit. Es ist zwar unwahrscheinlich, aber vielleicht können wir die Spur des Papiers zurückverfolgen. Gibt es jemanden unter Ihren Bekannten, dem Sie diese Geschichte zutrauen könnten?“

„Nein.“ Die Antwort kam ohne jedes Zögern und voller Überzeugung.

Er beschloss, ihre ganze Umgebung unter die Lupe zu nehmen. „Haben Sie in der letzten Zeit Verehrer abblitzen lassen?“

„Tausende.“

„Reizend.“ Er zog ein Notizbuch und einen Stift aus der Tasche. „Ich brauche die Namen von allen Männern, mit denen Sie geschlafen haben. Sagen wir, im Zeitraum der letzten drei Monate.“

„Scheren Sie sich zum Teufel“, entgegnete sie honigsüß.

Er umfasste eines ihrer Handgelenke. „Ich bin nicht persönlich an Ihren Bettgeschichten interessiert. Es geht um diesen Fall.“

„Eben.“ Sie warf den Kopf zurück und sagte mit Nachdruck: „Um meinen Fall.“

„Einer von ihnen könnte den Kopf verloren haben. Vielleicht haben Sie ein paarmal mit ihm geschlafen, und er hat sich deswegen etwas vorgemacht. Denken Sie nach. Das alles hier hat vor sechs Wochen begonnen. Also, mit wem waren Sie vorher zusammen?“

„Mit niemandem.“

Ärger zeigte sich auf seiner Miene. „Ich glaube Ihnen nicht. Ich wiederhole deshalb meine Frage noch einmal: Mit wem waren Sie vorher zusammen?“

„Ich sagte, mit niemandem.“ Sie entriss ihm ihren Arm. Einen Moment lang wünschte sie, sie könnte ein Dutzend Namen herunterrattern, nur um ihn ins Schwitzen zu bringen. „Glauben Sie, was Sie wollen.“

„Ich sage Ihnen, was ich glaube: Sie verbringen Ihre Abende nicht allein und stopfen Strümpfe.“

„Ich steige nicht mit jedem Mann, der in eineinhalb Metern Entfernung meinen Weg kreuzt, ins Bett.“ Betont auffällig maß sie die Entfernung zwischen sich und Kirk.

„Ich schätze es auf ungefähr drei Meter“, meinte er halblaut.

„Es tut mir leid, wenn Sie enttäuscht sind. Außerdem muss ich zuerst interessiert sein, was nicht der Fall ist. Nebenbei bemerkt, meine Arbeit nimmt mich zeitlich sehr in Anspruch. Zufrieden?“

Matt trat auf Carrie zu und legte einen Arm um ihre Schulter. „Lass gut sein, Kirk. Sie hat genug durchgemacht.“

„Es ist nicht meine Aufgabe, mit ihr Höflichkeiten auszutauschen.“ Kirk nahm den Stapel Briefe an sich. „Bis morgen also. Wann stehen Sie auf?“

„Um halb sechs.“ Sie konnte ein spöttisches Lächeln nicht unterdrücken. „Um Viertel vor sechs fahre ich ins Studio. Morgens, wohlgemerkt, Mr. Doran. Schaffen Sie das?“

„Keine Sorge. Schreiben Sie nur den Scheck. Tausendfünfhundert im Voraus. Übrigens, in Ihrem Interesse, nehmen Sie heute Nacht kein Telefongespräch mehr entgegen.“ Er nickte und verließ das Zimmer.

Carrie wartete, bis draußen die Tür ins Schloss fiel. Dann ging sie zum Tisch hinüber und nahm sich noch eine Zigarette.

„Dein Freund ist ein Bastard, Matt.“

„So war er immer“, stimmte der zu. „Aber er ist der beste unter den Investigatoren.“

3. KAPITEL

Obwohl Carrie fest geglaubt hatte, nicht schlafen zu können, schlief sie sechs Stunden tief durch und wurde am nächsten Morgen durch Musik geweckt.

Das Bett war der erste Luxus gewesen, den sie sich gegönnt hatte, eigentlich sogar bevor sie ihn sich hatte leisten können. Es war riesig und alt, mit einem geschnitzten Kopfteil aus Kirschholz. Sie fühlte sich darin immer wie eine Prinzessin, die aus ihrem hundertjährigen Schlaf erwachte. Früher, als Kind und Heranwachsende, hatte Carrie in unzähligen Hotelbetten schlafen und sie oft genug mit ihren Schwestern teilen müssen.

Sie wünschte, ihre beiden Schwestern könnten jetzt bei ihr sein. Dann würde sie sich sicherer fühlen.

Beinahe hätte sie Maddy von den Briefen und Anrufen erzählt, als sie sie vor einigen Wochen in New York besucht hatte. Doch Maddy war so mit sich selbst beschäftigt gewesen. Mit Recht, erinnerte sich Carrie, als sie sich aufrichtete und streckte. Das Musical, in dem sie die Hauptrolle spielte, hatte kurz vor der Premiere gestanden, und sie hatte ihr Herz an den Mann verloren, der das Stück finanzierte. Die Show war ein Riesenerfolg geworden, und Maddy plante jetzt ihre Hochzeit.

Ihre beiden Schwestern hatten zum richtigen Zeitpunkt den richtigen Mann gefunden. Die eine Schwester bereitete ihre Hochzeit, die andere Schwester bereitete sich auf die Geburt ihres dritten Kindes vor. Dieses Glück durfte sie ihnen nicht mit ihren Problemen verderben. Außerdem war sie die älteste der Drillinge – wenn auch nur um wenige Minuten. Carrie fühlte sich deswegen verpflichtet, auch die stärkste zu sein.

Sicher, ihre Schwestern würden für sie da sein, wie auch Carrie für sie. Aber sie war die älteste.

Alle drei hatten sie es weit gebracht. Doch als Carrie sich von ihrem luxuriösen Bett aus in ihrem großen Schlafzimmer umsah, hatte sie trotzdem das merkwürdige Gefühl, dass sie noch sehr weit zu gehen hatte, bis sie da angelangt war, wo sie tatsächlich hingehörte.

Jetzt war keine Zeit zum Philosophieren. Sie drehte den Radiowecker lauter, stieg aus dem Bett und bereitete sich auf einen neuen Tag im Studio vor.

Kirk war es nicht gewohnt, vor der Morgendämmerung aufzustehen. Normalerweise machte er die Nacht zum Tag und kam nicht vor Sonnenaufgang ins Bett. Nicht, dass er etwas gegen die Morgendämmerung in Los Angeles hatte, es war einfach eher nach seinem Geschmack, das Farbspiel der aufgehenden Sonne nach einer durchfeierten Nacht zu beobachten.

Unter einem pink- und malvenfarbenen Himmel fuhr er durch die Stadt und warf einem vorbeilaufenden Jogger einen ironischen Blick zu. Maßgeschneiderte Jogginganzüge waren nicht sein Stil. Wenn er sich in Form bringen wollte, dann ging er ins Fitnesscenter, aber in ein richtiges. Nicht in eines, in dem man raffinierte Trikots bewundern konnte, sondern wo der Schweiß floss. Mit einem Wort: eine Welt für Männer. Dort würde niemand Karottensaft trinken, und eine Frau wie Caroline O'Hara würde nicht ihre millionenteure Nase durch die Tür stecken.

Wann hatte eine Frau ihn sich zum letzten Mal eigentlich so unbehaglich fühlen lassen? Carries Blicke zielten darauf ab, einen Mann zappeln zu lassen. Und, verdammt, das wusste sie auch, und – da war sich Kirk sicher – sie genoss es.

Er durfte das nicht zum Problem werden lassen. Sie bezahlte ihn für einen Job. Seine einzige Sorge durfte sich nur auf ihre Sicherheit beziehen.

Kirk war nicht gerade ein Befürworter der Frauenbewegung. Für ihn waren Männer und Frauen verschieden. Punktum. Wenn eine Frau an einer Baustelle vorbeiging und sich wegen einiger Pfiffe oder Einladungen beleidigt fühlte, dann sollte sie seiner Meinung nach einfach woanders langgehen. Denn das war reiner Spaß. Aber in diesen Briefen gab es keinen Spaß. Und Carrie hatte in diesem Moment auch nicht beleidigt ausgesehen. Wie echte Angst aussah, darin kannte Kirk sich aus.

Früher oder später würde er den Briefeschreiber finden. Das würde viel Geduld erfordern. Und in der Zwischenzeit würde er Carrie rund um die Uhr den Schutz geben, für den sie bezahlte.

Als er sich an ihr Gesicht erinnerte, musste sich Kirk eingestehen, dass ihm das viel Willenskraft abverlangen würde. Doch die habe ich, dachte er mit einem Schulterzucken, als er vor dem eisernen Eingangstor vorfuhr. Außerdem, zu dieser Tageszeit hatte er vielleicht eine Chance, sie hässlich und unvorteilhaft zu erleben.

Er lehnte sich aus dem Fenster und drückte den Summer.

„Ja?"

Sein Stirnrunzeln schien sich auf seinen Blick auszudehnen. Es war unverkennbar Carries Stimme. Er hatte nicht erwartet, dass sie die Wechselsprechanlage selbst bediente. „Doran", erwiderte er knapp.

„Sie sind pünktlich."

„Dafür bezahlen Sie."

Sie gab keine Antwort, doch das Tor ging langsam auf. Kirk fuhr hindurch und vergewisserte sich, dass es sich hinter ihm wieder schloss.

Jetzt, bei Tageslicht, konnte er sich einen besseren Überblick verschaffen. Ein wirklich entschlossener Mensch würde auch seinen Weg über diese Mauer finden. Er selbst zumindest hatte schon ganz andere Hürden genommen. Die süß duftenden blühenden Bäume würden einem Eindringling zusätzlich wunderbaren Schutz bieten. Er würde sich die Alarmanlage des Hauses vornehmen müssen, obwohl er wusste, dass jede Konstruktion auch überwunden werden konnte.

Kirk stoppte vor den Eingangsstufen, stieg aus und lehnte sich an die Kühlerhaube seines Wagens. Bis hier drang kein Verkehrslärm mehr. Nur der Gesang der Vögel war zu hören.

Er nahm sich eine Zigarette und sah sich um. Er entdeckte einige Scheinwerfer und vielleicht ein Dutzend Strahler am Boden, die aber offensichtlich eher aus Geschmacksgründen als aus zusätzlichem Sicherheitsinteresse angebracht worden waren. Nach einem Blick auf seine Armbanduhr entschied sich Kirk zu einem Rundgang um das Haus, damit er sich ein umfassendes Bild machen konnte.

Vielleicht aus reiner Bosheit entschied sich Carrie, Kirk Doran draußen schmoren zu lassen, während sie in ihrem Ankleidezimmer herumbummelte. Unter anderen Umständen hätte sie ihn zu einer schnellen Tasse Kaffee hereingebeten, bis die Limousine vorfuhr. Doch sie fühlte sich nicht so großherzig. Stattdessen nahm sie sich Zeit, band ihr Haar zurück, überprüfte den Inhalt ihrer Tasche und schrieb ihrem Mädchen noch einige Anweisungen auf.

Als der Summer vom Eingangstor wieder ertönte, wechselte sie ein paar Worte mit ihrem Fahrer und packte dann ihr Textbuch ein. Als sie zurück in ihr Schlafzimmer ging, stieß sie fast mit Kirk zusammen. Ihr erster Schock verwandelte sich in Ärger.

„Was, zum Teufel, tun Sie hier?"

„Nur Ihr Sicherheitssystem überprüfen." Er lehnte sich an den Türrahmen und bemerkte mit einem zwiespältigen Bedauern, dass sie, ungeachtet der frühen Stunde, fantastisch aussah. „Es ist erbärmlich. Einem nur etwas erfahrenen Pfadfinder würde es schon gelingen, es zu überwinden."

Carrie hängte sich ihre Schultertasche um und verwünschte im Stillen Matt. „Man hat mir versichert, es sei das beste System auf dem Markt."

„Vielleicht Supermarkt. Ich werde meine Männer beauftragen, es aufzumöbeln."

Ihr war der Sinn fürs Praktische in die Wiege gelegt worden, und daran hatten die Jahre nichts geändert. „Wie viel?"

„Genau kann ich es jetzt noch nicht sagen. Ich denke, drei bis fünf."

„Tausend?"

„Sicher. Wie gesagt, Sie bekommen ..."

„Das, wofür ich zahle", vervollständigte sie und trat an ihm vorbei. „In Ordnung, Mr. Doran." Sie ging zu ihrem Nachttisch. „Aber wenn Sie das nächste Mal das System überprüfen wollen, würde ich Ihnen raten, sich nicht in mein Schlafzimmer zu schleichen." Sie drehte sich zu ihm um, eine Pistole mit perlenverziertem Griff in der Hand. „Ich bin nervös."

Mit hochgezogener Augenbraue betrachtete Kirk die Waffe. „Wissen Sie damit umzugehen, Engel?"

„Man muss nur den kleinen Abzug hier ziehen." Sie lächelte. „Natürlich ziele ich entsetzlich. Ich lege auf Ihr Bein an und treffe vielleicht Ihren Kopf."

„Es gibt nur eine Regel hinsichtlich Waffen." Er trat auf sie zu, und bevor Carrie sich versah, hatte er die Pistole in seiner Hand und Carrie unter sich auf dem Bett. „Die Regel ist, nie mit einer Waffe zu drohen, es sei denn, man beabsichtigt, sie zu benutzen."

Sie rührte sich nicht. Zunächst musste sie ihre Wut und ihren Widerwillen beherrschen.

Mit einer gleichmütigen Bewegung zog Kirk das Magazin heraus. „Sie ist nicht geladen."

„Natürlich nicht. Ich verwahre doch keine geladene Waffe in meinem eigenen Haus."

„Eine Pistole ist kein Spielzeug." Er betrachtete Carrie. Ihr Gesicht war ungeschminkt und ebenso schön wie wütend. Er spürte ihren Körper, der sich gar nicht so weich, wie er erwartet hatte, sondern kräftig anfühlte. Aber ihr Duft war da, unerhört weiblich, wie schon am Abend zuvor.

„Schönes Bett", meinte er halblaut, ohne dem Drang widerstehen zu können, den Blick zu ihrem Mund wandern zu lassen. Er hatte das Gefühl, ohne sicher sein zu können, dass sich ihr Herzschlag beschleunigte.

„Ihr Gefallen bedeutet wirklich alles für mich, Mr. Doran. Aber, falls Sie nichts dagegen haben, ich muss zur Arbeit."

Wie viele andere Männer hatten ihren Körper schon auf diesem riesigen Bett gespürt? Wie viele andere Männer hatten dieses unbändige Auflodern von Leidenschaft gespürt? Sofort gebot er solchen Gedanken Einhalt, erhob sich und half Carrie hoch.

Carrie machte sich über den Grund ihres erhöhten Pulses nichts vor. Begehren war etwas, das sie kannte, und es war etwas, das sich kontrollieren ließ. Ihr Instinkt riet ihr, es jetzt und auch in Zukunft Kirk gegenüber zu tun.

„Sie raten mir also, die Waffe zu laden, Mr. Doran?"

„Es würde nicht schaden." Kirk verstaute sie wieder in der Nachttischschublade. „Und sagen Sie Kirk, Engel. Immerhin waren wir schon zusammen im Bett." Er nahm ihren Arm und führte sie hinunter und hinaus.

„Guten Morgen, Robert." Carrie lächelte ihrem Fahrer zu, der ihr die hintere Tür der Limousine aufhielt. „Mr. Doran wird mich ein paar Tage zum Studio begleiten."

Kirk entging nicht der versonnene Blick, den der Fahrer ihm zuwarf, bevor er die Tür mit der getönten Scheibe schloss.

„Wie fühlt man sich eigentlich als Betörerin der Herren der Schöpfung?"

Hinter ihren dunklen Gläsern schloss Carrie die Augen. „Oh, ich vergaß. Ich bin ja wohl eine dieser herzlosen Frauen, die Männer wie leere Flaschen wegwerfen, nachdem sie ihren Zweck erfüllt haben."

Amüsiert streckte Kirk seine langen Beine aus. „Das kommt der Sache sehr nahe."

„Sie haben Frauen gegenüber eine bemerkenswerte Geringschätzung, Mr. Doran."

„Nein, völlig falsche Schlussfolgerung. Frauen sind einer meiner liebsten Zeitvertreibe."

„Zeitver..." Im letzten Moment hielt sich Carrie zurück. Sie nahm ihre Sonnenbrille ab, um sich zu vergewissern, ob er sie nur aufzog oder die Wahrheit sprach. Da sie von ihm das Schlimmste denken wollte, neigte sie dem Letzteren zu. „Sie sind der klassische Chauvinist, Mr. Doran. Ich dachte, die Sorte sei längst ausgestorben."

„Uns ist nicht so leicht beizukommen, Engel." Er drückte einen Knopf, und eine komplette Bar öffnete sich ihm. Er überlegte kurz, sich eine Bloody Mary zu mixen, entschied sich dann aber für Orangensaft.

Carrie setzte ihre Brille wieder auf und lehnte den Kopf zurück. „Ich möchte Sie übrigens lieber nicht als meinen Leibwächter vorstellen. Das verursacht Aufsehen."

„Gut. Wie wollen Sie es angehen?"

„Man wird annehmen, Sie seien mein Liebhaber." Ohne die Miene zu verziehen, nahm sie ihm das Glas Orangensaft aus der Hand und trank. „Solche Art von Gerüchten bin ich gewohnt."

„Darauf möchte ich wetten. Es ist Ihr Spiel. Spielen Sie es auf Ihre Art."

Sie gab ihm das Glas zurück. „Das habe ich auch vor. Und was werden Sie machen?"

„Meinen Job." Er leerte das Glas, gerade als sie aufs Studiogelände fuhren. „Sie müssen nichts weiter als hübsch in die Kameras lächeln, Engel, und sich keine Sorgen machen."

Einem plötzlichen Impuls nachgebend, beugte sie sich hinüber zu ihm und umklammerte seine Arme. „Kirk, ich habe solche Angst, solche entsetzliche Angst. Diese Ungewissheit, ob ich in der nächsten Minute noch in Sicherheit bin." Sie brach ab und beugte sich noch näher zu ihm herüber. „Ich kann Ihnen gar nicht sagen, was es für mich bedeutet, Sie bei mir zu wissen. Ich fühle mich so ausgeliefert, so verletzbar. Und Sie sind so stark."

Sie war nah, so nah, dass er sah, wie sie hinter ihren getönten Gläsern die Augen schloss. Er spürte ihren Körper. Begehren flammte in ihm auf und ein Bedürfnis, sie zu trösten und zu schützen. Er zog sie dicht an sich heran. Ihr Duft verwirrte seine Sinne. „Sei unbesorgt", sprach er ihr leise zu. „Ich passe auf dich auf."

„Kirk …" Sie hob den Kopf, bis ihre Lippen nur einen Hauch von seinen entfernt waren. Als sie seine Anspannung spürte, entzog sie sich ihm mit einem Ruck und drückte ihm etwas in die Hand. „Ihr Scheck." Sie sagte es gleichmütig und stieg dann aus der Limousine.

Kirk blieb zunächst im Wagen sitzen und hatte zum ersten Mal den Wunsch, eine Frau am liebsten erwürgen zu wollen. Dann stieg er aus und packte Carries Arm. „Sie sind gut. Wirklich sehr gut."

„Ja, das bin ich." Sie zeigte ein kleines, sorgloses Lächeln. „Und ich kann noch viel besser sein."

Bei Carries morgendlicher Routine von Make-up und Frisur beschränkte sich Kirk auf die Rolle des Beobachters. Allein in der ersten Stunde traf Carrie mit mindestens einem Dutzend Leute zusammen: Schauspielerkollegen, Techniker und immer wieder Assistenten. Er würde sich eine Liste geben lassen, doch schon jetzt ahnte er ihren Umfang. Derjenige, der sie verfolgte, schien offensichtlich ihre Tagesroutine zu kennen. Von daher standen die Menschen, mit denen sie arbeitete, an oberster Stelle auf der Liste der Verdächtigen.

„Miss … ah, Carrie." Larry trat mit einer Tasse frischen Kaffee neben Carrie.

„Oh, danke. Sie sind ein Gedankenleser."

Die Anerkennung freute ihn ganz offenkundig. „Ich wusste, dass die Frisur heute morgen länger braucht." Er beobachtete, wie die Friseuse geduldig Perlen in das schon komplizierte Haararrangement einfügte. „Sie werden in der Ballszene wunderbar aussehen."

„Danke." Sie erblickte Kirk im Spiegel. „Larry, das ist ein Freund von mir, Kirk Doran." Nur die Jahre des Trainings verhalfen ihr dazu, diese Bezeichnung scheinbar selbstverständlich auszusprechen, und sie streckte Kirk über die Schulter hin ihre Hand zu. „Larry ist meine rechte Hand – und manchmal auch meine linke. Kirk wird ein paar Tage bei den Dreharbeiten dabei sein."

„Oh …" Larry räusperte sich. „Wie schön."

Es war offensichtlich, dass der junge Mann alles andere als das meinte. Ein weiterer Verehrer, dachte Kirk, dem mein Argwohn gelten muss.

„Ich halte mich abseits“, versprach Kirk und nutzte die Situation aus, indem er mit dem Daumen über Carries Hand strich. „Ich will nichts weiter als Carrie bei der Arbeit zusehen.“

„Ist das nicht reizend?“ Carrie gelang ein strahlendes Lächeln. „Kirk ist im Moment arbeitslos und hat jede Menge Zeit. Nur nicht überempfindlich werden, Darling.“ Sie gab ihm einen Klaps auf die Hand, bevor sie ihre wegzog. „Wir alle wissen, wie hart der Arbeitsmarkt ist, vor allem für Botaniker. Aber jetzt muss ich in mein Kostüm.“ Sie erhob sich.

„Ich begleite dich, Darling.“ Kirk legte den Arm um ihre Schulter und drückte sie ein wenig zu fest. „Vielleicht brauchst du Hilfe beim Verschluss.“

„Vorsicht, Doran“, fuhr sie ihn mit gedämpfter Stimme an, als sie sich entfernten. „Ich trage in dieser Szene ein trägerloses Kleid, da kann ich mir keine blauen Flecken leisten.“

„Ich kann sie dir auch an den Stellen beibringen, wo man sie nicht sieht. Ein Botaniker?“

„Ich habe mich schon immer von dem empfindsamen, stillen Typ angezogen gefühlt.“

„Wie von Larry?“

„Er ist mein Assistent. Lass ihn in Ruhe.“

„Sag mir nicht, wie ich meinen Job zu tun habe.“

„Er ist ein netter Junge, er hatte ausgezeichnete Referenzen, als er kam …“

„Wann?“

Verärgert riss Carrie ihre Garderobentür auf. „Vor drei Monaten.“

Nachdem er die Tür hinter sich geschlossen hatte, zog Kirk sein Notizbuch aus der Tasche. „Wie ist sein vollständiger Name?“

„Larry Washington. Aber ich verstehe nicht …“

„Brauchst du auch nicht. Was ist mit dem Typen von der Maske?“

„George? Sei nicht lächerlich, er könnte mein Großvater sein.“

Kirk sah sie nur an. „Der Name, Engel. Für einen verwirrten Geist gibt es keine Altersgrenzen.“

Sie stieß halblaut eine Verwünschung aus und zog sich dann in ihren Ankleideraum zurück. „Ich mag deine Arbeitsweise nicht, Doran.“

„Ich werde es bei der Beschwerdestelle einreichen.“ Er setzte sich auf eine Sessellehne und sah sich interessiert um. Wie ihr Haus war auch ihre Garderobe ganz in Weiß gehalten. „Wenn wir schon dabei sind, gib mir die Namen von allen anderen Männern, mit denen du während der Dreharbeiten zu tun hast."

Es gab eine kurze, aber bedeutungsvolle Pause. „Von allen?"

„Richtig."

„Unmöglich. Ich kann mir unmöglich jeden merken. Die meisten kenne ich nur vom Sehen, oder nur ihren Vornamen."

„Dann finde sie heraus."

„Ich habe hier einen Job zu tun. Ich kann nicht …"

„Ich auch. Also besorge mir die Namen."

Carrie zog ihren Reißverschluss hoch und sah finster gegen die Wand, die sie trennte. „Ich werde sehen, ob Larry mir eine Liste besorgen kann."

„Nein. Es soll bei niemandem ein Verdacht erweckt werden."

„Schon gut, schon gut." Einen Augenblick lang war sie davon überzeugt, dass die Lösung ein größeres Problem werden würde als der Fall. Doch dann erinnerte sie sich an den Inhalt des letzten Briefes. Ob es ihr gefiel oder nicht, sie brauchte Kirk. „Der Name des Regieassistenten ist Amos Leery, der des Bildtechnikers Chuck Powers. Und, verdammt, sie sind seit Jahren in der Branche, und sie haben Familie."

„Welchen Unterschied macht das schon? Besessenheit ist Besessenheit." Als Carrie aus dem hinteren Ankleideraum zurück in den Empfangsraum kam, machte sich Kirk Notizen. „Was ist mit dem Regisseur?"

„Der Regisseur ist eine Frau." Carrie legte ihre Armbanduhr ab. „Ich denke, wir können sie streichen."

„Was ist mit …" Er machte beim Sprechen den Fehler aufzublicken. So brach er mitten im Satz ab, weil seine Gedanken abschweiften.

Carrie trug Rot, ein heißes feuriges Rot, das an ihrer Haut zu züngeln schien. Das Kleid umschloss tief und eng anliegend ihre Brüste und folgte dann den Linien ihres Körpers. Der enge Rock war auf einer Seite fast bis zur Hüfte geschlitzt, wo er von einem Halbkreis glitzernder Steine gehalten wurde. Kirks Mund fühlte sich plötzlich trocken an.

Carrie sah und verstand den Blick. Normalerweise ließ so etwas sie lächeln – vor Freude oder einfach ganz automatisch. Doch jetzt gelang ihr das nicht, dazu klopfte ihr selbst das Herz zu stark. Langsam erhob sich Kirk, und sie trat zurück. Erst viel später kam ihr ins Bewusstsein, dass sie zum ersten Mal vor einem Mann zurückgewichen war.

„Die restlichen Namen nenne ich dir später." Sie sagte es hastig. „Man wartet auf mich."

„Was stellst du denn heute dar?" Vorsorglich machte er keinen weiteren Schritt auf sie zu.

„Eine Frau, die auf Rache aus ist."

Er musterte sie wieder, langsam wanderte sein Blick hoch, dann hinunter und wieder hoch, bis sich ihre Blicke trafen. „Ich denke, die Darstellung gelingt dir."

Sie riss sich zusammen. Spiel deine Rolle, verordnete sie sich selbst. Es war in jeder Situation möglich, eine Rolle zu spielen. „Gefällt es dir?" Spielerisch kokett drehte sie sich langsam und zeigte den gewagten Rückenausschnitt.

„Ein bisschen viel für halb acht morgens."

„Meinst du?" Ihr Lächeln war jetzt schon etwas entspannt. „Warte nur, bis du das Zubehör dazu siehst. Cartier leiht uns ein Collier und Ohrringe ... der ganze Zauber ist zweihundertfünfzigtausend Dollar wert. In Kürze werden wir hier zwei bewaffnete Sicherheitskräfte und einen sehr nervösen Juwelier erleben."

„Warum kein Imitat? Es glänzt auch."

„Weil das Echte für die Publicity besser ist. Kommst du?"

An der Tür hielt er sie noch einmal zurück, als er nur mit einem Finger leicht ihre nackte Schulter berührte. „Eine Frage. Trägst du etwas darunter?"

Ihr gelang ein schwaches Lächeln. „Das ist Hollywood. Wir überlassen so etwas nicht der Einbildungskraft." Damit verließ sie endgültig ihre Garderobe und hoffte, der Druck in ihrer Brust würde sich vor der ersten Einstellung mindern.

Mittags hatte sich Kirk dazu durchringen müssen, seine Meinung über Carrie zumindest in einem Punkt zu ändern. Sie war nicht die verwöhnte launenhafte Diva, wie er erwartet hatte. Sie arbeitete wie ein Pferd – allerdings wie ein Rassepferd – und wiederholte die Einstellungen immer wieder, ohne sich zu beklagen.

Es waren Pressefotografen erschienen, und Carrie hatte ihre Freundlichkeit selbst dann nicht verloren, als sich die Prozedur neunzig Minuten hinzog. Sie hatte den Maskenbildner nicht wie einer ihrer Schauspielerkollegen angegiftet, als das Make-up aufgefrischt werden musste. Wegen der vielen Scheinwerfer war es unerträglich heiß in der Kulisse, doch sie machte nicht schlapp. Zwischendurch nippte sie immer wieder an einem Mineralwasser, durfte sich aber nicht setzen, da die Garderobiere sich wegen Falten in ihrem Kostüm aufregte.

Zwei bewaffnete Sicherheitskräfte ließen sie und den Schmuck im Wert einer Viertelmillion nicht aus den Augen. Der Schmuck stand ihr, musste sich Kirk widerstrebend eingestehen, und sie wusste es zu tragen – das breite goldene Halsband, verziert mit Diamanten und Rubinen, und das Feuerwerk von Diamanten und roten Edelsteinen, das an ihren Ohren glitzerte.

„Ist es nicht unglaublich?"

Kirk drehte den Kopf und erblickte einen großen ergrauten Mann neben sich. „Was?"

„Dass sie Stunden um Stunden dazu brauchen, eine zweiminütige Einstellung zu drehen." Er zog sich eine dünne schwarze Zigarette aus der Tasche und machte sie an der Glut der Zigarette eines anderen Umstehenden an. „Das Zusehen macht mich ganz nervös. Aber ich kann nicht wegbleiben, wenn sie mein Geistesprodukt in Stücke zerlegen."

Kirk zog eine Augenbraue hoch. „Offensichtlich nicht."

Der Mann inhalierte tief den Rauch und lächelte dann. „Ich bin nicht verrückt ... oder vielleicht doch? Ich habe das Drehbuch geschrieben. Besser, ich habe etwas geschrieben, das vage an das hier erinnert." Er streckte seine gepflegte, ziemlich dünne Hand aus. „James Brewster."

„Kirk Doran."

„Ja, ich weiß. Sie sind der Freund von Miss O'Hara." Er zuckte gleichmütig die Schultern. „Gerüchte sprechen sich in Dörfern schnell herum. Sie ist wirklich glänzend, nicht wahr?"

„Ich verstehe nicht viel davon."

„Oh, ich kann es Ihnen versichern. Es gab wirklich keine andere für die Rolle der Hailey. Kühl, rachsüchtig, nicht mehr loslassend, doch gleichzeitig verletzbar und sich nach Liebe verzehrend. Über ihre Darstellung der Hailey brauche ich mir keine Sorgen zu machen. Sie weiß, worum es geht, mehr sogar ... sie fühlt es." Hastig zog Brewster erneut an seiner Zigarette. „Sie einfach nur zu beobachten vermittelt mir eine Freude."

Kirk steckte die Hände in seine Taschen und fügte im Geist Brewster der wachsenden Liste der zu überprüfenden Männer hinzu. „Sie ist eine außerordentlich schöne Frau."

„Das sowieso. Aber, um eine abgedroschene Floskel zu benutzen: Das ist nur ihre äußere Fassade. Das, was in Caroline O'Hara steckt, ist das Faszinierende."

Kirk runzelte die Brauen. „Und was ist das?"

„Ich würde sagen, Mr. Doran, dass das jeder Mann selbst herausfinden sollte."

Die Regisseurin forderte zur Ruhe auf, und Brewster verfiel in ein nervöses Schweigen. Kirk hing seinen eigenen Gedanken nach.

Carrie schien in der Rolle zu leben. In der Schlüsselszene traf sie ihren Liebhaber wieder, drei Jahre nachdem er sie verlassen hatte. Selbst nach zigmaliger Wiederholung wurde ihr Blick auf das Stichwort eiskalt, und ihre Stimme bekam gerade den notwendigen gehässigen Beiklang. Auf dem überfüllten Tanzboden verführte und demütigte sie ihn dann. Carrie gelang beides mit einer solchen Leichtigkeit, dass Kirk überzeugt war, sie müsse es genießen.

Die Szene zog sich über Stunden hin, doch Kirk war geduldig. Interessiert bemerkte er, dass Carries Assistent bei jeder Pause, die länger als fünf Minuten dauerte, mit einem Glas Mineralwasser neben ihr auftauchte. Mehr als einmal kam auch der Regieassistent zu ihr, nahm ihre Hand und sprach leise mit ihr. Und auch der Maskenbildner schien ihr mit ausgesuchter Wertschätzung zu begegnen, wenn er ihr Make-up auffrischte.

Es war schon nach sieben Uhr, als sie Schluss machten. Carrie musste, wie Kirk im Stillen überschlug, mit Ausnahme der einstündigen Lunchpause, ununterbrochen vierzehn Stunden auf den Beinen gewesen sein. Er würde lieber acht Stunden lang Gräben ausheben, als mit ihr zu tauschen.

„Schon jemals an eine andere Art von Arbeit gedacht?“, fragte Kirk Carrie, als sie wieder in ihrer Garderobe waren.

„O nein.“ Carrie schlüpfte aus ihren Schuhen und massierte ihre schmerzenden Füße. „Ich liebe Glamour.“

„Wo war der?“

Ihr Lächeln kam automatisch. „Schnelle Auffassungsgabe. Wenn die Rothschild die Einstellung noch einmal wiederholt hätte, nur noch einmal, hätte ich dich gebeten, ihr ins Knie zu schießen. Machst du den Reißverschluss für mich auf? Meine Arme sind wie aus Gummi.“

„Weil du sie die meiste Zeit des Tags um Carter, diese glatte Posterschönheit, geschlungen hattest.“ Er zog den Reißverschluss bis hinunter zu ihren Hüften.

Verschmitzt lächelnd sah sie über die Schulter zurück. „Ich finde solche Typen himmlisch.“

„Schon einmal daran gedacht, dass es Carter sein könnte, der dir Blumen schickt?“

Sie versteifte sich leicht und ging dann hinüber in ihren Ankleideraum. „Er ist viel zu sehr damit beschäftigt, sich von seiner dritten Frau zu lösen. Außerdem, ich kenne ihn schon seit Jahren.“

„Menschen können sich ändern oder sich ganz unerwartet verhalten. Und mit ihm verbringst du Stunden am Tag in Umarmungen.“

„Das ist rein beruflich.“

„Reizender Beruf. Auf alle Fälle aber solltest du niemandem trauen.“

„Ausgenommen dir.“

„Richtig. Brewster schien von dir auch sehr eingenommen zu sein.“

„Brewster? Der Autor?“ Ehrlich amüsiert kam Carrie zurück und knöpfte sich noch die Bluse zu. „James ist mehr an seinen Rollen interessiert als an den Menschen, die sie spielen. Und er ist seit mehr als zwanzig Jahren glücklich verheiratet. Liest du etwa nie die Klatschspalten in den Zeitungen?“

„Habe ich mir noch nie entgehen lassen.“ Er wollte sich eine Zigarette herausholen, hielt aber in der Bewegung inne, als sie sich unvermittelt hinsetzte und ihren Fuß umfasste. „Probleme?“

„Immer, wenn man diese verdammten Dinger auszieht, muss man Todesqualen ausstehen.“ Sie zuckte zusammen, stieß eine Verwünschung aus und massierte den Fuß. „Ich kann dir verraten, es war ein Mann, der sich die hohen Absätze ausgedacht hat – derselbe, der auch den BH erfunden hat."

„Aber ihr Frauen tragt die Dinger." Er kniete nieder und nahm ihren Fuß in die Hand. „Im Spann?"

„Ja, aber ..." Ihr Protest erstarb, als er zu massieren begann, und mit einem tiefen, erleichterten Seufzer lehnte sie sich zurück. „Wunderbar. Du hast den Beruf verfehlt. Als Masseur könntest du dir einen Namen machen."

„Du solltest erst sehen, wie ich es bei anderen Körperteilen kann."

„Danke, aber bleiben wir doch beim Fuß. Wenn ich nur ein paar Zentimeter größer oder Sean ein paar Zentimeter kleiner wäre, könnten wir bei den meisten Einstellungen mit flachen Schuhen arbeiten."

„Seine Liebesszenen mit dir wirkten übrigens sehr echt."

„Das sollen sie auch." Müde öffnete sie die Augen. „Wir sind Profis. Es wirkt so, weil wir es so spielen, nicht weil einer von uns irgendwelche weiter gehenden Interessen hat."

„Auf mich wirkte es doch so. Vor allem, als er seine Hand auf deine ..."

„Versuch es doch lieber mal in einer anderen Tonart."

„Offensichtlich willst du mir wieder erzählen, wie ich meinen Job zu tun habe."

„Ich würde es vorziehen, wenn du deinen Job endlich tätest, statt auf einem Mann herumzuhacken, nur weil er seine Arbeit gut erledigt."

„Ich überprüfe ihn nur."

„Ich will nicht, dass meine Freunde und Arbeitskollegen ausspioniert werden."

„Wenn du jemanden willst, der Angst davor hat, anderen auf die Zehen zu treten, dann hast du den Falschen engagiert."

„Zu der Überzeugung bin ich auch schon verschiedentlich gekommen." Sie konnte selbst nicht sagen, warum sie so überreizt reagierte, aber die langsamen Bewegungen seiner Hände auf ihrem Fuß brachten sie durcheinander. Sie wollte ihn einfach nicht mehr sehen. „Warum verschwindest du nicht, Doran?" Sie entriss ihm den Fuß. „Du bist nicht mein Stil." Sie erhob sich und ging an ihm vorbei. „Das Wechselgeld kannst du behalten."

„Großartig." Er war so wütend wie sie, doch ebenso verwirrt hinsichtlich des Grundes. Er wusste nur, dass er einen kurzen Augenblick etwas für sie empfunden hatte, etwas Weiches und Leises. Doch das hatte sich wieder verflüchtigt, als hätte es nie existiert. An seine Stelle war die Wut getreten – und ein triebhaftes Verlangen von ebensolcher Kraft, das nach körperlicher Entspannung strebte. „Ich könnte aber auch eine Sondervergütung einfordern."

Kirk griff nach ihren Schultern. Carrie hatte gewusst, dass er nicht sanft sein würde. Seine Hand fuhr heftig durch ihr Haar, und sein Mund näherte sich ihrem. Sie hatte gewusst, dass er, ohne abzuschweifen, direkt auf sein Ziel zugehen würde. Was sie nicht gewusst hatte, war, wie sie darauf reagierte.

Kein Mann nahm sie in den Arm, wenn sie nicht in den Arm genommen werden wollte. Kein Mann nahm sich von ihr, was sie ihm nicht bereitwillig anbot. Doch Kirk hielt sie, und in ihr war nichts, was ihm Einhalt bieten konnte. Sein Gesicht fühlte sich rau an, seine Finger gruben sich in ihre Haut, während er sie dicht an sich gezogen hielt. Sie hätte sich ihm widersetzen können, doch sie tat es nicht. Alles schien konzentriert in dem Gefühl zusammenzuschmelzen, das sein Mund auf ihren Lippen auslöste. Ein unbeschreibliches Gefühl. Einladend öffneten sich ihre Lippen.

Um Konsequenzen machte sich Kirk selten Sorgen, ebenso wenig stellte er seine instinktiven Bedürfnisse infrage. Als er den Drang gespürt hatte, sie zu fühlen, sie einfach an sich zu ziehen, war er dem eben nachgegangen. Doch in diesem Fall bereute er es schnell. Sie war anders, mehr, als er sich vorgestellt hatte. Weicher, sanfter, wärmer. Es war kein Abziehbild, das er in den Armen hielt, sondern eine heißblütige Frau voller Leidenschaft. Und als er ihre Lippen spürte und schmeckte, merkte er sofort, dass er mehr wollte. Und genau das war die Falle, in die er gelaufen war.

Er wollte ihr Gesicht sehen, nachdem sie ihn gekostet hatte. Ihre Augen öffneten sich langsam, sie waren sehr dunkel und tiefblau. Sie verwandelten sein Begehren in etwas Schmerzhaftes und dann – bevor er sich abrupt von ihr löste – in Unsicherheit.

„Es war wirklich ein interessanter Tag, Engel." Und einer, den er sicher nicht so schnell vergessen würde. „Warum sagst du Matt nicht, er solle dir jemand anderen suchen?"

Es war schon lange her, dass sie sich abgewiesen fühlen musste, und es schmerzte. Doch Berufsroutine und Stolz ließen sie ihre Fassade wiederfinden und färbten ihre Stimme eiskalt. „Wenn deine Vorstellung von männlicher Überheblichkeit beendet ist, kannst du gehen. Sollte ich zufällig hören, dass jemand einen Leibwächter für seinen Pudel braucht, werde ich ihm deine Karte geben."

Das Telefon schrillte. Carrie ging hinüber, nahm den Hörer ab, vergewisserte sich aber erst, dass Kirk die Tür öffnete, bevor sie sich meldete.

Die Stimme war ihr mittlerweile vertraut, aber noch furchterregender geworden. „Den ganzen Tag habe ich darauf gewartet, mit dir sprechen zu können. Du bist so schön, so erregend. Ich stelle mir vor, wir …"

„Hören Sie auf!", schrie Carrie außer sich. „Lassen Sie mich in Ruhe!" Und verzweifelt warf sie den Hörer zurück.

Kirk bemerkte, wie hart sie daran arbeitete, ihre äußere Beherrschtheit wiedererlangen zu können. Aber ihr Gesicht war so weiß wie die Wände des Raumes. Sie drehte sich um und bemerkte ihn. „Ich dachte, du wärst gegangen."

„Ich dachte es auch." Kirk begründete sein Verhalten nie, einfach aus dem Grunde, weil er glaubte, langwierige Erklärungen schwächten die eigene Position. In diesem Fall entschied er sich, so nah wie möglich zu kommen, ohne die Linie zu überschreiten. „Carrie, wir müssen uns nicht unbedingt mögen, um diesen Fall zu lösen, und ich habe es nicht gern, einen Job halb fertig zu lassen. Warum vergessen wir nicht einfach, was vorhin geschehen ist?"

Um sowohl ihrem Bedürfnis, nicht allein zu bleiben, als auch ihrem Stolz zu genügen, schenkte sie ihm ein besänftigendes Lächeln. „Ist vorhin etwas geschehen?"

4. KAPITEL

Carrie wusste, dass sich Privatleben und Ruhm nicht einfach verbinden ließen, und so hatte sie zugunsten des Letzteren Ersteres geopfert. Wenn sie ausging, sei es um mit einem Freund ein ruhiges Essen zu genießen, sei es, dass sie mit jemandem tanzte, dann gab es darüber schon die wildesten Gerüchte, bevor der Abend vorbei war.

Schenkte man der Presse Glauben, dann war Carries Leben voller Männer, wilder Romanzen und glühender Affären. Sie akzeptierte das aus klaren Vernunftgründen heraus. Denn würde sie sich den Sensationsreportern gegenüber grob oder feindselig verhalten, würden sowohl ihr Ruf als auch ihre Fotos in Zukunft wenig schmeichelhaft ausfallen.

Doch auf einem ganz anderen Blatt standen das Abhören ihres Telefons und der Wachposten vor ihrem Haus. Das war nicht Bestandteil der glänzenden Seide-und-Diamanten-Scheinwelt, die sie bereitwillig der Öffentlichkeit präsentierte.

Doch sie sollte vernünftig sein, erinnerte sie sich immer wieder. Immerhin hatte sie seit dem Anruf in ihrer Garderobe Ruhe gehabt – keine Briefe, keine Blumen, keine flüsternde Stimme. Sie sollte sich erleichtert fühlen, doch irgendwie empfand sie es eher als Ruhe vor dem Sturm.

Während der Woche hielt ihre Arbeit sie von quälenden Gedanken ab. Wenigstens für einige Stunden am Tag konnte sie sich in die Rolle der Hailey und deren Probleme flüchten. Mit Arbeit hatte Carrie schon andere persönliche Krisen überstanden.

Doch heute war Samstag, und da die Dreharbeiten zügig vorangingen, hatte sie frei. Normalerweise genoss sie es, an diesen Tagen lange im Bett zu bleiben. Aber um sieben Uhr war sie wach. Missmutig verordnete sie sich, wieder einzuschlafen. Um Viertel nach sieben starrte sie immer noch an die Decke, und ihre Gedanken waren nicht gerade dazu angetan, ihr innere Ruhe zu bringen. Von schönen, im Rampenlicht stehenden Frauen wurde angenommen, sie schliefen bis Mittag und verwöhnten sich dann mit Massagen und Schönheitspflege. Carrie selbst hätte das wohl auch geglaubt, wenn sie nicht schon so lange die Kehrseite der Medaille gekannt hätte.

Sie warf die Decke zur Seite und ging in ihr Arbeitszimmer. Vom ganzen Haus zeigte allein dieser Raum die andere Seite von ihr. Die Einrichtung, wenn auch geschmackvoll, war einfach und entsprach den Gesichtspunkten der Nützlichkeit, und sie benutzte den Raum auch. Gewiss, Carrie hatte Leute, die für sie arbeiteten, doch sie würde ihre Angelegenheiten nie vollständig in deren Hände legen. Sie kannte ihre Vermögensverhältnisse, wusste, was ihr Fototermine einbrachten, sie hatte die Kopien aller Verträge fein säuberlich abgeheftet ... die sie nicht nur unterschrieben, sondern auch gelesen hatte.

Von ihrem Schreibtisch nahm sich Carrie einen dicken Stoß Papiere und ging damit zurück zu ihrem Bett. Es waren drei neue Manuskripte. Die Dreharbeiten für „Strangers" würden nicht ewig dauern. Es wäre also gut, sich jetzt schon Gedanken über das nächste Projekt zu machen.

Das erste Manuskript konnte sie schnell zur Seite legen. Es sah hauptsächlich Nacktszenen mit ihr und eine leidenschaftliche Umarmung nach der anderen vor. Nicht, dass sie prüde war, sie war nur nicht bereit, ihren Körper zur Verkaufssteigerung eines mittelmäßigen Projekts einzusetzen. Sie war es sowieso satt, immer nur den Vamp oder das Opfer zu spielen.

Das nächste Manuskript packte sie ab der ersten Seite. Eine Komödie. Endlich einmal eine intelligente Geschichte, die sich nicht darauf verließ, dass sich durch Carries Sexappeal das Ganze verkaufen lassen würde. Die Dialoge waren witzig, und eine Intrige und Verwicklung löste die andere ab. Es gab nicht nur Wortspiele, sondern auch Situationskomik. Die Carrie zugedachte Rolle verfiel immer wieder der Lächerlichkeit. Am Ende lag sie mit dem Gesicht im Schlamm. Carrie musste laut lachen.

Dank dir, Matt. Er wusste, wie gern sie einmal etwas machen würde, das dem Image von ihr, das sie lange sorgfältig aufgebaut hatten, widersprach. Es war ein Risiko. Würde das Publikum sie mit Schlamm im Mund sehen wollen?

Glücklich wie seit Wochen nicht mehr, bestellte sie über die Sprechanlage ihr Frühstück und nahm sich erneut das Drehbuch vor. Als es an der Tür klopfte, antwortete sie gedankenversunken und musste wieder lachen, als die weibliche Hauptfigur, ihre Rolle, sich wieder einmal mit Haken und Ösen aus einer problematischen Situation zu helfen wusste.

„Das scheint aber sehr komisch zu sein“, bemerkte Kirk.

Carrie blickte abrupt auf. Der amüsierte Ausdruck in ihrem Gesicht verwandelte sich sofort in Verärgerung. Zu schade, dachte sie, warum muss er auch so verdammt gut aussehen. „Welch ein Jammer, dass ich die Pistole nicht geladen habe.“

„Du würdest doch nicht auf einen Mann schießen, der dir das Frühstück ans Bett bringt?“ Er kam näher, stellte das Tablett auf ihren Schoß und machte es sich selbst neben ihr auf dem Bett bequem. Er trug ein T-Shirt und verblichene Jeans und schien sich nichts daraus zu machen, dass seine Turnschuhe auf der kostbaren Überdecke lagen. „Was liest du da?“ Entspannt streckte er seine Glieder und verschränkte die Arme hinter dem Kopf.

„Den Börsenbericht.“

„Ja, davon komme ich auch immer in Schwung.“ Den Kissen haftete ihr verführerisch sinnlicher Duft an. Das Haar fiel ihr, vom Schlaf zerzaust, über die Schultern und ihren Rücken hinunter. Selbst im grellen Morgenlicht gelang es ihm nicht, auch nur einen Makel in ihrem Gesicht zu entdecken. Über ihre Schultern liefen zwei dünne Träger, und ein Hauch von Spitze bedeckte ihre Brüste. Er erinnerte sich daran – was er besser nicht getan hätte –, wie er sie an sich gespürt und sie geküsst hatte. Hastig nahm er sich einen Toast.

„Bedien dich ruhig“, meinte sie spöttisch, ohne sich danach zu fühlen.

„Danke.“ Er beugte sich vor, um an die Marmelade zu kommen, wobei sie seinen Atem auf ihren nackten Schultern spürte. „Wie ich schon einmal gesagt habe, ein wunderbares Bett.“

„Wenn ich die Rechnung für die Reinigung der Überdecke bekomme, ziehe ich sie von deinem Honorar ab.“ Sie goss sich eine Tasse Kaffee ein und nippte vorsichtig daran, weil er noch zu heiß war.

Er biss in seinen Toast und sah sie nur an. Ganz langsam erhellte ein Lächeln sein Gesicht.

Carrie entschied, dass sie ihn nicht nur nicht mochte, sondern ihn geradezu verabscheute. „Du verstehst, ich bin beschäftigt, also, falls …“

„Ja, das sehe ich."

„Zufällig lese ich gerade einige Manuskripte."

„Etwas Gutes dabei?"

Carrie seufzte im Stillen. Manche Männer besaßen wirklich eine selten ausgeprägte Dickfelligkeit. „Ja. Und jetzt will ich weiterlesen."

„Ist es wieder eine männerverschlingende Rolle?"

Ruhe bewahren, verordnete sich Carrie selbst. „Nein. Zufällig ist es eine Komödie."

„Eine Komödie?" Er lachte kurz auf. „Du?"

Ihre Augen zogen sich zusammen. „Überspann den Bogen nicht."

„Nicht aufregen, Engel. Du hast nun einmal kein Gesicht, das in eine Torte gedrückt wird."

„Es ist Schlamm."

„Wie bitte?"

„In diesem Fall wird mein Gesicht in Schlamm gedrückt."

Er wählte ein Stück Melone aus. „Das muss ich sehen."

„Ich bin sicher, wie du denken Millionen Menschen. Schließlich bist du ja ein – wie sagt man? – Otto Normalverbraucher. Und jetzt verrate mir aber, warum du mit deinen Füßen auf meinem Bett und mit deinen Händen in meinem Frühstück bist."

„Das gehört zum Service. Der Kaffee ist wunderbar."

„Ich werde deine Komplimente weiterleiten. Also, was ist?"

„Willst du nicht essen?"

„Doran ..."

„Okay." Er zog einen schmalen Ordner unter dem Tablett hervor und öffnete ihn. „Ich habe einige vorläufige Berichte. Vielleicht bist du daran interessiert?"

„Berichte worüber?"

„Larry Washington, Amos Leery, James Brewster. Dann noch etwas über deinen Maskenbildner und deinen Fahrer."

„Meinen Fahrer?" Ihr Appetit war verflogen, und Carrie richtete sich entschlossen auf. Unterhalb der Spitze bemerkte Kirk altrosa Seide, und er fragte sich, wie weit hinunter sie reichte. „Das ist das Lächerlichste, was ich jemals gehört habe."

„Engel, liest du keine Kriminalromane? Derjenige, der am wenigsten verdächtigt wird, ist meist der Täter."

„Ich bezahle dich nicht, um dich Romandetektiv spielen zu lassen, und ich bezahle dich auch nicht für solche verdammten Nachforschungen über Menschen wie Robert oder George."

„Ist dir vielleicht schon einmal aufgefallen, wie Robert dich ansieht?"

„Darling, alle Männer sehen mich so an." Ihre Kopfbewegung war filmreif.

Er trank seinen Kaffee und ließ sie dabei nicht aus den Augen. Es bereitete ihm bei ihr immer wieder Schwierigkeiten, Schein und Wirklichkeit auseinanderhalten zu können. „Irgendwo muss ich anfangen, also beginne ich bei den Menschen deiner nächsten Umgebung."

„Gleich erzählst du mir noch, du würdest Matt überprüfen." Als er nichts erwiderte, sah sie ihn forschend an. „Du machst Witze. Matt ist …"

„Ein Mann", beendete Kirk.

Außer sich vor Wut, nahm Carrie das Tablett und beförderte es unsanft auf Kirks Schoß. Der Kaffee spritzte über die Tassenränder. „Ich werde es nicht zulassen, dass Menschen, die mir etwas bedeuten, ausspioniert und in Verlegenheit gebracht werden. Matt ist mein bester Freund, und ich hatte den Eindruck, deiner auch."

„Hier geht es um eine wirklich ernst zu nehmende Angelegenheit, Engel."

„Dann ist eben für uns die Angelegenheit beendet. Die Anrufe haben aufgehört, ebenso die Briefe."

„Für ganze achtundvierzig Stunden."

„Das reicht mir. Ich zahle dir noch …" Das Weitere blieb ihr im Halse stecken, als das Telefon neben ihrem Bett schrillte. Ohne es zu bemerken, ergriff sie Kirks Hand.

„Sie nehmen unten ab. Keine Panik. Ganz ruhig", sprach er ihr zu. „Wenn er es ist, versuche ihn so lange wie möglich zum Reden zu bringen. Wir brauchen Zeit, um den Ort des Anrufs ausfindig zu machen." Als die Sprechanlage summte, zuckte sie zusammen. „Reiß dich zusammen, Carrie, du schaffst es."

Sie bemühte sich, ruhig zu atmen, als sie sich über die Sprechanlage meldete. „Ja?"

„Ein Mann ist am Apparat, Miss O'Hara. Er sagt seinen Namen nicht, aber er meint, es sei wichtig. Soll ich ihm sagen, Sie seien nicht zu sprechen?"

„Ja." Sie spürte den Druck von Kirks Hand um ihr Handgelenk. „Nein, ich nehme es an. Danke."

„Geh es langsam an", sprach Kirk auf sie ein. „Lass ihn einfach einmal reden."

Ihre Finger fühlten sich steif und kalt an, als sie den Hörer abnahm. „Hallo." Kirk brauchte nur ihr Gesicht anzusehen, um zu wissen, dass sie das bekannte Flüstern hörte.

Carrie schloss die Augen. Sie wollte sich nicht anmerken lassen, welch schreckliche Gänsehaut die Dinge, die der Anrufer ihr sagte, verursachten. „Sagen Sie mir doch, wer Sie sind. Wenn Sie ..." Zwischen Frustration und Erleichterung hin und her gerissen, nahm sie den Hörer vom Ohr. „Er hat aufgelegt."

„Verdammt." Kirk nahm den Hörer und drückte auf einen Knopf am Apparat. „Ich bin's, Kirk." Er lauschte kurz in den Hörer und fluchte dann, als er ihn auflegte. „Zu wenig Zeit. Hat er irgendetwas gesagt, wobei es bei dir geklickt hat, irgendetwas, das dich an jemanden erinnert hat, den du kennst?"

„Nein, ich kenne niemanden mit einer solchen Neigung. Kirk." Sie schluckte. „Er hat gesagt, er habe eine Überraschung für mich – eine große Überraschung." Sie sah ihn an, und ihre Augen waren riesig, fast schwarz. „Er hat gesagt, es würde nicht mehr lange dauern."

„Überlass es mir, mir wegen ihm Sorgen zu machen." Er hatte sich schon immer zu den hilflos Schutzbedürftigen hingezogen gefühlt, was ihn immer wieder in Schwierigkeiten gebracht hatte. Auch wenn er wusste, dass es hier auf einer persönlichen Ebene gefährlicher werden könnte, legte er einen Arm um ihre Schulter und zog sie an sich. „Dafür bezahlst du mich doch, Engel."

„Er wird zu mir kommen." Es klang kraftlos und endgültig. „Ich kann es fühlen."

„Das dürfte ihm aber schwerfallen. Immerhin kontrollieren zwei meiner Leute das Grundstück, zwei andere überwachen das Telefon und die Sicherheitsanlage."

„Trotzdem fühle ich mich nicht sicher." Sie schloss die Augen und lehnte sich für einen Augenblick an ihn. „Vielleicht, weil ich sie nicht sehen kann."

„Aber mich kannst du doch sehen."

„Ja.“ Und sie konnte ihn fühlen, konnte die Muskeln in seinem Arm, in seiner Schulter und sein Gesicht fühlen.

„Willst du mehr von mir sehen?“

Argwöhnisch sah Carrie auf. Sie erkannte Humor in seinem Blick und – oder irrte sie sich? – so etwas wie echte Sorge. „Wie bitte?“

„Wie du das wieder fertiggebracht hast, Engel. Du kannst einen Mann umwerfen, ohne auch nur den kleinen Finger zu heben.“

„Eines meiner Talente. Was hast du gemeint, Doran?“

„Ich könnte hier für eine Weile einziehen. Nun bilde dir nichts darauf ein“, warnte er sie, als er spürte, wie sie sich versteifte. „Es gibt genügend Zimmer hier. Auch wenn ich dein Bett allmählich richtig ins Herz schließe, kann ich mich auch mit einem anderen begnügen. Was meinst du, Engel? Willst du einen Hausgenossen?“

Mit gerunzelter Stirn sah sie ihn an. Ihr fiel es schwer, zuzugeben, wie viel sicherer sie sich fühlen würde, wenn er immer in ihrer Nähe wäre. Das Haus war groß genug, um sich aus dem Weg gehen zu können. Das wirkliche Problem war ein anderes – es betraf ihre Erinnerung an den einen brennenden Kuss.

„Vielleicht sollte ich mir wirklich einen Wachhund zulegen.“

„Deine Entscheidung.“

Natürlich, und sie wusste auch genau damit – und mit ihm – umzugehen. „Also gut, hol dein Bündel, Doran. Wir werden schon ein Eckchen zum Schlafen für dich finden.“ Sie richtete sich auf. Es war nicht zu verleugnen, sie fühlte sich besser. Der beklemmende Druck in ihrem Magen löste sich. „Wie viel kostet mich das zusätzlich?“

„Mahlzeiten – und ich erwarte mehr als eine Schale Früchte zum Frühstück –, Benutzung der Räumlichkeiten und, da mein Privatleben zum Teufel geht, weitere zweihundert pro Tag.“

„Zweihundert?“ Ganz undamenhaft stieß Carrie die Luft durch die Nase aus. „Ich glaube nicht, dass ein Privatleben mehr als fünfzig wert ist. Das ist doch der übliche Preis in einem Massagesalon?“

„Was weißt du denn über Massagesalons?“

„Nur, was ich im Kino sehe, Darling.“

„Wie wäre es mit einer praktischen Einführung?“ Er schob einen Träger über ihre Schulter.

Ungerührt hatte sich Carrie ihr Drehbuch wieder vorgenommen. „Danke. Ich bezweifle, dass ich von dir irgendetwas lernen kann.“

„Das wiederum bezweifle ich.“ Als er den anderen Träger herunterschob, hob sie den Blick.

Er wollte sie herausfordern, doch so leicht ließ sie sich nicht ködern. „Probiere es aus, wenn ich ein paar Wochen freihabe, Doran. Ich fürchte, du musst ganz von vorn anfangen.“

„Ich bin ein eifriger Schüler.“ Er ließ seine Hand über ihre Schulter gleiten, bis sein Daumen ihr Kinn berührte.

Heftig griff sie nach seinem Handgelenk, doch ihrer Stimme war nichts anzumerken. „Pass auf, was du tust.“

„Wenn man aufpasst, versäumt man zu viel.“

Kirk wollte sie berühren, ihre weiche, warme Haut spüren, wollte sehen, wie sich ihr Blick, teils aus Ärger, teils aus Sinnlichkeit, verdunkelte. Auch der Druck ihrer Nägel konnte ihn nicht davon abhalten, das Feuer erleben zu wollen, das sie so gut in sich verschlossen hielt. Das Feuer, das sie auf der Leinwand so explosiv auflodern lassen konnte.

Carrie brachte ihre andere Hand hoch, und er ergriff sie. Nun hielt sie eine seiner und er eine ihrer Hände. So weit war das Gleichgewicht also hergestellt. Er glaubte, dass sie aus Stolz nicht gegen ihn ankämpfte, aus Stolz und der Gewissheit heraus, sie könnte ihn in die Knie zwingen, wenn sie nur wollte.

Gerade wollte er sie loslassen, als sie den Kopf hob und ihr Blick ihn herausforderte. Herausforderungen hatten ihn schon immer gereizt.

Den Blick fest mit ihrem verschränkt, senkte er seinen Mund. Aber er küsste sie nicht. Der kühle Gleichmut, mit dem Carrie darauf reagieren wollte, verflog. Und dann nahm Kirk für sie ganz überraschend zärtlich ihre Unterlippe zwischen die Zähne. Wie hypnotisiert von seinen grünen Augen, die sie beobachteten, wehrte sie sich nicht.

Diese Art von Gefühlen, diesen Hunger hatte sie nicht erwartet. Das hatte sie vor Jahren in sich verschlossen, als ihre Gefühle sie ins Unglück gestürzt hatten. Dieses langsame, schwirrende Gefühl in ihrem Magen hatte sie nicht erwartet. Sie hatte nicht erwartet, dass ihre Glieder durch eine Berührung weich werden könnten. Sie hatte Liebesszene um Liebesszene gespielt und nichts anderes dabei gefühlt, als was die Rolle ihr vorschrieb: leidenschaftlichste Umarmungen, die den beteiligten Schauspielern aber nicht mehr bedeuteten als eine professionelle Aufgabe.

Dieses zarte Kitzeln ihrer Lippe hätte in ihr eigentlich nichts als ein Gefühl von Belästigung auslösen dürfen. Aber sie lag regungslos, gefangen von dem heftigen Wunsch, diese warme Woge, die er in ihr bewirkte, ganz aufzunehmen.

Unmöglich, es musste unmöglich sein. Doch sie machte auf ihn plötzlich einen fast unschuldigen Eindruck. Sollte das gespielt sein, war sie noch talentierter, als er es für möglich halten konnte. Wenn nicht … Er konnte nicht klar denken. Sie schien irgendeine Macht auf ihn auszuüben und ließ ihn alles außer ihr vergessen.

Verlangen. Verlangen war etwas, das schnell gestillt und schnell vergessen werden konnte. Das sollte er nicht vergessen. Nach ihr musste einfach jeder Mann verlangen. Aber ob auch jeder Mann sie vergessen konnte? Kirk konnte es sich nicht erlauben, in einen solchen Strudel zu geraten. Er spürte ihre warmen, weichen Lippen und erinnerte sich zugleich daran, dass es für ihn zwei oberste Gebote gab: Das eine war, sie zu schützen, das andere, sich zu schützen.

Als er spürte, wie er sank, zog er sich zurück. Der Boden wurde ihm zu unsicher. „Du wirfst einen um, Engel."

Beherrschung, verordnete sie sich und bemühte sich, wieder festen Boden unter den Füßen zu bekommen. Es hatte ihm nichts bedeutet, für ihn war es nichts weiter gewesen als die ewige Herausforderung zwischen Männern und Frauen. Es hatte nichts mit einem tieferen Gefühl zu tun gehabt oder mit dem Bedürfnis, geliebt zu werden. Sie würde ihm nicht offenbaren, dass es bei ihr so gewesen war. Die Genugtuung sollte er nicht bekommen.

„Nächstes Mal wird es dich richtig umhauen."

„Du könntest recht haben", entgegnete er halblaut. Sein Blick glitt über ihre nackten Schultern, und er verwünschte sich zugleich für das heftige Begehren, das er spürte. „Wir treffen uns am Pool, ich gebe dir dann einen Überblick über unsere bisherigen Ermittlungen." Er rollte vom Bett, nahm seinen Ordner und verließ den Raum. Er brauchte jetzt Luft – schnell.

Mit gleichmäßigen, schnellen Bewegungen zog Kirk durchs Wasser. Als Carrie hinaus auf den Innenhof kam, beobachtete sie ihn. Bei jeder Bewegung sah man das Spiel seiner Muskeln. Von den Gästebadehosen, von denen sie immer einige in der Umkleidekabine vorrätig hatte, hatte er sich eine schwarze, knappe gewählt, wobei er sich, nach Carries Meinung, eher von den Gesichtspunkten der Bequemlichkeit als der Wirkung hatte leiten lassen. Ihrer Meinung nach hielt sich Kirk sowieso für so unwiderstehlich, dass er sich über solche Sachen keine Gedanken machte. Sie setzte sich an den Tisch und wartete auf ihn.

Die körperliche Betätigung half. Kirk hatte erkannt, dass er selbst weiter vorgeprescht war, als er beabsichtigt hatte. Er wusste immer noch nicht, warum er es gemacht hatte, da er Carrie doch als eine Frau einschätzen konnte, der ein kluger Mann besser nicht zu nahe kam. Er hatte sich immer klug verhalten, nur so konnte man überleben. Aber er hatte auch immer Versuchungen nachgegeben, nur so konnte man leben. Und obwohl er bisher nicht gerade eintönig gelebt hatte, war Caroline O'Hara doch seine bisher größte Versuchung.

Nach dreißig Runden im Pool löste sich langsam die Spannung in ihm. Als er am flachen Ende des Pools stand und sich das nasse Haar aus dem Gesicht strich, sah er Carrie.

Sie saß zurückgelehnt in einem Stuhl, ihr Gesicht von einem großen weißen Sonnenschirm umschattet – die Verkörperung unnahbarer, die Seele bedrängender Schönheit. Sie hatte ihr Haar zurückgebunden. Ihr klassisch geschnittenes Gesicht brauchte auch keinen Rahmen. Sie trug ein knappes Top und kurze Shorts, die ihre überlangen Beine freigaben, von denen Kirk, als er aus dem Pool stieg, kaum den Blick wenden konnte.

Sie warf ihm das Handtuch zu, das er vorher auf den anderen Stuhl gelegt hatte. Doch er schlang es sich nur um den Hals. Die Sonne glitzerte in den Wassertropfen auf seiner gebräunten Haut.

„Herrlich. Du solltest auch schwimmen. Schwimmen ist die beste Art, sich in Form zu halten."

„Sicher, ich muss auf meine Form achten, Doran." Eine gewisse Gereiztheit machte sich in ihr breit. Carrie bemühte sich, sie durch Sarkasmus zu verdecken. „Dauert es lange? Ich will heute Nachmittag noch meine Fingernägel machen lassen."

„Wir schaffen es."

„Wir?" Sie konnte ihr Lächeln nicht verbergen. „Ich kann mir dich beim besten Willen nicht in schicken kleinen Nagelstudios vorstellen."

„Ich kenne Schlimmeres." Er verrückte den Stuhl ein wenig, um in der prallen Sonne zu sitzen. „Sonst noch etwas auf der Tagesordnung?"

„Oh, vielleicht ein kleiner Schaufensterbummel", entgegnete sie spontan, um die Sache für ihn noch unerträglicher zu machen. „Essen im ‚La Maison', vielleicht auch im ‚Bistro'." Sie stützte ihr Kinn auf ihren Handrücken. „Ich habe seit Tagen keine Menschenseele gesehen. Du hast doch hoffentlich etwas Passendes anzuziehen?"

„Es wird reichen. Dann ist da heute Abend noch dieses Wohltätigkeitsessen."

Ihr Lächeln verblasste. „Woher weißt du das?"

„Es ist mein Job, so etwas zu wissen." Kirk blätterte in seinen Aufzeichnungen, obwohl er sie nicht brauchte. „Meine Sekretärin hat sich mit Sean Carter in Verbindung gesetzt und ihm in der gebotenen Höflichkeit ausrichten lassen, du habest eine andere Begleitung."

„Dann soll sie sich wieder mit ihm in Verbindung setzen. Sean und ich haben abgemacht, gemeinsam für den Film zu werben."

„Willst du etwa mit einem Mann allein in einer dunklen Limousine sitzen, der …"

„Es ist nicht Sean." Nachdem sie ihn unterbrochen hatte, griff Carrie nach der Zigarettenschachtel, die Kirk auf den Tisch gelegt hatte.

„Wir gehen die Sache auf meine Art an." Kirk nahm sein Feuerzeug und gab ihr Feuer. „Ich begleite dich zu der kleinen Party, und wenn du Lust hast, kannst du immer noch vor den Kameras mit Sean herumturteln. Und was gibt's morgen?"

Carrie warf ihm einen giftigen Blick zu. „Das solltest du mir doch verraten können."

Ruhig blätterte Kirk in seinem Ordner. „Um eins kommen ein Reporter und ein Fotograf von ‚Life-Style' wegen einer Geschichte über dich und dein Haus. Mehr habe ich nicht herausgefunden."

Sie warf die Zigarette in den Aschenbecher, wo sie weiterglomm. „Weil das alles ist."

Kirk blätterte eine Seite weiter. „Also, Larry Washington. Nach außen hin hat er eine weiße Weste. Hat letztes Jahr das College mit einem kaufmännischen Abschluss beendet. Scheint sich schon immer zum Theater hingezogen gefühlt zu haben. Hat dem Spielen selbst aber offensichtlich die Arbeit hinter den Kulissen vorgezogen."

„Genau aus dem Grund habe ich ihn angestellt."

„Offensichtlich hat er eine Beziehung zu einer Studienkollegin gehabt, die ihn dann sitzen ließ. Eine sehr attraktive Blonde mit blauen Augen."

Er brauchte seine Schlussfolgerungen gar nicht auszusprechen. „Viele Frauen haben blaue Augen, und viele College-Romanzen sind auseinandergebrochen."

„Amos Leery", fuhr er fort, ohne auf ihren Einwand einzugehen. „Wusstest du, dass seine erste Frau sich scheiden ließ, weil er die Finger nicht von anderen Frauen lassen konnte?"

„Ja, ich weiß. Das war vor fünfzehn Jahren, also ..."

„Von alten Gewohnheiten ist schwer zu lassen. George McLintoch. Maskenbildner seit dreiunddreißig Jahren. Hat fünf Enkel, ein weiteres kommt im Herbst. Seit seine Frau vor einigen Jahren gestorben ist, hat er Probleme mit der Flasche."

„Das reicht." Sie erhob sich und trat an den Rand des Pools. Das Wasser war ruhig und kristallklar. So war ihr Leben noch vor wenigen Wochen gewesen. „Das reicht wirklich. Ich will mir nicht weiter die persönlichen Probleme der Leute, mit denen ich arbeite, darlegen lassen." Sie warf ihm einen Blick über die Schulter zu. „Du bist in einem schmutzigen Geschäft."

„Stimmt." Nicht mit einem Wimpernschlag legte er seine Gefühle diesem Thema gegenüber offen. „James Brewster. Scheint ein ziemlich stabiles Familienleben zu führen. Seit einundzwanzig Jahren verheiratet, ein Sohn studiert Rechtswissenschaft. Interessant, dass er seit über zehn Jahren eine Psychoanalyse macht."

„In dieser Stadt macht jeder eine Analyse."

„Du nicht."

„Das kommt noch, wenn du länger in meiner Nähe bleibst."

Er lächelte kurz und blätterte um. „Dein Fahrer, Robert, ein interessanter Mann. Der kleine Robert DeFranco hat, was Frauen angeht, gleich verschiedene Eisen im Feuer."

„Ein Mann nach deinem Geschmack."

„Seine Vitalität muss ich tatsächlich bewundern. Matt Burns."

Sie drehte sich zu ihm um, und ihr Gesichtsausdruck versetzte ihm einen tiefen Stich. „Wie konntest du?" Sie sagte es ruhig, aber schmerzerfüllt. „Er ist dein Freund. Wie kannst du einen Menschen ausspionieren, der dir vertraut?"

Er hielt ihrem Blick stand. „Es ist mein Job. Ich kann auf nichts anderes als meine Klienten Rücksicht nehmen, die mich bezahlen."

„Dann behalte diesen Teil deines Jobs für dich. Was du auch über Matt ausgegraben hast, ich will es nicht wissen."

„Carrie, du musst alle Möglichkeiten in Betracht ziehen."

„Nein, du. Dafür bekommst du siebenhundert pro Tag. Es ist dein Job, den zu finden, der mir nachstellt, und mich zu schützen."

„Genau auf diese Art mache ich das."

„Fein. Alles, was ich von dir sehen will, ist die Rechnung."

Carrie wollte zurück ins Haus stürmen, doch Kirk verstellte ihr den Weg. Sie war verletzt, tief verletzt, wegen der Menschen, die ihr am Herzen lagen. Er musste sie davon überzeugen, dass sie sich im Augenblick diese Haltung nicht erlauben konnte. Er umfasste ihre Schultern.

„Sei vernünftig. Jeder kann hinter diesen Anrufen stecken. Vielleicht ist es jemand, dem du noch nie begegnet bist, aber ich glaube es nicht. Er kennt dich zu gut, Lady." Um seine Worte zu unterstreichen, schüttelte er sie kurz. „Und er hat nichts Gutes mit dir im Sinn. Bis wir ihn gefunden haben, verhältst du dich so, wie ich es sage."

Der morgendliche Anruf war ihr noch zu frisch im Gedächtnis. Wenn ein Kompromiss gemacht werden musste, würde sie ihn machen. Aber es würde ihr nicht gefallen. „Okay, Doran, bis zu einem gewissen Punkt. Mein Telefon wird abgehört, die verdammten Aufpasser stehen an meinem Eingangstor, du bist in meinem Haus ... aber den Schmutz will ich mir nicht anhören."

„Mit anderen Worten, du willst ein sauberes Ergebnis, aber die dem zugrunde liegenden schmutzigen Einzelheiten nicht."

„Richtig."

Er ließ ihre Schulter los. „Ich hätte dir mehr Courage zugetraut."

Heftig wollte sie etwas erwidern, ließ es aber, weil er recht hatte. Sie machte kehrt und ging. Kirk sah ihr nach. Wie so oft, empfand er auch jetzt die Sicherheit, sich auf sein Gefühl verlassen zu können: Wenn es hart auf hart käme, würde Carrie nicht versagen.

5. KAPITEL

Als sie das Wochenende hinter sich brachten, ohne sich in Stücke zu reißen, war Carrie davon überzeugt, dass sie es auch weiterhin schaffen würden. Als sie gemeinsam auf die Wohltätigkeitsveranstaltung gegangen waren, hatte Kirk sie sogar mit einem unerwarteten Charme angenehm überrascht.

Am Sonntag hatte er sich nicht ein Mal blicken lassen. Und als sie Montagmorgen in die Limousine stiegen, um zum Studio zu fahren, war Carrie schon fast bereit, ihre Meinung über Kirk zu ändern.

Sie warf ihm einen Blick zu, dem Mann, der neben ihr die Beine ausgestreckt und hinter den Gläsern seiner Sonnenbrille die Augen geschlossen hatte. Er machte den Eindruck, als hätte er sich seit Samstag nicht mehr rasiert. Es war unfair, selbst das stand ihm.

„Anstrengende Nacht?"

Er öffnete ein Auge und schloss es sofort wieder, als wäre ihm selbst das zu anstrengend. „Poker."

„Du hast Poker gespielt? Ich wusste gar nicht, dass du ausgegangen bist."

„In der Küche." Dabei fragte er sich, wann er wohl noch eine Tasse Kaffee bekommen könnte.

„In meiner Küche?" Leicht verärgert runzelte Carrie die Stirn. „Mit wem?"

„Gardener."

„Rafael? Er spricht kaum Englisch."

„Ist auch nicht nötig, um zu wissen, dass ein Full House eine Kleine Straße schlägt."

„Ich verstehe." Ein Lächeln spielte um ihre Mundwinkel. „Du und Rafael, ihr habt also in der Küche Poker gespielt, euch ganz allmählich betrunken und dabei eine ganze Menge dummes Zeug erzählt."

„Und Marsh."

„Und Marsh?" Sie hielt mitten in der Bewegung inne. „Marsh hat Karten gespielt? Mein Marsh? Also wirklich, Kirk, er ist fast achtzig. Selbst dir hätte ich nicht zugetraut, dass du einen alten Mann ausnutzt."

„Er hat mir dreiundachtzig Dollar abgenommen, der alte Fuchs."

„Geschieht dir recht. In meiner Küche sitzen, Bier schlucken und Zigarren rauchen und mit Frauen prahlen – und dafür bezahle ich dich noch."

„Du hast geschlafen."

„Darum geht es doch wohl nicht. Du wirst dafür bezahlt, auf mich aufzupassen, nicht, um in der Küche Karten zu spielen."

„Ich habe auf dich aufgepasst."

„Tatsächlich?" Sie goss sich ein Glas Saft ein und trank einen Schluck. „Merkwürdig. Ich habe gestern nicht einmal deinen Schatten gesehen."

„Ich war in deiner Nähe. Du bist gerne im Whirlpool?"

„Wie bitte?"

„Du warst fast eine Stunde drin." Er nahm ihr Glas und leerte es. Vielleicht ließ sich damit der schale Geschmack im Mund herunterspülen. „Merkwürdig, ich dachte immer, Frauen wie du hätten mindestens zwei Dutzend Badeanzüge. Ich vermute, du konntest keinen finden."

„Du hast mich beobachtet."

Er gab ihr das Glas wieder und lehnte sich zurück. „Dafür bezahlst du mich."

Empörung stieg in ihr auf, und heftig stellte sie das Glas zurück in die Halterung. „Ich bezahle dich nicht dafür, ein Peeping Tom zu sein. Deinen lüsternen Anwandlungen kannst du in deiner Privatzeit nachgehen."

„Meine Zeit ist deine Zeit, Engel. Und ich habe fast genauso viel von dir gesehen wie in deinem Film ‚Thin Ice', für den ich vier fünfzig hingelegt habe. Außerdem, wenn es mir um Anwandlungen gegangen wäre, hätte ich dir in deinem Pool Gesellschaft geleistet."

„Ich hätte dich ertränkt!", gab sie heftig zurück, doch er lächelte nur und schloss wieder die Augen.

Sein Kopf dröhnte wie von einem Dampfhammer. Er hatte zwar schon häufig wenig Schlaf gehabt, doch das hatte normalerweise andere Gründe. Das Pokerspiel gestern hatte ihm dazu gedient, sich von dem Gedanken abzulenken, dass Caroline O'Hara oben lag, und von der Erinnerung, wie sie sich in dem sprudelnden Wasser des kleinen Pools genießerisch ausgestreckt hatte.

Er hatte sie nicht beobachtet, wie sie glaubte und in welchem Glauben er sie auch ließ. Er hatte gesehen, wie sie in das Badehaus gegangen war. Und dann, als sie nicht zurückgekommen war, hatte er nach ihr sehen wollen. Sie hatte sich in der großen Wanne ausgestreckt, aus den Lautsprechern an der Decke klang Musik von Rachmaninoff. Ihr Haar hing offen ins sprudelnde Wasser. Und ihr Körper ... Er spürte jetzt noch die heftige Wirkung, die dieser Anblick auf ihn gehabt hatte.

Er war ebenso unbemerkt gegangen, wie er gekommen war. Er hatte plötzlich Angst gespürt, eine deutliche Angst, wenn sie die Augen geöffnet und ihn angesehen hätte, dann wäre er ganz, ganz weich geworden.

Die Gedanken an sie verfolgten ihn Tag und Nacht. Dem durfte er einfach nicht nachgeben. Nichts und niemand durfte Macht über ihn gewinnen. Doch allmählich verstand er, wie ein Mann von einer Frau besessen sein konnte, ohne dass diese Frau dafür groß etwas tun musste. Und er ahnte, wie ein Mann von seinen eigenen Fantasien überwältigt werden konnte.

Das bereitete ihm Sorgen, nicht nur soweit es ihn selbst, sondern noch mehr, soweit es sie betraf. Wenn ein anderer Mann von ihr besessen war und dieser andere Mann bestimmte Grenzen überschritten hatte, wozu wäre der fähig, um ans Ziel zu kommen?

Die Briefe und Anrufe hatten nach und nach einen drängenderen Tonfall bekommen. Wann würde das dem Unbekannten nicht mehr reichen, und wann würde er zu einem verzweifelteren Schritt fähig sein? Carrie in ihrer Furcht schien kaum vorstellbar zu sein – so glaubte Kirk –, wie weit eine verwirrte Verzweiflung einen solchen Mann treiben konnte.

Heute würden sie hauptsächlich Sexszenen drehen. Ein zweites Kamerateam war in New York, um Außenaufnahmen zu filmen. Carrie freute sich schon darauf, wenn sie und einige andere vom Produktionsteam für einige Szenen nachfolgen würden, die vor Ort gedreht werden mussten. Vielleicht konnte sie dann ihre Schwester Maddy und – wenn sie Glück hatte – auch deren Musical am Broadway sehen.

Dieser Gedanke heiterte sie wieder auf, welche Stimmung auch nicht durch die einstündige Verzögerung getrübt wurde, die entstand, als die Techniker einige Mängel beheben mussten.

„Erinnert an New England", bemerkte Kirk, als er sich in der draußen errichteten Kulisse umsah.

„Massachusetts, um genau zu sein", entgegnete Carrie und knabberte an einem klebrigen Kuchenteilchen. „Schon einmal dort gewesen?"

„Ich bin in Vermont geboren."

„Ich in einem Zug." Sie lachte. „Wenigstens fast. Meine Eltern waren unterwegs zu einem Auftritt, als bei meiner Mutter die Wehen einsetzten. Sie haben gerade lang genug Zwischenstation gemacht, dass ich und meine Schwestern zur Welt kommen konnten."

„Du und deine Schwestern?"

„Stimmt. Ich bin die älteste von Drillingen."

„Es gibt dich in dreifacher Ausführung? Gütiger Himmel."

„Mich gibt es nur einmal, Doran." Sie steckte sich ein Kuchenstück in den Mund und genoss die frische Luft und den Sonnenschein. „Wir sind zwar Drillinge, aber jede von uns ist einmalig. Alana zieht Pferde und Kinder in Virginia groß, und Maddy ist gerade die Sensation am Broadway."

„Du machst überhaupt nicht den Eindruck eines familienbewussten Menschen."

In ihrer guten Stimmung ließ sie sich von nichts herausfordern. „Ich habe auch noch einen Bruder. Was er treibt, kann ich dir allerdings nicht sagen. Ich vermute, professioneller Gigolo oder internationaler Juwelendieb. Du würdest dich wunderbar mit ihm verstehen." Sie beobachtete, wie einige Männer von der Requisite einen Felsblock um einen guten Meter versetzten. „Erstaunlich, nicht wahr?"

Kirk betrachtete die Baumlandschaft. Sie sah echt aus – wenn man die hölzerne Halterung der Bäume übersah. „Gibt es überhaupt etwas Echtes hier?"

„Nicht viel. Lass ihnen ein paar Stunden Zeit, und sie werden dir hier einen afrikanischen Urwald aufbauen." Träge streckte sie sich. „Wir wollten das eigentlich vor Ort drehen, doch es gab ein paar Probleme."

„Es gibt viel Leerlauf in diesem Job."

„Man muss schon die Ruhe weghaben. Manchmal warte ich Stunden in meiner Garderobe für eine fünfminütige Szene. Und dann geht es wieder vierzehn Stunden am Stück rund."

„Warum machst du das?“

„Weil es das ist, was ich immer gewollt habe.“

„Du wolltest immer Schauspielerin sein?“

Lächelnd warf sie ihr Haar zurück. „Schauspielerin bin ich doch schon immer gewesen. Ich wollte ein großer Star werden.“

„Sieht so aus, als hättest du bekommen, was du wolltest.“

„Es sieht so aus.“ Sie schüttelte ein unbestimmt depressives Gefühl ab. „Und was ist mit dir? Wolltest du immer werden, was du geworden bist?“

„Als Jugendlicher wollte ich so etwas wie Al Capone werden. Doch dann habe ich gelernt, wozu ich gut bin.“

„Und wozu bist du gut?“ Er drehte ihr den Kopf zu, und sie erkannte amüsierte Herausforderung in seinem Blick. „Vergiss es.“

Überraschend streckte er die Hand aus und berührte ihr Haar. „Du wirkst wie ein junges Mädchen.“

Es war eine Berührung, nur wenige Wörter und ein tiefer Blick innerhalb einer von Menschen wimmelnden Kulissenwelt. Und doch schlug ihr Herz plötzlich heftig. „So soll es auch sein“, brachte sie nach einem Augenblick heraus. „In dieser Szene bin ich zwanzig, unschuldig, wissbegierig, naiv und verliere meine Unschuld.“

„Hier?“

„Nicht ganz, dort.“ Sie zeigte auf eine kleine Lichtung zwischen den Bäumen, die von den Requisiteuren geschaffen worden war. „Der gemeine Brad verführt mich und verspricht mir ewige Liebe. Er entfacht meine Leidenschaft, die bisher ausschließlich meiner Malerei gegolten hat, und nutzt die Situation aus.“

Kirk schnalzte mit der Zunge. „Vor all diesen Zuschauern?“

„Ich liebe Publikum.“

„Und du hast dich darüber aufgeregt, dass ich dich in deinem Whirlpool beobachtet habe.“

„Du …“

„Sie sind fertig, Carrie.“

Sie nickte ihrem Assistenten zu. „Such dir einen guten Platz, Doran“, schlug sie vor. „Du könntest etwas lernen.“

Kirk folgte Carries Rat und beobachtete, wie sie die Szene einige Male probeweise durchgingen, die auf ihn eher einen lauwarmen, klischeehaften Eindruck machte: eine naive Frau, ein durchtriebener

Mann, in einer frühlingshaften Kulisse. Alles Plastik, dachte er, sogar die Blätter der Bäume. Ein Assistent des Maskenbildners erneuerte dann Carries Make-up, das sie jugendlich unerfahren erscheinen ließ. Dann nahm sie wieder ihren Skizzenblock und Bleistift.

„Positionen. Ruhe.“ Das Stimmengewirr verstummte, es herrschte Stille. „Film ab.“ Die erste Klappe ging herunter.

Es begann wie vorher bei dem Probedurchlauf. Carrie saß mit ihrem Skizzenblock auf einem Felsen. Sean trat heran und beobachtete sie einen Augenblick lang. Als Carrie aufsah und ihn erkannte, bekam Kirk plötzlich einen trockenen Mund. Alles, was sich ein Mann nur wünschen konnte, lag in diesem Blick: Liebe, Vertrauen, Sehnsucht. Ein solcher Blick von einer Frau, und ein Mann konnte die schwerste Schlacht gewinnen und den höchsten Berg erklimmen.

Kirk hatte nie geliebt werden wollen. Liebe bindet, macht einem anderen Menschen gegenüber verantwortlich. Liebe verlangt Nehmen und Geben. Es war bisher sein fester Grundsatz gewesen, das nicht zu wollen, bis er diesen Blick von Carrie sah.

Nur ein Film, erinnerte er sich dann. Carries Blick war ebenso Illusion wie der Wald, in der sich die Begegnung abspielte. Und außerdem hatte ihr Blick nicht ihm gegolten. Es war nur ein Film, sie war Schauspielerin, und alles war nur Teil des Drehbuchs.

Als Sean Carter Carrie das erste Mal berührte, spannten sich Kirks Wangenmuskeln an. Doch zum Glück unterbrach die Regisseurin.

Als weitergedreht wurde, redete sich Kirk zu, dass er sich unter Kontrolle habe. Er war schließlich nur hier, weil sie ihn dafür bezahlte. Persönlich bedeutete sie ihm nichts. Sie war eine Klientin. Es hatte ihn nicht zu interessieren, wie viele Männer sie schon geliebt hatte – vor der Kamera oder unabhängig davon.

Dann beobachtete er, wie ihre Lippen weich und zögernd die von Sean berührten, und ihm kamen Mordgedanken.

Es war doch nur die Szene eines Films mit künstlichen Felsen, künstlichen Bäumen und künstlichen Gefühlen. Und doch wirkte es so wirklich, so ehrlich. Unzählige Menschen schwirrten mit Scheinwerfern und Mikrofonen und Kameras herum.

Doch Carrie zitterte. Verdammt, er sah sie zittern, als Sean ihr Band löste und ihr Haar herunterfiel. Ihre Stimme bebte, als sie ihm sagte, sie liebe und begehre ihn. Unwillkürlich ballte Kirk die Hände in seinen Taschen.

Sie schloss die Augen, als Sean ihr Gesicht mit Küssen bedeckte. Sie wirkte so jung, so verletzbar, so ihrer Liebe ausgeliefert. Kirk bemerkte die Kamera nicht mehr. Er sah nur Sean, der ihre Bluse aufknöpfte, und Carries Augen, aufgerissen und blau, die von ihrem Liebhaber wie gebannt zu sein schienen. Zögernd knöpfte sie sein Hemd auf. Eine leichte Röte stieg in ihre Wangen, als sie ihr Gesicht an seine nackte Brust presste. Sie ließen sich aufs Gras sinken ...

„Schnitt."

Mit einem Schlag war Kirk wieder in der Wirklichkeit. Er sah, wie sich Carrie aufsetzte und etwas zu Sean sagte, das ihn zum Lachen brachte.

„Machen wir es noch einmal, Carrie. Ich will, dass du den Kopf hebst, wenn du ihm sein Hemd ausgezogen hast." Mary Rothschild hockte sich neben Carrie nieder, die sich ihre Bluse gerade wieder zuknöpfte. „Und dann will ich einen Kuss, einen ganz langen, bevor ihr ins Gras sinkt."

Irgendwann während der fünften Klappe fand Kirk zu einer objektiven Sichtweise. Er musterte die Gesichter der Umstehenden. Seine Aufgabe war es, herauszufinden, wer Carrie beobachtete, nicht kritisch, nicht anerkennend, sondern jemand, der sich vor Eifersucht verzehren könnte. Oder der fantasierend träumte.

Er kannte sie alle, von allen hatte er Berichte, vom Kameramann angefangen und beim Requisiteur aufgehört. Instinktiv wusste er, dass derjenige, der Carrie die Briefe schrieb, jemand war, den sie kannte, jemand, mit dem sie wahrscheinlich jeden Tag unbeschwert sprach.

Kirk wollte denjenigen finden. Er wollte ihn schnell finden, bevor er sich selbst in etwas verstrickte.

Der Regieassistent legte einen Arm um Carries Schulter, senkte den Kopf an ihr Ohr und führte sie von der Kulisse.

Sofort war Kirk an ihrer Seite. „Wollt ihr beiden vielleicht gerade irgendwohin?"

Carries Augen zogen sich zusammen, doch sie ließ sich nichts anmerken. „Um ehrlich zu sein, ich wollte nur aus der prallen Sonne heraus. Und Amos weiht mich in den weiteren Ablauf ein. Du musst Kirk verzeihen, Amos. Er ist ein wenig besitzergreifend."

„Was man ihm schwer verübeln kann." Amos, ein gutmütiger, um die Mitte herum etwas fülliger Mann, tätschelte Carries Schulter. „Du warst großartig, Carrie, einfach großartig. Wir rufen dich, wenn du wieder gebraucht wirst."

„Danke, Amos." Sie wartete, bis er außer Hörweite war, bevor sie sich zu Kirk umdrehte. „Lass das lieber."

„Was lassen?"

„Dir hat nur noch ein Messer zwischen den Zähnen gefehlt." Sie riss die Tür des Wohnwagens auf, der ihr hier draußen als Garderobe diente. „Ich habe dir schon gesagt, dass Amos harmlos ist. Er ..."

„Hat die Angewohnheit, Frauen anzufassen. Eine dieser Frauen ist meine Klientin."

Carrie holte sich einen Diätsaft aus dem Kühlschrank und ließ sich damit auf das Sofa fallen. „Wenn ich es nicht wollte, dass er mich anfasst, dann würde er es auch nicht. Das kann ich dir versichern. Das ist nicht das erste Mal, dass ich mit Amos arbeite, und wenn du dich nicht weiterhin wie der allerletzte Idiot aufführst, wird es auch nicht das letzte Mal sein, das versichere ich dir."

Kirk öffnete den Kühlschrank und entdeckte zu seiner Zufriedenheit Bier. „Sieh mal, Engel, ich kann die Liste der Verdächtigen nicht verringern, nur um deinen Wünschen zu entsprechen. Es wird Zeit, dass du dir nicht länger vormachst, der Mann, vor dem du dich so fürchtest, sei jemand, den du nicht kennst."

„Ich mache mir nichts vor."

„Doch." Er trank erst einen Schluck Bier, bevor er weitersprach. „Und du machst es nicht einmal halb so gut wie eben da draußen, als du dich im Gras gewälzt hast."

„Das war Arbeit. Hier dreht es sich um mein Leben."

„Eben." Er legte seine Hand unter ihr Kinn und hob es an. „Und ich werde auf dich aufpassen. Übrigens, falls du dich dann besser fühlst, Carter wollte ich gerade von der Liste streichen."

„Sean?" Sie spürte eine Woge der Erleichterung. „Warum?"

„Ganz einfach." Er nahm noch einen Schluck Bier und machte es so nur spannender. „Wenn ein Mann von einer Frau besessen ist ... und wir sind uns doch einig, dass wir es mit einer Besessenheit zu tun haben?"

„Ja, verdammt." Gereizt nahm sie ihm die Flasche aus der Hand. „Worauf willst du hinaus?"

„Wenn ich wegen einer Frau eine gewisse Grenze überschritten hätte, wäre ich nicht fähig, mir einfach den Staub von meinen Sachen abzuklopfen und zu gehen, nachdem ich den größten Teil des Tages in halb nackter Umarmung mit ihr verbracht habe."

„Tatsächlich?" Carrie gab ihm sein Bier zurück und streckte, merklich entspannter, die Beine aus. „Das werde ich mir merken. Und was hast du von der Szene gehalten?"

„Sie dürfte einige Brillengläser beschlagen lassen."

„Hör auf, Kirk. Es ging nicht nur um Sex, sondern auch um den Missbrauch von Unschuld und Vertrauen. Was Hailey in diesem Wald geschehen ist, wird Auswirkungen auf ihr ganzes weiteres Leben haben. Eine schnelle Nummer unter den Pinien hätte das nicht."

„Aber eine schnelle Nummer unter den Pinien würde den Verkauf fördern."

„Das ist Fernsehen. Natürlich geht es um Einschaltquoten. Verdammt, Kirk, ich habe eine Menge in die Szene hineingelegt, denn sie ist der Wendepunkt in Haileys Leben. Wenn ich nicht mehr rübergebracht habe, als …"

„Du warst gut", unterbrach er sie.

Sie zog die Beine hoch und stützte ihr Kinn auf die Knie. Ein kleiner Sonnenstrahl fand seinen Weg durch die Vorhänge und fiel auf Carrie. „Wie gut?"

„Wie nährst du dein Ego eigentlich, wenn du allein bist?"

„Ich habe nie bestritten, ein gesundes Ego zu besitzen. Wie gut?"

„Gut genug, dass ich Carter am liebsten ein blaues Auge verpasst hätte."

„Wirklich?" Sie gab sich unbeschwert. Er brauchte nicht zu wissen, was ihr sein Lob über ihre Arbeit bedeutete. „Bevor oder nachdem die Kameras liefen?"

„Vor, während und nachdem. Und fordere dein Glück besser nicht heraus, Engel. Ich habe die schlechte Angewohnheit, keine großen Worte zu machen, sondern zu handeln. Aber während du und Carter euch befingert habt, habe ich mich übrigens auch umgesehen und einige interessante Dinge bemerkt."

„Zum Beispiel?"

„Brewster hat eine halbe Schachtel Zigaretten geraucht, während du und Carter – gearbeitet habt."

„Er ist nervös. Ich habe schon ganz andere Sachen bei Autoren erlebt, wenn ihr Drehbuch verfilmt wird."

„Leery ist dir fast in den Schoß gefallen, um mehr sehen zu können."

„Als Regieassistent ist es sein Job, alles zu sehen."

„Und dein Assistent hat beinahe seine Zunge verschluckt, als dir Carter die Bluse ausgezogen hat."

„Jetzt hör aber auf." Sie sprang auf und trat ans Fenster. Gleich würde sie wieder vor die Kamera treten müssen, da durfte sie sich jetzt nicht weiter aufregen lassen. „Sieh doch nicht jeden meiner Kollegen in deiner schmutzigen Sichtweise."

„Das bringt mich auf den nächsten Gedanken." Er setzte sich und wartete, bis sie sich zu ihm umdrehte. „Auch Matt ist hier aufgetaucht. Merkwürdig. Bist du eigentlich seine wichtigste Klientin?"

Lange betrachtete sie ihn wortlos. „Du bist entschlossen, mich von allen, von überhaupt allen zu isolieren."

„Richtig." Er ignorierte den bitteren Geschmack, der in ihm aufstieg. „Im Augenblick solltest du mir, und nur mir, vertrauen."

„Sie werden bald nach mir rufen. Ich lege mich etwas hin." Und ohne ihn noch einmal anzusehen, zog sie sich in den hinteren abgetrennten Bereich des Wohnwagens zurück.

Kirk spürte den plötzlichen Drang, die Flasche an die Wand zu werfen und sie zerschmettern zu hören. Sie, Carrie, hatte nicht das Recht, ihn sich schuldig fühlen zu lassen. Er passte auf sie auf, dafür wurde er bezahlt. Und es erleichterte vieles, wenn sie sich misstrauisch verhalten würde. Und wenn sie deswegen ein paar Tränen vergoss, dann war es auch nicht zu ändern. Er sollte sich keine grauen Haare deswegen wachsen lassen. Es war ihm verdammt egal.

Fluchend stellte er die Flasche mit einem Knall auf den Tisch. Auf dem Weg in den hinteren Schlafbereich des Wohnwagens verfluchte er sich weiter. „Versteh doch, Carrie ..."

Sie saß am Fußende des Bettes und starrte auf einen Umschlag in ihren Händen. Kirk roch den schweren süßen Duft der Rosen, noch bevor er sie auf der Kommode bemerkte.

„Ich kann ihn einfach nicht öffnen." Als sie aufblickte, spürte er einen Druck im Magen. Es lag nicht allein an ihrer Blässe. Es lag nicht allein an ihrer Furcht, die sich durch ein Zittern in ihren Händen verriet. Es lag an der ausweglosen, allumfassenden Verzweiflung in ihrem Blick.

„Du musst es auch nicht." Mit einem Mitgefühl, das er bei sich schon lange nicht mehr für möglich gehalten hätte, setzte er sich neben sie und zog sie an sich. „Dafür bin ich doch da." Er nahm ihr den Umschlag aus den Händen. „Ich will nicht, dass du noch irgendeinen von diesen Briefen öffnest. Wenn du einen bekommst, dann gibst du ihn mir."

„Ich will nicht wissen, was drinsteht." Sie schloss die Augen und hasste sich selbst sofort dafür. „Zerreiß ihn einfach."

„Mach dir darüber keine Gedanken." Während er den Brief in seine Tasche steckte, küsste er sie aufs Haar. „Vertraue mir einfach, ich mache das schon."

Sie schüttelte erregt den Kopf, den sie an seine Schulter gelehnt hatte. „Du kannst mir nicht meine Gefühle abnehmen, die durch das alles in mir aufsteigen. Ich wollte immer jemand sein. Ich wollte mich immer wichtig fühlen können. Liegt es vielleicht daran, dass mir das jetzt geschieht?" Sie musste schlucken und rückte von ihm ab. „Vielleicht hast du recht gehabt. Vielleicht habe ich das alles herausgefordert, und es geschieht nur folgerichtig."

„Hör auf!" Er fasste sie heftig bei den Schultern und betete, sie könnte die Tränen zurückhalten, die sie zu überwältigen drohten. „Du bist schön und talentiert, und du setzt das ein. Aber deswegen kann man dir nicht die Schuld für die Verrücktheit eines anderen Menschen geben."

„Aber ich bin es, die er verfolgt", entgegnete sie. „Und ich habe Angst."

„Ich werde es nicht zulassen, dass dir etwas geschieht."

Sie atmete tief aus und umfasste seine Hand. „Legst du dafür die Hand ins Feuer?"

Lächelnd strich er mit einer Fingerspitze über ihre Wange. „Wessen?"

Sie hatte das Bedürfnis nach Körperkontakt und schmiegte ihre Wange einen Moment an seine. „Danke. Ich weiß, ich habe es dir nicht immer leicht gemacht. Aber das war nicht meine Absicht."

„Schwierigkeiten sind mein Job. Außerdem gefällt mir deine Art."

„Wo wir schon so nett zueinander sind, sollte ich dir verraten, dass mir deine auch gefällt."

„Ein Festtag“, entgegnete er halblaut und führte ihre Hand an seine Lippen.

Das war ein Fehler. Beide spürten es sofort. Über ihren Händen trafen sich ihre Blicke. Eine Spannung ging von ihm auf sie über, und was sie entzündete, war nicht Verlockung oder Begehren, sondern das Bedürfnis, seine Arme um sich zu spüren, gehalten zu werden, seine Lippen, warm, fest und fordernd, auf ihren zu spüren. Dann, das wusste sie irgendwie, würde alles andere zweitrangig werden.

Ihre Hände lagen immer noch ineinander, doch der Druck seiner Finger verstärkte sich. Was mochte er jetzt denken? Sie spürte es plötzlich als zwingende Notwendigkeit, ihn zu verstehen, zu sehen, was sein Verstand und was sein Herz ihn erleben ließen. Wollte auch er sie, wollte auch er sie im Moment so sehr wie sie ihn?

Noch nie hatte eine Frau eine solche Sehnsucht in ihm auslösen können. Nicht nur vom Begehren. Noch nie hatte eine Frau sein Blut so pulsieren lassen. Nicht nur vom Ansehen. Er glaubte, er könne eine Ewigkeit so sitzen und einfach nur dieses Gesicht ansehen. Lag es nur an ihrer Schönheit? Konnte sein Innerstes von einer makellosen Fassade so aufgewühlt werden?

Oder lag es an etwas anderem? An etwas, das von innen her nach außen durchglänzte? Es war da, etwas schwer Fassbares, etwas Geheimnisvolles, das ihr Blick verriet, wenn man nur richtig hinsah. Jetzt glaubte er es zu entdecken. Und dann dachte er nur noch daran, wie sehr es ihn nach ihr verlangte.

Er hob seine freie Hand und ließ seine Finger durch ihr Haar gleiten. Seidig und silbern, wie Engelshaar. Und doch war sie ganz Fleisch und Blut. Keine Traumgestalt, eine Frau. Er beugte sich näher zu ihr und bemerkte, wie ihre Wimpern sich senkten.

Das Klopfen an der Wohnwagentür ließ sie hochschrecken. Sie bedeckte mit beiden Händen ihr Gesicht und schüttelte den Kopf, als Kirk sie an den Schultern berührte.

„Alles in Ordnung. Das ist nur mein Zeichen, dass ich wieder vor die Kamera muss.“

„Bleib sitzen. Ich sage ihnen ganz einfach, du fühlst dich nicht wohl.“

„Nein.“ Sie ließ die Hände sinken. „Nein, das darf meine Arbeit nicht beeinträchtigen.“ Sie ballte ihre linke Hand zur Faust. „Ich werde es nicht zulassen." Sie sah hinüber zu den Rosen. „Ich darf es nicht zulassen."

Er hätte sie gern überredet, andererseits war es genau das, was er vom ersten Augenblick an bei ihr bewundert hatte: Sie war stark, stark genug, die Selbstbeherrschung zu bewahren. „Okay. Aber willst du ein paar Minuten Aufschub?"

„Ja, vielleicht." Sie trat ans Fenster und zog die Vorhänge zur Seite, um die Sonne hereinzulassen. „Würdest du bitte Bescheid sagen, dass ich gleich komme?"

„Natürlich." Er zögerte, da es ihn eigentlich zu ihr zog. Doch er wusste, es wäre ein Fehler.

Sie wartete, bis sie hörte, dass sich seine Schritte entfernten. Erst jetzt legte sie die Stirn an die Scheibe. Weinen würde Erleichterung bringen. Weinen, Schreien, einfach alles herauslassen, so würde sich der bleiern auf ihr lastende Druck mindern. Aber sie durfte sich nicht gehen lassen, und sie durfte sich auch nicht innerlich verzehren. Es lagen noch Stunden voller Arbeit vor ihr. Sie brauchte ihre Geisteskräfte und ihre Vitalität.

Und ich schaffe es auch, versprach sich Carrie. Sie holte noch einmal tief Luft und wandte sich dann vom Fenster ab. Die Blumen waren weg. Mit einem fast närrischen Gefühl von Erleichterung starrte sie auf den leeren Platz. Er hatte sie weggenommen. Sie hatte nicht einmal darum bitten müssen.

Was für ein Mann war Kirk Doran eigentlich? Rau und grob in einem Moment und im nächsten ganz zärtlich und weich. Warum konnte er nicht leicht zu verstehen und leicht zu vergessen sein? Er wühlte Dinge in ihr auf. Er war alles andere als bequem. Doch er vermittelte ihr ein Gefühl von Sicherheit, allein durch das Wissen, dass er in der Nähe war.

Wenn sie sich selbst nicht so gut kennen würde, sich ihrer selbst nicht so sicher sein würde, könnte sie fast glauben, sie hätte sich in Kirk Doran verliebt.

6. KAPITEL

Es wurde alles andere als eine ruhige, entspannende Woche, obwohl Carrie sie hauptsächlich im Bett verbrachte. Es war ein riesiges verschnörkeltes Luxusbett ... und es stand in der Filmkulisse. Es sollte einer der Höhepunkte des Films werden, ihre Hochzeitsnacht – Haileys Hochzeitsnacht –, nicht mit dem Mann, den sie liebte, sondern mit dem Mann, den sie lieben wollte.

Im Sektkübel stand der Champagner bereit, ein langer Schleier lag kunstvoll natürlich über dem Sessel, und der Tisch war überladen mit Rosen, die die Requisiteure laufend besprengen mussten, um sie im Scheinwerferlicht frisch zu halten. Don Sterling, ein relativ unbekannter Schauspieler, war – hauptsächlich wegen seines Aussehens und seiner Ausstrahlung – für die Rolle des Mannes ausgewählt worden, den Hailey heiratete. Seine Nervosität ließ ihn die Szene immer wieder verpatzen.

In seinen Armen liegend, spürte Carrie, wie er sich verspannte. Absichtlich machte sie einen Fehler – und kam ihm so zuvor –, in der Hoffnung, ihm so ein wenig von dem auf ihm lastenden Druck zu nehmen.

„Entschuldigung. Können wir fünf Minuten Pause machen, Mary? Ich bin etwas erschöpft."

„Sagen wir zehn", ordnete Rothschild an und wandte sich dann ihrem Assistenten zu.

„Wie wäre es mit einem Kaffee?" Carrie lächelte Don zu.

„Nur, wenn ich mich selbst darin ertränken kann."

„Trinken wir ihn doch erst." Sie zog ihn mit sich zu zwei Plätzen in einer relativ ruhigen Ecke. Als Kirk sich ihnen nähern wollte, schüttelte sie den Kopf und beugte sich näher zu Don. „Es ist eine schwere Szene."

„Sollte sie aber nicht sein." Er fuhr sich durch sein dunkles Haar.

Dankbar nahm Carrie eine Tasse Kaffee von Larry entgegen. „In dieser Szene sind wir gerade in unseren Flitterwochen. Es ist nicht immer ganz leicht, eine Bettszene mit jemandem zu spielen, den man gerade nur flüchtig kennt."

Er hielt den Kaffee, den Larry auch ihm gebracht hatte, mit beiden Händen und lachte gequält auf. „Eigentlich bin ich ein Schauspieler."

„Ich auch."

„Du spielst die Szene doch mit links." Er nippte an seinem Kaffee und stellte ihn dann mit einem verärgerten Laut auf den Boden. „Ich will ehrlich sein. Du schüchterst mich völlig ein." Als sie nur eine Augenbraue hochzog, stieß er den Atem aus und vermied ihren Blick. „Als mein Agent mich anrief und mir sagte, ich bekomme diese Rolle und spiele mit dir, hat mich fast der Schlag getroffen", sagte er.

„Dann ist es natürlich nicht ganz einfach, sich leidenschaftlich zu geben. Meine allererste Liebesszene habe ich mit Scott Baron gedreht. Die Hollywood-Legende ... Der Mann mit dem größten Sexappeal der Welt. Ich musste ihn küssen, und meine Zähne klapperten vor Angst. Er nahm mich auf die Seite, kaufte mir ein Thunfisch-Sandwich und erzählte mir Geschichten, die mindestens zur Hälfte gelogen waren. Doch dann sagte er etwas Wahres: Alle Schauspieler sind Kinder, und alle Kinder lieben es, Spiele zu spielen. Wenn wir die Spiele nicht mehr gut spielen, dann sind wir zu erwachsen und suchen uns richtige Jobs."

Die Spannung, die um seinen Mund lag, hatte sich schon gelegt. „Hat es geholfen?"

„Das – oder der Thunfisch. Auf alle Fälle sind wir wieder in die Kulisse gegangen und haben das Spiel gespielt."

„Du hast ihm in dem Film die Schau gestohlen."

Lächelnd hob sie ihre Tasse. „Man sagt es. Glaub aber nicht, ich würde es zulassen, dass du sie mir in diesem stiehlst." Mit nur einer kleinen Neigung ihres Kopfes schaffte sie es, sofort wieder Primadonna zu sein.

„Du hast den Ruf, kalt und berechnend zu sein", erwiderte er nachdenklich. „Ich hätte es nie erwartet, dass du so freundlich und nett bist."

„Erzähl es nicht weiter." Sie erhob sich und streckte ihm die Hand entgegen. „Und jetzt wollen wir diese Flitterwochen hinter uns bringen."

Jetzt lief die Szene wie am Schnürchen. Kirk wusste nicht, was Carrie während der kurzen Unterbrechung leise mit ihrem Kollegen besprochen hatte, aber das Eis war nun gebrochen. Er selbst wiederum hatte gelernt, nicht jedes Mal zu erstarren, wenn sie in den Armen eines anderen lag.

Die Beleuchtung täuschte Kerzenlicht vor. Carrie, in einem schenkellangen Hemdchen, und Don, der bis zur Taille nackt war, lagen im Bett. Die Kamera war fast direkt über ihnen. Auf Kommando wandten sie sich einander zu, als wären sie die einzigen Menschen weit und breit.

Carrie schien es leichtzufallen, Leidenschaft vorzutäuschen. Kirk fragte sich, ob sie überhaupt irgendwelche echten Gefühle hatte. Sie schaltete ihre Gefühle an und ab, wie es die Regie verlangte. Wie eine wunderschöne Puppe, dachte er, außen ohne Makel und innen leer.

Und doch hatte er sie im Arm gehalten. Er hatte eine Ahnung der in ihr verborgenen Leidenschaft gefühlt, ihre Gefühle, Bedürfnisse, Unsicherheiten. War das auch nur ein Teil ihrer Rolle gewesen? Es sollte ihm gleichgültig sein, erinnerte er sich dann und zündete sich eine Zigarette an. Sie war eine Klientin und nichts weiter. Und wenn sie in ihm Gefühle erregte, wie es immer wieder geschah, dann brauchte er nur einen Schritt zurückzugehen. Sich mit einer Frau wie Caroline O'Hara einzulassen war für einen Mann Selbstmord, wenn er sich nicht völlig unter Kontrolle hatte.

Aber wenn er sie ansah, wurde sein Mund trocken.

Nur sinnliches Begehren, redete er sich zu, oder besser: Trieb. Und es war nur zu natürlich, sie körperlich zu begehren. Und doch war es nicht allein das gewesen, was er empfunden hatte, als er sie vorhin im Arm gehalten hatte.

Aber er wäre auch zu abgebrüht, wenn er nicht einer verängstigten, verletzbaren Frau gegenüber so etwas wie Sympathie oder das Bedürfnis zu trösten empfinden würde.

Jedoch, Sympathie war es auch nicht gewesen, eher Wut, sogar eine unbändige, in ihm brodelnde Wut beim Gedanken daran, wie diese Frau bedroht wurde. Diese seine Frau. Da lag das Problem. Je länger er in ihrer Nähe war, desto selbstverständlicher dachte er von ihr als seiner Frau.

Geh einen Schritt zurück, Doran, verordnete er sich, und zwar schnell. Sonst würde er selbst mittendrin stecken.

Er trat die Zigarette aus und wünschte, dieser endlose Tag wäre endlich vorbei.

In dieser Woche waren noch zwei weitere Briefe gekommen, Briefe, die er Carrie nicht gezeigt hatte. Sie hatten im Stil etwas Weinerliches bekommen. Das beunruhigte Kirk mehr als die versteckten Drohungen, die die früheren Briefe enthalten hatten. Der Briefeschreiber schien einem Zusammenbruch nahe. Und wenn der erfolgte – darüber war sich Kirk sicher –, würde es einem Vulkanausbruch gleichen, schnell und heftig.

„Das ist im Kasten, Leute. Amüsiert euch übers Wochenende nicht zu sehr. Wir brauchen euch Montag mit frischen Kräften."

Carrie, immer noch in ihrem Hemdchen, saß auf dem Bettrand, mit Don in ein Gespräch vertieft. Eifersucht. Kirk wusste nicht, woher und warum sie gekommen war. Bisher hatte er nach dem Grundsatz „leben und leben lassen" gelebt.

Wenn sich eine Frau – selbst wenn er mit ihr eine Beziehung hatte – dazu entschloss, einem anderen Mann schöne Augen zu machen, so war das ihr Recht. Keine Fesseln, kein Schmerz, keine Komplikationen. Damit hatte er bisher gut leben können. Diesen schmerzhaften Druck wegen einer Frau hatte er bisher noch nicht erlebt. Doch jetzt fühlte er ihn, und er gefiel ihm überhaupt nicht. Und er konnte sich nicht mehr zurückhalten. Also ging er hinüber zu Carrie und zog sie vom Bett hoch.

„Zeit für Spielereien ist vorbei", bemerkte er kurz angebunden und zog sie mit sich.

„Lass mich los", beschwerte sie sich überrascht. Larry folgte ihnen mit Carries Kleid, das sie in den Pausen immer übergeworfen hatte, doch als er Kirks Gesichtsausdruck bemerkte, machte er einen Rückzieher. „Doran, wenn du mich nicht loslässt, bekommst du die größte und gesalzenste Szene, wie sie sich selbst dein verdrehter Kopf nicht ausdenken kann. Du wirst wochenlang davon in den Zeitungen lesen können."

„Sei still und beeil dich."

„Was ist eigentlich dein Problem?"

Kirk schnaubte verärgert. „Du bist mein Problem, Lady. Für eine Frau, die auf der Hut sein sollte, warst du mit dem Kleinen sehr umgänglich."

„Kleinen? Don? Himmel, er ist ein Kollege, und er ist kein Kleiner. Er ist zwei Jahre älter als ich."

„Du hast ihn ganz verträumte Augen bekommen lassen", erwiderte Kirk sarkastisch.

„Wird es dir selbst nicht langweilig, immer dieselbe Leier?“ Heftig riss sie sich los und öffnete die Tür ihrer Garderobe. „Ich habe mich an deine Anweisungen gehalten, und du hast schon einen Bericht über Don Sterling. Du weißt also, dass er so gut wie verlobt ist mit einer Frau, mit der er schon seit zwei Jahren eine Beziehung unterhält.“

„Und die betreffende Dame ist dreitausend Meilen entfernt in New York.“

„Das ist mir bekannt.“ Als sie ihr Haar zurückstrich, verrutschte ihr Seidenhemd auf ihren nackten Schenkeln. „Er hat mir gerade erzählt, dass er das Wochenende mit ihr verbringen will. Er ist verliebt, Doran, obwohl ich bezweifle, dass du mit dem Wort etwas anfangen kannst.“

„Ein Mann kann in eine andere Frau verliebt sein und dich trotzdem wollen.“

Sie knallte die Tür zu und lehnte sich von innen gegen sie. „Was weißt du schon von Liebe? Was weißt du schon von echten Gefühlen?“

„Du willst Gefühle?“ Er legte heftig seine Hände auf beiden Seiten ihres Kopfes an die Tür. Es erschreckte sie, doch sie blieb ruhig. „Du willst die Gefühle, die du in einem Mann erregst? Echte Gefühle, Engel, nicht irgendwelche, die ein Drehbuch vorschreibt? Und du meinst, du verträgst sie?“

„Lass mich in Ruhe“, entgegnete sie leise.

„Vernünftig von dir, Angst zu haben.“

„Du kannst mir keine Angst machen.“

Er beugte sich näher. „Du zitterst aber.“

„Ich bin wütend.“

„Vielleicht. Vielleicht hast du aber auch Angst vor dem, was folgen könnte. Das ist keine extra für dich geschriebene Rolle, Carrie. Da ist es nicht so leicht, an- und abzuschalten.“

„Geh mir aus dem Weg.“

„Noch nicht. Ich will wissen, was du fühlst.“ Er presste seinen Körper leicht an ihren. „Ich will wissen, ob du fühlst.“

Carrie verlor immer mehr den Boden unter den Füßen. Wenn er sie jetzt berührte, wirklich berührte, fürchtete sie, alles zu verlieren. Wie konnte sie ihm sagen, was sie fühlte, wenn das, was sie fühlte, so ganz gegen die Regeln war? Sie wollte gehalten werden, beschützt, umsorgt und geliebt. Wenn sie ihm das sagte, würde er doch nur lächeln und sich nehmen, was er wollte. Sie war schon einmal in ihrem Leben innerlich ausgebrannt zurückgelassen worden, und das würde ihr nie, niemals wieder geschehen.

Carrie hob das Kinn und wartete, bis seine Lippen sich ihren bis auf Zentimeter näherten. „Du bist nicht besser als der Mann, gegen den mich zu schützen ich dich eingestellt habe."

Er fuhr zurück, als hätte sie ihn geschlagen. Der entgeisterte Ausdruck auf seinem Gesicht ließ sie zwar wünschen, ihn zu berühren, doch sie presste sich nur gegen die Tür und wartete seinen nächsten Schritt ab.

„Zieh dir etwas an." Kirk wandte sich von ihr ab, ging zum Kühlschrank und holte sich ein Bier.

Sie hatte recht. Er riss den Ring von der Dose ab und nahm zwei kräftige Schlucke. Er hatte sie erschrecken, schwach werden lassen wollen. Er hatte sie verletzen wollen. Sie gefährdete seine Seelenruhe, die er gewaltsam wieder herstellen wollte. Der Abscheu vor sich selbst, den er deswegen jetzt in sich spürte, war ebenso ungewohnt und unangenehm wie die plötzliche Eifersucht, die vorhin in ihm aufgestiegen war.

Er hatte sich verordnet, einen Schritt zurückzutreten, und war stattdessen einen Satz vorwärtsgesprungen und in einem ganz gefährlichen Morast gelandet. Zum ersten Mal in seinem Leben fühlte er sich richtig schmutzig.

Als er Carrie zurückkommen hörte, warf er die Dose in den Mülleimer. Sie trug eine lachsfarbene Leinenhose mit einer farblich dazu abgestimmten Jacke mit Blumenmuster. Sie wirkte kühl, beherrscht und erinnerte in nichts an die ruhelose, suchende Frau, deren Rolle sie den ganzen Tag gespielt hatte.

Wortlos trat sie an ihm vorbei und ging zur Tür. Sie legte ihre Hand auf die Türklinke, doch bevor sie sie herunterdrücken konnte, legte Kirk seine Hand über ihre. Er verfluchte sich im Stillen, als sie sich versteifte und ihm einen kühl abwägenden Blick zuwarf.

„Mit vollem Recht könntest du mir jetzt mit Schwung eine runterhauen."

Einen Augenblick sagte sie nichts. Dann seufzte sie nur müde und abgespannt. „Ich komme später darauf zurück."

Sie drückte die Türklinke fast mechanisch, und er verstärkte seinen Griff. „Carrie."

„Was?"

Er wollte sich entschuldigen. Normalerweise war das nicht seine Art, doch im Augenblick hätte er sich schrecklich gern bei ihr entschuldigt. „Nichts. Gehen wir."

Die Rückfahrt verbrachten Carrie und Kirk schweigend, beide von ihren widersprüchlichen Empfindungen hin und her gerissen. Als sie vor Carries Haus ausstiegen, nahm Kirk plötzlich, ganz aus einem Impuls heraus, Carries Hand und ging mit ihr um das Haus herum.

„Was hast du vor?"

„Es ist Freitagabend, und ich bin es satt, in diesem Haus eingesperrt zu sein. Wir gehen essen." Sie waren bei seinem Wagen angelangt, und Kirk nickte zu einem seiner Männer hinüber, die das Grundstück bewachten.

„Könntest du dir vielleicht vorstellen, dass mir nicht nach Ausgehen zumute ist?"

„Wohin ich gehe, gehst auch du." Er öffnete die Tür zum Beifahrersitz.

„Doran, ich habe eine harte Woche hinter mir, und ich bin müde. Ich will nicht in ein Restaurant gehen und angestarrt werden."

„Wer hat denn etwas von einem Restaurant gesagt? Steig ein, Engel." Mit sanftem Nachdruck drückte er sie auf den Sitz und warf die Tür zu.

„Ich habe keinen Hunger", protestierte Carrie, als Kirk neben ihr Platz genommen hatte.

„Aber ich."

„Hat dir schon einmal jemand gesagt, dass dir jegliche Umgangsformen fehlen?"

„Laufend."

Er ließ den Motor an und schoss die Zufahrt hinunter. Carrie griff nach dem Sicherheitsgurt. „Wenn du den Wagen mit mir zu Schrott fährst, werden dich die Produzenten zur Schnecke machen."

„Nervös?"

„Du machst mich nicht nervös, Doran, ich fühle mich von dir nur belästigt."

„Also ist doch jeder zu irgendetwas gut." Er stellte das Radio ein, und laute Rockmusik dröhnte heraus. Carrie schloss die Augen und bemühte sich, die hämmernde Musik zu überhören.

Als der Wagen anhielt, blieb sie mit geschlossenen Augen bewegungslos sitzen. Sie war entschlossen, sich unbeteiligt zu geben. Draußen rauschte der Wochenendverkehr vorbei. Sie hatte keine Ahnung, wo sie waren, und redete sich ein, dass es sie auch nicht interessierte. Als Kirk die Tür öffnete und wieder schloss, rührte sie sich immer noch nicht, doch sie öffnete die Augen.

Er ging auf einen Schnellimbiss zu, und beinahe hätte Carrie laut aufgelacht. Zu Hause könnte sie jetzt einen ausgezeichneten Wein und einen frischen Salat genießen, den ihre Köchin so würzig anzumachen verstand. Der Himmel mochte wissen, was Kirk jetzt in der weißen Papiertüte zum Wagen mitbrachte. Sie würde einfach nichts davon essen, verordnete sie sich.

Sie schloss wieder die Augen und bemühte sich, das – zugegeben wunderbare – Aroma zu ignorieren, das den Wagen füllte. Lächelnd sah Kirk zu ihr herüber, bevor er wieder losfuhr.

Wieder hatte sie keine Ahnung, wohin die Fahrt ging, doch die Straße wurde kurvenreich und der Verkehr dünner. Das gleichmäßige Motorengeräusch brachte sie schnell in eine entspannt dösende Stimmung. Erst jetzt erkannte sie, wie sehr sie einfach einmal weg von allem musste, von ihrer Arbeit, ihrem Haus, vielleicht sogar von sich selbst. Es würde ihr direkt schwerfallen, Kirk dafür nicht dankbar zu sein. Aber auch das würde sie schon schaffen.

Als der Wagen anhielt, blieb Carrie standhaft bewegungslos sitzen. Obwohl die Neugier ihr zusetzte, hielt sie die Augen fest geschlossen. Wortlos griff Kirk nach der Tüte, stieg aus und warf die Tür hinter sich zu.

Unangenehm erinnerte Carries Magen sie daran, dass das Obst und der Käse mittags etwas wenig gewesen waren. Kirk hatte sie schon zu so vielen Dingen gezwungen, die sie nicht gewollt hatte, warum konnte er sie da nicht jetzt wenigstens zum Essen zwingen, damit sie ihr Gesicht wahren konnte? Aber nein, dachte sie gereizt, er steigt einfach aus, macht sich über das, was in der Tüte ist, her und lässt mich verhungern.

Verärgert öffnete Carrie die Tür. Als sie sie wieder heftig hinter sich zuknallte, hallte das Geräusch in einem nicht enden wollenden Echo wider. Erstaunt sah sie sich um.

So hoch in den Bergen war sie noch nie gewesen. Weit, weit unter ihnen erstreckte sich, so weit das Auge reichte, das flimmernde Licht von Los Angeles. Die Sonne ging gerade unter und tauchte den Himmel in eine fein abgestufte Farbpalette: Tiefblau ging in Hellblau über, dann unmerklich ins Malven-, Rosé- und Pinkfarbene, und alles glänzte wie von einem Goldfilm überzogen. Der erste Stern strahlte schon, als warte er sehnsüchtig darauf, dass sich auch die anderen zu ihm gesellten. Ein Windhauch flüsterte durchs Buschwerk, während die Carrie so vertraute Stadt in Glas eingeschlossen zu sein schien, so still war es.

„Eindrucksvoll, nicht wahr?"

Sie drehte sich um. Kirk lehnte an einem riesigen H. Der Hollywood-Schriftzug, erkannte sie und hätte fast gelacht. Sie hatte ihn schon so oft von Weitem gesehen, dass sie ihn schon nicht mehr wahrnahm. Von unten sah die Schrift weiß und unvergänglich aus. Doch aus der Nähe – wie die Stadt, die sie benannte – erwies sich alles als Schein: Sie war groß, etwas schmutzig, etwas verwittert und unten mit Graffiti bemalt.

„Sie könnte einen neuen Anstrich vertragen."

„Nein, so ist es ehrlicher." Kirk stieß gegen eine leere Bierbüchse. „Teenager kommen hierher, um sich zu treffen und zu flirten."

„Und du?"

„Mir gefällt einfach die Aussicht." Er kletterte über einige Felssteine und ließ sich am Fuß eines L nieder. „Und die Stille. Wenn man Glück hat, hört man hier nichts, nur ab und zu einen Kojoten."

„Kojoten?" Carrie sah sich um.

Kirk bemühte sich gar nicht erst, ein freches Grinsen zu verbergen. „Willst du einen Fleischspieß?"

„Einen Fleischspieß? Du hast mich hierhergeschleppt, um Fleischspieße zu essen?"

„Und Bier zu trinken."

„Fabelhaft."

„Es ist schon etwas warm geworden. Trink es besser gleich."

„Ich will nichts!"

„Bedien dich einfach." Er wickelte einen Fleischspieß aus und biss hinein. „Ich habe auch Pommes frites mitgebracht", meinte er mit vollem Mund. „Vielleicht etwas fettig, aber kalt sind sie noch nicht."

„Mir läuft das Wasser im Mund zusammen." Sie drehte sich um und sah wieder hinunter auf die Stadt.

Als hätte sich die Natur gegen Carrie verschworen, trug der Wind den Geruch des Essens zu ihr herüber. Ihr lief das Wasser im Mund zusammen. Mürrisch sah sie auf die Lichter hinunter und wünschte Kirk Doran zum Teufel.

„Eine Frau wie du rümpft wahrscheinlich über alles die Nase, was nicht Champagner und Kaviar ist. Die bekommt doch immer beste Qualität."

Erregt drehte sich Carrie um. Die schimmernden Lichter der Stadt und der Sonnenuntergang beschienen sie nun von hinten. Der Anblick bewegte Kirk tief. Noch nie hatte sie schöner ausgesehen.

„Du weißt nichts von mir, überhaupt nichts." Ihre Stimme hatte plötzlich eine ungewohnt schneidende Härte. „Ich bin fast die ersten zwanzig Jahre meines Lebens von Stadt zu Stadt gezogen. Manchmal, wenn wir Glück hatten und der Auftritt gut gewesen war, haben wir in der Hotelküche ein Essen hinunterschlingen können. Doch meistens hatten wir weniger Glück, und dann gab es immer hart gekochte Eier und Kaffee. Hör also auf, selbstgefällig herumzusitzen und Steine auf mich zu werfen, Doran. Du weißt nicht, was ich bin oder wer ich bin. Was du kennst, ist das, wozu ich mich aus eigener Kraft gemacht habe."

Langsam setzte er die Bierbüchse auf den Felsen hinter sich. „Schon gut, schon gut. Davon bekomme ich schließlich in der offiziellen Biografie nichts zu lesen."

Sie starrte ihn nur an. Wieso schaffte er es immer wieder, sie aus der Reserve zu locken? Warum hatte sie sich jetzt dazu hinreißen lassen, ihm ihre Herkunft zu offenbaren?

„Ich will zurück."

„Nein. Außer mir ist hier niemand." Seine Stimme hatte ihre gewohnte Schroffheit verloren, und gerade das ließ ihre Abwehrhaltung brüchig werden. „Carrie, warum setzt du dich nicht einfach hierher und siehst hinunter auf den Rest der Welt?"

Bevor es ihr selbst bewusst wurde, war sie schon einen Schritt auf ihn zugegangen. Und als er sich erhob und seine Hand ausstreckte, um ihr die Felsbrocken hinaufzuhelfen, ergriff sie sie, ohne zu zögern. Das Zögern kam erst, als sie seine Hand in ihrer spürte. Und sie sah auf, und ihre Blicke trafen sich. So standen sie einen Augenblick in der Abenddämmerung, bis er Carrie zu sich hochzog.

„Ich möchte mich entschuldigen.“ Die Entschuldigung überraschte ihn selbst ebenso wie sie.

„Wofür?“

„Für das, was vorhin geschehen ist. Ich weiß nicht warum, aber etwas an dir macht mich reizbar.“

Sie hielt seinem Blick stand. „Dann sind wir quitt.“

Der Wind blies ihm das Haar aus dem Gesicht. Für jede Sachlage, das wusste er, kam einmal der Moment der Ehrlichkeit. Vielleicht war das jetzt dieser Moment.

„Carrie, ich will dich. Ich versuche schon seit einiger Zeit, dagegen anzukämpfen.“

Andere Männer hatten sie gewollt, andere Männer hatten ihr das auf eine viel charmantere Art zu verstehen gegeben. Aber deren Worte hatten ihr noch nie so viel zu schaffen gemacht wie diese. „Ich könnte dich hinauswerfen.“

„Das würde keinen Unterschied machen.“

„Ja, ich glaube auch.“ Sie wandte ihren Blick von ihm ab. „Kirk, ich kann nicht mit dir ins Bett gehen.“

„Ich habe erwartet, dass du so empfindest.“

„Kirk.“ Sie ergriff seine Hand, als er einen Schritt zurückmachen wollte. „Ich weiß nicht, was du glaubst, welche Gründe ich habe, aber ich garantiere dir, du irrst dich.“

„Nicht dein Stil.“ Er nahm wieder seine Bierbüchse. „Nicht deine Klasse.“

Carrie entriss ihm die Büchse und warf sie gegen einen Felsbrocken. Der Schaum zischte über den Stein. „Sag mir nicht, was ich denke. Sag mir nicht, was ich fühle.“

„Dann sage du es mir, ich bitte dich.“ Er ergriff sie und zog sie an sich.

„Ich muss dir gar nichts sagen. Ich muss mich dir nicht erklären. Verdammt, ich wollte nichts als meine Ruhe. Ich wollte nichts als ein paar Stunden ohne Druck. Ich weiß nicht, wie ich es noch länger ertragen kann, von allen Seiten bedrängt zu werden.“

„Okay, okay." Sein Griff war weicher geworden, und mit der Hand strich er ihr über den Rücken. „Du hast recht. Ich bin nicht mit dir hier heraufgefahren, um mit dir zu streiten. Aber du machst mich immer wieder reizbar."

„Lass uns einfach zurückfahren."

„Nein, setz dich. Bitte", fügte er hinzu und berührte mit seinen Lippen leicht ihr Haar. „Vielleicht können wir einfach hier sitzen, ohne aufeinander herumzuhacken. Iss etwas."

Er lächelte so nett, dass sie aufgab und sehnsüchtig die Tüte betrachtete. „Ich komme um vor Hunger."

„Ja, das kann ich mir vorstellen." Die nächsten Minuten aßen sie schweigend, bis Kirk fragte: „Hattest du eine harte Kindheit?"

Carrie wollte gerade eine Salztüte für die Pommes frites aufreißen und hielt mitten in der Bewegung inne. „Oh, nein, so habe ich das nicht gemeint. Es war einfach nur anders. Meine Eltern sind Unterhaltungskünstler, seit über dreißig Jahren ein Tanz- und Gesangspaar. Damals sind wir zu sechst durchs Land gezogen und haben manchmal in richtigen Kaschemmen gespielt. Aber meine Familie", versonnen lächelnd nahm sie das ihr angebotene Bier, „ist wunderbar. Terence war auch bei einigen Nummern dabei, aber er war am besten am Klavier. Ich war immer frustriert: Sosehr ich auch übte, ich konnte nie besser als er spielen."

„Geschwisterrivalität?"

„Natürlich. Sonst wäre die Kindheit doch langweilig. Terence und ich waren uns da ziemlich ähnlich: Wir konnten es nie lange ertragen, hinter dem anderen zurückzustehen. Zwischen meinen Schwestern und mir gab es das in dem Ausmaß nicht. Wir gehörten einfach zu sehr zusammen." Sie nahm einen Schluck Bier aus der Büchse und blickte auf die Stadt hinunter. „So ist es immer noch. Manchmal ist es hart, von ihnen getrennt zu sein. Als wir klein waren, haben wir Pläne geschmiedet, wie wir die Show für immer und ewig ausbauen könnten."

„Welche Show?"

Lachend leckte sie sich Salz von den Fingern. „Noch nie etwas von den O'Hara-Drillingen gehört?"

„Tut mir leid."

„Es würde dir bestimmt noch mehr leidtun, wenn du von uns gehört hättest. Dreistimmiger Gesang, Showeinlagen, ein paar alte Standards."

„Du singst?"

„Doran, ich singe nicht nur, ich bin umwerfend."

„In deinen Filmen hast du nie gesungen."

Sie zuckte die Schultern. „Es hat sich nicht ergeben. Matt meint, wir sollten das Publikum demnächst einmal mit einem Gastauftritt überraschen, wo ich einige Nummern bringe und vielleicht auch tanze. Ja", fügte sie hinzu, als er ihr einen Blick zuwarf, „ich kann tanzen. Mein Vater wäre sonst vor Scham in Grund und Boden gesunken."

„Und warum tust du es nicht?"

„Es hat sich eben nie ergeben. Außerdem habe ich mich darauf konzentriert, was ich am besten kann."

„Und das wäre?"

Sie warf ihm einen spöttischen Blick zu. „Rollen spielen."

Er blieb ernst und strich ihr das Haar zurück hinters Ohr. „Ich denke, im Augenblick spielst du nicht."

Schnell wandte sie sich ab. Der Himmel war fast schwarz, doch nur vereinzelt zeigten sich Sterne. „Sei dir darüber nicht zu sicher. Ich bin mir meiner selbst nur manchmal sicher."

„Ich glaube, du bist dir sicher."

Als sie den Kopf wieder zurückdrehte, war sein Mund sehr nah. Nah und verführerisch. „Nicht. Ich habe dir gesagt, ich kann nicht." Aber seine Lippen streiften schon ihre, ganz zart, wie ein Hauch.

„Weißt du eigentlich, was ich gefühlt habe, als du heute mit Sterling auf dem Bett lagst?"

„Nein. Und ich will es auch nicht wissen. Ich habe dir gesagt, es ist mein Job. Es ist nur eine Rolle."

Ihre reservierte Abwehrhaltung brach in sich zusammen, er hörte es an ihrer Stimme. Eine prickelnde Wärme erfasste ihn in Erwartung des Kommenden. „Hier sind keine Kameras, Carrie. Nur du und ich. Und ich glaube, genau davor hast du Angst. Hier sagt dir niemand, was du fühlen sollst. Niemand schreit ‚Schnitt', wenn du Gefahr läufst, die Kontrolle zu verlieren."

„Ich brauche niemanden, der mir sagt, was ich fühlen soll. Ich brauche niemanden", wiederholte sie und näherte ihr Gesicht seinem.

Sie wollte es. Sie wollte die ungebändigte Woge der Empfindungen spüren, die er in ihr auszulösen vermochte. Sonst niemand. Sie könnte ihm das verraten, doch er würde ihr nicht glauben. Ihr Image war unverbrüchlich, und sie selbst hatte es geschaffen. Was sie in ihrem Innern war, gehörte nur ihr. An diesem Teil von ihr – das hatte sie sich geschworen – sollte niemals wieder jemand Anteil haben.

Doch die Hitze, das Begehren und Sehnen, das konnte sie haben. Das konnte sie nehmen und an Kirk zurückgeben – solange sie ihm nicht zu viel gab, solange sie ihm nicht alles gab.

Der Himmel über ihnen wurde dunkel, und der Wind strich durch die Büsche.

Carrie hatte etwas in Kirk gelöst. Seine Hände waren unsicher, als er ihr durchs Haar fuhr. Sein Denkvermögen verschwamm im Nebel seiner Bedürfnisse – Bedürfnisse, die eine tiefe Sehnsucht offenlegten.

Er wollte sie dort nehmen, dort im Schutz der Felsen, einfühlsam, zärtlich, wie eine zerbrechliche Kostbarkeit.

Er musste sie einfach spüren, selbst wenn es nur einmal sein sollte. Er ließ seine Hand über ihr Bein gleiten, über ihre Hüfte, bis er ihre Brüste umfasste. Sie fühlte sich so weich an. Er öffnete die Knöpfe ihrer Jacke, um ihre warme Haut zu spüren.

Es war schon lange her, seit sie es sich erlaubt hatte, berührt zu werden, seit sie sich das Bedürfnis nach Intimität erlaubt hatte. Sie wollte seine Hände fühlen, seine Lippen, seinen Körper. Zum Teufel damit, wo sie waren, wer sie waren. Zum Teufel mit dem Preis, den sie für ihre Bereitschaft, ihn zu lieben, sicher würde zahlen müssen.

„Carrie." Er hob ihr Gesicht. Es drängte ihn, in ihren Augen zu lesen. Dann hörte er es, ein Rascheln im Gebüsch, und noch einmal. Seine Muskeln spannten sich an.

„Was ist das?" Sie hatte es auch gehört, und ihre Finger gruben sich in seinen Arm. „Ein Tier?"

„Wahrscheinlich." Aber er glaubte es nicht. Seine Nerven waren zum Zerreißen gespannt, als er Carrie von sich schob.

„Was hast du vor?"

„Mich umsehen. Bleib du hier."

„Kirk." Sie war schon aufgestanden.

„Bleib sitzen. Wahrscheinlich ist es nur ein Kaninchen."

Es war kein Kaninchen. Sie hörte es an seinem Tonfall. Er war nicht wie sie Schauspieler. Vor Angst hätte sie sich am liebsten verkrochen. Doch ihr Stolz ließ das nicht zu. „Ich komme mit." Sie fasste seinen Arm und stolperte über einen Felsstein.

Kirk stützte sie. Da die Dämmerung schon fortgeschritten war, ging er zunächst zu seinem Wagen, um sich eine Taschenlampe zu holen. Dann näherte er sich langsam dem Gebüsch, wobei er sich, wie zufällig, schützend vor Carrie befand. „Hier oben ist immer viel los", begann er, doch er bewegte sich lautlos, und seine Muskeln waren angespannt.

„Ich erinnere mich: Kojoten."

„Ja." Er kniete nieder, als er im weichen Boden Spuren entdeckte, und richtete den Strahl der Taschenlampe darauf.

Carrie presste die Lippen zusammen. „Meines Wissens tragen Kojoten keine Schuhe."

„Wenigstens nicht die, die ich gesehen habe." Er hatte deutlich die Spur von Angst aus ihrer Stimme gehört. „Wahrscheinlich war es nur ein Jugendlicher."

„Nein. Du glaubst das nicht und ich auch nicht. Jemand hat uns beobachtet, und wir wissen beide, warum." Sie bedeckte mit den Händen ihr Gesicht. „Er war hier. Genau hier war er und hat uns beobachtet. Warum hört er nicht auf? Warum ..."

„Reiß dich zusammen." Kirk fasste sie an den Schultern und schüttelte sie leicht. Sie holte tief Luft, doch als dann das Geräusch eines startenden Motors zu ihnen herüberhallte, schien sie doch den Tränen nahe.

„Er ist mir gefolgt. Wie oft hat er mich schon beobachtet?"

„Ich weiß nicht." Frustriert starrte Kirk auf die dunkle Straße hinunter. „Vergiss nicht, auch wenn er uns beobachtet hat, ich werde ihn nicht an dich herankommen lassen."

„Für wie lange?", entgegnete sie ruhig und wandte sich ab. „Ich will jetzt zurückfahren."

7. KAPITEL

Wir kommen keinen Schritt voran." Carrie goss sich einen Brandy ein und füllte dann Matts Glas neu.

„Und ich hätte schwören können, wenn jemand des Rätsels Lösung finden könnte, dann wäre es Kirk."

„Ihm mache ich keinen Vorwurf." Carrie umfasste den Cognacschwenker mit beiden Händen und trat ans Fenster. Die Sonne ging unter, und die Nacht brach herein.

„Deine Einstellung ihm gegenüber scheint sich geändert zu haben."

Mehr als du wissen kannst, dachte sie, zuckte aber nur mit den Schultern. „Ich kann nicht behaupten, dass er nicht alles in seiner Macht Stehende tut, das ist alles."

„Aber bis jetzt hat er noch nichts Handfestes bringen können. Was ist mit den Briefen?"

„Sie wurden auf Papier geschrieben, das in unzähligen Geschäften angeboten wird."

„Und die Blumen?" Unruhig ging Matt zu dem weißen Stutzflügel und wieder zurück zum Kamin. Hastig zog er an seiner Zigarette. „Man muss doch herausfinden können, wo sie gekauft worden sind."

„Anscheinend nicht." Carrie presste ihre Finger an den Nacken im erfolglosen Bemühen, die Verspannung zu lösen. „Kirks Leute haben in allen Blumengeschäften nachgeforscht. Nichts."

„Die Anrufe?"

„Sie konnten nicht zurückverfolgt werden, es gab bisher nicht genug Anhaltspunkte."

„Verdammt, es muss doch etwas geben. Carrie, willst du nicht doch die Polizei einschalten?"

Ihrem Freund Matt gegenüber konnte es Carrie sich erlauben, ihren abgespannten Zustand zu zeigen. „Matt, meinst du wirklich, sie könnte mehr erreichen als Kirk?"

„Ich weiß nicht." Er konnte die stille Verzweiflung in ihrem Blick kaum noch ertragen und sah finster auf sein Glas hinunter. „Ich weiß es einfach nicht. Ich war fest davon überzeugt, dass diese Angelegenheit in wenigen Tagen geklärt sein würde."

„So einfach ist es nicht. Der Mann ist klug und vorsichtig." Nervös schwenkte Carrie ihren Brandy im Glas herum, ohne ihn zu trinken. „Kirk überprüft alle, die ich kenne – dich inbegriffen."

Er blieb stehen und starrte sie an. Sein Gesicht verzog sich zu einer Grimasse, als er die Hand in die Tasche steckte und nervös nach seinem Feuerzeug suchte. „Immerhin ist er gründlich."

„Mir gefällt das nicht, Matt. Ich fühle mich, ich weiß auch nicht, irgendwie schäbig, wenn ich daran denke, dass er meinetwegen im Privatleben anderer Menschen herumschnüffelt."

Unbehaglich legte Matt einen Arm um ihre Schulter. „Baby, wenn schmutzige Wäsche gewaschen werden muss, um dieser Sache auf den Grund zu kommen, dann ist es das wert." Er schwieg einen Moment und räusperte sich dann. „Und was hat er herausgefunden?"

„Ich weiß nicht." Sie lehnte ihren Kopf an seine Schulter. Die Sonne war mittlerweile ganz verschwunden, nur einen Hauch von Farbe hatte sie auf den Wolken zurückgelassen. „Ich habe ihm gesagt, dass ich es nicht wissen will, Matt." Sie konnte sich noch gut an Kirks kühle Missbilligung ihrer Feigheit erinnern. „Wir sind übereingekommen, dass ich die von ihm aufgestellten Vorsichtsmaßnahmen beachte, er aber die Informationen, die er sich verschafft, für sich behält."

Matt hatte mit seinem silbernen Feuerzeug gespielt und knipste es jetzt an. „Du steckst den Kopf in den Sand, Carrie."

„Das ist mir gleichgültig."

„Es gibt keinen Menschen, vor allem keinen über zwanzig, in dessen Leben es nicht etwas gibt, das ihm unangenehm ist, etwas, das er lieber im Verborgenen halten will. Aber Kirk hat recht mit seinen Nachforschungen, und bei ihm weiß ich, dass er das, was er herausfindet, für sich behält."

„Danke für dein Vertrauen." Kirk stand im Türrahmen und betrachtete die beiden. Der Raum lag im Halbdunkel, und Carrie, den Kopf immer noch an Matt geschmiegt, machte einen entspannten Eindruck, als könnte sie stundenlang so verharren.

„Immerhin habe ich dich empfohlen", entgegnete Matt leichthin. „Und ich gebe ungern einen Fehler zu."

Kirk ging zur Bar und goss sich einen doppelten Brandy ein. „Was war los mit dir, Matt? Wir haben dich selten gesehen."

„Ich war beschäftigt."

Carrie spürte die Spannung zwischen den Männern. „Hör auf, Kirk, fang jetzt nicht mit ihm an."

„Du sagst mir schon wieder, wie ich meinen Job zu tun habe, Engel."

„Ich lasse es nicht zu, dass du meine Freunde auf diese Art und Weise behandelst."

„Es ist nett von dir, Carrie, aber nicht notwendig." Matt und Kirk maßen einander mit Blicken. „Als ich Carrie riet, dich mit der Sache zu beauftragen, hätte ich wissen müssen, dass du es ausgräbst."

Kirks Miene war komplett ausdruckslos. „Ja, allerdings, das hättest du."

„Was ausgraben?", wollte Carrie wissen.

Kirk hob sein Glas in Matts Richtung. „Vielleicht willst du es ihr selbst sagen."

„Ja. Setz dich, Carrie." Als sie ihn nur ansah, drückte er leicht ihre Schulter. „Bitte, setz dich."

Sie spürte den mittlerweile schon vertrauten Druck im Magen und nahm im Sessel Platz. „Also gut, ich sitze."

„Vor ungefähr zehn Jahren geriet ich in ernsthafte finanzielle Schwierigkeiten."

„Matt, darüber brauchst du mir nichts zu erzählen."

„Doch." Er warf Kirk einen kurzen Blick zu. „Ich will, dass du es von mir hörst." Er machte eine abwehrende Handbewegung, als sie Einwände erheben wollte. „Hör mir einfach zu, auch wenn es mir nicht leichtfällt. Der Grund war damals das Spiel."

„Matt, das ist lächerlich." Fast hätte sie gelacht. „Du spielst doch nicht einmal um Streichhölzer."

„Heute, damals war das anders." Er lächelte fast selbstironisch. „Es war wie ein Fieber, und meines war ziemlich hitzig, bis ich mehr verloren hatte, als ich mir leisten konnte. Ich war verzweifelt. Ich schuldete gewissen Leuten Geld, die einem das Fell über die Ohren ziehen, wenn man es nicht pünktlich zurückzahlt. Ich fälschte einen Scheck – den Scheck eines Klienten. Natürlich kam es schnell heraus. Mein Klient wollte kein Aufsehen, darum hat er keine Anzeige gemacht. Ich habe meine Seele verpfändet und den Rest versetzt, um ihm alles zurückzuzahlen. Es war so etwas wie ein Wendepunkt in meinem Leben."

Er lachte, doch ohne Fröhlichkeit. „Meine Karriere stand auf dem Spiel, und ich bin endlich mit mir ernsthaft ins Gewissen gegangen. Was ich mir eingestehen musste, war alles andere als angenehm. Darum habe ich mich einer Selbsthilfegruppe von Spielern angeschlossen. Und obwohl das Spielen fast mein Leben zerstört hatte, muss ich den Drang danach immer noch bekämpfen." Er sah Carrie an. „Wenn du einen anderen Agenten willst, könnte ich es verstehen."

Langsam erhob sie sich und ging zu ihm. Wortlos legte sie die Arme um ihn und warf Kirk über Matts Schulter einen ernsthaften Blick zu. „Ich will keinen anderen Agenten. Du weißt, ich bestehe immer nur auf dem Besten."

Er lachte gepresst und gab ihr einen Kuss auf die Stirn. „Du weißt, ich würde dich nie hintergehen." Er erhob sich. „Ich muss gehen." Er wandte sich Kirk zu, und einen Augenblick musterten sich die beiden Männer. „Pass auf sie auf."

„Das habe ich mir vorgenommen."

Mit einem kurzen Nicken verließ Matt den Raum.

Im gleichen Augenblick drehte sich Carrie zu Kirk um. „Wie konntest du? Wie konntest du ihn so demütigen?"

„Es war notwendig." Trotzdem spürte er einen schalen Geschmack im Mund, der auch durch einen weiteren Brandy nicht so leicht weggespült werden konnte.

„Notwendig? Wieso? Was haben Spielschulden von damals mit dem zu tun, was mir heute geschieht?"

„Wenn ein Mensch eine Leidenschaft entwickelt, dann könnte er auch eine weitere entwickeln."

„Das ist lächerlich."

„Nein, eine Tatsache."

„Matt Burns hat nie versucht, etwas anderes zu sein als mein Agent und mein Freund. Und er hätte genügend Möglichkeiten gehabt."

„Hättest du ihn gelassen?"

Carrie nahm sich eine Zigarette, doch erst nach drei Versuchen mit dem Tischfeuerzeug gelang es ihr, sie anzuzünden. „Was hat das damit zu tun?"

Er kam näher und legte seine Hand auf ihren Arm. „Hättest du?"

„Nein." Sie warf den Kopf zurück und blies den Rauch aus. „Nein."

„Und er weiß es." Sie entriss ihm den Arm, und er beobachtete, wie sie im Raum auf und ab ging. „Du verstehst dich doch auf Drehbücher. Nimm das hier: Der Mann arbeitet jahrelang mit dir und schafft das Image des kühlen, unnahbaren Sexsymbols. Vielleicht will er haben, was er mitgestaltet hat."

„Das ergibt keinen Sinn, Doran." Plötzlich war die Furcht wieder da. Sie kämpfte mit sich, um sie nicht durchbrechen zu lassen. „Warum sollte sich mir ein Mann, den ich kenne, ein Mann, der mir nahesteht, nicht einfach offen nähern?"

„Eben weil du ihn kennst, weil du ihm nahestehst. Denn er kennt seine Chancen."

Heftig drückte sie ihre Zigarette aus. „Wie sollte er sie kennen, wenn er nie gefragt hat?"

Kirk legte eine Hand an ihre Wange, um ihr nervöses Auf-und-ab-Gehen zu beenden. „Meinst du, ein Mann weiß nicht, wann eine Frau interessiert ist?" Sein Daumen strich über ihre Wange. Der Funke war da, so wie es vom ersten Augenblick an gewesen war. Sie fühlte es und verwünschte es.

Sie umfasste sein Handgelenk und zog es weg. „Ich bin müde. Ich gehe zu Bett."

Carrie konnte nur schwer Schlaf finden. Sie warf sich hin und her, fiel in einen leichten Dämmerschlaf und erwachte wieder. Sie wollte schon fast der Versuchung nachgeben, Schlaftabletten zu nehmen. Doch dann erinnerte sie sich an ihren Grundsatz, sich nie wegen persönlicher oder beruflicher Probleme künstlich zu betäuben.

Warum hatte sie ihr Leben jetzt nicht unter Kontrolle?

Sie hatte es doch immer geschafft, ihre Probleme zu meistern. Vielleicht, weil sie eine von dreien war. Sie hatte persönliche Tragödien, Enttäuschungen und Verluste erlebt, doch immer hatte sie sich wieder ihren Weg erkämpft. Und jetzt kämpfte sie nicht. Noch nie hatte sie einen Mann als Beschützer nötig gehabt und jetzt …

Sie war einfach müde und verwirrt. Sie wollte nichts als schlafen. Ihre Laken waren verwühlt, als sie endlich wieder eindämmerte.

Als das Telefon schellte, nahm sie halb im Traum den Hörer ab und meldete sich schlaftrunken.

Das heisere Flüstern hatte dieses Mal eine verzweifelte Schärfe, die Carrie entsetzt aufschrecken ließ. „Hören Sie auf", schrie sie in die Leitung. Und dann begann sie zu ihrer eigenen Wut zu weinen. „Lassen Sie mich doch in Ruhe. Bitte. Ich will nichts mehr hören."

Doch nachdem sie den Hörer auf die Gabel geworfen hatte und ihr Gesicht ins Kissen presste, hörte sie die Stimme weiter als Widerhall in ihrem Kopf. Carrie rollte sich wie ein Baby zusammen und ließ ihren Tränen freien Lauf.

Kirk stand am Fenster, als das Telefon schrillte. Fluchend durchquerte er den Raum in der Hoffnung, es zu erreichen, bevor es Carrie weckte. Doch das Flüstern hatte schon begonnen. Einen Augenblick lang glaubte er, etwas erkennen zu können, eine Redewendung, einen Akzent, eine Eigentümlichkeit der Sprache. Er versuchte, seine ganze Konzentration darauf zu richten. Dann presste er grimmig die Lippen zusammen, als er Carries Bitten und dann ihr Weinen vernahm. Er hörte, wie sie einhängte, und dann das Schluchzen eines Mannes, bevor die Verbindung unterbrochen wurde.

Kirk steckte die Hände in die Taschen, wo er sie zu Fäusten ballte. Vielleicht hatte er etwas Wichtiges nicht mitbekommen, weil er seine Konzentration verlor, als Carrie zu weinen begonnen hatte.

Die Frau machte ihn weich. Das konnte er sich nicht erlauben, er durfte es nicht. Sie hatte so verängstigt geklungen.

Er konnte sie doch jetzt nicht allein lassen. Sie will allein sein, sagte er sich dann, eine Frau wie Carrie will sich vor anderen nicht in Tränen aufgelöst zeigen. Aber sie brauchte ihn jetzt.

Das Mondlicht fiel durchs Fenster und tauchte alles in Silber, als Kirk ruhig ihr Zimmer betrat. Vielleicht war sie schon wieder eingeschlafen.

Sie schlief nicht. Kirk hörte ihr unterdrücktes Schluchzen, als er an ihr Bett trat. Der dünne hilflose Laut erschreckte ihn. Er hatte mit schrecklichen Geräuschen umzugehen gelernt, doch Carries einsames Schluchzen verunsicherte ihn.

Wäre sie wütend gewesen, hätte er sie besänftigen können. Aber sie weinte.

Vorsichtig kniete er sich vor ihrem Bett nieder. Er wünschte, die richtigen Worte zu finden, wusste aber gleichzeitig, dass er sie nicht kannte. Er legte eine Hand auf ihr Haar. Die Berührung ließ sie hochschrecken und aufschreien.

„Ich bin es. Ich bin es doch nur." Er nahm ihre Hände und drückte sie. „Entspann dich."

„Kirk." Sie kämpfte um Selbstbeherrschung. „Du hast mich erschreckt."

„Entschuldigung." Im hereinfallenden Mondlicht konnte er ihr tränenfeuchtes Gesicht sehen. „Alles in Ordnung?"

„Ja." Ein Druck lag auf ihrer Brust, ihr Hals war wie zugeschnürt. „Du hast wahrscheinlich das Telefon gehört."

„Ja." Er ließ ihre Hände los und steckte seine wieder in die Taschen. „Möchtest du etwas? Wasser?"

„Nein, nichts. Ich konnte ihn nicht am Reden halten. Ich habe es einfach nicht geschafft."

„Schon in Ordnung."

„Nein." Sie zog die Beine an und legte den Kopf auf die Knie. „Solange ich vor dieser Sache flüchte, wird sich nichts tun. Ich schaffe es einfach nicht, standzuhalten."

„Niemand macht dir einen Vorwurf, Carrie." Er wollte sie wieder berühren, doch er zog die Hand zurück. „Du solltest etwas schlafen."

„Ja."

Er fühlte sich hilflos. Wie war er nur auf die blödsinnige Idee gekommen, Carrie brauche ihn? Er verstand sich nicht aufs Trösten und Beruhigen, er kannte keine netten Worte, die ihr Entspannung und Schlaf bringen konnten. Er hatte nichts als eine überschäumende Wut in sich und das starke Bedürfnis, sie zu schützen.

„Ich könnte dir doch etwas bringen, vielleicht einen Tee."

Sie hatte ihr Gesicht noch gegen die Knie gepresst. „Nein, danke."

„Verdammt, ich will etwas tun." Der Ausbruch überraschte ihn selbst. „Ich ertrage es nicht, dich so zu sehen. Lass mich irgendetwas tun, dir Aspirin holen. Irgendetwas. Du kannst mich nicht einfach hinausschicken."

„Halte mich." Die Worte klangen wie ein Schluchzen, und sie hob den Kopf. „Halte mich einfach fest."

Er setzte sich neben sie, nahm sie in die Arme und drückte ihren Kopf an seine Schulter. „So lange du willst, Engel."

Carrie hatte nicht mehr die Kraft, sich zu beherrschen, und sie wollte es auch nicht. Als sie seine kräftigen Arme um sich spürte, ließ sie ihren Tränen freien Lauf. Kirk hielt sie fest und murmelte Worte, von denen er hoffte, sie würden ihr helfen, Worte, von denen er nicht einmal wusste, ob sie sie hörte. Als sie endlich ruhiger wurde, strich er ihr das Haar aus dem Gesicht und schwieg.

„Kirk?“

„Hmm?“

„Danke. Ich werde es nicht zur Gewohnheit werden lassen.“ Sie schniefte. „Hast du ein Taschentuch?“

„Nein.“

Zögernd löste sie sich von ihm, um sich ein Papiertuch aus ihrem Nachttisch zu holen. „Ein Mann wie du möchte wahrscheinlich am liebsten Reißaus nehmen, wenn eine Frau so“, sie schniefte wieder, „heult.“

„Das hier ist etwas anderes.“

Sie hob den Kopf. Ihre Augenlider waren geschwollen, und ihre Wangen feucht. „Warum?“

„Es ist einfach anders.“ Er wischte ihr zärtlich eine Träne aus den Wimpern und fühlte sich lächerlich dabei. „Fühlst du dich besser?“

„Ja.“ Es stimmte merkwürdigerweise, denn eigentlich glaubte sie nicht daran, dass Tränen Probleme lösen können.

Er strich ihr übers Haar und zog sie wieder näher an sich. Das Trösten, das Gefühl, gebraucht zu werden, war gar nicht so schwer gewesen, musste er erstaunt feststellen. „Meinst du, du könntest jetzt schlafen?“

„Ich denke schon.“ Sie schloss die Augen und musste feststellen, dass es sich außerordentlich gut anfühlte, ihre Wange an seiner zu spüren.

Beruhigend strich er über ihren Rücken und verspannte sich, als er statt der Seide ihre nackte Haut spürte. „Morgen ist Sonntag. Du kannst den ganzen Tag im Bett bleiben und dich von dem Aufruhr erholen.“

„Ich habe um eins einen Fototermin.“ Ihre Augen waren noch geschlossen, während sie mit den Fingerspitzen über die Muskeln seiner Schultern strich.

„Dann solltest du lieber noch etwas schlafen, oder du siehst schrecklich aus.“

„Vielen Dank.“ Sie blickte auf und lächelte ihn an. Der Druck seiner Finger verstärkte sich, und ihr Lächeln erstarb.

Es herrschte plötzlich eine so starke sexuelle Anziehung zwischen ihnen, dass der ganze Raum unter Spannung zu stehen schien.

„Ich gehe jetzt besser.“

„Nein.“

Die Entscheidung war schon vor längerer Zeit gefallen, aber ihr Herz akzeptierte sie erst jetzt. Carrie war verliebt, unwiderruflich. Erst jetzt, durch Kirk, erkannte sie, wie sehr sie es brauchte, noch einmal verliebt sein zu können. „Ich möchte, dass du bleibst.“ Sie strich ihm über die Schultern. „Ich möchte, dass wir uns lieben.“

Der Druck seiner inneren Anspannung wurde heftig, stechend – ein schmerzend wunderbares Gefühl. Er fühlte ihre Hände auf seiner Haut. Ihre Augen blickten so warm und tief. Der Mondschein tauchte sie in ein ganz unwirkliches Licht, aber Kirk konnte es sich nicht erlauben, die Wirklichkeit zu vergessen.

„Carrie, ich begehre dich gerade jetzt so sehr, dass es mir den Atem nimmt. Aber“, er umfasste ihre Handgelenke, „ich könnte den Gedanken nicht ertragen, dass es zwischen uns nur so weit gekommen ist, weil du erschreckt und verängstigt bist.“

Ein Lächeln lag um ihre Lippen, die sich seinen immer mehr näherten. „Hast du immer noch nicht gemerkt, dass ich weiß, was ich will?“ Ganz leicht drehte sie den Kopf, und ihr Mund streifte sein Kinn. „Hast du mir nicht gesagt, ein Mann weiß, ob eine Frau etwas von ihm will? Ich will, dass du bleibst“, wiederholte sie. „Nicht, weil ich verängstigt bin, sondern wegen der Art, wie du mich fühlen lässt, wenn du mich küsst, wenn du mich hältst, wenn du mich berührst.“ Sie rieb ihre Wange an seiner. „Ich will, dass du bleibst, weil du mich vergessen lassen kannst, dass es noch irgendetwas anderes außerhalb dieses Raumes gibt.“

Etwas in ihm brach zusammen, manche würden es vielleicht Selbstbeherrschung nennen. Er stöhnte auf, seine Hände vergruben sich in ihrem Haar, und sein Mund presste sich heftig auf ihren.

Sie war alles: unergründliche Sinnlichkeit, Rätselhaftigkeit und Begierde. Sie war ein reines Aphrodisiakum. Seine bisher unterdrückten Träume wurden lebendig, und er überhäufte ihr Gesicht, ihr Haar, ihren Hals mit Küssen. Ihr Duft legte sich wie ein Nebel um seinen

Verstand. Und ihr Körper zitterte – nicht nach Vorschrift eines Drehbuchs, sondern vor Lust, die er ihr schenkte. Er fühlte sich wie betäubt, und wieder suchten seine Lippen ihre und schmeckten ihre Leidenschaft.

Noch nie zuvor – und nie wieder, darüber war sie sich sicher – hatte ein Mann sie so zum Leben erwecken können. Noch nie zuvor – und nie wieder – hatte sie so wie jetzt begehrt. Ihr Körper glühte vor Hitze und Energie, während ihre Sinne von einem schillernden Kaleidoskop der Empfindungen überflutet wurden. Nein, nie wieder würde ein Mann sie das empfinden lassen können, weil es nur einen Mann gab. Und irgendwie hatte sie es von Anfang an gewusst.

Alles war so klar. Sie fühlte sein raues Kinn an ihrer Schulter, fühlte das Nachgeben der Matratze unter dem vereinten Gewicht ihrer Körper. Sie sah das Mondlicht auf seiner Haut, während sie ihre Hände über seine Schultern und seinen Körper hinuntergleiten ließ. Seine Muskeln spannten sich bei ihrer Berührung an, und er atmete heftig. Seine Küsse, einem überstarken Drang gehorchend, entwickelten ihren eigenen Antrieb. Ein Kaleidoskop, ein Wirbelwind, eine Raserei. Carrie lachte vor Lust auf und küsste und saugte an seiner Schulter.

Wegen ihr konnte ein Mann Verstand und Seele verlieren. Kirk spürte einen Druck auf der Brust, während er ihren Körper streichelte. Schmerz und Kraft – beides vereinte sich in seinem Begehren nach ihr. Er fühlte sich qualvoll herabgezogen und himmelhoch aufsteigend.

Es lag nicht nur an der Makellosigkeit ihres Körpers, ihres Gesichts, sondern auch an der wilden, zügellosen Sinnlichkeit, die sie sonst in glitzernder Kühle einschloss. Freigelassen war es eine Büchse der Pandora an Gefühlen, einige dunkel, einige gefährlich, einige unerhört erregend.

Er würde ihr nicht widerstehen. Er konnte es nicht. Er spürte ihr Zittern, hörte ihr Aufstöhnen, als er sie berührte, schmeckte und erregte. Ihre Haut war heiß und feucht. Ihr Atem formte seinen Namen.

Er griff in ihr Haar, zog ihren Kopf zurück und ließ seine Lippen ihren schlanken weißen Hals hinuntergleiten. Ihr Puls schlug wie wild, als er mit der Zunge darüberfuhr. Sie streichelte seine Brust, dann wanderten ihre Hände tiefer, und seine Bauchdecke spannte sich bei ihrer Berührung an. Sie zog den Reißverschluss seiner Jeans herunter, und er spürte durch die dünne Seide, die sie trug, ihre Brüste. Und als er durch die Seide hindurch an ihnen saugte, spannte sich ihr Körper zitternd an.

Sie stieß leise unverständliche Worte der Lust aus und zog ihm dabei die Hose über die Hüften.

Das Gefühl ihrer Hände auf seiner Haut raubte ihm den Rest an klarem Denkvermögen, und als er ihr heftig das Seidenhemd über den Kopf zog, zerriss es vorn. Ihr schweres Atmen wurde von seinen Lippen gedämpft, und er zog sie hinunter und legte sich auf sie.

Er konnte nicht mehr denken. Er konnte nur fühlen. Sie war so warm und feucht, als er in sie eindrang. Dann schlang sie die Beine um ihn, und die Bewegungen ihrer Körper vereinten sich zu einem Trieb. Er sah sie, ihr Haar war auf dem zerwühlten weißen Laken ausgebreitet, ihre Augen waren halb geschlossen, ihre Lippen leicht geöffnet, und sie atmete heftig.

„Kirk."

Leise stieß sie seinen Namen aus, während eine Woge der Hitze nach der anderen durch ihren Körper brach. Hitze, strahlendes Licht, Sturm. Darauf hatte sie bisher nichts vorbereiten können. Sie wollte es ihm mitteilen, doch seine Lippen lagen schon wieder auf ihren. Sie war ein Teil von ihm. Die Entspannung kam in einem wilden Strömen, in dem keine Worte mehr möglich waren.

Carrie wusste nicht, was sie sagen sollte. Erwartete Kirk jetzt einen flotten Spruch, eine unbekümmerte Bemerkung? Es war nicht möglich, ihm zu erklären, dass sie sich bisher erst einem Mann hingegeben hatte, aber noch nie, wirklich noch nie so wie jetzt. Und darum konnte sie nicht das andauernde Schweigen, die Spannung, die sich schon wieder zwischen ihnen aufbaute, mit irgendetwas Leichtem brechen.

Kirk wusste nicht, was er sagen sollte. Er hatte Carrie wie ein Wilder genommen. Sie verdiente Besseres, mehr Einfühlsamkeit, auf alle Fälle mehr Einfallsreichtum im Liebesspiel. Wenn er doch nur nicht die Kontrolle verloren hätte! Aber er hatte, und es ließ sich nicht mehr ändern, ebenso wenig wie die Tatsache, dass er damit bestimmt alles zerstört hatte, was sich möglicherweise zwischen ihnen hätte entwickeln können. Aber vielleicht war es noch nicht zu spät dazu, den Schaden wieder zu beheben.

Angespannt drehten sich beide einander zu und sprachen gleichzeitig den Namen des anderen aus. Ihre Verlegenheit dauerte nur einen sehr kurzen Augenblick, bevor sie beide sich erleichtert anlächelten.

„Du hast wohl doch recht gehabt", begann sie. „Ich meine, dass ich ein Drehbuch brauche. Ich weiß nicht, was ich sagen soll."

„Damit habe ich auch meine Schwierigkeiten." Er nahm ihre Hand und führte sie an seine Lippen. „Ich glaube, ich war etwas rau."

„Warst du das?" Amüsiert und erleichtert griff Carrie nach ihrem Seidenhemd. Anzüglich eine Augenbraue hochziehend, ließ sie es auf Kirks Brust fallen.

„Du kannst es von meinem Honorar abziehen."

„Genau das hatte ich auch vor. Dreihundertfünfzig."

„Dreihundertfünfzig?" Er betrachtete das Seidenhemd genauer. „Du musst verrückt sein, dreihundertfünfzig für etwas auszugeben, worin du schläfst."

„Ich genieße es, mich zu verwöhnen." Und wie zur Bestätigung ihres Standpunktes beugte sie sich vor und nahm seine Lippen zwischen ihre. „Unter den gegebenen Umständen halte ich es nur für fair, dir die Hälfte zu erlassen. Immerhin war es eine gemeinschaftliche Leistung." Lächelnd zog sie mit einer Fingerspitze Linien auf seiner Brust. „Außerdem war es das wert."

„Tatsächlich?" Er ließ seine Hand ihren Schenkel hochgleiten und auf ihrer Hüfte liegen. „Bist du sicher?"

„Nun, ich bin eine vorsichtige Frau, und du kennst doch den Grundsatz im Geschäftsleben."

„Nein." Ihr Haar kitzelte seine Schulter, als sie sich über ihn beugte. „Welchen Grundsatz haben sie im Geschäftsleben?"

„Alles doppelt überprüfen." Und Carrie legte sich auf ihn.

8. KAPITEL

Kirk, das dauert drei, vielleicht sogar vier Stunden." Kirks Blick lag auf Carries niedlichem Hinterteil, das sich deutlich durch ihren engen Rock abzeichnete. „Ich kann sehr geduldig sein."

„Ein Fototermin ist für die Beteiligten selbst ermüdend genug, aber noch viel unerträglicher für jemanden, der einfach nur dabeisitzt."

„Lass das nur meine Sorge sein."

„Es muss auch meine Sorge sein. Wenn du mürrisch dabeihockst, macht mich das nervös." Carrie drückte auf den Knopf an der Tür und schob dann ihre Sonnenbrille vor, um über den Rand hinweg Kirk anzusehen. „Und Nervosität zeigt sich auf den Fotos. Dieses Titelbild für ‚The Scene' ist sehr wichtig."

Er schob ihre Brille wieder hoch. „Und du auch."

Diese Geste verlieh ihr ein Gefühl der Wärme. Sie stellte sich auf die Zehenspitzen und küsste ihn. „Danke. Aber ich bin hier völlig sicher. Margo ist da, um mein Haar zu machen, und mit der Visagistin habe ich schon häufig gearbeitet. Mrs. Alice Cooke. Sie alle sind die ganze Zeit dabei. Ich bin also von mir wohlgesinnten Frauen umgeben."

„Und der Fotograf", erinnerte er sie. „Ich lasse dich weder mit diesem Bryan Mitchell noch sonst einem Mann allein."

Carrie wollte ihm widersprechen, besann sich dann aber eines Besseren. Sie strich über den Kragen seines Hemdes. „Eifersüchtig?"

„Vorsichtig."

„Hallo." Die Stimme aus der Sprechanlage war sanft, weich und weiblich.

„Carrie O'Hara."

„Auf die Minute genau." Der Summer wurde betätigt und löste die Verriegelung der Tür.

„Bryan Mitchell ist groß, prächtig und blond", informierte Carrie Kirk, während sie die Treppe hinaufstiegen. „Wir sind seit Jahren befreundet", fügte sie hinzu.

Kirk nahm ihre Hand. „Ein weiterer Grund, dich nicht mit ihm allein zu lassen."

Vor der Studiotür schlang Carrie die Arme um Kirk. „Das gefällt mir“, sagte sie leise und küsste ihn.

„Darauf möchte ich wetten.“ Bryan stand anzüglich grinsend in der Tür.

„Kirk Doran.“ Carrie legte eine Hand leicht auf seinen Arm. „Bryan Mitchell.“

Der Fotograf war in der Tat groß, blond und prächtig. Außerdem war er eine Frau. Kirk warf Carrie, die unschuldig lächelte, einen Blick zu.

Bryan streckte ihm die Hand hin. „Willkommen im Chaos.“ Sie führte sie hinein. „Carrie, ich bin noch mit dem Aufbau beschäftigt. Du weißt, wo die Getränke sind. Die Friseuse und die Visagistin sind hinten und haben eine Auseinandersetzung über Mode. Mir ist es völlig egal, ob Henna wieder modern wird.“ Während sie sprach, ging sie zu einigen weißen Regenschirmen hinüber, die im Studio aufgebaut waren.

Carrie ging nach nebenan in einen kleinen, vollgestopften Raum und holte eine Flasche Mineralwasser aus dem Kühlschrank. Aus dem hinteren Raum waren zwei Frauenstimmen zu vernehmen, die sich gerade über die neuesten Gesichtspackungen unterhielten.

„Kirk, so geht das jetzt stundenlang. Ich bin hier völlig sicher und werde von den Frauen ganz mit Beschlag belegt. Du hältst uns nur auf. Mach doch einfach solange irgendetwas anderes.“

Sie hatte recht. „Hier in der Nähe ist ein Fitnesscenter.“ Er holte ein Notizbuch aus der Tasche und schrieb einen Namen und eine Telefonnummer auf. „Rufe mich an, wenn du fertig bist. Ich komme dann und hole dich ab.“ Er beugte sich vor und biss ihr spielerisch ganz leicht in die Unterlippe. „Und jetzt machst du dich schön.“

Sie schlang die Arme um ihn und zog eine Augenbraue hoch. „Bin ich das nicht schon?“

Sie war ungeschminkt. Ihre Augen waren blau und strahlend, ihr Teint hell. So taufrisch, wie sie heute aussah, war ihre Schönheit fast unwirklich. Er hob eine Hand und strich ihr über die Wange, bevor er sie lange küsste.

„Mit Mühe kannst du vielleicht etwas aus dem Gesicht machen.“

„Doran, du solltest besser verschwinden.“

Er warf ihr noch ein verschmitztes Lächeln zu, bevor er ging.

Während der nächsten zwei Stunden arbeitete Carrie ohne Unterbrechung. Ihr Haar wurde gelockt, geglättet, mit Spray und mit Gel bearbeitet. Ihr Gesicht wurde geschminkt und gepudert. Immer, wenn sie die Kleidung wechselte, wurden auch ihr Make-up und ihre Frisur geändert, um ihr Erscheinungsbild zu betonen. Bryan arbeitete ruhig und konzentriert wie immer.

„Ich habe dich noch gar nicht gefragt, wie es Shade geht."

„Lege deine rechte Hand auf die linke Schulter", wies Bryan Carrie an. „Jetzt die Finger spreizen. Gut. Shade geht es großartig. Im Augenblick wechselt er zu Hause gerade Windeln."

„Das würde ich gern sehen."

„Er macht das ausgezeichnet, so ganz nach Plan."

„Man sieht es dir überhaupt nicht an, dass du vor zwei Monaten ein Baby bekommen hast."

„Wer hat schon Zeit zum Essen? Das Kinn höher und einen abweisenden Eindruck. Genau so." Sie kniete nieder, um aus einem ganz bestimmten Winkel heraus zu fotografieren. „Andrew Colby ist jetzt schon ein zehn Pfund schwerer Sklaventreiber."

„Und du bist verrückt nach ihm."

Bryan ließ die Kamera sinken und strahlte. „Er ist aber auch das herrlichste Baby. Shade und ich haben mindestens schon fünfhundert Filme verschossen. Es gibt jeden Tag etwas Neues." Mit einer Kopfbewegung warf sie ihr langes blondes Haar zurück auf den Rücken. „Man kann sehen, wie aufgeweckt er ist, einfach an der Art, wie er Dinge betrachtet. Gerade gestern erst …" Lachend unterbrach sie sich. „Es ist schon fast eine fixe Idee. Aber weißt du, obwohl ich mich mir selbst nie als Mutter vorstellen konnte, jetzt kann ich mir ein Leben ohne Andrew – oder Shade – nicht mehr vorstellen."

„Es ist wahrscheinlich der richtige Mann dazu nötig, um solche Ansichten zu verändern."

Der etwas wehmütige Ausdruck, der gerade Carries Miene belebte, würde das beste Foto abgeben. „Etwas seitlich und über die Schulter blicken. Den Blick etwas glühender." Immer wieder drückte sie dabei auf den Auslöser. „Es ist immer wieder ein Vergnügen, ein Gesicht wie deines zu fotografieren – vor allem, wenn du so viel Ausdruck hineinbringst. Aber ich maße es mir nicht als mein eigenes Verdienst an."

„Was meinst du damit?“

„Nichts macht mehr Spaß, als eine verliebte Frau zu fotografieren. Mund schließen“, ordnete sie an.

Langsam drehte sich Carrie um und musterte Bryan. „Ist das so offensichtlich?“

„Soll es nicht so sein?“

„Nein ... doch. Ich weiß nicht.“ Sie fuhr sich mit der Hand durch ihr kunstvoll frisiertes Haar. „Ich will mich nicht selbst zum Narren machen.“

„Das geht häufig Hand in Hand mit dem Verliebtsein, aber du wirst es überleben. Er hat übrigens ein interessantes Gesicht. Meinst du, du könntest ihn dazu überreden, mir Modell zu stehen?“

„Wenn du ihn an Händen und Füßen fesselst. Bryan, wie schaffst du das mit Shade?“

„Du fragst allen Ernstes mich um Rat wegen Männern?“

„Verrat es nicht.“

„Hast du schon einmal das Bedürfnis gehabt, ihn umzubringen?“, fragte Bryan.

„Schon häufig.“

„Du machst Fortschritte. Den besten Rat, den ich dir geben kann: die Dinge laufen lassen. Und wenn ich du wäre, würde ich die restliche Zeit vom Wochenende nicht vergeuden.“

Das Fitnesscenter war deutlich ein Ort der Männer. Athletischer Männer. Die Luft war erfüllt mit Schweißgeruch und Flüchen. Die meisten Anwesenden trugen nur Shorts, nur wenige hatten zusätzlich ein Unterhemd an. Auf einer Matte lag ein Mann mit Gewichten auf den Beinen und schnaufte sich durch seine Serie von Sit-ups. Ein anderer Mann auf einer Bank stieß jedes Mal einen Fluch aus, wenn er das Gewicht über seinem Kopf hochdrückte. Neben ihm stand ein Trainer, der mit grimmigem Gesicht seine Bewegungen kontrollierte. Die Geräte waren erstklassig, hatten aber schon lange ihren Glanz verloren.

Carrie trat näher. Der erste Mann, der sie sah, war ein junger Kerl, der Gewichte mit zwei Seilen die Wand hochzog. Er arbeitete gleichmäßig, die kraftvollen Bewegungen seiner Arme ließen die Adern an seinem Hals hervortreten. Er riss den Mund auf, und die Seile schnappten zurück an die Wand. Carrie lächelte ihm zu.

Als sie vorsichtig um die Bank mit den Gewichten herumging, unterließ der Mann sein Fluchen, wofür ihm aber die Augen hervortraten. In weniger als zehn Sekunden war es ganz still in dem lärmenden Raum. Dann bemerkte sie Kirk.

Er hatte der plötzlichen Ruhe noch keine Aufmerksamkeit geschenkt, sondern schlug, mit dem Rücken zum Raum, auf einen Punchingball ein. Diese Schläge waren das einzige Geräusch. Es war ein herrliches Bild, er stand mit gespreizten Beinen und konzentrierte sich ganz auf die Schläge. Der braune Lederball kam nicht einen Augenblick zur Ruhe. Carrie ging zu Kirk hinüber, wartete einen Moment und strich dann mit einem Finger über seinen Rücken.

„Hallo, Darling."

Mit einem Fluch wirbelte er herum, die Hände noch geballt und erhoben. Carrie hob eine Augenbraue, dann ihr Kinn, als wollte sie es ihm für einen Schlag anbieten.

„Zum Teufel, was machst du denn hier?"

„Dich beobachten." Sie stieß mit einem Finger gegen den Lederball. „Kannst du mir verraten, welchen Zweck es hat, auf dieses kleine Ding einzudreschen?"

„Du solltest mich anrufen." Er wischte sich über die verschwitzte Stirn.

„Ich hatte Lust auf einen Spaziergang. Außerdem wollte ich gern sehen, wo ein Mann wie du … auftritt." Betont bedächtig sah sie sich um. „Faszinierend."

Heftig ergriff Kirk ihren Arm. „Du musst verrückt sein. Du hast hier nichts zu suchen."

„Und warum nicht?" Während Kirk sie in einen Nebenraum zog, warf Carrie dem Mann auf der Bank ein strahlendes Lächeln zu. Die Gewichte schlugen gegen den Sicherheitsriegel.

„Mit diesen Beinen kannst du hier unter gar keinen Umständen einfach hereinspazieren."

„Ich habe keine anderen."

„Setz dich." Er drückte sie auf einen alten Plastikstuhl. „Was, zum Teufel, soll ich bloß mit dir machen?"

„Da gibt es verschiedene Möglichkeiten."

„Verdammt, das ist kein Spaß. Carrie, wir haben eine Abmachung getroffen. Du solltest anrufen. Und das hat seine Gründe."

„Kirk, es ist ein herrlicher Nachmittag, und es ist nicht weit. Es gibt für mich wenig Gelegenheit, durch Los Angeles zu bummeln, da konnte ich einfach nicht widerstehen. Wenn du mir allen Ernstes sagen willst, dass ich mitten am Tag das kurze Stück auf einer belebten Straße nicht mehr allein gehen kann, dann werde ich wirklich verrückt."

„Du sollst ohne mich nirgends hingehen. Das haben wir abgemacht, und ich habe geglaubt, du würdest dich daran halten."

„Komm, reg dich nicht auf." Sie erhob sich und legte ihre Hände auf seine nackte Brust.

„Ich bin völlig verschwitzt", entgegnete er halblaut und umfasste ihre Handgelenke.

„Ich merke es. Ich weiß zwar nicht, was Männer an Orte lockt, die wie alte Socken eines Sportlers riechen, aber wenn du dich damit in Form hältst", anerkennend sah sie an ihm herunter, „dann sollte ich mir zu Hause direkt auch einen Fitnessraum einrichten. Vielleicht kannst du ja dann deine Höchstleistungen noch einmal steigern."

„Komme nicht vom Thema ab."

„Welches Thema hatten wir denn?"

„Ich will nicht, dass dir etwas zustößt."

Sie kam näher. „Warum? Du bist für diese Woche doch schon bezahlt worden."

„Mir geht es nicht um das verdammte Geld", entgegnete er heftig.

„Worum geht es dir denn, Kirk?"

„Um dich", stieß er zwischen den Zähnen hervor. „Mach so etwas nicht noch einmal."

„In Ordnung, tut mir leid."

„Ich muss duschen. Bleib solange hier."

Als er die Tür hinter sich zuwarf, setzte sich Carrie wieder. Er sorgte sich um sie. Sie schloss die Augen. Und er hatte es ausgesprochen. Sie hatte es mit eigenen Ohren gehört. Jetzt musste sie ihn nur noch dazu bringen, dass eine solche Verbindlichkeit ihn nicht mehr verärgerte.

„Wie lange willst du noch wütend sein?"

Sie fuhren nach Hause, und nach fünfzehn Minuten brach Carrie das Schweigen.

„Ich bin nicht wütend."

„Du beißt die Zähne zusammen."

„Du solltest froh darüber sein, dass das alles ist, was ich tue."

„Kirk, ich habe schon gesagt, dass es mir leidtut. Ich werde mich nicht noch einmal entschuldigen."

„Das verlangt auch niemand. Ich verlange nur, dass du deine Situation mit dem nötigen Ernst angehst."

„Du meinst, ich tue das nicht?"

„Nicht nach diesem Auftritt vorhin."

Das Verdeck von Kirks Wagen war zurückgeschoben. Der Fahrtwind verfing sich in Carries Haar und wirbelte es zurück, gleichzeitig stieg ihre Gereiztheit. „Hör auf, mich wie ein Kind zu behandeln. Die Situation ist mir völlig klar. Ich lebe mit ihr vierundzwanzig Stunden am Tag, jeden Tag und jede Nacht. Jedes Mal, wenn das Telefon geht, jedes Mal, wenn ich meine Post durchgehe. Wenn ich abends zu Bett gehe, denke ich daran. Wenn ich morgens aufwache, denke ich daran. Wenn ich mir nicht ab und zu eine Stunde nehmen kann, wo ich das einfach verdrängen kann, werde ich verrückt. Sag also nicht, ich sei leichtsinnig."

Wieder herrschte Schweigen. Ich habe recht, dachte Kirk, als er seine Fahrweise etwas verlangsamte, und sie hat auch recht. Manchmal glaubte er nur, weil sie ihr Äußeres so gut unter Kontrolle hatte, dass sie die Gefahr, in der sie schwebte, vergessen hatte. Doch dem war nicht so, das erkannte er jetzt. Sie wollte sich nur nicht unterkriegen lassen, wenigstens nicht in der Öffentlichkeit. Er wusste nur nicht, wie er ihr sagen sollte, dass das etwas war, weswegen er sie am meisten liebte.

Sie liebte … Das war ein schwer verdaulicher Brocken, doch das war die Wahrheit. Je mehr dieses Gefühl für sie wuchs, desto mehr sorgte er sich um ihre Sicherheit. Verdammt, wenn er doch nur irgendetwas hätte, das ihn weiterbringen könnte. Zwei Wochen waren bereits herum, seit Carrie ihm ihre Sicherheit anvertraut hatte, und er war in der bedrohlichen Sache noch keinen Schritt weitergekommen. Das war ein Skandal, er musste dieses Rätsel lösen.

Kirk warf einen Blick zu Carrie hinüber, die verärgert und steif neben ihm saß. Beiläufig legte er einen Arm auf die Lehne ihres Sitzes. „Du schmollst."

„Scher dich zum Teufel."

„Du bekommst im ganzen Gesicht Falten, wenn du die Miene beibehältst. Und was wird dann aus mir?“ Er fuhr an den Straßenrand und zog sie an sich.

Sie wollte ihn von sich drücken. „Hör auf. Ich will von dir nicht mehr angerührt werden.“

„Bist du sicher?“ Er hob ihr Handgelenk und fuhr zart mit seinen Lippen über dessen Innenseite. „Und wie ist es damit?“

„Nein.“

„Und damit.“ Er küsste ihren Hals. Sie hörte auf, sich zu wehren. „Nein.“

„Alles andere wäre am Straßenrand ein wenig riskant, doch wenn du unbedingt darauf bestehst ...“

„Hör auf.“ Lachen stieg in ihr auf, als sie ihn von sich schob. Sie lehnte sich gegen die Tür und verschränkte die Arme. „Du hinterlistiger Kerl.“

„Ich liebe es, wenn du mich beleidigst.“

„Dann wird dir auch das gefallen“, begann sie. Doch was sie auch sagen wollte, sein Kuss verhinderte es. Und dann bestimmte ihr Herz ihre Erwiderung. Sie legte die Arme um ihn, und ihre Lippen öffneten sich. In diesem Augenblick gab es nichts als die warme Spätnachmittagssonne und ihr ungetrübtes Glücksgefühl.

Noch Sekunden, nachdem sich seine Lippen wieder von ihren gelöst hatten, hielt sie die Augen geschlossen. Als sie sie dann langsam öffnete, waren sie dunkel und verhangen. „Willst du etwas gutmachen?“, fragte sie leise.

„Was?“

Ein Lächeln spielte um ihre Lippen, und sie umfasste sein Gesicht mit beiden Händen. „Lass nur. Fahr uns jetzt nach Hause, Kirk.“

Noch einmal berührte er ihre Lippen, bevor er den Motor startete. Carrie lehnte sich zurück und genoss die restliche Fahrt. Als die hohe Mauer, die ihr Grundstück umschloss, in Sicht kam, liebäugelte sie mit der Idee, sich gleich in den Pool zu stürzen und einige Runden zu schwimmen. Bryan hatte recht. Es wäre ein Jammer, das restliche Wochenende zu vergeuden. Sie wandte sich Kirk zu, um ihn zu fragen, ob er ihr Gesellschaft leisten wolle, als er unvermittelt auf die Bremse trat.

„Kirk, wir sollten wirklich warten, bis wir drinnen sind.“

„Da ist ein Wagen vor dem Eingangstor. Und ein Mann. Er scheint für Aufregung zu sorgen.“

„Aber du glaubst doch nicht ...“ Kirks Tonfall alarmierte Carrie. „Er würde doch nicht einfach so versuchen, durchs Eingangstor zu kommen.“

„Wir sollten ebendies herausfinden.“

„Aber ich will nicht, dass du ...“

Das Wortgefecht am Tor erhitzte sich, und die Stimmen drangen zu ihnen herüber. Carrie lauschte auf. „Ich kann es nicht glauben“, flüsterte sie. Sie blinzelte, um den Mann trotz der Entfernung erkennen zu können. „Ich kann es einfach nicht glauben“, wiederholte sie lauter und sprang dann so plötzlich aus dem Wagen, dass Kirk sie nicht mehr zurückhalten konnte.

„Carrie!“

„Das ist Dad.“ Lachend drehte sie sich noch einmal zu ihm um, bevor sie mit ihren langen Beinen den Rest der Straße hinunterrannte. „Dad!“

Frank O'Hara unterbrach seine heftige Auseinandersetzung mit dem Wachposten, und dann strahlte er. „Da ist ja mein Mädchen.“ Flink wie ein Wiesel war er bei ihr und schwang sie mit einem Freudenschrei im Kreis herum. „Wie geht es meiner kleinen Prinzessin?“

„Im Augenblick ist sie nur überrascht.“ Sie küsste sein immer noch glattes Gesicht und drückte ihn wieder an sich. Er roch, wie er immer gerochen hatte, nach Puder und Pfefferminz. „Ich wusste nicht, dass du kommst.“

„Ich brauche doch keine Einladung, oder?“

„Sei nicht töricht.“

„Dann sag das dem Witzbold auf der anderen Seite des Tores. Der Trottel wollte mich nicht hereinlassen, selbst als ich ihm versicherte, dass du mein Fleisch und Blut bist.“

„Tut mir leid, Miss O'Hara.“ Der Wachposten warf Frank einen giftigen Blick zu. Immerhin hatte der verrückte Alte gedroht, ihm die Zunge herauszuziehen und um seinen Hals zu wickeln. „Es war niemand da, der das bestätigen konnte.“

„Ist schon in Ordnung.“

„In Ordnung?“, fuhr Frank entrüstet auf. „Es ist in Ordnung, wenn dein eigener Vater wie ein hergelaufener Halunke behandelt wird?“

„Jetzt sei nicht beleidigt. Ich habe nur das Sicherheitssystem verbessert, das ist alles.“

„Warum?“ Plötzlich beunruhigt, umfasste er Carries Kinn. „Was ist los?“

„Nichts. Wir reden später darüber. Im Augenblick freue ich mich nur, dich zu sehen.“ Sie warf einen Blick zu dem verstaubten Mietwagen hinüber. „Wo ist Mom?“

„Sie meinte, sie könne sich niemandem zeigen, bevor sie einen Schönheitssalon aufgesucht habe. Und ich wollte nicht gelangweilt dabeisitzen. Sie kommt im Taxi nach.“

„Aber was macht ihr hier? Wie lange könnt ihr bleiben?“

„Gütiger Himmel, Mädchen“, unterbrach Frank sie. „Kann das nicht warten, bis der Staub aus der Kehle gespült worden ist? Wir sind heute direkt von Las Vegas hergefahren.“

„Las Vegas? Ich wusste gar nicht, dass ihr einen Auftritt in Vegas hattet.“

„Du weißt eben nicht alles.“ Er gab ihr einen zärtlichen Nasenstüber und sah dann über ihre Schulter hinweg Kirk entgegen. „Und wer ist das?“

„Das ist Kirk. Kirk Doran. Du hast recht, Dad, drinnen spricht es sich besser – vor allem, wenn du erst ein Glas von deinem irischen Whisky getrunken hast.“

„Das ist ein Wort.“ Frank stieg schnell in seinen Wagen ein und fuhr durch das jetzt offene Tor. Er konnte es nicht lassen, dem Wachposten einen verdammenden Blick zuzuwerfen.

„Dein Vater?“, fragte Kirk, als sie wieder in seinen Wagen einstiegen.

„Ja, ich habe ihn nicht erwartet, aber das ist bei ihm nichts Neues.“ Carrie verschränkte die Finger, als Kirk den Wachposten mit einer Handbewegung grüßte. „Ich will meine Familie da nicht mit hineinziehen. Aber irgendetwas muss ich ihnen sagen. Er hat den Wachposten gesehen. Und er wird auch die anderen Posten auf dem Grundstück sehen.“

„Warum versuchst du es nicht mit der Wahrheit?“

„Ich will meine Eltern nicht beunruhigen. Ich sehe sie nur drei- oder viermal im Jahr, und jetzt das.“ Sie warf Kirk einen hilflosen Blick zu, während er den Wagen am Ende der Auffahrt zum Halten brachte. „Und ich muss dich erklären.“

„Die Wahrheit“, wiederholte er nur.

„In Ordnung.“ Sie legte eine Hand auf seinen Arm, bevor er aussteigen konnte. „Aber ich mache es auf meine Art. Ich will es so weit wie möglich herunterspielen."

Gut gelaunt und strahlend kam Frank auf ihren Wagen zu. „Carrie, jetzt möchte ich erst einmal deinen Freund begrüßen." Er streckte seine Hand aus und schüttelte Kirks überschwänglich. „Frank O'Hara. Ich freue mich, Sie kennenzulernen. Würden Sie mir bei meinem Gepäck helfen, mein Sohn?"

Carrie musste lächeln, als Frank den Kofferraum öffnete, eine kleine Schultertasche herausnahm und den Rest, zwei große Koffer, für Kirk übrig ließ. „Du änderst dich nie", bemerkte sie kopfschüttelnd und hakte sich bei ihm ein, um ihn ins Haus zu führen.

„Lass sie einfach dort", meinte sie zu Kirk und zeigte an den Fuß der Treppe. „Du kannst sie später hochtragen."

„Danke."

Sie begegnete seinem Sarkasmus mit einem unbeschwerten Lächeln. „Geht ihr zwei doch ins Wohnzimmer, und macht euch einen Drink. Ich will schnell der Köchin Bescheid sagen, dass wir zum Dinner zwei mehr sind." Sie warf Kirk noch einen unauffällig warnenden Blick zu, bevor sie die Eingangshalle durchquerte.

„Also, mein Sohn, ich kenne Sie zwar nicht", Frank gab Kirk einen kräftigen Schlag auf den Rücken, „aber ich könnte tatsächlich einen Drink gebrauchen." Er betrat das Wohnzimmer und strebte zielsicher auf die Bar zu. „Was wollen Sie?"

„Scotch."

„Jedem das Seine." Mit einem zufriedenen Schnalzen hatte er die Whiskyflaschen entdeckt und goss zwei reichlich bemessene Drinks ein. „Kirk, nicht wahr? Warum trinken wir nicht auf mein Mädchen?" Kräftig stieß er sein Glas gegen Kirks, ungeachtet des kostbaren Rosenthal-Kristalls, und nahm dann einen tiefen Schluck. „Also, mein Sohn, nehmen Sie doch Platz." Er schien sich in der Rolle des Gastgebers zu gefallen und zeigte auf einen Sessel, bevor er sich selbst setzte. Und dann wurde sein Blick plötzlich wachsam und scharf. „Was haben Sie mit meiner Tochter zu tun?"

„Dad." Erleichtert, gerade im rechten Augenblick zu kommen, betrat Carrie den Raum und nahm auf der Sessellehne ihres Vaters Platz. „Du musst ihn entschuldigen, Kirk. Er war noch nie der Feinfühligste."

Kirk betrachtete seinen Scotch. „Für mich war das eine ganz vernünftige Frage."

„Na also." Zufrieden nickte Frank. „Wir verstehen uns."

„Es würde mich nicht überraschen." Zärtlich fuhr Carrie ihrem Vater durchs Haar. „Aber erzähl doch, wie war es in Las Vegas?"

„Mit Vergnügen." Er nahm noch einen Schluck Whisky, dessen weicher Geschmack ihm offensichtlich zusagte. „Wenn du erklärt hast, warum du einen ausgebildeten Gorilla an deinem Tor Wache stehen lässt."

„Ich habe dir doch gesagt, das Sicherheitssystem ist verbessert worden." Sie wollte aufstehen, doch Frank legte seine Hand auf ihr Knie.

„Du führst doch einen alten Mann nicht hinters Licht, Prinzessin?"

Der Versuch wäre sinnlos, gestand sie sich ein und lehnte sich zurück. „Ich habe einige dumme Anrufe bekommen, das ist alles. Darum habe ich Vorsichtsmaßnahmen getroffen."

„Was für Anrufe?"

„Einfach dumme Anrufe."

„Carrie ..." Er kannte seine Tochter zu gut. Über dumme Anrufe würde sie lachen und sie sofort vergessen. „Bedroht dich jemand?"

„Nein. Nein, so etwas ist es nicht." Sie fühlte sich in die Ecke gedrängt und warf Kirk einen bittenden Blick zu.

„Ich bin immer noch für die Wahrheit", meinte der nur.

„Danke für deine Hilfe."

„Halt den Mund", befahl Frank ihr mit einer für ihn so ungewöhnlichen Autorität in der Stimme, dass Carrie ihm augenblicklich gehorchte. „Sie erzählen mir, was passiert", wandte er sich dann an Kirk. „Und was Sie mit der Sache zu tun haben."

„Kirk ..."

„Caroline Margaret Louise O'Hara! Halte den Mund und sei still."

Kirk lächelte. „Guter Trick."

„Ich wende ihn nur selten an, um seine Wirksamkeit nicht abzunutzen." Frank trank den Rest seines Whiskys aus. „Lassen Sie hören."

Kurz und präzise fasste Kirk die unheimlichen Ereignisse zusammen. Während er sprach, zogen sich Franks Augenbrauen zusammen, sein schmales Gesicht rötete sich, und seine Hand ballte sich zur Faust.

„Ekelhafter Bastard." Wie ein bissiger Terrier sprang Frank von seinem Sessel hoch. „Wenn Sie Detektiv sind, Kirk Doran, warum, zum Teufel, haben Sie ihn dann noch nicht geschnappt?"

„Weil er bis jetzt keinen Fehler gemacht hat. Aber er wird, und ich finde ihn."

„Wenn er meinem Mädchen etwas antut …"

„Er wird gar nicht in ihre Nähe kommen", unterbrach Kirk ihn ruhig. „Weil er dann erst an mich gerät."

Frank beherrschte seine Wut – etwas, das er selten tat – und musterte Kirk. Frank war immer stolz auf sein gutes Einschätzungsvermögen anderer Menschen gewesen. Davon hatte er immer seine Entscheidung abhängig machen können, ob er die Faust gehoben oder gelacht hatte und zurückgewichen war. Dieser Mann vor ihm war hart und entschlossen. Wenn er seine Tochter jemandem anvertrauen musste, dann ihm.

„Aha, Sie wohnen hier, in diesem Haus, mit Carrie."

„Richtig. Ich passe auf sie auf, Mr. O'Hara. Darauf haben Sie mein Wort."

Frank zögerte nur einen Moment, bevor er lächelte. „Wenn nicht, ziehe ich Ihnen bei lebendigem Leib das Fell über die Ohren. Darauf haben Sie mein Wort."

Carrie erhob sich, wieder ganz kühl und unnahbar. „Vielleicht könnte ich jetzt auch etwas dazu sagen."

„Diesen Gesichtsausdruck nicht bei mir, Mädchen." Frank trat zu ihr und nahm zärtlich ihr Gesicht zwischen seine Hände. „Damit hättest du zu deiner Familie kommen sollen."

„Es hat keinen Sinn, euch zu beunruhigen."

„Sinn?" Heftig schüttelte Frank den Kopf. „Wir sind eine Familie. Wir sind die O'Haras. Und wir halten zusammen."

„Dad, Maddy heiratet am Wochenende, Alana ist schwanger, Terence ist …"

„Würdest du ihn bitte draußen lassen", unterbrach Frank sie förmlich. „Familienangelegenheiten haben mit deinem Bruder nichts zu tun. Das war seine Entscheidung."

„Wirklich, Dad, nach all den Jahren könntest du …"

„Und komm nicht vom Thema ab. Deine Mutter und ich und deine Schwestern, wir sind berechtigt, uns um dich zu sorgen."

Jetzt war nicht der passende Zeitpunkt, sich für ihren Bruder einzusetzen. Und Carrie war sich auch nicht sicher, ob es Terence nicht überhaupt gleichgültig war. Jetzt wollte sie zunächst die Sorgenfalten auf dem Gesicht ihres Vaters glätten.

„Also gut." Sie gab ihm einen lauten Kuss. „Sorg dich, wie du willst. Aber alles, was getan werden kann, ist getan."

Er ließ seine Hände auf ihrer Schulter liegen und drehte sich zu Kirk um. „Freitag fahren wir zur Hochzeit meiner Tochter nach New York. Kommen Sie mit?"

„Ich glaube nicht, dass es notwendig ist, Kirk ..."

„Ich komme mit", unterbrach er sie. Fast herausfordernd begegnete er Carries Blick. „Ich habe schon alle Vorbereitungen getroffen."

„Davon hast du mir nichts gesagt."

„Warum sollte ich?", entgegnete er nur und beobachtete amüsiert die in ihrem Blick aufsteigende Wut.

„Offensichtlich bin ich ganz überflüssig geworden", entgegnete sie spitz. „Wenn ihr zwei mich entschuldigt, ich brauche unbedingt eine Abkühlung."

„Garstige kleine Kratzbürste", meinte Frank mit deutlichem Stolz, als sie hoch aufgerichtet den Raum verließ.

„Das und mehr."

„Das sind die Iren, wissen Sie. Wir sind entweder Künstler oder Kämpfer. Die O'Haras haben ein wenig von beidem."

„Ich freue mich schon auf den Rest Ihrer Familie."

Die dich genau unter die Lupe nehmen wird, sagte Frank zu sich. „Sagen Sie, Kirk", begann er in seinem liebenswürdigsten Ton. „Haben Sie vor, ah, sagen wir einmal, auf Carrie auch noch aufzupassen, wenn diese Geschichte vorbei ist?"

Kirk betrachtete den Mann gegenüber prüfend. Es schien immer noch die Zeit für die Wahrheit zu sein. „Ja. Ob es ihr gefällt oder nicht."

Frank lachte auf. „Wir wollen uns noch einen Drink machen."

9. KAPITEL

Mom, das ist nicht deine Arbeit." Molly O'Hara legte sorgfältig eine weiße Seidenjacke zusammen. „Warum sollen wir eine Angestellte rufen? Ich kann in deren Gegenwart nicht frei sprechen."

Resigniert sah Carrie auf den Kleiderstapel. Sie hatte die ersten zwanzig Jahre ihres Lebens mit Packen und Auspacken verbracht. Seitdem hatte sie aus Prinzip heraus keinen Finger mehr gerührt, wenn es dazu wieder einmal kam. Andererseits hatte sie noch nie eine Auseinandersetzung mit ihrer Mutter gewonnen.

„Es tut mir leid, dass wir so wenig Zeit für uns hatten."

„Sei nicht töricht. Du bist mitten in deinem Film. Dein Vater und ich erwarten nicht, unterhalten zu werden."

„An dem Tag, als ihr ins Studio gekommen seid, schien sich Dad aber wunderbar unterhalten zu haben."

Lachend sah Molly von der ihr vertrauten Arbeit auf. Sie war eine schöne, schlanke Frau, der es mit einem Minimum an Hilfsmitteln gelang, zehn Jahre jünger auszusehen, als sie tatsächlich war. Als Carrie sie betrachtete, musste sie sich wieder einmal eingestehen, dass die Hektik und Verdrehtheit des Lebensstils ihrer Eltern ihnen beiden ausgezeichnet bekam.

„Nicht wahr? Aber er hätte sich nicht mit der Regisseurin darüber streiten sollen, wie man die Szene angeht."

„Mary hat einen gesunden Humor."

Einen Augenblick lang packten sie schweigend weiter. „Carrie, wir haben uns um dich gesorgt."

„Mom, das ist genau das, was ich nicht wollte."

„Wir lieben dich. Da kannst du nicht erwarten, dass wir uns nicht sorgen."

„Sicher." Sie verstaute ein Parfumfläschchen in einem wattierten Reisenecessaire. „Gerade darum wollte ich euch auch nichts von der Geschichte erzählen. Ihr habt euch früher genug um mich gesorgt."

„Du glaubst doch nicht, Eltern könnten einfach einen Schalter drücken, wenn ihr Kind volljährig geworden ist?"

„Nein, wahrscheinlich nicht. Aber ab einem gewissen Alter hättet ihr euch weniger sorgen sollen."

„Ich kann dir nur verraten, dass du eines Tages auch anders darüber denken wirst."

Da war er wieder, dieser schmerzhafte Stich, den Carrie sofort zu verdrängen suchte. „Ich weiß nicht. Ich weiß nur, dass ich die Familie in diese Angelegenheit nicht hineinziehen wollte."

„Was einen von uns betrifft, betrifft uns alle." Molly sagte es so bestimmt, dass Carrie lächeln musste. „Dein Vater und ich, wir haben uns überlegt, ob wir nach der Hochzeit mit dir zurückkommen sollten."

„Hierher?" Carrie hielt mitten in der Bewegung inne. „Das geht doch nicht. Ihr habt einen Auftritt in New Hampshire."

Molly legte geschickt eine Leinenhose zusammen. „Carrie, dein Vater und ich, wir treten nun schon seit über dreißig Jahren auf, da wird es schon keinen Weltuntergang geben, wenn wir einmal einen Auftritt absagen."

„Nein. Es bedeutet mir zwar viel, dass ihr dazu bereit seid. Aber was könntet ihr hier tun?"

„Bei dir sein."

„Selbst das wird nicht leicht sein, Mom. Ich habe noch wochenlang Filmaufnahmen, kann nur selten zu Hause sein. Ich würde bei dem Gedanken verrückt werden, dass ihr hier Däumchen drehend herumsitzt und eigentlich bei eurer Arbeit sein wollt." Langsam schüttelte sie den Kopf. „Sei vernünftig, Mom. Ich wäre beunruhigt, weil ihr beunruhigt wärt. Und Dad würde das Personal verrückt machen, und ich wäre nicht einmal dabei, um es mitzuerleben."

„Ich habe geahnt, dass du so antworten würdest", seufzte Molly und strich über Carries Haar. „Um dich habe ich mich immer am meisten gesorgt, weißt du." Sie tätschelte ihr die Wange. „Ich hatte immer Angst, du würdest übersehen, was dir am nächsten ist, weil du nur in die Ferne gesehen hast. Ich wünsche mir, dass du glücklich bist, Carrie."

„Ich bin es. Wirklich. Während der letzten Wochen – obwohl ich bis über die Ohren in der Arbeit stecke – habe ich etwas gefunden."

„Kirk."

Carrie machte eine nervöse Bewegung und ging dann zum Fenster. „Offensichtlich kennt jeder hier außer ihm meine Gefühle."

Molly hatte sich schon eine Meinung über Kirk Doran gebildet.

Er war kein leichter Mann und meistens auch kein sanfter. Aber ihre Tochter brauchte keinen leichten, sanften Mann, sie brauchte einen, der sie herausforderte.

„Männer sind eben Dickschädel“, entgegnete sie. Sie wusste, wie dickschädlig Männer sein konnten. „Warum sagst du es ihm nicht einfach?“

„Nein.“ Sie stützte sich auf der Fensterbank auf. „Wenigstens jetzt nicht. Es klingt wahrscheinlich verrückt, aber ich will ... ich brauche es, dass er mich respektiert. Mich respektiert“, betonte sie. „Wie ich bin. Ich muss sicher sein, dass es für ihn nicht nur ein Zeitvertreib ist.“

„Carrie, du kannst Dustin Price nicht als Maßstab nehmen.“

„Nein. Aber es ist nun einmal nicht leicht zu vergessen.“

„Nein, das ist unmöglich. Aber du kannst nicht dein ganzes Leben darauf aufbauen. Hast du Kirk von ihm erzählt?“

„Nein, ich kann nicht. Mom, es gibt schon so viele Komplikationen, warum jetzt noch eine weitere. Und es ist fast sieben Jahre her“, erwiderte Carrie.

„Vertraust du Kirk?“

„Ja.“

„Meinst du nicht, er würde es verstehen?“

Sie legte kurz ihre Finger auf die Augenlider. „Wenn ich wirklich ganz sicher sein könnte, dass er mich liebt, dann könnte ich ihm alles sagen. Auch das.“

„Ich wünschte, ich könnte dir sagen, es gebe solche Garantien, aber ich kann nicht.“ Sie trat zu Carrie und zog sie an sich.

„Bei ihm fühle ich mich sicher. Bis ich ihn getroffen habe, habe ich nicht gewusst, dass es so etwas gibt. Und ich habe nicht gewusst, dass ich einen Menschen so brauche.“

„Wir alle haben das Bedürfnis, uns sicher zu fühlen. Und geliebt.“ Wieder strich Molly über Carries Haar, dieses wunderbar weiche Haar, das sie früher so oft gebürstet und geflochten hatte. „Da ist etwas, das ich dir nicht gesagt habe, etwas, das ich dir vielleicht schon vor langer Zeit hätte sagen müssen: Ich bin sehr stolz auf dich.“

„O Mom.“ Als die Augen ihrer Tochter feucht wurden, schüttelte Molly den Kopf.

„Nicht doch“, sagte sie leise. „Wenn wir mit dicken Augen hinuntergehen, wird dein Vater mich löchern, um herauszufinden, warum wir hier oben geweint haben.“ Sie gab Carrie einen Kuss auf die Wange. „Lass uns fertig packen.“ Sie machte sich wieder über ihre Arbeit her, schnalzte aber kurz darauf mit der Zunge und hielt ein kurzes Nachthemd aus schwarzer Seide mit Spitze hoch. „Es sieht wie die Sünde aus.“

Carrie lachte auf. „Daraufhin konnte ich es noch nicht überprüfen, ich habe es gerade erst gekauft.“

Molly hielt es gegen das Licht. „Es spricht für sich selbst.“

„Gefällt es dir?“ Carrie trat neben ihre Mutter, faltete das Seidenhemd und gab es Molly zurück. „Ein Andenken aus Beverly Hills.“

„Sei nicht albern.“ Doch sie konnte nicht widerstehen, über die Seide zu streichen. „So etwas kann ich nicht tragen.“

„Warum nicht?“

„Immerhin bin ich die Mutter von vier erwachsenen Kindern.“

„Die hast du auch nicht vom Klapperstorch bekommen.“

„Dein Vater würde …“ Sie behielt den Gedanken für sich, doch ein verschmitzter Glanz trat in ihre Augen. „Danke, Liebes. Und für deinen Vater bedanke ich mich im Voraus.“

Als Molly und Carrie hinuntergingen, hörten sie Frank Banjo spielen. „Er übt für die Hochzeitsfeier“, meinte Molly. „Sie müssten ihn schon mit Gewalt daran hindern, dort zu spielen.“

„Wird auch Zeit, Ladies.“ Frank sah auf, als seine Frau und Tochter den Raum betraten, doch seine Finger blieben nicht still. „Ich brauche etwas Rückhalt, denn dieser Mann hier“, er machte eine Kopfbewegung zu Kirk, „will keinen Ton singen.“

„Ich tue Ihnen nur einen Gefallen“, entgegnete Kirk gleichmütig, der es sich auf dem Sofa bequem gemacht hatte.

„Noch nie von einem Menschen gehört, der nicht singen will. Zwar schon viele, die nicht singen können, aber noch niemanden, der es nicht will. Setz dich, Molly, meine Liebe. Wir wollen ihm zeigen, was in den O'Haras steckt.“

Bereitwillig setzte sich Molly neben ihn und fiel mit ihrer kräftigen Stimme in das Lied ein. Carrie nahm auf der Sofalehne neben Kirk Platz und lauschte den vertrauten Stimmen ihrer Eltern. Die Spannung der letzten Wochen fiel dabei von ihr.

„Komm, Prinzessin, du erinnerst dich noch an das Stück.“

Carrie sang mühelos den Schlager mit. Sie sang selten allein. Für Carrie war das Singen eine Familienangelegenheit. Und auch jetzt, als sie mit ihren Eltern sang, dachte sie an Terence und ihre Schwestern und die unzähligen Male, die sie dieses Lied gesungen hatten.

Sie überraschte Kirk mit diesem neuen Wesenszug. Er lehnte sich zurück. Carrie war jetzt nicht der unerreichbare Filmstar, sie war auch nicht die suchende, leidenschaftliche Frau, die er unter ihrer Fassade entdeckt hatte. Sie war einfach nur eine liebende Tochter, die gerade jetzt lachte und ihren Vater wegen eines falschen Tons neckte.

Ihr schwerer sinnlicher Duft war da, als Gegensatz zu ihrem entspannten, ausgelassenen Verhalten. So hatte er sie noch nie erlebt, hatte nicht einmal geahnt, sie könnte so sein. Ob ihr in diesem Augenblick selbst bewusst war, wie wenig sie noch ihrem Hollywood-Image entsprach?

Es war eine gute Woche gewesen. Carrie wusste nichts von den Briefen, die gekommen waren, weil er sie abgefangen hatte. Sie wusste auch nicht, dass sie einen Anruf bis zu einer Telefonzelle in der Stadt zurückverfolgen konnten. Kirk sah auch keinen Grund darin, sie mit der Tatsache zu beunruhigen, dass in zwei der Briefe um ein Treffen in New York gefleht worden war.

Kirk strich über ihren Arm, und ganz selbstverständlich nahm Carrie seine Hand. Warum sollte er sie mit alldem beunruhigen? Sie würde in New York nicht allein sein, nicht eine Sekunde. Drei seiner besten Leute würden mit ihnen zusammen nach Manhattan fliegen.

Frank unterbrach Kirks Gedankengang, als er mit einem herausfordernden Blick seine Tochter fragte: „Spielst du das Ding noch? Oder benutzt du es nur als Türpuffer?“

Carrie sah von dem weißen Stutzflügel auf ihre Nägel. „Ich treffe ein paar Töne.“

„Mit einem solch wunderbaren Instrument solltest du aber ein wenig mehr anstellen können.“

„Ich will dir nicht die Show stehlen, Dad.“

„Den Tag möchte ich erleben.“

Mit einem Schulterzucken erhob sie sich und setzte sich an den Flügel. Absichtlich zögerte sie zuerst und verblüffte dann alle mit einem schnellen und schwierigen Lauf.

„Du hast geübt“, meinte Frank entrüstet und klatschte dann erfreut.

Carrie warf Kirk einen kurzen Blick zu. „Ich verbringe meine Abende nicht damit, Strümpfe zu stopfen.“

Er nahm den Seitenhieb mit einem kleinen Kopfnicken entgegen. „Ihre Tochter steckt voller Überraschungen, Frank.“

„Das brauchen Sie mir nicht zu bestätigen. Was ich Ihnen darüber alles erzählen könnte. Es gab eine Zeit …“

„Besondere Wünsche?“, unterbrach Carrie honigsüß. „Oder, Dad, möchtest du gern einen netten kleinen Knoten in die Zunge?“

„Warum versuchst du es nicht mit der kleinen Nummer, die deine Mutter dich nicht vor deinem achtzehnten Geburtstag hat singen lassen?“

„Alana hat diese Nummer immer am besten gekonnt.“

„Stimmt.“ Frank grinste wie ein Lausbub. „Aber bei dir klang sie auch nicht übel.“

Molly konnte über Carries Gesichtsausdruck gerade noch ein Lächeln verbergen.

„Nicht übel?“ Sie rümpfte die Nase und ließ ihre Finger über die Tasten gleiten.

Die langsame, wehmütige Ballade verursachte Kirk eine Gänsehaut. Es war ein einfaches Lied, doch Carries warme volle Stimme verwandelte es in eine Zaubermelodie, die sich auf ihn zu legen schien, bis er kaum noch atmen konnte.

Dann blickte sie von den Tasten auf, und ihre Blicke trafen sich. Während der letzten Töne hielt sie die Augen auf ihn gerichtet.

„Nicht übel“, wiederholte Frank und strahlte über ihren Vortrag. „Wenn du jetzt noch …“

„Es ist spät, Frank.“ Molly tätschelte seine Hand. „Wir sollten zu Bett gehen.“

„Spät? Unsinn, es ist …“

„Spät. Ich habe oben eine Überraschung für dich.“

„Aber ich wollte gerade … Eine Überraschung?“

„Ja. Komm, Frank. Gute Nacht, Kirk.“

„Gute Nacht, Molly.“ Doch Kirk konnte den Blick nicht von Carrie lösen.

„Schon gut, schon gut, ich komme. Gute Nacht, ihr beiden. Carrie, fragst du die Köchin, ob sie zum Frühstück Waffeln macht?“

„Gute Nacht, Dad." Sie hielt ihm die Wange für einen Kuss hin, doch ihren Blick konnte sie dabei von Kirk nicht lösen.

Als sie allein waren, erhob sich Kirk und trat zu Carrie. „Du warst großartig." Er nahm ihre Hände und drückte auf jede Handfläche einen Kuss. „Je länger ich in deiner Nähe bin, je mehr ich dich kenne, desto mehr begehre ich dich."

Ihre Hände immer noch in seinen, erhob sie sich. Ihre Augen glänzten. „Ich habe noch nie einem Menschen gegenüber das empfunden, was ich für dich empfinde. Es ist mir wichtig, dass du das glaubst."

„Und es ist mir wichtig, dass ich das glaube." Sie waren sich nah, sehr nah. Verbindlichkeit, Versprechungen, Abhängigkeit. Dieser Klippe kam er bedrohlich nahe. Und er fürchtete, sie könnte im letzten Moment einen Rückzieher machen. Doch heute Nacht wollte er nehmen, kämpfen konnte er noch morgen.

Mit verschränkten Händen und verlorenen Herzen stiegen sie die Treppe hoch.

Neben dem Bett ließen sie ein schwaches Licht brennen. Merkwürdig, dachte sie, dass mein Puls so heftig schlägt und meine Nerven flattrig sind, obwohl ich doch schon weiß, was wir uns gegenseitig geben können. Warum schien es dieses Mal etwas so Besonderes zu sein? Etwas Außergewöhnliches?

Sie bot ihm ihren Mund und erwartete seinen fordernden Kuss.

Doch der Kuss war sanft. Er war zärtlich. Seine Lippen berührten ihre ganz zart, und sie spürte ihren ganzen Körper zerfließen. Kirk umfasste ihr Gesicht mit beiden Händen, sodass seine Daumen wie ein Hauch, der Versprechungen ahnen ließ, über ihre Haut strichen. Leise stieß sie seinen Namen aus.

Was war das für eine Leidenschaft, die sich so ruhig in ihr ausbreitete? Die Lust war da, doch mit jeder liebkosenden Zärtlichkeit nahm Kirk ihre zügellose Heftigkeit, um sie auf einer anderen Ebene wieder zu schüren. Er ließ sich Zeit, ließ seine Lippen über ihr Gesicht gleiten, als wollte er alles ganz genau in seiner Erinnerung speichern. Er verteilte kleine Küsse über ihr Gesicht und suchte dann ihren Mund. Seine Zunge folgte der geschwungenen Linie und strich langsam über ihre Unterlippe. Carrie glaubte, der Raum drehe sich um sie.

Sie war etwas Besonderes. Dieses Mal, das schwor Kirk sich,

wollte er es sie wissen lassen. Ihre Schönheit, das wusste er nun, ging tiefer, als ihr Äußeres verriet. Er strich mit den Fingern durch ihr Haar, durch ihr wunderbar seidiges Haar und sagte ihr leise Zärtlichkeiten. Sie stöhnte auf und presste ihren Körper an seinen.

Seine Lippen setzten ihr sinnliches Spiel fort, während er ihr Kleid hinten aufknöpfte. Der Stoff teilte sich, und er ließ seine Hände ganz langsam ihren nackten Rücken hinuntergleiten. Sie zitterte, als ihr Kleid zu Boden fiel. Das Herz hämmerte ihr in der Kehle. Es war, als hätte Carrie den ganzen Abend auf diesen Augenblick mit ihm gewartet.

Kirk schob sie von sich, um sie im dämmrigen Schein der Lampe anzusehen, alles von ihr. Sie war so unwirklich, mit ihrer weißen Haut und ihrem makellosen Körper, wie von einem Bildhauer geschaffen. Das Haar fiel über ihre Schultern bis hinunter zum Ansatz ihrer Brüste. Ihre Taille war so schmal, dass er sie mit seinen Händen umfassen konnte, und ging über in sanft gerundete Hüften und lange schlanke Schenkel. Er konnte sich gar nicht sattsehen.

„Du bist so schön." Er sah ihr in die Augen, seine Stimme war belegt. „Du nimmst mir den Atem."

Sie trat näher und schmiegte sich in seine Arme. Mit halb geschlossenen Augen bot sie ihm ihren Mund. Ihre Zunge fand seine und begann ein erotisches Spiel.

Ein Windhauch kam durchs Fenster. Er brachte den Duft des Abends mit sich und vermischte sich mit dem ihrer Körper. Langsam, so wie er zuvor, entkleidete sie Kirk.

Sie strich ihre Handflächen über die harten gespannten Muskeln seiner Schultern. Es fühlte sich so wunderbar an, dass sie ihn anschließend dort küssen musste. Sein Körper war so voller Kraft und doch so geschmeidig.

Gemeinsam ließen sie sich auf dem Bett nieder.

Ohne Eile. Ohne Hast. Der Augenblick war eine Ewigkeit, wie ein Traum. Es gab nichts als die Freude, die sie sich gegenseitig schenkten. Wie konnte sie ihm sagen, welche Bedeutung er für sie bekommen hatte? Wie konnte sie ihm sagen, dass sie bei ihm sein musste – jetzt, morgen, immer? Kannte ein Mann wie Kirk ein Immer? Ganz leicht schüttelte sie den Kopf und schob die Fragen beiseite. Sie konnte es ihm nicht sagen, sie konnte ihn nicht fragen. Aber sie konnte es ihm durch die zärtliche Sprache ihrer Liebe mitteilen.

Sie presste ihre Lippen auf seine, fuhr dann mit der Spitze ihres Fingers darüber, als wollte sie die Wärme, die ihr Kuss entzündet hatte, spüren. Dann küsste sie ihn wieder auf den Mund.

Er hatte nicht geahnt, dass es so sein könnte. Selbst in den heftigsten Wogen ihrer Leidenschaft, die sie gegenseitig in sich ausgelöst hatten, hatte er von diesem Wunder nichts geahnt. Er hatte sich schon vorher gesagt, sie gehöre zu ihm, aber jetzt, wo er sie so weich und schmiegsam in seinen Armen fühlte, konnte er es fast glauben. Und, was noch erstaunlicher war, er gehörte ihr. Restlos und vollkommen. Liebe, gebaut auf Zärtlichkeit, war verzehrender als jede Verrücktheit.

Gemeinsam stiegen sie in einer Harmonie der Bewegungen zu einer nur hier verborgenen Schönheit. Als sie sich alles, restlos alles gegeben hatten, schmiegten sie sich fest aneinander und schliefen ein.

„Jetzt drängt mich doch nicht so. Ich muss mich doch überzeugen, ob sie auch mein Banjo wirklich nach New York verladen haben."

„Frank ist immer nervös, wenn er fliegen muss", erläuterte Molly und steckte ihre Tickets und Bordkarten ein. „Und von ihm hat es Carrie."

Überrascht sah Kirk auf. „Du fliegst nicht gern?"

„Schon in Ordnung", entgegnete sie und bemühte sich, den Druck in ihrem Magen zu ignorieren. Als sie durch die Absperrung gingen, atmete sie langsam und gleichmäßig, eine Technik, die ihr schon immer geholfen hatte, wenn sie ein Flugzeug besteigen musste.

„Engel." Kirk hatte ihre Hand genommen. „Deine Finger sind eiskalt."

„Es ist kühl hier."

„Ich wusste gar nicht, dass du Angst vor dem Fliegen hast."

„Sei nicht albern. Ich fliege immer."

„Ich weiß. Es muss hart sein."

„Jeder hat das Recht auf seine kleinen Ängste." Es war deutlich zu hören, dass sie sich über sich selbst ärgerte.

„Ja." Er hob ihre Hand an seine Lippen. „Lass mich dir dabei helfen."

Sie wollte ihm die Hand entziehen, doch er hielt sie fest. „Kirk, ich komme mir vor wie ein Idiot. Es wäre mir lieber, du würdest nicht bei mir Händchen halten."

„Gut. Aber es macht dir doch nichts aus, meine Hand während des Flugs zu halten?"

„Sechs Stunden", meinte sie halblaut. „Sechs endlos lange Stunden."

„Wir sollten an etwas denken, um uns die Zeit ein wenig zu vertreiben."

Als er seine Lippen auf ihre legte, bemerkte keiner von ihnen den Mann mit der Sonnenbrille, der sie mit geballten Fäusten beobachtete.

„Wenn wir das machen, woran du denkst, nimmt man uns fest", sagte Carrie leise.

Kirk saugte an ihrer Lippe. „Du überraschst mich. Ich habe ans Kartenspielen gedacht."

Als ihr Flugzeug ausgerufen wurde, holte sie tief Luft und ließ ihre Hand in seiner. „Einsatz ein Dollar?" Sie lachte auf.

Der Mann mit der Sonnenbrille zog die Krempe seines Hutes tief ins Gesicht und holte seine Bordkarte aus der Tasche. Dann mischte er sich unter den unübersichtlichen Strom der Flugpassagiere.

10. KAPITEL

Und es macht dir wirklich nichts aus, in die Familie hineingezogen zu werden?" Sorgfältig hängte Carrie ein Kleid auf. Sie hatte es bei einem der führenden Designer Hollywoods in Auftrag gegeben – schließlich war sie nicht jeden Tag Brautjungfer auf der Hochzeit ihrer Schwester. „Dad meinte, du solltest eine Stunde vor der Zeremonie in Roys Suite sein." Sie warf Kirk einen Blick zu. „Was machen Männer eigentlich vor einer Hochzeit?"

Kirk saß, nur mit einem Handtuch bekleidet, auf dem ungemachten Bett. „Strengstes Geheimnis. Und es macht mir nichts aus."

Carrie überprüfte ihr Necessaire und schlug mit einer Bürste leicht gegen ihre Handfläche. „Wir haben ihn zwar gestern Abend nur kurz kennengelernt, aber welchen Eindruck hast du von Roy, Kirk?"

„Besorgt um deine Schwester?" Lange Hose, Seidenbluse, silberblondes Haar, das mit Goldkämmen aus einem außerordentlichen Gesicht zurückgehalten war – Caroline O'Hara sah nach allem anderen als einer Glucke aus. Aber er hatte gelernt, durch ihre Fassade hindurchzublicken. Und an ihrer Familie hing sie wie eine Klette. „Zuverlässig, erfolgreich, übergenau, denke ich. Konservativ."

„Und Maddy?"

„Zerstreut, überschäumend und romantisch."

„Das ist Maddy", stimmte Carrie zu. „Ihre Gemeinsamkeit scheint nicht einmal für ein zehnminütiges Gespräch auszureichen. Aber ich habe ein gutes Gefühl." Seufzend verstaute sie die Bürste in der Tasche. „Ein wirklich gutes Gefühl."

„Worüber machst du dir dann Sorgen?"

„Sie ist immerhin meine kleine Schwester."

„Um wie viele Minuten?", fragte er trocken.

„Das ist keine Frage der Zeit. Sie ist einfach meine kleine Schwester. Sie war schon immer die Vertrauensselige, die Offenherzige. Alana dagegen ist so solide. Und ich … ich habe genügend praktischen Verstand, um den Kopf über Wasser zu halten."

„Ich glaube, deine Schwester weiß genau, was sie will."

„Ja, wahrscheinlich. Ich bin wohl etwas zu empfindsam."

Kirk zog eine Augenbraue hoch. „Warum kommst du nicht zu mir und bist empfindsam?"

Sie lächelte hintergründig. „Ich dachte, du wartest auf den Zimmerkellner?"

„Ich warte nicht gern allein."

„Kirk, wenn ich jetzt wieder ins Bett komme, dann wirst du in puncto Empfindsamkeit dein blaues Wunder erleben."

„Drohungen, wie?" Er legte sich zurück und verschränkte die Arme unter dem Kopf. „Warum kommst du nicht und zeigst es mir?"

Sie stellte ihre Kosmetiktasche zur Seite und trat ans Bett. Mit den Fingerspitzen strich sie von unten nach oben über sein Bein, bis dorthin, wo das Handtuch begann. Plötzlich griff Kirk nach ihrem Handgelenk, sodass sie auf ihn fiel. Sie musste lachen, doch als sie seine Lippen auf ihren spürte, ging es in ein verhaltenes Stöhnen über.

War es möglich, dass sie ihn so sehr wie gestern Abend begehren konnte, als sie zum ersten Mal in diesem Hotelbett gelegen hatten? Doch ihre Erregung war jetzt ebenso neu und ebenso vital.

Er roch frisch von der Dusche, und sein noch feuchtes Haar streifte ihr Gesicht. Sein Körper, nackt, kräftig, männlich – für sie. Erneut lachte sie auf und presste ihre Lippen an seinen Hals.

„Was ist so lustig?"

„Ich fühle mich sicher." Lächelnd warf sie ihr Haar zurück. „So wunderbar sicher."

Er griff in ihr Haar und ließ es durch seine Hände gleiten. „Hoffentlich ist das nicht alles, was du fühlst."

Sie senkte ihre Lippen auf seine Schulter und fuhr mit ihrer Zunge über seine Haut. „Was denn noch?"

Liebe, Vertrauen, Hingabe. Das waren seine ersten Gedanken, doch er behielt sie lieber für sich. Körperliche Liebe konnte niemanden verletzen – im Gegensatz zu solchen Gefühlen.

„Ich zeige es dir einfach." Mit einer schnellen Bewegung zog er Carrie neben sich. Als er ihre Lippen fand, zog sie sein Handtuch zur Seite. Er lachte auf und öffnete schnell die Knöpfe ihrer Bluse. Ein Klopfen an der Tür ließ sie gleichzeitig aufstöhnen. Carrie stützte sich auf den Ellenbogen und fuhr sich durch ihr zerzaustes Haar.

„Das wird das Frühstück sein."

„Er soll es später bringen." Kirk strich über ihren Schenkel.

Das Klopfen wurde heftiger. „Ich gehe schon." Carrie brachte ihre Bluse in Ordnung. Schelmisch lächelnd, nahm sie das Handtuch und warf es quer durch den Raum. „Du bleibst da." Sie gab ihm noch schnell einen Kuss. „Genau da."

„Du bist der Boss."

„Vergiss es nicht." Lächelnd eilte sie hinaus in den Vorraum.

Kirk verschränkte die Hände unterm Kopf. Die Vorhänge waren noch zugezogen, und so lag der Raum im Halbdunkel. Einen Augenblick stellte sich Kirk vor, sie wären jetzt in ihrem Schlafzimmer – nicht in Carries oder seinem Haus, auch nicht in so einem vornehmen Hotel ... irgendwo, wo sie sich ein Zuhause geschaffen hatten.

Vielleicht war es Zeit, dass er ihr und nicht nur sich selbst eingestand, dass er sie liebte und sein Leben mit ihr teilen wollte. Sein Leben ... das bedeutete Vergangenheit, Gegenwart, Zukunft und nicht nur die vorübergehende Befriedigung von Lust. Die Leidenschaft, die er spürte, war nicht vorübergehend. Und mehr noch, da war eine Emotion in ihm, die sich in jeder Sekunde, die er bei Carrie war, vertiefte.

Er wollte sie zur Frau. Es hätte ihn entsetzen sollen, doch es amüsierte ihn fast. Ein Zuhause, eine Familie, ein Ring an ihrem und an seinem Finger ... Diese Tradition hatte er früher als unwichtig und hemmend abgetan. Doch jetzt wollte er es. Kirk Doran, Familienvater. Unwillkürlich musste er lächeln.

Caroline O'Hara zu überreden, ihn zu heiraten, das würde noch eine harte Nuss werden.

„Kirk, kommst du bitte."

Er hörte es sofort an Carries Stimme. Es war nur die Ahnung einer Spannung. Sofort verdrängte er seine Fantasien und griff nach seinem Bademantel. Kaum dass er den Vorraum betreten hatte, sah er die Blumen. Ein Dutzend blutroter Rosen auf dem Tisch neben der Tür. Carrie stand mit schneeweißem Gesicht daneben und hielt eine Karte in der Hand.

„Er weiß, dass ich hier bin." Es gelang ihr, fast ruhig zu reden. „Er schreibt, er will mir überallhin folgen." Sie hielt Kirk die Karte hin. „Er schreibt, er wartet geduldig auf den besten Zeitpunkt."

Kirk bemerkte sofort in der Ecke der Karte den aufgedruckten Namen eines Blumengeschäfts. „Er hat seinen ersten Fehler gemacht", sagte er halblaut.

Carrie sah ihn an. Sie würde von Kirk keine beruhigenden Worte oder leeren Versprechungen bekommen. Die wollte sie auch nicht. Sie wollte die Wahrheit. „Er ist hier, nicht wahr? Vielleicht ist er sogar in diesem Hotel."

„Carrie." Er nahm ihren Arm.

Als es erneut klopfte, presste sie eine Hand an den Mund, um einen Aufschrei zu unterdrücken. Mit einem Fluch zog Kirk sie zu einem Sessel und ging zurück zur Tür. Durch den Türspion erkannte er den Zimmerkellner. „Alles in Ordnung", rief er Carrie zu, öffnete und nahm den Rolltisch mit ihrem Frühstück in Empfang.

„Kaffee?"

„Nein, Antworten. Du wusstest, dass er hier sein würde."

Trotz ihrer Ablehnung füllte Kirk zwei Tassen. „Ja."

Sie lachte bitter auf. „Du hältst nicht viel von Mitteilungen. Woher wusstest du das? Sechster Sinn? Vorahnung? Instinkt?"

„So ungefähr. Und außerdem hat er es in den letzten Briefen, die er geschrieben hat, angekündigt."

Sie verschränkte die Arme. Sie fröstelte plötzlich. „Und du meinst nicht, ich hätte es wissen müssen?"

„Dann hätte ich es dir gesagt. Warum isst du nicht etwas?"

Es kochte in ihr, es drohte sie fast zu zerreißen. Den Blick unverwandt auf Kirk gerichtet, ging sie zum Frühstückstisch, nahm einen Teller und ließ ihn zu Boden fallen. „Was glaubst du eigentlich, wer du bist? Wie kannst du es wagen, mich wie ein dummes Mädchen zu behandeln, das man an der Nase herumführen kann? Ich hatte ein Recht zu wissen, dass er mir hierher folgen wollte."

Kirk blieb ruhig sitzen und griff nach seiner Tasse. „Ich gehe es auf meine Art an. Du bezahlst mich dafür, die Angelegenheit auf meine Art zu regeln."

Sie zuckte zusammen und trat einen Schritt zurück. Sie bezahlte ihn. Wie hatte sie nur vergessen können, dass er nur einen Job verrichtete? Sie spürte einen stechenden Schmerz. „Ich will über deine Schritte informiert sein, Doran. Und jetzt will ich dich nicht länger bei deinem Frühstück stören."

„Carrie." Er sprach ruhig, doch mit genügend Nachdruck, um sie zum Stehenbleiben zu veranlassen, bevor sie das Zimmer verlassen konnte. „Du kannst dich ebenso gut hinsetzen. Allein gehst du nirgendwohin."

„Ich gehe hinunter in Maddys Zimmer."

„Versuche es, aber es wird dir nicht gelingen. Ich bringe dich hinunter, sobald ich angezogen bin." Kühl und herausfordernd sah er sie an.

Sie war so wütend, dass sie es fast darauf hätte ankommen lassen. Sie schätzte die Entfernung zur Tür ein und dann den Ausdruck in Kirks Augen. Ohne ein weiteres Wort ließ sie sich in einen Sessel fallen und ignorierte Kirk, während er sein Frühstück beendete.

Der kleine stickige Blumenladen war durch die drei Kunden schon überfüllt. Kirk betrachtete die Blumenarrangements, bis der Besitzer die Kunden bedient hatte.

„Wollen Sie Blumen kaufen oder sie nur ansehen?"

Kirk warf dem schmächtigen Mann einen Blick zu. „Viel los heute."

„Das kann ich Ihnen sagen." Er zog ein Taschentuch hervor und wischte sich damit über den Hals. „Die Klimaanlage ist kaputt, meine Angestellte hat eine Blinddarmentzündung, und zu viele Menschen sterben." Als Kirk eine Augenbraue hochzog, fügte er hinzu: „Begräbnisse. Diese Woche gab es einen regelrechten Ansturm auf Gladiolen."

„Ist das von Ihnen?"

Der Mann sah auf die Karte in Kirks Hand. „Steht doch drauf: ‚Blumen von Bernstein'. Ich bin Bernstein. Hatten Sie Probleme mit einer Lieferung?"

„Eine Frage. Rote Rosen, ein Dutzend, heute Morgen ins ‚Plaza' geliefert. Wer hat sie gekauft?"

„Sie wollen wissen, wer sie gekauft hat?" Er stieß ein näselndes Lachen aus. „Junger Mann, ich verkaufe zwanzig Dutzend Rosen in der Woche. Wie soll ich da wissen, wer sie kauft?"

„Sie führen doch Bücher. Sie müssten eine Empfangsbestätigung für ein Dutzend roter Rosen haben, die heute zum ‚Plaza' geliefert worden sind, sagen wir zwischen halb elf und elf."

„Sie wollen, dass ich jede einzelne Empfangsbestätigung durchgehe?"

Kirk zog einen Zwanziger aus der Tasche. „Richtig."

Der kleine Mann drückte die Schultern zurück, sein Unterkiefer zitterte vor Entrüstung. „Ich nehme kein Schmiergeld. Wenn Sie zwanzig Dollar zahlen, bekommen Sie für zwanzig Dollar Blumen."

„Gut. Und was ist mit den Empfangsbestätigungen?"

„Sind Sie ein Polizist?"

„Privatdetektiv."

Bernstein zögerte. Dann zog er mürrisch ein Fach im Verkaufstresen und ging brummend die Papiere durch. „Heute hat niemand rote Rosen gekauft."

„Gestern."

Wieder warf er Kirk einen entrüsteten Blick zu, zog aber doch ein anderes Fach heraus. „Rote Rosen nach Maine, zwei Dutzend nach Pennsylvania, ein Dutzend in die 27. Straße." Es folgten noch einige weitere Adressen. „Ein Dutzend ins ‚Plaza-Hotel', Suite 1203, Lieferung heute Morgen."

„Darf ich einen Blick darauf werfen?" Ohne auf eine Antwort zu warten, riss ihm Kirk das Papier aus der Hand. „Bar bezahlt." Das bedeutete, dass nicht unterschrieben werden musste.

„Wie hat er ausgesehen?"

„Wie hat er ausgesehen?" Wieder stieß der Mann die Luft durch die Nase aus. „Wie soll ich mich morgen daran erinnern, wie Sie aussehen? Die Leute kommen herein und kaufen Blumen. Ich achte nicht darauf, ob sie mitten auf der Stirn ein Auge haben, solange ihre Kreditkarten in Ordnung sind oder ihr Geld echt ist."

„Denken Sie noch einmal nach." Kirk zog einen weiteren Zwanziger heraus. „Sie haben wirklich herrliche Blumen hier."

Der Mann warf ihm einen listigen Blick zu. „Die Nelken im Schaufenster werden schon etwas welk."

„Zufällig liebe ich Nelken."

Mit einem Nicken steckte der Mann die zwei Zwanziger ein und nahm die schon leicht mit den Köpfen herunterhängenden Nelken aus dem Fenster. „Ich erinnere mich, dass die Rosen Caroline O'Hara geschickt werden sollten. Gestern war hier ein unglaublicher Betrieb, wissen Sie." Da der Blumenhändler eine echte Liebe für Blumen hatte, bespritzte er die welken Nelken noch aus einer Plastikflasche. „Nun, wie auch immer, ich habe ihn gefragt, ob das die Schauspielerin sei. Wissen Sie, meine Frau und ich, wir gehen oft ins Kino. Ach ja, ich habe ihn noch gefragt, ob er aus Kalifornien komme. Er trug einen Hut, einen von diesen breitkrempigen, und eine Sonnenbrille.“

„Was hat er gesagt?“

„Ich glaube nichts. Und fragen Sie nicht noch einmal, wie er ausgesehen hat, denn ich weiß es nicht. Mrs. Donahue war hier und hat ein unglaubliches Theater wegen der Hochzeit ihrer Tochter gemacht. Rosenblätter – Säcke davon. In Pink.“ Er schüttelte den Kopf. „Es war eben einfach nur ein Mann, und von seinem Gesicht konnte ich nicht viel sehen.“

„Wie alt?“

„Vielleicht jünger als Sie, vielleicht älter. Aber nicht so kräftig. Nervöse Hände“, erinnerte er sich plötzlich und legte etwas Grün zu den Nelken.

„Wie kommen Sie darauf?“

„Er rauchte, irgendeine ausländische Zigarette. Aber ich gestatte hier kein Rauchen. Da bin ich sehr streng. Ist nicht gut für die Blumen.“

„Woher wussten Sie, dass es ausländische waren?“

„Woher ich es wusste? Woher ich es wusste? Ich erkenne amerikanische Zigaretten“, entgegnete der Blumenhändler gereizt. „Und das war eben keine.“

„Okay, er hatte also nervöse Hände.“

„Er konnte sie nicht stillhalten, nachdem ich ihn die Zigarette ausmachen ließ. Auch ohne ihn war hier schon genug Hektik. Mrs. Donahue hat mich zur Verzweiflung getrieben …“

„Sonst noch etwas?“, unterbrach Kirk ihn geduldig. „Erinnern Sie sich an etwas, das er getan oder gesagt hat?“

„Geldklammer. Ja, er hat das Geld nicht aus einer Brieftasche, sondern aus einer Klammer genommen. Ein nettes Ding, nichts, was man einfach so auf der Straße findet. Silber. Mit Monogramm.“

„Welche Initialen?“

„Wie soll ich das wissen? Irgendetwas.“

„Ringe? Eine Uhr?“

„Ich weiß nicht. Die Klammer ist mir auch nur aufgefallen, weil ein nettes Sümmchen in ihr steckte. Vielleicht hatte er Schmuck, vielleicht auch nicht. Ich habe sein Geld genommen, ihn aber nicht einer eingehenden Musterung unterzogen.“

„Danke." Kirk zog seine Karte aus der Tasche und schrieb die Hotelnummer hintendrauf. „Falls Ihnen noch etwas einfällt oder er zurückkommt, würde ich mich freuen, wenn Sie anriefen."

„Ist er in Schwierigkeiten?"

„Sagen wir, ich würde gern mit ihm reden."

„Vergessen Sie Ihre Nelken nicht." Als Kirk die Nelken unter den Arm geklemmt hatte und zur Tür ging, fiel dem Blumenhändler doch noch etwas ein. „Der Mann meinte, er arbeite eng mit Caroline O'Hara zusammen. Richtig eng."

Kirks Hand umfasste die Türklinke mit festem Griff. „Danke." Er verließ das Geschäft und drückte die Blumen einer entgegenkommenden Frau in den Arm. Er achtete nicht darauf, dass sie ihm nachstarrte. Er spürte nur den sich verstärkenden Druck in seinem Magen. Er kannte jemanden, der eine silberne Geldklammer besaß, eine Geldklammer, die ein Geschenk von Carrie gewesen war: Matt Burns.

Er wollte es nicht glauben. Aber wie gut kannte er Matt Burns wirklich? Er hatte auch von dessen Spielsucht nichts gewusst. Damals hatte Matt einen Klienten aus einer Schwäche heraus betrogen. Konnte er nicht jetzt Carrie aus einer anderen Schwäche heraus betrügen?

Viele Männer tragen Geldklammern, erinnerte sich Kirk. Und viele Männer rauchen ausländische Zigaretten. Aber auf welche Männer, die Carrie kannte, die eng mit ihr zusammenarbeiteten, traf beides zu?

Er durfte jetzt nicht den klaren Kopf verlieren. Es war nicht seine Aufgabe, Gründe zu finden, warum es Matt nicht sein konnte, sondern Gründe, warum er es sein konnte.

Er betrat eine Telefonzelle und wählte Matts Nummer. Eine Frauenstimme meldete sich.

„Ich muss Matt Burns sprechen."

„Tut mir leid, aber Mr. Burns ist bis Montag unter keinen Umständen erreichbar."

„Sorgen Sie dafür, dass er erreichbar ist, Schätzchen, es ist wichtig."

Die Stimme wurde noch förmlicher. „Tut mir leid, Mr. Burns ist verreist."

Der Druck in seinem Magen verstärkte sich noch. „Wohin?"

„Ich bin nicht berechtigt, Ihnen darüber Auskunft zu erteilen."

„Ich bin Kirk Doran. Ich rufe im Auftrag von Carrie O'Hara an."

„Oh, Entschuldigung, Mr. Doran. Sie hätten mir sagen sollen, wer Sie sind. Aber Mr. Burns ist tatsächlich verreist. Soll ich eine Nachricht hinterlegen?"

„Ich melde mich bei ihm. Wo ist er?"

„Er ist nach New York geflogen, Mr. Doran. In einer persönlichen Angelegenheit."

Kirk unterdrückte einen Fluch, als er auflegte. Das wird Carrie schmerzen, dachte Kirk, sogar tief schmerzen.

„Noch drei Stunden." Maddy O'Hara sprang von ihrem Sessel auf, durchquerte den Raum und ließ sich auf das Sofa fallen. Bei jeder Bewegung tanzten ihre Locken. „Aber ich bin froh, dass du hier bist. Sonst würde ich verrückt werden. Hoffentlich kommt Alana auch herunter."

„Sie wird, sobald sie Dorian und die Jungen bei Dad abgeliefert hat. Denk jetzt an etwas anderes."

„Etwas anderes." Maddy sprang wieder auf. „Wie kann ich an etwas anderes denken? Vor diesen Altar zu treten, das wird mein größter Auftritt sein."

„Wo wir von Auftritten sprechen", Carrie nahm einen Schluck von ihrer dritten Tasse Kaffee, „erzähle mir von dem Musical."

„Es ist einfach umwerfend." Die Liebe zum Theater ließ ihre Augen leuchten. „Vielleicht bin ich voreingenommen, weil das Stück Roy und mich zusammengebracht hat, aber es ist das Beste, was ich je gemacht habe."

Nervös nahm sich Carrie eine Zigarette. „Und wenn man nach den Kritiken gehen kann, wird es noch Jahre laufen."

Maddy beobachtete, wie ihre Schwester mit der Zigarette spielte und sie dann anzündete. Carrie rauchte selten, nur wenn sie angespannt war. „Wie laufen die Dreharbeiten?"

„Ich kann nicht klagen."

„Und dieser Kirk? Ist es ernst?"

Carrie zuckte die Schultern. „Er ist eben ein Mann."

„Nun komm schon, Carrie. Mir kannst du nichts vormachen. Ich habe dich schon vorher mit Männern gesehen. Hattet ihr Streit?" Sie beherrschte ihre Aufgeregtheit und setzte sich auf die Lehne von Carries Sessel. „Gestern Abend hast du so glücklich gewirkt. Du hast im wahrsten Sinne des Wortes gestrahlt, wenn du ihn nur angesehen hast."

„Natürlich bin ich glücklich." Sie fuhr Maddy leicht über den Arm. „Meine kleine Schwester heiratet einen Mann, der ihrer in meinen Augen wert ist."

„Keine Ausflüchte." Plötzlich ernst, ergriff Maddy Carries unruhige Hand. „Hey, Carrie, irgendetwas stimmt doch nicht."

„Sei nicht albern, ich …" Es klopfte an die Tür, und sie brach ab. Maddy spürte, wie sich die Finger ihrer Schwester versteiften.

„Carrie, was ist los?"

„Nichts." Verärgert über sich selbst, entspannte Carrie sich wieder. „Sieh nur nach, wer es ist, Darling. Sonst haben wir hier gleich noch einen überdrehten Bräutigam."

Maddy ging zur Tür und sah durch den Spion. „Es ist Alana." Und mit ihrer Hilfe, dachte sie, werde ich schon herausfinden, was Carrie Sorgen bereitet. „Warum bist du eigentlich noch nicht dick?", fragte sie fast vorwurfsvoll, als sie die Tür geöffnet hatte.

Lachend legte Alana eine Hand auf ihren Bauch und die andere auf Maddys Wange. „Weil ich noch gut fünf Monate Zeit habe. Und warum bist du noch nicht fertig?"

„Weil ich noch drei Stunden Zeit habe. Sind Dorian und die Jungen bei Dad?"

„Ja. Ich freue mich schon darauf, Ben wieder im Smoking zu sehen. Er sieht darin wie ein kleiner Mann aus. Und Chris ist verärgert, dass wir sie nur geliehen und nicht gekauft haben. Er meint, es wäre das Größte, damit zu Hause bei seinen Freunden aufzutauchen. Übrigens", Alana drückte Carrie kurz an sich, „ich mag deinen Kirk."

„Das Possessivpronomen ist etwas übereilt." Carrie gelang ein Lächeln. Plötzlich, aus einem Impuls heraus, ging sie zum Telefon. „Jetzt weiß ich, was hier fehlt." Sie verlangte den Zimmerkellner. „Ich hätte gern eine Flasche Champagner. Drei Gläser. Dom Perignon '71. Ja, Suite von Madeline O'Hara. Danke."

Alana zog eine Augenbraue hoch und legte einen Arm auf Maddys Schulter. „Es ist gerade elf."

„Was soll's. Die O'Hara-Drillinge feiern." Unvermittelt traten ihr

Tränen in die Augen. „Manchmal vermisse ich euch beide so, dass ich es kaum ertragen kann." Und dann brach sie völlig zusammen.

Sofort waren ihre Schwestern bei ihr. „O Baby." Alana führte sie zum Sofa und warf Maddy dabei einen besorgten Blick zu. „Was ist los, Carrie?"

„Nichts, gar nichts." Sie wischte sich die Tränen weg. „Ich bin nur sentimental. Und wahrscheinlich etwas angegriffen. Ich arbeite wohl zu viel. Und jetzt, wo ich euch beide sehe, dich, mit deiner wunderbaren Familie, Alana, und Maddy, die gerade eine gründet …" Sie schüttelte den Kopf und ließ den Rest unausgesprochen. „Nein, ich habe meine Wahl getroffen, und jetzt muss ich auch damit klarkommen."

Alana strich Carrie das Haar aus dem Gesicht. Ihre Stimme war immer ruhig, ihre Hände waren immer sanft. „Carrie, hat es mit Kirk zu tun?"

„Ja … Nein." Hilflos hob sie die Hände. „Ich weiß es nicht. Ich habe kleine Probleme mit einem überbegeisterten Fan. Und Kirk habe ich beauftragt, ihn mir vom Hals zu halten. Und dann habe ich mich in Kirk verliebt und …" Wieder brach sie ab. „Jetzt habe ich es also ausgesprochen."

Maddy beugte sich vor und gab ihr einen Kuss auf den Kopf. „Hat es geholfen?"

Etwas von der Spannung war von ihr gewichen. „Vielleicht. Ich bin ein Idiot. Und ich will verdammt sein, wenn ich mit verheulten Augen als Brautjungfer auftrete."

„Das klingt schon viel mehr nach Carrie. Außerdem, wenn du in Kirk verliebt bist, wird sich alles regeln."

„Immer Optimistin."

„Sicher. Alana hat Dorian gefunden, ich Roy, jetzt bist du dran – und vielleicht anschließend Terence."

Carrie musste lachen. „Die Frau möchte ich gern kennenlernen, die unseren großen Bruder halten kann." Sie zuckte zusammen, als es an der Tür klopfte. „Das wird der Champagner sein." Sie ging zur Tür, sah aber vorsichtshalber zunächst durch den Spion. Ein Lächeln spielte um ihre Lippen. „Stimmt, es ist der Champagner, aber nicht nur. Alana, verfrachte Maddy ins Schlafzimmer. Da steht einer, der es vor Liebe nicht mehr aushalten kann."

„Roy? Ist es Roy?" Maddy war schon auf halbem Wege zur Tür, ehe ihre Schwester sie zurückhalten konnte.

„Keine Chance." Alana legte einen Arm um Maddys Taille. „Du gehst jetzt ins Schlafzimmer."

„Ich öffne nicht die Tür, bevor du das Zimmer verlassen hast", meinte auch Carrie und lehnte sich gegen die Tür.

Maddy rümpfte die Nase und warf dann die Schlafzimmertür hinter sich zu. Erst nachdem Alana sich noch wie ein Wachposten davor aufgebaut hatte, öffnete Carrie die Tür. „Bringen Sie den Champagner herein", sagte sie zu dem Zimmerkellner. „Und du", sie drückte einen Finger gegen Roys Brust, „keinen Schritt weiter."

„Ich möchte sie nur ganz kurz sehen."

Carrie hielt ihr Lächeln zurück und schüttelte den Kopf. Sie konnte Roys Sehnsucht und seine Nervosität fast spüren. Er war in seiner eher konservativen Art der Typ, den man am wenigsten mit ihrer ungezwungenen, etwas flippigen Schwester in Verbindung bringen konnte. Doch sie passten zueinander. Carrie stellte sich vor, dass Maddy sich zuerst in diese ruhigen grauen Augen verliebt hatte. Der Rest war dann von selbst gekommen.

„Ich habe etwas für sie." Roy trat einen Schritt vor, doch Carrie blieb unerschütterlich.

„Wir haben irisches Blut, Roy, und wir sind Theaterleute. Es gibt keine abergläubischeren Menschen. Du siehst Maddy in der Kirche."

„Genau." Alana, die ein Geräusch hinter sich hörte, legte fest die Hand um die Türklinke des Schlafzimmers. „Und ich bin sicher, du bist zu sehr Gentleman, als dass du dich einfach über uns hinwegsetzt."

Roy war sich selbst nicht so sicher. Er wollte Maddy sehen, sie berühren, sei es auch nur für eine Minute, um sich zu vergewissern, dass es alles wirklich war. Alana lächelte ihn mit ihren warmen sympathischen Augen an, rührte sich aber nicht vom Fleck. Carrie unterschrieb die Empfangsbestätigung für den Champagner, ohne von der Tür wegzugehen.

„Geh wieder hinunter in den achten Stock, und trinke etwas mit Dad", riet sie ihm. „Glaub mir, Roy, das Warten lohnt sich."

Roy wusste, wann er sich geschlagen geben musste. „Gibst du ihr dann das hier?" Er zog ein kleines Kästchen aus der Tasche. „Es gehörte meiner Großmutter. Ich wollte sie ihr später geben, aber ich möchte gern, dass sie sie heute trägt."

„Sie wird sie tragen." Carrie wollte ihn wieder zurückdrängen, hielt aber noch einmal inne. „Roy."

„Ja?"

„Herzlich willkommen in der Familie." Dann machte sie ihm die Tür vor der Nase zu. „Himmel, noch eine Minute länger, und mir wären wieder die Tränen gekommen. Lass sie heraus."

„Was hat er dir gegeben?" Maddy drückte sich schon an ihrer Schwester vorbei. Sie nahm das Kästchen von Carrie und öffnete es. Drinnen war ein kleines Herz aus Diamanten an einer Silberkette. „Oh, ist das nicht himmlisch? Jetzt muss ich weinen." In wenigen Stunden würde Roy wirklich ihr gehören. Und ein neues Leben würde beginnen.

„Keine Tränen mehr." Carrie öffnete die Flasche, und mit einem Knall landete der Korken auf dem Teppich, während der Champagner aus der Flasche sprudelte. Doch niemand achtete darauf, während Carrie drei Gläser füllte. „Auf dich, kleine Schwester."

„Nein." Maddy stieß ihr Glas an Carries und dann an Alanas. „Auf uns. Solange wir uns haben, sind wir nie allein."

11. KAPITEL

Carrie bestand darauf, dass Kirk und sie am Samstag noch die Nachtmaschine zurück nach Los Angeles nahmen. Die Hochzeit war vorbei, ihre Schwester unterwegs in die Karibik zu ihren Flitterwochen, und Carrie wollte nur noch nach Hause.

Die Abfertigung war eine einzige Strapaze. Carrie ertappte sich dabei, Fremde zu beobachten und vertraute Gesichter zu mustern. Als sie sich später im Flugzeug zum Schlafen zwang, versprach sie sich, dass, wenn sie das nächste Mal zurück nach New York käme, es ohne Furcht sein würde.

Und was sollte sie schon zu Kirk sagen? Sie fühlte sich von ihm hintergangen, dass er ihr seine Informationen vorenthalten hatte ... doch hatte sie es nicht so gewollt? Andererseits, war sie so schwach und feige, dass er es für nötig erachtete, sie von allem abzuschirmen? Sie wollte seinen Schutz, aber sie wollte auch seinen Respekt.

Aber hatte sie den nicht selbst verwirkt, als sie sich geweigert hatte, seine Berichte anzuhören? Als sie es zugelassen hatte, dass er die Briefe und deren Inhalt vor ihr verheimlichte? Das musste jetzt aufhören. Sie hatte bisher – mit Ausnahme einer kurzen Zeitspanne – ihr Leben immer in die eigene Hand genommen. Aus Angst hatte sie es abgegeben. Aber jetzt wollte sie wieder selbst die Regie über sich führen.

Kirk fragte sich, wie lange es dauern mochte, bis sie wieder auftaute. Während des Nachmittags und Abends war sie überaus kühl gewesen. Kühl, verschlossen und distanziert. Es war ihm nichts anderes übrig geblieben, als es zu akzeptieren. Obwohl, als er sie vor ihrer Schwester durch die Kirche hatte schreiten sehen, in ihrem graublauen, schwingenden Kleid, wäre er am liebsten von seinem Sitz aufgesprungen, um sie auf seinen Armen wegzutragen. Irgendwohin.

Er hatte sich gefragt, was es für ein Gefühl sein möge, an Roy Valentines Stelle zu stehen und Carrie anzusehen, so wie Roy Maddy angesehen hatte, als sie in ihren weißen Spitzen auf ihn zugegangen war. Wie wäre es, von Carrie das Eheversprechen zu hören, wie es ihre Schwester gelobt hatte? Er schüttelte diese Stimmung von sich ab.

Sie würden gleich landen. Carrie schlief unruhig neben ihm. Konnte sie denn nicht verstehen, dass er sich nur um ihretwillen so verhalten hatte, wie er sich verhalten hatte? Weil er nichts anderes wollte, als sie entspannt sehen zu können, selbst wenn es nur für ein paar Tage wäre? Sie konnte es nicht verstehen, und er hatte nicht versucht, es zu erklären. Er wusste nicht wie.

Er hatte eben nicht den smarten Umgangston ihrer gewohnten Verehrer. Er kannte keine Worte aus ausgeklügelten Manuskripten, die in seiner Erinnerung abrufbereit standen. Er hatte nur das, was in ihm war, und er sah keine Möglichkeit, das zu erklären. Worte waren keine Gefühle. Sätze waren keine Empfindungen. Und Gefühle, das war alles, was er hatte.

Als sie landeten, sah Carrie frisch und ausgeruht aus, als hätte sie acht Stunden in einem bequemen Bett geschlafen. Ohne Verzögerung bekamen sie ihr Gepäck, und zwanzig Minuten später saßen sie auf dem Rücksitz der Limousine und fuhren Richtung Beverly Hills.

Carrie zündete sich eine Zigarette an und sah verstohlen auf ihre Uhr. Sie fühlte sich jetzt doch abgespannt und übermüdet. Die Zeitverschiebung würde ihr morgen zu schaffen machen, doch sie würde funktionieren.

„Morgen Mittag möchte ich deine Berichte sehen. Alle Berichte."

Die Straßenlampen warfen in regelmäßigen Abständen ihren Schein durch die Autoscheiben. Sein Gesicht lag im Schatten, doch Carrie zweifelte, ob seine Miene überhaupt etwas verriet.

„In Ordnung, ich lege sie dir auf den Schreibtisch."

„Außerdem hätte ich gern alle Informationen, die du in New York gesammelt hast."

„Du bist der Boss."

„Ich bin froh, dass du dich daran erinnerst."

Er hätte sie erwürgen können. Doch er lehnte sich nur zurück und wartete ab. Zu Hause angekommen, stieg sie schnell aus und verschwand hoch erhobenen Kopfes im Haus. Sie war schon oben auf der Treppe, als er sie erreichen konnte.

„Welche Laus ist dir eigentlich über die Leber gelaufen, Engel?"

„Ich weiß nicht, wovon du sprichst. Würdest du mich jetzt entschuldigen, Kirk." Aufreizend langsam löste sie seine Hand von ihrem Arm. „Ich will ein langes heißes Bad nehmen."

Niemand konnte es besser als sie. Das musste er ihr zugestehen, als er beobachtete, wie sie den Gang hinunter zu ihrem Schlafzimmer schritt. Sie schaffte es mit einem Blick, mit einer leichten Veränderung ihres Tonfalls, einen Mann zu vernichten.

Er glaubte, er sei ruhig. Er glaubte, er sei kontrolliert – bis zu dem Augenblick, als er hörte, wie der Schlüssel in ihrem Schloss herumgedreht wurde. Dann brach die Wut, die er den ganzen Tag in sich aufgestaut hatte, durch. Er zögerte nicht, er konnte wahrscheinlich nicht mehr denken. Kirk ging zur Tür ihres Schlafzimmers und trat sie ein …

Carrie war nicht oft sprachlos. Sie hatte ihre Kostümjacke ausgezogen. Sie wollte sich gerade ihr Haar hochstecken und erstarrte mitten in der Bewegung.

Sie hatte schon häufig Wut erlebt, echte und gespielte, doch noch nie etwas Vergleichbares wie das, was in Kirks Blick stand.

„Verschließ nie eine Tür vor mir.“ Nach dem Krachen des zersplitterten Holzes war seine Stimme ganz ruhig. „Lass mich nie einfach so stehen.“

Langsam senkte sie die Hand, und ihr Haar fiel über ihre Schultern. „Ich will, dass du gehst.“

„Vielleicht solltest du endlich lernen, dass selbst du nicht alles haben kannst, was du willst. Ich bleibe. Du musst schon verdammt viel mehr tun, als einen Schlüssel umzudrehen, um mich auszusperren.“

Als er auf Carrie zutrat, versteifte sich ihre Haltung, doch auf keinen Fall wollte sie vor ihm zurückweichen. Sie hatte es satt, zurückzuweichen. Er nahm ihr Haar und wickelte es um seine Hand.

„Du wolltest es mir zeigen, okay. Aber ich werde mir von dir nicht vorschreiben lassen, wie ich meinen Job zu tun habe.“

„Ich will nicht wie ein Idiot oder ein Feigling behandelt werden. Du wusstest, dass er mir nach New York folgen wollte. Du wusstest, dass ich dort nicht sicherer war, als ich es hier bin.“

„Richtig, ich wusste es, du nicht. Du hattest also eine Nacht, in der du dich nicht schlaflos hin und her werfen brauchtest.“

„Du hattest kein Recht …“

„Ich hatte jedes Recht.“ Sein Griff um ihr Haar verstärkte sich. „Ich habe das Recht, alles und jedes zu tun, um dich in Sicherheit zu halten, um dir etwas Ruhe zu verschaffen. Und ich werde es weiter tun, denn nichts interessiert mich mehr als du.“

Carrie ließ die Luft aus, von der sie gar nicht bemerkt hatte, dass sie sie angehalten hatte. Sie hatte es in seinem Blick gesehen, hinter seiner Wut, hinter seiner Frustration, aber sie war sich nicht sicher gewesen, ob sie es glauben konnte. „Ist das …" Sie brach ab und biss die Zähne aufeinander. Sie wollte jetzt stark sein. „Ist das deine Art, mir zu sagen, dass du mich liebst?"

Er starrte sie an, überrascht. Er hatte ihr das nicht wie eine Drohung an den Kopf werfen wollen. Er hatte ihnen beiden Zeit geben wollen, in der er sie umwerben wollte, bis sie sich ihre Gefühle für ihn eingestand. Aber er war noch nie gut im Umwerben gewesen.

„Nimm es oder vergiss es."

„Nimm es oder vergiss es", wiederholte sie leise. „Würdest du freundlicherweise mein Haar loslassen? Ich brauche es am Montag noch für einige Szenen. Außerdem, dann hättest du wenigstens deine Arme frei, um sie um mich zu legen."

Bevor er es tun konnte, hatte sie sich schon an ihn gedrückt, hielt ihn fest und betete im Stillen, dass es kein Traum sei.

„Das heißt wohl, du hast dich fürs Erste entschieden." Er vergrub sein Gesicht in ihrem Haar.

„Ja. Ich habe mir schon alles Mögliche überlegt, wie ich dich in mich verliebt machen könnte, sodass du nicht mehr fortgehst." Sie warf den Kopf zurück und sah ihn an. „Sag mir, dass du nicht fortgehst."

„Ich gehe nirgendwohin." Dann fand er ihren Mund und besiegelte sein Versprechen. „Ich möchte es von dir hören." Er griff wieder in ihr Haar, zog es aber ganz sanft zurück, bis ihre Blicke sich trafen. „Sieh mich an und sage es. Ohne Scheinwerfer, ohne Kameras, ohne Drehbuch."

„Ich liebe dich, Kirk, mehr, als ich es selbst für möglich gehalten habe. Es jagt mir selbst einen Schrecken ein."

„Gut." Er küsste sie wieder, fester. „Es jagt mir auch einen Schrecken ein."

„Es gibt so viel, über das wir reden müssen."

„Später." Er zog schon den Reißverschluss ihres Rockes hinunter.

„Später", stimmte sie zu und zog sein Hemd aus seiner Hose. „Möchtest du ein Bad nehmen?" Sie zog ihm sein Hemd aus.

„Ja."

„Vorher?" Lachend küsste sie sein Kinn. „Oder nachher?"

„Nachher." Und er zog sie mit sich aufs Bett.

Es war schon wild, heftig, leidenschaftlich zwischen ihnen gewesen und auch schon sehr zärtlich. Doch jetzt war es Liebe, empfunden, ausgesprochen und bestätigt. Sie hatte nicht mehr daran geglaubt, dass das Leben ihr das bringen würde: Liebe, Anerkennung, Verständnis. Und jetzt hatte sie einfach nur die Hand öffnen und es nehmen müssen.

Ihr war, als zitterte Kirk. Ihre Hände, die fest auf seinem Rücken lagen, spürten die schnelle Anspannung seiner Muskeln. Sie wollte es nicht lindern. Sie wollte, dass er wie sie war: überwältigt, etwas ängstlich und rauschhaft glücklich. Sie presste ihre Lippen an seinen Hals und spürte seinen erregten Puls, schmeckte die Hitze. Besitzergreifend fuhr sie mit beiden Händen seinen Rücken hinunter und wieder hinauf. Kirk war ihrer. Von diesem Augenblick an war er ihrer.

Carrie war da, für ihn, weich, anschmiegsam und doch stark genug, ihn zu halten. Er hatte nicht nach ihr gesucht ... Er hatte überhaupt nach niemandem gesucht, um mit ihm sein Leben zu teilen. Und doch hatte er sie gefunden, und in ihr hatte er alles gefunden. Eine Lebensgefährtin. Es steckte etwas Einfaches und doch Beunruhigendes in dem Wort. Es bedeutete, mit jemandem in schwülen heißen Nächten Liebe zu machen. Es bedeutete, mit jemandem an kühlen, ruhigen Morgen zu erwachen. Es bedeutete, jemandem zu vertrauen, jemanden zu beschützen, jemanden, der immer da war.

Der Gedanke daran ließ ihn unwillkürlich die Augen schließen, als ließe sich die schöne Fantasie so für immer festhalten. Mit den Fingerspitzen fuhr er Carrie übers Gesicht, um die Erinnerung an ihr Bild in sich aufzunehmen. Langsam ließ er die Hand über ihren Körper gleiten. Dann öffnete er die Augen, um in ihre zu sehen.

Kirk hob ihre Hand an seine Lippen. Er küsste jeden einzelnen Finger. An einem blitzte der Diamant, ein Symbol für das, was sie für die Welt darstellte: kühler Sex, Glanz mit einem harten Schliff. Ihre Hand zitterte wie die eines jungen Mädchens.

Er verteilte Küsse über ihr Gesicht. Ihre Haut glühte, als seine Finger kitzelnd und zart über sie strichen. Jede Berührung ließ sie tiefer in eine dunkle, schwimmende Welt sinken, in der einzig die Gefühle herrschten.

Nur er hatte sie die Fesseln vergessen lassen können, die sie sich einmal selbst umgelegt hatte. Nur er konnte sie vergessen lassen, dass Liebe immer auch ein Wagnis war. Bei ihm konnte sie sich ohne Angst lösen, ohne Rückhalte oder Einschränkungen. Mit Kirk konnte es ein Morgen geben, ein ganzes Leben, ein ewiges Morgen.

Er wusste nicht, wie er Carrie zeigen sollte, was er fühlte. Er war es nicht gewohnt zu verwöhnen. Romanzen waren etwas für Bücher, für Filme, für die Jungen und Einfältigen. Und doch hatte er das wachsende Bedürfnis, ihr zu zeigen, dass seine Gefühle so weit über das reine Begehren hinausgewachsen waren, dass er die Ausmaße schon gar nicht mehr bestimmen konnte.

Er stützte sich auf den Ellenbogen, strich ihr das Haar aus dem Gesicht und ließ dann seine Finger durch ihr seidiges blondes Haar gleiten. Zärtlich umfasste er ihr Gesicht. War sie schon jemals schöner gewesen als jetzt, wo die ersten Strahlen des Tageslichtes sich durch die Fenster stahlen und auf ihre Haut fielen?

Mit dem Daumen strich er über ihre Lippen, fasziniert von der weich geschwungenen Form und der Vorstellung, wie sie zärtlich seinen Körper berührten. Als wäre es das erste Mal, berührten seine Lippen ihre.

Ihr Körper wurde schwach. Sein Kuss dauerte an. Sie hatte geglaubt, sie könne sich vorstellen, wie es sei, geliebt zu werden. Wirklich geliebt zu werden. Aber sie hatte keine Ahnung davon gehabt. Etwas rührte sich in ihr, ganz leicht, sodass es auch eine Täuschung hätte sein können. Doch es breitete sich in ihr aus, bis es als ein Versprechen Gestalt annahm.

Die Hitze wuchs, konzentrierte sich immer mehr auf ihren Mittelpunkt. Eine Woge neuer Kraft kehrte in ihren Körper zurück und mit ihr eine Leidenschaft, deren Übermaß sie aufstöhnen ließ. Gemeinsam rollten sie sich herum, sodass sie auf ihm lag. Gemeinsam gaben sie jeder für sich die letzte Beherrschtheit auf.

Seine Hände waren rege, ebenso drängend wie ihre. Seine Lippen waren hungrig, ebenso begierig wie ihre. Ihr Verstand war ausgeschaltet, es herrschte nur noch das Gefühl. Sie vereinigten sich in einem Sturm der Sinne, der in den Morgen hinüberging. Als die Dämmerung den neuen Tag ankündigte, entführten sie sich gemeinsam in eine Welt, die von einem anderen Licht erhellt wurde.

„Ich bin so froh, dass heute Sonntag ist.“ Carrie tauchte tiefer in das heiße schaumige Wasser. Sie nahm ihr Weinglas, das neben der Wanne stand, und lachte Kirk über dessen Rand hin zu. „Du sollst nicht die Nase über den Schaum rümpfen, du sollst ihn genießen.“

Kirk griff nach seinem eigenen Glas. In Carries Badewanne hatten sie bequem zu zweit Platz. „Ich werde wie eine Frau riechen.“

„Darling.“ Sie berührte den Rand des Glases mit der Zunge. „Niemand außer mir wird dich riechen.“

„Das Zeug werde ich tagelang nicht von der Haut kriegen.“ Er legte ein Bein über ihres. „Aber die Situation hat auch ihre Vorteile.“

„Mmm.“ Mit halb geschlossenen Augen lehnte sie sich zurück. „Ich brauche das jetzt. Die Dreharbeiten nächste Woche werden mörderisch, vor allem die drei Szenen, in denen Brad und Hailey fast im Feuer umkommen.“

„Was für ein Feuer?“

„Lies das Drehbuch“, antwortete sie träge und lächelte, als er Badeschaum nach ihr spritzte. „Es ist nicht gerade angenehm, in der Hütte hinten auf dem Studiogelände herumzukriechen, während sie mit ihren Spezialeffekten Flammen und Rauch erzeugen. Und darum ist es besonders angenehm, dass es Sonntag ist und ich in der Wanne liegen und daran denken kann, dich zu lieben.“

„Du kannst in der Wanne liegen und mich lieben.“ Er richtete sich auf und rutschte nach vorn, bis sein Gesicht ganz nah bei ihrem war. „Gleichzeitig.“

Carrie lachte und verschränkte die Hände hinterm Kopf, während das Wasser über den Rand der Wanne schwappte. „Es ist zu viel Wasser.“

„Du hast es nachlaufen lassen.“

„Mein Fehler. Normalerweise bade ich allein.“

„Nicht mehr.“ Zwischen ihnen platzten Schaumblasen, als Kirk sie küsste. „Warum ziehst du nicht den Stöpsel?“

„Ich komme nicht dran.“ Sie legte den Kopf für den nächsten Kuss auf die Seite. „Er ist hinter mir. Doch für einen so großen, kräftigen Mann wie dich sollte das kein Problem sein.“

„Hier hinten?“ Seine Hand glitt über ihre Brüste und dann ihren Körper hinunter.

„Fast. Schon ganz nah.“ Sie spürte seine Hand auf ihrer Hüfte.

„Immer näher. Warum …“ Der Rest blieb offen, da sie unter Wasser getaucht wurde, sein Mund fest auf ihrem. Als sie wieder auftauchte, schnappte sie nach Luft und drohte ihm. „Kirk.“

„Ausgerutscht.“ Er zog den Stöpsel heraus.

„Darauf möchte ich wetten. Jetzt habe ich Seife in den Augen.“ Er grinste frech, doch das verging ihm, als sie sich erhob. Das Wasser perlte von ihrer Haut, während sie nach einem Badetuch griff. „Erinnere mich daran, einen Schnorchel mitzubringen, wenn wir das nächste Mal baden.“

„Carrie.“

Sie trocknete sich mit dem Handtuch das Gesicht. Lächelnd ließ sie es sinken. Doch ihr Lächeln erstarb, als Kirk neben ihr stand und sie wortlos an sich zog. So standen sie einen Augenblick lang, während der Schaum abfloss und auf ihrer Haut trocknete.

„Ich habe nie gewusst, dass es so sein könnte“, sagte sie schließlich leise. „Nicht so.“

„Dann geht es uns ähnlich.“ Er hatte sie gefunden. Es war unglaublich, er hatte sie gefunden, ohne gesucht zu haben. „Du frierst.“ Er spürte das Frösteln auf ihrer Haut, nahm das Handtuch und schlang es um sie. „Ich müsste eine Menge Fragen beantworten, wenn du morgen mit einer roten Nase zur Arbeit kommst.“

„Ich bekomme nie eine rote Nase.“ Sie griff nach einem anderen Handtuch und schlang es um seinen Körper. „Das steht in meinem Vertrag.“

„Ich finde, du könntest eine Pause machen, wenn der Film fertig ist“, sagte Kirk.

„Das hängt davon ab – von dem ‚Wo‘ und dem ‚Mit wem‘.“

„Mit mir. Über das Wo können wir reden.“

Sie stieg aus der Wanne und stützte sich an der Wand ab. „Vorsicht. Wir haben den ganzen Boden überschwemmt.“

„Leg einfach ein paar Handtücher drauf.“ Kirk zog eins vom Bord hinunter und ließ es zu Boden fallen, damit es das Wasser aufsaugen konnte.

„Meine Haushälterin wird dich ins Herz schließen.“ Carrie griff nach einer Creme und rieb sich die Haut ein.

„Wenn wir verheiratet sind, sind dringend Veränderungen hinsichtlich der Badewannenordnung nötig.“ Er verknotete sein Handtuch um die Taille und bemerkte nicht, wie ihre Hand mitten in der Bewegung innehielt. „Schaum ist okay, aber er darf nicht parfumiert sein. Wenn andere die Nase über den Duft rümpfen, ist das eine Sache, aber es geht nicht, dass die Kinder sich fragen, ob ihr Vater Parfum benutzt."

Irgendwie gelang es ihr, den Deckel auf die Cremedose zu schrauben und sie, ohne sie fallen zu lassen, wieder zurückzustellen. „Wenn wir verheiratet sind?"

Kirk wusste, auch ohne sie anzublicken, dass sie zurückgewichen war. Er hörte es an ihrer Stimme. „Ja."

Ihr Herz hämmerte in der Kehle, doch sie hatte es gelernt, in jeder Situation klar zu sprechen. „Du willst schließlich Kinder?"

„Ja." In seinem Magen bildete sich ein Knoten. „Ist das ein Problem?"

„Ich ... Es geht alles etwas schnell."

„Wir sind keine Teenager mehr, Carrie. Ich denke, wir wissen beide, was wir wollen."

„Ich muss mich setzen." Sie konnte sich auf ihre Beine nicht mehr verlassen. Darum ging sie schnell zurück ins Schlafzimmer und setzte sich auf einen Stuhl. Mit verkrampften Fingern hielt sie vorn das Badetuch zusammen.

Kirk wartete einen Moment. Der große Spiegel gegenüber der Wanne war vom Wasserdampf beschlagen. Doch Kirk konnte sich vorstellen, wie sie dort saß, schön, schlank, jung, makellos. Sie war ein Traum, und, mehr noch, sie war ein Star, jemand, der auf der Leinwand strahlte und Fantasien erregte. Seine Wangenmuskeln waren angespannt, als er ins Schlafzimmer ging.

„Offensichtlich habe ich die verkehrten Knöpfe gedrückt." Er suchte in den Taschen seines Hemdes nach Zigaretten. „Ich dachte, dass es auch das ist, was du willst." Er zündete sich eine an und inhalierte tief den Rauch. „Aber wahrscheinlich vertragen sich ein Ehemann und Kinder nicht mit deinem Image."

Langsam sah sie auf, und Kirk konnte in ihrem Blick einen tiefen, auf ihr lastenden Schmerz wahrnehmen.

„Carrie ..."

„Nein." Mit einer Handbewegung brachte sie ihn zum Schweigen. „Vielleicht habe ich es so verdient." Sie erhob sich, ging zum

Schrank und holte ein Kleid heraus. Sie ließ das Handtuch fallen, zog das Kleid über und schloss den Gürtel. Sie verschränkte die Finger, dann ließ sie die Hände herunterfallen. „Meine Karriere ist mir wichtig, aber ich habe sie immer von meinem persönlichen Leben getrennt. Meine Arbeit verlangt viel von mir, das hast du selbst erleben können."

„Es bleibt kein Platz für mich und eine Familie?"

Zu dem Schmerz in ihrem Blick schien sich so etwas wie Wut zu gesellen. „Meine Eltern haben vier Kinder auf ihrer Wanderschaft von Ort zu Ort großgezogen. Es war immer Platz, immer Zeit für die Familie."

„Was ist es dann also?"

Sie vergrub die Hände in den Taschen und zog sie wieder heraus, als könne sie sie nicht einen Augenblick still halten. „Zuerst will ich sagen, dass es nichts gibt, was ich mehr will als dich heiraten und eine Familie gründen. Bitte nicht", brachte sie hastig hervor, als er einen Schritt auf sie zumachte. „Setz dich, Kirk. Für mich ist es leichter, wenn du sitzt."

„In Ordnung."

Carrie holte tief Luft. „Es gibt Dinge, die du zunächst einmal wissen solltest. Es ist schwer, wenigstens für mich, frühere Fehler einzugestehen, aber du hast ein Recht darauf. Wenn ich auf meine Mutter gehört hätte, hätte ich es dir schon vorher erzählt. Dann wäre es einfacher gewesen."

„Carrie, wenn du mir etwas von anderen Männern früher erzählen willst ..."

Ihr Lachen brachte ihn zum Schweigen. Es klang bitter. „Nicht ganz. Es passt zwar auch nicht zu meinem Image, aber ich habe vor dir nur mit einem Mann geschlafen. Überrascht?" Sie trat ans Fenster. „Ich habe Werbespots gemacht und Schauspielunterricht genommen. Ich hatte auch einen Teilzeitjob und habe per Telefon Zeitungen verkauft. Ich habe mir damals immer wieder gesagt, dass es nur eine Frage der Zeit sei, aber es war hart. Es war hart, allein zu sein. Dann rief mich Matt an wegen einer kleinen Filmrolle. ‚Lawless', mein erster wirklicher Durchbruch. Der Produzent war ..."

„Dustin Price."

Carrie drehte sich um. „Ja. Woher weißt du das?"

„Das wissen sicher viele Kinofans. Aber ich bin auf Price gestoßen, als ich deine Vergangenheit überprüfte."

„Du hast mich überprüft?" Sie stützte sich auf die Fensterbank. „Mich?"

„Das ist üblich, Carrie. Vielleicht ist unser Mann einer, den du vergessen hast zu erwähnen. Wie Dustin Price. Übrigens, er ist sauber, er hält sich seit achtzehn Monaten in England auf."

„Wie üblich", wiederholte sie. „Eigentlich hätte ich es erwarten müssen."

„Was bedeutet das schon? Du hast mit ihm geschlafen. Du wolltest einen Durchbruch, er konnte ihn dir verschaffen. Es liegt Jahre zurück, und mir ist es vollkommen egal."

Jeder Muskel in ihrem Körper war angespannt. „Das denkst du? Du meinst, ich hätte mit ihm geschlafen, um eine Rolle zu bekommen?"

„Ich habe dir doch gesagt, dass es mir egal ist."

„Fass mich nicht an." Sie trat einen Schritt zur Seite, als er die Hand nach ihr ausstreckte. „Ich habe es nicht nötig, mit jemandem zu schlafen, um eine Rolle zu bekommen, und ich habe es nie gemacht. Ich habe Kompromisse machen müssen, vielleicht mehr, als ich sollte, aber ich habe mich nie in dieser Art prostituiert."

„Entschuldigung." Dieses Mal ignorierte er ihre Abwehr und fasste sie bei den Armen. „Ich wollte dir nur sagen, dass es mir egal ist, was auch immer sich zwischen dir und Price abgespielt hat."

„Oh, es ist nicht egal." Sie entzog sich ihm und goss sich ein Glas Wein ein. „Es ist überhaupt nicht egal. Als Matt mir damals mitteilte, ich hätte die Rolle, war ich so glücklich. Ich wusste, das war der Anfang. Ich würde es schaffen, ich würde jemand sein. Dustin schickte mir Rosen, eine Flasche Champagner und einen reizenden Brief. Er sei überzeugt, ich würde ein Star werden, und er lud mich zum Essen ein, um mit mir über den Film und meine Karriere zu sprechen." Sie trank einen Schluck, um ihre trockene Kehle zu befeuchten. „Natürlich habe ich angenommen, immerhin war er einer der Topproduzenten. Natürlich war er verheiratet, doch daran habe ich nicht gedacht." Bitterkeit und Hohn lagen in ihrer Stimme, auf sich selbst bezogen.

„Carrie, das liegt Jahre zurück."

„Es gibt Dinge, für die muss man immer bezahlen. Ich bildete mir ein, welterfahren zu sein. Wie Kollegen würden wir miteinander essen. Himmel, war er charmant. Es kamen neue Blumen, neue Einladungen. Er wusste so viel vom Geschäft, von den Leuten. Mit wem man reden musste, mit wem man sich zeigen musste. Das war für mich neu und wichtig. Ich dachte, ich könnte damit umgehen. Doch tatsächlich war ich nur ein naives junges Mädchen, das zum ersten Mal auf sich allein gestellt war."

„Ich habe mich in ihn verliebt. Ich glaubte alles, was er mir über das Zusammenleben mit seiner Frau erzählte, das in Wirklichkeit nicht mehr existiere, und von der Scheidung, die schon eingereicht sei. Und wir beide würden das beste und strahlendste Paar von ganz Hollywood abgeben. Die ganze Geschichte hätte ganz normal beendet werden können, als ich etwas klüger und er meiner etwas überdrüssig wurde. Doch bevor das geschehen konnte, machte ich einen Fehler." Sie fuhr sich mit den feuchten Händen über ihr Kleid und verschränkte sie dann. „Ich wurde schwanger. Das wirst du wahrscheinlich nicht herausgefunden haben, als du meine Vergangenheit überprüft hast."

Wut stieg in ihm auf, doch er unterdrückte sie. „Nein."

„Er hatte genug Geld und Einfluss, um es zu verheimlichen. Und es brauchte ihn nicht lange zu beschäftigen."

„Du hast abtreiben lassen?"

„Das wollte er. Er war wütend – so wie die meisten Männer, wenn ihre Geliebte plötzlich schwanger wird und ihre angenehme Ehe bedroht. Natürlich hatte auch er nie ernsthaft daran gedacht, sich scheiden zu lassen und mich zu heiraten. Das kam alles heraus, als ich ihm sagte, dass ich ein Baby bekomme."

„Er hat dich benutzt", brach es heftig aus Kirk heraus. „Du warst zwanzig Jahre alt, und er hat dich benutzt."

„Nein." Merkwürdig, wie ruhig sie jetzt war. „Ich war zwanzig Jahre alt und habe vorgetäuscht, alle Regeln zu kennen. Und ich habe es gut vorgetäuscht. Ich machte einen Fehler – und dann einen zweiten. Ich sagte ihm, er solle sich zum Teufel scheren, aber ich würde das Baby bekommen. Dann entwickelte sich eine sehr hässliche Szene. Er drohte, meine Karriere zu zerstören, wenn ich mich nicht seinem Willen entsprechend verhielte. Es hat keinen Sinn, alles zu wiederholen, was er sagte. Auf alle Fälle war die Beziehung vorbei, und mir sind die Augen geöffnet worden."

„Du hast es immer noch nicht überwunden", stellte Kirk ruhig fest.

„Nein, aber aus anderen Gründen, als du annimmst. Ich hatte geglaubt, ihn zu lieben. Doch als der Glanz stumpf geworden war, erkannte ich, dass ich es nie getan hatte. Ich rief meine Eltern an. Ich war so weit, nach Hause zurückzulaufen und alles hinter mir abzubrechen. Ich habe mir ein Flugticket gekauft. Ich weiß nicht, was ich wirklich getan hätte, wenn ich klar hätte denken können. Das ist das Schlimmste daran, es nicht zu wissen. Auf dem Weg zum Flughafen gab es einen Unfall." Sie holte tief Luft und musste sich zusammenreißen, um weiterzureden. „Nichts Schlimmes, der Taxifahrer hatte ein paar Brüche, und ich ... ich verlor das Baby."

Sie legte die Hände vor die Augen. „Ich verlor das Baby und redete mir ein, dass es so das Beste sei. Matt hat mich aufgerichtet, hat mich, kaum dass ich aus dem Krankenhaus entlassen war, zur Arbeit gezwungen. Alles lief jetzt wie am Schnürchen, mit den Rollen, den Menschen, dem Erfolg – mit allem, was ich mir erwünscht hatte. Ich hatte nichts anderes tun müssen, als ein Baby zu verlieren."

„Carrie." Er trat neben sie, strich ihr übers Gesicht, übers Haar, über die Schultern. „Ich weiß nicht, was ich sagen oder was ich tun soll."

„Es ist noch nicht alles." Er wollte sie an sich ziehen, sie zum Schweigen bringen, doch sie entzog sich ihm. „Es gab Komplikationen. Die Ärzte sagten mir, dass es möglich sei, dass ich noch Kinder bekommen könne, aber sie könnten für nichts garantieren. Möglich, aber nicht wahrscheinlich. Verstehst du?"

Er nahm ihre Hände. „Willst du mich heiraten?"

„Kirk, hast du mir zugehört? Ich habe dir gerade ..."

„Ich habe dir zugehört." Seine Finger schlossen sich fest um ihre. „Vielleicht kannst du keine Kinder mehr bekommen. Wenn wir welche haben können, wäre es großartig. Aber an erster Stelle", er küsste sie auf den Mund, „will ich dich. Ich brauche dich, Engel. Alles andere wird sich zeigen."

„Kirk, ich liebe dich."

„Dann lass uns morgen heiraten."

„Nein. Ich will, dass du darüber nachdenkst. Lass dir Zeit."

„Ich brauche dich. Ich brauche keine Zeit."

„Ich möchte, dass du dir ein paar Tage Zeit nimmst."

Er hätte sie drängen können, doch sie schien noch zu wenig mit dem Vergangenen abgeschlossen zu haben. „Gut, ein paar Tage." Er schloss sie in die Arme. „Ich werde nicht zulassen, dass du noch einmal verletzt wirst", sagte er leise.

12. KAPITEL

Der Tag begann um sechs und brachte nicht einen Augenblick Ruhe. Sie filmten in einer Holzhütte. In einer dramatischen Szene würde diese aus mysteriösen Umständen heraus abbrennen, während Hailey und Brad sich in ihr aufhielten.

Die Innenaufnahme würde später im Studio gedreht werden. Den Morgen verbrachten sie draußen. Carrie fuhr Haileys Ferrari zu der verlassenen Hütte. Sie war jetzt älter, aber immer noch hin und her gerissen zwischen dem Mann, den sie geheiratet, und dem Mann, der sie verlassen hatte. Das Drehbuch schrieb vor, dass sie, am Rande eines Nervenzusammenbruchs, in die verlassene Hütte flüchtete, um in Ruhe in sich zu gehen und die Wurzeln ihres Kunstschaffens zu suchen, die sie im Zuge ihres Erfolgs verloren hatte.

Von allen Szenen wurden nur einzelne Einstellungen ohne Ton gefilmt und erst später in ihrer endgültigen Abfolge zusammengestellt. Carrie wurde gefilmt, wie sie ihre Malunterlagen auslud, eine Staffelei auf die kleine Veranda stellte, in unterschiedlichen Kostümen durch die Tür hinein- und wieder hinausging. Es wurde eine lange Nahaufnahme von ihr gemacht, als sie an der Verandabrüstung mit einer Tasse Kaffee in der Hand lehnte, ein Bild ohne Worte, in dem Carrie den Aufruhr ihrer Gefühle allein durch ihr Mienenspiel ausdrücken musste.

Es wurde festgehalten, wie sie auf der Veranda malte, mit ihrem Skizzenblock auf den Verandatreppen saß, wie sie Blumen pflanzte. Durch ihre Körperhaltung, ihre Gesten, durch ihr entspanntes Gesicht zeigte Carrie, wie die von ihr verkörperte Rolle langsam wieder zu innerem Frieden fand. Ein völlig anderer Mensch war zu sehen.

Kirk, der sie bei ihrer Arbeit beobachtete, fühlte wachsenden Stolz auf sie. Er kannte zwar die Geschichte nicht, doch er verstand die Frau, die vor der Kamera allmählich Konturen bekam.

Es gab eine ergreifende Szene, in der Hailey auf der Veranda saß und ihr Herz einem streunenden Hund ausschüttete. Es war die Rückschau auf ein Leben, mit allen Fehlern, allen Irrungen, allem Bedauern. Selbst als die Szene noch einmal wiederholt werden musste, konnte sie noch eine ganz tiefe Stimmung erzeugen. Einige Mitglieder des Produktionsteams verrieten deutliche Rührung.

Mittags waren die Außenaufnahmen im Kasten. Carrie erneuerte in einer einstündigen Pause ihre Kräfte mit Obst, Käse und einem Proteingetränk und legte sich kurz hin, bevor sie sich an die Innenaufnahmen machten.

Das Innere der Hütte war rustikal, nur dass ein paar von Haileys Gemälden an der Wand hingen. Die Ausstattung schloss einen Kassettenrecorder, ein Hochzeitsgeschenk von Haileys Ehemann, ein. Die frühere Spannung der Hailey war wieder zu spüren, als Carrie den Kassettenrecorder anstellte und die Klänge der Mondscheinsonate ertönten.

Unzufrieden mit der Szene, besprachen Carrie und die Regisseurin die Stimmung und die Bewegungsabläufe.

„Was halten Sie von unserer kleinen Geschichte?" James Brewster war neben Kirk aufgetaucht.

„Schwer zu sagen, wenn es so zerstückelt ist. Aber ich denke, es lässt sich verkaufen. Es ist alles vorhanden: Sex, Gewalt, Melodramatik."

„Ohne das lässt sich kein Bestseller schreiben. Aber natürlich ist Hailey der Dreh- und Angelpunkt. Es ist die Geschichte, wie eine Frau – und das, was ihr geschieht – das Schicksal aller bestimmt, die mit ihr in Berührung kommen. Es klingt schnulzig, und vielleicht wäre es das auch ohne Carrie. Sie ist Hailey."

„Sie überzeugt", stimmte Kirk zu.

„Genau." Brewster nickte eifrig. „Es gibt für einen Schriftsteller keine größere Belohnung, als zu beobachten, wie sich einer seiner Charaktere mit Leben erfüllt, vor allem, wenn er ihm so sehr am Herzen liegt. Ich hätte sie fast im Feuer umkommen lassen, wissen Sie."

Kirk versteifte sich. „Was meinen Sie?"

Brewster lachte und nahm sich eine Zigarette. „Ich meine, ich hätte das Buch fast hier enden lassen, in dieser Hütte, wo Hailey alles verliert, ihr Leben inbegriffen, in einem Feuer, das der einzige Mann, der sie wirklich liebt, gelegt hat. Doch ich habe es wieder verworfen. Sie muss weitermachen und überleben."

Schweigend beobachteten sie, wie die Kulisse für die nächste Aufnahme vorbereitet wurde.

„Eine außergewöhnliche Frau", meinte Brewster leise. „Jeder Mann hier ist ein bisschen in sie verliebt."

„Und Sie?"

Mit einem etwas gezwungenen Lächeln sah Brewster ihn an. „Ich bin Schriftsteller, Mr. Doran. Ich habe mit Fantasien zu tun. Carrie dagegen ist ganz Fleisch und Blut."

Während der folgenden Dreharbeit beobachtete Kirk Brewster verstohlen. Der Schriftsteller schien nicht mehr so nervös wie zu Beginn der Filmarbeit zu sein. Wahrscheinlich war er mit dem Verlauf zufrieden. Dagegen schien Larry Washington, Carries Assistent, mit den Nerven fertig zu sein.

Ob die Spannung, die Kirk hier im Studio spürte, von ihm ausgestrahlt wurde? Sie war da. Kirk spürte ihr Knistern fast hautnah. Aber wohin er auch sah, überall gingen die Leute mit dem engagierten Eifer ihrer Arbeit nach, den die Regisseurin von ihnen verlangte.

Vielleicht war die Spannung nur in ihm. Wenn ein Mann, der sich bisher in seinem Leben nicht gebunden hatte, plötzlich etwas gefunden hatte, an das er sich binden wollte, konnte er leicht ungeduldig werden.

Ob Carrie an ihn dachte, fragte sich Kirk, während er sie beobachtete, wie sie voller Schmerz der Musik lauschte. Oder ging sie ganz in ihrer Rolle auf? Ihr Können machte es unmöglich, die Schauspielerin von ihrer Rolle zu trennen.

Jedes Augenpaar lag auf ihr, doch sie war allein, in einer Hütte im Wald, am Wendepunkt ihres Lebens.

„Schnitt. Das ist im Kasten. Wunderbar." Mary Rothschild erhob sich hinter dem Kameramann. „Du warst wirklich wunderbar, Carrie", sagte sie.

„Danke." Carrie holte tief Luft, um die Stimmung dieser Szene abzuschütteln. „Ich bin froh, dass ich es nicht noch einmal wiederholen muss."

„Was jetzt kommt, ist die Begegnung mit Brad." Während Mary sprach, begann sie Carries Schultern durchzukneten. „Du weißt, was du fühlen musst. Du willst ihn immer noch. Trotz allem, was er dir angetan hat, bist du immer noch ein wenig das junge Mädchen, das sich damals in ihn verliebt hat. Du hast dich bemüht, deinen Mann zu lieben, aber du hast ihn nur verletzen können. Du stehst jetzt an der Wende deines Lebens. Du weißt, mit Brad wirst du nie glücklich werden können. Aber du bist hin und her gerissen."

Sie arbeiteten bis sechs. Es wurde Rauch in die Kulisse gepumpt. Hailey, benommen von dem Rauch und zu Tode geängstigt von dem Feuer, das in der Hütte prasselte, kroch auf dem Holzboden auf der verzweifelten Suche nach der Tür. Alles, was sie mit sich trug, war der Kassettenrecorder.

„Das war ein Tag." Müde saß Carrie in ihrer Garderobe und schminkte sich ab. „Ich will jetzt nur noch schlafen."

„Ich werde dich zudecken."

Lächelnd fuhr sie sich noch einmal übers Gesicht und griff dann nach ihrer Tasche. „Zudecken? Ich hätte lieber jemanden, an den ich mich kuscheln kann."

„In ein paar Stunden hast du auch das."

„Hast du noch etwas vor?"

„Ich muss noch etwas erledigen." Er dachte an Matt, seinen Freund, und an Carrie, die Frau, die er liebte. „Ich erzähle es dir, wenn ich zurückkomme."

Sie verließen die Garderobe. Draußen wartete schon die Limousine. „Ich hätte es lieber, wenn du es mir jetzt sagen würdest. Kirk, ich will nicht mehr auf diese Art vor allem beschützt werden."

Sie hatte recht, und früher oder später würde er es ihr sagen müssen. Als sie hinten in der Limousine Platz genommen hatten, legte er den Arm um sie. „Ich wollte dich in New York nicht damit belasten, am Hochzeitstag deiner Schwester. Und gestern, gestern wollte ich für uns allein haben."

„Ich verstehe. Also, was ist es, Kirk?"

„Ich habe von dem Mann, der die Blumen bestellt hat, eine Spur." Er fühlte, wie sie sich anspannte. „Der Blumenhändler konnte mir nur wenig über ihn erzählen, aber etwas ist ihm doch aufgefallen." Er zögerte. Wie hasste er es doch, derjenige sein zu müssen, der Freundschaft und Vertrauen zerstören musste. „Er rauchte ausländische Zigaretten und hatte eine silberne Geldklammer mit Monogramm."

Zunächst verstand sie nicht. Erst langsam ging ihr die Bedeutung des Gehörten auf. Doch statt Enttäuschung sah Kirk ein entschlossenes Aufblitzen in ihrem Blick. „Viele Männer auf der Welt mögen ausländischen Tabak und benutzen Geldklammern."

„Aber nur wenige Männer arbeiten eng mit dir zusammen. Dieser sagte, er tue es."

„Vielleicht hat er gelogen."

„Vielleicht. Alles, was wir wissen, ist, dass du jemandem, mit dem du zusammenarbeitest, eine silberne Geldklammer geschenkt hast."

„Es ist nicht Matt."

„Engel, es wird Zeit, dass du das, was du möchtest, von dem trennst, was ist ... was zumindest sein könnte."

„Ich glaube es trotzdem nicht."

„Ich habe Matt angerufen, als wir in New York waren. Er war verreist, Carrie."

„Dann war er eben verreist. Viele Menschen verreisen am Wochenende."

„Er war in einer persönlichen Angelegenheit in New York."

Sie wurde blass, schüttelte aber schnell den Kopf. „Kirk ..."

„Ich muss mit ihm reden."

„Ich will nicht, dass du ihn beschuldigst ..." Ein Blick von ihm ließ sie abbrechen. „Also gut", sagte sie leise und starrte aus dem Fenster. „Ich soll dir nicht sagen, wie du deinen Job zu tun hast."

„Richtig, Engel." Er legte die Hände auf ihre Schultern und zwang sie, sich umzudrehen. „Sieh mich an. Ich will nicht, dass dies dich verletzt."

„Du erzählst mir, dass mein bester Freund dein Hauptverdächtiger ist. Ich kann nicht anders, als darüber verletzt zu sein."

„Fahr nach Hause." Er beugte sich zu ihr und küsste sie auf den Mund. „Geh ins Bett. Denk heute Abend nicht mehr daran. Tu es für mich", fügte er hinzu, bevor sie etwas einwenden konnte. „Ich liebe dich, Carrie."

„Bleib zu Hause und beweise es mir."

„Nein." Er umfasste ihr Gesicht. „Es dauert nicht lange."

Sie fuhren durch das Tor, die lange Auffahrt hinauf.

„Ich warte auf dich." Sie zwang sich zur Entspannung.

„Warte auf mich im Bett", flüsterte er und hoffte für sie, dass sie rasch einschliefe.

Sie stiegen aus. „Komm bald zurück", sagte sie und betrat, ohne noch einmal zurückzusehen, das Haus.

Sie wollte jetzt nicht denken. Sie war abgespannt von der Arbeit und würde sich gleich zur Entspannung in den Whirlpool legen.

Falls es doch Matt war, würde alles heute Abend ein Ende haben. Vorbei. Trotzdem spürte sie einen unangenehmen Druck im Magen. Nein, sie wünschte es sich nicht.

„Ich bin froh, dich anzutreffen."

„Selbst Superagenten feiern nicht jeden Abend." Matt war leger mit Hose, Pullover und Leinenschuhen bekleidet. „Ich wollte ganz ruhig zu Hause essen. Möchtest du einen Drink?"

„Nein. Danke."

Matt stellte die Karaffe wieder zurück. „Wie geht's Carrie?"

„Gut. Ich dachte eigentlich, du würdest dich selbst ein wenig häufiger davon überzeugen."

„Ich denke, sie ist bei dir in guten Händen." Matt blieb stehen und bot auch Kirk keinen Platz an. „Außerdem war ich durch persönliche Angelegenheiten ganz in Anspruch genommen."

„Dieselben persönlichen Angelegenheiten, die dich am Wochenende nach New York geführt haben?"

„New York?" Matt runzelte die Stirn. „Wie kommst du darauf?"

„Der Blumenhändler hat ein ziemlich gutes Erinnerungsvermögen." Kirk nahm sich eine Zigarette und beobachtete Matt.

„Tatsächlich?" Mit einem unsicheren Lachen setzte sich Matt endlich. „Wovon, zum Teufel, redest du überhaupt, Kirk?"

„Von den Rosen, die du Carrie geschickt hast. Dieses Mal hast du einen Fehler gemacht. Die beiliegende Karte enthielt die Anschrift des Blumenhändlers."

„Rosen? Ich?" Matt fuhr sich durchs Haar und schüttelte den Kopf. „Ich weiß nicht, worauf du hinauswillst. Ich …" Er brach ab, als es ihm langsam dämmerte. „Teufel, du denkst, ich hätte ihr das angetan? Du glaubst, ich stecke dahinter? Verdammt, Kirk." Er sprang von seinem Sessel hoch. „Ich dachte, wir kennen uns."

„Das dachte ich auch. Wo hast du das Wochenende verbracht, Matt?"

„Das geht dich überhaupt nichts an."

„Du kannst es mir sagen, sonst finde ich es heraus. Auf alle Fälle werde ich dafür sorgen, dass du aus ihrem Leben verschwindest."

Wütend ballte Matt die Hände. Kirk wünschte sich fast, er würde sie gegen ihn benutzen. Ein körperlicher Kampf wäre mehr nach seinem Geschmack als dieser Nervenkrieg. „Ich bin ihr Agent und ihr Freund. Als sie am Boden zerstört war, war ich für sie da. Wenn ich solche Gefühle für sie hätte, hätte ich damals leichtes Spiel gehabt."

„Wo warst du am Wochenende?", wiederholte Kirk, entschlossen, die Sache bis zum bitteren Ende durchzuspielen.

„Verreist", gab Matt wütend zurück. „In einer persönlichen Angelegenheit."

„Diese persönliche Angelegenheit scheint dich so zu vereinnahmen, dass du dich bei Carrie kaum noch sehen lässt."

So etwas wie Schuldgefühl blitzte kurz in Matts Blick auf, wurde aber von seiner Wut verdrängt. „Wenn Carrie mich sehen wollte, hätte sie mich angerufen."

„Ich frage mich, ob du sie immer wieder anrufst."

„Du bist verrückt."

„Du benutzt eine Geldklammer, Matt. Eine silberne, die Carrie dir geschenkt hat. Der Blumenhändler erinnerte sich an einige Details."

„Soll ich dir meine Geldklammer zeigen?" Aufgebracht griff Matt in die Tasche und zog ein Geldbündel heraus, das von einer Klammer zusammengehalten wurde. Heftig warf er es auf den Tisch.

Stirnrunzelnd nahm Kirk es. Die Klammer war aus Gold, nicht aus Silber, und Matts Initialen waren in ihr eingraviert.

„Die hier benutze ich seit zwei Monaten, falls es dich interessiert. Seit Marion sie mir geschenkt hat. Wenn es nicht um Carrie ginge, hätte ich dich schon vor einigen Minuten mit einem Tritt hinausbefördert."

„Versuch es nur. Wo warst du übers Wochenende, Matt?"

„In New York." Fluchend ging er zum Fenster und wieder zurück. „In Brooklyn. Von Freitagabend bis Sonntagnachmittag. Ich habe Marions Eltern kennengelernt. Marion Lawrence, eine vierundzwanzigjährige Lehrerin." Er rieb sich das Gesicht. „Ich habe sie vor drei Monaten kennengelernt. Sie ist zwölf Jahre jünger als ich, intelligent, unverdorben, vertrauensvoll. Ich habe mich in sie verliebt." Wütend warf er Kirk einen Blick zu. „Diese junge, schöne Frau wird mich heiraten, und ich habe das Wochenende mit der nicht ganz einfachen Aufgabe verbracht, ihre konservativen und sehr besorgten Eltern davon zu überzeugen, dass ich kein Playboy aus Hollywood bin, der nur sein Vergnügen mit ihrer Tochter sucht.“ Paffend zog er an seiner Zigarette. „Verstehst du, Kirk? Ich habe Carrie etwas vernachlässigt, weil ich mich bis über die Ohren in eine Volksschullehrerin verliebt habe. Sieh sie dir an.“ Er zog eine Fotografie aus der Brieftasche. „Sie sieht aus, als wäre sie selbst noch eine Schülerin. Ich renne seit Wochen kopflos in der Gegend herum.“

Kirk glaubte ihm. Ein Mann, der selbst verliebt ist, erkennt leicht einen Schicksalsgenossen. „Was findet sie bloß an dir?“

Matt lachte kurz auf. „Sie findet mich großartig. Sie weiß von der Spielsucht, sie weiß alles und findet mich trotzdem großartig. Ich will sie heiraten, bevor sie ihre Meinung ändert.“ Matts Wut hatte sich gelegt, ebenso seine Verlegenheit und Nervosität. „Ich möchte, dass du mich wegen Carrie auf den Stand der Dinge bringst. Dieser Typ hat ihr also Blumen in New York geschickt?“

„Ja.“

„Und gleicht mir?“

„Ich weiß nicht, wie er aussieht.“

„Aber du hast gesagt …“

„Ich habe gelogen.“

„Du warst schon immer ein Bastard“, entgegnete Matt ruhig. „Wie trägt Carrie es?“

„Sie reißt sich zusammen. Sie sollte besser darüber informiert werden, dass du sauber bist.“

„Ich fahre mit dir hinaus.“ Er rieb sich den Nacken. „Ich hätte ihr schon vorher von Marion erzählen sollen. Aber irgendwie habe ich mich wie ein Idiot gefühlt: Matt Burns, Agent großer Stars, geschafft von einer Frau, die Kindern jeden Tag dabei hilft, ihre Schuhbänder zu schnüren.“

Carrie wollte nichts anderes als sich körperlich entspannen. Sie schaltete den Whirlpool ein, und die Blasen strömten hervor. Mit einem wohligen Aufseufzen legte sie sich in das heiße prickelnde Wasser.

Durch die Fensterfront schickte die untergehende Sonne ihre Strahlen, und das Oberlicht zeigte einen tiefblauen frühen Abendhimmel.

Alles, was sie sich erwünscht hatte, lag zum Greifen nah. Sie musste nur Ja zu Kirk sagen. Er liebte sie. Carrie schloss die Augen. Er liebte sie, wie sie war, nicht wegen dem, was sie nach außen hin zu sein schien. Nur ihre Familie hatte sie bisher in ihrem gesamten Wesen akzeptiert, mit all ihren Fehlern, Unsicherheiten, Widersprüchen. Es gab Frauen, die ein ganzes Leben erfolglos den Mann suchten, der sie für das liebte, was sie in ihrem Innern waren.

Was Carrie noch zögern ließ, war die Furcht, dass sie ihm vielleicht nicht alles geben könnte – keine eigene Familie.

Sie wollte Kinder, seine Kinder. Was, wenn sie ihm die nicht geben konnte?

Sie wollte, dass er zurückkam, dass er jetzt bei ihr war. Wenn er sie jetzt hielte, dann würde sie ihm irgendwie die richtige Antwort geben können. Carrie ließ sich ein wenig tiefer ins Wasser sinken. Wenn er zurückkam, würde sie das Richtige tun.

Sie hörte ein leises Geräusch und strich sich das nasse Haar aus dem Gesicht. „Kirk? Sag nichts. Komm einfach her."

Dann hörte sie die Musik, und ihr Herz hämmerte plötzlich in der Kehle.

Der Himmel über ihr war mittlerweile fast schwarz, als sich die ruhigen, wunderschönen Klänge der Mondscheinsonate über das Sprudeln des Wassers legten.

„Kirk." Sie nannte seinen Namen, obwohl sie wusste, dass er es nicht war. Mit zittriger Hand stellte sie den Whirlpool aus. Mit Ausnahme der Musik herrschte Stille. Carrie stieg aus der Wanne.

„Auf diesen Augenblick habe ich so lange gewartet!"

Bei dem heiseren Flüstern schnürte sich ihr die Kehle zusammen. Ich muss atmen, befahl sie sich selbst. Wenn sie die Tür erreichen wollte, musste sie atmen, und die Tür war so weit entfernt. Die Deckenbeleuchtung wurde schwächer, und die Angst jagte Frostschauer über Carries Haut.

„Du bist so schön, so unglaublich schön. Nichts, was ich mir ausdenken oder schaffen kann, kommt dir gleich. Heute Abend sind wir endlich zusammen."

Er stand im Schatten der hinteren Tür. Carrie sah angestrengt hinüber, doch sie konnte nicht erkennen, wer es war. „Es sind Wachposten draußen." Sie ballte die Hand und weigerte sich, ihre Stimme beben zu lassen. „Ich könnte schreien."

„Es ist nur der Wachposten am Tor, und der ist zu weit weg. Die anderen habe ich verletzen müssen. Manchmal muss man verletzen, wenn man liebt.“

Sie schätzte die Entfernung zur vorderen Tür ein. „Die Sicherheitsanlage.“

„Darum habe ich mich bis ins kleinste Detail gekümmert. Ich bin zu Recht für meine gründlichen Nachforschungen bekannt.“

Brewster trat mit dem Kassettenrecorder unterm Arm aus dem Schatten.

„James.“ Die Luft hier im Badehaus war schwül, doch Carrie begann zu frösteln. „Warum tun Sie das?“

„Ich liebe dich.“ Sein Blick war glasig, doch ganz gefühllos, als er auf sie zutrat. „Als du zuerst in meinem Kopf Gestalt angenommen hast, wusste ich, dass ich dich haben musste. Und dann warst du da, Fleisch, Blut. Wirklich. Ich habe das für dich gemacht.“

Er hielt den Kassettenrecorder vor, und Carrie trat zurück.

„Hab keine Angst vor mir, Hailey.“

„James, ich bin Carrie. Carrie.“

„Ja, ja, natürlich.“ Er lächelte ihr zu und stellte den Kassettenrecorder auf den Tisch neben der Wanne, aus dem weiter die wunderschöne Klaviermusik klang. „Caroline O'Hara mit dem makellosen Aussehen. Seit Monaten träume ich von dir. Ich kann nicht mehr schreiben. Meine Frau glaubt, ich quäle mich über meinem neuen Buch. Aber es gibt kein Buch. Es wird nie wieder ein Buch geben. Carrie, du wolltest meine Blumen nicht behalten.“

„Entschuldigung.“ Kirk ist gleich zurück, sprach sie sich zu. Der Albtraum wäre dann vorbei. Sie griff nach ihrem Umhang. Die Filmroutine ließ ihre Bewegungen ruhig erscheinen, auch wenn ihr der Kopf zu zerspringen drohte. „Es lag an der Art, wie Sie sie geschickt haben, James. Sie haben mir Angst eingejagt.“

„Das wollte ich nicht. Hailey …“

„Carrie“, verbesserte sie ihn. „Ich bin Carrie, James. Wir sollten ins Haus gehen und darüber reden.“

„Carrie?“ Er wirkte einen Moment überrascht. „Nein, nein, ich will allein mit dir sein. Auf diesen Abend habe ich zu lange gewartet. Der ideale Abend, Vollmond. Die Musik.“ Er sah auf den Kassettenrecorder. „Für dich.“

„Warum haben Sie nicht einfach mit mir geredet?"

„Du hättest mich abweisen können. Mich abweisen", wiederholte er heftiger. „Meinst du, ich bin ein Idiot? Ich habe dich mit all den jungen Männern gesehen, mit ihren Muskeln und glatten Gesichtern. Aber keiner liebt dich so wie ich. Das Warten hat mich verrückt gemacht. Du bist von Brad besessen. Es war immer nur Brad."

„Es gibt keinen Brad!", schrie sie. „Er ist nur eine Rolle. Es gibt keine Hailey. Das sind ausgedachte Gestalten. Es gibt sie nicht wirklich."

„Du bist wirklich. Ich habe dich mit ihm beobachtet, wie du ihn angesehen hast, dich von ihm hast berühren lassen. Aber ich war geduldig. Heute Abend." Er näherte sich ihr. „Ich habe auf heute Abend gewartet."

Carrie rannte zur Vordertür. Sie drückte die Klinke herunter, riss an ihr, doch die Tür blieb zu.

„Ich habe sie von draußen verschlossen", teilte Brewster ihr ruhig mit. „Ich wusste, dass du versuchen würdest, wegzulaufen. Ich wusste, dass du mir meine Liebe ins Gesicht zurückschleudern würdest."

Carrie wirbelte herum und presste sich an die Tür. „Sie lieben nicht mich. Sie sind verwirrt. Ich bin eine Schauspielerin. Ich bin nicht Hailey."

Er zuckte zusammen und presste die Finger gegen die Schläfen. „Diese Kopfschmerzen", murmelte er. „Nein, nicht", warnte er, als sich Carrie zur hinteren Tür schleichen wollte. Er stellte sich ihr in den Weg und griff dann nach etwas, das Carrie nicht erkennen konnte. „Ich weiß, was ich zu tun habe. Und es gibt für uns beide kein Wegrennen, Hailey."

„Ich bin nicht …"

„Es ist zu spät. Zu spät. Ich habe es wahrscheinlich schon immer gewusst. Ich verabscheue, was du mir angetan hast." Wieder presste er die Finger gegen die Schläfen. „Ich kann dich keinem anderen Mann überlassen. Du gehörst mir. Vom ersten Augenblick an. Wenn du das nur verstehen könntest."

„James." Sie bezwang ihre Angst und machte einen kleinen Schritt auf ihn zu. „Bitte, kommen Sie mit mir ins Haus. Mir ist kalt", fügte sie hastig hinzu. „Ich bin nass, ich muss mich umziehen. Dann können wir miteinander reden."

Er blickte sie an, sah aber nur, was er sehen wollte. „Du kannst mich nicht belügen. Ich habe dich erschaffen. Du versuchst, dich von mir zu stehlen. Du willst mich wegbringen lassen. Mein Arzt will mich auch wegbringen lassen, aber ich weiß, was ich zu tun habe. Für uns beide. Es endet hier, Hailey."

Jetzt erkannte sie, wonach er eben gegriffen hatte. Er hob den Kanister, und sie roch das Benzin. „Nein, gütiger Himmel, nein."

„Du solltest von Anfang an im Feuer umkommen, aber ich musste es dann ändern. Jetzt ist es so weit."

Sie stürzte auf ihn zu, als er den Kanister umkippte. Doch das Benzin breitete sich schon auf dem Holzboden aus. Sie versuchte, an Brewster vorbeizukommen. Sie hörte ihn aufschluchzen, als er sie zu Boden stieß. Ihr Kopf traf die Tischplatte. Und dann umhüllte sie Dunkelheit.

„Carrie wird sicher eine Flasche Champagner öffnen wollen."

„Wir können ihn alle gebrauchen", entgegnete Matt, als sie das Haus betraten.

„Du hättest mir übrigens mit vollem Recht vorhin einen Kinnhaken verpassen können. Ich war übereifrig, Matt." Kirk dachte an Carrie, die oben auf ihn wartete. „Ich habe mich einfach auf dich eingeklinkt, weil sich der einzige handfeste Hinweis auf dich bezog."

„Offensichtlich hat alles, was der Blumenhändler dir erzählt hat, auf mich gepasst."

„Was auf dich passt, passt auch auf andere. Ich habe versagt", fügte er leiser hinzu. „Ich habe versagt, weil ich zu nah dran bin. Weißt du, wie die erste Regel in meiner Branche lautet? Sich nie persönlich in einen Fall verwickeln zu lassen."

„Dafür ist es wohl etwas zu spät."

„Viel zu spät. Sie hat an dich geglaubt, das solltest du wissen. Selbst als ich ihr alle Fakten offengelegt habe, hat sie hinter dir gestanden."

Gerührt nestelte Matt an seinem Revers. „Sie ist eine ganz besondere Frau."

„Sie ist die schönste Frau – innerlich wie äußerlich –, die mir je begegnet ist. Sie hat einen wunderbaren Charakter. Davon ahnt man nichts, wenn man nur nach ihrem Äußeren geht. Auch nichts von ihrem Verstand und ihrer Treue. Ich habe auch eine Weile gebraucht, bis ich hinter ihre Fassade blicken konnte. Vielleicht, wenn ich nur ein bisschen von ihrem Glauben an die Menschen hätte, wäre ich nicht der falschen Fährte nachgejagt."

Matt folgte Kirks Blick die Treppe hinauf. Wenn Kirk übereifrig gewesen war, dann war er es auch gewesen. Die letzten Wochen war er so mit sich und seiner eigenen Welt beschäftigt gewesen, dass er für einen der ihm am nächsten stehenden Menschen nicht mehr die Zeit und Aufmerksamkeit übrig hatte, die dieser brauchte. Auch er hatte wirklich etwas gutzumachen.

„Ich war vorhin etwas überschäumend. Aber ich glaube, du bist nach Carrie ebenso verrückt wie ich nach Marion. Wahrscheinlich hätte ich mich an deiner Stelle genauso verhalten."

„Vielleicht." Wieder warf Kirk einen Blick die Treppe hinauf. Er wäre jetzt lieber allein mit Carrie. Aber für sie war es wichtig, mit Matt zu reden. Sie würde erleichtert sein.

Matt legte Kirk verständnisvoll die Hand auf die Schulter. „Die letzten Monate haben mich gelehrt, dass Liebe einen Menschen wirklich total verrückt machen kann. Das hat Brewster wahrscheinlich auch in seinem Interview gemeint."

„Welches Interview?"

„Es stand in der Zeitung heute, im Zusammenhang mit einem Artikel über ‚Strangers', beziehungsweise in erster Linie über Hailey. Die Art, wie er sie beschrieben hat … Teufel, man hätte denken können, es gebe sie wirklich. Aber etwas Wahres hat er gesagt: Wenn ein Mann eine Frau wirklich liebt, sieht er sie so wie sonst niemand. Sie ist der Mittelpunkt seines Lebens und beherrscht es, einfach durch ihr Vorhandensein. Ich bin richtig sentimental geworden, als ich das gelesen habe", fuhr Matt mit einer Spur von Verlegenheit fort. „Aber ich glaube, ich habe verstanden, was er gemeint hat. Einmal hat er sogar Carries und Haileys Namen verwechselt."

„Was?"

„Du kannst dir vorstellen, wie genüsslich der Reporter sich darauf gestürzt hat, dass Carrie den Autor so verwirrt haben muss, dass er die Schauspielerin mit der Filmrolle verwechselt."

„Mist!" Kirk schlug mit der Faust gegen den Geländerpfosten und stürmte dann die Treppe hoch. „Er hat es mir heute Nachmittag ja praktisch gestanden. Er hat es mir direkt in den Schoß gelegt."

„Was ist ..." Doch Kirk war schon verschwunden. Matt zuckte mit den Schultern und überlegte, ob er noch Marion anrufen könnte.

„Ruf die Feuerwehr!", schrie Kirk von oben und nahm dann drei Treppenstufen auf einmal. „Das Badehaus brennt. Sie ist dort." Kirk war schon an der Tür. „Er ist dort mit ihr."

Mühsam erhob sich Carrie auf alle viere. Dann roch sie den Rauch, er war dicht und stechend, wie heute Nachmittag während der Dreharbeiten. Doch da waren es Spezialeffekte gewesen. Sie hörte jetzt auch das Knistern des Feuers, und dann sah sie, dass der Holzboden brannte.

Brewster blockierte immer noch die hintere Tür. Er schien von den Flammen wie hypnotisiert zu sein, die sich schnell ausbreiteten. Er versuchte nicht, zu entkommen. Er würde hier sterben, er wollte hier sterben. Und er würde sie mit sich nehmen.

Carrie richtete sich auf. Der Rauch ließ sie husten. Entsetzt sah sie sich um. In ihrem Kopf hämmerte es. Die Fenster waren zu hoch. Durch sie würde sie nie hinauskommen. Die Vordertür war versperrt. Es gab nur einen Ausgang. Sie musste an Brewster vorbeikommen, bevor die Flammen auch diesen letzten Ausgang versperrten.

Der Rauch verursachte ihr einen Hustenreiz, doch Brewster hörte nichts. Den Flammen galt seine Aufmerksamkeit, wie sie sich gierig weiterfraßen. Die Hitze stieg, wurde sichtbar in flimmernden Wellen zwischen Carrie und der Tür. Hastig griff sie sich ein Handtuch und tauchte es in die Wanne. Sie legte es sich über den Kopf und sah sich nach einer Waffe um.

Der Kassettenrecorder stand auf dem Tisch, die Musik spielte noch, abgedämpft durch das Geräusch des Feuers. Sie nahm ihn und trat vorsichtig, wobei ihr immer wieder die Beine zu versagen drohten, hinter Brewster.

Er weinte. Sie hörte es, als sie den Recorder über seinen Kopf hob.

Ihr selbst liefen jetzt die Tränen übers Gesicht und verschleierten ihren Blick. Es war alles so sehr wie die Szene, die sie einstudiert, geprobt und zu verstehen versucht hatte.

Der beißende Rauch ließ sie nicht mehr klar denken. Hailey. Es war in der Hütte, sie war Hailey, und sie hatte sich und denen, die sie geliebt hatten, Unglück gebracht. Vergangene Fehler, vergangene Liebe, vergangenes Leben. Wenn sie doch nur ihre Liebe und ihre Unschuld nicht Brad gegeben hätte. Oder Dustin?

Sie musste den Nebel um ihre Verstandeskräfte vertreiben. Es gab keinen Brad. Nur Kirk. Kirk war wirklich, und sie war Carrie. Eine O'Hara. O'Haras waren Kämpfer.

Wimmernd schlug sie Brewster den Recorder auf den Kopf.

Als er mit einem kurzen Aufstöhnen in sich zusammensackte, schnappte sie nach Luft, die vom Rauch und den Flammen immer mehr verzehrt wurde.

Hatte sie ihn getötet? Sie sah zur Tür, die nun von Flammen umgeben war. Ihr einziger Weg hinaus. Rettung. Sie machte einen Schritt, hielt inne und beugte sich über Brewster.

Er hatte sie geliebt. Verrückt oder gesund, was er gemacht hatte, hatte eine Verbindung zu ihr. Irgendwann, später, konnte sie sich darüber ein klares Urteil bilden, aber sie konnte sich nicht retten, ohne den Versuch zu unternehmen, auch ihn zu retten.

Sie riss das Handtuch herunter und legte es auf sein Gesicht. Die Decke knackte bedrohlich, sie wagte nicht, hinaufzusehen. Alles drehte sich nur noch ums Überleben. Sie legte ihre Hände unter seine Achseln und zog ihn in Richtung Tür und näher zu den Flammen.

Sie würde es nicht schaffen. Es gab keine Luft mehr, die sie atmen konnte, während sie den schweren leblosen Körper fortzuziehen versuchte. Das Feuer würde gewinnen, es kam immer näher. Sie fühlte die glühende Hitze auf ihrer Haut und wünschte sich verzweifelt, sie hätte sich die Zeit genommen und mehrere Handtücher nass gemacht.

Kurz vor der Tür stolperte sie und fiel, schwindlig durch den Sauerstoffmangel. Noch ein wenig weiter, befahl sie sich selbst und schleppte sich mit Brewster weiter. Nur noch etwas weiter.

Sie beobachtete, schon zu benommen, um Angst zu empfinden, wie ein brennender Balken in die Wanne fiel.

„Carrie!"

Schon halb bewusstlos, hörte sie den Ruf. Irgendwie schaffte sie noch ein paar Zentimeter.

Kirk trat die vordere Tür ein und sah nichts als Flammen. Er schrie wieder ihren Namen und hörte nichts als Feuer. Das Dach brach ein. Er wollte vorwärts, doch die Gluthitze trieb ihn zurück. Dann sah er sie, am anderen Ende, zusammengesackt, und die Flammen trennten sie.

Hustend raste er um das Badehaus herum.

Sie hatte es fast geschafft. Das war sein erster Gedanke. Brennendes Holz fiel herunter, als er seinen Körper schützend über sie warf. Er spürte, wie es ihn traf und seine Hand versengte, bevor er Carrie hinaus auf den Rasen zog.

„Um Himmels willen …" Matt stürzte auf sie zu.

„Brewster ist drin", stieß Kirk hervor. „Kümmere dich um sie."

Wieder stürzte sich Kirk in die Hitze. Auf dem Bauch kriechend konnte er sich zu Brewster vorarbeiten und packte dessen Handgelenk. Falls sein Puls noch schlug, spürte Kirk ihn nicht, doch er zog Brewster hinaus. Als das Dach ganz einstürzte, rollte sich Kirk neben Brewster auf dem Rasen auf den Rücken und schnappte nach Luft.

„Carrie." Keuchend kroch er zu ihr. Ihr Gesicht war rußverschmiert. Doch dann öffnete sie die Augen und sah ihn mit einer Mischung aus Angst und Verwunderung an.

„Kirk. Er …"

„Ich habe ihn herausgeholt. Nicht mehr reden jetzt." Obwohl die Hitze immer noch unerträglich war, begann sie zu zittern. Kirk zog sein Hemd aus und legte es über sie. „Sie hat einen Schock. Und viel Rauch eingeatmet. Sie muss ins Krankenhaus."

„Ich habe schon einen Rettungswagen gerufen." Matt zog seinen Pullover aus, um ihn auch über Carrie zu legen. „Sie wird sich erholen. Sie ist zäh."

„Ja." Kirk legte ihren Kopf in seinen Schoß.

„Er hat geglaubt, ich sei Hailey."

„Ich weiß. Psst." Er nahm ihre Hand und drückte sie. Die Schmerzen von seinen Verbrennungen waren wirklich. Sie war wirklich. Und sie lebten.

„Ich … Einen Augenblick lang da drin habe ich es auch gedacht. Kirk, sag mir, wer ich bin."

„Caroline O'Hara, die einzige Frau, die ich je geliebt habe."

„Danke", flüsterte sie noch und verlor das Bewusstsein.

Als Kirk Carrie endlich sehen durfte, hatte er vierundzwanzig Stunden ohne Schlaf verbracht. Er hatte sich geweigert, das Krankenhaus zu verlassen, um aus seiner nach Rauch riechenden Kleidung zu kommen. Wie ein Tiger war er die Gänge auf und ab gegangen und hatte die Schwestern fast verrückt gemacht.

Die Ärzte hatten ihm versichert, dass Carrie jetzt nichts als Ruhe brauchte. Doch er bestand darauf, sie zu sehen und zu sprechen, bevor er irgendwohin ging. Und wenn er ging, dann nur mit Carrie zusammen.

Schließlich kam der Arzt aus dem Krankenzimmer und erlaubte Kirk, zu Carrie hineinzugehen. „Ich werde ihre Entlassungspapiere ausfüllen. Obwohl, wenn Sie auf mich hören würden, bliebe sie wenigstens noch einen Tag zur Beobachtung hier."

„Ich kann sie zu Hause pflegen."

Der Arzt warf einen skeptischen Blick zur Tür des Krankenzimmers. „Vielleicht. Mr. Doran?"

Kirk hielt in der Bewegung inne. „Ja?"

„Sie ist eine sehr eigenwillige Frau."

„Ich weiß." Zum ersten Mal seit Stunden lächelte Kirk. Er öffnete die Tür. Carrie saß im Bett und betrachtete sich stirnrunzelnd im Spiegel.

„Ich sehe schrecklich aus."

„Schönheit ist nur Fassade."

„Gut, denn du siehst noch schlimmer aus als ich. O Kirk." Sie breitete die Arme aus. „Du bist wirklich da. Es ist doch jetzt alles gut?"

„Es ist vorbei. Ich hätte besser auf dich aufpassen sollen."

„Ich werde dein Honorar kürzen."

„Verdammt, Carrie, das ist kein Spaß. Wenn ich daran denke, was hätte geschehen können."

„Nein." Sie legte einen Finger auf seinen Mund. „Ich will nicht mehr daran denken, was hätte geschehen können, Kirk. Ich bin in Sicherheit und du auch. Nur das zählt. Und … und James?"

„Er lebt. Er wird in eine Anstalt kommen."

„Kirk, er war so bemitleidenswert, so verwirrt. Er hat im Kopf etwas erschaffen, das ihn überwältigt hat."

„Er wollte dich töten."

„Er wollte Hailey töten", verbesserte sie ihn. „Ich kann ihn nur bemitleiden."

„Deine Familie kommt."

„Hierher? Alle?"

„Deine Schwestern und deine Eltern. Niemand weiß, wo Terence zu erreichen ist."

„Kirk, ich will Maddys Flitterwochen nicht zerstören. Und alle …"

„Wollen sich vergewissern, dass es dir gut geht. Dafür sind Familien schließlich da."

„Ja." Sie faltete die Hände. „Kirk, du verdienst auch eine Familie. Deine Familie."

Entschlossen sah er sie an. „Ich weiß, was ich will, Carrie."

„Ja, das glaube ich auch. Kirk, bevor das gestern Abend alles passiert ist, habe ich auf dich gewartet. Ich wusste, wenn du zurückkommst und mich in die Arme nimmst, würde ich die richtige Wahl treffen, für uns beide." Ihr Blick fiel auf den Spiegel. Sie verzog das Gesicht und legte ihn mit der Glasfläche zuunterst auf den Tisch neben dem Bett. „So habe ich mir das eigentlich nicht vorgestellt, aber es würde mir sehr helfen, wenn du näher kommst und mich in die Arme nimmst!"

Er setzte sich neben sie aufs Bett und zog sie an sich. „Weißt du, als ich gestern Abend zurückkam und das Badehaus brannte, wusste ich, dass du drinnen warst, weil mein Herz plötzlich aufgehört hat zu schlagen. Wenn ich dich verloren hätte, hätte es nie wieder begonnen. Mein Leben hätte keinen Sinn mehr gehabt ohne dich."

„Kirk." Sie hob den Kopf und suchte nach seinen Lippen. Als sie sie auf ihren spürte, fand sie alle Antworten, nach denen sie gesucht hatte. „Ich möchte eine kurze Verlobungszeit. Eine sehr, sehr kurze."

– ENDE –

Nora Roberts

Wohin die Zeit uns treibt

Roman

Aus dem Amerikanischen von
Anne Pohlmann

NEW YORK TIMES
BESTSELLER AUTOREN

PROLOG

„Zieh das Tempo im Vorspiel an, Terence, Junge, du verschleppst es.“ Frank O’Hara stand auf der Markierung, rechts auf der Bühne, bereit, die Eröffnungsnummer durchzugehen. Das dreiabendliche Engagement in Terre Haute stellte weder den Höhepunkt seiner Karriere dar, noch war es der Gipfel seiner Träume. Aber er würde dem Publikum eine Vorstellung geben, die ihr Eintrittsgeld wert war. Jeder unbedeutende Auftritt war die Generalprobe zum großen Durchbruch.

Er zählte das Tempo ein, dann tanzte er in die Nummer mit der Begeisterung eines Mannes, der halb so alt wie er war. Nach dem Kalender lag Franks Alter bei vierzig, aber seine Füße würden immer sechzehn sein.

Die kleine Nummer hatte er sich ausgedacht in der naiven Hoffnung, sie würde zum Markenzeichen der O’Haras. Am Klavier versuchte sein ältestes Kind und einziger Sohn, etwas Leben in eine Melodie zu bringen, die er schon unzählige Male gespielt hatte – und träumte von der großen weiten Welt.

Auf Stichwort wirbelte seine Mutter auf die Bühne und tanzte mit seinem Vater. Selbst nach endlosen Nummern, endlosen Theatern fühlte Terence immer noch den Stich der Zuneigung für sie. Genauso wie er nach endlosen Nummern, endlosen Theatern den mittlerweile vertrauten Stich der Frustration spürte.

Würde es immer so sein, zweitklassige Lieder auf zweitklassigen Klavieren zu hämmern, um die großen Träume seines Vaters zu erfüllen, die nicht einmal in der Hölle Hoffnung auf Erfüllung hatten?

Wie sie es den größten Teil ihres Lebens gemacht hatte, glich Molly ihre Schritte denen von Frank an. Sie hätte die Nummer mit verbundenen Augen tanzen können. Ihre Gedanken waren dabei ganz bei ihrem Sohn.

Der Junge ist nicht glücklich, dachte sie. Und aus dem Kind war ein Mann geworden, der danach strebte, seinen eigenen Weg zu gehen. Es war diese Tatsache, das wusste sie, die Frank so viel Angst einjagte, dass er sich weigerte, sie überhaupt zur Kenntnis zu nehmen.

Die Auseinandersetzungen waren häufiger geworden, hitziger.

Bald, dachte sie, zu bald, wird etwas explodieren, und vielleicht bin ich nicht in der Lage, alle Stücke zu kitten.

Kick, Spitze, Ballen, neigen. Ihre drei Töchter steppten auf die Bühne. Da ihr Herz Franks nahe war, fühlte Molly, wie es vor Stolz anschwoll. Sein Stolz und seine Hoffnung gründeten sich darauf, dass er immer noch der jugendliche Träumer war, in den sie sich vor so langer Zeit verliebt hatte.

Während Molly und Frank von der Bühne tanzten, ging die Nummer glatt in den Eröffnungssong über. Die O'Hara-Drillinge – Caroline, Alana und Madeline – stürzten sich in die dreistimmige Melodie, als wären sie zum Singen geboren.

Praktisch waren sie es auch, dachte Molly. Aber wie Terence waren sie keine Kinder mehr. Caroline, die alle Carrie nannten, benutzte schon Köpfchen und Tricks, um die Männer im Publikum zu faszinieren. Alana, beständig und ruhig, kam gerade in die Jahre. Und es würde nicht mehr lange dauern, bis sie Madeline, Maddy, verloren. Als Mutter empfand Molly sowohl Stolz als auch Bedauern beim Gedanken, dass ihre Jüngste einfach zu viel Talent hatte, um noch lange Teil einer umherziehenden Truppe zu sein.

Doch jetzt war es Terence, der ihr Sorgen machte. Er saß am verkratzten Klavier in dem schäbigen kleinen Club, die Gedanken Tausende von Meilen entfernt. Sie hatte die Broschüren gesehen, die er sammelte. Fotos und Geschichten von Orten wie Sansibar, Neuguinea, Mazatlán in Mexiko. Auf den langen Zug- oder Busfahrten von einer Stadt zur anderen erzählte Terence von den Moscheen und Höhlen und Bergen, die er sehen wollte.

Und dann fegte Frank diese Träume wie Staub zur Seite, klammerte sich verzweifelt an seine eigenen – und an seinen Sohn.

„Nicht schlecht, Schätzchen." Frank sprang zurück auf die Bühne und nahm seine Töchter in den Arm. „Terence, deine Gedanken sind nicht im Geringsten bei der Musik. Du musst Leben hineinpumpen."

„In dieser Nummer ist seit Des Moines überhaupt kein Leben mehr."

Vor einigen Monaten hätte Frank aufgelacht und seinem Sohn das Haar zerzaust. Doch jetzt spürte er den Stachel der Kritik, von Mann zu Mann. Eigensinnig reckte er das Kinn. „An dem Stück war noch nie etwas auszusetzen. Es ist dein Spiel, das zu wünschen übrig lässt.

Zweimal hast du das Tempo verloren. Ich habe es satt, dich eingeschnappt vor den Tasten hocken zu sehen."

In der Rolle der Friedensstifterin trat Alana zwischen ihren Vater und Bruder. Die wachsende Spannung machte sich seit Wochen als Reizbarkeit bemerkbar. „Wir sind alle etwas müde."

„Ich kann für mich selbst sprechen, Alana. Und niemand hockt eingeschnappt vor den Tasten."

„Ha!" Frank stieß Mollys zurückhaltende Hand weg. Himmel, der Junge ist groß, dachte Frank. Groß und aufrecht und fast ein Fremder. Aber Frank O'Hara hatte immer noch das Sagen, und es war Zeit, dass sein Sohn sich daran erinnerte. „Du bist in mieser Laune, seit ich dir gesagt habe, dass ein O'Hara nicht einfach nach Hongkong abhaut oder der Himmel weiß wohin, wie ein Zigeuner. Dein Platz ist hier, bei deiner Familie. Deine Verantwortung gehört der Truppe."

„Das ist nicht meine verdammte Verantwortung."

Frank zog die Augen zusammen. „Achte auf deinen Ton, Junge, du bist nicht so groß, dass ich dir nicht den Kopf waschen kann."

„Es wird Zeit, dass jemand dir gegenüber diesen Ton anschlägt." Jetzt brach aus Terence hervor, was er zu lange zurückgehalten hatte. „Jahr für Jahr spielen wir zweitklassige Songs in zweitklassigen Clubs."

„Terence." Maddy sprach ruhig und fügte einen bittenden Blick hinzu. „Nicht."

„Nicht was? Ihm nicht die Wahrheit sagen? Er hört sowieso nicht zu, aber ich habe es wenigstens ausgesprochen. Ihr drei und Ma habt sie lange genug vor ihm verschleiert."

„Anfälle von schlechter Laune sind so langweilig", meinte Carrie blasiert, obwohl ihre Nerven straff angespannt waren. „Verdrücken wir uns doch einfach jeder in seine Ecke."

„Nein." Vor Wut zitternd, trat Frank von seinen Töchtern weg. „Dann mach weiter, sag, was du zu sagen hast."

„Ich habe es satt, mit dem Bus ins Nirgendwo zu fahren und sich vorzumachen, der nächste Halt sei die goldene Leiter. Du schleppst uns von Stadt zu Stadt, Jahr für Jahr."

„Euch schleppen?" Franks Gesicht lief rot an. „Ist es wirklich das, was ich tue?"

„Nein.“ Molly trat vor, den Blick fest auf ihren Sohn gerichtet. „Nein, wir fahren alle freiwillig, weil es das ist, was wir wollen. Wenn es einer von uns nicht will, hat er ein Recht, es zu sagen, aber nicht, grausam zu sein.“

„Er hört nicht zu!“, schrie Terence. „Es ist ihm egal, was ich will oder nicht. Ich habe es dir gesagt, ich habe es dir gesagt.“ Er fiel förmlich über seinen Vater her. „Jedes Mal, wenn ich versuche, mit dir zu reden, höre ich nur, wie wir die Familie zusammenhalten müssen, wie der große Durchbruch direkt hinter der Ecke liegt, obwohl da nichts anderes liegt als wieder ein lausiger Abendauftritt in einem dreckigen Club.“

Es war der Wahrheit zu nahe, dem zu nahe, was ihm ein Gefühl des Versagens geben würde. Wo er doch seiner Familie nur das Beste und Glänzendste geben wollte. Erregung war die einzige Waffe, die Frank hatte. Und er benutzte sie.

„Du bist undankbar und selbstsüchtig und dumm. Ich habe mein ganzes Leben gearbeitet, um dir den Weg zu pflastern. Um dir Türen zu öffnen, damit du hindurchtreten kannst. Nun ist das nicht gut genug.“

Terence spürte, wie die Tränen der Frustration in seinen Augen brannten, aber er wich nicht zurück. „Nein, es ist nicht gut genug, weil ich nicht durch deine Türen treten will. Ich will etwas anderes, ich will mehr, aber du bist so in deinen eigenen hoffnungslosen Träumen gefangen, dass du nicht merkst, wie ich sie hasse. Und je mehr du mich bedrängst, deinen Träumen zu folgen statt meinen eigenen, desto näher komme ich dazu, dich zu hassen.“

Terence hatte das nicht sagen wollen, und er erschrak selbst über seine bitteren Worte. Sein Vater erblasste, wurde alt, schien zu verfallen. Wenn Terence die Worte hätte zurücknehmen können, er hätte es versucht. Aber es war zu spät.

„Dann folge deinen Träumen“, sagte Frank mit einer vor Gefühlen rauen Stimme. „Geh, wohin sie dich führen. Aber komm nicht zurück, Terence O’Hara. Komm nicht zu mir zurück, wenn sie dich kaltlassen. Für dich wird kein gemästetes Kalb geschlachtet.“

Er marschierte links von der Bühne ab.

„Er hat es nicht so gemeint“, sagte Alana hastig und nahm Terences Arm. „Du weißt, er hat es nicht so gemeint.“

„Beide haben es bestimmt nicht so gemeint.“ Hilflos blickte Maddy zu ihrer Mutter.

„Sie müssen sich nur abkühlen.“ Trotz ihres Hangs zum Dramatischen war Carrie erschüttert. „Komm schon, Terence, wir machen einen Spaziergang.“

„Nein.“ Mit einem kleinen Seufzer schüttelte Molly den Kopf. „Ihr Mädchen geht jetzt, lasst mich mit Terence reden.“ Sie wartete, bis sie allein waren, dann setzte sie sich auf die Klavierbank. Sie fühlte sich alt und müde. „Ich weiß, du bist unglücklich“, begann sie ruhig. „Und du verschließt vieles in dir. Ich hätte deswegen etwas tun müssen.“

„Es ist nicht deine Schuld.“

„Meine so sehr wie seine, Terence. Das, was du gesagt hast, hat ihn tief getroffen. Und die Narbe wird so schnell nicht verheilen. Ich weiß, einiges wurde in der Erregung gesagt, aber anderes war wahr.“ Sie blickte auf und musterte ihren erstgeborenen und einzigen Sohn. „Ich glaube, es war wahr, als du gesagt hast, du wirst ihn hassen, wenn er dich nicht gehen lässt.“

„Ma ...“

„Nein. Es war eine harte Bemerkung, es ist aber noch härter, wenn sie sich erfüllt. Du willst gehen?“

Er öffnete den Mund, bereit, wieder nachzugeben. Aber die Wut, die er für seinen Vater empfunden hatte, war noch zu frisch, und sie machte ihm Angst. „Ich muss gehen.“

„Dann geh.“ Sie stand auf und legte die Hände auf seine Schultern. „Und mach es schnell und sauber, ansonsten wird er dich durch Charme oder Beschämung dazu bringen zu bleiben, und du wirst ihm das nie vergeben. Schlag deinen eigenen Weg ein. Wir sind da, wenn du zurückkommst.“

„Ich liebe dich.“

„Ich weiß. Und ich will, dass es so bleibt.“ Sie küsste ihn, dann eilte sie weg, da sie wusste, sie musste ihre Tränen zurückhalten, bis sie ihren Mann getröstet hatte.

In der Nacht packte Terence seine Sachen – Kleider, eine Flöte und Dutzende von Broschüren. Er hinterließ eine Nachricht, auf der nur stand: *„Ich schreibe.“*

Er hatte ein paar Dollar in der Tasche, als er das Motel verließ und den Daumen ausstreckte.

1. KAPITEL

Der Whisky war billig und hatte den Biss einer wütenden Frau. Terence zog die Luft durch die Zähne ein und wartete darauf, zu sterben. Als er es nicht tat, goss er sich ein zweites Glas aus der Flasche ein, kippte zurück auf seinem Stuhl und sah hinaus auf die offene Weite des Golfs von Mexiko.

Die kleine Cantina bereitete sich aufs Abendgeschäft vor. In der Küche wurde gebrutzelt, und der starke Duft von Zwiebeln wetteiferte mit den Gerüchen von Alkohol und abgestandenem Tabak. Die Unterhaltungen wurden in rasend schnellem Spanisch geführt, was Terence verstand und ignorierte.

Er wollte keine Gesellschaft. Er wollte den Whisky und das Wasser.

Die Sonne war ein roter Ball über dem Golf. Die Wolken hingen tief und schimmerten in Pink- und Goldtönen. Das Feuer des Whiskys breitete sich angenehm heiß in seinem Körper aus. Terence O'Hara war im Urlaub, und den wollte er genießen.

Amerika war nur einen kurzen Flug entfernt. Vor Jahren schon hatte er aufgehört, es als Heimat zu empfinden – zumindest hatte er es sich eingeredet. Es war zwölf Jahre her, seit er weggegangen war, ein junger, idealistischer Mann, von Schuldgefühlen bedrängt, getrieben von seinen Träumen. Er hatte Hongkong und Singapur gesehen. Ein Jahr lang war er durch den Orient gereist, hatte sich mit Witz und Verstand und dem Talent durchgeschlagen, das er von seinen Eltern geerbt hatte. Er spielte in Hotelhallen und nachts in Stripspelunken und saugte die fremden Eindrücke regelrecht auf.

Dann kam Tokio. Er spielte amerikanische Musik in einem miesen kleinen Club und hatte das Ziel, durch ganz Asien zu reisen.

Alles hing immer davon ab, zur richtigen Zeit am richtigen Ort zu sein. Oder, dachte Terence, wenn er sich schlecht fühlte, am falschen Ort zur falschen Zeit. Eine Kneipenrauferei war mittlerweile gewöhnliche Begebenheit. Frank O'Hara hatte seinem Sohn mehr beigebracht, als musikalisch das Tempo zu halten. Terence wusste, wann er zuschlagen und wann er sich zurückziehen musste.

Er hatte sich nicht in der Absicht eingemischt, das Leben von Charlie Forrester zu retten. Und ganz bestimmt hatte er keine Ahnung gehabt, dass Forrester ein amerikanischer Agent war.

Schicksal, dachte Terence, während er die rote Sonne betrachtete, die dichter an den Horizont sank. Es war Schicksal gewesen, dass er das Messer abwehrte, das für Charlies Herz bestimmt war. Und es waren die verwinkelten Wege des Schicksals, die ihn ins erbarmungslose Spiel der Spionage führten. Terence war tatsächlich durch Asien gekommen und weiter. Finanziert wurden die Reisen aber vom International Security System, dem ISS.

Jetzt war Charlie tot. Terence kippte das Glas auf seinen Freund und Ratgeber. Er war nicht durch die Kugel eines hinterhältigen Mörders gestorben oder durch ein Messer in einem dunklen Gang, sondern an einem Herzanfall. Charlies Körper hatte sich ganz einfach entschieden, dass seine Zeit abgelaufen war.

Also saß Terence O'Hara in einer kleinen Kneipe an der mexikanischen Küste und hielt seinen eigenen Körper wach.

Die Beerdigung war in vierzehn Stunden in Chicago. Weil er nicht bereit war, den Rio Grande zu überqueren, wollte Terence in Mexiko auf seinen alten Freund trinken und übers Leben nachdenken. Charlie würde es verstehen, entschied Terence, während er seine langen Beine in den schmuddeligen Kakihosen ausstreckte. Charlie war nie für Förmlichkeiten gewesen. Einfach den Job tun, einen Drink nehmen und mit dem nächsten weitermachen.

Terence zog eine zerdrückte Packung Zigaretten hervor und suchte in der Tasche seines schmutzigen Hemdes nach Streichhölzern. Seine Hände waren lang, mit breiten Handflächen. Mit zehn hatte er davon geträumt, Konzertpianist zu werden. Aber er hatte von vielem geträumt, was er werden wollte. Ein zerdrückter Strohhut beschattete sein Gesicht, als er das Streichholz anriss und ans Ende der Zigarette führte.

Er war sehr braun. Sein dunkelblondes Haar war dick, weil es ihm zu lästig war, es zurechtstutzen zu lassen, und es war lang genug, dass es sich unter dem Hut wild lockte. Sein Gesicht war feucht von der Hitze und schmal. Links am Kinn zeigte sich eine Narbe, klein und weiß – Begegnung mit einer abgeschlagenen Flasche. Seine Nase war seit seinem sechzehnten Lebensjahr ganz leicht schief. Ein Kampf um den guten Ruf eines Mädchens oder dessen Fehlen.

Sein Körper war im Moment fast dünn, verursacht durch einen

ausgedehnten Krankenhausaufenthalt. Die letzte Kugel, die ihn erwischt hatte, hätte ihn fast umgebracht. Selbst ohne den Whisky und die Trauer wirkte er gefährlich. Kantig mit stechendem Blick – selbst jetzt, wo er privat im Urlaub war.

Seit drei Tagen hatte er sich nicht rasiert, und sein Bart war rau genug, um seinem Mund einen groben Zug zu geben. Der Kellner war froh, ihn mit seiner Flasche und seiner Einsamkeit allein zu lassen.

Als die Dämmerung fiel, wurde der Himmel ruhiger und die Cantina lärmender. Aus dem Radio dröhnte mexikanische Musik, gelegentlich von rauschenden Funkstörungen unterbrochen. Irgendjemand zerbrach ein Glas. Zwei Männer debattierten hitzig übers Fischen, über Politik und Frauen. Terence goss sich noch ein Glas ein.

Er sah sie in dem Augenblick, als sie eintrat. Nach alter Gewohnheit behielt er die Tür im Auge und registrierte sofort Einzelheiten, obwohl er scheinbar überhaupt nicht hinsah. Eine Touristin, die die falsche Richtung eingeschlagen hat, dachte er. Elfenbeinfarbene Haut mit einigen kleinen Sommersprossen, dazu rotes Haar. Nach einer Stunde unter der Yucatán-Sonne würde sie krebsrot verbrannt sein. Ein Jammer, dachte er und wandte sich wieder seinem Drink zu.

Er erwartete, dass sie im selben Moment verschwand, in dem sie erkannte, in welche Kaschemme sie geraten war. Stattdessen ging sie zur Bar. Terence legte die ausgestreckten Beine übereinander und vertrieb sich die Zeit, indem er sie musterte.

Ihre weiße Hose war fleckenlos, trotz der staubigen Hitze des Tages. Sie trug dazu ein dunkelrotes Hemd, das lose genug war, um kühl zu sein. Sie war schlank, doch mit genügend Kurven, um der weiten Hose Stil zu geben. Ihr Haar, fast in der Farbe der untergehenden Sonne, war in einem Zopf zurückgehalten. Ihr Gesicht sah er nur im Profil. Klassisch, entschied er ohne großes Interesse. Kameen-Eleganz. Champagner-Kaviar-Typ.

Er kippte den Rest seines Drinks hinunter und entschloss sich, sehr betrunken zu werden – um Charlies willen.

Er hatte gerade wieder die Flasche gehoben, als sich die Frau umdrehte und ihn direkt ansah. Unter dem Schatten seines Hutes begegnete Terence ihrem Blick. Als sie den Raum durchquerte und auf ihn zukam, goss er sich seinen Whisky ein.

„Mr. O'Hara?“

Über den Akzent zog er leicht eine Braue hoch. Eine Spur von Irland, dieselbe Spur, die bei seinem Vater bei Wut oder Freude durchkam. Terence trank seinen Whisky und sagte nichts.

„Sie sind Terence O'Hara?“

Es war auch eine Spur von Selbstbeherrschung in ihrer Stimme, stellte er fest. Und aus der Nähe konnte er Schatten unter außerordentlich grünen Augen sehen. Ihre Lippen waren zusammengepresst. Die Finger lagen fest um den Riemen eines Segeltuchbeutels, der ihr über der Schulter hing.

„Möglich. Warum?“

„Mir wurde gesagt, Sie seien in Mérida. Ich suche Sie schon seit zwei Tagen.“ Und er war alles andere, als sie erwartet hätte. Wenn sie nicht so verzweifelt wäre, hätte sie schon längst die Flucht ergriffen. Seine Kleider waren schmutzig, er roch nach Whisky und sah aus wie ein Mann, der einem das Fell über die Ohren ziehen konnte. Sie holte tief Luft und entschied sich, ihr Glück trotzdem zu versuchen. „Darf ich mich setzen?“

Mit einem Schulterzucken schob Terence mit dem Fuß einen Stuhl vom Tisch. Eine Agentin hätte sich ihm anders genähert.

Sie umklammerte die Stuhllehne und fragte sich, warum ihr Vater glaubte, ein grober Trunkenbold könne helfen. Aber ihre Beine waren nicht so fest, wie sie sein sollten, also setzte sie sich. „Ich muss dringend mit Ihnen sprechen. Privat.“

Terence sah an ihr vorbei in die Cantina. Sie war jetzt voll und wurde jede Minute lauter. „Warum erzählen Sie mir nicht, wer Sie sind, woher Sie wussten, dass ich in Mérida bin, und was zum Teufel Sie wollen?“

Sie presste die Finger aneinander. „Ich bin Dr. Fitzpatrick. Dr. Gillian Fitzpatrick. Charles Forrester hat mir gesagt, wo Sie sind, und ich will, dass Sie das Leben meines Bruders retten.“

Terence sah sie an, als er die Flasche hob. Seine Stimme klang ruhig und ausdruckslos. „Charlie ist tot.“

„Ich weiß.“ Sie glaubte, sie hätte ganz kurz etwas erkennen können, ein Aufblitzen von Menschlichkeit in seinem Blick. Jetzt war es weg, aber Gillian ging darauf ein. „Es tut mir leid. Wie ich verstanden habe, standen Sie sich sehr nah.“

„Wieso meinen Sie eigentlich, ich glaube Ihnen, dass Charlie Ihnen gesagt hat, wo Sie mich finden können?"

Gillian wischte sich ihre feuchten Handflächen an der Hose ab, bevor sie in den Beutel griff. Schweigend reichte sie Terence einen versiegelten Umschlag.

Charlie hatte den Code benutzt, in dem sie sich gegenseitig während ihres letzten Auftrags informiert hatten. Wie immer war die Nachricht kurz.

„Hör der Lady zu. Lass die Organisation zunächst draußen. Setz Dich mit mir in Verbindung."

In Verbindung kann ich mich mit dir nicht mehr setzen, dachte Terence, als er den Brief wieder zusammenfaltete. Mit dem Gefühl, dass Charlie, obwohl tot, immer noch seine Bewegungen steuerte, blickte er die Frau wieder an. „Erklären Sie."

„Mr. Forrester war ein Freund meines Vaters. Ich selbst kannte ihn nicht gut. Ich war viel weg. Ungefähr vor fünfzehn Jahren haben sie zusammen an einem Projekt namens Horizon gearbeitet."

Terence schob die Flasche zur Seite. Urlaub oder nicht, er konnte es sich nicht erlauben, seine Sinne noch weiter zu betäuben. „Wie ist der Name Ihres Vaters?"

„Sean. Dr. Sean Brady Fitzpatrick."

Er kannte den Namen. Er kannte das Projekt. Vor fünfzehn Jahren waren einige der führenden Forscher und Wissenschaftler beauftragt worden, ein Serum zu entwickeln, das den Menschen immunisiert gegen Verstrahlung – einer der hässlichsten Effekte eines Nuklearkrieges. Dem ISS unterstand die Überwachung und Durchführung des Projektes. Es hatte Hunderte von Millionen gekostet und sich als riesiger Reinfall erwiesen.

„Sie waren noch ein Kind."

„Ich war zwölf." Sie schreckte nervös zusammen, als es aus der Küche klirrte. „Natürlich, damals wusste ich nichts über die Arbeit, aber später …" Der Geruch von Zwiebeln und Alkohol war übermächtig. Sie wollte aufstehen, wollte am Strand entlanggehen, wo die Luft warm und klar war. Doch sie zwang sich, fortzufahren. „Das Projekt wurde eingestellt, aber mein Vater hat daran weitergearbeitet. Er hatte andere Verpflichtungen, doch wann immer es möglich war, nahm er die Experimente wieder auf."

„Warum? Dafür gab's doch keine Mittel mehr."

„Mein Vater glaubte an Horizon. Das Konzept hat ihn fasziniert, nicht als Rechtfertigung, sondern als Antwort auf die Verrücktheit, von deren Existenz wir alle wissen. Und was das Geld angeht – nun, mein Vater kann es sich leisten, dem nachzugehen, woran er glaubt."

Nicht nur ein Wissenschaftler, sondern ein reicher Wissenschaftler, dachte Terence, während er sie unter der Krempe seines Hutes hervor musterte. Sie sah aus, als sei sie in eine saubere Klosterschule in der Schweiz gegangen. Es war die Körperhaltung, die das normalerweise verriet. Niemand lehrte eine schickliche Körperhaltung besser als eine Nonne.

„Fahren Sie fort."

„Wie auch immer, mein Vater hat alle seine Aufzeichnungen und Ergebnisse vor fünf Jahren an meinen Bruder übergeben, nachdem er seinen ersten Herzanfall bekommen hat. In den letzten Jahren war mein Vater zu krank gewesen, um mit der intensiven Laborarbeit fortzufahren. Und jetzt ..."

Für einen Moment schloss Gillian die Augen. Die Angst und die Reise forderten ihren Tribut. Als Wissenschaftlerin wusste sie, sie brauchte Essen und Schlaf. Als Tochter, als Schwester musste sie die Situation durchstehen. „Mr. O'Hara, könnte ich einen Drink haben?"

Terence schob Flasche und Glas über den Tisch. Die Frau interessierte ihn, sicher, aber er war nicht bereit, sich hineinziehen zu lassen. Vor langer Zeit hatte er gelernt, man konnte interessiert sein und sich trotzdem heraushalten.

Sie hätte Kaffee oder einen Brandy vorgezogen. Sie wollte den Whisky ablehnen, aber dann fing sie den Blick von Terence auf. Er wollte sie also auf die Probe stellen. Das war sie gewöhnt. Automatisch reckte sie das Kinn und straffte die Schultern. Sie goss sich einen Doppelten ein und kippte ihn auf einen Zug hinunter.

Sie hielt die Luft an. Ihre Kehle fühlte sich an wie brennendes Feuer. Während sie die Luft wieder herausließ, blinzelte sie die Feuchtigkeit aus ihren Augen. „Danke."

Zum ersten Mal blitzte das Licht des Humors in seinem Blick auf. „War mir ein Vergnügen."

Brennend und beißend, wie er war, half der Whisky doch. „Mein Vater ist sehr krank, Mr. O'Hara. Zu krank, um reisen zu können. Er hat sich an Mr. Forrester gewandt, war aber nicht in der Lage, selbst zu ihm nach Chicago zu fliegen. An seiner Stelle bin ich zu Mr. Forrester gegangen, und Mr. Forrester hat mich zu Ihnen geschickt. Mir wurde gesagt, Sie seien der beste Mann für den Job."

Terence zündete sich eine weitere Zigarette an. Seit er blutend im Dreck gelegen hatte, eine Kugel nur fünf Zentimeter von seinem Herzen entfernt, war er für nichts der beste Mann. „Und der wäre?"

„Ungefähr vor einer Woche ist mein Bruder gekidnappt worden, von einer Organisation, die als ‚Hammer' bekannt ist. Haben Sie von ihr gehört?"

Es war Übung, die seine Miene trotz Angst und Wut ausdruckslos hielt. Sein Kontakt zu dieser ganz besonderen Organisation hatte ihn fast getötet. „Ich habe von ihr gehört."

„Alles, was wir wissen, ist, dass sie meinen Bruder in seinem Haus in Irland gefangen genommen haben, wo er die Arbeit am Horizon-Projekt fortgesetzt und fast beendet hat. Sie wollen ihn in ihrer Gewalt behalten, bis er das Serum hat. Sie verstehen, was es bedeutet, wenn eine solche Gruppe die Formel besäße?"

Terence tippte die Asche von seiner Zigarette auf den Holzboden. „Man hält meine Intelligenz allgemein für ausreichend entwickelt."

Gehetzt packte sie sein Handgelenk. „Mr. O'Hara, wir können uns keine Späße darüber erlauben."

„Vorsicht mit der Mehrzahl." Terence wartete, bis sie sein Handgelenk wieder losgelassen hatte. „Ist Ihr Bruder ein kluger Mann, Dr. Fitzpatrick?"

„Er ist ein Genie."

„Nein, nein, ich meine, hat er einen halbwegs gesunden Menschenverstand?"

Wieder straffte sie die Schultern, weil sie am liebsten den Kopf auf den Tisch legen und heulen wollte. „Flynn ist ein ausgezeichneter Wissenschaftler und ein Mann, der unter normalen Umständen ganz gut selbst auf sich aufpassen kann. Aber jetzt ist er ernsthaft in Gefahr."

„Gut, weil nur ein Narr glauben kann, er bliebe am Leben, wenn er Hammer die Formel gibt. Sie nennen sich selbst Terroristen, Befreier, Rebellen. Was sie sind, ist ein Haufen zerrütteter Fanatiker, angeführt von einem reichen Verrückten. Sie bringen mehr Menschen irrtümlich um als wegen eines bestimmten Ziels." Stirnrunzelnd rieb er sich mit einer Hand über die Brust. „Sie haben genug im Kopf, um die Organisation zusammenzuhalten, und Berge von Geld. Aber grundsätzlich sind sie Idioten. Und es gibt nichts Gefährlicheres als einen Haufen engagierter Idioten. Mein Rat an Ihren Bruder wäre, ihnen ins Gesicht zu spucken."

Ihr schon blasses Gesicht wurde weiß wie ein Laken. „Sie haben sein Kind." Gillian stützte sich auf den Tisch, als sie sich erhob. „Sie haben seine sechsjährige Tochter mitgenommen." Damit floh sie aus der Cantina.

Terence blieb sitzen, wo er saß. Nicht meine Angelegenheit, erinnerte er sich, als er wieder nach der Flasche griff. Er war im Urlaub. Er war dem Tod von der Schippe gesprungen und beabsichtigte, sein Leben zu genießen. Allein.

Fluchend knallte er die Flasche zurück und ging Gillian nach.

Verzweifelte Wut trieb sie an. Sie hörte, wie er ihren Namen rief, aber sie hielt nicht an. Sie war ein Trottel gewesen, als sie daran geglaubt hatte, dass ein Mann wie er helfen könnte. Viel besser, sie versuchte selbst, in Verhandlung mit den Terroristen zu treten. Dabei würde sie zumindest kein Mitgefühl erwarten.

Als er ihren Arm packte, wirbelte sie herum. Die Wut gab ihr die Energie, die ihr der Mangel an Schlaf und Essen geraubt hatte.

„Ich habe gesagt, Sie sollen eine verdammte Minute warten."

„Sie haben mir schon Ihre wohlüberlegte Meinung dargelegt, Mr. O'Hara. Kein Bedarf an weiteren Diskussionen. Ich weiß nicht, was Mr. Forrester in Ihnen sah. Ich weiß nicht, warum er mich zu einem Mann geschickt hat, der lieber in einer schäbigen Kneipe Whisky kippt als Menschenleben rettet. Ich habe einen Mann mit Mut und Mitgefühl gesucht und einen abgehalfterten, schmutzigen Betrunkenen gefunden, der sich um nichts und niemanden sorgt."

Das saß, mehr, als er erwartet hätte. Fest hielt er ihren Arm umfasst. „Sind Sie fertig? Sie machen eine Szene."

„Mein Bruder und meine Nichte sind in der Gewalt einer Terroristengruppe. Meinen Sie, da macht es mir etwas aus, ob ich Sie in Verlegenheit bringe oder nicht?"

„Dazu gehört mehr als ein irischer Rotkopf, um mich in Verlegenheit zu bringen. Aber ich habe etwas dagegen, die Aufmerksamkeit auf mich zu lenken. Alte Gewohnheit. Machen wir einen Spaziergang."

Sie war sehr nah daran, ihm den Arm zu entreißen. Ihr Stolz brannte darauf. Doch ihre Liebe siegte und ließ ihre Wut abflauen. Schweigend ging sie neben ihm die schmalen Planken hinunter, die zum Wasser führten.

Der Sand hob sich weiß gegen das dunkle Meer und einen noch dunkleren Himmel ab. Einige Boote waren vertäut, warteten auf die Fischer morgen oder die Touristen. Der Abend war ruhig genug, um die Musik aus der Cantina zu ihnen zu tragen, ein Lied über Liebe und die Untreue einer Frau.

„Sehen Sie, Dr. Fitzpatrick, Sie haben mich zu einem schlechten Zeitpunkt aufgetrieben. Ich weiß nicht, warum Charlie Sie zu mir geschickt hat."

„Ich auch nicht."

Er hielt lange genug an, um sich hinter dem Schutz seiner Hände eine Zigarette anzuzünden. „Was ich meine, ist, die Sache sollte vom ISS übernommen werden."

Sie war wieder ruhig. Es machte Gillian nichts aus, die Fassung zu verlieren. Aber sie wusste auch, mit Selbstbeherrschung war mehr zu erreichen. „Das ISS ist genauso hinter der Formel her wie Hammer. Warum sollte ich dem ISS das Leben meines Bruders und meiner Nichte anvertrauen?"

„Weil sie die Guten sind."

Gillian drehte sich dem Meer zu, und der Wind traf sie frontal. „Es ist eine Organisation, geführt von vielen Männern – einige sind gut, einige schlecht, ehrgeizig sind alle, und jeder hat seine eigenen Vorstellungen, was für den Frieden und die Ordnung notwendig ist. Im Augenblick gehört meine ganze Sorge meiner Familie. Haben Sie Familie, Mr. O'Hara?"

Er zog kräftig an seiner Zigarette. „Ja." Über der Grenze, dachte er. Er hatte sie seit sieben Jahren nicht mehr gesehen, oder waren es acht? Er hatte sie aus den Augen verloren. Er wusste nur, Carrie machte Filme in Los Angeles, Maddy begeisterte New York in einem neuen Musical, und Alana zog Pferde und Kinder in Virginia auf. Seine Eltern tourten immer noch herum.

„Würden Sie das Leben Ihrer Familienmitglieder einer Organisation anvertrauen? Die sie vielleicht, falls sie glaubt, es sei notwendig, fürs öffentliche Wohl opfert?" Sie schloss die Augen. Der Wind tat gut. „Mr. Forrester hat zugestimmt, dass ein Mann die Rettung meines Bruders und seines Kindes in die Hand nehmen sollte, dem sie wichtiger als die Formel sind. Er dachte, Sie seien der Mann."

„Er war auf dem Holzweg." Terence schnippte die Zigarette in die Gischt. „Charlie wusste, dass ich mit der Arbeit aufhören wollte. Auf diese Art wollte er mich im Spiel behalten."

„Sind Sie so gut, wie er gesagt hat?"

Mit einem Lachen rieb sich Terence übers Kinn. „Wahrscheinlich besser. Es war nie Charlies Art, anderen auf den Rücken zu klopfen."

Gillian drehte sich wieder um und musterte ihn. Auf sie wirkte er nicht wie ein Held, mit seinem stoppeligen Bart und den schmutzigen Kleidern. Aber es war Kraft in seiner Hand gewesen, als er ihren Arm genommen hatte, und sie spürte unterschwellige Gewalt. Er kann leidenschaftlich sein, wenn es um etwas geht, das er will, dachte sie. Unter normalen Umständen zog sie Männer mit kühlem, analytischem Verstand vor, die ein Problem mit Logik und Geduld angingen. Aber jetzt konnte sie keinen Wissenschaftler gebrauchen.

Terence steckte die Hände in die Tasche. Sie sah ihn an, als wäre er eine Laborratte, und das mochte er nicht. Vielleicht war es der Anklang an Irland in ihrer Stimme oder die Schatten unter ihren Augen, aber er konnte sich nicht dazu überwinden, einfach zu gehen.

„Sehen Sie, ich nehme Kontakt mit dem ISS auf. Innerhalb von vierundzwanzig Stunden werden einige der besten Agenten der Welt nach Ihrem Bruder suchen."

„Ich kann Ihnen hunderttausend Dollar geben." Sie hatte sich entschlossen. Sie hatte Vernunft zugunsten von Instinkt verworfen. Forrester hatte gesagt, dieser Mann könnte es. Ihr Vater hatte zugestimmt. Gillian warf ihre Wahl mit deren zusammen. „Die Summe steht nicht zur Verhandlung, weil das alles ist, was ich habe. Finden Sie meinen Bruder und meine Nichte, und mit hunderttausend Dollar können Sie sich stilvoll zurückziehen."

Er starrte sie einen Moment an, dann, einen Fluch hinunterschluckend, ging er aufs Meer zu. Die Frau war verrückt. Er bot ihr das Geschick der besten nachrichtendienstlichen Organisation der Welt an, und sie warf ihm Geld ins Gesicht. Eine ordentliche Summe.

Terence betrachtete die heranrollenden und sich zurückziehenden Wellen. Er hatte nie mehr als ein paar Tausender gehabt. Es lag einfach nicht in seinem Naturell. Aber hunderttausend Dollar konnten der Unterschied sein zwischen Aufhören und nur vom Aufhören reden.

Ein feiner Sprühregen flog ihm von der Gischt ins Gesicht. Er schüttelte den Kopf. Er wollte nicht hineingezogen werden. Er wollte nichts als in sein Hotel zurückgehen, sich ein Fünfsternemenü bestellen und mit vollem Bauch ins Bett legen. Er wollte einfach Ruhe. Zeit zum Überlegen, was er mit seinem Leben anstellen sollte.

„Wenn Sie unbedingt einen freien Mann wollen, ich kann Ihnen ein Dutzend Namen nennen."

„Ich will kein Dutzend Namen. Ich will Sie."

Etwas in der Art, wie sie es sagte, machte ihn nur noch entschlossener, sie loszuwerden. „Ich komme gerade aus neunmonatiger Untergrundarbeit. Ich bin ausgebrannt, Doc. Sie brauchen einen Jungen, schießwütig und gierig." Er fuhr sich mit den Händen übers Gesicht. „Ich bin müde."

„Das ist ein Vorwand." Die plötzliche Kraft in ihrer Stimme veranlasste ihn, sich umzudrehen. Sie stand aufrecht, lose Haarsträhnen flogen ihr ums Gesicht, das im Licht des aufgehenden Mondes hell wie Marmor war. In ihrer Wut und Verzweiflung war sie wirklich die erstaunlichste Frau, die er je kennengelernt hatte.

„Sie wollen nicht hineingezogen werden. Sie wollen nicht verantwortlich sein für das Leben eines unschuldigen Mannes und eines kleinen Kindes. Sie wollen davon nicht berührt werden. Mr. Forrester hat Sie als eine Art Ritter gesehen, als einen Mann der Prinzipien und des Mitgefühls, aber er hat sich geirrt. Sie sind die eigensüchtige Schale eines Mannes, der einen Freund wie ihn nicht verdient hat. Er war ein Mann, der sich gesorgt hat, der sich nur auf die Bitte um Hilfe hin bemühte und der wegen seiner eigenen Maßstäbe gestorben ist."

Terence riss den Kopf hoch. „Wovon zum Teufel sprechen Sie überhaupt?" Sein Blick fing das Licht auf und glänzte gefährlich. Mit einer schnellen, lautlosen Bewegung ergriff er Gillian bei beiden Armen. „Was zum Teufel soll das heißen? Charlie hatte einen Herzschlag."

Ihr schlug das Herz heftig in der Kehle. Sie hatte nie einen gefährlicheren Mann gesehen als Terence in diesem Augenblick. „Er hat versucht, mir zu helfen. Sie sind mir gefolgt. Drei Männer."

„Was für Männer?"

„Ich weiß nicht. Terroristen, Agenten, was auch immer. Sie sind ins Haus eingedrungen, als ich bei ihm war. Mr. Forrester hat mich hinter einer Geheimtür in seiner Bibliothek versteckt. Ich habe sie auf der anderen Seite gehört. Sie haben nach mir gesucht." Sie erinnerte sich noch ganz deutlich daran, wie heiß und erstickend es hinter der Tür gewesen war. Wie dunkel. Ihre Stimme bebte. „Es wurde sehr still. Die Stille hat mir viel mehr Angst gemacht, und ich wollte hinaus. Ich konnte den Mechanismus für die Tür nicht finden."

„Fünf Zentimeter unter der Decke."

„Ja, ich habe fast eine Stunde gebraucht, bevor ich ihn gefunden habe." Sie verschwieg, wie sie dabei gegen ihre Hysterie ankämpfen musste. „Als ich herauskam, war er tot. Wenn ich schneller gewesen wäre, hätte ich ihm vielleicht noch helfen können ... Ich werde es nie sicher wissen."

„Das ISS sagte, Herzschlag."

„Das wurde diagnostiziert. Solche Sachen können durch eine einfache Injektion beigebracht werden. Wie auch immer, sie haben seinen Tod verursacht, als sie nach mir gesucht haben. Damit muss ich leben." Ohne es zu merken, packte sie Terence vorn am Hemd und krallte sich mit den Fingern fest. „Und Sie müssen es auch. Wenn Sie mir nicht aus Mitgefühl helfen oder wegen Geld, vielleicht tun Sie es aus Rache."

Er drehte sich wieder von ihr weg. Er hatte Charlies Tod akzeptiert. Ein Herzschlag, eine kleine Bombe im Gehirn, die zu einer bestimmten Zeit losging. Das Schicksal hatte gesagt: Charlie, du warst sechsundfünfzig Jahre und fünf Monate auf der Welt, du hast das Beste daraus gemacht. Das hatte Terence akzeptiert.

Nun hörte er, es war nicht das Schicksal, es waren drei Männer. Er war Ire genug, um mit dem Schicksal zu leben. Aber es war möglich, Menschen zu hassen, sich an ihnen zu rächen. Das war etwas, worüber er nachdenken musste. Terence entschied, sich einen Topf mit schwarzem Kaffee zu besorgen und genau das zu tun.

„Ich bringe Sie zu Ihrem Hotel zurück."

„Aber ..."

„Wir besorgen uns Kaffee, dann können Sie mir alles erzählen, was Charlie gesagt hat, alles, was Sie wissen. Dann verrate ich Ihnen, ob ich Ihnen helfe."

Wenn das alles war, was er zu geben hatte, dann nahm sie es. „Ich bin in Ihrem Hotel abgestiegen. Es schien mir praktisch zu sein."

„Gut." Terence nahm ihren Arm und ging los. Sie war nicht sehr fest auf den Beinen. Welches Feuer sie auch bis hierher getrieben hatte, es erlosch schnell. Sie schwankte einmal, und er verstärkte seinen Griff. „Wann haben Sie das letzte Mal gegessen?"

„Gestern."

Er schnaubte durch die Nase, was vielleicht ein Auflachen sein konnte. „Was für eine Art von Doktor sind Sie eigentlich?"

„Physikerin."

„Selbst eine Physikerin sollte etwas von Ernährung verstehen. Das funktioniert so: Man isst, man bleibt lebendig. Man isst nicht, man klappt zusammen." Er lockerte seinen Griff und legte den Arm um ihre Taille. Hätte sie noch Kraft, sie hätte dagegen protestiert.

„Sie riechen wie ein Pferd."

„Danke. Ich habe den größten Teil des Tages damit verbracht, im Dschungel herumzurennen. Welcher Teil von Irland?"

Müdigkeit breitete sich von ihren Beinen zu ihrem Gehirn hin aus. Sein Arm fühlte sich so stark, so tröstend an. Ohne es zu merken, lehnte sie sich an ihn. „Was?"

„Aus welchem Teil Irlands stammen Sie?"

„Cork."

„Kleine Welt." Er führte sie in die Eingangshalle. „Mein Vater auch. Welches Zimmer?"

„Zweiundzwanzig."

„Genau neben meinem."

„Ich habe dem Mann am Empfang tausend Pesos gegeben."

Weil die Fahrstühle klein und brütend heiß wie Backöfen waren, nahm er die Treppe. „Sie sind eine überraschende Frau, Dr. Fitzpatrick."

„Das sind die meisten Frauen, weil wir immer noch in einer Männerwelt leben."

Diesbezüglich hatte er seine Zweifel. „Schlüssel?"

Sie steckte die Hand in die Tasche, kämpfte ihr Schwächegefühl zurück. Sie würde nicht schlappmachen. Terence nahm ihr den Schlüssel ab. Bevor er aufschloss, schob er Gillian an die Wand des Ganges.

Sie schluckte, als sie sah, wie er ein Jagdmesser aus der Tasche zog. Seine Augen waren zusammengezogen, als er in den Raum trat und einige der wild verstreuten Sachen zur Seite schob.

„O nein!" Gillian stützte sich an den Türrahmen und sah sich um. Das war wirklich ganze Arbeit.

Ihre Koffer waren zerschnitten, und ihre Kleidungsstücke waren überall verstreut. Die Matratze und die Polster des Sessels waren aufgeschlitzt, und große Flocken von weißem Füllmaterial übersäten den Boden. Die Schubladen der Kommode waren herausgerissen und ausgekippt worden.

Terence überprüfte das Bad. „Sie haben immer noch Ihre Beschatter, Doc. Packen Sie zusammen, was Sie brauchen. Wir unterhalten uns nebenan."

Schnell sammelte sie Hosen und Röcke und Blusen ein. „Ich habe noch Kosmetika und Toilettenartikel im Bad, die will ich schnell holen."

„Nicht mehr. Sie haben das meiste zerschlagen." Terence nahm wieder ihren Arm. Dieses Mal überprüfte er erst den Gang und ging dann schnell zur Nebentür. Er stützte Gillian gegen die Wand und öffnete die Tür. Seine Finger entspannten sich um den Messergriff, wenn auch nur leicht. Also, von ihm wussten sie nichts. Das war gut. Er machte Gillian ein Zeichen, hereinzukommen. Zweimal verschloss er die Tür und machte sich erst einmal an eine sorgfältige Durchsuchung des Raumes.

Es war eine alte Angewohnheit, die er sogar außerhalb des Dienstes befolgte, immer einige Kontrollzeichen zurückzulassen. Das Buch auf dem Nachttisch ragte noch einen halben Zentimeter über den Rand. Das Haar auf der Überdecke des Bettes lag noch an der alten Stelle. Er zog die Übergardinen vor. Dann setzte er sich aufs Bett und nahm den Telefonhörer. In perfektem Spanisch bestellte er Dinner und Kaffee. „Ich habe Ihnen ein Steak bestellt", meinte er, als er wieder auflegte. „Wir sind hier aber in Mexiko, ich würde also erst in einer Stunde damit rechnen. Setzen Sie sich."

Ihre Kleidungsstücke immer noch im Arm haltend, nahm sie im Sessel Platz.

„Hinter was sind die her?"

„Ich verstehe nicht."

„Sie haben Ihren Bruder. Warum will man Sie?"

„Vor ungefähr sechs Monaten habe ich mit Flynn am Projekt gearbeitet. Wir hatten den entscheidenden Durchbruch." Sie ließ den Kopf gegen das Polster sinken. „Wir glaubten, einen Weg gefunden zu haben, die einzelne Zelle zu immunisieren. Verstehen Sie, bei einer Verstrahlung ist die Zelle der eigentlich betroffene Teil. Strahlen dringen wie Kugeln ins Zellgewebe und verursachen Beschädigungen in den Zellen. Wir haben an einer Formel gearbeitet, die innerhalb der betroffenen Zelle Molekularveränderungen verhindert. Auf diese Art könnten wir ..."

„Wirklich faszinierend, Doc. Aber ich will wissen, warum sie hinter Ihnen her sind."

In ihrem schläfrigen Zustand hätte sie die Forschungsergebnisse fast preisgegeben. Sie setzte sich aufrecht hin. „Ich habe die Aufzeichnungen über diesen Teil des Projektes mitgenommen, zurück ins Institut, um noch eingehender daran zu arbeiten. Ohne sie kann Flynn das Experiment nicht so einfach rekonstruieren."

„Sie sind also das fehlende Teil des Puzzles, um es einmal so zu sagen?"

„Ich habe die Informationen." Sie nuschelte, während sie die Augen schloss.

„Sie wollen mir weismachen, Sie tragen das Zeug mit sich herum?" Der Himmel möge ihn vor Amateuren retten. „Haben sie es gekriegt?"

„Nein, sie haben es nicht gekriegt, und ja, ich habe es. Entschuldigen Sie mich", murmelte sie und schlief ein.

Einen Augenblick lang musterte Terence sie einfach nur. Unter anderen Umständen hätte es ihn amüsiert, dass eine Frau, die er erst kurz kannte, mitten in der Unterhaltung im Sessel in seinem Hotelzimmer einschlief. Im Moment war sein Sinn für Humor nicht so ausgeprägt.

Sie war vor Erschöpfung blass wie der Tod. Ihr Haar war ein Feuerkranz, der Kraft und Leidenschaft verriet. Ihre Kleider lagen geballt in ihrem Schoß. Ihr Beutel war zerdrückt zwischen Hüfte und Sesselseite. Terence stand auf, nahm ihre Sachen und warf sie aufs Bett. Gillian rührte sich nicht.

Er stieß eine Haarbürste und eine antike gehämmerte Silberpuderdose zur Seite. Ein kleines Taschenwörterbuch verriet ihm, dass sie kein Spanisch verstand. Ihr Scheckbuch war mit klarer Handschrift sauber geführt. Ihr Passfoto war besser als die meisten, doch es hatte die Eigensinnigkeit nicht einfangen können, für die er schon Zeuge gewesen war. Auf dem Foto trug sie das Haar offen, eine wilde Lockenfülle, die ihr auf die Schultern fiel.

Er hatte schon immer eine Schwäche für lange Haarmähnen bei Frauen gehabt.

Sie war vor siebenundzwanzig Jahren in Cork geboren worden, im Mai, und hatte die irische Staatsbürgerschaft behalten, obwohl ihre Wohnanschrift eine New Yorker war.

Terence schob den Pass zur Seite und griff nach ihrer Brieftasche. Sie könnte eine neue gebrauchen, entschied er, als er sie aufschlug. Im Kniff war das Leder schon glatt und dünn abgewetzt. Ihre Fahrerlaubnis musste bald erneuert werden, und auf dem Foto hatte sie den gleichen ernsten Ausdruck wie auf dem im Pass. Sie hatte dreihundert Dollar in bar und zweitausend als Reiseschecks. Er fand eine zusammengefaltete Einkaufsliste in der Geldscheintasche und ein Parkticket.

Er sah sich ihre Fotos durch, die sie bei sich trug. Auf einem Schwarz-Weiß-Bild war ein Mann mit einer Frau abgebildet. Nach der Kleidung zu urteilen, war es in den späten Fünfzigern aufgenommen. Die Frisur der Frau war adrett wie der Kragen und die Manschetten ihrer Bluse, aber ihr Lächeln war von einer natürlichen Herzlichkeit. Der Mann, stämmig, mit einem vollen Gesicht, hatte einen Arm um die Frau gelegt, sah aber sehr streng aus.

Terence fand ein Foto von Gillian im Overall und T-Shirt, den Kopf lachend zurückgeworfen, den Arm um denselben Mann gelegt. Er mochte vielleicht zwanzig Jahre älter sein. Sie machte einen glücklichen Eindruck, mit sich selbst zufrieden, und sah überhaupt nicht wie eine Physikerin aus.

Auf dem nächsten Bild war ihr Bruder. Die Ähnlichkeit war frappierend. Sein Haar war von einem gedämpfteren Rot, fast Mahagoni, aber er hatte dieselben großen grünen Augen und den vollen Mund. Im Arm hielt er eine kleine Elfe von vielleicht drei Jahren, mit der verräterischen wilden Mähne roter Locken. Ihr Gesicht war rund

und zufrieden. Neben dem Mundwinkel zeigte sich ein Grübchen.

Bevor er es selbst merkte, lächelte Terence und hielt das Foto näher ans Licht. Wenn ein Foto eine Geschichte erzählen könnte, würde er seinen letzten Cent dafür verwetten, dass das Kind eine Nervensäge war. Er hatte eine Schwäche für pfiffige Kinder, die den Glanz eines kleinen Wildfangs in den Augen hatten. Leise fluchend klappte er die Brieftasche zu.

Der Inhalt ihres Beutels hatte ihm einiges über sie verraten können, aber nirgends fand er Aufzeichnungen. Ein paar Telefongespräche würden die Lücken füllen, soweit es Dr. Gillian Fitzpatrick betraf. Er warf ihr wieder einen Blick zu, die immer noch im Sitzen schlief, dann warf er seufzend alles wieder zurück in den Beutel. Vielleicht musste er bis zum Morgen warten, um etwas aus ihr herauszubekommen.

Als es an der Tür klopfte, rührte sie sich nicht. Terence ließ den Kellner herein und schüttelte Gillian dann dreimal heftig. Außer einem Gemurmel erhielt er keine Reaktion. Fluchend legte er sie aufs Bett. Sie roch wie eine Wiese mit frisch erblühten Wildblumen.

Dann machte es sich Terence am Tisch bequem. Er goss sich die erste Tasse Kaffee ein und ließ sich sein Essen schmecken – und ihres.

2. *KAPITEL*

Nach einem tiefen Zwölfstundenschlaf wachte Gillian auf. Es war dämmrig im Zimmer, doch langsam klärte sich ihr Kopf. Die Ereignisse des vergangenen Tages kamen zurück. Der nervenaufreibende Flug von Mexiko City nach Mérida. Die Angst und die Müdigkeit. Die frustrierende Suche von Hotel zu Hotel. Die schmutzige Cantina, wo sie den Mann gefunden hatte, von dem sie glauben musste, dass er ihren Bruder und ihre kleine Nichte retten würde.

Das war sein Zimmer. Das war sein Bett. Vorsichtig drehte sie den Kopf – und stöhnte unterdrückt auf. Er schlief neben ihr, und aller Wahrscheinlichkeit nach war er nackt wie am Tage, als er geboren wurde. Das Laken lag schräg über seinem nackten Rücken, vom Schulterblatt bis zur Taille. Sein Gesicht, im Schlaf etwas weniger bedrohlich, lag nur Zentimeter von ihrem. Das Gesicht eines Mannes, der einer Frau immer gefährlich war.

Und doch hatte sie die Nacht mit ihm verbracht und war sicher gewesen. Seufzend bewegte sie sich, um aufzustehen. Seine Hand schoss hoch, seine Augen öffneten sich. Gillian erstarrte. Vielleicht war sie nicht so sicher, wie sie gedacht hatte.

Sein Blick war klar und wachsam. Sein Griff war fest und fast schmerzhaft.

Er spürte, wie ihr Puls hochschoss. Ihr Haar war kaum zerzaust. Der Schlaf hatte die Schatten unter ihren Augen verblassen lassen, Augen, die ihn argwöhnisch anblickten.

„Sie haben geschlafen wie ein Stein." Dann gab er sie frei und rollte hinüber.

„Die Reise hat mich geschafft." Ihr Herz hämmerte, als wäre sie drei Treppen hochgerannt. Es war gefährlich, ihn anzusehen und dabei so nah zu sein. Benommen spürte sie seine sexuelle Anziehungskraft.

Unwillkürlich wanderte ihr Blick tiefer – über den kräftigen Hals, die breite Brust – und erstarrte. Direkt neben seinem Herzen zog sich eine rote Narbe durch seine braune Haut. Es sah aus, als wäre das Fleisch aufgerissen und wieder zusammengeklappt worden. Und zwar kürzlich.

„Das sieht … ernst aus."

„Es sieht wie eine Narbe aus." Seine Stimme verriet nichts, während sie weiter entsetzt die Wunde anstarrte. „Haben Sie Probleme mit Narben, Doc?"

„Nein." Sie zwang sich wegzusehen, zurück zu seinem Gesicht. Es war hart und ausdruckslos wie seine Stimme. Er ist ein gewalttätiger Mann, erinnerte sie sich, der nicht zimperlich im Einsatz seiner Mittel ist. Und das war genau, was sie brauchte. Sie stand auf und zog verlegen ihre Sachen glatt. „Vielen Dank, dass Sie mich hier schlafen ließen. Aber wir hätten doch bestimmt auch noch eine Liege organisieren können."

„Ich habe nie Probleme damit, mein Bett zu teilen." Er warf das Laken zur Seite und bemerkte ihr unwillkürliches Zusammenzucken. Das amüsierte ihn. Er trug einen fleischfarbenen Slip, der dem Schamgefühl oder der Einbildungskraft wenig Raum ließ. Ohne erkennbares Zeichen von Befangenheit stand Terence auf und schenkte Gillian ein langsames, etwas schiefes Lächeln. Es gefiel ihm, dass sie den Blick nicht abwandte. Was sich auch in ihrem Kopf abspielte, sie stand, wo sie war, und betrachtete ihn kühl.

Ihr Hals war trocken wie Staub geworden, und doch gelang ihr beiläufig eine anzügliche Bemerkung. „Sie könnten eine Dusche gebrauchen."

„Warum bestellen Sie uns nicht Frühstück, während ich mich an Ihren Rat halte?" Er ging zum Bad.

„Mr. O'Hara …"

„Warum nicht Terence, Sweetheart?" Er blickte über die Schulter und lächelte wieder. „Immerhin haben wir gerade miteinander geschlafen."

Das Wasser lief im Bad, bevor es ihr gelang, die Luft wieder auszustoßen, die in ihren Lungen gefangen war.

Er hat das absichtlich gemacht, natürlich, sagte sie sich und setzte sich auf den Bettrand. Typisch für Männer von diesem Schlag, sich so stolzierend zur Schau zu stellen. Der Pfau hatte sein buntes Gefieder, der Löwe seine Mähne. Männer stolzierten wie die Gockel herum, um die Frauen zu beeindrucken. Aber wer hätte auch erraten können, dass der Mann so gebaut war?

Mit einem Kopfschütteln nahm Gillian den Telefonhörer ab. Es war ihr egal, wie er gebaut war, solange er ihr half.

Er hätte es vorgezogen, wenn sie nicht so zerbrechlich und verletzbar ausgesehen hätte. Terence duschte kalt, um den nur dreistündigen Schlaf auszugleichen. Sein Problem. Er seifte sich das Gesicht ein und rasierte sich unter der Dusche ohne Spiegel nach dem Gefühl. Der Nummer „Mädchen in Not" hatte er noch nie widerstehen können. Sie hätte ihn in Santo Domingo fast umgebracht und in Stockholm in den Hafen der Ehe. Er war sich nicht sicher, was schlimmer gewesen wäre.

Es half auch dem Teufel nicht, dass die hier schön war. Schöne Frauen hatten einen Vorteil, egal was die moderne Philosophie über Intellekt sagte. Er konnte einen Verstand bewundern, aber er zog ihn gut verpackt vor.

Und dieses reizende Wesen brachte ihn wieder mitten in das Wespennest Hammer hinein, wo er doch nichts anderes wollte als ein paar alte Ruinen besichtigen und im Meer schnorcheln.

Hammer. Warum zum Teufel musste es Hammer sein? Er hatte geglaubt, er sei fertig mit dieser gewalttätigen Gruppe von Aussteigern. Es hatte ihn mehr als sechs Monate gekostet, die untersten Kommandoeinheiten der Gruppe zu infiltrieren.

Und dann war es außerhalb von Kairo geschehen. Der Mann, dem er zugeteilt war, hatte einige Waffengeschäfte in die eigene Tasche gemacht. Und dann hatte der frischgebackene Kleinunternehmer plötzlich in Panik Terence ein Loch in die Brust geblasen und ließ den vermeintlichen Toten liegen. Das Risiko, von Terence verraten zu werden, war ihm zu groß gewesen. Es war allgemein bekannt, dass der Mann, der die Macht und das Geld der Organisation besaß, privatem Unternehmergeist nicht gerade freundlich gesinnt war.

Wegen nichts, dachte Terence angewidert. Die Monate der Arbeit, die sorgfältige Planung, umsonst, weil ein halb verrückter Ägypter einen in Angstschweiß gebadeten Abzugsfinger hatte.

Terence war dem Tod so nahe gewesen, dass er nur noch den Wunsch hatte, sein Leben zu genießen. Sich zu betrinken, eine Frau im Arm zu halten, im weißen Sand zu liegen und in den blauen Himmel zu blicken.

Dann war sie gekommen.

Wissenschaftler. Er fuhr sich übers Kinn, fand es weich genug und ließ sich das Wasser auf den Kopf prasseln. Seit Dr. Frankenstein brachten Wissenschaftler nur die Ordnung der Dinge durcheinander. Warum konnten sie nicht an einem Allheilmittel für die zwischenmenschliche Kälte arbeiten und die Zerstörung der Welt dem Militär überlassen?

Er drehte den Hahn zu und griff nach zwei riesigen Handtüchern. Zwei Anrufe gestern Abend hatten ihm genügend Informationen über Gillian Fitzpatrick geliefert. Hinsichtlich der Schweizer Schule hatte er sich allerdings geirrt. Es waren irische Nonnen gewesen, die ihr die Körperhaltung beigebracht hatten. Nach ihrer Ausbildung hatte sie für ihren Vater gearbeitet und dann eine Stellung am hochgeachteten Random-Frye-Institut in New York angenommen.

Sie war Single, obwohl es eine Verbindung zwischen ihr und einem Dr. Arthur Steward gab, dem Kopf der Forschungs- und Entwicklungsabteilung des Instituts. Vor drei Monaten hatte sie sechs Wochen in Irland verbracht, auf der Farm ihres Bruders.

Ein mit Berufsarbeit verbrachter Urlaub, entschied Terence, wenn sie währenddessen wirklich für Horizon gearbeitet hatte.

Es gab keinen Grund, ihr nicht zu glauben, keinen Grund, abzulehnen, worum sie gebeten hatte. Er würde Flynn Fitzpatrick finden und das kleine Mädchen mit dem Koboldgesicht. Und dabei würde er auch die Männer finden, die Charlie getötet hatten. Für die erste Sache bekam er hunderttausend und für die zweite ungeheure Befriedigung.

Das Handtuch bedeckte ihn mit der gleichen Offenheit wie der Slip.

„Dusche habe ich hinter mir, Jill."

„Gillian", sagte sie. Die Viertelstunde allein war eine große Hilfe gewesen, um ihre Fassung zurückzugewinnen. Da sie etwas von Terence O'Hara wollte, entschied sie sich, an ihn nicht als Mann, sondern als Werkzeug zu denken.

„Wie Sie wollen."

„Normalerweise will ich. Ich habe keine Zahnbürste."

„Benutzen Sie meine." Er fing ihren Blick im Spiegel auf und lächelte. „Tut mir leid, Doc, ich habe keine übrig. Nehmen Sie meine, oder lassen Sie es."

„Es ist unhygienisch."

„Ja, aber dann ist es das Küssen auch, wenn man es recht betrachtet."

Gillian nahm ihre Sachen und zog sich ohne Kommentar ins Bad zurück.

Sie fühlte sich fast menschlich, als sie wieder herauskam. Der Duft von Essen und Kaffee verursachte ihr ein sehr gesundes Gefühl im Magen. Terence aß schon, den Kopf über eine Zeitung gebeugt. Er machte sich nicht einmal die Mühe, aufzublicken, als sie sich setzte. Da der Hunger sie drängte, widmete sie sich ihrem eigenen Teller und ignorierte Terence auch.

Nach längerem Schweigen kommentierte er den Zeitungsartikel, den er gerade las. „Bei denen klingt es, als wären nur ein paar nette Plauderstündchen erforderlich, um den neuen SALT-Vertrag zu ratifizieren."

„Diplomatie ist in jeder Verhandlung unentbehrlich."

„Ja, aber ..." Er blickte auf. Er wusste genau, wie es sich anfühlte, eine harte Faust in den Solarplexus zu bekommen. Er wusste, wie sich der Körper zusammenzog, wie die Luft wegblieb und es im Kopf wirbelte. Bis jetzt hatte er nicht gewusst, dass es die gleiche Wirkung beim Anblick einer Frau gab.

Ihr Haar lockte sich feucht über die Schultern in der Farbe von Flammen. Ihre Haut war Elfenbein mit einem Hauch von Rosa. Über den Becherrand sah sie ihn fragend mit ihren tiefgrünen Augen an, die an die Berge von Irland erinnerten.

Er dachte an Nixen. An Sirenen. An Verführung.

„Stimmt etwas nicht?" Sie war fast versucht, seinen Puls zu fühlen. Der Mann wirkte plötzlich ausgezählt.

„Was?"

„Sind Sie krank?" Nun streckte sie die Hand aus, doch er fuhr zurück, als hätte sie ihn gestochen.

„Nein, alles in Ordnung." Nein, ich bin kein Idiot, sagte er sich selbst, als er seinen Kaffeebecher hob. Sie ist keine Frau, erinnerte er sich, sie ist mein Ticket für ein frühes Zurückziehen aus dem Beruf und süße Rache. „Wir müssen einige Punkte klären. Wann haben die sich Ihren Bruder geschnappt?"

Die Erleichterung kam wie eine Flutwelle. „Sie werden mir helfen."

Er strich sich Butter auf seinen Toast. „Sie sagten, Sie geben mir hunderttausend."

Die Dankbarkeit in ihrem Blick verschwand. Die Wärme in ihrer Stimme kühlte sich ab. Es war ihm lieber so. „Das stimmt. Das Geld steckt in einem Treuhandfonds, der mir mit fünfundzwanzig überschrieben wurde."

„Gut. Also, wann haben sie Ihren Bruder geschnappt?"

„Vor sechs Tagen."

„Woher wissen Sie, wer ihn geschnappt hat und warum?"

Es macht nichts, dass er ein Söldner ist, sagte sie sich, wenn er nur meine Familie rettet. „Flynn hat ein Tonband zurückgelassen. Er hatte gerade einige Notizen auf Band gesprochen, als sie bei ihm eindrangen. Er ließ das Band laufen, und ich vermute, während des Kampfes hat es niemand bemerkt." Die Kampfgeräusche waren deutlich auf dem Band zu hören, das Poltern und das Weinen ihrer Nichte. Sie musste schlucken, und das Frühstück schmeckte ihr plötzlich überhaupt nicht mehr. „Ein Mann sagte, er werde Caitlin töten, wenn sich Flynn nicht kooperativ verhalte. Flynn fragte, was sie von ihm wollten, und ihm wurde geantwortet, dass er jetzt für Hammer arbeite. Sie befahlen ihm, die Aufzeichnungen über das Horizon-Projekt zu holen. Flynn flehte sie an, das Kind aus dem Spiel zu lassen. Und einer der Männer meinte, sie seien nicht inhuman, es sei grausam, ein Kind von seinem Vater zu trennen. Und er lachte."

Terence konnte sehen, wie nahe ihr das ging. Um ihrer beider willen bot er ihr keinen Trost. „Wo ist das Band?"

„Flynns Haushälterin war auf dem Markt. Sie hat das Durcheinander im Laboratorium entdeckt, als sie zurückkam. Und sie hat die Polizei gerufen. Die hat sich mit mir in Verbindung gesetzt. Flynns Rekorder stellt sich automatisch ab, wenn das Band voll ist. Die Polizei hat sich darum nicht gekümmert. Ich schon." Sie faltete die Hände, während sich Terence eine Zigarette ansteckte. „Schließlich habe ich das Band Mr. Forrester gebracht. Es war weg, als ich ihn tot auffand."

„Und warum wissen sie von Ihrer Existenz?"

„Sie mussten nur Flynns Notizen lesen. Aus ihnen geht hervor, dass ich an dem Projekt mitgearbeitet habe."

„Die Männer auf dem Band, haben sie Englisch gesprochen, wissen Sie das?"

„Ja, mit Akzent, einem mediterranen, glaube ich. Mit Ausnahme von dem, der gelacht hat. Das klang slawisch, wenn ich mich recht erinnere."

„Hat jemand einen Namen benutzt?"

„Nein." Während sie tief Luft holte, fuhr sie sich mit beiden Händen durchs Haar. „Ich habe mir das Band Dutzende Male angehört, in der Hoffnung, dass mir irgendetwas auffällt. Sie haben nichts darüber gesagt, wohin sie ihn mitnehmen, nur den Grund."

„Okay." Terence kippte auf seinem Stuhl zurück und blies den Rauch zur Decke. „Ich denke, wir können sie aus ihrem Versteck hervorlocken."

„Wie?"

„Sie wollen Sie, nicht wahr? Oder die Aufzeichnungen." Er schwieg einen Moment, während er beobachtete, wie sie die Information verarbeitete. „Sie sagten, Sie hätten sie bei sich. Ich habe sie in Ihrem Beutel nicht gefunden."

Die Nachdenklichkeit in ihrem Blick ging in Entrüstung über. „Sie haben meine Sachen durchsucht?"

„Teil meines Jobs. Wo sind sie?"

Gillian erhob sich und trat ans Fenster. „Mr. Forrester hat sie zerstört."

„Sie haben mir gesagt, Sie hätten sie bei sich."

„Das habe ich auch." Sie drehte sich um und tippte sich an die Schläfe. „Genau hier. Mit einem wirklich fotografischen Gedächtnis kann man Worte sehen. Falls und wenn es notwendig sein sollte, kann ich die Aufzeichnungen wieder aufschreiben."

„Genau das werden Sie tun, Doc, allerdings mit Änderungen." Er zog die Augen zusammen und überdachte den Plan. Es könnte klappen, aber es hing von Gillian ab. „Wie steht es mit Ihrer Courage?"

Sie fuhr sich über die Lippen. „Ich hatte kaum Gelegenheit, sie zu testen. Aber wenn Sie damit meinen, mich als Köder zu benutzen, dann bin ich einverstanden."

„Ich will keine großen Opfer." Er zerdrückte seine Zigarette, bevor er sich erhob und zu ihr trat. „Vertrauen Sie mir?"

Sie musterte ihn in dem harten grellen Licht der mexikanischen Sonne. Er war jetzt geschrubbt und rasiert und trotzdem nicht weniger gefährlich als der Mann, dem sie in der Cantina begegnet war. „Ich weiß nicht."

„Dann sollten Sie es besser durchdenken, wirklich sorgfältig.“ Er hob ihr Kinn. „Denn wenn Sie am Leben bleiben wollen, dann sollten Sie es.“

Es war eine lange, schweigsam verlaufende Fahrt nach Uxmal. Terence hatte dafür gesorgt, dass jeder im Hotel mitbekam, wohin sie fuhren. Er hatte Broschüren und Reiseführer besorgt und sich beim Empfangsportier nach der Strecke erkundigt. Ganz und gar der begeisterte Tourist, der die berühmten Ruinen von Uxmal besichtigen wollte.

Die Vegetation auf beiden Seiten der Straße war üppig. Der überdachte Jeep hatte keine Klimaanlage, und Gillian, die literweise Mineralwasser trank, fragte sich, ob sie die Rückfahrt noch lebend überstehen würde.

„Ein näherer Ort hätte es nicht getan?“

„Uxmal ist der ideale Touristenort.“ Die Straße war gerade und schmal. Terence blickte in den Rückspiegel. Sollten sie verfolgt werden, dann waren es echte Profis. Er schob seine Sonnenbrille hoch. „Und es ist nicht überlaufen, was unsere Freunde abschrecken könnte. Außerdem bin ich sowieso hier, um mir die Pyramiden im Puuc-Stil anzusehen.“

„Ich hätte nicht gedacht, dass ein Mann wie Sie an alten Kulturen und Pyramiden interessiert ist.“

„Ich habe so meine Momente.“ Tatsächlich war er schon immer an den Zeugnissen vergangener Epochen interessiert gewesen.

Selbst mit der dünnen hellen Bluse und der Hose, die sie trug, war die drückende Hitze kaum zu ertragen. Dazu kam, dass sich die Angst in ihrem Leib zusammenzog. „Was, wenn sie bewaffnet sind?“

Terence warf ihr einen grimmig amüsierten Blick zu. „Lassen Sie das meine Sorge sein. Sie bezahlen mich, damit ich mich um die Einzelheiten kümmere.“

Gillian verfiel wieder in Schweigen. Ich muss verrückt sein, dachte sie, mein Leben und das meiner Familie einem Mann anzuvertrauen, der mehr an Geld als an Menschlichkeit interessiert ist. Sie nahm noch einen Schluck warmes Mineralwasser und versuchte sich damit zu trösten, was Charles Forrester über ihn gesagt hatte: „Er ist ein

Außenseiter, bestimmt kein Mann, der als Mannschaftsspieler in Betracht käme. Wenn er es wäre, würde er mittlerweile in der Führungsspitze vom ISS sitzen. So gut ist er. Wenn Sie einen Mann wollen, der eine Nadel im Heuhaufen findet – und es Ihnen egal ist, ob das Heu dabei etwas zerwühlt wird –, ist er der Richtige."

„Es geht um das Leben meines Bruders, Mr. Forrester. Und das Leben eines kleinen Mädchens, nicht zu erwähnen die möglichen nuklearen Auswirkungen."

„Falls ich aus allen Agenten, mit denen ich gearbeitet habe, einen auswählen sollte, dem ich mein Leben anvertraue, dann Terence O'Hara."

Nun vertraute sie ihm ihr Leben an, einem Mann, den sie weniger als vierundzwanzig Stunden kannte. Er war ungehobelt und mehr als nur etwas grobkantig. Seit sie ihn kannte, hatte er ihr nicht ein Wort des Mitgefühls wegen ihrer Familie geboten, und er hatte nicht mehr als ein flüchtiges Interesse an einer Formel gezeigt, die die Machtbalance in der Welt für immer ändern könnte.

Und doch, da war eine ruhig unterstützende Art, wie er den Arm um ihre Taille gelegt hatte, als sie vor Müdigkeit geschwankt hatte.

„Wie lange sind Sie schon Agent?"

Er blickte sie wieder an und brach in Lachen aus. Sie hörte ihn das erste Mal lachen – kräftig, sorglos und viel anziehender, als ihr lieb war. „Honey, hier geht es nicht um James Bond. Ich arbeite in der Spionage – oder, wenn Sie den sauberen Begriff vorziehen, im Nachrichtendienst."

„Sie haben meine Frage nicht beantwortet."

„Zehn Jahre, mehr oder weniger."

„Warum?"

„Warum was?"

„Warum tun Sie diese Arbeit?"

Terence drückte den Zigarettenanzünder und ignorierte die kleine Stimme in seinem Kopf, die ihn daran erinnerte, dass er zu viel rauchte. „Das ist eine Frage, die ich mir kürzlich selbst gestellt habe. Warum Physik?"

Sie war nicht so dumm zu glauben, dass es ihn überhaupt interessierte. Die Frage lenkte einfach nur von ihm ab. „Familientradition, und es lag mir. Ich bin so gut wie in einem Labor geboren worden."

„Wir sind fast da. Sollen wir noch einmal alles in Ruhe durchgehen?"

Gillian holte tief Luft. Es war also so weit. „Nein."

Der Parkplatz war halb voll. Die Kamera über die Schulter gehängt, nahm Terence Gillians Hand. Ihr Widerstand bewirkte nur, dass er seinen Griff verstärkte.

„Versuchen Sie, etwas romantisch auszusehen. Wir haben ein Rendezvous."

„Sie verstehen, wenn ich es etwas schwierig finde, mit einem verklärten Blick herumzulaufen."

Er zog den Fremdenführer aus der Tasche. „Diese Kultstätte stammt übrigens aus dem sechsten und siebten Jahrhundert. Das ist tröstlich."

„Tröstlich?"

„Über tausend Jahre, und es ist uns noch nicht gelungen, sie zu zerstören. Lust auf einen Aufstieg?"

Sie blickte ihn an, konnte seine Augen hinter den dunklen Brillengläsern aber nicht sehen. „Ich denke schon."

Händchen haltend stiegen sie die großen Stufen der Wahrsagerpyramide hinauf. Obwohl Gillian Schweiß den Rücken heruntertropfte und ihr Herz in dumpfer Angst pochte, wurde sie von der Atmosphäre ergriffen. Uralte Steine, von uralten Händen bewegt, um uralte Götter zu ehren. Von oben konnte man über das blicken, was einmal die Kultstätte für viele Menschen gewesen war.

Für einen Moment gab sich Gillian ganz dem Zauber der Atmosphäre hin. Die Wissenschaftlerin in ihr hätte die Brauen hochgezogen. Doch ihre irischen Vorfahren hatten an Geister geglaubt. Dieser Ort war einmal voller Leben gewesen. Der Geist herrschte immer noch. Gillian schloss die Augen.

„Können Sie es fühlen?", murmelte sie.

„Was fühlen?", fragte er, obwohl er es wusste. Der Praktiker in ihm hatte nie ganz den Träumer überlagern können.

„Das Alter, die alten, alten Seelen. Leben und Tod. Blut und Tränen."

„Sie überraschen mich."

Sie öffnete die Augen, die jetzt noch grüner waren vor tiefer Emotion. „Zerstören Sie es nicht. Orte wie dieser verlieren nie ihre Macht.

Man kann einen Stein schleifen, doch wenn man hier oben steht, ist er immer noch heilig."

„Ist es Ihre wissenschaftliche Meinung, Doktor?"

„Sie zerstören es wirklich."

Er wurde weicher, obwohl es für beide besser wäre, Abstand zu wahren. „Waren Sie schon einmal in Stonehenge?"

„Ja." Sie lächelte, und ihre Hand entspannte sich in seiner.

„Wenn Sie die Augen schließen und im Schatten eines Steines stehen, können Sie den Gesang hören. In Ägypten können Sie mit der Hand über den Stein einer Pyramide fahren und riechen das Blut der Sklaven und den Duft der Könige. Auf der Isle of Man gibt es Nixen mit Haaren wie Ihren."

Er fasste in ihr Haar, das voll und seidig war. Er stellte sich vor, dass es seine Haut erhitzte mit einer Art von Feuer, wie es Zauberer hervorbringen, ohne Streichhölzer und Hilfsmittel.

Sie konnte nichts tun, als ihn anzustarren. Obwohl seine Augen immer noch verborgen waren, klang seine Stimme weich, hypnotisch. Die Hand in ihrem Haar schien ihr ganzes Sein zu berühren, langsam, verführerisch. Der kleine Stachel des Begehrens, den sie heute früh gespürt hatte, wurde zu einer tiefen, drängenden Sehnsucht.

Sie lehnte sich an ihn. Ihre Körper berührten sich.

„Der Ausblick sollte es besser wert sein, Harry. Ich schwitze wie verrückt."

Gillian riss sich zurück, als wäre sie mit der Hand in der Ladenkasse überrascht worden, während ein Ehepaar mittleren Alters sich die letzten Stufen hinaufschleppte.

„Ein Haufen Steine." Die Frau nahm ihren Strohhut ab und befächelte sich damit ihr errötetes Gesicht. „Warum haben wir bloß den ganzen Weg nach Mexiko machen müssen, nur um auf einen Haufen alter Felssteine zu steigen?"

Der Zauber des Ortes verflog.

„Junger Mann, könnten Sie ein Bild von meiner Frau und mir machen?"

Terence nahm die Kamera des korpulenten Mannes. Es war das wenigste, was er tun konnte, nachdem die beiden ihn vor einem Fehler bewahrt hatten. Wenn er weiter seine Gedanken von der anliegenden Aufgabe weg- und zu romantischen Empfindungen hinwandern ließ, bekam er nie seine Rache und Gillian nicht ihre Familie.

„Etwas näher zusammen", befahl er. Das Ehepaar lächelte breit und eingefroren, und er drückte auf den Auslöser.

„Nett von Ihnen." Der Mann nahm die Kamera zurück. „Soll ich auch eins von Ihnen und der Lady machen?"

„Warum nicht?" Eine typische Touristensituation. Er legte den Arm um Gillians Taille. Sie wurde steif wie ein Brett. „Lächeln, Honey."

Er war sich nicht sicher, aber er glaubte, eine für ihn wenig schmeichelhafte Bezeichnung zu hören.

Sie stiegen wieder hinunter. „Bleiben Sie dicht neben mir." Von der Pyramide oben hatte Terence drei Männer gesehen, die gemeinsam zu den Ruinen kamen und sich dann trennten.

Gillian biss die Zähne fest aufeinander und gehorchte, obwohl sie im Augenblick nichts lieber wollte, als größtmöglichen Abstand zwischen sie zu bringen. Es muss einfach die knallende Sonne sein, entschied sie, die mich so weich und schwindlig gemacht hat. Ganz sicher hatte es nichts mit echten Empfindungen zu tun. Hitzschlag, sagte sie sich. Hinzu kam die Tatsache, dass sie schon immer hochsensibel für Atmosphärisches war. Daraus ergab sich die plausible Antwort, warum sie ihn fast geküsst hatte, ihn tatsächlich küssen wollte.

„Das ist nicht die beste Zeit für Tagträume." Er legte einen Arm um ihre Schulter und lenkte sie in den Innenhof des Palastes mit dem Namen Nonnenkloster.

Der Platz gefiel Terence. Er war zu allen vier Seiten von verschachtelten Gängen und Räumen begrenzt, die genügend Deckung boten.

„Es wird von Ihnen erwartet, dass Sie die kunstvollen Steinarbeiten bewundern."

Gillian schluckte einen kleinen Ball der Angst hinunter. „In den aus Stein gehauenen Bögen und Fassaden erkennt man die klassische Maya-Architektur. Dieser Puuc-Stil zeigt sich in der Art der Steinbearbeitung."

„Sehr gut", murmelte Terence. Er sah, wie einer der Männer in den Innenhof schlüpfte. Gut so, dachte Terence, sie suchen getrennt nach uns. Unerwartet drückte er Gillian gegen eine Säule und ließ die Hände ihren Körper hinabgleiten.

„Was machen ...“

„Ich mache gerade einen unzüchtigen Vorschlag“, sagte er leise, ganz nah an ihrem Ohr. „Verstanden?“

„Ja.“ Es war das Signal, doch sie war wie erstarrt. Sein Körper war hart und heiß, und aus Gründen, die sie nicht näher betrachten wollte, fühlte sie sich sicher.

„Ein sehr unzüchtiger Vorschlag, Gillian. Es hat etwas mit dir und mir zu tun. Wir, beide nackt in einer riesigen Badewanne voll mit Schlagsahne.“

„Das ist nicht unzüchtig, das ist bemitleidenswert.“ Sie holte tief Luft. „Du verdorbener Kerl, du.“ Sie holte aus und schlug ihm – etwas fester als notwendig – ins Gesicht. Dann schob sie ihn von sich und machte eine regelrechte Show daraus, ihr Haar und ihre Kleidung wieder in Ordnung zu bringen. „Nur weil ich einem Ausflug zugestimmt habe, musst du nicht denken, ich habe Lust zu deinen widerlichen Spielchen.“

Mit zusammengekniffenen Augen fuhr sich Terence über die Wange. Sie hatte einen harten Schlag gelandet, doch das würden sie später besprechen. „Schön, Sweetheart. Dann sieh auch zu, wie du wieder zurück nach Mérida kommst. Ich habe Besseres zu tun, als meine Zeit mit einem zimperlichen Blümchen-rühr-mich-nicht-an ohne Fantasie zu vergeuden!“ Und damit ließ er sie stehen. Er ging an dem Mann vorbei, der drei Meter entfernt stand und sich für einen Türbogen zu interessieren schien.

Gillian musste sich auf die Zunge beißen, um Terence nicht zurückzurufen. Er hatte sie gefragt, ob sie Schneid habe. Nun musste sie sich eingestehen, es war weniger als erhofft. Ihre Hände zitterten. Doch sie brauchte nicht lange zu warten.

„Alles in Ordnung, Miss?“

Das war sie. Sie hatte keine Mühe, die Stimme vom Tonband ihres Bruders wiederzuerkennen. Gillian drehte sich um und hoffte, ihre glänzenden Augen und unsichere Stimme würden als Zeichen von Entrüstung aufgefasst. „Ja, danke.“

Er war dunkel und nicht viel größer als sie, mit olivfarbener Haut und einem überraschend freundlichen Gesicht. Sie zwang sich zu lächeln. „Ich fürchte, mein Begleiter war an Maya-Architektur weniger interessiert, als er vorgetäuscht hat."

„Vielleicht könnte ich Sie zurückfahren."

„Nein, das ist sehr freundlich von Ihnen, aber ..." Sie brach ab, als sie den Druck eines Messers an ihrer Seite spürte, direkt unterhalb der Taille.

„So wäre es das Beste, Dr. Fitzpatrick."

Sie brauchte Entsetzen nicht vorzutäuschen, doch selbst als ihr Verstand drohte einzufrieren, erinnerte sich Gillian an ihre Instruktionen. Hinhalten. So lange wie möglich hinhalten, um Terence Zeit zu verschaffen. „Ich ... ich verstehe nicht."

„Es wird sich alles aufklären. Ihr Bruder schickt seine besten Wünsche."

„Flynn." Ungeachtet des Messers packte Gillian das Hemd des Mannes. „Sie haben Flynn und Caitlin. Sagen Sie mir, dass es ihnen gut geht. Bitte."

„Beide sind in guter Verfassung und bleiben es, wenn er vernünftig ist." Mit einem Druck des Messers schob er Gillian vor sich her. „Und im Augenblick sind wir an gewissen Aufzeichnungen besonders interessiert."

„Ich gebe sie Ihnen. Ich habe sie hier bei mir." Sie packte den Riemen ihres Beutels. „Bitte, tun Sie mir oder meiner Familie nichts."

„Es ist zu Ihrem Vorteil, dass Sie kooperativer als Ihr Bruder sind."

„Wo ist Flynn? Bitte, sagen Sie es mir."

„Sie werden früh genug mit ihm zusammen sein."

Terence fand den zweiten Mann hinter dem sogenannten Gouverneurspalast. Er schlenderte heran und presste blitzschnell das Gesicht des Mannes gegen einen der kunstvoll bearbeiteten Steine.

„Faszinierendes Zeug, nicht wahr?" Er zog den rechten Arm des Mannes auf den Rücken. „Wenn Sie den Arm weiterhin benutzen wollen, dann seien Sie schön freundlich. Wo haltet ihr Flynn Fitzpatrick versteckt?"

„Ich kenne keinen Flynn Fitzpatrick."

Terence zog den Arm des Mannes etwas höher. „Sie verschwenden meine Zeit." Nach einem schnellen Blick herum zog Terence sein Jagdmesser hervor und drückte die Klinge dorthin, wo das Ohr mit dem Kopf verwachsen war. „Schon einmal etwas von van Gogh gehört? Der hat sich allerdings selbst das Ohr abgeschnitten. Also, noch einmal – wo ist Flynn Fitzpatrick?"

„Es wurde uns nicht gesagt, wohin er gebracht worden ist." Die Klinge kniff ins Fleisch. „Ich schwöre es. Wir hatten nur die Anweisung, ihn und die Kleine zum Flughafen zu bringen. Dann wurden wir zurück zu seiner Schwester geschickt."

„Und die Instruktionen für sie?"

„Ein Privatflugzeug auf dem Flughafen von Cancun. Der Zielflughafen wurde uns nicht gesagt."

„Wer hat Forrester umgebracht?"

„Abdul."

Weil die Zeit drängte, musste sich Terence die Lust verkneifen, den Mann leiden zu lassen. „Schlaf gut", sagte er einfach und rammte seinen Kopf gegen den Stein.

Wo war Terence? Gillian näherte sich einem kleinen weißen Wagen. Wenn er nicht bald kam, waren sie und die gefälschten Notizen unterwegs nach … Sie wusste nicht einmal, auf welches Ziel sie sich zubewegten.

„Bitte, sagen Sie mir, wohin Sie mich bringen." Sie stolperte, und das Messer schnitt durch den Baumwollstoff ihrer Bluse ins Fleisch. „Ich fühle mich ganz schwach. Ich brauche einen Moment." Als sie sich schwer gegen die Kühlerhaube des Wagens lehnte, entspannte sich der Mann ausreichend, um das Messer von ihrer Seite wegzuziehen.

„Sie können sich im Wagen ausruhen."

„Mir wird schlecht."

Er stieß einen wütenden Laut aus und zog sie an den Haaren hoch.

Terences Faust schickte ihn einen Meter weiter auf den Boden. „Sie mag etwas von einer Hexe haben", meinte er gefährlich ruhig, „aber ich ertrage es nicht, wenn eine Frau misshandelt wird. Sieh, Honey, ich wollte dich nur nackt. Nichts Brutales."

Gillian ließ ihren Beutel fallen und lief weg.

„Das ist keine Frau für Sie." Terence warf dem Mann, aus dessen Mund Blut floss, ein Grinsen zu. „Mehr Glück beim nächsten Mal."

Der Mann fluchte. Terence verstand genügend Arabisch, um es

ungefähr einordnen zu können. Der Araber zog ein Messer, doch Terence war bereit. Den Blick fest auf die Waffe gerichtet, hob er beide Hände und wich zurück.

„Hören Sie, wenn Sie sie so unbedingt wollen, dann gehört sie Ihnen. Eine Frau ist wie die andere. Meine Meinung." Der Mann spuckte aus, und Terence beugte sich, um seinen Schuh abzuwischen. Mit einer 45er Automatik richtete er sich wieder auf. „Abdul, nicht wahr?" Das halb amüsierte Glänzen in seinem Blick wurde hart. „Um deine Freunde habe ich mich schon gekümmert. Und dir verpasse ich nur deswegen kein Loch in den Kopf, weil du deinem Boss von mir eine Botschaft überbringen sollst. Sag ihm, Il Gatto wird ihm einen Besuch abstatten." Terence sah das schnelle Weiten der dunklen Augen und grinste. „Du kennst den Namen. Das ist gut. Und noch ein kleiner Rat: Bring deine Angelegenheiten in Ordnung. Viel Zeit hast du nicht mehr dazu."

Er wartete, bis der Mann hinterm Steuer saß und weggefahren war, bevor er den Revolver senkte und zurück in das Halfter an seiner Wade steckte. Er wirbelte herum, als er Schritte hinter sich hörte.

Gillian hatte diesen Blick schon einmal gesehen – als sie ihm erzählt hatte, dass Forrester ermordet worden war. Sie glaubte, sie hätte den Blick wieder gesehen, als ihr Kopf am Haar hochgerissen wurde. Aber selbst jetzt, obwohl sie ihn zum dritten Mal sah, zog eine Gänsehaut über ihren Körper.

„Ich dachte, ich hätte dir gesagt, du sollst in der Nähe von Menschen bleiben."

„Ich …" Sie hob ihren Beutel auf. Es würde lächerlich klingen, wenn sie sagte, sie war in der Nähe geblieben für den Fall, dass er Hilfe brauchte. „Ich wusste nicht, dass du eine Pistole hast."

„Meinst du, ich kann deinen Bruder mit nettem Plaudern und einem charmanten Lächeln herausholen?"

„Nein." Sie konnte jetzt seinem Blick begegnen. Sie hatte ihn nicht gemocht, aber wenigstens hatte sie den lebensmüden, etwas dreckigen Mann verstanden, den sie zuerst kennengelernt hatte. Den frechen und schlagfertigen Mann, mit dem sie gefrühstückt hatte, hatte sie etwas gemocht, doch auch verstanden. Aber diesen … diesen Fremden mit dem harten Blick, in dem der Tod geschrieben stand, den verstand sie überhaupt nicht. „Hast du … die anderen beiden Männer, hast du …"

„Sie getötet?" Er sprach es ganz einfach aus, während er ihren Arm nahm und sie zum Jeep zurückführte. Er hatte sowohl Angst als auch Abscheu in ihrem Blick bemerkt. „Nein, manchmal ist es besser, Menschen am Leben zu lassen. Viel habe ich übrigens aus ihnen nicht herausbekommen. Sie haben deinen Bruder und das Kind am Flughafen abgesetzt und sind dann zu dir geschickt worden. Sie wussten nicht, wo er gefangen gehalten wird."

„Woher weißt du, dass sie die Wahrheit gesagt haben?"

„Weil diese Burschen das Ende der Nahrungskette sind. Sie haben nicht genug Köpfchen, um zu lügen, vor allem wenn sie wissen, dass man kleine Stücke von ihrem Körper schneidet."

Sie wurde wieder mutlos. „Wie sollen wir ihn bloß finden?"

„Ich habe einige Hinweise. Und es heißt ich, nicht wir. Sobald ich ein sicheres Haus für dich finde, tauchst du unter."

„Da irrst du dich." Vor dem Jeep blieb sie stehen. Ihr Gesicht war in Schweiß gebadet, aber es war nicht mehr blass.

„Darüber reden wir später. Im Augenblick will ich einen Drink."

„Und solange du für mich arbeitest, trinkst du mäßig."

Er fluchte vor sich hin, aber besser gelaunt, als sie erwartete. „Nenne mir auch nur einen Iren, den du kennst, der mäßig trinkt."

„Dich, zum Beispiel." Sie drehte sich um, als er wieder fluchte, sie packte und ihre Bluse aus dem Hosenbund zog. „Hey, was zum Teufel soll das?"

„Du blutest." Der Schnitt auf der Hüfte war nicht tief, aber ziemlich lang. Blut hatte sich in ihre Bluse gesaugt. Für einen Augenblick – und ein Augenblick war oft zu lang – vernebelte rot glühende Wut seinen Verstand.

Sie beugte sich vor, um die Wunde zu betrachten. „Ich bin gestolpert. Er gab mir einen Stoß, wahrscheinlich, um mich anzutreiben. Das ist nichts Ernsthaftes. Blutet kaum noch."

„Halt den Mund." Terence trug sie in den Jeep und riss das Handschuhfach auf. „Verdammt, ich habe dir gesagt, du sollst kein Risiko eingehen." Er holte etwas aus dem Erste-Hilfe-Kasten.

„Ich … Himmel, das tut mehr weh als der Stich! Hör auf, daran herumzupfuschen!"

„Ich säubere sie nur, und du hältst den Mund." Er arbeitete ruhig und nicht zu sanft, bis die Wunde gesäubert und bepflastert war.

„Glückwunsch, Doktor", sagte sie trocken und lächelte nur, als er seinen wütenden Blick hob. „Ich hätte nie erwartet, dass ein Mann wie du durch den Anblick von ein paar Blutstropfen aus der Fassung gebracht wird. Tatsächlich wäre ich Wetten eingegangen, dass …"

Gillian wurde schnell und restlos zum Schweigen gebracht. Sein Mund presste sich auf ihren. Verwirrt rührte sie sich nicht, während er ihren Hals hochstrich bis in ihr Haar. Das war das Versprechen oder die Drohung, wovon sie eine flüchtige Ahnung oben auf der Pyramide bekommen hatte.

Sein Mund, hart und hungrig, war nicht sanft überzeugend, sondern fest, unverhohlen besessen. Die Unabhängigkeit, die ein ihr innewohnender Teil war, hätte protestieren können, doch das Begehren, die Lust, das Entzücken überlagerten sie und gewannen.

Er wusste nicht, warum zum Teufel er das angefangen hatte. Es schien, dass sein Mund auf ihrem lag, bevor er überhaupt daran gedacht hatte. Es war einfach geschehen. Er hatte Angst bekommen, als er ihr Blut gesehen hatte. Und er war es nicht gewöhnt, Angst zu haben – nicht um einen anderen. Er hatte sie streicheln und beruhigen wollen und hatte die Narrheit mit rauen Händen und Befehlen zurückgedrängt.

Aber verdammt, warum küsste er sie? Dann öffnete sie den Mund, und er fragte nicht länger.

Sie schmeckte, wie sie roch, nach Wiesen und Wildblumen und frühem Sonnenlicht auf kühlem Morgentau. Da war nichts Exotisches, alles war weich und klar. Heim … Warum war es, dass sie nach Heim schmeckte, ihn sich nach Geborgenheit – ebenso wie nach ihr – sehnen ließ?

Was er oben auf der Pyramide gefühlt hatte, kam hundertfach zurück. Faszination, Süße, Verwirrung. Diese Gefühle deckte er mit harter Leidenschaft zu, weil er die verstand.

Sie hob eine Hand an sein Gesicht. Das Echo ihres Herzschlags hallte in ihrem Kopf, sie konnte sonst nichts hören. Sein Kuss war fordernd hart, sie konnte sonst nichts fühlen. So abrupt, wie er zu ihr gekommen war, zog er sich wieder zurück. Gillian blinzelte, bis sich ihr Blickfeld wieder klärte.

Ich muss sie loswerden, und zwar schnell, dachte Terence, während er unsicher die Hände in die Taschen steckte. „Ich habe dir doch gesagt, du sollst den Mund halten“, sagte er barsch und ging um den Jeep.

Gillian öffnete den Mund, schloss ihn aber gleich wieder. Vielleicht sollte sie seinen Rat annehmen, bis sie wieder klar denken konnte.

3. KAPITEL

Mach dich nützlich und packe, okay, Sweetheart?“, warf Terence Gillian hin, die am Fenster stand, und wählte eine Nummer.

„Ich heiße Gillian.“

„Klar. Also, wirf das Zeug in den Koffer. Wir fahren ab, sobald … Rory? Wie zum Teufel geht's dir? Hier ist Colin.“

Gillian zog die Brauen hoch. Mitten im Satz war er von seinem trägen, breiten Amerikanisch in eine musikalische irische Sprechweise übergegangen.

„Aye. Nein, ich bin gut in Schuss. Klar doch. Wie geht's Bridget? Nicht schon wieder. Rory, plant ihr beiden, Irland allein zu bevölkern?“ Während er lauschte, machte er für Gillian ein Zeichen zum Schrank hinüber. Mit mehr Lärm als Anmut riss sie die Kleider heraus.

„Ich bin froh, es zu hören. Nein, ich weiß nicht, wann ich zurückkomme. Nein, keine Probleme. Nichts, worüber sich zu sprechen lohnt. Aber ich wollte dich fragen, ob du mir einen Gefallen tun könntest.“ Er beobachtete Gillian, die seine Kleidungsstücke in den Koffer warf, und nahm einen Schluck Bier. „Danke. Ich interessiere mich für ein Privatflugzeug, das den Flughafen von Cork vor zehn Tagen verlassen hat. Schnüffle etwas herum, ob du den Zielort ausfindig machen kannst. Wenn das nicht geht, dann stell fest, für wie viele Meilen sie Treibstoff getankt haben. Wichtig genug“, fuhr er nach einer Pause fort, „aber nichts, wofür du irgendein Risiko eingehen sollst … Nein.“ Dieses Mal lachte er. „Hat nichts mit der IRA zu tun. Ist eher persönlich. Ich melde mich bei dir. Küsse Bridget von mir, aber lasse es auch dabei. Ich will nicht für das nächste Baby verantwortlich sein.“

Er legte auf und blickte auf die zerknüllten Sachen in seinem Koffer. „Gute Arbeit.“

„Und was sollte das alles … Colin?“

„Ich suche deinen Bruder.“

„Warum der Akzent und der falsche Name? Für mich klang es, als wäre der Mann dein Freund.“

„Das ist er.“ Terence ging hinüber, um die Sachen aus dem Bad zusammenzuräumen.

„Wenn er dein Freund ist“, beharrte Gillian und folgte ihm, „warum sagst du ihm nicht, wer du bist?"

Terence blickte auf und sah sein eigenes Spiegelbild. Sein Gesicht, seine Augen. Warum erkannte er sich so oft selbst nicht? „Bei der Arbeit benutze ich meinen Namen nicht."

„Du bist im Hotel als Terence O'Hara gemeldet."

„Ich bin im Urlaub."

„Wenn er dein Freund ist, warum lügst du ihn an?"

Er packte sein Rasierzeug zusammen. „Vor einigen Jahren ist er in eine schlimme Situation geraten. Waffenschmuggel."

„Das hast du mit der IRA gemeint?"

„Weißt du, Doc, du stellst zu viele Fragen."

„Ich vertraue dir so vieles an, ich frage."

Er zog den Reißverschluss des Necessaires mit einer ungeduldigen Bewegung zu. „Ich hatte einen Auftrag, als er mir über den Weg gelaufen ist, und ich habe den Namen Colin Sweeney benutzt."

„Er muss ein sehr guter Freund sein, wenn er einwilligt, dir einen solchen Gefallen zu tun, ohne Fragen zu stellen."

Terence hatte sein Leben gerettet, doch daran wollte er nicht denken. Er hatte Leben gerettet, und er hatte Leben genommen. Auch daran wollte er jetzt nicht denken. „Stimmt. Können wir jetzt zu Ende packen und verschwinden, bevor uns jemand einen Besuch abstattet?"

„Ich habe noch eine Frage."

Er lachte auf. „Überrascht mich das?"

„Wie war der Name, den du dem Mann vorhin genannt hast?"

„Nur ein alter Spitzname aus Italien."

„Warum hast du ihn ihm genannt?"

„Weil ich wollte, dass der, der die Befehle erteilt, weiß, wer zu ihm kommt." Er stopfte den Rest seiner Sachen in den Koffer und ließ ihn zuschnappen. „Gehen wir."

„Was bedeutet er?"

Er ging zur Tür und öffnete sie, bevor er sich zu ihr umdrehte. Da war ein Ausdruck in seinen Augen, der sie erschreckte und faszinierte. „Katze. Einfach Katze."

Oft hatte Terence sich vorgestellt, nach Hause zurückzukehren: Der verlorene Sohn wird gefeiert, Blaskapelle inbegriffen. Aber das war das theatralische Blut in ihm.

Da waren seine Schwestern. Zu den merkwürdigsten Zeiten dachte er an sie. Sie waren jetzt erwachsene Frauen, doch er erinnerte sich an sie, wie er sie zum ersten Mal gesehen hatte. Drei schrumpelige Kinder, in einem überraschenden Rutsch geboren, hinter der Glaswand des Säuglingszimmers. Von ihrer Geburt an bis zu dem Zeitpunkt, als er den Daumen auf dem Highway ausstreckte, waren sie zusammen herumgereist.

Die O'Haras hatten nie den riesigen Erfolg, von dem sein Vater geträumt hatte, doch sie waren über die Runden gekommen. Das war ausschließlich das Verdienst seiner geschäftstüchtigen Mutter. Sie verstand sich auf den Trick, aus fünf Dollar zehn zu machen.

Es war Molly gewesen, dessen war er sich sicher, die vor zwölf Jahren hundert Dollar in Fünfern und Zehnern in die Tasche seines Koffers gesteckt hatte. Sie hatte gewusst, dass er ging. Sie hatte nicht geweint oder gebettelt, sie hatte getan, was in ihrer Macht stand, um es ihm einfacher zu machen. Das war ihre Art.

Aber Dad ... Terence schloss die Augen, als das Flugzeug in Turbulenzen geriet. Dad hatte ihm nie, würde ihm nie vergeben, nicht weil er ohne ein Wort gegangen war, sondern weil er gegangen war.

Er hatte nie Terences Bedürfnis verstanden, etwas Eigenes zu machen, nach etwas anderem zu suchen als dem nächsten Publikum, dem nächsten Engagement.

Einmal war Terence zurückgekommen. Mit zusammengebissenen Zähnen hatte Frank ihn eisig in der winzigen Garderobe, die er sich mit Molly teilte, begrüßt. Terence hatte gewusst, durch seinen Besuch sah sein Vater seine Umgebung als das, was es war: ein düsterer Raum in einem zweitklassigen Club. „Ich habe dir gesagt, als du gegangen bist – es wartet kein gemästetes Kalb auf dich."

„Ich habe keins erwartet." Aber er hatte etwas Verständnis erhofft. „Mom hat Geburtstag, und da dachte ich ... Ich wollte sie sehen." Und dich – aber er konnte es nicht sagen.

„Und dann wieder fortrennen, damit sie noch mehr Tränen vergießen kann?"

„Sie hat verstanden, warum ich gegangen bin."

„Du hast ihr das Herz gebrochen." Und meins. „Du wirst sie nicht wieder verletzen. Entweder bist du ein Sohn für sie, oder du bist keiner."

„Entweder der Sohn, wie du ihn haben willst, oder keiner", verbesserte Terence. „Dir war es doch immer egal, was ich brauche oder fühle oder was ich bin."

„Du weißt nicht, was mir egal ist." Frank schluckte den Kloß aus Verbitterung und Scham herunter. „Das letzte Mal, als ich dich sah, hast du mir gesagt, was ich für dich getan habe, wäre nicht gut genug. Solche Worte vergisst ein Mann von seinem Sohn nicht."

Er war damals dreiundzwanzig Jahre alt. Er hatte mit einer Hure in Bangkok geschlafen und hatte sich in Athen mit Ouzo volllaufen lassen, er hatte acht Stichwunden an der rechten Schulter von einem Mann, den er im Dienst für sein Land getötet hatte. Doch in diesem Moment fühlte er sich wie ein Kind, das ungerecht und ohne Anlass ausgescholten wird.

„Ich vermute, das ist das Einzige von dem, was ich jemals gesagt habe und du wirklich gehört hast. Hier hat sich nichts verändert. Es wird sich auch nie ändern."

„Du hast deinen Weg gewählt, Terence." Sein Sohn hatte keine Ahnung, dass Frank nichts mehr wollte, als die Arme auszubreiten und das zurückzunehmen, von dem er glaubte, es für immer verloren zu haben. Er hatte Angst, dass sich Terence nur abwenden würde. „Nun musst du das Beste daraus machen. Hab wenigstens dieses Mal den Anstand, deiner Mutter und deinen Schwestern Auf Wiedersehen zu sagen."

Es war Frank gewesen, der sich abwandte – weil die Tränen ihm den Blick verschwimmen ließen. Terence war aus der Garderobe gegangen und nie zurückgekommen …

Jetzt öffnete Terence die Augen, um zu entdecken, dass Gillian ihn ruhig beobachtete. Sie trug auf seine Veranlassung hin eine schwarze Kurzhaarperücke. Aber sie hatte aufgehört, sich darüber zu beklagen – und über die Hornbrille und das langweilige dunkle Kleid. Es war ausgestopft, um sie älter und schlampig aussehen zu lassen. Nur Terence konnte nicht ganz vergessen, was sich darunter verbarg. Sonst aber würde niemand die Frau, die neben ihm saß, mit der attraktiven Dr. Gillian Fitzpatrick verwechseln.

„Probleme?"

„Ich wollte dich gerade dasselbe fragen. Du brütest während des ganzen Fluges vor dich hin."

Er zog eine Zigarette heraus und spielte mit ihr. „Ich weiß nicht, wovon du sprichst."

„Ich spreche von der Tatsache, dass du mir den Kopf abreißen willst, wenn ich dich nur anzusprechen wage. Was ist also los?"

„Mit mir ist alles in Ordnung", stieß er zwischen den Zähnen hervor. „Und nun halt den Mund."

Gillian beherrschte sich und nippte an dem Weißwein, der ihr serviert worden war – mit einem mitleidigen Blick von der Stewardess, dachte sie widerwillig. „Natürlich stimmt etwas nicht. Und wenn es ein Problem gibt – ein Problem, über das ich besorgt sein sollte –, dann wäre ich dir sehr dankbar, wenn du es mir sagen würdest."

Er trommelte mit einem Finger auf die Armstütze zwischen ihnen. „Bist du immer so ein Quälgeist?"

„Wenn es wichtig ist. Menschenleben stehen auf dem Spiel, Leben, die alles für mich bedeuten. Wenn du wegen etwas besorgt bist, dann muss ich es wissen."

„Es ist persönlich." In der Hoffnung, es dabei belassen zu können, drückte er seinen Sitz zurück und schloss die Augen.

„Jetzt ist nichts persönlich. Wie man sich fühlt, beeinträchtigt die Leistung."

Er öffnete ein Auge. „Du wärst die erste Frau, die sich beschwert, Schwester."

Sie errötete, gab aber nicht auf. „Ich betrachte mich als deine Arbeitgeberin, und als die lehne ich es ab, dass du Geheimnisse vor mir hast."

Er fluchte. „Ich war schon lange nicht mehr in den Staaten. Auch ich habe Erinnerungen, und sie sind meine private Angelegenheit."

„Tut mir leid." Sie holte tief Luft. „Ich bin nicht mehr in der Lage, an etwas anderes als Flynn und Caitlin zu denken. Es ist mir nie in den Sinn gekommen, dass das bei dir anders sein könnte." Er schien nicht ein Mann tiefer Gefühle oder echter Empfindungen zu sein. Aber sie erinnerte sich an den Schmerz in seinem Blick, als sie über Forrester erzählt hatte. „Chicago, ist das eine besondere Stadt für dich?"

„Ich habe da mit zwölf und wieder mit sechzehn gespielt."

„Gespielt?"

„Nichts." Er schüttelte den Kopf und versuchte sich zu entspannen. „Ich habe dort vor einigen Jahren ein paar Tage mit Charlie verbracht. Das Letzte, was ich von den Staaten gesehen habe, war der O'Hara-Flughafen."

„Nun wird es das Erste sein, was du wiedersiehst." Sie hatte ein Magazin im Schoß, doch statt es zu öffnen, fuhr sie nur mit dem Daumen an den Rändern entlang. „Ich kenne von Amerika nur New York. Flynn hatte Caitlin vor zwei Jahren auf einen Besuch mitgebracht, nach dem Tod ihrer Mutter. Die beiden waren zwei verlassene Seelen. Wir haben uns das Empire State Building und das Rockefeller Center angesehen und im Plaza Tee getrunken. Flynn hat ihr einen kleinen Aufziehhund von einem Straßenverkäufer gekauft. Sie hat jede Nacht mit dem Hund geschlafen." Die Emotion kam so schnell, dass sie nichts tun konnte, um sie zurückzuhalten. Sie presste beide Hände vor das Gesicht. „Und sie ist erst sechs."

Seit einer Ewigkeit hatte er keine Frau mehr getröstet. „Sei unbesorgt." Seine Stimme war weich, als er den Arm um sie legte. „Sie werden ihr ganz bestimmt nichts tun. Sie brauchen doch die Mitarbeit deines Bruders."

„Aber was fügen sie ihr innerlich zu? Welche Angst muss sie ausstehen? Die Dunkelheit ... sie hat Angst davor. Ob sie ihr Licht geben?"

„Sicher tun sie das." Er strich ihr mit der Hand übers Haar, so wie seine Stimme über ihre Ängste strich. „Es geht ihr bestimmt gut, Gillian."

Tränen standen ihr in den Augen. „Es tut mir leid. Das ist das Letzte, was ich will, mich zur Heulsuse machen."

„Mach nur." Beruhigend streichelte er ihre Schulter. „Mir macht es nichts aus."

„Wir holen sie raus, nicht wahr?"

In diesem Spiel gab es keine Versprechungen. Er wusste das besser als die meisten. Doch sie blickte ihn jetzt mit überfließenden Augen und einem solchen verzweifelten Vertrauen an, dass er keine Wahl hatte. „Sicher. Hat Charlie dir nicht gesagt, ich sei der Beste?"

„Das hat er." Sie stieß einen kleinen Seufzer aus. Die Selbstbeherrschung war wieder da, auch wenn sie sich nicht so fest im Griff hatte, wie ihr lieb wäre. Sie musste jetzt einfach an etwas anderes denken. „Erzähl mir von deiner Familie. Hast du Brüder?"

„Nein." Er zog seinen Arm weg. „Schwestern."

„Wie viele?"

„Drei."

„Das muss das Leben interessant gemacht haben."

„Sie waren okay." Er verzog die Lippen, als er sich eine Zigarette anzündete. „Carrie war ein Biest."

„Jede Familie hat eins", begann sie. Dann zündete es bei ihr, und sie richtete sich auf. „Carrie O'Hara? Carrie O'Hara ist deine Schwester? Ich habe ihre Filme gesehen. Sie ist wunderbar!"

Der Stolz kam, tiefer, als er erwartet hatte. „Sie ist okay. Sie neigt zum Dramatischen."

„Sie ist eine der schönsten Frauen, die ich je gesehen habe."

„Und sie weiß es."

„Dann ist Maddy O'Hara auch deine Schwester." Mehr als verblüfft, schüttelte Gillian den Kopf. „Ich habe sie vor einigen Monaten am Broadway gesehen. Sie ist sehr talentiert. Die Bühne erstrahlt einfach, wenn sie auftritt, und das Publikum rast vor Begeisterung."

So war es immer, dachte Terence.

„Und deine dritte Schwester?"

„Alana züchtet Pferde in Virginia." Er drückte seine Zigarette aus.

„Stimmt, ich habe etwas über sie gelesen. Sie hat kürzlich Dorian Crosby geheiratet, den Schriftsteller. In der Times war ein lobender Artikel über ihn. Natürlich, Drillinge. Deine Schwestern sind Drillinge."

„Ich dachte, Wissenschaftler seien zu beschäftigt damit, die Übel der Welt zu verursachen oder zu heilen, als dass sie Klatschspalten lesen."

Sie zog eine Braue hoch und entschied sich, nicht verärgert zu sein – zumindest bis ihre Neugier gestillt war. „Ich lebe nicht im wissenschaftlichen Elfenbeinturm. In dem Artikel stand, sie sind im Showbusiness groß geworden und im Land herumgezogen. Deine Eltern tun es immer noch. Ich kann mich nicht erinnern, dass du erwähnt worden bist."

„Ich bin schon lange weg von ihnen."

„Aber du bist mit ihnen herumgezogen?" Gefesselt von der Vorstellung, lächelte sie. „Hast du gesungen und getanzt und aus dem Koffer gelebt?"

„Weißt du, für einen Doktor neigst du gefährlich dazu, das Weltliche zu glorifizieren. Es ist wie im Zirkus. Vorn siehst du nur den Flitter und die Lichter. Hinter der Bühne versinkst du in Elefantendreck."

„Du bist also mit ihnen gereist." Gillian lächelte. „Hattest du eine Spezialität?"

„Der Himmel bewahre mich vor Flugreisen mit geschwätzigen Frauen." Er schloss heftig seinen Gurt.

Gillian klickte ihren eigenen Gurt zu. „Als Kind wollte ich Sängerin werden. Ich habe mich in Gedanken immer im Scheinwerferlicht gesehen." Mit einem kleinen Aufseufzen schob sie das Magazin zurück in die Sitztasche. „Bevor ich es selbst gemerkt habe, war ich die Laborassistentin meines Vaters."

Charlies Haus in Chicago lag hinter einer hohen Steinmauer versteckt und war ausgerüstet mit einem äußerst komplizierten Sicherheitssystem.

Auf der Fahrt vom Flughafen hierher, mit Umwegen, um mögliche Schatten zu entdecken, hatte Terence nicht gesprochen. Gillian hielt sich jetzt mit Fragen zurück. Es war die Trauer um einen Freund, die ihn schweigen ließ, und sie wusste, er musste damit auf seine eigene Art umgehen.

Die Bäume wurden fahl, ein Zeichen des Winters, doch sie hatten noch herbstlich eigensinnige Andeutungen von Farbe. Wind riss an den Blättern und stöhnte durch die Äste. Die Ulmen beschatten im Sommer die Zufahrt, dachte sie, und lassen das alte Ziegelhaus bestimmt noch imposanter und bodenständiger aussehen. Das Anwesen insgesamt machte keinen verlassenen Eindruck, es sah eher so aus, als warte es darauf, wieder belebt zu werden. Gillian dachte an den Mann, der ihr zugehört hatte, der ihr einen Brandy und einen Hoffnungsschimmer gegeben hatte.

„Mit diesem Haus war er ganz verrückt", murmelte Terence. Er stellte den Motor aus, blickte aber nur auf die zwei Stockwerke alter Ziegel und weißer Balken. „Immer wenn er weg war, hat er über seine Rückkehr gesprochen. Ich glaube, er wollte hier sterben." Er blieb noch einen Moment sitzen, dann stieß er die Tür auf. „Gehen wir."

Er hatte Schlüssel, die Charlie ihm vor einigen Jahren in die Hand gegeben hatte.

„Benutze sie eines Tages“, hatte er gesagt. „Jeder muss ein Zuhause haben.“

Aber er hatte sie nicht benutzt, bis jetzt. Der Schlüssel glitt ins Schloss und drehte sich mit einem leisen Klicken. Terence ging vor Gillian die Treppe hoch. Der Teppich war neu, seit er das letzte Mal hier gewesen war, aber die Tapete war dieselbe. Ebenso der Raum oben, den Charlie als Büro benutzt hatte. Ohne zu zögern, ging Terence an den Schreibtisch und drückte auf einen Knopf unter der zweiten Schublade. Eine unsichtbare Tür in der Vertäfelung öffnete sich.

„Noch ein Geheimgang?“, fragte Gillian. Ihr Mut verblasste schnell.

„Arbeitszimmer“, sagte Terence, während er hindurchtrat.

Oben an der gegenüberliegenden Wand hingen Uhren, alle in Betrieb, die die Zeit in jeder Zeitzone um den Globus herum angaben. Darunter stand eine leistungsfähige Computeranlage und gegenüber eine Funkausrüstung, mit der man mit jedem lokalen Discjockey bis hin zum Kreml Kontakt aufnehmen konnte. „Setz dich, Doc. Das kann eine Weile dauern.“

Gillian zuckte nur ein wenig zusammen, als die Täfelung sich hinter ihnen wieder verschloss. „Was hast du vor?“

„Du willst das ISS nicht einschalten, aber ich will in ihren Computer hineinsehen.“

„Meinst du, sie wissen, wohin Flynn gebracht worden ist?“

„Vielleicht, vielleicht nicht.“ Er schaltete den Terminal ein und setzte sich. „Aber bestimmt wissen sie, wo Hammers neues Hauptquartier ist.“ Er drückte einige Tasten. Der Rechner fragte nach seinem Code. Terence gab „Charlie“ ein. „Okay, fangen wir an. Mal sehen, was dieses Baby uns liefern kann.“

Er arbeitete still. Es war nur das Klappern der Tasten und das Piepen des Rechners zu hören. Gillian sah ihm zu, wie er es über die erste Sicherheitsstufe schaffte und in die nächste stieß.

Geduldig, stellte Gillian fest, mehr als überrascht, diese Eigenschaft bei ihm zu finden, während er einen Code knackte und langsam weiterdrang. Sie selbst erkannte allmählich Rhythmus in den Nummern und Symbolen, die auf dem Monitor auftauchten und aufblinkend auf Terences Befehl wieder verschwanden. Sie erahnte das System.

„So verdammt nah“, stieß Terence aus, als er eine weitere Reihenfolge versuchte. „Das Problem ist, es gibt genügend Variablen, die mich hier eine Woche festhalten könnten."

„Vielleicht, wenn du ..."

„Ich arbeite allein."

„Ich wollte nur sagen, wenn ..."

„Warum gehst du nicht hinunter in die Küche und kochst Kaffee, Sweetheart?"

Über den Ton zog sie die Augen zusammen, und die Wut zitterte ihr auf der Zungenspitze. „Nein." Sie wirbelte herum und betrachtete die geschlossene Täfelung. „Ich weiß nicht, wie ich rauskomme."

„Der Knopf ist links. Einfach nur drücken."

Sie öffnete wieder den Mund. Da ihr aber bewusst war, was möglicherweise herauskommen könnte, hielt sie ihn lieber. Typischer Dickschädel, egozentrisch männlich, entschied Gillian, als sie die Treppe hinuntermarschierte. Hatte sie nicht mit einem fast ihr ganzes Leben zusammengelebt, hatte sie nicht versucht, ihn zufriedenzustellen? Warum hatte das Schicksal sie in dieser Angelegenheit auf Leben und Tod wieder an einen Mann gekettet, der sich nichts aus ihrer Meinung machte?

Kaffee kochen, dachte Gillian, als sie die Küche gefunden hatte. Und wenn er sie noch einmal Sweetheart nannte, gab sie ihm, was Männer von seinem Schlag verdienten. Die Handfläche einer Frau mitten ins Gesicht.

Sie kochte Kaffee, zu erbost, um sich unbehaglich dabei zu fühlen, im Schrank eines Toten herumzustöbern.

Er hatte kein Recht, sie einfach so abzuschieben. Er hatte auch kein Recht, sie so zu küssen, wie er es getan hatte. Als wäre sie verschlungen worden, als wäre sie berauscht gewesen. Und doch war ihr Kopf klar gewesen, ihre Sinne scharf.

Wie es sich auch angefühlt hatte, wie es auch geendet hatte, nie würde sie wieder ganz dieselbe sein. Das konnte sie hier zugeben, allein, sich selbst gegenüber. Sie war eine zu praktische Frau, um sich zu betrügen. Ihre Gefühle waren vielleicht tiefer berührt, vielleicht empfänglicher, als sie es vorgezogen hätte, aber es waren ihre Gefühle, und sie würde sie nie verleugnen. Sie hatte den Kuss genossen. Und sie würde sich noch lange daran erinnern. Aber sie war auch eine Expertin in Sachen Selbstbeherrschung. Erfreulich oder nicht, sie würde es nicht noch einmal geschehen lassen.

Terence arbeitete immer noch, als sie zurückkam. Ohne Feierlichkeit knallte sie den Kaffeebecher neben ihn. Er nahm es mit einem Brummen zur Kenntnis. Gillian drehte im Raum eine Runde, befahl sich, den Mund zu halten. Doch dann schob sie gereizt die Hände in die Taschen.

„Zugriff Nummer 38537/BAKER. Tabularischer Einstiegscode fünf. Serie ARSS28." Gillian platzte mit der Reihe fast wie mit einer Obszönität hervor. „Und wenn du nicht zu dickköpfig bist, es zu versuchen, könnte es klappen. Wenn nicht, vertausche die Sequenzen."

Terence hob seinen Kaffee, froh darüber, dass sie ihn schwarz gelassen, überrascht, dass sie ihn so gut gemacht hatte. „Und wieso glaubst du, den Einstiegscode eines der kompliziertesten Computersysteme der Welt zu kennen?"

„Weil ich dich in der letzten Stunde beobachtet habe, und als Hobby hacke ich etwas."

„Du hackst etwas." Er trank wieder. „Einbrechen in die Konten einer guten Schweizer Bank?"

Langsam durchquerte sie den Raum, fast, wie Terence nicht ohne Bewunderung dachte, wie ein cooler und zu allem bereiter Revolverheld sich der entscheidenden Auseinandersetzung näherte. „Erinnerst du dich zufällig, dass es um meine Familie geht? Füge die Tatsache hinzu, dass ich dich bezahle. Und das wenigste, was du tun kannst, ist, meinen Vorschlag auszuprobieren."

Er gab die von ihr genannte Sequenz ein.

Kein Zugriff.

Mit nur der Andeutung eines selbstgefälligen Grinsens machte er eine Handbewegung zum Monitor.

„In Ordnung, dann stell die Zahlen um." Ungeduldig griff sie an ihm vorbei und drückte die Tasten selbst. Das Einzige, was Terence für einen Moment bemerkte, war, dass sein Shampoo bei ihr ganz anders roch.

LADE DATEI.

„Da wären wir also." Zufrieden mit sich selbst, beugte sich Gillian näher. „Es ist ganz ähnlich, wie für Blackjack ein System auszuarbeiten. Ein Professor und ich haben im letzten Semester damit herumgespielt."

„Erinnere mich, dass ich dich mitnehme, wenn ich nächstes Mal nach Monte Carlo fahre."

Sie waren einen Schritt weitergekommen. Lächelnd sah sie ihn an. „Was nun?"

Es war keine Spur von Bernsteinfarben oder Grau in ihren Augen. Sie waren rein grün und glänzend. Je länger sie sich ansahen, desto mehr veränderte sich ihr Ausdruck, füllte sich mit Bewusstsein, Erinnerung. „Sprichst du vom Computer?"

Sie schluckte. „Natürlich."

„War nur eine Nachfrage." Terence wandte sich ab und drückte die Tasten. Nach wenigen Sekunden tauchten Daten auf dem Monitor auf.

Terence wusste schon einiges über Hammer. Bevor er mit der verdeckten Arbeit begonnen hatte, war er gut informiert worden und hatte noch mehr während der Infiltration der Organisation erfahren. Er war kurz davor gewesen, den Standort des neuen Hauptquartiers zu finden, als er angeschossen worden war.

Stirnrunzelnd betrachtete er den Monitor und fuhr sich mit dem Daumen über die Narbe. Schnell überflog er die ihm bekannten Grundinformationen.

„Husad", rief Gillian und klammerte sich an einen Namen, während Terence die Daten über den Monitor laufen ließ. „Ist das der Anführer?"

„Ja. Jamar Husad, politischer Desperado, selbst ernannter General und vollkommen wahnsinnig. Nun komm schon, Charlie", murmelte er zum Apparat, „gib mir etwas."

„Du siehst ja kaum hin."

„Das kenne ich schon alles."

„Woher denn?"

„Ich habe sechs Monate für sie gearbeitet", sagte er halb zu sich selbst.

„Du … hast was?" Sie trat einen Schritt zurück.

Verärgerung flackerte in seinem Blick auf, als er hochsah. „Entspann dich, Sweetheart, alles zum Guten der Sache. Ich habe die Gruppe unterwandert."

„Aber wenn du drin gewesen bist, dann solltest du doch wissen, wohin sie Flynn und Caitlin bringen könnten. Warum albern wir hier mit dem Computer herum, wenn …"

„Weil sie sich verändert haben. Sie waren gerade dabei, sich ein neues Hauptquartier zu errichten, als ich hinausbefördert wurde."

„Hinausbefördert?" Verwirrung ging in Entsetzen über. „Daher die Narbe. So wie sie aussieht, haben sie dich fast umgebracht." Sie brach ab und legte eine Hand auf seine Schulter. „Du bist von diesen Leuten fast umgebracht worden und hilfst mir trotzdem."

Er schüttelte ihre Hand ab. Er konnte es sich nicht erlauben, dass ihre Gefühle zu ihm weicher wurden. Dann konnten auch zu leicht seine Gefühle ihr gegenüber weicher werden. „Das hier ist eine reine Wertanlage: Hunderttausend, mein Ticket ins Paradies."

Sie presste die Finger in die Handfläche. „Erwartest du, dass ich dir glaube, du tätest das nur wegen des Geldes?"

„Glaub, was du willst, aber behalt es für dich. Ich habe nie jemanden kennengelernt, der so viele Fragen stellt. Ich versuche mich zu konzentrieren. Ja, ja", murmelte er. „Ich weiß, dass sie in Kairo waren, das ist alt … In Ordnung. Ich wusste, ich kann auf Charlie zählen." Terence lehnte sich zurück. „Neue Operationsbasis: Marokko."

4. KAPITEL

Casablanca. Bogart und Bergman. Piraten und dunkle Geschäfte. Neblige Flughäfen und sonnenüberflutete Strände. Der Name beschwor Bilder von Gefahr und Romantik. Gillian war entschlossen, das Erste zu akzeptieren, das Zweite zu vermeiden.

Terence hatte zwei zusammengehörende Zimmer gebucht. Gillian ließ sich nichts anmerken, als er in fließendem Französisch mit dem Anmeldeportier sprach und als Monsieur Cabot bezeichnet wurde.

André Cabot war der Name in dem Pass, den er jetzt benutzte. Er trug einen konservativen dreiteiligen Anzug und Hochglanzschuhe. Das Haar war braun getönt. Er stand auch anders, stellte Gillian fest. Gerade, als hätte er einen Spazierstock verschluckt, als wäre er aus einer Militärakademie. Selbst seine Persönlichkeit hat sich geändert, dachte sie, während sie abseitsstand und ihn die Formalitäten machen ließ. Er war so mühelos in die Rolle des glatten, etwas ungeduldigen französischen Geschäftsmannes geschlüpft, dass sie fast glaubte, sie habe Terence O'Hara unterwegs verloren und jemand anderen aufgelesen.

Zum zweiten Mal hatte sie das Gefühl, als lege sie ihr Leben in die Hände eines Fremden.

Aber die Augen waren dieselben. Ein kleiner Schock durchfuhr sie, als er sich umdrehte und sie mit einer dunklen Eindringlichkeit anblickte, die sie kannte, aber an die sie sich immer noch gewöhnen musste.

Schweigend ließ sie sich von Terence zum Fahrstuhl führen. Gillian trug immer noch die Perücke, aber die Brille war weg und das langweilige Kleid durch ein elegantes seidenes ersetzt. Oben gab Terence dem Fahrstuhlführer Trinkgeld auf eine langsame, methodische Art, die verriet, dass er ein Mann war, der seine Francs zählte.

Sie erwartete, dass Cabot in dem Augenblick verschwinden würde, wenn die Tür geschlossen war, doch stattdessen sprach er in einem akzentreichen Englisch. „Bei dem Zimmerpreis müssten die Laken eigentlich aus Goldfäden gewebt sein."

„Was ..."

„Sieh nach, ob die Bar aufgefüllt ist, Chérie." Er ging im Raum umher, überprüfte die Lampen, hob die Bilder von der Wand. Er drehte sich nur kurz zu ihr um, mit einem warnenden Blick. „Ich würde ein kleines Glas Vermouth vorziehen, bevor ich das Vergnügen habe, deinen entzückenden Körper zu entkleiden." Er schraubte das Mundstück vom Telefonhörer ab und befestigte es wieder nach kurzer Suche.

„Würdest du?" Sie verstand, er blieb in seiner Rolle, bis er sicher war, dass es keine Wanzen im Raum gab. Sie entschied sich, mitzuspielen, und öffnete die kleine Bar. „Ich bin mehr als glücklich, dir einen Drink bereiten zu dürfen, *Sweetheart*." Sie sah, wie sich seine Braue hob, während er das Bett überprüfte. „Aber was den Rest angeht, ich bin ein wenig müde nach dem Flug."

„Dann wollen wir sehen, wie wir deine Energien zurückholen." Terence nahm das Glas, das sie ihm eingegossen hatte. „Gehen wir ins Nebenzimmer."

Während er die gleiche Prozedur wie drüben durchging, setzte sich Gillian aufs Bett. „Es war ein langer Flug."

„Dann solltest du dich ausruhen. Lass mich dir helfen." Er hob einen Druck der Kathedrale von Sacre Cœur. Mit erfahrenen Bewegungen tastete er den Rahmen und die Rückseite ab.

Gillian schlüpfte aus ihren Schuhen und massierte sich die Fußspanne. „Du scheinst nur eine Sache im Kopf zu haben."

„Ein Mann wäre dumm, mehr als nur eine Sache im Kopf zu haben, wenn er erst einmal mit dir allein ist."

Gillian überlegte einen Moment. Vielleicht konnte sie sich an diesen André Cabot allmählich gewöhnen. „Wirklich?" Sie hob das Glas, das er abgestellt hatte, und nahm einen Schluck. „Warum?"

Er kam näher, um das Kopfende zu überprüfen. Er hielt einen Moment inne und blickte sie an. Dabei lächelte er anzüglich. „Weil du eine Haut hast wie eine weiße Rose, die noch weicher und wärmer wird, wenn ich sie berühre." Seine Hand streifte ihren Schenkel, ließ sie zusammenzucken. Terence untersuchte weiter die Matratze, ließ Gillian dabei aber nicht aus den Augen. „Weil dein Haar Feuer und Seide ist, und wenn ich dich küsse, *ma belle*, dann sind es auch deine Lippen."

Sie hielt den Atem an, als er eine Hand um ihren Hals legte. Er beugte sich näher. „Weil ich, wenn ich dich so berühre, fühlen kann, wie sehr du mich willst. Weil ich, wenn ich dich ansehe, erkenne, dass du Angst hast."

Sie konnte nicht wegsehen. Sie konnte nicht wegrücken. „Ich habe keine Angst vor dir." Aber sie war fasziniert.

„Nein? Das solltest du aber."

Sie bemerkte nicht, dass seine Stimme sich verändert hatte, wieder seine eigene geworden war, gerade bevor sein Mund sich über ihrem schloss. Es war dieselbe Hitze, dieselbe Kraft wie beim ersten Mal. War es nur einmal vorher gewesen? Ihr Körper wurde wie flüssig, glitt unter seinem aufs Bett. Ohne einen Gedanken an die Vernunft zu verlieren, ohne einen Gedanken an die Konsequenzen schlang sie die Arme um ihn.

Warum schien es so leicht? Sein Mund war hart und heiß, seine Hände alles andere als sanft. Und doch war es jetzt mit ihm so leicht, so natürlich, so vertraut. Sicher, sein Geschmack war ein Geschmack, den sie jetzt schon kannte. Wenn sie die Hände über seinen Rücken gleiten ließ, wusste sie, welche Muskeln sie finden würde. Wenn sie tief Luft holte und sein Duft sie ausfüllte, war ihr der vertraut.

Vielleicht kannte sie sein Gesicht erst seit ein paar Tagen. Aber da war etwas, das sie schon ihr ganzes Leben gekannt hatte.

Er musste verrückt sein. Es war, als wäre sie schon immer für ihn da gewesen. Würde immer da sein. Das Gefühl von ihrem Körper unter seinem war nicht wie das von irgendeiner anderen Frau. Es war wie das der einzigen Frau. Er wusste, wie ihr Aufstöhnen klingen würde, bevor es kam, wie ihre Finger sich auf seinem Gesicht anfühlten, bevor sie ihn berührte.

Er wusste und erwartete es, und doch erstaunte es ihn.

Er konnte fühlen, wie sein Puls hochschoss und durch seinen Körper hämmerte. Er konnte hören, wie er ganz verrückt ihren Namen murmelte, während er seinen Mund von ihrem löste und über ihr Gesicht und ihren Hals wandern ließ. Da war ein Verlangen, das wuchs zu einem Rausch in ihm, und es war überhaupt nicht wie die Leidenschaft, die er für andere Frauen empfunden hatte.

Er wollte alles von ihr, Verstand, Körper, Seele. Er wollte sie jetzt. Er wollte sie für ein Leben.

Es war dieser beängstigende Gedanke, der ihn innehalten ließ. Es gab keine Garantien für ein ganzes Leben, vor allem nicht in dem

Spiel, das er gewählt hatte zu spielen. Er hatte gelernt, für den Augenblick zu leben.

Was immer es war, es musste aufhören.

Es schmerzte. Er hätte sich dafür hassen können, aber er rollte mit einer Sorglosigkeit von ihr, die sie still und sprachlos machte. „Das Zimmer ist sauber.“ Er nahm das Glas, um den Rest Vermouth auszutrinken. Und wünschte, es wäre Whisky.

Ihr Atem war unregelmäßig, und ihre Glieder waren zittrig. Sie konnte nichts dagegen tun, auch nicht gegen das ungesättigte Verlangen, das sich in ihr festkrallte. Aber sie konnte ihn hassen. Mit ganzem Herzen und ganzer Seele.

„Du Bastard.“

„Du hast es herausgefordert, Sweetheart.“ Er zog eine Zigarette heraus und richtete seine Gedanken auf das, was vor ihnen lag, statt auf das, was nur einen Moment vorher unter ihm gelegen hatte. „Ich habe noch einige Sachen zu erledigen. Warum machst du nicht ein Schläfchen?“

Langsam kam sie vom Bett, mit einem wilden Blick. Sie war vorher schon gedemütigt worden. Sie war vorher schon zurückgestoßen worden. Beides wollte sie von ihm nicht mehr. „Fass mich nie mehr an. Ich muss mich mit deinem ungehobelten Verhalten abfinden, weil ich keine Wahl habe, aber darüber hinaus berühr mich nie wieder!“

Er war sich nicht sicher, warum er es tat. Wut konnte einen Mann zu einem falschen und leichtsinnigen Schritt verleiten. Er riss sie an sich, genoss sogar ihr wildes Ankämpfen gegen ihn, als er seinen Mund wieder auf ihren presste. Sie war jetzt ein ungebändigtes Feuer, heiß, lebendig und gefährlich. Er hatte eine Vorstellung, verschwommen und doch stark, sie aufs Bett zu ziehen und heißblütiges Temperament mit heißblütigem Temperament zu reizen. Bevor er einen zweiten Fehler machen konnte, ließ er sie los.

„Ich nehme keine Befehle an, Gillian. Vergiss das nicht.“

Sie ballte die Hände zu Fäusten. Nur weil sie wusste, dass sie unterliegen würde, schlug sie nicht zu. „Es kommt die Zeit, da wirst du dafür zahlen.“

„Vielleicht. Im Augenblick muss ich aber etwas erledigen. Bleib hier.“

Als sich die Tür hinter ihm schloss, gönnte sie sich die kleine Befriedigung, ihm einen Fluch nachzuschicken.

Terence war nur eine Stunde weg. Casablanca hatte sich nicht sehr verändert. Die kleinen Geschäfte am Boulevard Hansali zogen immer noch die Touristen an. Im Hafen herrschte Betriebsamkeit auf europäischen Schiffen. Das arabische Viertel war immer noch von alten Schutzwällen umgeben. Sein Kontaktmann im Elendsviertel war erfreut, ihn wiederzusehen, und nach dem Austausch von einigen Dirham äußerst bereitwillig, das Gerücht vom Diebstahl einer Ladung amerikanischer Waffen in Umlauf zu bringen.

Terence kam ins Hotel zurück, zufrieden, dass der erste Schritt gemacht worden war, und bereit, den nächsten zu tun. Die Zimmer waren leer. Er geriet nicht in Panik, jedenfalls nicht zu Anfang.

Nachdem er seinen Revolver aus dem Halfter an der Wade genommen hatte, durchsuchte er beide Räume und Bäder. Die Balkontüren waren noch von innen verschlossen und die Vorhänge vorgezogen. Sie hatte Sachen aus ihrem Koffer genommen. Terence fand sie sauber in Schränke und Schubladen geordnet. Die Kosmetikartikel, die sie sich neu gekauft hatte, standen auf dem Bord im Bad. Da war Badesalz in der Farbe von Meeresschaum und ein kurzer Frotteemantel in einem etwas dunkleren Ton, der hinten an der Badezimmertür hing.

Ihre Tasche war weg und damit auch die Aufzeichnungen. Das Hämmern hinten an seinem Hals, langsam und gleichmäßig, verstärkte sich.

Wo zum Teufel war sie? Terence spürte die ersten Stiche der Panik. Er fuhr sich durchs Haar und bemühte sich, ruhig zu denken. Wenn sie sie hatten … wenn sie sie hatten, dann …

Wie konnte er ruhig denken, wenn er laufend das Bild vor sich sah, wie Abdul sie am Haar hochgezogen hatte! Wie konnte er ruhig denken, wenn er sich erinnerte, wie ihr Blut sich auf seinen Händen angefühlt hatte!

Als er einen Schlüssel im Schloss hörte, wirbelte er herum. Bevor sich der Türknauf drehte, stand er hinter der Tür, die Pistole gehoben, den Körper angespannt. Die Tür öffnete sich, er packte ein Handgelenk und riss Gillian in seine Arme.

„Verdammt, wo warst du? Alles in Ordnung?"

Sie nickte. „Ich war nur ein paar Minuten weg."

Und ein paar Minuten hatte seine Einbildungskraft in Höchstgeschwindigkeit gearbeitet. Terence verwünschte sich, dann sie. „Ich habe dir doch gesagt, du sollst hierbleiben. Was zum Teufel ist los mit dir?" Wütend auf sich selbst schob er sie weg. „Ich habe keine Zeit zum Babysitten, verdammt. Wenn ich einen Befehl gebe, dann befolgst du ihn."

„Ich habe dich beauftragt, meinen Bruder zu finden, nicht aber, in jeder freien Minute von dir angeschrien zu werden."

„Wenn du etwas Verstand zeigen würdest, müsste ich dich nicht anschreien. Du bist schon einmal verletzt worden. Denk daran. Ich könnte das nächste Mal nicht dabei sein, um Schlimmeres zu verhindern."

„Du bist nicht mein Leibwächter. Außerdem, du warst derjenige, der gegangen ist, ohne mir zu sagen, wohin und für wie lange."

Er hatte nicht die Absicht, daran erinnert zu werden, warum er so abrupt gegangen war. „Hör zu, Schwester, du bist aus dem einzigen Grund hier, weil ich versuche, deinen Bruder zu finden. Du wärst von keinem großen Nutzen, wenn sie dich jetzt schon hätten."

„Niemand hat mich." Sie warf ihre Tasche aufs Bett. „Ich bin hier, oder nicht?"

Er hasste es, gegen Logik anzustreiten. „Ich habe dir gesagt, du sollst im Hotel bleiben. Wenn du nicht tun kannst, was dir gesagt wird, findest du dich auf dem ersten Flugzeug zurück nach New York wieder."

„Ich gehe, wohin ich will und wann ich will." Sie baute sich vor ihm auf. „Und nur zu deiner Information, ich war im Hotel. Kopfschmerzen, O'Hara. Ich habe unten Tabletten gekauft. Und wenn du mich jetzt entschuldigst, muss ich vielleicht nicht gleich alle auf einmal schlucken." Sie stürmte hinüber und knallte die Badezimmertür hinter sich zu, nicht ohne leise vor sich hin zu fluchen.

Frauen, dachte Terence, während er ins angrenzende Zimmer ging. Er zündete sich eine Zigarette an und stellte sich ans Fenster, um hinaus auf Casablanca zu blicken. Das letzte Mal, als er hier gewesen war, ging es um Schmuggel. Man hatte ihm fast dic Kehle durchgeschnitten, aber das Glück war auf seiner Seite gewesen. Damals war er auch Cabot gewesen, der französische Geschäftsmann, der sich keine grauen Haare wegen eines dunklen, wenn nur Gewinn bringenden Geschäftes machte.

Seine Verkleidung würde halten. Das ISS hatte sie mit akribischer Genauigkeit aufgebaut. Seine Nerven würden halten, solange er sich daran erinnerte, dass die Frau nebenan für ihn nichts als ein Mittel zum Zweck war, um mit dieser Arbeit aufhören zu können.

Er hörte in Gillians Bad das Wasser laufen und sah auf seine Uhr. Er gab ihr eine Stunde, um sich abzureagieren. Dann mussten sie sich um ein Geschäft kümmern.

Gillians Wut hatte nicht die Eigenart, schnell aufzublitzen und wieder zu verschwinden. Im Augenblick genoss sie sie sogar. Sie gab ihr Energie und drängte ihre Angst zurück.

Bestimmt beabsichtigte Terence, sie hier im Zimmer eingeschlossen und einsam ihr Essen verzehren zu lassen. Sie sollte verdammt sein, wenn sie sich hier wie ein Mäuschen verkroch. Sie war sich vielleicht nicht sicher, was sie tun konnte, um bei Flynns und Caitlins Befreiung zu helfen, aber etwas musste es geben. Terence O'Hara musste die Tatsache akzeptieren, dass sie bei dieser Sache dabei war. Damit wollte sie sofort anfangen.

Sie öffnete die Verbindungstür und wäre fast in ihn hineingerannt.

„Ich wollte gerade nachsehen, ob du aufgehört hast mit dem Schmollen."

Sie hob das Kinn. „Ich schmolle nie."

„Natürlich. Aber da du offensichtlich damit aufgehört hast, können wir gehen."

Sie öffnete den Mund, dann schloss sie ihn wieder. Er hatte „wir" gesagt. „Wohin?"

„Einen Freund besuchen." Mit zusammengezogenen Brauen betrachtete er sie. „Das hast du angezogen? Willst du etwa so auf die Straße gehen?"

Unwillkürlich blickte sie an ihrem weiten Rock und der Bluse herab. „Was stimmt damit nicht?"

„Nichts, wenn du zum Tee ins Pfarrhaus gehen würdest." Er knöpfte einfach zwei Knöpfe ihrer Bluse auf und trat stirnrunzelnd zurück. „Schon etwas besser."

„Ich habe doch keine Lust, mich hier zu deinem Vorteil zur Schau zu stellen."

„Persönlich gebe ich verdammt nichts darauf, ob du Pappe trägst, aber du musst eine Rolle spielen. Hast du keine grellen Ohrringe?“

„Nein.“

„Dann besorgen wir welche. Und einen dunkleren Lippenstift. Und kannst du nicht etwas mit deinen Augen machen?“

„Meinen Augen? Was stimmt nicht mit meinen Augen?“ Die natürliche weibliche Eitelkeit kämpfte mit der Verwirrung, während Terence in ihr Bad ging.

„Cabots Frauen kommen nicht schnurstracks aus einem Kloster, wenn du weißt, was ich meine.“ Er kramte in ihren Kosmetikartikeln.

„Nein. Was genau bedeutet es?“

„Ich meine, du brauchst etwas mehr Farbe, etwas mehr Brustansatz und etwas weniger gute Kinderstube.“ Er nahm einen rauchgrünen Lidschatten, musterte ihn und hielt ihn ihr hin. „Hier, versuche es als Hure, machst du das?“

„Hure?“ Das Wort kam mit wunderschöner irischer Entrüstung aus ihrem Mund. „Hure also? Glaubst du wirklich, ich male mich an, damit du mich zur Schau stellen kannst als … als …“

„Flittchen, das habe ich gemeint, ein nett aussehendes, hohlköpfiges Flittchen.“ Er nahm ihr Parfum und drückte auf den Sprühknopf. „Das ist Salonzeug. Ist das das einzige Parfum, das du hast?“

Sie biss so ihre Zähne zusammen, dass es schmerzte. „Was stimmt damit nicht?“

„Der Kerl, den ich sehen werde, erwartet, dass ich mit einer hübschen, hohlköpfigen und sehr sexy Frau reise. Das ist Cabots Stil.“

Dieses Mal zog sie die Brauen zusammen. „Oh, ist es das?“

„Ja. Und du musst der Rolle entsprechen. Hast du nicht irgendetwas Enganliegendes?“

„Nein, ich habe nichts Enganliegendes.“ Sie machte einen Schmollmund, als sie sich umdrehte und im Spiegel betrachtete. „Ich habe diese Reise nicht für einen Geselligkeitstrip gehalten.“

„Ich habe noch nie eine Frau erlebt, die nichts Enganliegendes hat.“

Wenn Blicke wirklich töten könnten, wäre er jetzt wie ein Stein zu Boden gefallen. „Du hast nie diese eine erlebt.“

Terence griff wieder nach ihrer Bluse. „Nun, vielleicht noch einen weiteren Knopf.“

„Nein." Sie zog die Bluse zusammen. „Ich laufe nicht halb nackt herum, damit du dein Image aufrechterhalten kannst." Mit zusammengebissenen Zähnen riss sie ihm den Lidschatten aus der Hand. „Geh raus. Ich will nicht, dass du so um mich herumschwirrst."

„Fünf Minuten." Er steckte die Hände in die Taschen und schlenderte aus dem Bad.

Sie brauchte zehn, aber er entschied sich, nicht zu drängen. Die Wut hatte einen rosigen Hauch auf ihre Wangen gebracht, zu dem sie noch Rouge hinzugefügt hatte. Sie hatte Lidschatten und Eyeliner großzügig benutzt, sodass ihre Augen riesig waren wie Untertassen und einen schweren Schlafzimmerblick hatten.

„Billig genug für dich, Monsieur Cabot?"

„Es wird gehen", sagte er, schon an der Tür. „Na los schon, gehen wir."

Sie kam sich wie ein Idiot vor, und soweit es sie anging, sah sie auch so aus. Doch andererseits ließ Terence sie nicht allein im Hotel zurück. Sie holte tief Luft. Wenn sie schon eine Rolle spielen sollte, dann wollte sie sie auch gut spielen.

Als sie aus dem Hotel traten, hakte sich Gillian bei ihm ein, schmiegte sich an ihn und lächelte ihn an. „Soll ich verrückt nach dir sein?"

„Auf alle Fälle nach meinem Geld."

„Oh, du bist reich?"

„Steinreich."

Sie blickte über ihre Schulter, als sie in ein Taxi stieg. „Und warum habe ich dann keinen Schmuck?"

Kleine Neunmalkluge, dachte er und wünschte, er würde sie deswegen nicht mehr mögen. Er legte die Hand fest auf ihren Po. „Du hast ihn noch nicht verdient, Sweetheart."

Die Schminke konnte nicht das Feuer und die Herausforderung verbergen, die in ihren Blick traten. Terence nahm neben ihr Platz und nannte dem Fahrer die Adresse. „Sprichst du Französisch?", fragte er dann Gillian.

„Gerade genug, um zu wissen, was ich im Restaurant bestellen soll."

„Auch gut. Halt den Mund und überlass mir das Reden. Von dir erwartet man sowieso nicht, sehr helle zu sein."

Er sagte ihr für ihren Geschmack zu oft, dass sie den Mund halten sollte. „Ich habe schon gemerkt, dass sich dein Frauengeschmack mit dem der Männermagazine deckt.“

Sie fuhren aus dem Teil der Stadt heraus, der durch Hotels und große, moderne Geschäfte gekennzeichnet war. An den Hafen schloss sich die alte Medina an, die originale arabische Stadt, von Mauern umschlossen und labyrinthisch mit engen Gassen durchzogen. Zu jeder anderen Zeit hätte es sie fasziniert. Sie hätte sich gewünscht, auszusteigen und sich umzusehen, zu riechen und zu berühren. Nun war es nur ein Ort, wo ein Hinweis gefunden werden konnte.

Terence bezahlte den Fahrer. Gillian stieg aus und betrachtete die vielen kleinen Geschäfte und die Touristen, die von ihnen angezogen wurden. Der Charme war da, das Alter, die arabische Würze. Exotische Farben, offene Basare, Männer in Gewändern. Die Straße lag im Schatten, die Ladenfenster vollgestopft mit Souveniren und Seide und einheimischem Kunsthandwerk. Die Frauen, die sie sah, waren hauptsächlich Europäerinnen, unverschleiert und in Hosen. Der Wind war mild und trug den Geruch des Wassers mit sich, von Gewürzen und stinkendem Müll.

„Es ist so anders.“ Sie hakte sich wieder bei Terence unter. „Man liest so viel über diese Orte, aber es ist nichts im Vergleich zur Wirklichkeit. Sie ist so … exotisch.“

Er dachte ans Armenviertel, wo er heute Nachmittag gewesen war, an die ohne Genehmigung hingebauten Hütten, das Elend, nur einen Steinwurf entfernt von reizenden Straßen und hübschen Läden. Ein Slum war ein Slum, in welchem Kulturkreis auch immer.

„Hier.“ Terence hielt vor einem Juweliergeschäft, das im Fenster Gold und Silber und glänzend polierte Edelsteine ausstellte. „Lächle und sieh dumm aus.“

Gillian hob eine Braue. „Ich bin mir nicht sicher, ob ich so talentiert bin, aber ich tue mein Bestes.“

Die Glocke über der Ladentür bimmelte, als sie eintraten. Der Mann hinter der Theke mit einem Gesicht wie eine verbrannte Mandel und fast weißem Haar blickte auf. Sofortiges Wiedererkennen zeigte sich in seinem Blick, bevor er mit einem Kunden weiter um ein Armband feilschte. Terence legte die Arme auf den Rücken und musterte die ausgestellten Waren.

Der Verkaufsraum war klein, vom Hinterzimmer durch einen Perlenvorhang abgeteilt. Musik spielte, die Gillian an Hirten denken ließ, die ihren Herden etwas vorspielten. Es roch angenehm nach Gewürzen – Nelken und Ingwer –, und ein Ventilator verteilte träge die Luft im Laden.

Der Boden war aus abgetretenem Holz. Obwohl die Juwelen glänzten, war das Glas der Schaukästen stumpf und voller Fingerabdrücke. Sich an ihre Rolle erinnernd, spielte Gillian mit Halsketten aus blauen und roten Steinen. Sie seufzte beim Gedanken daran, wie sehr sich Caitlin über eine solche Kette freuen würde.

„*Bon soir.*" Mit übereinandergelegten Händen wandte sich der Ladenbesitzer Terence zu. „Es ist lange her, alter Freund." Er sprach Französisch. „Ich hätte Sie nicht so bald wieder in meinem Laden erwartet."

„Ich kann schließlich nicht nach Casablanca kommen, ohne bei einem alten und wertvollen Freund vorbeizuschauen, al-Aziz."

Der Ladenbesitzer neigte den Kopf, fragte sich schon, ob er ein Geschäft machen könnte. „Sie sind geschäftlich hier?"

„Teils geschäftlich." Er zeigte auf Gillian. „Teils zum Vergnügen."

„Ihr Geschmack ist exzellent, wie immer."

„Sie ist hübsch", sagte Terence teilnahmslos. „Und nicht klug genug, um zu viele Fragen zu stellen."

„Sie wollen ihr ein Spielzeug kaufen?"

„Vielleicht. Ich habe aber auch etwas zu verkaufen."

Verärgert, aus der Unterhaltung ausgeschlossen zu sein, trat Gillian zu Terence. Sie legte einen Arm um seinen Hals, hoffte, die Pose sei sexy genug. „Ich hätte genauso gut im Hotel bleiben können, wenn du den ganzen Abend Französisch redest."

„Tausendmal Entschuldigung, Mademoiselle", sagte al-Aziz in präzisem Englisch.

„Kein Grund zur Entschuldigung." Terence gab Gillian einen leichten Klaps auf die Wange. „Also, Chérie, such dir irgendetwas Schönes aus."

Sie wollte ihm liebend gern ins Gesicht spucken, doch stattdessen sah sie Terence kokett an. „O André, irgendetwas?"

„Natürlich, was du willst."

Das zahle ich dir zurück, dachte Gillian und beugte sich über die Auslage wie ein Kind in einem Eissalon. Gut und teuer.

„Wir können freimütig miteinander reden, *mon ami*“, fuhr Terence fort. Er lehnte sich an den Tresen und faltete die Hände auf dessen Glas. „Meine Begleiterin versteht kein Französisch. Ich nehme an, Sie haben ... nun, noch gute Kontakte?“

„Ich darf mich so glücklich schätzen.“

„Sie erinnern sich, vor einigen Jahren hatten wir ein Geschäft, das für beide Seiten einträglich war. Ich will Ihnen ein weiteres vorschlagen.“

„Ich rede immer gern über Geschäfte.“

„Ich habe eine vergleichbare Ladung. Sie stammt von unseren kapitalistischen Freunden. Meine Quellen verraten mir andererseits, dass sich hier in Marokko eine gewisse Organisation niedergelassen hat. Ich bin sicher, sie ist an dem interessiert, was ich anzubieten habe – natürlich zum gegenwärtigen Marktpreis.“

„Natürlich.“

„Sind Sie daran interessiert, das Geschäft zu vermitteln?“

„Für die übliche zehnprozentige Provision?“

„Natürlich.“

„Möglich, dass ich Ihnen helfen kann. Zwei Tage. Wo kann ich Sie erreichen?“

„Ich erreiche Sie, al-Aziz.“ Terence lächelte und fuhr sich mit einer Fingerspitze übers Kinn. Es war ein für Cabot eigentümlicher Zug. „Da gibt es ein Gerücht, das ich interessant finde. Ein gewisser Wissenschaftler wird, sagen wir, von der Organisation beschäftigt. Wenn ich mehr Informationen über ihn hätte, könnte sich die Provision noch sehr beträchtlich steigern, vielleicht auf zwanzig Prozent.“

Al-Aziz' Miene war ausdruckslos wie seine Stimme. „Gerüchte sind unzuverlässig.“

„Aber leicht genug zu erhärten.“ Terence zog einen Geldclip hervor und daraus einige Scheine. Wie durch einen Zauber verschwanden sie in den Falten von al-Aziz' Gewand.

„O Darling, kann ich die haben?“ Gillian packte Terences Arm und zog ihn hinüber zu einem Paar langer goldener Ohrringe, grell mit roten Steinen besetzt. „Zu Hause werden alle vor Neid sterben. Bitte, Darling, kann ich die haben?“

„Tausendachthundert Dirham“, sagte der Ladenbesitzer nach einem kurzen Blick mit zufriedenem Lächeln. „Für Sie und die Lady tausendsechshundert."

„Bitte, Sweetheart. Ich habe mich einfach in sie verliebt."

In seinem eigenen Spiel gefangen, nickte Terence al-Aziz zu. Unauffällig kniff er Gillian, während der Ladenbesitzer die Ohrringe aus dem Kästchen holte.

„Oh, ich trage sie gleich." Gillian legte sie an, während Terence weitere Scheine aus seinem Clip zog.

„Du hättest dir auch ein paar Glasperlenketten aussuchen können", meinte Terence, als sie wieder auf der Straße standen.

Gillian berührte einen der Ohrringe und ließ ihn baumeln. „Eine Frau wie ich gibt sich nicht mit Glasperlen zufrieden. Ich wollte die Rolle gut spielen."

„Ja." Bei ihr hatten die Ohrringe sogar etwas Stil. „Du hast es gut gemacht."

Gillian zog ihn am Arm zurück. „Warte einen Moment. Das Kompliment muss ich erst verarbeiten."

5. KAPITEL

Wenigstens war sie nicht in einem Hotelzimmer eingesperrt. Gillian versuchte sich damit zu trösten, während sie in dem verräucherten und lärmenden Club saß. Sie trank ein Glas Wein und beobachtete das Leben um sich herum. Die meisten Gäste waren jung und zum größten Teil Europäer. Unter anderen Umständen hätte sie das Durcheinander und die unbeschwerte Partyatmosphäre sogar genießen können.

Sie beugte sich zu Terence vor. „Und jetzt erzähl mir, worüber ihr gesprochen habt und was jetzt weiter geschieht."

Er hatte den Club gewählt, weil es hier laut war und die Gäste mit sich selbst beschäftigt.

„Al-Aziz ist Geschäftsmann. Cabot auch." Terence knabberte an einer faden weichen Salzstange. „Ich habe ihm einen Vorschlag für ein lukratives Geschäft gemacht."

„Was hat das mit Flynn zu tun?"

„Ich habe al-Aziz' Interesse erregt. Mit etwas Glück wird er Hammers Interesse erregen. Wir haben uns in zwei Tagen wieder verabredet. Und dann werden wir klüger sein als jetzt."

„Du triffst dich mit diesen Leuten?" Sie hatte plötzlich entsetzliche Angst um ihn. „Aber sie kennen dich doch."

Terence nahm einen Schluck Whisky und fragte sich, wann er endlich wieder in einem Land sein würde, in dem anständige Drinks serviert wurden. „Abdul weiß, wer ich bin. Killer wie er sind normalerweise nicht bei Waffenverhandlungen dabei."

„Ja, aber … Waffen?" Ihre Stimme senkte sich zu einem Flüstern. „Du willst ihnen Waffen verkaufen?"

„Auf alle Fälle sollen sie es glauben."

„Das ist verrückt. Es muss einen besseren Weg geben."

„Sicher. Ich hätte in al-Aziz' Laden spazieren und ihm sagen können, du bist Dr. Gillian Fitzpatrick, deren Bruder von Hammer gekidnappt worden ist. Ich hätte an seine menschlichen Instinkte appellieren können. Bevor die Sonne morgen aufgeht, wärst du in derselben Lage wie dein Bruder jetzt. Und ich wäre tot."

Gillian runzelte die Stirn. Er schien sich seines Angriffsplanes so sicher zu sein. Sie wollte, sie brauchte nichts mehr, als ihm zu glauben. „Du hast al-Aziz vorher schon getroffen, nicht wahr? Er schien dich zu kennen."

Terence spürte ein Kribbeln zwischen den Schulterblättern. Er hätte es vorgezogen, mit dem Rücken an der Wand zu sitzen. „Wir hatten vorher bereits miteinander zu tun, wir sind sozusagen Geschäftsfreunde."

„Du hast ihn vorher schon benutzt, um Waffen zu verkaufen?"

„Das ISS hat ihn benutzt." Er zerbrach eine weitere Salzstange in zwei Hälften. „Vor einigen Jahren gab es Pläne für einen Coup, den das ISS unterstützen wollte. Anonym. Für Cabot fiel ein netter Profit ab, für al-Aziz eine Provision, und die Demokratie hat einen gewaltigen Schritt nach vorn gemacht."

Sie wusste, dass solche Dinge geschahen. Sie war in einem Land aufgewachsen, das durch Krieg geteilt war. Sie lebte in einem Land, in dem das Vertrauen durch geheime Geschäfte und politische Machenschaften hart strapaziert worden war. Aber weil es vorkam, war es nicht automatisch richtig. „Es ist nicht gerecht."

„So ist die wirkliche Welt", gab er zurück. „Und die ist größtenteils nicht gerecht."

„Machst du es darum?" Impulsiv beugte sie sich vor. „Um die Dinge wieder ins rechte Lot zu rücken?"

Es hatte eine Zeit gegeben – anscheinend vor einem ganzen Leben –, als er idealistisch genug gewesen war, um an so etwas zu glauben. Doch den Glauben hatte er irgendwo vor langer Zeit verloren. „Ich tue nur meinen Job, Gillian. Versuch nicht, einen Helden aus mir zu machen."

„Das ist mir nicht in den Sinn gekommen."

Schwer lag der Rauch von französischen und türkischen Tabaken in der Luft. Die Musik war leicht, der Alkohol gerade noch erträglich. Er fragte sich, wann ihm der Gedanke gekommen war, dass er zu viel Zeit an Orten wie diesem verbracht hatte. Fast hätte er laut gelacht. Er war sogar an einem Ort wie diesem geboren worden. Es gab Momente während des letzten Jahres, da hatte er gespürt, dass er herauswollte. Es war ein so drängendes Gefühl wie vor zwölf Jahren. Nur dass er diesmal nicht mehr einfach bloß den Daumen ausstrecken konnte.

„Terence?"

„Was?"

„Was wirst du tun, wenn du mit diesem Job aufhörst?"

„Da gibt es einen Ort auf den Kanarischen Inseln, wo man Früchte direkt vom Baum pflücken und in einer Hängematte mit einer schönen Frau schlafen kann. Das Wasser ist klar wie Glas, und die Fische springen einem in den Schoß." Er nahm einen großen Schluck. „Mit hunderttausend Dollar bin ich da ein König."

„Wenn du nicht vor Langeweile stirbst."

„Ich hatte genug Aufregung, die für die nächsten dreißig oder vierzig Jahre reicht." Er stieß sein Glas an ihres. „Ich werde mich amüsieren."

„André!"

Terence drehte sich auf seinem Stuhl um und fand seinen Mund in einem langen, feuchten Kuss gefangen. Ungefähr in der Mitte des Kusses dämmerte es ihm. Er konnte sich nur an eine Frau erinnern, die nach Treibhausblumen roch und wie ein Vampir küsste.

„Desirée." Terence strich ihr über den nackten Arm, während sie sich in seinen Schoß kuschelte. „Immer noch in Casablanca?"

„Natürlich." Sie lachte kehlig und warf eine Mähne mitternachtschwarzer Haare zurück. „Ich bin jetzt eingestiegen hier im Club."

„Hochgekommen in der Welt."

„Aber ja." Sie hatte eine Haut wie eine Magnolie und ein Herz, das glücklich Gift verspritzen konnte. Trotz allem hatte Terence eine distanzierte Zuneigung für sie. „Ich habe Amir geheiratet. Er ist hinten, sonst hätte er dir schon die Kehle durchgeschnitten, weil du mich anfasst."

„Nichts hat sich geändert, wie ich sehe."

„Du auch nicht." Munter Gillian ignorierend, fuhr Desirée mit den Fingerspitzen über Terences Gesicht. „O André, ich habe wochenlang darauf gewartet, dass du zurückkommst."

„Stunden, wenn überhaupt."

„Bleibst du lange?"

„Ein paar Tage. Ich zeige meiner Freundin den Charme von Nordafrika."

Desirée blickte sich um, musterte Gillian von oben bis unten und übersah sie dann wieder geflissentlich. „Es hat eine Zeit gegeben, als mein Charme dir reichte."

„Dein Charme war für eine Armee ausreichend." Terence hob seinen Drink und hielt den Blick auf die Tür zum Hinterraum gerichtet. Er wusste, dass Desirée hinsichtlich Amir nicht übertrieb. „Ich hätte ein kleines Geschäft, *ma belle*. Lauschst du immer noch so gut an Schlüssellöchern, die in deiner Reichweite sind?"

„Für dich – und einen Preis."

„Flynn Fitzpatrick. Wissenschaftler. Ire mit einer kleinen Tochter. Wie viel wird es mich kosten herauszufinden, ob sie noch in Casablanca sind?"

„Für einen lieben alten Freund – fünftausend Francs."

Terence schob sie von seinem Schoß, bevor er den Geldclip hervorholte. „Hier ist die Hälfte. Als Ansporn."

Sie beugte sich herunter und schob das Geld in einen Schuh. „Es ist immer wieder ein Vergnügen, dich zu sehen, André."

„Und dich, Chérie." Er erhob sich und streifte mit den Lippen ihren Handrücken. „Grüße Amir nicht von mir."

Lachend schlängelte sich Desirée durch die Menge.

„Du hast faszinierende Freunde", bemerkte Gillian.

„Ja. Gehen wir."

Gillian drängte sich hinter ihm aus dem verräucherten Club in die klare Abendluft. „Worüber habt ihr gesprochen?"

„Nur Erinnerungen an alte Zeiten."

Sie zog eine Braue hoch. „Ich bin sicher, sie waren mehr als überwältigend."

Unwillkürlich musste er lächeln. Desirée hatte ein schwarzes Herz … aber welche Fantasie! „Sie hatten ihren Reiz."

Gillian schwieg einen Moment, kämpfte mit sich. Schließlich gab sie auf. „Diese aufgedonnerte Frau ist dein Typ?"

Terence wusste genug über Frauen, um zu wissen, wann Lachen gefährlich war. Stattdessen hüstelte er. „Sagen wir einfach, sie ist ein Typ."

„Ich bezweifle, dass noch viel von ihr übrig bleibt, wenn man ihr erst einmal die drei Make-up-Schichten abkratzt."

„Du brauchst nicht eifersüchtig zu sein, Sweetheart. Wir sind alte Freunde."

„Eifersüchtig?" Sie ließ es klingen wie einen Witz und verachtete sich, weil es keiner war. „Ich bin doch nicht auf eine Frau eifersüchtig, mit der du … mit der …"

„Komm schon, spuck's aus."

Sie schüttelte seinen Arm ab, den er um ihre Schulter gelegt hatte. „Vergiss es. Wofür hast du sie bezahlt?"

„Um einige Informationen auszugraben."

„Wie sollte so eine Frau in der Lage sein, an Informationen zu kommen?"

Terence blickte auf sie herunter, sah, dass sie es ernst meinte, und schüttelte nur den Kopf. „Diplomatie", sagte er.

Gillian konnte nicht schlafen.

Sie war in Afrika, einem Kontinent, von dem sie bisher nur gelesen hatte. Im Süden lag die Sahara. Sie war nur Schritte vom Atlantik entfernt, aber auf dieser Seite der Welt war er einfach ein anderer Ozean. Selbst die Sterne waren fremd.

Die Fremdheit machte ihr nichts aus. Während ihrer Kindheit hatte sie oft davon geträumt, in ferne Länder zu reisen, aber sie hatte sich mit Büchern zufriedengegeben. Ihre Entscheidung, in die Staaten zu gehen, hatte sie aus dem Wunsch heraus getroffen, etwas Neues zu sehen, selbstständig zu sein, wie es nie möglich gewesen wäre, wenn sie in Irland bei ihrem Vater geblieben wäre. Sie war nach Amerika gegangen, um ihre eigenen Ziele zu verfolgen, ihr eigenes Leben zu leben. Nun war ihr Vater krank und ihr Bruder verschwunden.

Gillian zog den Bademantel über und ging auf den Balkon. Und sie war hier in Afrika mit einem Mann, der mit einem Schlag ihre Identität verändert hatte.

Mit einem Seufzer lehnte sich Gillian ans Geländer und blickte hinaus auf die Lichter und Schatten von Casablanca. Er hatte gesagt, er denke nicht daran, irgendetwas zu verbessern, er verrichte nur seinen Job. Warum nahm sie ihm das nicht ab? Es schien doch zu seinem Stil zu passen. Aber es passte nicht zu ihren Gefühlen für ihn.

Fast vom ersten Augenblick an hatte sie sich von ihm angezogen und abgestoßen gefühlt. Da war etwas in seinen Augen – wenn auch selten –, das ihr verriet, er konnte freundlich und fähig zum Mitleid sein. Da war die Art, wie er sie angesehen hatte, oben auf der Wahrsagerpyramide. Ein Teil von ihm war ein Träumer, ein Teil ein eiskalter Realist. Es schien unmöglich, beide unter einen Hut zu bringen.

Was er war, was er machte, verunsicherte sie. Ihr ganzes Leben hatte sie an richtig und falsch, gut und schlecht geglaubt. Bis sie ihn getroffen hatte, hatte sie nicht gewusst, wie viele Schattierungen dazwischen es geben konnte. Und sie hätte nicht im Traum daran gedacht, von einem Mann angezogen zu werden, der in diesen Schattierungen zu Hause war.

Aber es war eine Tatsache, eine unumstößliche Tatsache, dass sie von ihm angezogen wurde, ihm vertraute und glaubte. Sie konnte ihre Gefühle nicht in ein Labor tragen, sie auseinandernehmen, sie analysieren. Zum ersten Mal in ihrem Leben stand sie vor einem Problem, das nicht mit Logik oder experimenteller Untersuchung zu lösen war. Und der Name des Problems war Terence O'Hara.

Sie war eifersüchtig gewesen, wahnsinnig eifersüchtig, als diese Frau im Club über Terence hergefallen war. Als sie intim auf Französisch mit ihm geflüstert und ihn gestreichelt hatte, hätte Gillian sie am liebsten bei den gelackten Haaren gepackt und fortgeschleift. Das lag eigentlich nicht in ihrer Natur. Oder sie hatte es bisher nicht gewusst.

Natürlich kannte sie Eifersucht. Aber was sie heute Abend empfunden hatte, war heiß und gewalttätig gewesen und kaum zu beherrschen. Dabei war sie nicht auf das exotische Aussehen der Frau oder ihren geschmeidigen Körper eifersüchtig gewesen, sondern darauf, wie sie Terence umschlungen und geküsst hatte, als wollte sie ihn bei lebendigem Leib verschlingen.

Und er schien es genossen zu haben.

Gillian verschränkte die Arme über der Brust und blickte hinaus auf die Lichter der Stadt. Sie mochte Eifersucht ebenso wenig wie Verwirrung. Terence O'Hara bedeutete offensichtlich beides.

Sie zuckte bei einem kratzenden Laut zusammen und wirbelte herum. Ein Streichholz flackerte auf.

Terence stand im Schatten. Sie fragte sich, wie lange er sie schon von dort beobachtet hatte.

„Ich habe nicht gewusst, dass du hier bist." Und sie hätte es nicht, erkannte sie, wenn er es nicht gewollt hätte. „Ich konnte nicht schlafen."

„Zeitveränderungen bringen den Körperrhythmus ganz durcheinander."

„Ja, das ist es wohl." Sie legte die Finger wieder fest ums Geländer und wünschte, es wäre so einfach. „Ich dachte, du seist daran gewöhnt."

„Ich mag die Nacht." Das stimmte, aber er war nur auf den Balkon gekommen, weil er unruhig war und an sie denken musste.

„Manchmal gehe ich aufs Dach meines Hauses. Es ist die einzige Art, wie man in New York die Sterne sehen kann." Sie sah zum Himmel hoch. „In Irland musste man einfach nur aus dem Haus treten." Mit einem Kopfschütteln sah sie wieder auf die Stadt. „Hast du es je vermisst?"

„Was vermisst?"

„Dein Zuhause."

Er zog an seiner Zigarette, und sein Gesicht war für einen Moment in rotes Licht getaucht. „Ich habe dir doch gesagt, ich habe keins."

Sie ging an die gegenüberliegende Seite des Balkons. „Einfach nur die Kanarischen Inseln? Wie lang kann man von Früchten und Fischen leben?"

„Lang genug."

Obwohl es sich in der Nacht abkühlte, trug er nur eine weite Jogginghose. Gillian erinnerte sich ganz genau an den wilden Rausch, als sie an diesen Körper gedrückt wurde. Und an die verwirrende Leere, wieder weggeschoben zu werden. Nein, Gefühle konnten nicht analysiert werden, aber sie konnte versuchen, deren Quelle zu untersuchen.

„Ich frage mich, was es ist, wovor du wegläufst."

„Worauf ich zulaufe." Terence schnippte die Zigarette über den Balkon auf die Straße unten. „Zu einem Leben in Luxus, Sweetheart. Kokosmilch und halb nackte Frauen."

„Ich glaube nicht, dass dir das reicht. Dafür hast du dich immer zu sehr eingesetzt."

„Stimmt." Unbewusst rieb er über die Narbe auf seiner Brust. „Was bleibt, gehört mir." Ihr Duft war wieder so frisch. Der Wind trug ihn zu ihm.

„Weißt du, Mr. Forrester hat gemeint, wenn du dich mehr an die Regeln hieltest, wärst du in einer Führungsposition des ISS."

„Charlie hatte Größenwahn."

„Er war mächtig stolz auf dich."

„Er hat mich angeworben und ausgebildet. Er wollte sich wohl damit brüsten, dass er gute Arbeit geleistet hat."

„Ich glaube, es war mehr als das. Du gefielst ihm, wie du warst und was er aus dir gemacht hat. Ich weiß, du warst ihm tief verbunden und hast dich auf diese Geschichte nicht nur wegen des Geldes, sondern seinetwegen eingelassen. Die Gründe sollten mir gleichgültig sein, aber sie sind es nicht. Terence?"

Er wollte sie jetzt nicht ansehen, da das Mondlicht auf sie fiel und ihr Duft in der Luft hing. Er hielt den Blick auf die Straße unten gerichtet. „Ja?"

„Wenn ich Flynn und Caitlin wieder zurückhabe, werde ich es dir nie zurückzahlen können. Aber du sollst wissen, was auch immer geschieht, ich bin dir von Herzen dankbar."

„Es ist ein Job", stieß er zwischen zusammengebissenen Zähnen hervor, weil ihre leise, warme Stimme ihn in Versuchung führte, genau das zu vergessen. „Mach aus mir nicht irgendeinen Ritter auf einem weißen Schlachtross, Gillian."

„Nein, das bist du nicht, aber ich glaube, ich fange an zu verstehen, wer du bist, Terence." Sie ging zu den Balkontüren. „Gute Nacht." Weil sie nicht erwartet hatte, dass er antwortete, schloss sie die Türen hinter sich.

„Aber wie kannst du von mir erwarten, dass ich wie eine Touristin durch die Geschäfte ziehe?"

Terence zog Gillian zu einem anderen Schaufenster. „Weil du heute nichts als eine Touristin bist. Zeige etwas Begeisterung, okay?"

„Mein Bruder und meine Nichte sind Gefangene. Ich fürchte, es fällt mir schwer, Begeisterung für einen Haufen Tongeschirr oder einen Berg bunter Stoffe zu zeigen."

„Unverfälschte nordafrikanische Kunst."

„Wir vergeuden nur Zeit."

„Irgendwelche Vorschläge?" Untergehakt bummelten sie weiter. Gestreifte Sonnenschirme beschatteten die Waren, die draußen auf Tischen ausgebreitet waren. „Soll ich dort, wo dein Bruder gefangen gehalten wird, einbrechen, mit rauchenden Revolvern und vielleicht einem Messer zwischen den Zähnen?"

Er schaffte es wunderbar, dass sie sich wie eine Idiotin vorkam.

„Setzen wir uns doch." Er wählte einen schattigen Tisch auf der Terrasse eines kleinen Cafés. „Warum erzählst du mir nicht, welche Laus dir über die Leber gelaufen ist?"

Gillian stieß ihre Sonnenbrille noch fester auf die Nase. „Oh, es könnte etwas mit der Tatsache zu tun haben, dass Flynn und Caitlin gekidnappt worden sind. Aber vielleicht bin ich auch einfach nur mit dem falschen Fuß aufgestanden."

„Sarkasmus steht dir nicht." Er bestellte zwei Kaffee, dann streckte er die Beine aus.

Sie blickte auf ihre Hände. Die Sonne spiegelte sich im Goldband ihrer Uhr wider. Gillian betrachtete das Lichtspiel, bis der Kaffee serviert wurde. „Ich konnte nicht schlafen. Ich habe einfach nur dagelegen und konnte dieses Gefühl nicht abschütteln: Etwas stimmte nicht, war entsetzlich falsch, und ich würde zu spät kommen, um es richtig machen zu können." Sie blickte zu ihm auf, ganz sicher, sie würde ihn verachten, wenn er über sie lachte.

„Du hast in den letzten Tagen viel durchgemacht. Es wäre nicht normal, wie ein Baby zu schlafen." Er legte eine Hand auf ihre und zog sie sofort wieder zurück.

Die Berührung war schnell gewesen, und doch schien er sich darüber zu ärgern. Sie glaubte ihn zu verstehen und lächelte. „Freundlich zu sein bereitet dir Unbehagen."

„Ich bin nicht freundlich." Er zündete sich eine Zigarette an.

„Doch, du bist es." Ein wenig entspannter, griff Gillian nach ihrer Tasse. „Du würdest es vorziehen, es nicht zu sein, aber es ist schwer, seine Natur zu ändern." Der Kaffee war heiß und stark, genau was sie brauchte. „Welchen Namen du auch benutzt, unter der Oberfläche bist du ein freundlicher Mensch."

„Du kennst mich nicht." Er zog den Rauch in die Lungen.

„Als Wissenschaftlerin bin ich darauf trainiert zu beobachten, zu analysieren, zu kategorisieren, Hypothesen aufzustellen. Möchtest du gern meine Hypothese über dich hören?"

„Nein."

Die Spannung, die sich während der Nacht in ihr eingeschlossen hatte, löste sich. „Du bist ein Mensch, der nach Abenteuer und Aufregung sucht und zweifellos schon mehr gefunden hat, als er erwartet hat. Ich würde sagen, du glaubst genug an Freiheit und Menschenrechte, um dafür zu kämpfen. Und du bist desillusioniert, und du hast fast dein Leben verloren. Ich bin mir nicht sicher, was dich mehr stört. Ich glaube nicht, dass du gelogen hast, als du mir gesagt hast, du seist müde, Terence. Aber du lügst jedes Mal, wenn du vortäuschst, du machst dir aus nichts und niemandem etwas."

Sie war dem Kern nahe gekommen, zu nahe. Er hatte gelernt, dass das Leben viel angenehmer war, wenn man Distanz wahrte. Als er sprach, geschah es mit dem einzigen Ziel, die Distanz wiederherzustellen. „Was ich bin, ist ein trainierter Lügner, ein Dieb, ein Betrüger und Killer. Da gibt es nichts Schönes oder Glänzendes oder Idealistisches. Ich befolge nur Befehle."

„Ich denke, es geht weniger darum, was du tust, als darum, warum du es tust. Und da du das selbst nicht weißt, fantasierst du darüber, dich auf eine kleine Insel zurückzuziehen, wo du nicht darüber nachdenken musst."

Terence drückte seine Zigarette aus. „Du sagtest Physikerin, nicht Psychiaterin?"

„Es ist ganz einfach eine Angelegenheit der Logik. Ich bin ein sehr logischer Mensch." Sie stellte die Tasse zurück auf die Untertasse. „Dann ist es eine Angelegenheit deines Verhaltens mir gegenüber. Offensichtlich fühlst du dich von mir angezogen."

„Ist das so?"

Sie lächelte, sie fühlte sich immer sicherer, wenn die Dinge klar ausgesprochen wurden. „Ich denke, es wäre lächerlich zu verleugnen, dass eine körperliche Anziehung existiert. Trotzdem ist dein Verhalten widersprüchlich. Immer wenn du dich von der Anziehungskraft leiten lässt, ziehst du dich sofort wieder verärgert und frustriert zurück."

Er wollte nicht, dass sein Verhalten wie ein einbalsamierter Frosch auseinandergenommen wurde. Er beugte sich vor. „Du kannst froh sein, dass ich mich zurückgezogen habe."

Über dem kleinen runden Tisch waren sich ihre Gesichter sehr nahe. Ihr Herz begann zu hämmern, aber sie fand die Empfindung eher einzigartig als unerfreulich. „Weil du ein gefährlicher Mann bist?"

„Ich bin der gefährlichste Mann, dem du je begegnet bist."

„Meine Familie ist entführt worden. Ich habe einen Mann sterben sehen und hatte ein Messer im Rücken. Es gibt wenig, was du tun könntest, um mir Angst einzujagen.“ Äußerlich ganz ruhig, hob sie ihre Tasse. Doch ihr Herz schlug ihr in der Kehle.

„Du irrst dich. Trink deinen Kaffee“, fügte er mit einem vollkommen anderen Tonfall hinzu, der sie gehorchen ließ, während er zur Kamera griff.

„Was ist?“

„Al-Aziz hat einen Besucher.“

Ein Mann, der aus einem schwarzen Wagen knapp zwanzig Meter entfernt stieg, füllte den Sucher aus. Terence erkannte das Gesicht. Kendesa war die rechte Hand des Generals, ein Mann von Bildung und Intelligenz, eine wichtige Kraft gegen den Fanatismus des Generals.

„Du kennst ihn?“

Aus einer alten Gewohnheit heraus machte Terence immer zwei Bilder. „Ja.“

„Was bedeutet das?“

„Dass sie den Köder geschluckt haben.“

Gillian befeuchtete ihre Lippen und kämpfte um Ruhe. „Was machen wir jetzt?“

Terence zündete sich eine weitere Zigarette an. „Wir warten.“

Al-Aziz’ Besucher blieb zwanzig Minuten. Als er aus dem Laden trat, sprang Terence hoch und saß mit Gillian in einem Taxi, als Kendesa in seinen Wagen stieg. „Verfolgen Sie den Wagen“, sagte er dem Fahrer und zog Geldscheine heraus. „Und schön Abstand halten.“

Der Fahrer steckte das Geld ein, bevor er den Motor startete. Gillian griff nach Terences Hand und hielt sie fest.

„Er weiß, wo Flynn ist, nicht wahr?“

„Er weiß es.“

„Was tun wir?“

„Nichts.“

„Aber wenn er …“

„Wir wollen einfach sehen, wohin er fährt.“ Weil ihre Hand eiskalt war, hielt er sie fest.

Der schwarze Wagen hielt vor einem der exklusiveren Hotels im Geschäftsbezirk. Terence wartete, bis Kendesa im Hotel verschwunden war. „Warte hier.“

„Aber ich will …“

„Warte hier", wiederholte er in seinem strengen Befehlston, und dann war er weg.

Die Minuten verstrichen, und aus Angst wurde Ärger. Gerade wollte sie Terence nachgehen, als er zurückkam und dem Fahrer den Namen ihres Hotels gab.

„Und?"

„Er ist heute Morgen im Hotel abgestiegen und hat offengelassen, wie lange er bleibt."

„Willst du nicht hingehen und ihn zur Rede stellen, wo Flynn ist?"

Terence würdigte sie keines Blickes. „Klar, ich gehe in sein Zimmer, verprügle ihn und seine drei Wachen und hole die Wahrheit aus ihnen heraus. Dann marschiere ich dorthin, wo dein Bruder festgehalten wird, und haue ihn allein heraus."

„Ist es nicht das, wofür ich dich bezahle?"

„Du bezahlst mich, ihn herauszubekommen – in einem Stück." Das Taxi fuhr los. „Lass es uns auf meine Art spielen."

Da sie wusste, dass sie sich auf ihr Temperament nicht verlassen konnte, schwieg Gillian, bis sie in ihren Zimmern waren.

„Wenn du einen Plan hast, denke ich, dann ist es Zeit, mich einzuweihen."

Terence ignorierte sie und ging zum Bett hinüber, wo er an etwas herumfummelte, das Gillian für ein tragbares Radio gehalten hatte.

„Jetzt ist kaum die Zeit, um Musik zu hören." Als er weiterhin schwieg, stürmte sie hinüber zu ihm. „Terence, ich will wissen, was du vorhast. Ich weigere mich, im Unklaren gehalten zu werden, während du herumsitzt und Radio hörst. Ich will wissen …"

„Halt den Mund, okay?" Als er das Band zurückspulte, kamen die Stimmen kaum hörbar auf Arabisch. „Verdammt." Er drehte an der Lautstärke und lauschte gespannt.

„Was ist das?"

„Unsere Freunde sprechen fast außerhalb der Reichweite der Wanze, die ich gestern eingeschmuggelt habe."

„Du … ich habe nicht gesehen, dass du etwas eingeschmuggelt hast."

„Das stärkt gewaltig mein Selbstvertrauen." Er spulte das Band wieder zum Anfang zurück.

„Ich kann mir keinen Ort denken, an dem du das versteckt haben könntest."

„Ich habe es offen herumliegen lassen. Wenn man Dinge versteckt, werden sie viel schneller gefunden. Jemals Poe gelesen? Und nun sei ruhig."

Die Stimmen waren kaum zu unterscheiden, aber er erkannte die von al-Aziz. Er verstand die Begrüßungsfloskeln, aber von da an konnte er nur ein paar Fetzen übersetzen. Er hörte den Namen Cabot und verstand, dass sie über Geld verhandelten.

„Was sagen sie?", fragte Gillian, als er das Band wieder abstellte.

„Ich verstehe nicht genügend Arabisch, um mir einen Reim darauf machen zu können."

„Oh." Sie fuhr sich enttäuscht mit beiden Händen übers Gesicht und setzte sich neben ihn aufs Bett.

Terence steckte die Kassette in seine Tasche. „Wir brauchen einen Übersetzer."

Ihre Hände fielen in ihren Schoß. „Du kennst jemanden, der uns helfen kann?"

„Fast jeder ist bereit zu helfen, wenn der Preis stimmt." Er blickte auf seine Uhr. „Der Club sollte jetzt ziemlich ruhig sein. Ich denke, ich besuche Desirée."

„Ich komme mit."

Er wollte ablehnen, dann entschied er sich anders. „Auch gut, falls Amir in der Nähe ist. Wenn du mir am Hals hängst, dann kommt er nicht auf den Gedanken, ich wollte versuchen, die Fantasie seiner Frau zu reizen. Oder etwas anderes."

„Wie froh bin ich doch, wenn ich nützlich sein kann. Findest du nicht auch?"

Sie fanden Desirée in der Wohnung über dem Club. Obwohl es fast Mittag war, öffnete sie die Tür mit schweren Augenlidern und einem leichten Morgenmantel, der aufreizend von einer Schulter rutschte. Ihr Blick erhellte sich beträchtlich beim Anblick von Terence.

„André. Was für eine nette Überraschung." Sie erkannte Gillian, schmollte kurz, dann trat sie zurück und ließ beide eintreten. „Normalerweise hast du mich allein besucht", sagte sie auf Französisch.

„Normalerweise warst du ein Single." Terence blickte sich in dem dämmrigen Raum um, der voll mit flauschigen Kissen und Nippes aus Porzellan war und mit Möbeln vollgestopft. Besitz war schon immer wichtig gewesen für Desirée. Offensichtlich konnte sie ihn sich jetzt leisten. „Du bist aufgestiegen, Chérie."

„Wir suchen uns alle unseren Weg im Leben." Sie ging zum Tisch und nahm sich eine Zigarette aus dem Zigarettenhalter. „Wenn du wegen der Information gekommen bist, du hast mir nicht viel Zeit gelassen." Sie hielt die Zigarette im Mund und wartete, bis Terence zu ihr kam und ihr Feuer gab.

„Tatsächlich bin ich wegen eines anderen Geschäfts gekommen." Sie roch nach Parfum, das noch von der letzten Nacht an ihr haftete. „Ist dein Mann da?"

Sie zog ihre Brauen hoch, während sie einen Blick in Gillians Richtung warf. „Du warst doch noch nie für Gruppenspiele, oder hat sich das geändert?"

„Überhaupt keine Spiele." Er nahm ihr die Zigarette ab und zog selbst daran. „Amir. Ist er da?"

„Er hat Geschäfte. Er ist ein beschäftigter Mann."

„Dein Arabisch war immer ausgezeichnet, Desirée." Terence zog das Band aus der Tasche. „Zweitausend Francs für eine Übersetzung von diesem Band und eine Erinnerungslücke sofort danach."

Desirée nahm das Band und drehte es in ihrer Handfläche. „Zweitausend für die Übersetzung und drei weitere für den Erinnerungsverlust." Sie lächelte ihn an. „Eine Frau muss für ihren Lebensunterhalt sorgen, wo sie kann."

Es hatte eine Zeit gegeben, als er es genoss, mit ihr zu verhandeln. Diese Zeit war vorbei. „Abgemacht."

„Bar, Darling." Sie hielt ihre Hand hin. „Jetzt."

Terence gab ihr das Geld, und sie ging hinüber zur Anlage. „Amir liebt diese Spielzeuge." Desirée steckte das Band in den Rekorder, schaltete ein und stellte die Lautstärke ein. Sofort veränderte sich ihre Miene, und sie stellte die Anlage wieder ab. „Du hast mir nichts von Kendesa erzählt."

„Du hast nicht gefragt." Terence setzte sich und machte Gillian ein Zeichen, ebenfalls Platz zu nehmen. „Das Geschäft ist abgemacht, Desirée. Spiel es auf meine Art, und dein Name wird nie erwähnt werden."

„Du hältst dich in sehr schlechter Gesellschaft auf, André. Sehr schlechter." Aber das Geld war noch in ihrer Hand. Nach kurzer Überlegung steckte sie es in die Tasche, dann spulte sie das Band zurück. „Kendesa grüßt diesen widerlichen al-Aziz. Er fragt, ob die Geschäfte gut laufen." Sie lauschte wieder und stellte die Maschine ab. „Sie reden über dich, den Franzosen Cabot, der einen interessanten geschäftlichen Vorschlag für Kendesas Organisation hat. Al-Aziz willigt devot ein, als Verbindungsmann aufzutreten."

Sie stellte den Apparat wieder an, dann wiederholte sich der Vorgang des Zuhörens, Abstellens und Übersetzens. „Kendesa ist sehr an deinem Produkt interessiert. Seine Quellen haben bestätigt, dass du im Besitz einer Ladung amerikanischer Waffen bist, die für den Mittleren Osten bestimmt waren. Eine Ladung von dem Umfang und der Qualität ist für Kendesas Chef von Interesse. Und du ebenfalls."

Sie stellte den Apparat wieder an und zündete sich eine Zigarette an, während die zwei Stimmen durch die Lautsprecher murmelten. „Dein Ruf ist befriedigend, aber Kendesa ist vorsichtig. Doch dein Angebot ist verlockend. Kendesa hat zugestimmt, dass al-Aziz ein Treffen arrangiert. Sie sprechen über die Provision. Al-Aziz fragt nach diesem Fitzpatrick, er erzählt Kendesa, er habe Gerüchte gehört. Kendesa sagt, er solle auf sein Geschäft und seine Zunge aufpassen."

Desirée stellte das Gerät ab. „Verrate mir, André, bist du interessiert an Waffen oder an diesem Iren?"

„Ich bin am größten Profit interessiert." Er erhob sich und nahm ihr das Band ab. „Und dein Gedächtnis, Desirée?"

Sie spielte mit den Banknoten in ihrer Tasche. „Völlig leer." Sie lächelte und strich ihm über die Brust. „Komm heute Abend auf einen Drink zurück. Allein."

Terence legte eine Hand unter ihr Kinn und küsste sie. „Amir ist ein großer, eifersüchtiger Mann, der sehr talentiert mit Messern umgeht. Lass uns einfach die Vergangenheit in Ehren halten."

„Es war eine sehr interessante." Sie seufzte und beobachtete, wie er zur Tür ging. „André, der Ire war in Casablanca."

Er blieb stehen, krallte die Hand um Gillians Arm, bevor sie sprechen konnte. „Und jetzt?"

„Er ist nach Osten gebracht worden, in die Berge. Das ist alles, was ich weiß."

„Da war ein Kind.“

„Ein Mädchen. Sie ist bei ihm. Soll ich mich noch weiter umhören?“

„Du hast genug gefragt.“ Er zog einige Banknoten aus der Tasche und legte sie auf den Tisch neben der Tür. „Vergiss das, Desirée, und genieß dein Leben.“

Als er gegangen war, überlegte Desirée, dann ging sie zum Telefon.

„Er war hier“, sagte Gillian, hin und her gerissen vor Erleichterung und erneutem Entsetzen. „Sie waren beide hier. Es muss einen Weg geben, herauszufinden, wohin sie gebracht worden sind. O Himmel, sie waren so nah.“

„Nicht so voreilig. Die Berge im Osten, das ist nicht einfach eine Adresse auf dem Land.“

„Aber es ist ein weiterer Schritt. Was tun wir jetzt?“

„Wir essen etwas. Und wir warten auf Kendesas nächste Schritte.“

6. KAPITEL

„Ich will mitkommen." Terence zog den Knoten der verhassten Krawatte hoch. „Kommt nicht infrage." „Du hast mir nicht einmal einen Grund genannt." Gillian baute sich hinter ihm auf und betrachtete mürrisch ihr Spiegelbild. Terence sah so glatt aus, Welten von dem Mann entfernt, den sie in der Cantina gefunden hatte. Sie fragte sich, welche dramatische Wendung ihr Leben genommen haben musste, dass sie den rauen, unrasierten und etwas schmutzigen Mann diesem weltmännischen und parfümierten vorzog.

„Ich muss dir keine Gründe geben, nur Ergebnisse."

Wenigstens das hatte sich nicht geändert. „Ich habe dir von Anfang an gesagt, dass ich bei jedem Schritt dabei sein will."

„Du wirst diesen Schritt verpassen, Sweetheart." Terence überprüfte den Sitz der goldenen Manschettenknöpfe. Dann drehte er sich um und gab ihr einen freundschaftlichen Klaps auf die Wange.

„Du siehst aus wie ein Viehbroker."

„Keine Veranlassung für Beleidigungen." Terence nahm seinen Aktenkoffer, in dem die Listen steckten, mit deren Aufstellung er den größten Teil der Nacht beschäftigt gewesen war.

„Du triffst Kendesa, und ich denke, ich sollte dabei sein."

„Es ist ein Geschäftstreffen – dunkle Geschäfte. Wenn ich eine Frau zu einem Treffen mitnehme, wo ich über den Verkauf von Waffen an Terroristen verhandle, wird sich Kendesa wundern, warum. Wundert er sich ausreichend, überprüft er dich. Überprüft er dich ausreichend, stellt er fest, meine Frau ist die Schwester von Hammers wertvollstem Besitz." Er wischte über einen Schmutzfleck auf dem Schuh.

Weil sie kein Argument dagegen hatte, wurde Gillian wütend. „Ich bin nicht deine Frau."

„Besser, sie denken es …"

„Lieber würde ich bis zum Hals im heißen Sand stecken."

Er blickte zu ihr hinüber. Sie stand am Fenster, fauchend und umwerfend. „Ich werde mir das merken."

Als er darauf die Tür öffnete, wollte sie ihm eine Beleidigung ins Gesicht schleudern. „Sei vorsichtig", sagte sie stattdessen und hasste sich dafür.

Er blieb wieder stehen. „Sorge. Ich bin gerührt." Mit einem kleinen Auflachen trat er auf den Gang. „Bleib auf dem Zimmer, Doc."

Kaum hatte er die Tür hinter sich geschlossen, war Terence O'Hara verschwunden. Er hatte eine gewisse Zuneigung für seine Deckfiguren. Sonst wäre es auch zu schwierig, sie überzeugend zu spielen. André Cabot war pedantisch und oft pompös, aber bei Frauen hatte er einen exzellenten Geschmack und außerordentliches Glück. Für Terence hob das Cabots schlechte Seiten wieder auf.

Und doch, Cabots Charme kam bei Gillian offensichtlich nicht so gut an. Also mag sie keine Franzosen, entschied Terence, als er sich in ein Taxi setzte. Wahrscheinlich zog sie schwerfällige Wissenschaftler vor, wie diesen Arthur Steward. Der Mann war fünfzehn Jahre älter als sie und mehr an weißen Mäusen als an Romantik interessiert. Terence hatte sich gesagt, es sei ganz normal, das übliche Vorgehen, dass er ihn überprüft hatte. Nichts Persönliches.

Terence erinnerte sich daran, dass Cabot an nichts anderem Interesse hatte, als Profit zu machen. An Gillian hätte er keinen zweiten Gedanken mehr verschwendet, wenn sie außerhalb seiner Sichtweite war. Das Problem war, Terence O'Hara dachte insgesamt zu viel an sie.

Sie war ihm immer noch ein Rätsel, und das war er bei einer Frau nicht gewöhnt. Sie war verwundbar und leidenschaftlich, verängstigt und entschlossen. Sie war logisch und hatte doch genug von einer Träumerin, um die Atmosphäre der Maya-Ruinen zu fühlen. Sie sprach leicht, fast klinisch darüber, dass er von ihr angezogen wurde. Aber da war Feuer gewesen, heiß und sprühend, als er sie geküsst hatte.

Es stimmte – sie zog ihn an. Was sie nicht wusste, was er sich selbst nicht einmal erklären konnte, war, dass er Angst hatte. Was würde geschehen, wenn er seinem Begehren folgte?

Das Taxi hielt am Bordstein. Terence zählte die Scheine, wie Cabot es machen würde, sorgfältig und fügte widerstrebend ein minimales Trinkgeld hinzu.

Er war auf die Minute pünktlich, noch ein Charakterzug von Cabot. Der Fahrstuhl brachte ihn in die oberste Etage.

Auf das erste Klopfen hin wurde die Tür von einem stämmigen Wachposten geöffnet, der sich offensichtlich unbequem in seinem schwarzen Westernanzug fühlte. „Ihre Waffe, Monsieur“, sagte er in gesetztem Französisch.

Terence griff in seine Jacke und holte eine 25er Automatik hervor. Cabot trug lieber kleine Waffen, um sein Jackett nicht zu ruinieren.

Kendesa kam auf ihn zu. Er war ein eindrucksvoller Mann, der seine Leidenschaften – sollte er welche haben – tief in sich verschlossen hielt. Er war eher klein, von gepflegter und konservativer Erscheinungsweise. Er machte fast den Eindruck eines Nachrichtenmoderators und bewegte sich mit der ruhigen Abgemessenheit eines Berufssoldaten. Er war ein Mann, der Vertrauen und Mäßigung ausstrahlte, doch in den letzten achtzehn Monaten war er verantwortlich gewesen für die Exekution von drei politischen Geiseln.

„Monsieur Cabot.“ Kendesa bot ihm seine Hand. „Es ist eine Freude, Sie kennenzulernen.“

„Monsieur. Geschäfte sind immer meine Freude.“

Mit einem höflich interessierten Lächeln nahm Kendesa Platz. „Unser beiderseitiger Freund hat angedeutet, Sie hätten einige Waren, die für mich von Interesse sein könnten. Wein? Ich denke, er findet Ihre Zustimmung.“ Kendesa goss zwei Gläser ein. Terence ließ ihn zuerst trinken.

„Kürzlich habe ich militärische Waren erworben, die für Ihre Organisation sehr nützlich sein könnten.“ Terence nippte am Wein. Er war leicht und trocken. Wie Cabot ihn vorzog. Er lächelte. Kendesa hatte seine Hausaufgaben gemacht.

„Meine Quellen verraten mir, dass diese Waren für die Zionisten gedacht waren.“

Terence hob eine Schulter, erfreut, dass das Geld, das er im Elendsviertel gelassen hatte, eine kluge Investition gewesen war. „Ich bin Geschäftsmann, Monsieur. Ich kenne keine Politik, nur die Profitspanne. Die Waren könnten auch noch dahin geliefert werden, wohin sie von den Amerikanern ursprünglich bestimmt waren. Alles eine Frage des Preises.“

„Sie sind direkt.“ Kendesa tippte mit einem Finger an die Seite seines Glases. „Die Vereinigten Staaten haben nicht offen zugegeben, dass diese Waren … konfisziert worden sind. Tatsächlich ist es schwer zu beweisen, dass sie überhaupt je existiert haben.“

„Solche Dinge sind peinlich. Ich für meinen Teil ziehe es vor, wenn das ganze Geschäft ruhig bleibt, bis die letzten Transaktionen komplett sind." Er öffnete seinen Aktenkoffer. „Das ist eine Liste mit den Waffen, die ich und meine Teilhaber liefern können. Ich kann Ihnen versichern, Topqualität. Ich habe sie selbst geprüft."

Kendesa nahm die Papiere, beobachtete Terence aber weiter. „Ihr Ruf in diesen Angelegenheiten ist unerreichbar."

„*Merci.*"

Kendesa hob leicht die Brauen, während er die Liste überflog. Terence hatte sie unwiderstehlich gemacht. „Diese ganz besondere Waffe, die TS-35. Meine Quellen sagen mir, dass sie noch gar nicht fertig gebaut worden ist."

„Doch, und vor fünf Wochen getestet." Terence wusste, dass die Neuigkeit sowieso in den nächsten Wochen bekannt gegeben würde. „Eine wunderbare Arbeit. Sehr leicht und kompakt. Auf gewissen Gebieten sind die Amerikaner wirklich unschlagbar." Er zog ein anderes Papier hervor. „Meine Geschäftspartner und ich haben uns auf einen Preis geeinigt. Die Lieferung wird natürlich arrangiert."

„Die Summe scheint hoch zu sein."

„Die Unkosten. Inflation." Er spreizte die Hände in einer typisch gallischen Geste. „Sie verstehen."

„Und ich bin ein vorsichtiger Mann, Sie verstehen. Bevor Verhandlungen eingeleitet werden können, wäre es notwendig, einen Teil Ihres Produkts zu untersuchen."

„Natürlich. Das kann ich selbst in die Wege leiten, wenn Sie wollen." Nachdenklich strich er sich mit einer Fingerspitze übers Kinn. „Es wird mich einige Tage kosten, alles entsprechend vorzubereiten. Ich ziehe es vor, es an einem Ort zu machen, den Sie gesichert haben. In der gegenwärtigen Atmosphäre sind Transaktionen dieser Art sehr delikat."

„Der General hat sein Quartier im Osten. Sie werden uns Proben bringen, in einer Woche. Das Hauptquartier liegt östlich von Sefrou, von dort aus wird für Ihre Weiterfahrt gesorgt."

„Ich werde mich mit meinen Geschäftspartnern in Verbindung setzen, aber ich sehe mit diesen Arrangements keine Probleme. Also, eine Woche." Terence erhob sich.

Auch Kendesa stand auf. „Eine Frage in einer anderen Angelegenheit, Monsieur. Sie haben Fragen gestellt zu einem Wissenschaftler, der sich kürzlich unserer Organisation angeschlossen hat. Ich möchte wissen, aus welchem Interesse."

„Profit. Es sind verschiedene Gruppierungen an Dr. Fitzpatrick und seinen besonderen Geschicklichkeiten interessiert. Das Horizon-Projekt, wenn es erst einmal abgeschlossen ist, könnte ein lukratives Geschäft werden."

„Wir sind nicht nur am Geld interessiert."

„Ich schon." Terence lächelte. „Sie sollten daran denken, was dieser Wissenschaftler wert ist, wenn Sie ihn dazu überreden könnten, das Projekt zu vollenden. Die Waffen, über die wir gerade verhandeln, wären im Vergleich dazu nur Spielzeuge." Er faltete die Hände, und das Gold an seinen Handgelenken blitzte. „Wenn Ihre Organisation den richtigen Partner findet, könnten Sie nicht nur reich sein, sondern politisch so einflussreich wie eine Supermacht."

Das hatte Kendesa auch schon überlegt. „Wirklich interessant."

„Nur Spekulation, Monsieur, es sei denn, Sie können den Mann wirklich davon überzeugen, für Sie zu produzieren."

Das fegte Kendesa leicht zur Seite. Er war ein Mann, der an Kooperation – oder Unterwerfung – gewöhnt war. „Das ist nur eine Frage der Zeit. Ich werde mit dem General darüber auch sprechen." Kendesa begleitete ihn zur Tür. „Ich möchte Ihnen raten, Monsieur Cabot, in der Wahl Ihrer Begleitung vorsichtiger zu sein."

„Ich verstehe nicht?"

„Ich spreche von der Französin, Desirée. Sie dachte, ein größerer Profit könnte durch Erpressung gemacht werden. Sie hat sich geirrt."

Terence zog kaum eine Braue hoch, aber er spürte eine Eiseskälte in seinem Magen. „Sie ist so gierig, wie sie schön ist."

„Und nun ist sie tot. Guten Nachmittag, Monsieur."

Terence deutete eine Verbeugung an. Er blieb der Franzose Cabot, bis er in seinem Hotelzimmer war. Dann ließ er die Wut hervorbrechen und schlug die Faust gegen die Wand.

„Verdammt soll die Frau sein!" Hätte sie sich nicht mit dem leicht verdienten Geld zufriedengeben können, das er ihr gegeben hatte? Sie hatte sich selbst umgebracht. Er konnte sich sagen, dass sie sich selbst umgebracht hatte, und doch spürte er das Gewicht der Verantwortung für ein weiteres Leben.

Einen Moment schloss er die Augen und dachte an die Insel.

Leichte Brisen, warme Früchte, wärmere Frauen. In der Minute, in der er das Geld in seinen Händen hielte, wäre er schon weg.

Terence ging zur Whiskyflasche auf der Kommode, goss sich einen doppelten ein und spülte den Geschmack von Kendesas Wein aus seinem Mund. Es half nichts. Er knallte das Glas zurück und ging hinüber in den zweiten Raum, um Gillian zu erklären, dass sie einen Schritt weiter waren.

Gillian saß auf dem Bett, den Rücken sehr gerade, die Hände im Schoß gefaltet. Sie blickte sich nicht zu ihm um, als er eintrat, sondern starrte weiter aus dem Fenster zu einem Stückchen Himmel hinauf.

„Immer noch schmollen?" Der Whisky hatte nicht geholfen, vielleicht half ihm ein Wutanfall von ihr. „Deine Launen werden langweilig." Er riss seine Krawatte ab und warf sie in die ungefähre Richtung des Sessels. „Komm, lass das lieber sein, es sei denn, du willst nicht hören, was ich über deinen Bruder herausgefunden habe."

Sie sah ihn an, aber es war keine Anklage oder Wut in ihrem Blick. Nicht, was er erwartet hatte, sondern Kummer und Schmerz.

„Was ist los?"

„Ich habe meinen Vater angerufen." Ihre Stimme war ruhig, kaum mehr als ein Flüstern, aber fest. Es war der Ton, der ihn zurückhielt, sie darüber auszuschimpfen, dass sie ein ungesichertes Telefon benutzt hatte. „Ich dachte, er sollte wissen, was wir herausgefunden haben. Ich wollte ihm etwas Hoffnung geben, etwas Trost." Sie schloss die Augen und wartete darauf, dass sich ihre Kraft wieder aufbaute. „Ich habe seine Krankenschwester erreicht. Sie bleibt im Haus, sieht nach dem Rechten. Er ist vor drei Tagen gestorben." Sie löste die Finger und verschränkte sie wieder. „Vor drei Tagen. Ich habe es nicht gewusst. Ich war nicht da. Sie haben ihn heute Morgen beerdigt."

Schweigend kam er zu ihr, setzte sich neben sie, legte einen Arm um sie. Sie lehnte sich an ihn. Die Tränen kamen nicht. Sie fragte sich, warum sie sich so kalt und taub fühlte, wo doch heißer Kummer ihr Erleichterung gebracht hätte.

„Er war ganz allein, als er starb. Niemand sollte allein sterben, Terence."

„Du hast gesagt, er war krank."

„Er musste sterben. Er wusste es, und er wollte wirklich nicht so weiterleben, wie es für ihn gekommen war. Schwach und kraftlos.

Seine ganze Arbeit, sein ganzer Scharfsinn konnte ihm nicht helfen. Er wollte nur eins: dass ich Flynn nach Hause bringe, bevor er stirbt. Nun ist es zu spät."

„Du wirst Flynn immer noch nach Hause bringen."

„Er hat Flynn so geliebt. Ich war eine Enttäuschung für ihn, aber Flynn war alles, was er wollte. Die Sorge der letzten Tage hat seinen Zustand noch verschlimmert. Ich wollte, dass er ruhig stirbt, Terence. Selbst nach allem, ich wollte, dass er einen leichten Tod hat."

„Du hast alles getan, was du konntest. Du hast gemacht, was er wollte."

„Ich habe nie getan, was er wollte." Ihre Wangen waren heiß und feucht jetzt, aber sie hatte es nicht bemerkt. „Er hat es mir nie vergeben, dass ich nach Amerika gegangen bin, ihn verlassen habe. Er hat es nie verstanden, dass ich atmen musste, nach einem eigenen Leben suchen musste. Er hat nur verstanden, dass ich wegging, ihn zurückstieß und seine Pläne, die er mit mir hatte. Ich habe ihn geliebt." In ihrer Stimme fing sich das erste Schluchzen. „Aber ich konnte mich ihm nie verständlich machen. Und ich werde es nie mehr können. Ich habe mich nicht einmal verabschieden können. Nicht einmal das."

Sie wehrte nicht ab, als er sie an sich zog, sie wiegte, sie streichelte, sie beruhigte. Er sprach nicht, hielt sie nur, während die Tränen kamen, schnell und heftig. Er verstand Kummer, dessen Wut und Schmerz, und er wusste, es waren nicht die Worte, die beides eindämmten. Es war die Zeit. Er zog sie an sich und legte sich mit ihr ruhig hin, während sie die ersten Schmerzen hinausweinte.

Er verstand ihr Schuldgefühl. Er und Gillian waren so unterschiedlich wie Tag und Nacht, aber er hatte das Gleiche erlebt. Auch er hatte einen Vater gehabt, der Pläne gemacht hatte, der nicht verstehen konnte und nicht vergeben hatte. Und er wusste, Schuldgefühl machte Kummer nur noch schmerzhafter.

Er streifte mit den Lippen über ihre Schläfe und hielt sie fest.

Als sie ruhig geworden war, fuhr er fort, über ihr Haar zu streicheln. Das Tageslicht kam noch grell durchs Fenster. Er wollte die Vorhänge vorziehen und richtete sich auf. Gillian verstärkte ihren Griff.

„Geh nicht", murmelte sie. „Ich will nicht allein sein."

„Ich schließe die Vorhänge. Vielleicht kannst du schlafen."

„Bleib einfach noch etwas bei mir." Sie fuhr sich mit der Hand übers Gesicht und wischte die Tränen weg. Emotionale Ausbrüche waren etwas, zu dem sie immer neigte, und auch das hatte ihr Vater nie verstanden. „Er war ein harter Mann, mein Vater, besonders nachdem meine Mutter gestorben war. Sie wusste, wie man ihn nehmen musste. Ich konnte es nicht." Sie holte tief Luft und schloss wieder die Augen. „Flynn und Caitlin sind die einzigen Angehörigen, die mir noch geblieben sind. Ich muss sie finden, Terence. Sie müssen in Sicherheit kommen."

„Ich habe eine ziemlich gute Vorstellung davon, wo sie sind."

Ihr ganzes Vertrauen, alle ihre Hoffnungen konzentrierten sich jetzt auf ihn. „Erzähl es mir."

Er gab ihr eine kurze Zusammenfassung seines Treffens mit Kendesa, verschwieg aber Desirée. Das belastete immer noch sein Gewissen. Gillian hörte zu, den Kopf an seiner Schulter, die Hand an seiner Brust. Während er sprach, brach etwas auf, das er vor langer Zeit verschlossen hatte. Er konnte sich nicht erklären, warum er sich stärker fühlte, wenn er sie im Arm hatte. Er konnte sich nicht erklären, warum er in sich einen Frieden spürte, wenn er hier mit ihr lag und ihr Haar an seiner Wange spürte – obwohl er doch wusste, was die nächsten Tage bringen würden.

„Du glaubst, Flynn und Caitlin halten sich bei General Husad auf?"

„Darauf gehe ich jede Wette ein."

„Und in einer Woche triffst du dich mit ihm."

„Das ist der Plan."

„Aber er erwartet, dass du Waffen hast. Was geschieht, wenn du keine hast?"

„Wer sagt, dass ich keine haben werde?"

Jetzt zog sie langsam den Kopf zurück, um ihm in die Augen zu blicken. „Terence, ich verstehe nicht. Du hast keine Waffen. Wie willst du ihnen Muster davon bringen, wenn du keine hast?"

„Ich muss eben einkaufen gehen."

„Ich glaube kaum, dass du sie hier im Warenhaus bekommen wirst."

„Aber auf dem Schwarzmarkt, und ich habe Beziehungen." Für einen Moment hing das Schweigen in der Luft. „Gillian, es ist Zeit, das ISS einzuschalten."

„Warum? Warum jetzt?“

„Die Kontakte sind hergestellt. Und wenn jetzt etwas schiefläuft, brauchen sie die Informationen, um einschreiten zu können.“

Sie war still für eine lange Zeit. „Du meinst, wenn du getötet wirst.“

„Wenn ich ausfalle, wird zu viel Zeit vergeudet, zu deinem Bruder vorzudringen. Wenn wir jetzt Rückendeckung vom ISS haben, ist die Operationsbasis größer.“

„Warum sollten sie dir etwas tun? Du verkaufst ihnen die Waffen, die sie haben wollen.“

Er dachte an Desirée. „Die Waffen sind eine Sache, Horizon eine andere. Diese Leute sind keine Geschäftsleute, die haben nicht einmal die Rechtschaffenheit einer Straßenbande aus Manhattan. Wenn sie meinen, sie sollten mich aus dem Weg räumen, dann tun sie es. Es ist wie ein Würfelspiel, wie sie sich verhalten. Du willst doch das Leben deines Bruders nicht für ein Würfelspiel riskieren.“

Noch wollte sie seines riskieren. Es kam ihr jetzt in den Sinn, als sie so nahe lagen, ohne Leidenschaft, ohne Ärger, dass sie mittlerweile ebenso besorgt um ihn war wie um ihre Familie. Er war nicht nur einfach ein Instrument, um Flynn und Caitlin zu befreien, sondern ein Mann, der sie anzog, der sie wütend machte, der sie erregte.

Sie setzte sich auf. Sie wollte jetzt mehr. Sie wollte nicht mehr tröstend und beruhigend von ihm gehalten werden, sondern leidenschaftlich. „Ich will auch nicht, dass dir etwas zustößt.“ Sie sagte es schnell, wusste, es war töricht und sinnlos.

Sein Blick verschärfte sich. Bevor sie sich wegdrehen konnte, umfasste er ihr Kinn. „Warum?“

„Weil … ich fühle mich verantwortlich.“

Es war nicht klug, weiterzudrängen, aber er war nicht immer klug. „Warum noch?“

„Weil ich allein wäre und mich fast an dich gewöhnt habe und …“ Sie hob eine Hand an seine Wange. „Und da ist noch das“, sagte sie leise und legte ihre Lippen auf seine.

Das Licht war immer noch so hell, aber es schien Gillian, als werde der Raum dämmrig, als würden die Farben weicher, als drehe sich die Welt und ließe sie schwindlig und aufgedreht zurück. Sie presste sich an Terence, ahnte schon den nächsten Sturz dieser Achterbahn voraus.

Sie war so warm und süß wie jede Fantasie. Sie war wirklich und voller Leben. Seine Vernunft stellte sich gegen die Kraft des Begehrens. Terence hielt sich zurück. Wenn man etwas zu sehr wollte und brauchte, stieg auch das Risiko, es zu verlieren.

Aber ihre Hände waren so weich, so besänftigend. Seine eigenen lagen in ihrem Haar, zogen sie näher, obwohl er sich sagte, dass es für sie beide falsch sei. Ihr Duft war eine stille Versprechung, lullte ihn ein in den Glauben, er könne sie haben und behalten. Die Sehnsucht, sie zu berühren, sie zu spüren, war kaum erträglich.

Er musste sich daran erinnern, dass es kein Versprechen gab, weder von ihr noch für sie. Es konnte keines geben.

Als er sich entzog, griff sie nach ihm. Terence hielt sie zurück. „Du hörst mir jetzt zu. Das hier ist falsch. Du weißt es, und ich weiß es auch."

„Nein, ich weiß es nicht."

„Dann bist du ein Idiot."

„Du willst mich nicht?"

Er fluchte, einmal, dann wieder. „Natürlich will ich dich. Warum sollte ich nicht? Du bist wunderschön. Du hast Mumm und Köpfchen. Du bist alles, was ich je gewollt habe."

„Dann, warum ...?"

Er zog sie vom Bett weg vor den Spiegel. „Sieh dich an! Du bist eine anständige, gut erzogene Frau. Eine Physikerin. Du stammst aus einer angesehenen Familie, bist auf gute Schulen gegangen und hast alles getan, was dir gesagt wurde." Sie wollte sich ihm entreißen, doch er hielt sie fest. „Sieh jetzt mich an, Gillian." Er schüttelte sie einmal, bis sie den Kopf hob und ihr Blick im Spiegel auf seinen traf. „Ich habe den größten Teil meines Lebens in schäbigen Clubs verbracht. Ich bin nie mehr als ein paar Tage im Jahr auf eine richtige Schule gegangen. Ich habe es nie gelernt, nach Regeln zu spielen. Ich habe nie irgendetwas besessen, und ich bin nie lange bei einer Frau geblieben. Willst du wissen, wie viele Menschen ich in zwölf Jahren getötet habe? Willst du wissen, auf wie viele Arten man das machen kann?"

„Hör auf!" Sie riss sich frei. „Du willst mir Angst einjagen, aber es klappt nicht."

„Dann bist du wirklich ein Idiot."

„Vielleicht bin ich es, aber wenigstens ein ehrlicher." Gillian holte

Luft. „Warum gibst du nicht einfach zu, dass du keine Verbindlichkeit willst? Du willst nichts für mich empfinden."

Er zog eine Zigarette heraus. „Das ist richtig."

„Aber du tust es." Sie warf den Kopf zurück und sah ihn herausfordernd an. „Du empfindest etwas, und du bist derjenige, der Angst hat."

Ein Punkt für sie, dachte er, während er den Rauch ausblies. Aber er wollte verdammt sein, wenn er sie das wissen ließ. „Wir wollen etwas klarstellen, Sweetheart. Ich habe nicht die Zeit für Kerzenschein und Blumen, was du willst. Wir haben ein Ziel, und das liegt in den Bergen östlich von hier. Konzentrieren wir uns darauf."

„Du kannst nicht immer wegrennen."

„Wenn ich anhalte, würdest du den Himmel anflehen, dass ich weiterlaufe. Ich habe noch einiges zu erledigen." Er ging hinaus.

Gillian tat etwas, was sie seit Jahren nicht mehr getan hatte: Sie nahm den nächsten erreichbaren Gegenstand und schleuderte ihn mit aller Wucht gegen die Tür.

7. KAPITEL

„Nach Ihrer Dienstzeit, Agent O'Hara, müssten Sie wissen, dass es so etwas wie Verfahrensbestimmungen gibt."

Captain Addison saß verärgert in Terences Zimmer und trank Kaffee. Es war seine Aufgabe, Operationen in diesem Teil der Welt zu überwachen und zu koordinieren. Unter diesen besonderen Umständen war ihm befohlen worden, die Angelegenheit direkt von Mann zu Mann zu klären. Ein Bruch der Routine war nichts, was ihn erfreute.

Er wollte gerade Urlaub in London machen, als ihn der Anruf erreichte. Nun war er in diesem verdammten Marokko, mitten in einer Geschichte, die ihn für unbestimmte Zeit von seinem Urlaub abhielt.

„Sie haben, wie ich annehme, stichhaltige Erklärungen?"

„Ich war im Urlaub, Captain." Terence zog an seiner Zigarette. Typen wie Addison amüsierten ihn mehr, als dass sie ihn verärgerten. „Meine private Zeit. Ich dachte, das ISS könnte daran interessiert sein, über was ich gestolpert bin."

„Gestolpert", wiederholte Addison. Er schob seine rahmenlose Brille hoch auf die Nase und warf Terence einen sehr kalten und sehr klaren Blick zu. „Wir wissen doch beide, dass Sie nicht gestolpert sind, Agent O'Hara. Sie haben eigenmächtig gehandelt, ohne Billigung des ISS."

„Die Frau kam zu mir." Terence machte sich nicht die Mühe, irgendeinen Nachdruck in seine Erklärung zu legen. Er wusste sehr gut, Männer wie Addison ließen Untergebene gern schwitzen. „Ich bin einer interessanten Geschichte nachgegangen und kam zu noch interessanteren Informationen."

„Das korrekte Verfahren wäre gewesen, das ISS in dem Moment zu informieren, als Dr. Fitzpatrick sich mit Ihnen in Verbindung setzte." Addison faltete seine Hände. Er war seit fünf Jahren geschieden, doch er trug immer noch seinen goldenen Ehering. Er hatte sich daran gewöhnt. „Ihre Akte weist einen hohen Anteil von Regelverletzungen auf."

„Bin ich gefeuert?"

Als Mann von Gewohnheit und Ordnung brachte Addison Terences unbekümmerte Arroganz in Rage. Aber auch er hatte seine

Befehle. „Glücklicherweise – oder unglücklicherweise, das hängt ganz vom Blickwinkel ab – weist Ihre Akte auch einen hohen Anteil von Erfolgen auf. Um offen zu sein, O'Hara, das Horizon-Projekt und Dr. Fitzpatrick und seine Tochter haben Vorrang vor persönlichen Gefühlen."

Terence war die wichtige Information nicht entgangen. Er hatte auch nichts anderes erwartet. „Also bin ich nicht gefeuert."

„Sie behalten Ihre Tarnung als André Cabot bei, halten sich von jetzt an aber an die Vorschriften. Sie werden regelmäßig – und zwar mir persönlich – berichten." Auch das konnte seine Laune nicht verbessern. „Wir haben es arrangiert, dass Ihnen eine Lattenkiste mit amerikanischen Waffen in vier Tagen nach Sefrou geliefert wird. Ihr Kontaktmann dort ist Agent Breintz. Wenn Sie erst einmal den Aufenthaltsort von Dr. Fitzpatrick herausgefunden haben und die Situation einschätzen können, bekommen Sie weitere Befehle. Wenn Sie sich in Husads Lager befinden, gilt Code blau."

Auch das hatte er erwartet. Code blau bedeutete, wenn er aufflog, zerstörte das ISS seine Akten, seine Identität – dann hatte ein Terence O'Hara nie existiert.

„Ich brauche eine TS-35 in der Kiste."

„Eine …" Sorgfältig legte Addison seine Hände auf die Sessellehnen. „Sie haben ihnen von der TS-35 erzählt?"

„In einem Monat weiß die ganze Welt davon – falls nicht schon längst. Wenn ich es Husad jetzt unter die Nase halte, könnte er in mir einen nützlichen Verbündeten sehen."

„Vielleicht sind es Wahnsinnige, aber es sind keine Dummköpfe. Wenn sie einen Prototyp haben, brauchen sie nicht lange, um die Waffe nachzubauen."

„Wenn wir Fitzpatrick nicht herausbekommen und das Horizon-Projekt sichern, ist die TS-35 nicht mehr als ein Pusterohr wert."

Addison erhob sich und ging zum Fenster. Er mochte es nicht. Er mochte O'Hara nicht. Er mochte es nicht, wenn man seine Pläne durchkreuzte. Aber er hätte seine Position nicht erreicht, wenn er nicht wüsste, wann und wie er die Karten ausspielen musste. „Ich werde es arrangieren. Aber die Waffe wird zurückgebracht oder zerstört."

„Verstanden."

Mit einem Nicken drehte sich Addison wieder um. „Nun zu dieser Frau.“ Er warf einen Blick auf die Verbindungstür zu Gillians Zimmer. „Da Agent Forrester es für richtig hielt, ihr von Ihnen zu erzählen, und sie nun die Operation kennt, muss sie aus der Schusslinie.“

Terence hob die Kaffeekanne und goss sich eine Tasse ein. „Viel Glück.“

„Ihr Humor entzieht sich mir, O'Hara. Ich möchte jetzt mit ihr sprechen.“

Mit einem Schulterzucken erhob sich Terence und ging zur Tür. Er steckte den Kopf hinein. „Du bist dran.“ Sein Grinsen konnte er nicht unterdrücken.

Gillian schluckte, wischte sich die feuchten Hände an der Hose ab, dann trat sie ins andere Zimmer.

„Dr. Fitzpatrick.“ Mit dem ersten sympathischen Lächeln, das Terence je bei ihm gesehen hatte, kam Addison auf sie zu und reichte ihr die Hand. „Ich bin Captain Addison. Setzen Sie sich. Kann ich Ihnen eine Tasse Kaffee anbieten?“

„Ja, danke.“ Gillian setzte sich, den Rücken kerzengerade, das Kinn erhoben, während Terence es sich im Sessel neben ihr bequem machte.

„Sahne, Doktor?“

„Nein, bitte schwarz.“

Addison reichte ihr eine Tasse und setzte sich entspannt zurück. Gillian fürchtete schon, er wollte mit ihr übers Wetter reden. „Dr. Fitzpatrick, Sie müssen wissen, wie besorgt das ISS um das Wohlergehen Ihrer Familie ist. Unser Ziel ist, überall Freiheit und Menschenrechte zu sichern. Ein Mann wie Ihr Bruder ist von großer Bedeutung für uns.“

„Mein Bruder ist von noch größerer Bedeutung für mich.“

„Selbstredend.“ Er lächelte wieder, fast onkelhaft. „Obwohl wir glauben, dass Sie und Agent O'Hara impulsiv gehandelt haben, denken wir, dass wir diese Impulse zu unserem Vorteil nutzen können.“

Gillian blickte zu Terence hinüber, erkannte an der trägen Art, wie er die Schultern hob, dass er keine Hilfe war. Sie sah wieder zurück zu Addison. „Meinem Bruder und Caitlin gilt meine ganze Sorge, und entsprechend habe ich gehandelt, Captain.“

„Natürlich, natürlich. Ich kann Ihnen versichern, wir tun auch alles, um Ihren Bruder schnell zu befreien. Bis dahin möchten wir, dass Sie mit mir zurückkehren und sich dem Schutz des ISS unterstellen."

„Nein."

„Wie bitte?"

„Ich weiß Ihr Angebot zu schätzen, Captain, aber ich bleibe bei Agent O'Hara."

Addison legte die Arme auf den Tisch. „Dr. Fitzpatrick, für Ihre eigene Sicherheit, für die Sicherheit dieser Operation muss ich darauf bestehen, dass Sie sich unter den Schutz des ISS stellen."

„Mein Bruder und meine Nichte sind in den Bergen östlich von hier. Ich werde nicht herumsitzen und warten. Ich bin ganz zuversichtlich, dass Agent O'Hara mich beschützen kann, wenn Schutz erforderlich ist. Und was die Sicherheit der Operation angeht, ich war schon vor Ihnen einbezogen, ohne Sicherheitsproblem, Captain."

„Meine Befehle sind, Sie mitzunehmen."

„Ihre Befehle gehen mich nichts an, Captain." Da war ein Ton in ihrer Stimme, selten benutzt, aber wirkungsvoll, der ihr geholfen hatte, ihre Spitzenposition im Institut zu sichern. „Ich bin weder dem ISS noch sonst jemandem verpflichtet – nur meiner Familie."

„Dr. Fitzpatrick, ich verstehe vollkommen Ihre emotionale Betroffenheit, aber es ist einfach nicht möglich ..."

„Es ist möglich, es sei denn, das ISS kidnappt freie Bürger."

Addison setzte sich zurück und versuchte eine andere Taktik. „Agent O'Hara ist bestens ausgebildet, sicherlich einer unserer Besten." Terence zog leicht eine Braue hoch. Er wusste genau, welche Überwindung Addison das gekostet hatte. „Und er muss sich ganz auf die Operation konzentrieren."

„Fahr mit ihm, Gillian." Terence sagte es ruhig und brach ein sich selbst gegebenes Versprechen, als er eine Hand über ihre legte. „Von jetzt an könnte es hässlich werden. Viel hässlicher, als ich es dir zumuten will."

„Ich gehe mit dir." Sie drehte ihre Hand um, sodass sich ihre Handflächen trafen. „Das ist ein Versprechen."

Er zog seine Hand wieder zurück, erhob sich und trat ans Fenster, wo er sich eine Zigarette ansteckte. Was zum Teufel hatte er getan, dass Gillian ihm derart tief vertraute? „Ich habe dir schon gesagt, ich kann nicht Babysitter für dich spielen."

„Und ich habe dir gesagt, ich kann auf mich allein aufpassen." Sie wandte sich wieder an Addison. „Ich bin hier schon als Cabots Frau eingeführt. Es ist ganz selbstverständlich, dass Cabot seine Frau mit nach Sefrou nimmt. Falls Sie nicht beabsichtigen, mich gewaltsam mitzuschleppen, was, das versichere ich Ihnen, hässliche Publizität nach sich ziehen würde, gehe ich mit ihm."

Addison hatte Widerstand nicht erwartet. In den Akten war Gillian als ernste Wissenschaftlerin geführt, als eine Frau, die unauffällig lebte und die Gesetze befolgte. „Ich kann Sie nicht gewaltsam mitnehmen, Dr. Fitzpatrick. Aber eine Frage – was geschieht, wenn Sie enttarnt und zu Husad gebracht werden?"

„Dann versuche ich, ihn zu töten." Sie sagte es leidenschaftslos. Und es war der Mangel an Leidenschaft, die ruhige, einfache Antwort, weshalb sich Terence vom Fenster abwandte und Gillian anstarrte. „Ich werde ihm nie mein Wissen über Horizon geben. Einer von uns muss also sterben."

Addison nahm seine Brille ab und polierte sie mit einem weißen Taschentuch. „Ich bewundere Ihren Mut, Doktor, und ich weiß Ihre Gefühle zu schätzen. Agent O'Hara wird aber in den nächsten Tagen alle Hände voll zu tun haben. Vielleicht mehr, als ihm lieb sein wird."

„Sie hält durch", sagte Terence vom Fenster.

Addison schob die Brille zurück. „Sie ist eine Zivilistin."

„Sie hält durch", wiederholte Terence und sah Gillian fest an. „Ich kann sie gebrauchen. Cabot reist immer mit seiner Frau."

„Dann können wir eine andere Agentin bestimmen."

„Gillian ist schon eingeführt. Sie wird mit oder ohne Einwilligung des ISS gehen, also machen wir das Beste daraus."

„Also gut. Ich kann Sie nicht hindern, ich kann aber auch nicht zustimmen. Ich hoffe, Sie bedauern Ihren Entschluss nicht, Doktor."

„Ich werde ihn nicht bedauern."

„Die Aufzeichnungen. Da Sie sich weigern, mit mir zurückzufahren, muss ich darauf bestehen, dass Sie mir Ihre Aufzeichnungen über Horizon geben."

„Natürlich, ich habe sie allerdings ..."

„Sehr technisch abgefasst“, unterbrach Terence sie mit einem kühlen Blick. „Wahrscheinlich können Sie nicht viel damit anfangen.“

„Aber unsere Wissenschaftler. Geben Sie sie mir?“

„Natürlich.“

„Sie sind für sie verantwortlich“, sagte Addison leise, als Gillian den Raum verließ. „Ich will keine zivilen Opfer.“

„Ich kümmere mich um sie.“

Gillian kehrte mit den sauber gefalteten Papieren zurück. „Das ist alles über den Bereich, an dem ich gearbeitet habe.“

„Danke.“ Addison nahm sie und legte sie in seinen Aktenkoffer. Er drehte das Kombinationsschloss, bevor er sich wieder aufrichtete. „Wenn Sie Ihre Meinung ändern, brauchen Sie nur O'Hara zu bitten, uns zu kontaktieren.“

„Ich werde meine Meinung nicht ändern.“

„Dann auf Wiedersehen, Doktor.“ In Terences Richtung nickte er knapp. „Berichte im Sechsstundenintervall.“

Nachdem sich die Tür hinter Addison geschlossen hatte, setzte sich Gillian auf den Rand des Bettes. „Was für ein unangenehmer Mann. Hast du oft mit ihm zu tun?“

„Nein, zum Glück nicht.“

Sie wartete, bis Terence den Raum zweimal abgeschritten hatte, ehe sie wieder sprach. „Ich habe einige Fragen.“

„Sollte ich jetzt überrascht sein?“

„Könntest du dich setzen?“ Sie machte eine Handbewegung zum Sessel. „Dorthin. Dann besteht nicht die Gefahr, dass du mich zufällig berührst.“

Er warf ihr einen ruhigen Blick zu. „Ich berühre nie zufällig.“

„Nun, dann wäre das geklärt.“ Sie wartete. Unruhig und gereizt nahm er Platz. „Warum hast du deine Meinung geändert?“

„Worüber?“

„Mich mitzunehmen.“

„Addison zuzustimmen ging mir gegen den Strich.“

Gillian faltete die Hände und sprach mit der Geduld einer Sonntagsschullehrerin. „Ich glaube, ich habe ein Recht auf eine ehrliche Antwort.“

„Die ist ehrlich genug.“ Er zündete sich eine Zigarette an. „Und ich habe gemeint, was ich gesagt habe. Ich denke, du bist okay.“

„Dein Kompliment macht mich sprachlos. Und warum wolltest du nicht, dass Addison von der Abänderung der Aufzeichnungen erfährt?“

„Weil die richtigen in deinem Kopf sind. Ich denke, dort sollten sie auch bleiben.“

„Er ist der Vorgesetzte. Bist du nicht verpflichtet, aufrichtig zu ihm zu sein?“

„Zuerst gehe ich nach meinem Bauch. Dann gehe ich nach den Regeln. Gegenfrage: Warum willst du nicht, dass Hammer die Formel bekommt?“

„Das ist eine lächerliche Frage. Eine Gruppe von Terroristen, angeführt von einem Verrückten. Es wäre eine nukleare Katastrophe, wenn die das Serum hätten.“ Als er sie einfach nur ansah, fuhr sie fort: „Du willst doch wohl nicht das ISS mit einer der radikalsten Organisationen vergleichen? Das ISS soll internationale Gesetze sichern, Leben retten, Demokratien schützen.“ Sie stand auf und ging auf und ab. „Dir muss ich doch nicht sagen, was sie repräsentieren. Du bist einer von ihnen.“

„Ja, ich bin einer von ihnen. Warst du nicht diejenige, die gesagt hat, es sei eine Organisation, die von Menschen geführt wird, einige gut, einige schlecht?“

„Ja.“ Sie konnte nicht sagen, warum ihre Stimmung immer gereizter wurde. Es war dämmrig im Raum, ein angenehm weiches Licht. „Und ich glaube immer noch, wenn ich gleich zu Anfang zu ihnen gegangen wäre, wäre zuerst das Projekt gekommen und erst an zweiter Stelle mein Bruder und meine Nichte. Das Treffen mit Captain Addison hat nicht dazu beigetragen, meine Meinung zu ändern. Andererseits ist das Projekt unter ihrer Aufsicht begonnen worden, und es hat immer die Absicht bestanden, es zu übergeben, wenn es fertig ist. Mein Vater hat an das System geglaubt.“

„Und du?“

„Meine Familie kommt zuerst. Wenn sie in Sicherheit ist, machen wir weiter.“

„Das Projekt beenden und es dem ISS übergeben?“

„Ja, natürlich.“ Etwas blasser drehte sie sich zu ihm um. „Dafür hat mein Vater viele Jahre lang gearbeitet. Worauf willst du eigentlich hinaus, Terence?“

„Absichten sind eine Sache, tatsächliches Verhalten eine andere. Denk darüber nach, Gillian. Ein Serum, das vor Verstrahlungen schützt. Nenne es, wie du willst, ein Wunder, einen Schutzschild, einen wissenschaftlichen Durchbruch. Wenn es erst einmal erprobt ist, wie viel leichter kann dann jemand befehlen, den Knopf zu drücken?"

„Nein." Sie verschränkte fest die Arme vor der Brust. „Horizon dient der Verteidigung und kann Millionen von Leben retten. Mein Vater ... niemand von uns hat je beabsichtigt, dass es zu zerstörerischen Zwecken eingesetzt werden kann."

„Glaubst du, dass die Wissenschaftler, die an dem Manhattan-Projekt beteiligt waren, je Hiroshima erwartet haben? Oder vielleicht doch. Sie hätten wissen müssen, dass sie ganz eifrig damit beschäftigt gewesen waren, eine Bombe zu konstruieren – im Namen des wissenschaftlichen Durchbruchs."

„Wir konstruieren ein Verteidigungsmittel, keine Waffe." Sie drehte sich wieder zu Terence um. Das Licht, das hinter ihr durchs Fenster kam, war in ein klares Rosa übergegangen. „Horizon bedeutet Sicherheit, dass das Leben weitergeht, sollte dieser Knopf einmal gedrückt werden. Horizon ist ein Versprechen ans Leben, nicht eine Bedrohung."

„Wer entscheidet, wer das Serum bekommt, Gillian?"

Sie befeuchtete sich die Lippen. „Ich weiß nicht, was du meinst."

„Hast du vor, jeden damit zu impfen? Das ist nicht praktisch, wahrscheinlich nicht einmal durchführbar. Vielleicht sollten wir nur die Länder nehmen, deren politische Grundsätze sich mit unseren decken. Sollen wir es auch den Alten und Kranken geben? Es wird teuer. Wer zahlt? Der Steuerzahler? Will der auch diese Schutzimpfung für Kriminelle bezahlen? Gehen wir ins Gefängnis, verpassen dem Massenmörder einen Schuss in den Arm? Wie wählen wir aus?"

„Es muss nicht auf diese Art laufen."

„Es muss nicht, aber normalerweise ist es so, nicht wahr? Die Welt ist nicht perfekt, Doc. Sie wird es nie werden."

Sie wollte glauben, dass es doch so war. Langsam ging sie zu ihm. „Was hat dich desillusioniert, Terence? Was hat dich dazu gebracht, nicht mehr daran zu glauben, dass das, was du tust, die Sachlage nicht ändern könnte?"

„Weil es so ist. Oh, vielleicht kann es das für eine Weile, vielleicht hier und da, doch auf lange Sicht bedeutet alles einen Dreck." Er wollte nach einer neuen Zigarette greifen, stieß aber die Packung zur Seite. „Ich schäme mich nicht wegen dem, was ich getan habe, aber das bedeutet nicht, dass ich stolz darauf bin. Ich bin einfach nur müde, ich habe es satt."

Sie saß ihm gegenüber, nicht länger ihrer eigenen Gedanken sicher, ihrer eigenen Ziele. „Ich bin Wissenschaftlerin, Terence. Soweit es Horizon angeht, war mein Einfluss nicht groß. Ich weiß aber, die Vision meines Vaters war, mit seiner Arbeit etwas Gutes auf Dauer hervorzubringen. Vielleicht den Frieden, den wir angeblich alle wollen und zu dessen Sicherung wir doch so wenig tun."

„Du bekommst keinen Frieden durch ein Serum, Doc."

„Nein, vielleicht nicht. Einige der Fragen, die du gestellt hast, habe ich mir selbst gestellt, aber ich bin dabei nicht sehr weit gekommen. Vielleicht habe ich in meinem Leben nicht genug getan, um desillusioniert zu sein." Sie schloss für einen Moment die Augen, weil nichts klar schien, und vor allem nicht ihr Leben. „Ich weiß nicht genug von dem, was du tust – getan hast –, um es zu verstehen. Ich muss es in gutem Glauben nehmen. Ich glaube, dass du auf weite Sicht einiges zum Guten geändert hast. Du hast noch mehr von einem Träumer, als du zugeben willst. Du kannst nicht die Welt verändern – niemand kann es von uns –, aber kleine Teile davon." Sie wollte ihm die Hand hinstrecken, doch sie hatte Angst vor seiner Zurückweisung. „Diese letzten Tage mit dir waren für mich von großer Bedeutung."

Er wollte glauben. Aber er hatte Angst davor. „Du romantisierst wieder, Doc."

„Nein, ich bin so ehrlich, wie es mir überhaupt möglich ist. So logisch, wie die Situation es erfordert. Du hast Einfluss auf mich ausgeübt, auf die Art, wie ich denke, die Art, wie ich fühle, die Art, wie ich handle." Sie presste die Lippen aufeinander. Hatte er überhaupt eine Vorstellung davon, wie schwer es für sie war, sich auf diese Weise bis auf die nackte Haut zu entblößen? Sie räusperte sich, redete sich ein, dass es ihr nichts ausmachte. Sie setzte alles auf eine Karte. „Ich habe mich vorher noch nie einem Mann aufgedrängt."

„Ist es das, was du tust?" Er nahm eine Zigarette, spielte aber nur mit ihr. Er wollte sich lässig geben, sogar amüsiert, doch die schmerzende Sehnsucht breitete sich aus.

„Für jeden anderen wäre es offensichtlich." Sie musste aufstehen, sich bewegen. Warum kam es ihr so vor, als müsste sie in ihrem Leben immer um Zuneigung feilschen und betteln? „Ich habe dich nicht um ein Versprechen gebeten." Obwohl sie es wollte. „Ich habe dich nicht um Liebes- oder Treuegelübde gebeten." Aber sie würde ihm eines geben, wenn er fragte. „Ich habe dich nur gebeten, ehrlich zu sein, um ... um ..."

„Mit dir zu schlafen?" Die Zigarette zerbrach zwischen seinen Fingern, und Terence ließ die Teile in den Aschenbecher fallen. „Ich habe dir schon dargelegt, warum das nicht drin ist."

„Du hast mir einen Haufen dummer Sprüche über unsere Unterschiede gegeben. Ich will dich nicht als Zwilling." Sie holte tief Luft. „Ich will dich als Liebhaber."

Begehren und Sehnsucht setzte sich in ihm so fest, dass er eine bewusste Anstrengung machen musste, um aufzustehen und zu ihr zu gehen. Ich mache es schnell, versprach er sich, ich mache es grausam und löse es für uns.

„Eine schnelle und hemmungslose Balgerei zwischen den Laken? Unkomplizierter Sex ohne die netten Worte? Willst du das?"

Die Farbe wich ihr aus dem Gesicht, doch ihr Blick blieb fest. „Ich erwarte keine netten Worte von dir."

„Das ist gut, weil ich keine habe." Er krallte die Finger in den Ausschnitt ihrer Bluse und zog sie näher. Sie zitterte. Gut. Ihre Angst machte es leichter. „Ein Streifzug für eine Nacht durchs Paradies ist nicht dein Stil, Doc."

„Was heißt das schon? Du hast gesagt, du willst mich."

„Ja, und vielleicht bereitet es mir ein prickelndes Vergnügen, dir zu zeigen, was das Leben so alles bietet. Aber du bist die anständige Brave, Sweetheart. Wenn ich je an ein Haus in einer netten Nachbarschaft denke, dann rufe ich dich an. In der Zwischenzeit bist du einfach nicht mein Typ. Tut mir leid, dich enttäuschen zu müssen."

Es war, wie Terence beabsichtigt hatte, ein heftiger Schlag. Gillian wich zurück, drehte sich um und wollte in ihr Zimmer flüchten. Sie hörte, wie er sich ein Glas eingoss.

Wie immer, dachte sie in einer plötzlich aufflammenden Wut. Ihr ganzes Leben lang hatte sie diese Art von beiläufiger Kritik ohne Gemurre angenommen. Sie war damit aufgewachsen, hatte es allmählich erwartet. Aber jetzt bin ich eine erwachsene Frau, dachte sie aufsässig, als sie sich wieder umdrehte. Es war an der Zeit, sich nicht mehr zu ducken und wegzugehen.

Terence nippte an seinem warmen Whisky und stärkte sich für ihren Wutausbruch. Er hätte es vorgezogen, wenn sie einfach in ihr Zimmer gegangen wäre und die Tür zugeknallt hätte. Aber wenn sie es brauchte, dann sollte sie eben noch ihr Pulver verschießen. Er hob das Glas ein zweites Mal – und hustete.

„Was zum Teufel machst du da?"

Ruhig knöpfte sich Gillian weiter ihre Bluse auf. „Dir beweisen, dass du dich irrst."

„Hör auf." Sie ließ die Bluse auf den Boden fallen, dann griff sie nach den Haken ihrer Hose. „Verdammt, Gillian. Zieh deine Bluse an und verschwinde."

Sie trat aus ihrer Hose. „Nervös?"

Ihr Bodystocking war schlicht weiß, ohne Spitze, ohne Kinkerlitzchen. Ihre Schenkel waren sehr lang. Trotz des Whiskys wurde ihm der Mund trocken wie Staub. „Ich bin nicht in der Stimmung für deine Experimente." Mit feuchten Händen suchte er nach einer Zigarette.

„Eindeutig nervös." Sie warf ihr Haar zurück. Ein BH-Träger fiel ihr von der Schulter, als sie auf Terence zukam.

„Du machst einen Fehler."

„Wahrscheinlich." Sie stand vor ihm, und das letzte Licht des Tages fiel über ihr Haar und ihr Gesicht. „Aber es ist mein Fehler."

Wenn er jemals etwas Schöneres gesehen hatte, so konnte er sich nicht daran erinnern. Wenn er je etwas fiebriger begehrt hatte, so hatte er es schon lange vergessen. Aber er wusste, er hatte noch nie mehr Angst vor jemandem gehabt als vor dieser entzückenden, halb nackten Frau mit Augen wie Jade und Haaren wie Feuer.

„Ich werde dich nicht anrühren." Er hob sein Glas und leerte es auf einen Zug. Seine Hand zitterte. Es war alles, was sie brauchte, um ihr Selbstbewusstsein zu stärken.

„Also gut, dann rühre ich dich an."

Sie hatte keine Erfahrung, die sie führte. Sie verließ sich einfach auf ihren Instinkt und ihr Begehren.

Ihre Hände waren sicherer als seine, als sie über seine Brust strich und ihm dabei fest in die Augen sah. Sie genoss das Gefühl seiner Muskeln, als sie über seine Schultern strich. Um seinen Mund erreichen zu können, musste sie sich auf die Zehenspitzen stellen. Ihre Lippen spielten weich und schmeichelnd über seine. Sie presste sich an ihn und fühlte das Hämmern seines Herzens.

Er hielt seinen Körper versteift, als erwarte er ein Durchbrennen der Sicherung. Einmal ertappte er sich dabei, wie er nach ihr griff, aber er ließ die Hände wieder fallen. Er dachte, er kenne sie gut genug, um zu wissen, dass sie gedemütigt gehen würde, wenn er überhaupt nicht reagierte. Womit er nicht gerechnet hatte: Auch sie hatte allmählich gelernt, ihn zu verstehen.

Ihre Lippen streiften über seine, und dabei knöpfte sie sein Hemd auf, sodass sie über seine Haut streichen konnte. Eine geschulte Verführerin hätte es nicht besser machen können.

„Ich will dich, Terence." Mit den Lippen zog sie eine Spur von seinem Kinn hinunter zu seinem Hals. „Ich wollte dich von Anfang an, obwohl ich versucht habe, mich dagegen zu wehren." Sie schlang die Arme um seine Taille, ließ ihre Hände dann seinen Rücken hochgleiten. „Liebe mich."

Er legte die Hände auf ihre Schultern, bevor sie ihn wieder küssen konnte. Er wusste, wenn er ein zweites Mal ihre Lippen auf seinen fühlte, dann war es mit seiner Vernunft vorbei. „Das ist kein Spiel, das du gewinnen kannst." Seine Stimme war schwer, die Worte brannten in seiner Kehle. „Geh, Gillian, bevor es zu spät ist."

Der Raum war schon dunkel. Der Mond musste jeden Augenblick aufgehen. Er konnte nur den Glanz ihrer Augen sehen.

Er glaubte ans Schicksal, und vielleicht war es allein das, wovor er Angst hatte. Gillian war so unentrinnbar wie das Schicksal, so schwer greifbar wie die Träume. Und jetzt, gerade jetzt, schlang sie sich um ihn wie ein Versprechen.

Mit all dem Feuer, all der Kraft und all der Wut, die er zurückgehalten hatte, presste er seinen Mund auf ihren. Er hatte es ihnen beiden ersparen wollen. Nun lag es am Schicksal und am Glück.

Er ließ die Hände über sie streifen. Das dünne Material rutschte unter seinen Handflächen. Erregend. Stoff rieb sich an Stoff. Gillians Haut war wie Creme, weiß und glatt. Fasziniert ließ er die Finger unter den weichen Stoff ihres Bodystockings gleiten und fand die Hitze.

Unwillkürlich grub sie die Nägel in seinen Rücken. Er presste sie an sich und erregte sie, bis ihr die Knie schwach wurden.

„Das ist erst der Anfang", sagte er, als er sie aufs Bett legte. „Heute Nacht werde ich mit dir alles machen, was ich mir vorgestellt habe, als ich dich das erste Mal sah." Auf der weißen Decke breitete sich ihr Haar wie ein Flammenfächer aus. Das erste Mondlicht drang herein, mit einer Brise, die schwach nach Meer roch. „Ich bringe dich an Orte, wo du noch nie gewesen bist. Orte, von denen du morgen vielleicht wünschst, du wärst nie dort gewesen."

Sie glaubte ihm. Erregt, verängstigt griff sie nach ihm. „Zeige sie mir."

Gillian hatte nicht gewusst, dass jemand so küssen konnte. Vorher hatte Terence ihr Leidenschaft, Temperament und Beherrschtheit gezeigt. Nun zeigte er eine einfühlsame und verzehrende Geschicklichkeit. Er kitzelte und quälte und erregte und provozierte mit Zunge und Zähnen. Und sie antwortete mit einer Hingabe, die sie bei sich noch nie erfahren hatte. Sie war schon tiefer im Sinnesrausch als jemals zuvor.

Dann begann er, sie zu streicheln.

Er hatte die Hände eines Musikers, und er wusste, wie er auf einer Frau spielen musste. Mit den Fingerspitzen glitt er federleicht über sie, drückte, presste, strich ganz langsam über sie, bis sie unter ihm atemlos war. Ihr Gemurmel war leise, dann drängend, dann rasend. Sie griff nach ihm, hielt ihn mit einer Kraft, die aus dem Augenblick geboren war. Sie zerrte am Verschluss seiner Hose, bereit, ihn ganz zu nehmen, bereit, das Glück zurückzugeben, von dem sie glaubte, dass es nicht höher klettern konnte. Und dann fanden seine Finger ein neues Geheimnis. Ihr Körper spannte sich an, zitterte, entspannte sich.

Nein, an diesem Ort war sie vorher nicht gewesen. Es war dunkel, und die Luft war dick und süß. Ihre Arme waren schwer, ihr Kopf so leicht. Sie spürte den Weg, den seine Lippen ihren Hals hinunterwanderten, bis zu dem dünnen Stoff auf ihren Brüsten. Er steckte die Zunge darunter und ließ sie über ihre Brustspitzen kreisen. Sie konnte nur stöhnen.

Mit den Zähnen zog er langsam den Träger herunter, während er mit den Händen die Zauberarbeit fortsetzte. Gillian war, wie er sie wollte, schwach vor Lust, berauscht von Leidenschaft. Er schmeckte sie überall. Süß. Selbst als ihre Haut heiß und feucht wurde, so süß.

Das Mondlicht wurde heller, die Leidenschaft dunkler.

Er zog den Stoff weiter und weiter hinunter und folgte mit dem Mund. Er konnte sie erzittern lassen. Und er tat es. Er konnte sie aufstöhnen lassen. Und er tat es. Er ließ sie still vor Entzücken seufzen, in schwindliger Lust murmeln, und dann trieb er sie zurück in die Verzweiflung.

Gillian griff nach ihm. Sie rollten herum, gefangen in einer Begierde, die kurz vor der Erfüllung stand. Wieder kämpfte sie damit, ihn auszuziehen, und dieses Mal hinderte er sie nicht. Ihre Bewegungen waren schnell. Als sie beide nackt waren, bewegte er sich schneller.

Er stieß in sie, und sie schrie erstickt auf. Halb von Sinnen griff sie in sein Haar und zog seinen Mund auf ihren. Er nahm sie hart und schnell, und sie fand seinen Rhythmus. Sie fühlte, wie er an ihrem Mund ihren Namen formte, hörte das plötzliche Zittern seines Atems, als sich Emotionen mit Leidenschaft vereinigten.

Dann vergrub er aufstöhnend sein Gesicht in ihrem Haar, und sie nahmen sich gegenseitig.

8. KAPITEL

Es war ein Fehler gewesen, bei ihr zu bleiben. Die Nacht bei ihr zu schlafen. Neben ihr morgens aufzuwachen. Terence hatte gewusst, als sie in der Nacht umschlungen lagen, dass er bezahlen musste. Man musste immer für seine Fehler bezahlen.

Das Problem war, es fühlte sich so verdammt gut an.

Im Schlaf war Gillian so warm, so weich, so biegsam, wie sie in ihrer Leidenschaft gewesen war. Ihr Kopf lag an seine Schulter geschmiegt, als gehöre er dahin. Ihre Hand, in eine weiche Faust geballt, lag über seinem Herzen, als wenn ein Anspruch abgesteckt wäre. Er wünschte, es wäre so. Es besser zu wissen war nicht leicht. Aber es war eben so.

Merkwürdig und unbehaglich war nur, dass das Verlangen nicht gestillt war. Er brauchte sie immer noch, er sehnte sich immer noch nach ihr, so heftig und verzehrend wie gestern Abend, als er sie zum ersten Mal berührt hatte.

Er wollte sie an sich ziehen, sie langsam wecken, erotisch, und mit ihr zurückwirbeln in die Welt der wachen Sinne. Er wollte sie ganz nah an sich ziehen, ihr übers Haar streichen, sich von ruhiger Erregung erfüllen lassen und mit ihr durch den Morgen dösen.

Er konnte beides nicht. Obwohl sich Terence nicht für nobel hielt, dachte er an Gillian. Er war ein Mann, der seinen Job machte, so wie er es gewählt hatte. Er lebte, wie er arbeitete, und kannte keine Fesseln, niemandem gegenüber. Gillian war eine Frau, für die Haus und Heim und Familie zuerst kam. Mit ihr verbanden sich weiße Holzzäune und Blumengärten. Jemand, der nie ein Zuhause hatte, der sich entschieden hatte, nie eines zu haben, konnte einer solchen Frau nur das Leben schwer machen.

Aber es fühlte sich so gut an, wenn sie sich an ihn schmiegte.

Er zog sich heftiger zurück, als er eigentlich wollte. Als sie sich bewegte und etwas murmelte, erhob er sich, um seine Jogginghose anzuziehen. Er musste sich nicht umdrehen, um zu wissen, dass Gillian wach war und ihn beobachtete.

„Schlaf noch etwas“, sagte er. „Ich habe noch etwas zu erledigen.“

Gillian zog die Decke hoch und setzte sich auf. Sie war halb wach oder glaubte es zumindest. Vielleicht hatte sie geträumt, dass er ihr übers Haar gestreichelt hatte. „Ich komme mit.“

„Gut erzogene Ladies gehören da nicht hin, wohin ich gehe."

Merkwürdig, wie schnell Kälte kommen konnte. Sie hatte halb träumend gelegen, warm und sicher. Nun war sie kalt und allein. Ihre Finger verkrallten sich in die Decke, doch ihre Stimme war ruhig. „Ich dachte, wir arbeiten zusammen, oder habe ich mich getäuscht?"

„Wenn es passt, Sweetheart."

„Wenn es wem passt?"

„Mir." Er griff nach einer Zigarette, bevor er sich zu ihr umdrehte. Es war genau, wie er gedacht hatte. Sie sah jetzt viel zu schön aus mit ihrer blassen Haut, dem prächtigen Haar und den dunklen schweren Augen. „Du wärst im Weg."

„Offensichtlich bin ich das schon." Sie kämpfte die Demütigung zurück, während sie die Decke zur Seite warf und aufsammelte, was sie von ihren Kleidungsstücken finden konnte. Sie presste sie an sich und sah Terence an. Ich sage, was ich zu sagen habe, versprach sie sich. Zu oft in der Vergangenheit hatte sie gefühlsmäßige Schläge mit gesenktem Kopf hingenommen. Nicht mehr.

„Ich weiß nicht, wovor du Angst hast, O'Hara, außer vor dir und deinen eigenen Gefühlen, aber es besteht kein Grund, sich so zu verhalten."

„Ich tue nur, was sein muss." Er zog an seiner Zigarette. Sie schmeckte bitter wie seine Gedanken. „Ich dusche jetzt. Wenn du Frühstück bestellst, für mich Kaffee."

„Es ist in Ordnung zu bedauern, was geschehen ist. Das ist dein Recht." Sie würde nicht weinen. Das versprach sie sich. „Aber es ist nicht in Ordnung, deswegen grausam zu sein. Hast du gemeint, ich erwarte Schwüre ewiger Liebe? Glaubst du, du sollst auf die Knie fallen und mir erzählen, ich hätte dein Leben verändert? Ich bin nicht die Närrin, für die du mich hältst."

„Ich habe dich nie für eine Närrin gehalten."

„Das ist gut, weil ich keine bin." Es war befriedigend, stellte sie fest, sehr befriedigend, zurückzuschlagen. „Ich erwarte dieses Verhalten nicht von dir. Aber ich habe auch nicht erwartet, dass du mich behandelst, als hättest du mich gekauft und dafür bezahlt und könntest mich morgens in die Ecke werfen. Das habe ich nicht erwartet, Terence. Vielleicht hätte ich es erwarten müssen."

Schnell ging sie hinüber in ihr Zimmer, warf ihre zerknüllten Sachen hin und verschwand in der Dusche. Sie würde nicht um ihn weinen. Nein, keine Träne würde sie vergeuden. Sie stellte die Dusche fast kochend ein. Das brauchte sie jetzt, um wieder warm zu werden, um seinen Duft von ihrer Haut zu waschen, seinen Geschmack aus ihrem Mund. Dann ginge es ihr wieder gut.

Und sie war doch eine Närrin. Ein Riesenidiot. Gillian presste die Hände auf ihre Augen, während das Wasser über sie strömte. Verdammt sollten er und sie sein! Wer sonst als eine Närrin verliebte sich in einen Mann, der nichts zurückgeben konnte?

Der Vorhang wurde zurückgerissen. Gillian hob den Kopf und betrachtete Terence mit einem kühlen, desinteressierten Blick. Sie wollte verdammt sein, wenn sie ihn sehen ließ, wie verletzt sie war. „Ich bin im Augenblick beschäftigt."

„Lass uns etwas klarstellen. Nur weil ich heute Morgen kein Süßholz geraspelt habe, heißt das noch lange nicht, dass ich dich für jemanden halte, den ich auf der Straße aufgabeln kann."

Gillian griff nach der Seife und rieb sie in langsamen Kreisen über ihre Schulter. Er war also wütend. Auch das war befriedigend. „Ich glaube, es ist für mich viel besser, wenn ich einen Dreck darum gebe, was du denkst. Du lässt das Wasser auf den Boden fließen." Sie riss den Vorhang zurück – der noch nicht einmal ruhig hing, bevor er wieder aufgerissen wurde.

Sein Blick kochte vor Wut, doch seine Stimme war dazu zu ruhig. „Schlag nie eine Tür vor meiner Nase zu."

Merkwürdig, dass ihr jetzt zum Lachen zumute war. „Es ist keine Tür, leider, die wäre wirksamer. Aber der Vorhang muss eben reichen." Sie zog ihn wieder zu. Terence riss ihn mit einem wütenden Ruck von der Stange. Während die kleinen Metallhaken an der Stange klirrten, warf sich Gillian das nasse Haar aus den Augen. „Wirklich, glänzend. Wenn du damit fertig bist, deine Laune an einem unschuldigen Objekt auszulassen, kannst du gehen."

Er stieß den abgerissenen Vorhang zur Seite. „Was zum Teufel willst du?"

„Im Augenblick mir in Ruhe das Haar waschen." Absichtlich steckte sie den Kopf unter den Strahl. Sie stieß einen kleinen Schrei aus, als sie zurückgerissen wurde. Er stand jetzt mit ihr in der Duschwanne, die Baumwollhose klebte an seinen Schenkeln. Das Wasser sprang von ihnen beiden ab auf die Kacheln.

„Ich habe keine Zeit für dieses Getue. Ich muss einen Job machen, wie du weißt. Reinigen wir die Atmosphäre, damit ich mich darauf konzentrieren kann."

„Gut. Die Atmosphäre ist klar." Sie klatschte die Seife zurück in den Halter.

„Es gibt nichts, wofür ich mich schuldig fühlen sollte." Er trat näher, und der Strahl traf seine Brust. „Du hast dich mir selbst an den Hals geworfen."

Mit einer Hand schob Gillian das Haar aus dem Gesicht. Der Dampf stieg auf und füllte den Raum. „Stimmt, das habe ich getan. Du hast wie ein Tiger gekämpft, aber ich habe dich aufs Kreuz gelegt." Sie stieß ihm gegen die Brust. „Mach dich lieber aus dem Staub, bevor ich dich wieder bezwinge."

„Du neunmalkluge kleine ..." Er machte eine Bewegung auf sie zu – da wurde die Luft aus ihm geschlagen, als ihre Faust Kontakt mit seinem Magen machte. Das Wasser prasselte auf sie beide nieder, und sie sahen sich gleichermaßen überrascht an. Ganz plötzlich brach Gillian in Lachen aus.

„Verdammt, was ist daran so lustig?"

„Nichts." Sie prustete. „Nichts, nur dass du wie ein verdammter Narr aussiehst und ich mich wie einer fühle." Immer noch lachend, hielt sie ihr Gesicht in den Wasserstrahl. „Troll dich schon, O'Hara, bevor ich ernstlich böse werde."

Für einen Moment hielt er sich gekrümmt, verblüfft, von ihr überrascht worden zu sein. Er machte Fehler. Dann, weil seine Wut verraucht war, legte er ihr eine Hand auf die Schulter und drehte sie wieder zu sich um. „Du hast einen verdammt harten Schlag, Doc."

Es mochte ihre Einbildungskraft oder Wunschdenken sein, aber sie dachte, er sprach von mehr als ihrer Faust. „Danke für das Kompliment."

„Das Wasser ist viel zu heiß."

„Ich bin in der Stimmung danach."

Er berührte ihre Wange, fuhr mit dem Daumen über die kleinen Sommersprossen. Sie fragte sich, ob er wusste, dass er sich entschuldigte. „Soll ich dir den Rücken waschen?"

„Nein."

Er legte die Arme um sie. „Dann kannst du meinen waschen."

„Terence." In einer kleinen Defensivbewegung hob sie die Hände. „Das ist keine Antwort."

„Es ist die einzige, die ich habe." Er senkte den Kopf und streifte mit den Lippen über ihre. „Ich will dich. Ist es das, was du hören willst?"

Wenn es nur so einfach wäre. Sie seufzte und schmiegte ihre Wange an seine. „Letzte Nacht war etwas Besonderes. Ich kann akzeptieren, dass es für dich nichts bedeutet, aber ich kann es mir nicht leisten, tiefer hineingezogen zu werden, weil es nämlich für mich etwas bedeutet hat."

Er schwieg einen Moment, doch er wusste, die Worte mussten gesagt werden. „Es hat mir auch etwas bedeutet, Gillian." Mit beiden Händen umfasste er ihr Gesicht, sodass er sie ansehen konnte, als er es riskierte. „Es hat mir verdammt viel bedeutet."

Ihr Herz zog sich zusammen. „Und das macht alles für dich so schwer."

„Schwer für mich, vielleicht unmöglich für dich." Er wollte die Hände sinken lassen, doch sie hielt sie fest. „Ich bin nicht gut für dich."

„Nein, das bist du nicht." Sie lächelte, als sie seine Arme um sich zog. „Aber Schokolade ist auch nicht gut für mich, und auch da kann ich nie widerstehen."

Terence war sich nicht sicher, ob es klug war, Gillian mit ins Elendsviertel zu nehmen. Doch sie sollte sehen, wie tief er in seinem Job sinken musste und mit welcher Art von Menschen er zu tun hatte. Sie sollte wissen, auf was sie sich mit ihm einließ.

Erst als Terence sicher war, dass er den Schatten von Kendesa und vom ISS abgeschüttelt hatte, steuerte er auf die Hütten und die Verwahrlosung des Elendsviertels zu.

Er kannte sich hier aus, wie er sich in so vielen Slums und Gettos auskannte. In dem Labyrinth enger Gassen lungerten arbeitslose Männer herum. Doch niemand belästigte sie. Terence ging nicht wie ein Tourist, der sich verlaufen hatte oder neugierig auf der Suche nach Schnappschüssen in diesem Teil von Casablanca war.

Es stank. Es war mehr als ein Geruch von Schweiß, Tieren und Fäulnis. Es war auch der Geruch von Wut und Hass. Gillian hatte Armut in Irland gesehen, sie hatte die Obdachlosen und Elenden in New York erlebt, aber noch nie solches Elend und solche Verwahrlosung.

Da gab es Blut, frisch vergossen. Da gab es Krankheit, die auf den Ausbruch wartete. Und da gab es Tod, leichter verstanden als das Leben. Sie sah Männer, die sie mit einem harten Blick aus schwarzen Augen beobachteten. Verschleierte Frauen blickten nie auf.

Terence näherte sich einem Verschlag. Er konnte als nichts anderes bezeichnet werden, obwohl er Glas in den Fenstern hatte und die Andeutung eines Gemüsegartens davor. Ein dürrer Hund fletschte die Zähne, zog sich aber zurück, als Terence unbeirrt weiterging.

Terence klopfte an die Tür, nachdem er sich noch einmal sorgfältig umgesehen hatte. Eine kleine Frau mit schwarzem Kleid und Schleier öffnete. Sie sah Terence, und Angst zeigte sich in ihrem Blick.

„Guten Morgen. Ich möchte mit Ihrem Mann sprechen." Sein Arabisch war mehr als holprig, doch es reichte. Gillian beobachtete, wie der Blick der Frau hierhin und dorthin schoss, bevor sie die Tür weiter aufschob und den Weg frei machte.

So verkommen und schmutzig es draußen war, das Innere der Hütte war blitzsauber. Mitten im Zimmer hockte ein kleiner Junge, der eine Stoffwindel trug. Er lächelte Terence und Gillian an und schlug mit einem Holzlöffel auf den Boden.

Hastig hob die Frau das Kind auf und verschwand durch die Hintertür.

Gillian hob den Holzlöffel auf. „Warum hat sie Angst vor dir?"

„Weil sie klüger ist als du. Setz dich, Doc, und mach einen gelangweilten Eindruck. Es dürfte nicht zu lange dauern."

Den Löffel immer noch in der Hand, setzte sich Gillian auf einen Stuhl. „Warum sind wir hier?"

„Weil Bakir etwas für mich hat."

Bakir war ein Wiesel. Er war dünn, hatte ein schmales Gesicht mit kleinen schwarzen Augen. Wenn er lächelte, strahlten seine Zähne weiß und scharf. Er trug einen grauen Umhang. Gillian empfand sofort einen unkontrollierbaren Abscheu vor ihm.

„Ah, alter Freund. Ich habe Sie erst morgen erwartet."

„Manchmal ist das Unerwartete vorzuziehen."

Obwohl sie Englisch sprachen – Terence täuschte keinen französischen Akzent vor –, sagte Gillian nichts. Sie wünschte nur lebhaft, dass sie zurückgeblieben wäre. Die Hütte machte keinen sauberen und harmlosen Eindruck mehr, jetzt, wo Bakir eingetreten war.

„Sie haben es eilig, unser Geschäft abzuschließen?"

„Haben Sie die Waren, Bakir? Ich habe heute noch andere Angelegenheiten zu erledigen."

„Natürlich, natürlich, Sie sind ein beschäftigter Mann." Er warf Gillian einen Blick zu und sagte dann mit einem Grinsen etwas auf Arabisch. Terences Blick wurde hart wie Granit. Seine Entgegnung war nur ein Gemurmel, doch was er auch gesagt hatte, es reichte, um Bakir erbleichen und sich verbeugen zu lassen. Er schob einen Tisch zur Seite und nahm dann einige Bodenplanken heraus.

Gemeinsam hob er mit Terence eine große Holzkiste aus dem Versteck und öffnete sie. Gillians Finger versteiften sich, als Terence das erste Gewehr hervorholte.

Es war schwarz und eingeölt. Terence untersuchte es in der Art eines Mannes, der sich auf Waffen verstand. Schweigend prüfte er alle.

Jedes Mal, wenn er ein neues Gewehr aus der Kiste nahm, machte Gillians Herz einen Satz. Er sah so natürlich mit einer Waffe in der Hand aus. Dieselben Hände, die Gillian vor kurzer Zeit gespürt hatte, die sie liebkost und erregt hatten. Sie konnte das alles kaum glauben.

Schließlich nickte Terence. „Sie schaffen die Ladung nach Sefrou. Hier ist die Adresse." Er gab Bakir ein Stück Papier. „Schaffen Sie sie morgen dorthin."

Er griff in seine Jacke nach dem mit ISS-Geld prall gefüllten Briefumschlag und fragte sich dabei, wie Addison reagieren würde, wenn er erfuhr, wofür er es ausgab.

Der Umschlag verschwand in den Falten von Bakirs Mantel. „Wie Sie wünschen. Es mag Sie interessieren, dass Belohnungen für Informationen über Il Gatto geboten werden."

„Kümmern Sie sich um die Lieferung, Bakir, und erinnern Sie sich daran, was mit dem geschieht, von dem sich herumspricht, dass er mit Il Gatto Geschäfte macht."

Bakir lächelte nur. „Mein Geschäft ist ausgezeichnet."

„Ich verstehe nicht." Gillian blieb dicht an Terences Seite, als sie die enge Straße hinuntergingen. „Woher hast du das Geld?"

„Vom Steuerzahler." Er sah sich aufmerksam nach links und rechts um.

„Aber ich dachte, Captain Addison will die Waffen besorgen."

„Tut er." Er nahm ihren Arm und zog sie um eine Ecke.

„Also, wenn Addison die Waffen besorgt, die du Husad zeigst, warum hast du diesen Mann für weitere bezahlt? Das begreife ich nicht."

„Reserve. Sollte die Geschichte nicht auf Addisons Art laufen, kann ich deinen Bruder nicht mit einer Pistole und einem charmanten Lächeln herausholen."

Gillian spürte, wie sich der Druck in ihrem Magen verstärkte. „Ich verstehe."

„Geh weiter, Sweetheart", sagte er, als sie zögerte. „Das hier ist nicht die Gegend für Schaufensterbummel."

„Terence, welchen Nutzen haben diese Waffen für dich, für einen Mann allein?"

Ein Mann in einem schmutzigen weißen Mantel stolperte auf sie zu. Er hatte nur Zeit, nach Gillian zu greifen und mit einem betrunkenen Lallen etwas zu murmeln, als Terence sein Schnappmesser auch schon draußen hatte. Die Sonne blitzte in der Stahlklinge, und Terence stieß eine ruhige Warnung aus. Immer noch grinsend, hob der Mann beide Hände und schwankte aus dem Weg.

„Nicht zurücksehen", befahl Terence und zog Gillian weiter.

„Wollte er Geld?"

Er hatte schon lange aufgehört, sich über ihre Naivität zu wundern. Sie ist zu gut für mich, dachte er. Viel zu gut. „Für den Anfang", antwortete er einfach.

„Das ist eine schreckliche Gegend."

„Es gibt schlimmere."

Sie sah ihn an, als sich ihr Herzschlag wieder beruhigt hatte. „Du weißt, wie du dich in dieser Gegend verhalten musst, aber deshalb bist du nicht wie dieser Mann in der Hütte."

„Wir beide sichern uns unseren Lebensunterhalt."

Sie bogen um die Mauern und kamen ins Geschäftsviertel. „Weißt du, ich denke, du willst mich glauben lassen, du wärst wie er. Das wäre angenehmer für dich."

„Vielleicht. Trinken wir hier einen Kaffee."

„Terence. Bin ich es nur, oder bekämpfst du jeden, der dir zu nahekommt?"

Er wusste nicht, wie er ihr antworten sollte. Schlimmer, er war sich nicht sicher, ob er zu tief nach einer wirklichen Antwort graben durfte. „Ich hatte das Gefühl, wir waren uns letzte Nacht ziemlich nah."

Sie begegnete ruhig seinem Blick. „Ja, das waren wir, aber du bist damit immer noch nicht fertig geworden."

„Ich habe viel im Kopf, Doc." Er zog einen Stuhl hervor und setzte sich. Nach kurzem Zögern nahm Gillian neben ihm Platz.

„Ich auch. Mehr als ich verarbeiten kann." Nachdem Terence ihnen Kaffee bestellt hatte, fuhr sie fort: „Ich habe noch eine Frage."

„Sweetheart, das ist nichts Neues."

Sie legte eine Hand auf seine, bevor er sich eine Zigarette anzünden konnte. „Dieser Mann, Bakir, er hat dich nicht als Cabot gekannt."

„Nein."

„Ist er ein Agent?"

Terence lachte, wartete aber, bis der Kaffee serviert war, bevor er wieder sprach. „Nein, Doc, er ist eine Schlange."

„Er weiß, wer du bist. Warum sollte er die Waffen liefern, statt einfach das Geld zu behalten und dich an Husad zu verraten?"

„Weil er weiß, wenn Husad mich nicht erwischt, komme ich zurück und schneide ihm die Kehle durch. Ein hohes Risiko."

Gillian starrte in ihren Kaffee. Er war schwarz und dick. Sie wusste, wenn sie ihn trank, würde er die Kälte in ihr vertreiben. Aber sie trank noch nicht. „Ich wurde dazu erzogen, das Leben zu respektieren", sagte sie ruhig. „Jedes Leben. In meiner Arbeit habe ich versucht zu bewahren, weiterzuentwickeln, nicht zu zerstören. Ich habe in meinem Leben absichtlich niemanden verletzt. Nicht weil ich eine Heilige bin, sondern weil ich nie eine Wahl treffen musste." Sie legte beide Hände um ihre Tasse, hob sie aber immer noch nicht, während sie Terence ansah. „Als Captain Addison mich gefragt hat, was ich machen würde, wenn Husad mich bekommt, habe ich die Wahrheit gesagt. In meinem Herzen weiß ich, ich könnte ein Leben nehmen. Und das macht mir Angst."

„Du wirst es nicht überprüfen müssen." Er legte kurz eine Hand auf ihre.

„Ich hoffe es. Weil ich nicht weiß, ob ich später damit leben könnte. Ich glaube, ich will damit sagen, so unterschiedlich sind wir beide gar nicht."

Er sah weg von ihr, weil er zu gern glauben wollte, dass sie recht hatte. „Wette nicht darauf."

„Ich habe schon", murmelte sie und trank ihren Kaffee.

9. KAPITEL

Hier in Sefrou war sie Flynn einen Schritt näher. Doch die Angst, es sei schon zu spät, war ein dunkles Geheimnis, das Gillian in ihrem Herzen vergraben hielt.

Denn würde sie sich in Tränen auflösen und ihren Emotionen freien Lauf lassen, könnte sie Flynn nicht helfen. Fast jede Nacht waren da jedoch abscheuliche, oft gewalttätige Albträume. Bisher hatte sie sie vor Terence verbergen können. Wenigstens dafür war sie dankbar. Er sollte nicht wissen, dass sie schwach genug war, um durch Träume in kalten Angstschweiß gebadet zu werden. Er musste sie für stark halten. Sonst änderte er vielleicht seine Meinung und schickte sie doch noch weg.

Merkwürdig, wie gut sie ihn mittlerweile kannte. In der Stille des Hotelzimmers beobachtete Gillian unten einen kleinen Wagen, der sich durch die Straßen schlängelte. Sie hatte Terence verstehen gelernt, obwohl er ihr mit Worten wenig sagte. Oft stellte sie sich vor, sie wären sich gesellschaftlich in New York begegnet, unter normalen, vielleicht langweiligen Umständen. Eine Dinnereinladung, eine Cocktailparty. Sie wusste, sie wären auch unter anderen Umständen Liebende geworden, auch wenn es dann langsamer und mit größerer Vorsicht geschehen wäre.

Schicksal. Darüber hatte sie früher nie wirklich nachgedacht. Nun glaubte sie, wie Terence auch, dass einige Dinge einfach vorherbestimmt waren. Sie waren beide füreinander bestimmt. Sie fragte sich, wie lange er noch gegen seine Gefühle ankämpfen würde, Gefühle, die sie immer in ihm spürte, wenn er sie hielt. Worte der Zuneigung kamen nicht leicht von einem Mann, der absichtlich die Türen in seinem Leben verschlossen hatte. Sie war sicher, der Grund dafür hatte etwas mit seiner Familie zu tun.

Sie war so verliebt. Seufzend lehnte sie sich ans Fensterbrett. Ihr ganzes Leben lang hatte sie auf dieses Gefühl gewartet, wenn das Herz hämmerte und der Verstand ins Trudeln geriet, wenn alles viel lebendiger und strahlender erschien. Sicher, sie hatte nie erwartet, diese Liebe in der größten Krise ihres Lebens zu erfahren. Trotzdem, das Gefühl war da, riesig und deutlich und wunderschön.

Gillian wusste, sie musste warten, um es mit Terence zu teilen.

Doch die Zeit würde kommen, in der sie davon freimütig sprechen durfte, lachen und sich in ihre Gefühle versenken konnte. Sie hatte nicht ihr ganzes Leben auf die Liebe gewartet, um der Lust beraubt zu werden, sie auch auszudrücken. Aber sie konnte warten.

Ihre Zeit mit Terence würde kommen, daran glaubte sie fest. Was in den letzten Wochen geschehen war, hatte sie gelehrt, das Glück mit beiden Händen zu packen und es zu bewahren.

Aber wie wünschte sie, dass er jetzt zurückkam. Wie hasste sie es, allein gelassen zu werden.

Weil sich ihre Nerven wieder anspannten, suchte Gillian nach einer Ablenkung. Ihre Sachen hatte sie schon ausgepackt und verstaut. Terences Koffer stand offen, unausgepackt. Da sie nichts Besseres zu tun hatte, nahm sie seine Sachen heraus, legte sie zusammen und packte sie weg.

In den Kleidungsstücken hing sein Duft. Da gab es alles, von Baumwolle zu Seide, von Billigstqualität bis Designergarderobe. Wie viele Männer trägt er im Koffer herum, fragte sie sich. Ob er jemals nachdenken und sich ins Gedächtnis rufen musste, wer er wirklich war?

Dann fand sie die Flöte, sorgfältig in Filz eingeschlagen neben einem maßgeschneiderten Hemd aus Satin-Piqué. Die Flöte war poliert, sah aber alt und viel benutzt aus. Probeweise hob Gillian sie an den Mund und blies. Der Ton kam klar und hell. Sie lächelte.

Er stammte aus einer Familie, die ihren Lebensunterhalt mit Musik verdient hatte. Das hatte er nicht hinter sich gelassen, nicht ganz, wie sehr er es auch vortäuschte. Sie stellte sich vor, dass er spielte, wenn er allein und einsam an einem fremden Ort war. Wahrscheinlich erinnerte es ihn an seine Kindheit, an sein Zuhause, die Familie, obwohl er behauptete, kein Zuhause mehr zu haben.

Sie legte die Finger auf die Löcher, hob dann wahllos zwei und freute sich über den Ton, der kam, als sie ins Mundstück blies. Sie hatte schon immer eine ganz besondere Neigung zu Musik gehabt. Doch ihr Vater hatte das Physikstudium für wichtiger gehalten als Klavierstunden, die sie so gern genommen hätte. Sie fragte sich, ob Terence ihr eines Tages eine richtige Melodie beibringen würde, etwas Sentimentales aus Irland.

Sie legte die Flöte aufs Bett, schlug sie aber nicht wieder ein. Es waren auch Bücher im Koffer. Yeats und Shaw und Wilde. Gillian blätterte in ihnen herum. Terence trug diese Autoren und Waffen mit sich herum. Sie hatte diese widersprüchliche Kombination schon lange gespürt, jetzt sah sie den Beweis. Und tatsächlich, sie hatte sich in die vielen Seiten des Rätsels Terence O'Hara verliebt.

Ihre Nervosität und ihre Angst war vergessen. Leise summend legte Gillian die letzten Hemden weg. Als sie den Koffer schließen wollte, bemerkte sie in einer Seitentasche ein Notizbuch. Ohne nachzudenken, zog sie es heraus und legte es auf den Rand der Kommode. Sie stellte den Koffer in den Schrank neben ihren und ging dann zurück ans Fenster. Dabei stieß sie an das Notizbuch auf der Kommode, und es fiel zu Boden. Die Worte und Noten erregten ihre Aufmerksamkeit, als sie sich beugte, um es aufzuheben.

Bewegt setzte sie sich aufs Bett und las. Ihre Hand lag auf der Flöte.

Es war schon einige Jahre her, seit Terence mit Breintz gearbeitet hatte. Vor fünf oder sechs Jahren in Sri Lanka. Dann hatten sie sich, wie es in ihrem Beruf üblich war, aus den Augen verloren. Nach außen hin hatte sich Breintz verändert. Das Haar war dünner geworden, das Gesicht voller. Tiefe Falten lagen unter seinen Augen und gaben ihm das Aussehen eines trägen Bassethundes. Im Ohr trug er einen Saphirstecker, und bekleidet war er mit dem Baumwollumhang der Wüstenbewohner.

Nach einstündiger Diskussion war Terence beruhigt. Innerlich war Breintz immer noch derselbe scharfsichtige Agent, den er von früher kannte.

„Es wurde entschieden, die Waffen nicht auf dem üblichen Weg hierherschaffen zu lassen. Es ist zu gefährlich. Ich habe meine Kontakte benutzt. Sie kommen mit einem Privatflugzeug und werden auf einer Landebahn ein paar Meilen östlich von hier entladen."

Terence nickte. In der dämmrigen Nische hinten in dem fast leeren Restaurant genoss er eine von Breintz' türkischen Zigaretten. Über dem aromatischen Tabakgeruch lag der von gegrilltem Fleisch. „Und sobald die Ladung da ist, gehe ich wie besprochen vor. Die ganze Geschichte sollte in einer Woche über die Bühne sein."

„Wenn die Götter zustimmen."

„Immer noch abergläubisch?"

Breintz verzog eher nachsichtig als humorvoll die Lippen. „Wir halten schließlich alle an dem fest, was sich bewährt hat." In drei Stößen stieß er den Rauch aus und beobachtete, wie sich die Ringe formten und langsam wieder auflösten. „Deshalb glaube ich auch nicht an Ratschläge, sondern an Tatsachen."

„Gut." Terence nickte.

„Dann will ich dir diese Tatsachen geben, obwohl du sie sicherlich schon kennst. Ich arbeite jetzt im vierten Jahr in diesem belagerten Teil der Welt mit Terroristen. Einige sind fanatisch religiös, einige ehrgeizig, einige einfach durch Hass geblendet. Wenn diese Grundhaltungen mit völliger Missachtung des menschlichen Lebens zusammenfallen, werden sie gefährlich und, wie wir oft genug festgestellt haben, unkontrollierbar. Bei Hammer kommt noch hinzu, dass die Organisation von einem Verrückten angeführt wird. Husad ist ein Verrückter. Wenn er den Betrug bemerkt, wird er dich auf irgendeine unerfreuliche Art töten. Wenn er deinen Betrug nicht bemerkt, wird er dich trotzdem töten."

Terence zog wieder an der türkischen Zigarette. „Du hast recht, ich wusste es schon. Ich werde den Wissenschaftler und das Kind herausholen. Dann werde ich Husad töten."

„Mordversuche sind schon vorher gescheitert, zur Enttäuschung vieler."

„Dieser eine nicht."

Breintz spreizte seine Hände. „Ich stehe dir voll und ganz zur Verfügung."

Mit einem letzten Nicken erhob sich Terence. „Wir bleiben in Verbindung."

Terence wusste, bei jedem Einsatz für das ISS konnte er sein Leben verlieren. Dabei war es ihm nicht gleichgültig, ob er tot oder lebendig war. Terence hatte immer eine ganz klare Vorliebe fürs Leben gehabt. Er kannte ganz einfach die Risiken. Gerade in den letzten Tagen war es ihm noch wichtiger geworden, am Leben zu bleiben.

Er hatte seinen Standpunkt über die Aussichtslosigkeit ihrer Beziehung nicht geändert. Doch er hatte akzeptiert, dass er mehr Zeit mit Gillian wollte. Er wollte ihr Lachen hören, er wollte beobachten, wie sie sich entspannte, er wollte – was er sich allerdings kaum eingestehen konnte –, dass sie sich um ihn mit derselben Tiefe und Hingabe sorgte wie um ihre Familie.

Es war dumm. Ganz sicher war es falsch für sie. Aber das war es, was er wollte. In sein Verlangen nach ihr mischte sich eine quälende Sehnsucht, mehr zu geben als das, wonach gefragt worden war, mehr zu nehmen, als gegeben worden war, Versprechungen zu machen und zu akzeptieren.

Terence öffnete die Tür des Hotelzimmers und blieb verblüfft, dann wütend stehen.

Gillian blickte auf, mit feuchten Augen und strahlendem Lächeln. „Terence, ich bin so froh, dass du wieder da bist. Diese Songs sind so schön. Ich habe sie alle zweimal gelesen und konnte mich immer noch nicht entscheiden, welcher mir am besten gefällt. Du musst sie mir vorspielen, damit ich …“

„Was zum Teufel gräbst du in meinen Sachen herum?“

Der Ton überraschte sie. Sie starrte ihn einfach nur an, das Notizbuch lag in ihrem Schoß. Er kam zu ihr und entriss es ihr, da spürte sie die volle Kraft seiner Wut. Sie duckte sich nicht. Sie blieb einfach bewegungslos sitzen.

„Ist dir vielleicht der Gedanke gekommen, dass ich – auch wenn ich für dich arbeite und mit dir schlafe – trotzdem ein Recht auf meine Privatsphäre habe?“

Sie wurde sehr blass. „Es tut mir leid“, brachte sie schließlich hervor. „Du warst so lange weg, und da wollte ich deine Sachen auspacken. Dabei sind mir die Flöte und das Notizbuch in die Hände gefallen.“

„Und du bist nicht auf den Gedanken gekommen, dass das, was im Notizbuch steht, privat sein könnte?“ Er stand da mit dem Buch in der Hand, so verlegen, wie er noch nie in seinem Leben gewesen war. Was er geschrieben hatte, war direkt aus seinem Herzen gekommen. Und er hatte nicht beabsichtigt, es jemals mit einem anderen zu teilen.

„Entschuldigung.“ Ihr Ton war jetzt formell und steif. Sie machte sich nicht die Mühe, ihm zu erklären, wie das Notizbuch hingefallen war, da er offensichtlich nicht an Erklärungen interessiert war. „Natürlich. Ich hatte kein Recht, in deinen Sachen herumzuwühlen.“

Er hatte auf einen Streit gehofft. Eine gute Schreierei, damit konnte er besser umgehen als mit seiner Verlegenheit. Nun machte ihn ihre ruhige Entschuldigung nur noch verlegener, und er fühlte sich einem Trottel gefährlich nahe. Er öffnete eine Schublade, warf das Notizbuch hinein und knallte sie wieder zu. „Wenn du dich das nächste Mal langweilst, lies ein Buch."

Sie erhob sich. Sie hatte sich so unschuldig an den Worten gefreut, die zu schreiben dieser Mann fähig war. Nun wurde sie dafür bestraft, dass sie den geheimsten Teil von ihm entdeckt hatte. Aber es war schließlich sein Geheimnis, und sie hatte sich hineingedrängt. „Ich kann nur wiederholen, es tut mir leid."

Nein, sie würde nicht mit ihm streiten, erkannte Terence, während er hinüberging und die Flöte in Filz einschlug. Es war zu viel Verletztheit in ihrem Blick, Verletztheit wegen ihm, weil er so unverhältnismäßig hart über ihr unschuldiges Verhalten gewesen war. „Vergiss es." Er legte die Flöte in die Schublade neben das Notizbuch und schloss beides weg. „Es läuft alles nach Plan. Morgen, spätestens übermorgen wird Kendesa mit mir Kontakt aufnehmen."

„Ich verstehe. Dann ist bald alles vorbei."

„Ja." Aus Gründen, die er nicht verstand, wollte er sich entschuldigen, wollte sie halten und ihr sagen, dass es ihm leidtue, sich wie ein Trampel verhalten zu haben. Er steckte die Hände in die Taschen. „Gehen wir zum Lunch hinunter?"

„Ich möchte mich lieber hinlegen. Ich bin eher angespannt als hungrig." Tatsächlich wollte sie ganz einfach allein sein.

„In Ordnung." Sie war sehr blass. Er hätte ihr gern die Wange gestreichelt. „Ich bleibe nicht lange."

Sie wartete, bis er weg war, bevor sie sich aufs Bett legte. Sich zu einer Kugel zusammenzurollen schien irgendwie zu helfen. Es konzentrierte die Verletztheit in einem Punkt, mit dem leichter umzugehen war. Sie würde nicht weinen. Sie hielt die Augen geschlossen und bemühte sich ganz fest, sich auf nichts zu konzentrieren. Sie würde ihre Emotionen nicht wild ausschlagen lassen, so wie damals, als sie jung war und ihren Vater überraschen wollte.

Sie hatte sein Büro aufgeräumt, das Holz gewienert und das Glas poliert. Er war auch so wütend gewesen wie vorhin Terence. Sie seufzte und bemühte sich, die Erinnerung aus ihrem Kopf zu streichen. Wütend, weil sie in seine Privatsphäre eingedrungen war, seine persönlichen Dinge berührt hatte.

Sean Brady Fitzpatrick war ein harter Mann gewesen, und ihn zu lieben war eine lange Übung in Frustration gewesen. Gillian seufzte wieder. Offensichtlich lernte sie langsam.

Er hatte nichts gegessen. Auch den Whisky trank er nicht aus, den er bestellt hatte. Noch nie hatte er sich wegen einer Frau so entsetzlich gefühlt, obwohl sie eindeutig einen Fehler gemacht hatte. Diese Songs waren für niemanden als ihn bestimmt. In ihnen hatte er von seinen innersten Gedanken und Gefühlen geschrieben, von Träumen, deren Vorhandensein er niemals zugab. Terence war sich nicht sicher, ob er damit umgehen konnte, dass Gillian wusste, was in ihm war, wonach er sich in einsamen Nächten sehnte.

Er hätte sie nicht verletzen sollen. Nur der Dumme oder der Herzlose verletzt einen Wehrlosen.

Sie schlief, als er zurück ins Zimmer kam. Er hatte gehofft, seine Entschuldigung schnell und schmerzlos hinter sich bringen zu können. Sie lag fest zusammengerollt auf dem Bett, als wollte sie einen weiteren Schlag abwehren. Mit einem Fluch auf den Lippen zog er ihr die Decke hoch. Gillian bewegte sich leicht im Schlaf.

„Caitlin."

Obwohl sie den Namen des kleinen Mädchens murmelte, hörte Terence die Furcht heraus. Unsicher setzte er sich auf den Bettrand und strich ihr übers Haar. „In ein paar Tagen ist alles in Ordnung, Gillian."

Sie zitterte, und Schweißperlen standen auf ihrer Stirn. Dann riss sie die Augen mit einem Ausdruck tiefsten Entsetzens weit auf. Terence hielt sie fest. „Alles in Ordnung, Doc?"

„Ja, ja." Aber sie konnte das Zittern nicht ganz unterdrücken. „Es tut mir leid."

„Du musst dich nicht dafür entschuldigen, einen Albtraum zu haben." Er empfand eine Verlegenheit, die er noch nie bei Frauen erlebt hatte. Er zog sie an sich. „Entspann dich einfach. Warum erzählst du mir nicht davon? Normalerweise hilft das."

Sie wollte den Kopf an seine Schulter lehnen. Sie wollte, dass er sie hielt, sie wirklich hielt, ihr etwas Süßes und Närrisches zumurmelte, bis das entsetzliche Gefühl vorbei war. Ich will ein Wunder, sagte sie sich selbst. Als Wissenschaftlerin wusste sie, dass die Wunder in der Welt ausgegangen waren.

„Es war einfach nur ein Traum, unerfreulich, das ist alles. Wie die anderen."

Er legte eine Hand unter ihr Kinn und hob ihr Gesicht. „Hattest du die ganze Zeit Albträume?"

„Es ist nicht überraschend. Das Unterbewusste ..."

„Warum hast du mir nichts davon erzählt?"

„Du wärst nur ärgerlich geworden, so wie jetzt. Und ich wäre nur in Verlegenheit geraten, so wie jetzt. Lass mich einfach allein, okay? Geh und lass mich in Ruhe."

Es hatte eine Zeit gegeben, die noch nicht so lange zurücklag, da wäre er dem gern nachgekommen. Jetzt strich er ihr immer wieder über den Rücken und sprach beruhigend auf sie ein, bis ihre Atemzüge gleichmäßiger wurden. Dann drückte er sie zurück aufs Bett, legte sich neben sie und hielt sie fest. Er spürte mehr Überraschung als Widerstand.

„Ich denke, du solltest wissen, dass ich keine Superfrau erwarte. Ich weiß, was du durchmachst. Selbst jemand, der so stark ist wie du, muss seinen Gefühlen gelegentlich freien Lauf lassen."

Sie schlang die Arme um ihn. „Ich brauche dich." Ihr Körper nahm die Wärme von seinem auf, und langsam löste sich die Spannung. „Ich habe mich so bemüht, keine Angst zu haben und zu glauben, dass wirklich alles gut werden wird. Aber diese Träume ... sie töten alles in einem."

„Wenn du das nächste Mal einen Traum hast, erinnere dich, ich bin direkt hier."

Sie konnte fast an Wunder glauben, als er zärtlich durch ihr Haar strich, seine Lippen weich an ihrer Schläfe. „Ich habe auch Angst, dich zu verlieren." Sie hob das Gesicht und sah ihn an.

„Ich habe härtere Kaliber als das hier überstanden." Er berührte ihre Stirn mit den Lippen, erkannte, wie tröstend es sein konnte, Trost zu spenden. „Außerdem muss ich meinen Rückzug aus dem Berufsleben absichern."

Sie verzog leicht die Lippen. „Die Kanarischen Inseln?"

„Ja." Merkwürdig, er konnte sich die Palmen und das ruhige Wasser nicht vorstellen.

Sie berührte mit einer Hand sein Gesicht. „Wenn das hier vorbei ist, wäre ich ein lästiger Eindringling, wenn ich dich dort für ein paar Tage besuchte?"

„Etwas Gesellschaft könnte mir gefallen. Die richtige Gesellschaft.“ Er drückte ihren Kopf wieder in seine Schulterbeuge. Das Glas auf dem Tisch neben ihnen vibrierte gegen das Holz. Wasser spritzte über den Rand. Unter ihnen zitterte das Bett.

„Was …“

„Erdstöße.“ Er verstärkte seinen Griff. „Nicht stark. Marokko ist anfällig für Erdbeben.“

Als die Vibration aufhörte, stieß Gillian die Luft aus, die sie angehalten hatte. „Ich kann dir wissenschaftliche Daten über Erdbeben geben, über Erdkrusten, geologische Verwerfungen.“ Sie atmete ruhiger, als die Welt sicher blieb. „Aber selbst erlebt habe ich so etwas noch nicht.“

„Gillian.“

„Ja?“

„Ich, äh, wegen vorhin, ich hätte nicht so hart reagieren sollen.“

„Ich habe nicht nachgedacht, bevor ich gehandelt habe. Das ist immer ein Fehler.“

„Nicht immer. Auf alle Fälle habe ich wegen einer Kleinigkeit übertrieben reagiert.“

„Deine Songs sind keine Kleinigkeit.“ Sie mochte es, wie er die Hand unter ihr Haar legte und über ihren Nacken strich. Als die Erde gezittert hatte, hatte er Gillian ganz fest gehalten. Es war in ihm ein Bedürfnis zu beschützen. Sie fragte sich, wie lange er dazu brauchte, um es zu erkennen. „Ich weiß, du warst verärgert, weil ich sie mir angesehen habe. Aber ich bedaure es nicht. Sie sind so schön.“

„Sie sind nur … Wirklich?“

Sie blickte auf ihn nieder. Wie schön war es, wie rührend, zu entdecken, dass auch er Selbstzweifel hatte und das Bedürfnis nach Bestätigung. „Ich habe wirkliche Empfindsamkeit gesehen. Ein wirkliches Geschenk, so die Dinge zu sehen und zu fühlen. Nachdem ich diese Songs gelesen habe, habe ich mich dem Mann, der sie geschrieben hat, näher gefühlt.“

Unbehaglich bewegte er die Schultern. „Du machst aus mir jemanden, der ich nicht bin.“

„Nein. Ich akzeptiere nur, dass es mehr als nur eine Seite von dir gibt.“ Sie küsste ihn weich.

Sie rührte ihn zu sehr, zu tief. Terence schob sie wieder weg von sich, obwohl er wusste, dass sie die letzte Grenze überschritten hatten. „Ich werde dich enttäuschen."

„Wie, wenn ich bereit bin, dich zu nehmen, wie du bist?"

„Ich denke, es hat keinen Sinn, dich daran zu erinnern, dass du einen Fehler machst?"

„Überhaupt keinen", antwortete sie, gerade als ihre Lippen seine berührten.

So hatte er sie noch nie geküsst, weich, ruhig, als hätte er ein ganzes Leben, um es zu genießen. Die Leidenschaft und kenntnisreiche Geschicklichkeit, die sie erregten und überwältigten, waren eingedämmt. Stattdessen gab er ihr die Zuneigung, von der sie immer geträumt, aber nie erwartet hatte, sie jemals zu bekommen. Sie fragte sich, ob er selbst wusste, wie schön das Geschenk war oder wie verzweifelt sie es gerade jetzt brauchte. Sie seufzte aus Dankbarkeit und Glück.

Er zog sie langsam aus, genoss die Gefühle, die er endlich freigab. Starke, feste Gefühle, denen er nicht entfliehen konnte, die ihn mit gelassener Ruhe erfüllten.

Er konnte lieben, und er liebte, er konnte Liebe geben und empfangen, sie schmecken, auskosten, sie speichern. Für diesen Augenblick konnte er glauben, die Liebe zu dieser Frau könne er halten, bewahren, sie würde ewig dauern.

Aus Notwendigkeit hatte die Gegenwart für ihn gezählt. Er konnte es sich nicht erlauben, in Monaten oder Jahren zu denken. Und selbst jetzt, wo Gillian warm und bereitwillig in seinen Armen lag, strich er jeden Gedanken an morgen.

Seine Hände waren die Hände eines Künstlers. Geschickt, ja, aber einfühlsam. Sie hatte nicht gewusst, dass ein Mann eine Frau mit einer solchen Zurückhaltung lieben und doch fast unerträglich ihre Sinne reizen konnte. Sein Körper war ihr jetzt vertraut. Als sie ihn auszog, wusste sie, wie sie ihn berühren, wo sie ihn streicheln, wann sie die zärtliche Berührung andauern lassen musste. Es war für sie eine abenteuerliche Entdeckung, wie sie ihn erregen konnte, wie sich durch ihre Zärtlichkeiten sein Körper anspannte, seine Muskeln sich zusammenzogen.

Und es war höchst erregend zu spüren, dass in seiner Leidenschaft etwas Neues lag. Sie schwelgte darin. Sinnliche Leidenschaft nahm solche faszinierenden und wundersamen Wendungen, wenn sie mit

Emotion durchsetzt war. Seine Lippen an ihren, sprach er ihren Namen aus. Er murmelte zärtliche, ruhige Versprechen.

Er liebte sie. Sie wollte lachen und es im Triumph hinausschreien, aber sie wusste, die Worte mussten von ihm kommen, zu seiner Zeit, auf seine Art.

Diese Zurückhaltung. Sie hatte nicht geahnt, dass er so geduldig auf eine Frau eingehen konnte. Auf sie. Und sie spürte, wie sie unter seinen Händen erblühte. Alles, was sie hatte, alles, was sie fühlte, alles, was sie zu fühlen hoffte, war sein.

Diese Großzügigkeit. Er hatte nicht gewusst, dass eine Frau so viel davon besitzen konnte. Er hatte nicht erwartet, dass es ihm überhaupt einmal so freizügig angeboten werden könnte. Was er zu geben hatte, was in ihm lebte, war für sie. Nur für sie.

Sie gaben und nahmen und verstanden beide, gewisse Wunder waren möglich.

Das Licht kroch um die Ecke, doch es konnte die Schatten im Raum nicht vertreiben. Terence hatte sich noch nie so behaglich und entspannt mit einem anderen Menschen gefühlt. Sie hatten geschlafen – eigentlich nur Minuten –, aber er fühlte sich erfrischt und voller neuer Energien. Er rollte sich auf den Bauch, schlang einen Arm um Gillian und dachte, das Beste, was er mit seiner Energie machen konnte, war, sie wieder zu lieben.

„Erinnerst du dich noch daran, als wir beide unter der Dusche standen und du deinen Wutausbruch hattest?"

Träge rollte sie sich halb auf ihn, die Wange auf seinem Rücken. „Ich hatte keinen Wutanfall. Ich war allerdings berechtigt verärgert."

„Wie auch immer, das Ergebnis war dasselbe." Er schloss mit einem Seufzer die Augen, während sie unten an seinem Nacken anfing, seine Muskeln zu kneten. „Ich habe gerade nur daran gedacht, wie toll du dich angefühlt hast, ganz heiß und nackt, und dass du wütend genug warst, um mir das Gesicht zu zerkratzen."

„Oh? Hast du Pläne, mich wieder wütend zu machen?"

„Möglich. Etwas tiefer, Doc. Ja." Er seufzte, während ihre Finger seinen Rücken hinunterkneteten. „Da ist die Stelle."

„Ich könnte überredet werden, eine Dusche zu nehmen." Sie presste die Lippen auf sein Schulterblatt und folgte dann mit ihnen dem Weg ihrer Hände.

„Ich glaube nicht, dass es allzu viel Überredungsarbeit erfordert."

„Du bist ganz schön von dir eingenommen. Vielleicht sollte ich …" Sie brach ab, als sie eine neue Entdeckung machte. „Terence, warum hast du einen Käfer auf deinem Hintern eintätowiert?"

Er öffnete ein Auge. „Ein Skorpion."

„Wie bitte?"

„Es ist ein Skorpion."

Gillian beugte sich vor. „Das Licht ist zwar schlecht, aber … Nein, das ist eindeutig ein Käfer. Ein zerquetschter Käfer." Sie gab ihm einen schnellen freundschaftlichen Kuss. „Vertrau mir, ich bin Wissenschaftlerin."

„Es ist ein Skorpion. Symbol des schnellen Stichs."

Sie unterdrückte ein Lachen. „Ich verstehe. Trotzdem, meine Sicht ist zweifellos besser, als deine es sein kann. Lass dir versichern, dein sehr attraktives Hinterteil ist mit einem zerquetschten Käfer verziert."

„Es ist nur etwas unscharf", versicherte er ihr, ohne sich beleidigt zu fühlen, weil ihre Hände sich so gut anfühlten. „Der Tätowierungskünstler war betrunken."

Gillian setzte sich auf, ließ eine Hand auf seiner Hüfte ruhen. „Willst du damit sagen, dass du verrückt genug warst, diese empfindliche Stelle deines Körpers einem betrunkenen Tätowierungskünstler anzuvertrauen?"

Blitzschnell rollte sich Terence auf sie. „Ich war auch betrunken. Glaubst du etwa, ich würde jemanden mit einer Nadel in meine Nähe kommen lassen, wenn ich nüchtern bin?"

„Du bist verrückt."

„Ja. Und ich war zweiundzwanzig." Er begann den Geschmack ihrer Haut zu genießen. „Und musste ein gebrochenes Herz und eine verrenkte Schulter auskurieren."

„Du hattest ein gebrochenes Herz?" Neugierig hob sie das Gesicht. „War sie hübsch?"

„Prächtig", sagte er augenblicklich, obwohl er sich wirklich nicht mehr erinnerte. „Mit einem Körper, der fast so gut wie ihre Fantasie war." Seine Miene blieb ausdruckslos.

„Ist das die Wahrheit?"

„Auf alle Fälle hatte ich eine verrenkte Schulter."

„Hmm. Möchtest du noch eine?"

„Drohungen?“ Vergnügt lächelte Terence zu ihr hinunter. „Weißt du, Doc, du klingst verdächtig nach einer eifersüchtigen Frau.“

Nun kam die Hitze in ihren Blick. „Ich weiß nicht, wovon du sprichst. Ich verschwende kaum irgendeine gesunde Eifersucht, die ich habe, auf Leute wie dich.“

„Wirst du wieder berechtigt verärgert?“

„Und warum sollte ich nicht, wenn ich nackt im Bett mit einem Mann liege, der dumm genug ist, mir von einer anderen Frau zu erzählen?“

„Gut.“ Terence rollte sich aus dem Bett und legte sich Gillian einfach über die Schulter.

„Und was soll das wieder geben?“

„Du wirst wieder wütend, da gehen wir am besten unter die Dusche.“

Lachend trug er sie ins Bad.

10. KAPITEL

Am Abend, bevor sich Terence mit Husads Männern traf und in die Berge fuhr, war Gillian hin und her gerissen. Einerseits wusste sie, es war nötig, um das Versteck ihres Bruders und ihrer Nichte zu finden. Andererseits ging Terence das Risiko ein, getötet oder gefangen genommen zu werden. Was jetzt mit ihm geschah, es fiel unter ihre Verantwortung. Denn ohne ihr Eingreifen würde er sich in der mexikanischen Sonne aalen. Als sie ihm ihre Gefühle erklären wollte, wischte er sie mit einer kurzen Bemerkung zur Seite.

„Niemand ist jemals für mich verantwortlich, Sweetheart. Es wäre dumm, wenn du jetzt damit anfangen würdest."

Also verschwieg sie ihre Ängste.

Sie liebten sich, und es war eine ruhige Verrücktheit, eine gefesselte Verzweiflung. Es könnte das letzte Mal sein. Sie wollte ihn um Versprechen anbetteln, aber sie begnügte sich mit dem Mondlicht und rauen Zärtlichkeiten. Er wollte von ihr Versprechungen hören, aber er begnügte sich mit ihrer Wärme und Großzügigkeit.

Sie konnte keine Ahnung haben, welche Risiken damit verbunden waren, nur mit einer Lüge bewaffnet in die Höhle des Löwen zu gehen. Obwohl er wusste, eine Lüge konnte manchmal so tödlich sein wie eine Waffe. Doch er hätte eine 45er vorgezogen. Er ging in Husads Hauptquartier, und er würde mit Flynn und Caitlin Fitzpatrick zurückkommen. Oder er würde nicht zurückkommen.

Terence lauschte auf Gillians ruhige Atemzüge. In einem Tag, vielleicht zwei, war alles vorbei. Dann konnte sie zurückkehren nach New York, in ihr Leben, in ihr Institut. Dann war ihre Welt wieder heil und in Ordnung.

Er strich ihr übers Haar, aber leicht, er wollte berühren, nicht wecken. Sie glaubte wirklich, sie könnte die Welt mit Vernunft und Logik und Wissenschaft verändern. Er ließ die seidigen Strähnen ihres Haares durch seine Finger gleiten. Vielleicht war es gut, dass sie es tat, dass sie sich weigerte, der harten Wirklichkeit ins Gesicht zu sehen, in der sich nie etwas wirklich änderte. Die Grausamkeit dieser Tatsache würde ihr etwas stehlen, so wie es bei ihm gewesen war. Er wollte sich an sie so erinnern, wie sie war: stark, naiv, voller Hoffnung.

Er wusste nicht, wie er ihr sagen konnte, was sie ihm bedeutete, und wie es sein könnte, wenn er anders wäre. So zog er die Hand weg und ließ sie schlafen.

Aber sie war wach. Er war unruhig und in seine eigenen Gedanken verloren. Darum blieb sie ruhig liegen. Es war etwas so rührend Zärtliches in der Art, wie er sie berührte, wenn er glaubte, dass sie es nicht bemerkte.

Dann hörte sie, wie er den Telefonhörer abnahm. Er riss ein Streichholz an. „Hier O'Hara, Nummer 83n72n13. Stellen Sie diesen Anruf über Paris nach New York durch, Code drei, Phase zwölf."

Er musste den Anruf machen, obwohl er wusste, dass es gegen die Bestimmung war, wenn er in einer Operation steckte. Aber er wusste, es bestand keine Gefahr, denn von Paris an würde der Anruf zerhackt werden, sollte jemand abhören.

Nun konnte er nur hoffen, dass sie zu Hause war.

„Hallo."

„Maddy." Der Klang ihrer Stimme ließ ihn im Dunkeln lächeln. „Keinen Auftritt heute Abend?"

„Terence? Terence!" Ihr schnelles, ansteckendes Lachen sprudelte über Ozeane und Meilen. „Wie geht es dir? Wo bist du? Es gibt so viel, was ich dir erzählen muss. Bist du in New York?"

„Nein, ich bin nicht in den Staaten. Mir geht es gut. Wie geht's dem Star vom Broadway?"

„Toll. Ich weiß nicht, was die ein Jahr ohne mich machen."

„Ein Jahr? Gehst du mit Roy auf Reisen?"

„Nein … Ich weiß nicht, vielleicht. Terence, ich bekomme ein Baby." Ihre Aufregung zischte direkt durch die Leitung. „In sechs und einem halben Monat. Tatsächlich machen sie gerade einige Tests, weil es den Anschein hat, als bekomme ich mehr als eins."

Ein Baby. Er dachte an die dünne, langbeinige Rothaarige mit der unglaublichen Energie. Beim letzten Mal war sie noch ein Teenager gewesen. Und jetzt … ein Kind.

„Und du bist okay?" Und er wünschte, inniger, als er es je gewünscht hatte, dass er sich mit eigenen Augen überzeugen könnte.

„Mir ging's nie besser. O Terence, ich wünschte, du könntest kommen und Roy kennenlernen. Er ist toll, so aufrecht und beständig. Ich weiß gar nicht, wie er es mit mir aushält. Und Alana, sie bekommt jetzt bald ihr Kind. Du solltest sie sehen. Es ist unfassbar, wie zufrieden sie ist, seit sie Dorian geheiratet hat. Die Jungen schießen nur so in die Höhe. Hast du die Fotos bekommen, die sie dir vor einiger Zeit geschickt hat?"

„Ja." Er hatte sie bekommen und die Gesichter der Söhne seiner Schwester betrachtet, dann die Fotos zerstört. Wenn ihm etwas zustieß, durfte er nichts zurücklassen, was zu seiner Familie führte. „Nette Jungs. Der Kleine sieht aus wie ein Herzensbrecher."

„Weil er wie du aussieht."

Sie konnte nicht wissen, wie die Bemerkung ihn erschütterte. Für einen Moment schloss Terence die Augen und brachte das Gesicht vom Foto in seine Erinnerung zurück. Maddy hatte recht, natürlich. Familienbande mochten dünn sein, fast unsichtbar, aber sie waren sehr stark.

„Hast du etwas von Carrie gehört?"

„Das ist überhaupt die große Neuigkeit." Maddy zögerte es dramatisch hinaus. „Die große Schwester heiratet."

„Was?" Viel hatte ihn noch nicht aus dem Gleichgewicht werfen können, doch Terence hustete fast über den Rauch, den er gerade in seine Lunge gezogen hatte. Da waren Gerüchte gewesen, natürlich. Es gab immer Gerüchte. Aber er hatte sie nicht geglaubt. „Sagst du das noch einmal?"

„Ich sagte, Carrie, Femme fatale, Bühnen- und Filmstar, hat ihr passendes Gegenstück gefunden. Sie heiratet in ein paar Wochen. Wir wollten dich informieren, aber wir wussten nicht, wie wir mit dir in Verbindung treten können."

„Ja, ich war ...", er warf einen Blick hinüber, wo Gillian ruhig im Bett lag, „ich hatte Verpflichtungen."

„Wie auch immer, sie wagt den Schritt wirklich. Es soll die schillerndste Hochzeit seit den Windsors werden."

„Also, Carrie heiratet. Den Burschen möchte ich kennenlernen", fügte er halb für sich hinzu.

„Für sie ist er ideal. Hart und zäh und wirklich zynisch genug, um Carrie auf dem Boden zu halten. Und, Terence, sie ist absolut verrückt nach ihm. Es gab da einen Drehbuchautor, der eine Wahnvorstellung ihr gegenüber entwickelt hat, richtig gefährlich. Wie auch immer, um es kurz zu machen, sie hat Kirk als so eine Art Bodyguard engagiert, und als die Sache geklärt war, machte sie Heiratspläne."

„Geht es ihr gut?"

„Gut, besser als gut. Terence, weißt du, wie viel es bedeuten würde, wenn du zur Hochzeit kommen könntest? Es ist schon so lange her."

„Ich würde dich wirklich gern wiedersehen, Kleines, alle von euch, aber du weißt, ich eigne mich einfach nicht dazu, den verlorenen Sohn zu spielen."

„Es muss nicht so sein. Die Sachen haben sich geändert. Wir alle haben uns geändert. Mom vermisst dich. Sie hat immer noch die kleine Spieldose, die du ihr aus Österreich geschickt hast. Und Dad ..." Hier zögerte sie, weil der Boden schwankender wurde. „Dad würde alles geben, um dich wiederzusehen. Er kann es nur nicht zugeben – du weißt, er kann es nicht –, aber ich sehe es, jedes Mal wenn dein Name erwähnt wird. Terence, immer wenn es uns einmal gelingt, zusammenzukommen, ist da dieses Loch. Du könntest es füllen."

„Mom und Dad gehen noch auf Tour?" Er kannte schon die Antwort, er wollte das Gespräch nur in eine andere Richtung lenken.

„Ja." Maddy unterdrückte einen Seufzer. Der Sohn war so dickköpfig wie der Vater. „Vielleicht kriegen sie sogar einen Fernsehauftritt. Volkstanz, traditionelle Musik. Dad schwebt im Himmel."

„Darauf möchte ich wetten. Geht ... geht es ihm gut?"

„Ich schwöre, er wird jedes Jahr jünger. Wenn ich eine Wette abschließen sollte, würde ich sagen, Musik ist ein Jungbrunnen. Er kann immer noch einen Teenager in den Schatten tanzen. Komm und sieh es dir selbst an."

„Warten wir's ab. Hör zu, grüße Carrie und Alana. Und Mom."

„Das tue ich. Terence, ich liebe dich. Wir alle lieben dich."

„Ich weiß." Er zögerte. „Maddy?"

„Ja?"

„Hals- und Beinbruch." Er legte auf, ging aber lange nicht zurück ins Bett.

Am nächsten Morgen beobachtete Gillian, wie sich Terence Cabots konservativen Anzug anzog. Mit angespannten Nerven wartete sie, schweigend, während er sich die passende Krawatte aussuchte.

Welchen Unterschied macht es schon, wollte sie schreien und toben. Doch schweigend sah sie zu, wie er Cabots kleine Pistole in die Tasche steckte. Die Waffe kann ihm auch nicht helfen, dachte sie. Er nahm sie nur mit, weil Cabot sie mitnehmen würde. Was ihre Schutzfunktion anging, hätte sie ebenso gut mit Wasser gefüllt sein können.

Er drehte sich um, und der Mann, der sie in der Nacht so wild geliebt hatte, war André Cabot geworden. Er war schlank, aufgeputzt und kalt blickend. Jetzt war also der Augenblick gekommen.

Sie presste die Lippen aufeinander, hasste es, hilflos am Boden zu stehen, während alle, die sie liebte, auf einem Drahtseil balancierten. „Alles, was ich tun kann, ist also warten."

„Richtig." Er zögerte einen Moment. „Gillian, ich weiß, warten ist der schwerste Teil."

„Dann wird mir wenigstens erlaubt sein zu beten."

„Es könnte nicht schaden." Er nahm ihre beiden Hände. Die Dinge haben sich geändert, erkannte er, zu sehr und zu schnell. Zum ersten Mal seit zwölf Jahren war der Abschied schmerzhaft. „Ich hole sie heraus."

„Und dich." Ihr Griff wurde fester. „Versprichst du mir das?"

„Sicher." Oft waren Lügen notwendig. „Weißt du was? Wenn das erst vorbei ist, machen wir Urlaub. Ein paar Wochen, einen Monat. Du kannst dir aussuchen, wohin."

„Überallhin?"

„Sicher." Er beugte sich vor, um sie zu küssen, streifte aber nur mit den Lippen ihre Stirn. Er hatte Angst, wenn er sie hielt, wenn er sie wirklich küsste, war er nicht in der Lage, sich abzuwenden und zu gehen. Aber er erlaubte sich einen Augenblick, einen langen Augenblick, um ihr Gesicht in seinem Gedächtnis zu speichern – ihren Milchteint mit den versprenkelten Sommersprossen, die dunkelgrünen Augen, den Mund, der so süß, so leidenschaftlich sein konnte. „Überleg es dir, während ich weg bin." Er ließ sie los und griff nach seinem Aktenkoffer. „Du hast zwei ISS-Wachen, Doc, mach aber keine Besichtigungstour. Ich bleibe nicht länger als ein, zwei Tage weg."

„Ich warte."

Er ging zur Tür, und sie kämpfte damit, ein sich selbst gegebenes Versprechen zu halten. Sie hatte sich geschworen, sie würde es nicht sagen. Aber er ging. Gleich war er weg und …

„Terence?“

Er blieb stehen, drehte sich leicht ungeduldig um.

„Ich liebe dich.“

Seine Miene veränderte sich, sein Blick verdunkelte, vertiefte sich. Für einen Herzschlag schien es, als käme er zu ihr. Dann wurde seine Miene ausdruckslos. Er öffnete die Tür und ging ohne ein weiteres Wort.

Sie hätte sich aufs Bett werfen und weinen können. Sie hätte alles Zerbrechliche im Zimmer herumwerfen und ausrasten können. Die Versuchung war riesig, beides zu machen. Doch sie blieb einfach stehen.

Jetzt waren die Räder in Bewegung gesetzt worden und konnten nicht mehr angehalten werden. Sie konnte beten, aber ansonsten konnte sie nichts tun. Immer wenn es schien, als gäbe es kein Morgen mehr, war es das Beste, Pläne für den nächsten Tag zu machen.

Sie ging zum Telefon und fragte nach der Nummer, die Terence gestern Nacht verlangt hatte. Ihr fotografisches Gedächtnis aufrufend, sagte Gillian der Person, die sich meldete, dasselbe, was Terence gesagt hatte. Mit hämmerndem Herzen wartete sie, dass jemand abnahm. Sie zuckte zusammen, als sich eine verschlafene und ärgerliche männliche Stimme meldete.

„Hallo, ich möchte gern mit Madeline O'Hara sprechen.“

Es folgte ein Fluch und im Hintergrund das Gemurmel einer Frau. „Wissen Sie, wie spät es ist?“

„Nein.“ Gillian verdrehte die Augen und hätte fast gelacht. Terence war unterwegs zu Husad, und sie hatte nicht die leiseste Ahnung, wie spät es in New York war. „Es tut mir leid, ich bin im Ausland.“

„Es ist Viertel nach vier, nachts“, half ihr Roy. „Und meine Frau will schlafen. Ich übrigens auch.“

„Es tut mir wirklich schrecklich leid. Ich bin eine Freundin ihres Bruders. Ich weiß nicht, ob ich noch einmal anrufen kann.“ Und Terence würde sie bestimmt umbringen, wenn er herausfand, dass sie es überhaupt versucht hatte. „Wenn ich nur einen Augenblick mit ihr sprechen könnte.“

Es folgte Funkstille, dann murmelte jemand. Dann war die Verbindung so klar, dass Gillian die Bettfedern quietschen hören konnte. „Hallo? Ist alles in Ordnung mit Terence? Ist etwas geschehen?“

„Nein, es ist alles in Ordnung." Sie hoffte es. „Ich bin Gillian Fitzpatrick. Eine Freundin."

„Ist Terence in Irland?"

„Nein." Sie lächelte. „Miss O'Hara, also, ich denke, es ist das Beste, offen zu sein. Ich liebe Ihren Bruder, und ich denke, es wäre für ihn sehr gut, wenn er nach Hause käme. Ich dachte, Sie könnten mir helfen, es zu arrangieren."

Maddy lachte laut auf, schlang einen Arm um ihren sehr übel gelaunten Mann und entschied, Gillian Fitzpatrick sei vom Himmel geschickt worden. „Sagen Sie mir, was ich machen kann."

Terence saß schweigend im Wagen, der nach Osten fuhr. Sie waren tief in den Bergen, und die Fahrt war alles andere als bequem. In Cabots Art beklagte er sich darüber, ohne mit dem Fahrer ein Gespräch anzufangen. Terence hatte sich zurückgelehnt und prägte sich die Route so sorgfältig ein, als müsste er eine Karte zeichnen.

Terence blickte auf seine Uhr. Das Peilgerät darin sollte seinen Aufenthaltsort an Breintz übermitteln. Wenn sein Glück – und die ISS-Technologie – hielt, würden Husads Sicherheitsleute es nicht entdecken. Falls doch … Damit würde er sich beschäftigen, wenn es so weit war.

Es gab Zeiten, in denen es sich nicht auszahlte, zu weit nach vorn zu denken. Es beschwerte die Gegenwart, und es war immer der Augenblick, der gemeistert werden musste. Darum versuchte er auch, nicht an Gillian zu denken und an das, was sie gesagt hatte. Falls sie es so gemeint hatte.

Sie liebte ihn. Terence spürte, wie die Emotion sich in ihm breitmachte, warm und kräftig und kein bisschen beängstigend. Sie hatte es gemeint. Er hatte es in ihrem Blick gesehen, da und schon vorher.

Als sie es gesagt hatte, wollte er zu ihr gehen, sie hart und fest und endlos halten. Er wollte Versprechungen machen, obwohl er nicht wusste, ob sie zu halten waren. Er hatte es nicht gemacht, weil er sie liebte … was sie vielleicht nur schwer verstehen konnte.

Er hatte noch nie eine Frau geliebt, also kannte er nicht das Tauziehen zwischen dem Eigensüchtigen und dem Uneigensüchtigen. Ein Teil von ihm wollte nehmen, was sie so sorglos anbot. Ein anderer Teil von ihm fühlte, dass es falsch war, fast ein Frevel für einen

Mann wie ihn, ihre reinen Gefühle zu nehmen, wo er doch schon lange vergessen hatte, wie er sie zurückgeben konnte.

Der Wagen fuhr über eine Erhebung, und vor ihnen erhob sich Husads Hauptquartier. Es war direkt in die Felssteine eines Berges gehauen, verschmolz fast mit der wilden Einsamkeit der Landschaft. Hier gab es kein kultiviertes Land, keinen Fluss, keine Ortschaft. Es war das Land für Gesetzlose und Aussteiger – und für die Hoffnungslosen.

Der Fahrer drückte in einen kleinen Kasten am Armaturenbrett einen Code, und nach wenigen Sekunden öffnete sich ein Tor im Felsen. Der Wagen fuhr direkt in den Berg.

Er war drinnen. Terence zupfte an seiner Manschette, nachdem er ausgestiegen war, und blickte sich um. Vor ihnen verlief ein endloser, schwach erleuchteter Tunnel, dessen Boden und Wände aus Felsgestein waren. Hinter ihnen ging das Tor wieder zu und schloss die Sonne und die Hitze aus. Er hörte das Geräusch einer sich öffnenden Tür und Schritte.

Es war Kendesa, der ihn begrüßte. „Wieder pünktlich. Ich vermute, die Fahrt war etwas beschwerlich."

Terence neigte den Kopf. „Geschäfte verursachen häufig körperliche Unannehmlichkeiten."

„Es tut mir leid. Vielleicht trinken Sie mit mir einen ausgezeichneten Chardonnay, bei dem Sie sich schnell wieder entspannen können."

„Meine Waffen?"

„Natürlich." Kendesa machte ein Zeichen. Zwei Männer schienen direkt aus der Felsenwand zu kommen. „Sie werden direkt zum General gebracht, wenn Sie keine Einwände haben."

„Ich würde gern einen Chardonnay genießen, bevor ich mich mit dem General treffe." Nach einigem Zögern nahm Terence die Einladung an.

„Ausgezeichnet." Kendesa machte eine einladende Handbewegung nach vorn. „Ich fürchte, ein Mann von Ihrem Geschmack wird es bei uns karg finden. Aber Sie verstehen, wir sind eine militärische Organisation und suchen nicht den Komfort, sondern die Revolution."

„Ich verstehe, obwohl ich für meinen Teil den Komfort vorziehe."

Er führte Terence in einen kleinen Raum, dessen Wände mit hellem Holz ausgekleidet waren. Auf dem Boden lag ein Teppich, und die Einrichtung war ziemlich sparsam, aber geschmackvoll.

„Wir haben selten Unterhaltung." Lächelnd zog Kendesa den Korken aus der Flasche. „Wenn der General erst breitere Unterstützung findet, wird sich das ändern." Er goss zwei Gläser Wein ein. „Ich gestehe, ich werde die angenehmen Dinge und den Komfort genießen, die damit verbunden sind."

„Auf den Profit also", sagte Terence und hob sein Glas. „Weil Geld den größten Komfort bringt."

„Sie sind ein interessanter Mann, Cabot." Kendesa nippte an seinem Wein. In der letzten Zeit hatte er sehr gründlich Cabots Hintergrund untersuchen lassen. Und die Informationen hatten ihm sehr zugesagt. So ein Mann mit seinen Verbindungen wäre für eine Übergangsperiode sehr nützlich, davon war er überzeugt.

„Sie haben eine Stufe von Macht und Reichtum erreicht, von der die meisten Menschen nur träumen, und doch verlangt es Sie nach mehr."

„Ich werde auch mehr haben", gab Terence zurück.

„Das glaube ich. Sie werden verstehen, bevor ich Geschäfte mache, informiere ich mich genau über meinen Geschäftspartner."

Wieder nippte Terence nur am Wein. „Das übliche Vorgehen."

„In der Tat. Was mich fasziniert, Cabot, obwohl Sie so viel Macht erworben haben, sind Sie fast unbekannt geblieben."

„Ich ziehe es vor, im Hintergrund zu agieren."

„Klug. Es gibt einige, sogar in unserer Organisation, die den General für fehlende Zurückhaltung kritisieren. Lautlose Macht ist etwas Nützliches."

„Der General ist politisch. Ich nicht." Terence trank wieder und fragte sich, worauf Kendesa hinauswollte.

„Wir sind alle politisch, selbst wenn die Politik das Geld ist. Sie haben Interesse an Horizon ausgedrückt."

„Das habe ich."

„Darüber würde ich gern eingehender mit Ihnen sprechen. Sie sind am Profit aus Horizon interessiert, ich an der Macht."

„Und der General?"

Kendesa hob wieder sein Glas an den Mund. „Er ist an der Revolution interessiert."

„Vielleicht könnte man mit einer Art von Partnerschaft alle drei Ziele erreichen."

Kendesa musterte Terence, ohne ein Wort zu sprechen. Schließlich brach er das Schweigen „Vielleicht."

Dumpf klopfte es an die Tür. „Der General ist fertig."

Kendesa stellte sein Glas ab. „Ich werde Sie selbst zu ihm bringen."

Gillian fühlte sich, als warte sie seit Tagen, obwohl es sich erst um eine Angelegenheit von Stunden handelte. Um sich abzulenken, dachte sie an ihr Gespräch mit Maddy und daran, dass sie Terence zurück in die Staaten bringen würde. Damit gab sie ihm das zurück, was auch er ihr zurückgeben wollte – die Familie. In wenigen Tagen war es so weit.

Und was dann?

Die Kanarischen Inseln, dachte sie und hätte fast laut gelacht. Was Terence wohl sagen würde, wenn er wüsste, dass sie ihm nicht von den Fersen weichen wollte, selbst wenn er beabsichtigte, sich die nächsten fünfzig Jahre vor der Welt zu verstecken.

Sie würde ihn nicht mehr verlieren, nicht an Husad, nicht an den ISS oder an seine eigene Dickköpfigkeit. Wenn er in einer Hängematte leben wollte, dann würde es eine Hängematte für zwei sein.

Nur um etwas zu tun zu haben, bestellte sie den Zimmerservice. Anschließend fragte sie sich, wie sie jetzt überhaupt etwas essen sollte. Sie wollte die Bestellung gerade wieder streichen lassen, als es klopfte.

Die Erfahrung hatte sie Vorsicht gelehrt, obwohl sie bewacht wurde. Sie blickte durch den Türspion und sah einen uniformierten Kellner. Darauf öffnete sie und blickte lustlos auf das Tablett.

„Stellen Sie es einfach dahin." Dabei machte sie eine entsprechende Handbewegung, weil sie sich nicht sicher war, ob er Englisch sprach. Aber eine Rechnung war eine Rechnung, in jeder Sprache. Gillian beugte sich vor, um zu unterschreiben.

Sie fühlte den Stich in ihrem Arm und riss ihn zurück. Die Droge wirkte schnell, und Gillian schwankte, als sie noch nach dem Messer auf dem Tablett greifen wollte. Die Welt wurde grau, löste sich dann in Schwarz auf, bevor Gillian überhaupt irgendetwas denken konnte.

11. KAPITEL

General Husad liebte auch schöne Dinge, trotz der Einfachheit seines Hauptquartiers. Ein militärisches Unternehmen erforderte ein gewisses Ambiente. Das Leben eines Soldaten konnte kein angenehmes sein, sonst ging die Disziplin verloren. Das glaubte er, selbst wenn er in Seide gekleidet war und Smaragde bewunderte.

Er war ein kleiner, hagerer Mann in den besten Jahren, mit einer faszinierenden Stimme und einem Glanz im Blick, den einige als Zeichen des Genies, andere als den des Wahnsinns werteten. Er hatte das Gesicht eines Falken und silbriges Haar, das glatt nach hinten gekämmt war. Der Titel General war selbst verliehen, ebenso die Medaillen an seiner Brust.

Sein Büro war nicht karg. Der riesige Schreibtisch aus polierter Eiche beherrschte von der Mitte her den Raum. Im Kreis darum standen dick gepolsterte Sofas und Sessel, an den Wänden Bücherregale und Vitrinen.

Mit einer zur Schau gestellten Gleichgültigkeit sah sich Terence um. Keine Fenster, dachte er, und nur eine Tür.

„Monsieur Cabot." Husad streckte eine Hand mit der Wärme eines Autoverkäufers aus, der seine monatliche Quote noch nicht erreicht hat. „Willkommen."

„General." Terence nahm die Hand und blickte ihm ins Gesicht. Die Augen waren schwarz und voll mit merkwürdigen Lichtern. Eindeutig verrückt.

Terence setzte sich mit gespielter Gelassenheit, während der General mit auf dem Rücken gefalteten Händen auf und ab schritt. Das Geräusch seiner glänzend polierten Schuhe wurde vom Teppich verschluckt.

„Die Revolution braucht beides, Verbündete und Waffen", begann er. „Wir führen einen heiligen Krieg fürs Volk. Einen Krieg, der von uns verlangt, die Unwürdigen und Ungläubigen zu vernichten. Vielen haben wir schon Zerstörung gebracht, die sich uns entgegenstellten." Er drehte sich zu Terence um, den Kopf hoch, den Blick sprühend. „Aber wir müssen weitermachen. Es ist unsere heilige Pflicht, die Unterdrücker der Welt zu stürzen. Viele werden für die gerechte Sache den Heldentod sterben. Doch wir werden siegen."

Terence hörte seinem zehnminütigen Monolog zu, in dem im Grunde gar nichts ausgesagt wurde.

„Ihre Mission, General, wenn Sie mir verzeihen, interessiert mich nur, soweit sie meine Geschäftspartner und mich betrifft. Ich bin ausschließlich Geschäftsmann." Terence faltete die Hände. „Sie benötigen Waffen, und ich kann sie liefern."

Husad ging zum Schreibtisch, bückte sich und hob die TS-35 hoch. „Dieser Waffe gilt mein besonderes Interesse."

Die TS-35 war leicht. Selbst auf einem Gewaltmarsch konnte ein Soldat sie so leicht wie seine Essensration tragen. Husad brachte sie in Anschlag und zielte plötzlich direkt auf Terences Stirn. Jeder Muskel verspannte sich in Terence.

„Die Amerikaner sprechen immer vom Frieden und machen solche ausgezeichneten Waffen." Husad sprach jetzt fast verträumt. „Uns bezeichnet man als Verrückte, weil wir vom Krieg sprechen. Diese Waffe ist für Krieger gemacht. Für den heiligen Krieg, den gerechten Krieg."

Terence fühlte, wie ihm der kalte Schweiß den Rücken herabrann. Hier zu sterben, jetzt, wäre blödsinnig, erbärmlich. „Bei allem Respekt, General Husad, die Waffe ist nicht Ihre, bis sie bezahlt worden ist."

Für einen Moment spannte sich der Finger am Abzug an. Dann senkte Husad mit einem charmanten Lächeln die Waffe. „Natürlich. Wir sind Krieger, aber wir sind ehrlich. Wir nehmen die Ladung, Monsieur Cabot, erwarten aber, dass Sie im Preis um eine halbe Million Francs runtergehen, im Namen der Freundschaft."

Terences Hände waren feucht, als er nach einer Zigarette griff. Um des Überlebens willen wollte er zustimmen und es hinter sich bringen und weitermachen mit dem, weswegen er gekommen war. Aber der Mann Cabot würde nicht so leicht zustimmen. Das erwarteten weder Husad noch Kendesa.

„Im Namen der Angemessenheit, General, wir können den Preis höchstens um eine Viertelmillion senken."

Die Waffe lag jetzt auf Husads Schreibtisch, und er strich über sie wie ein Kind über sein Spielzeug. „Abgemacht. Sie werden nach Sefrou zurückfahren. In drei Tagen erhalten wir die ganze Lieferung, von Ihnen persönlich."

„Es wird mir eine Freude sein." Terence erhob sich.

„Mir wurde gesagt, Sie haben Interesse an unserem Gast." Husad lächelte. „Persönliches Interesse?"

„Geschäft ist immer persönlich für mich, General."

„Vielleicht wären Sie daran interessiert, den Doktor kennenzulernen. Kendesa führt Sie zu ihm."

„Natürlich, General."

Sie verließen das Zimmer des Generals, und Kendesa führte Terence zu einer Tür, vor der zwei bewaffnete Posten standen.

Kein Forschungs- und Entwicklungslabor konnte besser ausgerüstet sein. Terence sah sich erst um und nahm sofort die beiden Überwachungskameras wahr, bevor er einen großen Teil seiner Aufmerksamkeit auf Gillians Bruder richtete.

Es war der Mann von dem Foto, aber er war dünner, älter geworden. Die Strapazen hatten Linien in sein Gesicht und Schatten unter die Augen gebracht.

Flynn hatte vorm Mikroskop gesessen und stand jetzt auf. Den Hass in seinem Blick registrierte Terence mit Erleichterung. Er hatte sich also nicht aufgegeben. Wenn ein Mensch genug Kraft zum Hassen hatte, dann auch genug zur Flucht.

„Dr. Fitzpatrick, läuft die Arbeit gut heute?"

„Ich habe seit zwei Tagen meine Tochter nicht gesehen."

„Darüber haben wir ausführlich gesprochen, Doktor."

„Ich arbeite." Flynns irischer Akzent enthielt einen scharfen Unterton. „Mir wurde versprochen, dass man ihr nichts tut und ich sie täglich sehen kann, wenn ich mitarbeite."

„Ich fürchte, der General hat das Gefühl, Sie arbeiten zu langsam. Wenn es einen Fortschritt gibt, bringen wir Ihnen Ihre Tochter. Jetzt will ich Ihnen Monsieur Cabot vorstellen. Er ist an Ihrer Arbeit interessiert."

Flynn blickte Terence hasserfüllt an. „Scheren Sie sich zum Teufel."

Terence wollte ihm gratulieren, konnte aber nur steif nicken. „Ihre Arbeit hier wird Ihren Namen in die Geschichtsbücher bringen, Dr. Fitzpatrick." Terence sah sich um, augenscheinlich am Labor interessiert, während er einen zweiten Ausgang suchte. „Faszinierend. Das Serum wird ungeahnte Gewinne bringen."

„Ihr Geld wird Ihnen wenig nützen, wenn ein Verrückter die Welt zerstört hat."

Terence lächelte. „Ihr Serum wird denen Macht und Profit sichern, die klug genug sind, es zu verdienen. Gibt es Fortschritte?", fragte er Kendesa.

Kendesa lächelte und beobachtete Terence aufmerksam. „Das fehlende Glied ist Fitzpatricks Schwester. Sie hat gewisse Notizen in ihrem Besitz, die den Abschluss dieser Arbeit beschleunigen. Sie wird Ihnen Gesellschaft leisten, Doktor."

Terence blieb die Luft weg. Bevor er ein Wort hervorbrachte, stürzte Flynn auf sie zu.

„Gillian? Was haben Sie mit ihr gemacht?"

Kendesa hatte schon seine Pistole gezogen. „Beruhigen Sie sich, Doktor. Sie ist unverletzt." Neugierig lächelte er Terence an. „Haben Sie gewusst, Monsieur, dass Sie mit der Schwester des guten Doktors gereist sind?"

„Ich?" Er konnte es auf zwei Arten spielen. Aber wenn er nach dem Instinkt vorging und angriff, wäre Flynn Fitzpatrick tot. „Ich fürchte, Sie irren sich."

„Die Frau, die Sie mit nach Casablanca gebracht haben, war Dr. Gillian Fitzpatrick."

„Die Frau, die ich mit nach Casablanca gebracht habe, war ein kleines Flittchen, das ich in Paris aufgegabelt habe. Attraktiv, amüsant und eher mäßig intelligent."

„Intelligenter als Sie wissen, Monsieur. Sie sind benutzt worden."

Dieses eine Mal segnete Terence den ISS für die bombensichere Tarnung. „Sie irren sich." Es klang Wut aus seiner Stimme.

„Nein, ich bedaure, Sie sind es, der sich irrt. Die Frau hat Sie sich absichtlich ausgesucht, in der Hoffnung, Sie würden sie in die Nähe ihres Bruders führen. Ich nehme an, sie hat ihre Rolle gut gespielt."

„Sehr gut – sollte die Information korrekt sein."

„Sehr korrekt. Vor einiger Zeit hat sie sich in Mexiko der Hilfe eines Mannes versichert. Wir nehmen an, er hat ihr den Rat gegeben, welchen Weg sie einschlagen soll. Kennen Sie den Namen Il Gatto, Cabot?"

Terence zog eine Zigarette heraus. „Ich kenne ihn."

„Er will sich am General rächen und hat Sie und die Frau als Mittel dazu benutzt."

„Wer ist er?"

„Ich bedaure, ich weiß es noch nicht. Der General hat vorschnell drei Männer exekutieren lassen, die ihn hätten identifizieren können. Aber die Frau weiß es und wird es uns sagen."

„Wo ist sie?" Terence blies einen Rauchstrom aus. „Ich nehme es nicht hin, die Schachfigur einer Frau zu sein."

„Auf dem Weg hierher, wenn sie nicht schon da ist. Sie sind willkommen, mit ihr zu sprechen, wenn Sie zurückkehren. Wenn wir erst einmal ihre Aufzeichnungen haben und sie Il Gatto identifiziert hat, liefere ich sie Ihnen vielleicht als Zeichen meines guten Willens aus."

„Bastard." Flynn hob eine Faust, doch Terence hielt schnell seinen Arm fest.

„Ihre Schwester gehört mir, Doktor." Er schob ihn zur Seite. „Ich habe genug gesehen", sagte er dann knapp und ging zur Tür.

„Bringen Sie mir Caitlin, Sie Hurensohn", schrie Flynn.

„Vielleicht morgen, Doktor", entgegnete Kendesa ruhig. „Dann wäre die ganze Familie vereint." Ruhig verließ er hinter Terence das Labor. Es freute ihn, den weltmännischen Cabot mit gerupften Federn zu sehen.

„Es gibt keinen Grund zur Verlegenheit, mein Freund. Die Frau, unter der Führung Il Gattos, war eine formidable Feindin für unsere Sache."

Terence sah ihn an. „Ich will mich nicht zum Narren machen lassen. Wenn ich in drei Tagen zurückkomme, will ich sie. Der Preis für die Lieferung kann um eine weitere Viertelmillion Francs gesenkt werden."

Kendesa hob eine Braue. „Der Preis für Ihren Stolz ist hoch."

„Und ich will sie unverletzt." Terence zog sein Jackett zurecht und schien sich wieder unter Kontrolle zu bringen. „Ich nehme an, das Kind lebt."

„Sie ist oben. Wir geben ihr Beruhigungsmittel. Diese Iren, voller Leidenschaft."

„In der Tat." Terence ging auf den Wagen zu.

„Cabot." Kendesa ließ eine Hand auf dem Türgriff des Wagens ruhen. „Beunruhigt Sie Il Gatto?"

Terence blickte direkt in Kendesas Augen. „Ich habe das Gefühl, er hat mehr Interesse an Ihnen. Vielleicht sollten Sie Augen im Rücken haben, *mon ami*. Katzen schlagen schnell zu."

Terence setzte sich auf den Rücksitz, und zum ersten Mal seit Jahren betete er.

Sie hielt durch. Sie war stark. Sie war tapferer, als sie sein sollte. Er würde zu ihr zurückkommen und sie herausholen, egal was gemacht oder was geopfert werden musste.

Aber der kalte Schweiß, in den er gebadet war, erinnerte Terence, wie es war, um etwas anderes mehr zu fürchten als um das eigene Leben.

Als der Reifen platzte, wurde er an die Seite des Wagens geworfen. Fluchend richtete er sich wieder auf. Der Fahrer stieg aus, um sich den kaputten Reifen anzusehen, und fiel wie ein Stein zu Boden.

Terence zog seine Pistole heraus. Er roch einen Hinterhalt. Vorsichtig stieg er aus. Hinter einem Felsstein erhob sich Breintz. Terence steckte die Pistole wieder in die Tasche. „Sie haben Gillian."

„Ich weiß. Eine der Wachen hat noch lang genug gelebt, um mich zu informieren." Behände sprang Breintz vom Felsen. „Laut Befehl hast du zwölf Stunden, um die Fitzpatricks herauszuholen. Dann geht Hammers Hauptquartier in die Luft." Breintz beugte sich zum am Boden liegenden Fahrer, nahm dessen Mütze und drückte sie sich auf den Kopf. „Passt genau."

Terence trainierte seine Atmung, bis sich sein Kopf klärte. „Du fährst. Wir können die Wachen am Zaun überwältigen und ihre Waffen benutzen. Die Anlage ist einfach genug. Wir holen Fitzpatrick, ich finde Gillian und das Kind."

„Einverstanden." Breintz machte eine Bewegung, ihm zu folgen. Mit der Behändigkeit einer Ziege kletterte er über die Felssteine. Terence sah die Kiste, die er von Bakir gekauft hatte. Breintz lächelte nur. „Ich habe vorher mit dir gearbeitet. Und das hier ist mein Land. Meine Kontakte sind ausgezeichnet."

Terence riss sich Cabots Wildseidenjackett herunter und warf es in den Schmutz. „Ich habe vergessen, wie gut du bist."

„Alter Freund, ich bin sogar noch besser." Er setzte sich im Schneidersitz auf den Boden. „Wir warten bis zur Dunkelheit."

„Du hast nicht den Befehl, mit mir hineinzugehen."

„Nein." Breintz schloss die Augen und ließ sich in Meditation sinken. „Charles Forrester war ein guter Mann."

„Danke."

Er wünschte, er könnte die gleiche Art von innerer Gelassenheit finden. Terence setzte sich neben ihn und wartete auf den Sonnenuntergang.

Langsam erwachte Gillian aus grauem Nebel, benommen und mit hämmerndem Herzen. Sie hörte ein leises Schluchzen, sie fühlte Wärme, die ihr über den Arm strich. Instinktiv griff sie danach.

„Tante Gillian, bitte, wach auf. Bitte, Tante Gillian, ich habe solche Angst."

Sie öffnete die Augen und sah sie.

„Ich dachte, du bist tot." Caitlin, mit verquollenen und roten Augen, vergrub ihr Gesicht in Gillians Haar. „Sie haben dich aufs Bett geworfen, und du lagst so still, da dachte ich, du bist tot."

„Baby." Die Droge war stark gewesen und hatte wütende Kopfschmerzen und Übelkeit zurückgelassen. Gillian berührte Caitlins Gesicht. „O Baby. Du bist es." Sie zog das Kind an sich und wiegte es. „O Caitlin, kleiner Darling, armes Lämmchen, wie viel Angst musst du gehabt haben, so allein hier."

„Bist du gekommen, um uns nach Hause zu bringen? Bitte, ich will nach Hause."

„Bald", murmelte Gillian. „Wo ist dein Dad, Caitlin?"

„Sie halten ihn unten, in einem Labor."

„Geht es ihm gut? Sei tapfer jetzt, Darling."

„Er sieht krank aus." Sie wischte sich mit den Händen über die nassen Wangen. „Einmal hat er geweint."

„Es ist alles in Ordnung. Es wird alles gut. Da ist ein …" Sie hielt inne, als sie sich daran erinnerte, wie Terence ihre Hotelzimmer nach Mikrofonen abgesucht hatte. Sie durfte seinen Namen nicht erwähnen. „Es gibt sicher einen Weg hinaus. Wir müssen einfach geduldig sein." Dann hob sie einen Finger an die Lippen, deutete dem Kind damit an, ruhig zu sein. Vorsichtig durchsuchte sie den Raum.

Sie wusste, es war mehr Glück als Geschicklichkeit, das sie auf die richtige Spur brachte. Als sie das Mikrofon fand, war ihr erster Instinkt, es zu zerstören. Doch sie zwang sich, kühl zu denken. Sie ließ das Mikrofon unberührt und kletterte zurück auf das schmale Bett.

„Ich habe in Mexiko einen Mann kennengelernt." Wer auch immer zuhörte, wusste das schon. „Er sagte, er hilft uns. Er hat einen spaßigen Namen, Caitlin. Il Gatto. Das heißt Katze."

„Sieht er aus wie eine Katze?"

„Nein." Gillian lächelte vor sich hin. „Aber er denkt wie eine. Wenn ich morgen nicht Kontakt mit ihm aufnehme, kommt er uns nach."

„Und bringt uns nach Hause?"

„Ja, Darling." Gillian hob Caitlins Lid und untersuchte ihre Pupille. Drogen. Die Wut stieg in ihr auf und überwältigte sie fast. „Gehst du jemals hinaus?"

„Nein. Es gibt auch keine Fenster."

Caitlin zuckte zusammen, als die Tür geöffnet wurde und ein Mann mit einem Gewehr über der Schulter ein Tablett hereintrug. Er stellte es auf den Bettrand und ging wieder.

„Einmal habe ich ihn gebissen", sagte Caitlin mit einer Spur ihres alten Temperaments. „Er hat mich geschlagen."

„Er wird dich nicht wieder schlagen." Gillian blickte aufs Tablett. Es gab Reis mit etwas gewürfeltem Fleisch und zwei Gläser Milch. Sie schnüffelte daran. „Hast du gut gegessen?"

„Das Essen schmeckt nicht, aber ich habe Hunger. Immer wenn ich esse, werde ich schläfrig."

„Du musst essen, Darling." Aber sie schüttelte den Kopf, als sie das Tablett hob. „Es hilft dir, deine Kräfte zu wahren." Gillian kippte das Essen beider Teller unter das Bett. „Und du musst auch schlafen." Sie sah sich nach einem geeigneten Ort um und goss die Milch in einen Haufen schmutziger Wäsche in der Ecke. Mit aufgerissenen Augen beobachtete Caitlin sie. „Komm, Baby, versuche, noch etwas zu essen."

Als Caitlin die Hand an den Mund presste und kicherte, hätte Gillian bei dem Anblick fast geweint.

„So ist es gut. Nun trink deine Milch." Verschworen grinsend, kletterte Gillian wieder ins Bett.

Ein versteckter Schalk erleuchtete Caitlins Blick. „Ich mag aber keine Milch."

„Es ist gut für deine Knochen. Du willst doch keine weichen Knochen, oder?“ Gillian knuddelte sie. Sie legte den Mund ans Ohr des Mädchens und flüsterte: „Sie haben dir etwas ins Essen getan, damit du einschläfst. Du musst so tun, als ob du müde wirst, damit sie nicht merken, dass wir ihnen einen Streich spielen.“

Caitlin nickte. Und Gillian wiegte das Kind in ihren Armen und starrte in die Dunkelheit.

Der Sonnenuntergang kam in strahlenden Farben. Die Berge wurden in Pink und der Sand in Gold getaucht. Breintz zog die Uniform des Fahrers an, nachdem er den Reifen repariert und Terence die Waffen auf den Boden des Wagens geladen hatte.

Sie arbeiteten jetzt schweigend. Alles war gesagt worden. Als die Sonne hinter den hohen Gipfeln untertauchte, streckte sich Terence auf dem Boden hinten im Wagen aus, und Breintz setzte sich hinters Steuer.

Beim Tor des Lagers drückte Breintz auf Terences Anweisungen hin den Code, worauf sich die Zufahrt öffnete. Hinter ihnen schloss sich das Tor wieder. Breintz senkte den Kopf, um sein Gesicht zu verbergen, als sich ein Wachposten näherte. „Du hast es aber schnell geschafft“, sagte er, bevor ihn Breintz lautlos zum Schweigen brachte. Terence sprang mit einem hastigen Satz aus dem Wagen und schlug den Weg zum Labor ein.

Fünfzig Meter weiter wurden sie kurz aufgehalten. Doch auch die beiden Wachposten wurden schnell zum Schweigen gebracht. Als sie sich dem Labor näherten, hielt sich Terence verborgen zurück, während Breintz weiterging und leicht wankte.

„Eine Zigarette“, fragte er auf Arabisch und etwas lallend. „Was nützt Wein ohne Tabak?“

Die Wachposten grinsten und ließen sich ablenken. Blitzschnell und ohne dass ein Schuss abgefeuert wurde, wurden sie überwältigt.

Tief Luft holend, öffnete Terence die Tür. „Arbeiten Sie weiter“, sagte er leise zu Flynn, der aufblickte. „Bleiben Sie mit dem Rücken zu den Kameras.“

„Sie!“ Da war ein Blick in seinen Augen, der Terence verriet, dass Flynn nahe dran war, die Beherrschung zu verlieren.

„Um Himmels willen, wenn Sie wollen, dass Ihre Tochter rauskommt, arbeiten Sie weiter. Die Überwacher dürfen nichts Ungewöhnliches bemerken. Nehmen Sie das verdammte Reagenzglas, und tun Sie damit etwas Wissenschaftliches. Ich bin vom ISS."

Flynn griff nach dem Reagenzglas, drohte es mit seinem Griff aber zu zerdrücken. „Sie sind ein Schwein."

„Vielleicht. Aber ich bin hier, um Sie und das Kind und Ihre Schwester herauszuholen. Arbeiten Sie weiter. Tun Sie einfach, was ich sage, tun Sie es langsam und richtig."

Etwas in seinem Ton ließ Flynn gehorchen. „Ich dachte, Sie seien Franzose."

„Ich bin Ire, wie Sie, Fitzpatrick." Terence grinste und verfiel in den irischen Akzent seines Pseudonyms Colin. „Und bei allen Heiligen, wir kommen hier raus und jagen den ganzen Laden zur Hölle."

Vielleicht war es einfach Verzweiflung, doch Flynn ging darauf ein. „Wenn wir es tun, geht die erste Flasche auf mich."

„Nun bewegen Sie sich so weit wie möglich nach links, zum Rand des Kamerawinkels. Nehmen Sie die Papiere dort."

Flynn gehorchte. Mit dem Rücken zur Kamera betrachtete er die Papiere, als überprüfe er seine Berechnungen.

„Ich zerstöre jetzt die Kamera. Sie rennen dann sofort hinaus." Mit einem Schuss schaltete Terence die Kamera aus. Als Flynn durch die Tür kam, drückte Terence ihm ein Gewehr in die Hand. „Können Sie es benutzen?"

„Mit Vergnügen."

Gillian hörte, wie sich die Tür öffnete, und lag stumm und still neben Caitlin, die in einen natürlichen Schlaf gefallen war. Gillian packte die jämmerliche Waffe. Mit halb offenen Augen sah sie den Mann, der sich über sie beugte. Sie hielt die Luft an und holte aus. Die Ecke des Tellers traf mit voller Wucht die Nase. Sofort hob sie den zweiten Teller und holte wieder aus. Der Mann schrie auf, und der Kolben seines Gewehrs stieß ihr in die Seite, als er es in Anschlag bringen wollte. Und dann kämpfte sie um ihr Leben.

Durch eine rote Woge von Angst und Wut hörte sie, wie Caitlin zu wimmern anfing. Bei diesem Laut kämpfte Gillian wie eine Verrückte, um dem Mann das Gewehr zu entreißen. Und dann explodierte es mit dem entsetzlichsten Geräusch, das sie jemals gehört hatte. Und sie hielt das Gewehr, und der Mann lag zu ihren Füßen.

„Tante Gillian!“ Caitlin umklammerte Gillians Beine. „Ist er tot? Der böse Mann, ist er tot?“

„Ich …“ Sie schwankte. „Wir müssen weg. Wir müssen sofort weg.“

Dann hörte sie die Schüsse, die näher und näher kamen. Sie schob das Kind hinter sich und hob das Gewehr wieder. Ihre Hände waren rutschig vor Schweiß.

Alarm wurde ausgegeben, als sie den zweiten Stock erreichten. Breintz und Flynn nahmen Position hinter Pfeilern oben an der Treppe, um die Verfolger aufzuhalten, während Terence die Türen aufbrach. Dann sah er eine, die schon offen war. Zweimal holte er tief Luft, bevor er eintrat, bereit zu schießen. Gillians Kugel streifte seine linke Schulter.

„Gütiger Himmel, Doc, willst du mich erschießen?“

„Terence!“ Sie senkte das Gewehr und sprang vor. „O Terence.“

„Schnell.“ Er zog sie und das Kind hinaus.

„Flynn!“, rief Gillian schluchzend.

„Dad!“ Caitlin flog auf ihren Vater zu.

„Familienvereinigung später“, sagte Terence. „Breintz!“ Er schoss hinunter in den ersten Stock, um dem Agenten Feuerschutz zu geben. „Ich halte sie beschäftigt.“ Er nahm die Uzi von der Schulter, die er einer der Wachen abgenommen hatte. „Bring die drei raus. In fünfzehn Minuten jagst du den Laden in die Luft.“

„Ich würde es vorziehen, dich wiederzusehen.“

„Ja. Ich auch. Beeilt euch.“ Terence wischte sich den Schweiß unter den Augen weg. Er stürmte zurück zur Treppe und ließ die Kugeln nur so fliegen.

Gillian erkannte, was er vorhatte. Schnell küsste sie Flynn. „Ich muss bei ihm bleiben. Geht schnell.“ Dann rannte sie hinter Terence her.

Er schickte eine Serie von Explosionen ab. Er war fast unten, als er das Geräusch hinter sich hörte und sich umdrehte. Es war zu spät, um sie zurückzuschicken. Er packte ihren Arm und zerrte sie mit sich.

Sie hatten beträchtlichen Schaden verursacht, wie Terence mit Befriedigung sah. Und noch mehr Verwirrung. Der General war draußen und feuerte die TS-35 ab. Er fügte seinem Hauptquartier nur weitere Beschädigungen zu und erhöhte die Anzahl der Opfer unter seinen Männern, denen er befahl, standzuhalten und die Armee der Eindringlinge zurückzuschlagen. Der unerwartete Angriff schien ihm den letzten Rest geistiger Gesundheit genommen zu haben. Terence hob das Gewehr, doch bevor er den Abzug ziehen konnte, fiel der General zu Boden.

„Idiot." Kendesa stand über ihm. „Deine Zeit ist abgelaufen." Er beugte sich und nahm die amerikanische Waffe. Dann schrie er den durcheinanderlaufenden Soldaten Befehle zu.

Wieder hob Terence das Gewehr, dieses Mal zielte er auf Kendesa. Bevor er abdrücken konnte, hatte der General seine Pistole aus dem Halfter gezogen. „Verräter." Er keuchte, während er feuerte. Kendesa taumelte zurück, fiel aber nicht. Wieder zielte Terence.

Dieses Mal griff der Himmel ein.

Der Boden schwankte. Terences erster Gedanke war, dass Breintz die Sprengladung zu früh gezündet hatte. Er packte Gillians Hand und rannte. Wieder wurde der Boden heftig erschüttert.

„Erdbeben." Terence schnappte nach Luft. „Wir schaffen es nicht mehr zum Tor. Aber es muss mehr als einen Weg hinausgeben." Wieder ließ er sich von seinem Instinkt leiten und rannte zum Büro des Generals. „Er wird einen Fluchtweg haben", sagte er, als er das Schloss der Tür aufschoss. Er zog Gillian hinein und machte sich sofort auf die Suche nach einem verborgenen Mechanismus am Bücherregal. Aus großer Höhe hörte er Steine fallen. Etwas brannte, und das Feuer war nah. Mit beiden Händen schob er die Bücher zur Seite. Und dann fand er ihn. Die Holztäfelung schwang auf.

Der Gang dahinter war schmal und wurde von unterirdischen Beben erschüttert. Aber er war unbewacht. Sekunden später waren sie draußen in der Nacht.

Hinter ihnen wurde ein Gebäude auseinandergerissen, riesige Steinbrocken rollten mit einem schier unmöglichen Lärm herunter. Dann wurde der Krach mit der ersten Explosion noch lauter. Der ganze Berg stürzte in sich zusammen.

Es schien Gillian, als rannten sie meilenweit. Und dann erhob sich wie ein Schatten Breintz von einem Felsen.

„So treffen wir uns also wieder."

„Sieht so aus." Terence zog Gillian über die Felsen.

Mit der ihm üblichen Ruhe reichte Breintz Terence das Fernrohr. Terence hielt es in die Richtung, aus der sie gekommen waren. „Nicht viel übrig." Terence senkte das Glas. „Hammer ist zerstört." Er blickte hinüber zu Gillian, die ihre Familie um sich versammelte. Caitlin flüsterte ihrem Vater etwas ins Ohr und kam dann herüber zu Terence.

„Mein Dad sagt, du hast uns gerettet."

„So ungefähr." Sie war dünner als auf dem Foto, aber ihre Augen waren zu riesig für ihr blasses Gesicht. Unfähig zu widerstehen, griff Terence ihr in die zerzausten roten Locken.

„Kann ich dich in den Arm nehmen?"

Verlegen zuckte er mit der Schulter. „Ja, sicher."

Sie knuddelte sich an ihn und kicherte. „Du riechst. Aber wahrscheinlich rieche ich auch."

„Ein wenig."

Als sie einen nassen Kuss auf seine Wange drückte, hielt er sie, dabei schweifte sein Blick zu Gillian.

„Wir können im Leben nur ganz wenig verändern", sagte er leise zu ihr. „Aber es lohnt sich."

12. KAPITEL

„Nach allem, was wir durchgemacht haben, verstehe ich nicht, wie du wegen dieser Sache nervös sein kannst."

„Sei nicht lächerlich. Ich bin nicht nervös." Terence zog wieder am Knoten seiner Krawatte. Was ihn anging, so war Cabot tot, und die Krawatten sollten mit ihm verschwunden sein. „Ich weiß nicht, warum zum Teufel ich mich von dir dazu habe überreden lassen."

Sie hatten sich am Flughafen von Los Angeles einen Mietwagen genommen. „Weil du mir versprochen hast, ich kann mir aussuchen, wohin wir fahren. Und ich will zur Hochzeit deiner Schwester."

„Ein ganz mieser Trick, Doc."

„Ein Mann muss zu seinem Wort stehen." Gillian lachte, als er über sie fluchte. „O Terence, nicht sauer sein. Es ist ein wunderbarer Tag. Alles ist glücklich überstanden, und Flynn und Caitlin fahren zurück nach Irland. Der Einzige, der sich nicht im Geringsten gefreut hat, war Addison, weil Flynn sich weigert, das Horizon-Projekt noch einmal zu rekonstruieren."

Terence lachte kurz auf. Vielleicht hatte er sich in Wissenschaftlern getäuscht – oder wenigstens in einigen. Fitzpatrick hatte Addison hart gegenübergestanden und sich durch keine Angebote, Bestechungen oder Drohungen erweichen lassen. Gillian hatte den gleichen Standpunkt eingenommen. Damit war Horizon endgültig vorbei.

„Addison hat auch herumgemurrt wegen einer Kiste Waffen, einschließlich seiner geliebten TS-35."

„Ich denke, am meisten hat ihn geärgert, dass er einen seiner besten Agenten verloren hat."

Terence zog eine Braue hoch. „Ich glaube nicht, dass er das so sieht."

„Hat er aber, mir gegenüber." Sie fuhr sich mit einer Hand über den Rock ihres Kleides. Sie hatte sich in die tiefgrüne Seide verliebt. Es war raffinierter, als es sonst ihr Stil war, aber schließlich fuhren sie auch zu Carrie O'Haras Hochzeit. „Ich sollte dich sogar überreden, an Bord zu bleiben, wie er es ausdrückte. Oh, sieh nur, wie groß die Palmen sind. In New York ist es wahrscheinlich kalt und nieselig."

„Ich vermute, du vermisst es?"

„Was vermissen?" Sie sah ihn an. „New York? Ehrlich, ich habe überhaupt nicht daran gedacht. Im Institut denken wahrscheinlich alle, ich sei vom Rand der Erde heruntergefallen." Zufrieden seufzte sie. „Gewissermaßen bin ich das auch."

„Und Arthur Steward?"

„Der liebe alte Arthur." Gillian lächelte. Es überraschte oder verärgerte sie nicht einmal, dass er von Arthur wusste. Immerhin wusste sie von seinem zerquetschten Käfer. „Ich schicke ihm eine Postkarte."

„Du bist doch in ein paar Tagen zurück."

„Ich weiß nicht." Ohne Terence würde sie nicht nach New York oder sonst wohin fahren. Er wusste es bloß noch nicht. „Was ist mit dir? Fliegst du schnurstracks zu diesen Inseln?"

Wieso konnte sie ihn so leicht und schnell verunsichern, wenn sie auf diese Art lächelte? „Zuerst habe ich in Chicago etwas zu erledigen." Er schwieg einen Moment, weil er es selbst noch nicht verarbeitet hatte. „Aus irgendeinem Grund hat Charlie mir sein Haus hinterlassen."

Sie lächelte wieder, strahlend. „Dann hast du also doch endlich ein Zuhause."

Sie waren jetzt in Beverly Hills mit seinen Villen und gepflegten Grundstücken. Von solcher Umgebung hatte sein Vater immer geträumt. Die O'Haras haben es zu etwas gebracht, dachte er. Wenigstens einige von ihnen. Er zerrte wieder an der Krawatte. „Hör zu, Doc, das hier ist eine blöde Idee. Wir fahren zum Flughafen zurück und nehmen einen Flug nach Neuseeland. Dort ist es wunderbar."

Und das andere Ende der Welt. „Ein Versprechen ist ein Versprechen."

„Ich will Carrie oder den anderen doch nicht den Tag verderben."

„Natürlich nicht. Darum fährst du ja hin."

„Du verstehst nicht, Gillian. Mein Vater hat mir nie verziehen, dass ich fortgegangen bin. Er hat mich nie verstanden. Für ihn musste ich eine Rolle in seinem Traum einnehmen. Die O'Hara-Familie im strahlenden Scheinwerferlicht. Broadway, Vegas, Carnegie Hall."

Sie schwieg lange. Dann sprach sie ruhig, ohne ihn anzusehen. „Mein Vater hat mir nie vergeben, hat mich nie verstanden. Ich war immer anders, als er mich wollte. Hat dein Vater dich geliebt, Terence?"

„Sicher hat er, es war nur …"

„Mein Vater hat mich nicht geliebt."

„Gillian …"

„Nein, hör mir zu. Es gibt einen Unterschied zwischen Liebe und Verpflichtung, zwischen wirklicher Zuneigung und Erwartung. Er hat mich nicht geliebt, und ich kann das akzeptieren. Ich kann allerdings nicht akzeptieren, dass ich keinen Frieden mit ihm geschlossen habe. Nun ist es zu spät." Sie sah ihn mit einem glänzenden Blick an. „Mach nicht den gleichen Fehler, Terence. Ich versichere dir, du wirst ihn bedauern."

„Das hier könnte der größte Fehler sein, den du je gemacht hast", sagte er, als er vor den Toren hielt, die Carries Anwesen sicherten.

„Ich riskiere es."

„Du bist eine dickköpfige Frau, Doc."

„Ich weiß." Sie berührte sein Gesicht. „Für mich steht so viel auf dem Spiel wie für dich."

Er wollte sie nach einer Erklärung fragen, aber ein Wachposten klopfte an die Scheibe. „Sie sind früh, Sir", sagte er, als Terence das Fenster herunterließ. „Kann ich Ihre Einladung sehen?"

Daran hatte sie nicht gedacht, erkannte Gillian erschreckt. Aber bevor sie etwas sagen konnte, zog Terence eine Marke hervor. „McAllister, Special Security."

Die Erkennungsmarke sah offiziell aus, weil sie es war. Der Wachposten verglich das verschweißte Foto mit Terence und nickte. „Fahren Sie, Sir." Fast hätte er salutiert.

Terence fuhr langsam die lange Zufahrt hinauf.

„McAllister?"

Terence ließ die Erkennungskarte in seine Tasche gleiten. „Alte Gewohnheiten sterben schwer. Gütiger Himmel, was für ein Haus." Es war riesig und weiß und elegant, mit weiten Parkanlagen. Er dachte an die engen Hotelzimmer, die sie sich früher teilen mussten, an das Essen, das sein Vater auf Kochplatten heiß gemacht hatte, an die stickigen Umkleidekabinen, an das Publikum, das genauso häufig gepfiffen hatte wie applaudiert. Und an das Lachen. Und an die Musik.

„Es ist wunderschön", murmelte Gillian vor sich hin. „Wie ein Gemälde."

„Sie hat immer gesagt, sie schafft es." Der Stolz kam durch, stärker, als er erwartet hatte. „Das kleine Biest hat es tatsächlich durchgezogen."

„Wie ein echter Bruder gesprochen." Gillian lachte. Ein uniformierter Mann half ihr aus dem Wagen, und plötzlich war sie genauso nervös wie Terence. Sie war kaum auf Hollywoodstars vorbereitet. Und seine Familie könnte ihm verübeln …

Die Eingangstür wurde auf- und fast aus den Angeln gerissen. Eine Frau mit einer wilden Mähne roter Locken und einem raffinierten saphirblauen Kleid raste die Stufen hinunter. Mit etwas, das gefährlich an einen Kriegsschrei erinnerte, warf sie sich in Terences Arme.

„Du bist hier! Du bist wirklich hier!" Mit Armen wie im Würgegriff um seinen Hals und mit Küssen überhäuft, konnte Terence nicht viel mehr tun, als den Duft und das Gefühl in sich aufzunehmen. „Ich wusste, du kommst. Ich konnte es nicht glauben, aber ich wusste es. Und hier bist du."

„Maddy." Weil er Luft holen musste und sie ansehen wollte, zog Terence sie an den Schultern zurück. Tränen standen ihr in den Augen, aber sie strahlte ihr verschmitztes Koboldlächeln. Und das Lächeln war genau, wie er sich erinnerte. „Hallo."

„Selber hallo." Sie zog ihm ein Taschentuch aus der Tasche, putzte sich laut die Nase, dann lachte sie. „Carrie bringt mich um, wenn meine Nase rot ist." Sie prustete wieder ins Taschentuch. „Wie sehe ich aus?"

„Umwerfend." Mit dem Lachen waren sie sich wieder nah. Er hielt sie und wünschte, es würde mit allen so leicht sein.

„Bleibst du dieses Mal?", fragte sie mit einem Schluchzer.

„Ja." Er strich mit der Wange über ihr Haar. „Ich bleibe dieses Mal." Über ihren Kopf hin beobachtete er Gillian.

„Ich kann es nicht erwarten, dich vorzuführen." Strahlend zog sich Maddy zurück, dann sah sie Gillian. „Hallo."

„Maddy, das ist Gillian Fitzpatrick."

Immer noch schniefend, drehte sich Maddy um. „Ich bin so froh, Sie kennenzulernen." Gillian fand sich in einer überschwänglichen Umarmung wieder. „Ich bin begeistert." Sie zwinkerte, dann drückte sie Gillian wieder an sich. „Ihr seht großartig aus, ihr beide, einfach großartig." Sie umfasste beide in der Taille und ging mit ihnen ins

Haus. „Ich kann es nicht erwarten, dir Roy vorzustellen. Da ist er ja."

Durch die Eingangshalle kam ein hochgewachsener Mann, dessen Haar um Schattierungen dunkler als Terences und konservativer geschnitten war. Er sah aus, als wäre er im Smoking geboren. Das also war Roy Valentine von Valentine Records. Reich, aus gutem Haus und geradlinig. Das genaue Gegenteil der unkonventionellen Maddy.

„Roy, das ist Terence." Maddy gab Terence noch einen schnellen Kuss, dann stürmte sie zu ihrem Mann. „Ich habe dir gesagt, dass er kommen wird."

„Das hast du." Roy legte beschützend einen Arm um Maddy und schätzte den Bruder ein, so wie der Bruder den Ehemann einschätzte. „Maddy hat sich darauf gefreut, Sie wiederzusehen."

„Oh, sei nicht so steif, Roy. Wir müssen das gemästete Kalb schlachten."

Roy sah den Ausdruck auf Terences Gesicht und lächelte. „Ich habe das Gefühl, Terence zieht einen Drink vor." Mit einem äußerst charmanten Lächeln sah er Gillian an. „Hallo."

„Oh, Entschuldigung", schaltete sich Maddy ein. „Das ist Gillian. Wir sollten hineingehen und uns setzen. Ich hole alle. Hier herrscht ein mittelschweres Chaos."

Um diese Einschätzung zu beweisen, rasten zwei Jungen die Halle hinunter.

„Ich werde es Mom sagen!"

„Ich werde es ihr zuerst sagen!"

„Wow!" Maddy packte einen Arm von jedem, bevor sie wieder verschwinden konnten. „Langsam, langsam. Eure netten kleinen Smokings sind schmutzig, bevor die Hochzeit anfängt."

„Er hat gesagt, ich sehe wie ein total Verrückter aus", sagte der Kleinere der beiden.

„Er hat mich getreten", entgegnete der Ältere.

„Ich habe versucht, ihn zu treten, habe ihn aber verpasst." Er blickte zu seinem Bruder, in der Hoffnung auf eine weitere Chance.

„Treten ist nicht erlaubt. Und, Chris, du siehst nicht wie ein total Verrückter aus. Du siehst sehr gut aus. Und könnt ihr euch jetzt lang genug vertragen, um euren Onkel kennenzulernen?"

„Was für ein Onkel?“ Ben, der Ältere, blickte misstrauisch auf.

„Den einen, den ihr noch nicht kennengelernt habt. Terence, das ist Ben, und das ist Chris. Alanas Jungen.“

Terence war sich nicht sicher, ob er Hände schütteln sollte, niederknien oder aus der Entfernung winken. Bevor er sich entscheiden konnte, trat Chris vor und musterte ihn von oben bis unten neugierig.

„Du bist der, der weggegangen ist. Mom sagte, du bist in Japan gewesen.“

Hinknien schien natürlich zu sein. „Ja, ich war da.“

Ben schaltete sich ein, der nicht mehr zurückstehen wollte. Er schob Chris aus dem Weg. „Ich mag das Raumschiff, das du mir geschickt hast.“

„Freut mich, dass es dir gefällt.“ Terence wollte dem Jungen das Haar zerzausen, glaubte aber, dass das noch zu früh sei.

„Er lässt mich damit nur spielen, wenn ich bettle und bettle“, warf Chris ein.

„Weil du ein totaler Verrückter bist.“

„Bin ich nicht.“ Chris ließ einen Schwall von Beleidigungen heraus, hielt aber schnell den Mund, als er den Klang der Schritte erkannte.

„Probleme?“, fragte Dorian milde, als er in die Halle trat.

„Dad, wir haben noch einen anderen Onkel, und er ist hier.“ Erfreut darüber, der Erste zu sein, packte Chris Terences Hand und zog ihn vor. „Das ist Onkel Terence. Das ist mein Dad. Wir haben unseren Namen in Crosby umändern lassen und so.“

Das also war der Bruder, von dem niemand viel wusste. „Freut mich, dass Sie es schaffen konnten. Alana zeigt den Jungen auf Bens Globus immer, wo Sie gewesen sind. Sie sind herumgekommen.“

„Etwas.“ Terence freute sich, seinen Schwager kennenzulernen, doch er war vor dem Journalisten auf der Hut.

„Hey, Mom, rate mal, wer da ist!“, rief Chris.

Alana kam in einem tiefrosa Kleid aus der Richtung der Küche. Trotz ihrer fortgeschrittenen Schwangerschaft hatte sie noch den anmutigen Gang der Tänzerin. Offen fiel ihr das honigblonde Haar auf die Schultern. „Die Lieferanten haben mich beauftragt, ich soll gewissen gierigen kleinen Fingern sagen, dass sie von den kalten Platten wegbleiben. Ich frage mich, wen sie wohl meinen.“ Sie lächelte ihren Mann an. Und dann sah sie an ihm vorbei und erkannte Terence.

„Oh." Ihre Augen füllten sich mit Tränen, als sie die Arme öffnete. „Oh Terence."

„Mom weint", murmelte Ben, während er beobachtete, wie seine Mutter von dem Mann gehalten wurde, von dem er bisher nur gehört hatte.

„Weil sie glücklich ist." Dorian legte ihm eine Hand auf die Schulter.

„Eine solche Überraschung. Eine solch wunderbare Überraschung."

Terence wischte ihr eine Träne von der Wange. „Maddy hat sich schon mein Taschentuch genommen."

„Macht nichts. Wie bist du hierhergekommen? Woher kommst du? Ich habe so viele Fragen. Nimm mich noch einmal in den Arm."

„Das ist Gillian", verkündete Maddy, obwohl sich Gillian ganz zurückgezogen hatte. „Sie hat ihn hergebracht." Terence zog eine Augenbraue hoch, und Maddy schmunzelte. „Ich meine, er hat sie hergebracht."

„Wie auch immer, hallo." Alana küsste Gillian auf beide Wangen. „Ich freue mich, dass ihr hier seid, alle beide. Und ich kann es nicht erwarten, Carries Gesicht zu sehen."

„Warum warten?" Lachend hakte sich Maddy bei Terence unter. „Sie ist oben und macht sich noch schöner."

„Nichts hat sich verändert", kommentierte Terence.

„Nicht viel. Komm. Gillian, Sie auch. Carrie will euch bestimmt kennenlernen."

„Vielleicht sollte ich …"

„Seien Sie nicht albern." Alana schnitt ihren Protest ab und nahm ihre Hand. „So etwas kommt nur einmal im Leben vor."

Mit dem ihr üblichen Spürsinn für Dramatik klopfte Maddy an Carries Tür.

„Ich will niemanden sehen, es sei denn, er hat eine Flasche Champagner."

„Das hier ist besser." Maddy öffnete die Tür und steckte ihren Kopf hinein. „Alana und ich haben dir nämlich ein Hochzeitsgeschenk gebracht."

„Im Augenblick würde ich Champagner vorziehen. Ich bin ein nervliches Wrack."

„Das hier wird dich auf andere Gedanken bringen." Mit Schwung riss Maddy die Tür weit auf.

Carrie saß an ihrem Frisiertisch in einer langen weißen Robe, das silberblonde Haar raffiniert aufgesteckt. Sie sah Terence im Spiegel und drehte sich ganz langsam um.

„Schau, schau", sagte sie mit ihrer dunklen, lockenden Stimme, „wen haben wir denn da?" Sie erhob sich, um ihn anzusehen.

Sie war genauso schön, wie er sich erinnerte. Vielleicht schöner. Und war zweifellos noch immer eine ganz harte Nuss. „Du siehst wirklich gut aus, Kleines."

„Ich weiß." Sie neigte den Kopf. „Du siehst nicht schlecht aus. Vielleicht etwas ungehobelt."

Er steckte die Hände in die Taschen. „Nettes Häuschen."

„Uns gefällt es." Dann stieß sie einen tiefen Atemzug aus. „Bastard. Da geht mein Make-up dahin." Er traf sie auf halbem Weg und schwang sie in einem großen Kreis herum. „Ich bin so froh, dass du hier bist, und ich hasse dich, dass du mich zum Weinen bringst, damit ich wie eine Hexe auf meiner eigenen Hochzeit aussehe."

„Eine Hexe?" Er schob sie etwas von sich. „Riesenchance."

„Terence." Sie strich das Haar aus seiner Stirn. „Wir haben immer gewusst, dass du eines Tages kommst, aber du hättest dir keinen besseren Tag aussuchen können. Himmel, hast du kein Taschentuch?"

„Maddy hat es genommen."

„Typisch." Sie benutzte ihren Handrücken.

„Das ist Gillian." Maddy schob sie einfach ins Zimmer.

„Oh?" Immer auf der Hut, hob Carrie eine Braue. „Wie geht es Ihnen?"

„Ich will Sie nicht stören." Bei dem irischen Akzent zog Carrie die Braue noch höher, und ein Lächeln trat in ihre Augen.

„Sie ist mit Terence da", warf Alana ein.

„Wirklich? Also, ist das nicht großartig? Ausgezeichneter Geschmack, Terence." Sie drückte Gillian beide Hände. „Champagner steht jetzt eindeutig auf der Tagesordnung, da gibt es keinen Zweifel."

„Ich hole ihn."

„Um Himmels willen, Alana, in deinem Zustand kannst du nicht die Treppen hoch- und runterrennen. Ihr geht jetzt alle nach unten ins Wohnzimmer. Ich komme nach, sobald ich mein Gesicht wieder hergerichtet habe." Sie legte eine Hand auf Terences Arm. „Bleib, bitte."

„Sicher." Er suchte Gillians Blick, doch sie war schon von seinen Schwestern hinausgezogen worden.

„Wir haben dich vermisst", sagte Carrie, als sie allein waren. „Ist alles in Ordnung?"

„Sicher, warum?"

Mit ihren Händen in seinen setzte sich Carrie mit ihm aufs Bett. „Ich glaube, ich habe mir immer vorgestellt, du kommst im absoluten Triumph nach Hause oder im absoluten Elend."

Er musste lachen. „Tut mir leid, keins von beidem."

„Ich werde nicht fragen, was du gemacht hast, aber ich muss fragen, ob du bleibst."

„Ich weiß nicht." Er dachte an Gillian. „Ich wünschte, ich wüsste es."

„In Ordnung. Heute bist du hier. Ich hasse es, gefühlsduselig zu sein, aber ich kann dir gar nicht sagen, wie viel es für mich bedeutet."

„Wenn du wieder anfängst zu weinen, siehst du aus wie eine Hexe."

„Ich weiß. Du warst schon immer …"

„Carrie, Roy sagt, du brauchst mich. Ich habe mich bemüht, deinen Vater davon abzuhalten, mit dem …" Molly blieb mitten in der Tür stehen.

Terence dachte, er sei darauf vorbereitet, seine Mutter wiederzusehen. Sie sah älter aus, aber nicht alt. Verändert, aber irgendwie gleich. Sie hatte ihn ausgeschimpft und ihn getröstet, sie hatte ihn bestraft und ihn besänftigt. Was immer erforderlich war. Er fühlte sich wie zwölf Jahre alt, als er dastand und sie ansah.

„Mom."

Sie wollte nicht in Tränen ausbrechen. Das wäre eine törichte Sache, bevor sie überhaupt ein Wort gesagt hatte. Mit der Kraft, die sie die Jahre unterwegs hatte aushalten lassen, holte sie tief Luft. „Lass mich dich ansehen." Er war dünn, aber das war er immer gewesen. Wie sein Vater. So sehr wie sein Vater. „Es ist gut, dich wiederzusehen." Sie nahm den nächsten Schritt und schloss ihn in die Anne. „O

Terence, wie gut ist es, dich wiederzuhaben. Ich bin so froh, dass du hier bei uns bist."

Sie roch wie immer. Sie schien kleiner jetzt, zerbrechlicher, aber sie roch wie früher. Er vergrub sein Gesicht in ihrem Haar. „Ich habe dich vermisst, Mom. Es tut mir leid."

„Kein Bedauern." Sie sagte es fast heftig. „Kein Bedauern und keine Fragen." Sie zog sich etwas zurück, um ihn anzulächeln. „Wenigstens nicht jetzt. Ich werde mit meinem Sohn auf der Hochzeit meiner Tochter tanzen." Sie streckte Carrie eine Hand hin. Einige Gebete wurden erhört.

„Molly! Im Namen von allem, was heilig ist, warum bist du weggelaufen? Diese sogenannten Musiker kennen keine einzige irische Melodie."

Molly spürte, wie sich Terence versteifte. „Wiederhole keine Fehler", sagte sie mit einer Strenge, an die er sich sehr gut erinnerte.

„Was ist los mit dem Mädchen, dass sie einen Haufen Idioten anheuert? Molly, wo zum Teufel bist du?"

Er stürmte ins Zimmer, so wie er durchs Leben stürmte. Seiner selbst sicher und immer im Begriff zu tanzen. Es war selten für Frank O'Haras Füße, dass sie stockten, doch als er seinen Sohn sah, taten sie es.

„Ich muss mich um den Champagner kümmern", sagte Carrie schnell. „Mom, da ist jemand, den ich dir vorstellen will. Komm."

Molly blieb an der Tür stehen und sah ihren Mann fest an. „Ich habe dich mein ganzes Leben geliebt", sagte sie ruhig. „Enttäusche mich jetzt nicht, Frank."

Frank räusperte sich, als sich die Tür schloss. Ein Mann sollte sich nicht seinem eigenen Sohn gegenüber verlegen fühlen. Aber er konnte es nicht ändern. „Wir wussten nicht, dass du kommst."

„Ich wusste es selbst nicht."

„Immer noch frei und ungebunden, Terence?"

Sein Rücken versteifte sich. „Es scheint so."

„Das ist es, was du immer wolltest." Es war nicht das, was er sagen wollte, aber die Worte kamen heraus, bevor er sie kontrollieren konnte.

„Du hast nie gewusst, was ich wollte." Verdammt, warum musste es eine Wiederholungsvorstellung werden? „Du wolltest es nie wissen. Ich sollte dein Ebenbild sein, und das konnte ich nicht."

„Das ist nicht wahr. Ich wollte nie, dass du jemand anderer als du selbst bist."

„Solange es deinen Maßstäben entsprach." Terence wollte hinausgehen, doch dann erinnerte er sich daran, was Gillian gesagt hatte. Er musste Frieden schließen oder es wenigstens versuchen. Er hielt an, immer noch von seinem Vater weit entfernt, und fuhr sich mit einer Hand durchs Haar. „Ich kann mich nicht entschuldigen, und ich werde mich nicht dafür entschuldigen, wer ich bin oder für das, was ich getan habe. Aber es tut mir leid, dass ich dich enttäuscht habe."

„Warte eine Minute." Frank hob eine Hand. Einen Augenblick vorher hatte er Angst gehabt, er würde Terence wieder verlieren und dann für immer. Er hatte Jahre des Bedauerns hinter sich. „Wer sagt, dass ich enttäuscht war? Ich habe nie gesagt, dass ich enttäuscht war. Ich war wütend und verletzt, aber du hast mich nie enttäuscht. Ich will nicht, dass du das sagst."

„Was willst du, dass ich sage?"

„Du hast deine Rede gehabt, vor zwölf Jahren. Nun habe ich meine." Er streckte das Kinn vor. Er trug auch einen Smoking, aber bei ihm sah er wie ein Bühnenkostüm aus. Terence hätte seinen letzten Cent darauf verwettet, dass Steppeisen unter seinen Schuhsohlen waren. Er hoffte, sie waren da.

„In Ordnung, aber bevor du es tust, sollst du wissen, dass ich nicht gekommen bin, um Carries Hochzeit zu verderben. Wenn es nicht anders geht, würde ich gern für einen Tag Waffenstillstand schließen."

Die ruhige Kraft überraschte Frank. Sein Junge war erwachsen. Stolz und Bedauern zogen ihn in gegensätzliche Richtungen. „Es ist kein Krieg, den ich mit dir will, Terence. Es war nie so." Frank fuhr sich durchs Haar mit einer Geste, die Terence überraschte, weil sie eine seiner eigenen Angewohnheiten war. „Ich ... ich brauche dich." Er stolperte über die Worte, dann räusperte er sich. „Du warst mein Erster, und ich brauchte es, dass du stolz auf mich warst, zu mir hochsahst, als hätte ich alle Antworten. Und als du deine eigenen finden wolltest, da wollte ich nicht zuhören. Zu wissen, dass ich ein Versager für dich war ..."

„Nein." Terence wurde blass und machte den ersten Schritt nach vorn. „Das warst du nie."

Die alte Wunde blieb, schwärend, scheinbar ohne Aussicht auf Heilung. „Ich habe euch – allen von euch nie das gegeben, was ich versprochen habe."

„Wir brauchten es nicht, Dad."

Aber Frank schüttelte den Kopf. „Die Bestimmung eines Mannes ist es, seine Familie zu versorgen, seinem Sohn ein Vermächtnis zu hinterlassen. Der Himmel weiß, ich habe deiner Mutter nie auch nur die Hälfte von dem gegeben, was sie verdient. Die Versprechungen waren zu groß. Als du gegangen bist, als du gesagt hast, was du sagen musstest, musste ich verbittert sein. Denn sonst hätte ich es nicht ertragen zu wissen, dass ich nicht der Vater war, den du wolltest."

„Du warst immer der Vater, den ich wollte. Ich dachte ..." Terence stieß einen langen Atemzug aus, aber seine Stimme wurde nicht fester. „Ich dachte, du wolltest nicht, dass ich zurückkomme."

„Es gab nicht einen Tag, an dem ich das nicht wollte, aber ich wusste nicht, wie ich es dir sagen konnte. Verdammt, ich wusste ja nicht einmal, wo du dich herumgetrieben hast. Ich habe dich vertrieben, Terence. Ich weiß das. Nun kommst du als Mann zurück, und ich habe diese ganzen Jahre verloren."

„Es gibt noch viele. Für uns beide."

Frank legte seine Hände auf die breiten Schultern seines Sohnes. „Wenn du gehst, will ich nicht, dass es im Ärger geschieht. Und du sollst wissen, wenn ich dich so ansehe, dass ich stolz darauf bin, was du aus dir gemacht hast."

„Ich liebe dich, Dad." Zum ersten Mal seit zwölf Jahren umarmte er seinen Vater. „Ich will bleiben." Er schloss die Augen, weil die Worte eine solche kolossale Erleichterung brachten. „Ich brauche dich. Ich brauche euch alle. Es hat zu lange gedauert, es herauszufinden."

„Ach Terence, ich habe dich vermisst." Frank zog sein Taschentuch heraus und blies heftig hinein. „Das verdammte Mädchen sollte hier eine Flasche aufbewahren."

„Wir finden eine, Dad." Terence blickte in die feuchten blauen Augen seines Vaters. „Ich war immer stolz auf dich. Was du mir gegeben hast, war das Beste – ganz bestimmt. Ich musste einfach nur herausfinden, was ich damit allein anfangen konnte."

„Dieses Mal, Junge, schlachten wir das gemästete Kalb." Er legte einen Arm um Terences Schultern. „Und wir nehmen den Drink, du und ich. Und wenn dieser Rummel vorbei ist, dann riskiere ich sogar den Zorn deiner Mutter und betrinke mich ein wenig. Ein Mann hat das Recht zu feiern, wenn er einen Sohn bekommen hat."

„Abgemacht."

Franks feuchte Augen blitzten. „Das ist mein Junge. Hast dich einfach aus dem Staub gemacht, was? Und du hast all die Orte gesehen, die du sehen wolltest?"

„Mehr als ich sehen wollte", sagte Terence und lächelte. „Ich habe sogar ein- oder zweimal für mein Essen gesungen."

„Natürlich hast du das getan." Frischer Stolz brach durch. „Du bist ein O'Hara, nicht wahr?" Frank schlug Terence auf den Rücken. „Hattest immer eine bessere Stimme als Füße, aber egal. Ich erwarte, dass du Geschichten zu erzählen hast." Er zwinkerte, als sie hinausgingen. „Fang mit den Frauen an."

Das hatte sich auch nicht geändert. Obwohl er es nicht erwartet hatte, machte es ihn froh. „Das wird ein Weilchen dauern."

„Wir haben Zeit." Er hatte seinen Sohn zurück. „Viel Zeit."

Sie waren halb die Treppe hinunter, als Terence einen weiteren im Smoking steckenden Mann sah. „Ich überprüfe es", sagte er ins Telefon, mit dem Rücken zur Treppe.

„Kirk, mein Sohn." Franks Lautstärke hätte das Dach herunterbringen können. „Ich möchte dir gerne meinen Sohn vorstellen, Terence."

Kirk drehte sich um. Er und Terence starrten sich an. Der Schock des Erkennens kam, ohne dass sie ihn zeigten. „Nett, Sie kennenzulernen." Kirk streckte die Hand aus. „Ich bin sicher, Carrie ist begeistert, dass Sie hier sind."

„Es ist interessant, alle meine Schwager in einem Rundumschlag kennenzulernen."

„Wir brauchen einen Drink", verkündete Frank. „Die Gäste werden in dieses schöne Haus hereinströmen, ehe wir uns versehen." Und er würde seine Familie vorführen. Seine ganze Familie.

„Gieß mir einen Doppelten ein." Terence schlug seinem Vater auf die Schulter. „Ich komme sofort nach."

„Wir machen es erst einmal schnell. Ich muss die Musiker noch hinbiegen."

„Kleine Welt", kommentierte Kirk, als sie allein waren.

Terence schüttelte den Kopf und musterte den Mann, der einmal, bei seiner Anfangszeit im ISS, sein Partner gewesen war. „Es ist schon lange her."

„Afghanistan – wie viel? – acht, zehn Jahre?"

„Kommt ungefähr hin. Und du wirst heute also Carrie heiraten."

„Komme der Teufel oder ein Hurrikan."

„Weiß sie, was du tust?"

„Ich tue es nicht mehr." Kirk zog seine Zigaretten heraus und bot eine an. „Ich habe mich selbstständig gemacht. Du?"

„Gerade zurückgezogen." Terence zog seine Streichhölzer hervor. „Ich will verdammt sein."

„Weißt du, ich bin doch sehr überrascht, dass ich es nicht zusammengebracht habe, O'Hara."

„Wir haben in der Operation keine Namen benutzt, keine echten."

„Ja, aber die Sache ist, du siehst ihr ähnlicher als eine ihrer Schwestern."

Terence stieß einen langen Rauchstrom aus und lachte. „Wenn du die nächsten sechs Monate nicht auf der Couch schlafen willst, dann würde ich das ihr gegenüber nicht erwähnen."

Die O'Haras überwältigten sie. Gillian hatte nie jemanden wie sie kennengelernt. Sie saß bei der Familie, als Carrie im warmen kalifornischen Winter unter einem weißen Seidenbaldachin getraut wurde und fünfhundert Gäste zusahen. Der Champagner floss in Strömen, es gab Meere von Blumen und ausreichend Tränen, um darin zu schwimmen.

Für Stunden war sie in dem Wirbelstrudel der Familie gefangen, bis ihr der Kopf schwindelte und sie sich ein ruhiges Plätzchen suchte, um alles erst einmal sacken zu lassen. Unauffällig schlüpfte sie in den Salon, wo die Musik nur noch gedämpft herüberkam und sie die Füße hochlegen konnte.

„Weggeschlichen?"

Sie schnappte nach Luft. „Du hast mich zu Tode erschreckt." Sie entspannte sich wieder, als Terence sich neben sie setzte. „Du solltest dich hinter Menschen nicht anschleichen."

„Das habe ich jahrelang gemacht." Er streckte seine Beine aus. „Schmerzende Füße?", fragte er mit einem Blick auf ihre ausgezogenen Schuhe.

„Ich fühle mich, als hätte ich meine Zehen abgetanzt. Wird denn dein Vater niemals müde?"

„Nicht dass ich es je bemerkt hätte." Himmel, es war so gut, wieder bei der Familie zu sein.

Gillian schmiegte sich in die Kissen. „Er mag mich."

„Natürlich. Du bist Irin. Dann ist da noch die Tatsache, dass du einen leidlich hinreichenden Schwof hinbekommst."

„Leidlich hinreichend?" Sie setzte sich wieder gerade auf. „Ich will dir einmal sagen, O'Hara, dein Vater hat gesagt, ich könnte mit ihm und deiner Mutter, wann immer ich will, auf Tour gehen."

„Packst du deine Koffer?"

Seufzend setzte sie sich wieder zurück. „Ich glaube nicht, dass ich es mit einem von ihnen aufnehmen könnte. Sie sind alle wunderbar. Jeder Einzelne. Danke, dass du mich hergebracht hast."

„Ich denke, wir haben bereits schon herausgefunden, wer wen hergebracht hat." Er hob ihre Hand und küsste ihre Handfläche, womit er sie sprachlos machte. „Danke, Gillian."

„Ich liebe dich. Ich wollte einfach nur, dass du glücklich bist."

„Das hast du schon einmal gesagt." Er erhob sich und ging ans Fenster. Von hier konnte er die Tische sehen, die mit Essen und Wein beladen waren, und die Hunderte von Menschen, die herumflanierten und tanzten.

„Dass ich will, dass du glücklich bist?"

„Dass du mich liebst."

„Habe ich das?" Sehr beiläufig betrachtete sie ihre Nägel. „Ist das nicht interessant? Soweit ich mich erinnere, hast du da nicht einmal reagiert."

„Ich hatte andere Dinge im Kopf."

„Oh, ja, meinen Bruder und Caitlin retten. Da steht übrigens noch etwas aus." Sie griff in ihre Tasche und zog ein Papier heraus. Sie stand auf und reichte es ihm. „Die hunderttausend Dollar, auf die wir uns geeinigt haben." Als er sich nicht rührte, drückte sie ihm den Scheck in die Hand. „Ehrlich, er ist gedeckt."

Er wollte ihr den Scheck in ihren reizenden Mund stopfen. „Fein."

„Unser Geschäft ist beendet. Du hast dein Geld, um dich zurückzuziehen, ein Haus, deine Familie.“ Sie wandte sich ab. „Was machst du jetzt also, Terence? Direkt auf die Inseln?“

„Vielleicht.“ Er zerknüllte den Scheck und stopfte ihn sich in die Tasche. „Ich habe nachgedacht.“

„Also, das ist eine gute Neuigkeit.“

„Pass auf, was du sagst. Noch besser, du hältst einfach den Mund.“ Er packte sie bei den Schultern und küsste sie heftig. So wie schon lange nicht mehr, dachte Gillian.

Die Tür wurde geöffnet. Alana machte einen Schritt, dann blieb sie stehen. „Oh, entschuldigt mich.“ Ebenso schnell war sie wieder weg.

Terence fluchte leise. „Vielleicht liebst du mich. Und vielleicht bist du ganz einfach blöd.“

„Vielleicht.“ Sie wandte sich ab.

Bevor sie weggehen konnte, hatte er sie wieder an sich gezogen. „Wende dich nicht ab von mir.“

Sie sah ihn ruhig und offen an. „Ich bin nicht diejenige, die sich abwendet, Terence.“

Sie hatte ihn. Und, verdammt, seine Handflächen waren wieder feucht. „Hör zu, ich weiß nicht, wie sehr du an New York gebunden bist, an den Ort, wo du arbeitest. Ich könnte das Haus verkaufen, wenn es nicht passt.“

Sie spürte ein Lachen in sich aufsteigen, schluckte es aber vorsichtig hinunter. „Was nicht passt?“

„Nicht passt, verdammt, Gillian. Ich will …“

Dieses Mal war es Maddy, die durch die Tür und halb ins Zimmer stürmte. „Oh, hi.“ Über Terences Miene verdrehte sie die Augen. „Du hast mich nicht gesehen“, sagte sie, als sie sich zurückzog. „Ich bin nie hereingekommen. Ich war nie hier. Und jetzt bin ich weg.“ Und sie war es.

„Manche Sachen ändern sich nie“, murmelte Terence. „Mit den dreien um mich herum hatte ich in meinem ganzen Leben nie auch nur eine Minute Privatzeit.“

„Terence.“ Gillian legte eine Hand auf seine Wange. „Wolltest du mich damit fragen, ob ich dich heirate?“

„Ich möchte mich da gern auf meine eigene Art durchwursteln, wenn du nichts dagegen hast."

„Aber sicher." Sehr ernst setzte sie sich aufs Fensterbrett. „Bitte, fahr fort."

Meinte sie etwa, einer ihrer langen, ruhigen Blicke würde es ihm leichter machen? Er könnte es aufschreiben, wie er sich fühlte, er könnte es in Musik fassen. Dann würden die Worte kommen. Aber jetzt, gerade jetzt, war er der Sprache nicht mächtig.

„Gillian, ich denke, du machst wirklich einen Riesenfehler, aber wenn du so entschlossen bist, könnten wir es versuchen. Ich habe einige Ideen, was ich machen könnte, jetzt, wo das ISS Geschichte ist."

Seine Hände waren wieder in den Taschen, weil er nicht wusste, was er sonst mit ihnen anstellen sollte. „Vielleicht könnte ich einige meiner Songs herausbringen – aber das ist wirklich nicht der Punkt", fuhr er fort, bevor sie sprechen konnte. „Der Punkt ist, ob du damit fertig wirst, ob du bereit dazu bist. Weißt du, für dich gibt es eigentlich keinen Grund, dich mit mir in solche Verwicklungen zu bringen."

„Dieses Mal hältst du den Mund."

„Warte eine Minute …"

„Halt einfach den Mund und komm her." Mit einem mürrischen Gesicht kam er. „Setz dich." Sie machte eine Handbewegung zum Platz neben sich. Sie wartete, bis er saß, dann nahm sie seine Hände. „Und nun sage ich dir ganz genau, was der Punkt ist. Ich liebe dich, Terence, aus ganzem Herzen, und ich will nichts mehr, als mein Leben mit dir zu teilen. Es spielt keine Rolle, wo. Arbeit finde ich überall. Wichtig ist, dass du zufrieden bist, dass du dich nicht unterdrückt fühlst."

Es gab niemanden wie sie. Er wünschte, er hätte die richtigen Worte, gerade jetzt, zärtliche Worte.

„Ich habe dir gesagt, als wir uns das erste Mal trafen, dass ich müde bin. Das ist die Wahrheit. Ich brauche keine Gipfel mehr erklimmen, Gillian. Ich weiß schon, was oben ist. Ich werde wahrscheinlich ein lausiger Ehemann sein, aber ich gebe dir das Beste, was ich habe."

„Ich weiß." Sie nahm sein Gesicht in ihre Hände und küsste ihn. „Warum willst du mich heiraten, Terence?"

„Ich liebe dich.“ Es war viel leichter, es zu sagen, als er gedacht hatte. „Ich liebe dich, Gillian, und ich habe eine verdammt lange Zeit gewartet, mir ein Zuhause zu schaffen.“

Sie ließ den Kopf an seine Schulter sinken. „Wir werden es uns gemeinsam schaffen.“

– ENDE –

Nora Roberts
Die MacGregors 1 – 5

Band-Nr. 95022
14,95 € (D)
ISBN: 978-3-89941-823-1

Nora Roberts
Die Stanislaskis 1 – 3

Band-Nr. 95019
12,95 € (D)
ISBN: 978-3-89941-685-5
544 Seiten

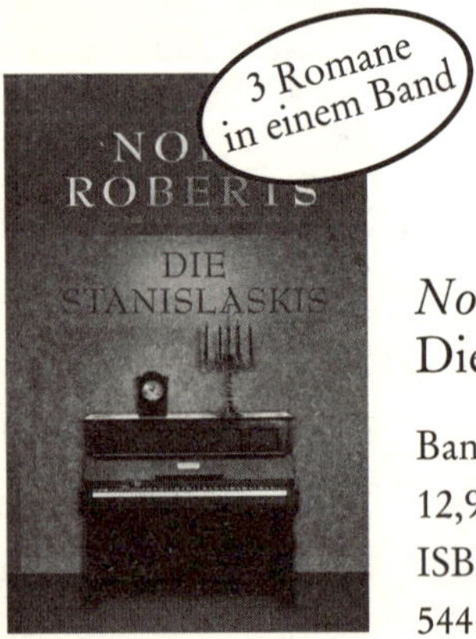

Nora Roberts
Die Stanislaskis 4 – 6

Band-Nr. 95020
12,95 € (D)
ISBN: 978-3-89941-713-5
544 Seiten

Nora Roberts
Die MacKades 1 – 4

Band-Nr. 95017
12,95 € (D)
ISBN: 978-3-89941-639-8
720 Seiten

Nora Roberts
Die Donovans 1 – 4

Band-Nr. 95010
12,95 € (D)
ISBN: 978-3-89941-614-5
816 Seiten

Nora Roberts
Cordina's Royal Family

Band-Nr. 95009
12,95 € (D)
ISBN: 978-3-89941-613-8
784 Seiten

Nora Roberts
Versuchung pur
Band-Nr. 25462
7,95 € (D)
ISBN: 978-3-89941-753-1
256 Seiten

Nora Roberts
Der verborgene Stern
Band-Nr. 25415
7,95 € (D)
ISBN: 978-3-89941-678-7
256 Seiten

Nora Roberts
Der gefangene Stern
Band-Nr. 25423
7,95 € (D)
ISBN: 978-3-89941-691-6
256 Seiten

Nora Roberts
Der geheime Stern
Band-Nr. 25428
7,95 € (D)
ISBN: 978-3-89941-705-0
256 Seiten